쉽게 읽는 월인석보 8

月印千江之曲 第八·釋譜詳節 第八

지은이 **나찬연**은 1960년에 부산에서 태어났다. 부산대학교 국어국문학과를 나오고(1986), 같은 학교 대학원에서 문학석사(1993)와 문학박사(1997)학위를 받았다. 지금은 경성대학교 국어국문학과에서 교수로 재직하고 있으면서 국어학, 국어 교육, 한국어 교육 분야의 강의를 맡고 있다.

* 홈페이지: '학교 문법 교실 (http://scammar.com)'에서는 이 책의 내용과 관련된 자료를 온라인으로 제공합니다. 본 홈페이지에 개설된 자료실과 문답방에 올려져 있는 다양한 정보를 자유롭게 이용할 수 있고, 이 책의 내용에 대하여 저자의 답변을 받을 수 있습니다.
* 전화번호 : 051-663-4212
* 전자메일 : ncy@ks.ac.kr

주요 논저

우리말 이음에서의 삭제와 생략 연구(1993), 우리말 의미중복 표현의 통어·의미 연구(1997), 우리말 잉여 표현 연구(2004), 옛글 읽기(2011), 벼리 한국어 회화 초급 1, 2(2011), 벼리 한국어 읽기 초급 1, 2(2011), 제2판 언어·국어·문화(2013), 제2판 훈민정음의 이해(2013), 근대 국어 문법의 이해-강독편(2013), 국어 어문 규범의 이해(2013), 표준 발음법의 이해(2013), 제5판 중세 국어 문법의 이해-이론편(2014), 제5판 중세 국어 문법의 이해-주해편(2014), 제5판 중세 국어 문법의 이해-강독편(2014), 제5판 중세 국어 문법의 이해-서답형 문제편(2014), 중세 국어 문법의 이해-입문편(2015), 학교문법의 이해1(2015), 학교문법의 이해2(2015), 제4판 현대 국어 문법의 이해(2015), 쉽게 읽는 월인석보 서·1·2·4·7·8(2017~2018), 쉽게 읽는 석보상절 3·6·9(2018)

쉽게 읽는 월인석보 8(月印釋譜 第八)

©나찬연, 2018

1판 1쇄 인쇄__2018년 12월 10일
1판 1쇄 발행__2018년 12월 20일

지은이__나찬연
펴낸이__양정섭

펴낸곳__도서출판 경진
　　　　등록__제2010-000004호
　　　　이메일__mykyungjin@daum.net
　　　　사업장주소__서울특별시 금천구 시흥대로 57길(시흥동) 영광빌딩 203호
　　　　전화__070-7550-7776 팩스__02-806-7282

값 40,000원

ISBN 978-89-5996-589-2 94810
ISBN 978-89-5996-507-6(set)

쉽게 읽는

월인석보 8

月印千江之曲 第八·釋譜詳節 第八

나찬연

경진출판

『월인석보』는 조선의 제7대 왕인 세조(世祖)가 부왕인 세종(世宗)과 소헌왕후(昭憲王后), 그리고 아들인 의경세자(懿敬世子)를 추모하기 위하여 1549년에 편찬하였다.

『월인석보』에는 석가모니의 행적과 석가모니와 관련된 인물에 관한 여러 일화가 소개되어 있다. 따라서 이 책은 불교를 배우는 이들뿐만 아니라, 국어 학자들이 15세기 국어를 연구하는 데에도 매우 귀중한 자료가 된다. 특히 이 책은 국어 문법 규칙에 맞게 한문 원문을 번역되었기 때문에 문장이 매우 자연스럽다. 따라서 『월인석보』는 훈민정음으로 지은 초기의 문헌임에도 불구하고, 당대에 간행된 그 어떤 문헌보다도 자연스러운 우리말 문장으로 지은 문헌이라고 할 수 있다.

이처럼 『월인석보』가 중세 국어와 국어사 연구에 매우 중요한 역할을 하기 때문에, 일찍부터 이 책은 중세 국어 연구의 대상이 되었고 현대어로 옮기는 작업도 이루어졌다. 그 대표적인 성과가 '세종대왕기념사업회'에서 편찬한 『역주 월인석보』의 모둠책이다. 『역주 월인석보』의 간행 작업에는 허웅 선생님을 비롯한 그 분야의 대학자들이 참여하였기 때문에, 『역주 월인석보』는 그 차제로서 대단한 업적이다. 그러나 이 『역주 월인석보』는 1992년부터 순차적으로 간행되었는데, 간행된 책마다 역주한 이가 달라서 내용의 번역이나 형태소의 분석, 그리고 편집 방법이 통일되지 못한 아쉬움이 있다. 지은이는 이러한 점을 감안하여 15세기의 중세 국어를 익히는 학습자들이 『월인석보』를 쉽게 이해할 수 있도록, 현대어로 옮기는 방식과 형태소 분석 및 편집 형식을 새롭게 바꾸었다. 이러한 편찬 의도를 반영하여 이 책의 제호도 『쉽게 읽는 월인석보』로 정했다.

이 책은 중세 국어 학습자들이 『월인석보』를 쉽게 이해할 수 있는 책을 편찬하겠다는 원래의 취지를 살리기 위하여, 다음과 같은 방법으로 책의 내용과 형식을 구성하였다.

첫째, 현재 남아 있는 『월인석보』의 권 수에 따라서 이들 문헌을 현대어로 옮겼다. 이에 따라서 『월인석보』의 1, 2, 4, 7, 8, 9 등의 순서로 현대어 번역 작업이 이루진다. 둘째, 이 책에서는 『월인석보』의 원문의 영인을 페이지별로 수록하고, 그 영인 바로 아래에 현대어 번역문을 첨부했다. 셋째, 그리고 중세 국어의 문법을 익히는 이들에게 편의를 제공하기 위하여, 원문의 텍스트에 나타나는 어휘를 현대어로 풀이하고 각 어휘에 실현된 문법 형태소를 형태소 단위로 분석하였다. 넷째, 원문 텍스트에 나타나는 불교 용어를 쉽게 풀이함으로써, 불교의 교리를 모르는 일반 국어학자도 『월인석보』의 내용을 이해할 수 있도록 하였다. 다섯째, 책의 말미에 [부록]의 형식으로 [원문과 번역문의 벼리]를 실었다. 여기서는 『월인석보』의 텍스트에서 주문장의 사이에 삽입되어 있는 협주문(夾註文)을 생략하여 본문 내용의 맥락이 끊기지 않게 하였다. 여섯째, 이 책에 쓰인 문법 용어와 약어(略語)의 정의와 예시를 책 머리의 '일러두기'와 [부록]에 수록하여서, 이 책을 통하여 중세 국어를 익히려는 독자에게 도움을 주었다.

이 책에 쓰인 문법 용어는 가급적 『고등학교 문법』(2010)에서 사용되는 문법 용어를 그대로 사용하였다. 다만 일부 문법 용어는 허웅 선생님의 『우리 옛말본』(1975), 고영근 선생님의 『표준중세국어문법론』(2010), 지은이의 『중세 국어 문법의 이해-이론편』에서 사용한 용어를 빌려 썼다. 중세 국어의 어휘 풀이는 대부분 '한글학회'에서 지은 『우리말 큰사전 4-옛말과 이두 편』의 내용을 참조했으며, 일부는 남광우 님의 『교학고어사전』을 참조했다. 각 어휘에 대한 형태소 분석은 지은이가 2010년에 『우리말연구』의 제27집에 발표한 「옛말 문법 교육을 위한 약어와 약호의 체계」의 논문과 『중세 국어 문법의 이해-주해편, 강독편』에서 사용한 방법을 따랐다.

그리고 불교와 관련된 어휘는 국립국어원의 인터넷판 『표준국어대사전』, 인터넷판의 『두산백과사전』, 인터넷판의 『한국민족문화대백과』, 인터넷판의 『원불교사전』, 한국불교대사전편찬위원회의 『한국불교대사전』, 홍사성 님의 『불교상식백과』, 곽철환 님의 『시공불교사전』, 운허·용하 님의 『불교사전』 등을 참조하여 풀이하였다.

이 책을 간행하는 데에는 여러 사람의 도움이 있었다. 지은이는 2014년 겨울에 대학교 선배이자 독실한 불교 신자인 정안거사(正安居士, 현 동아고등학교의 박진규 교장)을 사석에서 만났다. 그 자리에서 정안거사로부터 국어학자뿐만 아니라 일반 사람들도 부처님의 생애를 쉽게 알 수 있는 책이 필요하다는 당부의 말을 들었는데, 이 일이 계기가 되어서 『쉽게 읽는 월인석보』의 모둠책이 세상에 나오게 되었다. 그리고 고려대학교 교육대학원의 국어교육전공에 재학 중인 나벼리 군은 『월인석보』의 원문의 모습을 디지털 영상으로 제작하고 편집하는 작업을 해 주었다. 이 책을 출판해 주신 도서출판 경진의 홍정표 대표님, 그리고 거친 원고를 수정하여 보기 좋은 책으로 편집해 주신 양정섭 이사님께 감사의 뜻을 전한다.

정안거사님의 뜻과 지은이의 바람이 이루어져서, 중세 국어를 익히거나 석가모니 부처의 일을 알고자 하는 일반인들에게 이 책이 조금이나마 도움이 되기를 바란다.

2018년 12월
나찬연

차례

머리말 • 4

일러두기 • 7

1. 이 책에서 형태소 분석에 사용하는 문법적 단위에 대한 약어는 다음과 같다.

범주	약칭	본디 명칭	범주	약칭	본디 명칭
품사	의명	의존 명사	조사	보조	보격 조사
	인대	인칭 대명사		관조	관형격 조사
	지대	지시 대명사		부조	부사격 조사
	형사	형용사		호조	호격 조사
	보용	보조 용언		접조	접속 조사
	관사	관형사	어말 어미	평종	평서형 종결 어미
	감사	감탄사		의종	의문형 종결 어미
불규칙 용언	ㄷ불	ㄷ 불규칙 용언		명종	명령형 종결 어미
	ㅂ불	ㅂ 불규칙 용언		청종	청유형 종결 어미
	ㅅ불	ㅅ 불규칙 용언		감종	감탄형 종결 어미
어근	불어	불완전(불규칙) 어근		연어	연결 어미
파생 접사	접두	접두사		명전	명사형 전성 어미
	명접	명사 파생 접미사		관전	관형사형 전성 어미
	동접	동사 파생 접미사	선어말 어미	주높	상대 높임의 선어말 어미
	조접	조사 파생 접미사		객높	주체 높임의 선어말 어미
	형접	형용사 파생 접미사		상높	객체 높임의 선어말 어미
	부접	부사 파생 접미사		과시	과거 시제의 선어말 어미
	사접	사동사 파생 접미사		현시	현재 시제의 선어말 어미
	피접	피동사 파생 접미사		미시	미래 시제의 선어말 어미
	강접	강조 접미사		회상	회상 표현의 선어말 어미
	복접	복수 접미사		확인	확인 표현의 선어말 어미
	높접	높임 접미사		원칙	원칙 표현의 선어말 어미
조사	주조	주격 조사		감동	감동 표현의 선어말 어미
	서조	서술격 조사		화자	화자 표현의 선어말 어미
	목조	목적격 조사		대상	대상 표현의 선어말 어미

---

* 이 책에서 쓰인 '문법 용어'와 '약어(略語)'에 대한 자세한 내용은 [부록]에 첨부된 '문법 용어의
풀이'를 참고하기 바란다.

2. 이 책의 형태소 분석에서 사용되는 약호는 다음과 같다.

부호	기능	용례
#	어절의 경계 표시.	철수가 # 국밥을 # 먹었다.
+	한 어절 내에서의 형태소 경계 표시.	철수 + -가 # 먹- + -었- + -다
( )	언어 단위의 문법 명칭과 기능 설명.	먹(먹다) - + -었(과시) - + -다(평종)
[ ]	파생어의 내부 짜임새 표시.	먹이[먹(먹다) - + -이(사접) -] - + -다(평종)
	합성어의 내부 짜임새 표시.	국밥[국(국) + 밥(밥)] + -을(목조)
-a	a의 앞에 다른 말이 실현되어야 함.	-다, -냐 ; -은, -을 ; -음, -기 ; -게, -으면
a-	a의 뒤에 다른 말이 실현되어야 함.	먹(먹다)-, 자(자다)-, 예쁘(예쁘다)-
-a-	a의 앞뒤에 다른 말이 실현되어야 함.	-으시-, -었-, -겠-, -더-, -느-
a(← A)	기본 형태 A가 변이 형태 a로 변함.	지(← 짓다, ㅅ불) - + -었(과시) - + -다(평종)
a(⟵ A)	A 형태를 a 형태로 잘못 적음(오기)	국빱(⟵ 국밥) + -을(목)
Ø	무형의 형태소나 무형의 변이 형태	예쁘- + -Ø(현시) - + -다(평종)

3. 다음은 중세 국어의 문장을 약어와 약호를 사용하여 어절 단위로 분석한 예이다.

> 불휘 기픈 남ᄀᆞᆫ ᄇᆞᄅᆞ매 아니 뮐씨 곶 됴코 여름 하ᄂᆞ니   [용가 2장]

① 불휘: 불휘(뿌리, 根) + -Ø(← -이: 주조)
② 기픈: 깊(깊다, 深) - + -Ø(현시) - + -은(관전)
③ 남ᄀᆞᆫ: 낡(← 나모: 나무, 木) + -은(-은: 보조사)
④ ᄇᆞᄅᆞ매: ᄇᆞᄅᆞᆷ(바람, 風) + -애(-에: 부조, 이유)
⑤ 아니: 아니(부사, 不)
⑥ 뮐씨: 뮈(움직이다, 動) - + -ㄹ씨(-으므로: 연어)
⑦ 곶: 곶(꽃, 花)
⑧ 됴코: 둏(좋아지다, 좋다, 好) - + -고(연어, 나열)
⑨ 여름: 여름[열매, 實: 열(열다, 結) - + -음(명접)]
⑩ 하ᄂᆞ니: 하(많아지다, 많다, 多) - + -ᄂᆞ(현시) - + -니(평종, 반말)

4. 단, 아래의 경우에는 예외적으로 다음과 같은 방법으로 어절의 짜임새를 분석한다.

　가. 명사, 동사, 형용사는 특별한 경우가 아니면 품사의 명칭을 표시하지 않는다.
　　단, 의존 명사와 보조 용언은 예외적으로 각각 '의명'과 '보용'으로 표시한다.

　　① 부톄: 부텨(부처, 佛) + - ㅣ(← -이: 주조)
　　② 괴오쇼셔: 괴오(사랑하다, 愛)- + -쇼셔(-소서: 명종)
　　③ 올ᄒ시이다: 옳(옳다, 是)- + -ᄋ시(주높)- + -이(상높)- + -다(평종)

　나. 한자말로 된 복합어는 더 이상 분석하지 않는다.

　　① 中國에: 中國(중국) + -에(부조, 비교)
　　② 無上涅槃을: 無上涅槃(무상열반) + -을(목조)

　다. 특정한 어미가 다른 어미의 내부에 끼어들어서 실현될 때에는 다음과 같이 표기한
　　다. 이때 단일 형태소의 내부가 분리되는 현상은 '…'로 표시한다.

　　① 어리니잇가: 어리(어리석다, 愚: 형사)- + -잇(← -이-: 상높)- + -니…가(의종)
　　② 자거시늘: 자(자다, 宿: 동사)- + -시(주높)- + -거…늘(-거늘: 연어)

　라. 형태가 유표적으로 존재하지 않으면서도 문법적이 있는 '무형의 형태소'는 다음
　　과 같이 'Ø'로 표시한다.

　　① 가ᄆ라 비 아니 오ᄂ 짜히 잇거든
　　　·가ᄆ라: [가물다(동사): 가ᄆᆯ(가뭄, 旱: 명사) + -Ø(동접)-]- + -아(연어)
　　② 바ᄅ 自性을 ᄉᆞ못 아ᄅ샤
　　　·바ᄅ: [바로(부사): 바ᄅ(바르다, 正: 형사)- + -Ø(부접)]
　　③ 불휘 기픈 남ᄀ
　　　·불휘(뿌리, 根) + -Ø(← -이: 주조)
　　④ 내 ᄒ마 命終호라
　　　·命終ᄒ(명종하다: 동사)- + -Ø(과시)- + -오(화자)- + -라(← -다: 평종)

마. 무형의 형태소로 실현되는 시제 표현의 선어말 어미는 다음과 같이 표기한다.

① 동사나 형용사의 종결형과 관형사형에서 나타나는 '과거 시제 표현'의 무형의
   선어말 어미는 '-Ø(과시)-'로, '현재 시제 표현'의 무형의 선어말 어미는 '-Ø
   (현시)-'로 표시한다.

   ㉠ 아들들히 아비 죽다 듣고
      ·죽다: 죽(죽다, 死: 동사)- + -Ø(과시)- + -다(평종)
   ㉡ 엇던 行業을 지서 惡德애 뻐러딘다
      ·뻐러딘다: 뻐러디(떨어지다, 落: 동사)- + -Ø(과시)- + -ㄴ다(의종)
   ㉢ 獄ᄋᆫ 罪 지슨 사ᄅᆞᆷ 가도는 ᄯᅡ히니
      ·지슨: 짓(짓다, 犯: 동사)-+ -Ø(과시)- + -ㄴ(관전)
   ㉣ 닐굽 히 너무 오라다
      ·오라(오래다, 久: 형사)- + -Ø(현시)- + -다(평종)
   ㉤ 여슷 大臣이 힝뎌기 왼 들 제 아라
      ·외(외다, 그르다, 誤: 형사)- + -Ø(현시)- + -ㄴ(관전)

② 동사나 형용사의 연결형에 나타나는 과거 시제나 현재 시제 표현의 무형의
   선어말 어미는 표시하지 않는다.

   ㉠ 몸앳 필 뫼화 그르세 다마 男女를 내ᅀᆞᆸ니
      ·뫼화: 뫼호(모으다, 集: 동사)- + -아(연어)
   ㉡ 고히 길오 놉고 고ᄃᆞ며
      ·길오: 길(길다, 長: 형사)- + -오(←-고: 연어)
      ·놉고: 놉(높다, 高: 형사)- + -고(연어, 나열)
      ·고ᄃᆞ며: 곧(곧다, 直: 형사)- + -ᄋᆞ며(-으며: 연어)

③ 합성어나 파생어의 내부에서 실현되는 과거 시제나 현재 시제 표현의 무형의
   선어말 어미는 표시하지 않는다.

   ㉠ 왼녁: [왼쪽, 左: 옳(오른쪽이다, 右)- + -ㄴ(관전▷관접) + 녁(녘, 쪽: 의명)]
   ㉡ 늘그니: [늙은이: 늙(늙다, 老)- + -은(관전) + 이(이, 者: 의명)]

『월인석보』의 해제

　세종대왕은 1443년(세종 25년) 음력 12월에 음소 문자(音素文字)인 훈민정음(訓民正音)의 글자를 창제하였다. 훈민정음 글자는 기존의 한자나 한자를 빌어서 우리말을 표기하는 글자인 향찰, 이두, 구결 등과는 전혀 다른 표음 문자인 음소 글자였다. 실로 글자의 역사상 유래를 찾아볼 수 없는 매우 독창적인 글자이면서도, 글자의 수가 28자에 불과하여 아주 배우기 쉬운 글자였다.

　훈민정음을 창제한 이후에 세종은 이 글자를 널리 보급하기 위하여 훈민정음의 제자 원리를 이론화하고 성리학적인 근거를 부여하는 데에 힘을 썼다. 곧, 최만리 등의 상소 사건을 통하여 사대부들이 훈민정음에 대하여 취하였던 부정적인 인식과 태도를 파악하였으므로, 이를 극복하는 적극적인 방법으로 훈민정음 글자에 대한 '종합 해설서'를 발간하기로 하였는데, 이것이 곧 『훈민정음 해례본』이다.

　그리고 새로운 글자를 창제하고 반포하는 데에 그치는 것이 아니라, 실제로 백성들이 널리 사용할 수 있도록 하기 위하여 여러 가지 뒷받침 사업을 진행하였다. 이를 위하여 세종은 새로운 문자인 훈민정음을 이용하여 국어의 입말을 실제로 문장의 단위로 적어서 그 실용성을 시험하는 작업을 수행하였다. 그 첫 번째 노력으로 『용비어천가(龍飛御天歌)』의 노랫말을 훈민정음으로 지어서 간행하였는데, 이로써 훈민정음 글자로써 국어의 입말을 실제로 적을 수 있는 가능성을 보였다. 그리고 소헌왕후 심씨가 사망함에 따라서 세종은 왕후의 명복을 빌기 위하여 아들인 수양대군(首陽大君)으로 하여금 석가모니의 연보(年譜)를 훈민정음으로 번역하여 『석보상절(釋譜詳節)』을 편찬하게 하였다. 이어서 『석보상절』의 내용을 바탕으로 『월인천강지곡(月印千江之曲)』을 직접 지어서 간행하였다. 이로써 국어의 입말을 훈민정음으로써 완벽하게 구현할 수 있음을 보였다. 그리고 한문본인 『훈민정음 해례본』의 내용 중에서 '어제 서(御製 序)'와 예의(例義)를 훈민정음으로 번역한 것도 대략 이 무렵의 일인 것으로 추정된다.

　세종이 승하한 후에 문종(文宗), 단종(端宗)에 이어서 세조(世祖)가 즉위하였는데, 1458년(세조 3년)에 세조의 맏아들인 의경세자(懿敬世子)가 요절하였다. 이에 세조는 1459년(세조 4년)에 부왕인 세종(世宗)과 세종의 정비인 소헌왕후 심씨, 그리고 요절한 의경세자의 명복을 빌기 위하여 『월인석보(月印釋譜)』를 편찬하였다. 그리고 어린 조카 단종을 폐위하고 왕위에 오른 후에, 단종을 비롯하여 자신의 집권에 반기를 든 수많은 신하를 죽인 업보에 대한 인간적인 고뇌를 불법의 힘으로 씻어 보려는 것도 『월인석보』를 편찬한 간접적인 동기였다.

『월인석보』는 세종이 지은『월인천강지곡(月印千江之曲)』의 내용을 본문으로 먼저 싣고, 그에 대응되는『석보상절(釋譜詳節)』의 내용을 붙여 합편하였다. 합편하는 과정에서 책을 구성하는 방법이나 한자어 표기법, 그리고 내용도 원본인『월인천강지곡』이나『석보상절』과 부분적으로 차이를 보인다. 예를 들어서『월인천강지곡』에서는 한자음을 표기할 때 '씨時'처럼 한글을 큰 글자로 제시하고, 한자를 작은 글자로써 한글의 오른쪽에 병기하였다. 반면에『월인석보』에서는 '時씨'처럼 한자를 큰 글자로써 제시하고 한글을 작은 글자로써 한자의 오른쪽에 병기하였다. 그리고 종성이 없는 한자음을 한글로 표기할 때에『월인천강지곡』에서는 '씨時'처럼 종성 글자를 표기하지 않았는데,『월인석보』에서는 '동국정운(東國正韻)식 한자음의 표기법'에 따라서 '時씽'처럼 종성의 자리에 음가가 없는 'ㅇ' 글자를 종성의 위치에 달았다. 이러한 차이는『월인천강지곡』과『석보상절』을 합본하여『월인석보』를 편찬하는 과정에서 어쩔 수 없이 한자음을 표기하는 방법을 통일하였기 때문에 일어났다.

『월인석보』는 원간본인 1, 2, 7, 8, 9, 10, 12, 13, 14, 15, 17, 18, 23권과 중간본(重刊本)인 4, 21, 22권 등이 남아 있다. 그 당시에 발간된 책이 모두 발견된 것은 아니어서, 당초에 전체 몇 권으로 편찬하였는지 알 수가 없다.

『석보상절』,『월인천강지곡』,『월인석보』의 편찬은 세종 말엽에서 세조 초엽까지 약 13년 동안에 이룩된 사업이다. 따라서 그 최종 사업인『월인석보』는 석가모니의 일대기를 기술하는 사업을 완결 짓는 결정판이다. 따라서『월인석보』는『석보상절』,『월인천강지곡』과 더불어 훈민정음(訓民正音)이 창제된 이후 제일 먼저 나온 불경 번역서로서의 가치가 있다. 그리고 세종과 세조 당대에 쓰였던 자연스러운 말과 글의 모습이 잘 반영되어 있어서, 중세 국어나 국어사를 연구하는 데에도 매우 귀중한 가치가 있는 문헌으로 평가받고 있다.

『월인석보 제팔』의 해제

『월인석보』 권7과 8은 세조 때에 간행된 책으로, 7권과 8권이 합본된 상태로 2권 2책으로 구성되어 있다. 1459년(세조 5) 목판본으로 처음 간행되었는데, 현재 동국대학교에 소장되어 있는 초간본은 1983년 5월 7일에 보물 제745-2호로 지정되었다. 이후 중종, 명종, 선조 대에 걸쳐 중간본(重刊本)이 간행되었다.

『월인석보』 제8권의 내용은 크게 두 부분으로 짜여 있다. 첫째는 〈위제희부인만원연기〉(韋提希夫人滿願緣起)의 내용이며, 둘째는 〈원앙부인극락왕생연기〉(鴛鴦夫人極樂往生緣起)의 내용이다.

첫째, 〈위제희부인만원연기〉는 『불설관무량수불경』(佛說觀無量壽佛經)의 권 제2에 수록된 내용을 번역한 것이다. 이는 부처가 위제희부인의 청에 따라서 아미타불(阿彌陀佛)의 불신(佛身)과 국토를 마음에 떠오르게 하여 관찰하는 열여섯 가지의 방법(十六觀法)을 기술하였다.(제1~77장) 그리고 십육관법을 설하는 중에 아미타불의 전신인 법장비구(法藏比丘)가 발원한 사십팔대원(四十八大願)의 내용이 협주로 첨가되어 있다.(제59~68장)

둘째, 〈원앙부인극락왕생연기〉는 『安樂國太子經』(안락국태자경)을 번역하여 수록한 것인데, 원앙부인(鴛鴦夫人)이 서방의 극락세계로 왕생한 내용을 다루었다.(제77장~104장) 옛날에 범마라국(梵摩羅國)의 임정사(林淨寺)에 광유성인(光有聖人)이 있었는데, 서천국의 사라수대왕(沙羅樹大王)을 불러서 유나(維那)로 삼아서 임정사에서 찻물을 긷는 일을 시키려 하였다. 사라수대왕은 그 말을 듣고 임정사로 가려 하였는데, 아내인 원앙부인이 임신한 몸으로 남편을 따라서 임정사로 가는 길을 나섰다. 원앙부인이 임정사로 가는 도중에 너무 힘들어서, 중간에 죽림국의 자현장자(子賢長者)의 집에 노비로 들어갔다. 원앙부인은 왕생게(往生偈)를 부르고 사라수대왕과 이별하고 후에 자현장자의 집에서 아들인 안락국(安樂國)을 낳았다. 훗날 안락국이 자라서 자현장자의 집에서 도망하여 아버지를 찾으러 범마라국의 임정사로 떠났다. 안락국은 임정사에 도착하여 아버지인 사라수대왕을 만나서 원앙부인이 부른 왕생게를 불렀는데, 이 노래를 듣고 사라수대왕이 그 아이가 태자인 안락국임을 깨달았다. 안락국 태자는 아버지와 이별하여 어머니가 있는 죽림국으로 돌아오는 도중에 길에서 소를 치를 아이들을 만났는데, 그들로부터 자기 어머니인 원앙부인이 자현장자에게 죽임을 당했다는 소식을 듣게 된다. 안락국은 보리수 밑에 가서 어머니의 시체를 추슬러서 장사를 지내고, 극락세계에서 내려온 용선(龍船)을 타고 이미 부처가 극락세계로 가서 이미 부처가 된 부모를 만났다.

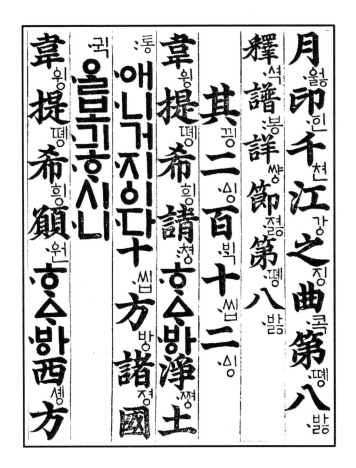

月印千江之曲(월인천강지곡) 第八(제팔)

釋譜詳節(석보상절) 第八(제팔)

其二百十二(기이백십이)

韋提希(위제희)가 (세존께) 請(청)하여, "淨土(정토)에 가고 싶습니다." (하니),
(세존이 위제희에게) 十方(시방) 諸國(제국)을 보게 하셨으니.

韋提希(위제희)가 (세존께) 願(원)하여, "西方(서방)에

月_윓印_힌千_쳔江_강之_징曲_콕　第_똉八_밣

釋_셕譜_봉詳_썅節_졇　第_똉八_밣

其_끵二_싱百_빅十_씹二_싱

韋_윙提_똉希_힁[1] 請_쳥ᄒᆞᅀᄫᅡ 淨_쪙土_통[2]애 　니거　지이다[3]　十_씹方_방[4]　諸_졍國_귁을　보긔[5]　ᄒᆞ시니[6]

韋_윙提_똉希_힁　願_원ᄒᆞᅀᄫᅡ[7]　西_솅方_방[8]애

---

1) 韋提希: 韋提希(위제희) + -∅(←-이: 주조) ※ '韋提希(위제히)'는 석가모니와 같은 시대에 중인도에 위치한 마가다국의 빈비사라왕(頻毘娑羅王)의 비(妃)이다. 생몰 연대 미상이다. 왕자 아자타샤트루이가 빈비사라왕을 유폐해서 아사(餓死)시키려고 했을 때에, 몰래 살갗에 분을 바르고 장신구에 물을 채워서 감옥을 방문하여 왕을 살렸는데, 발각되어서 자신도 유폐되었다. 그러나 감옥 안에서 그녀의 기도에 응답해 석가가 나타나서, 이 세상에 절망해서 아미타불의 정토를 기원하는 비(妃)에게 아미타불이나 그 정토를 관상하는 방법을 가르쳤다. 이때에 석가모니의 가르침을 『관무량수불경』(觀無量壽佛經)이라고 한다.

2) 淨土: 정토. 대승불교(大乘佛敎)에서 부처와 또 장차 부처가 될 보살이 거주한다는 청정한 국토이다.

3) 니거 지이다: 니(가다, 行)- + -거(확인)- + -어(연어) # 지(싶다: 보용, 희망)- + -이(상높, 아주 높임)- + -∅(현시)- + -다(평종)

4) 十方: 시방. 사방(四方), 사우(四隅), 상하(上下)를 통틀어 이르는 말이다. ※ '四方(사방)'은 '동·서·남·북'의 방향이다. 그리고 '四隅(사우)'는 네 모퉁이의 방위, 곧 '동남·동북·서남·서북'을 이른다.

5) 보긔: 보(보다, 觀)- + -긔(-게: 연어, 사동)

6) ᄒᆞ시니: ᄒᆞ(하다: 보용, 사동)- + -시(주높)- + -∅(과시)- + -니(평종, 반말)

7) 願ᄒᆞᅀᄫᅡ: 願ᄒᆞ[원하다: 願(원: 불어) + -ᄒᆞ(동접)-]- + -ᅀᆞᇦ(←-ᅀᆞᆸ-: 객높)- + -아(연어)

8) 西方: 서방. 서쪽으로 십만 억의 국토를 지나면 있는 아미타불의 세계이다.(= 西方極樂, 서방극락)

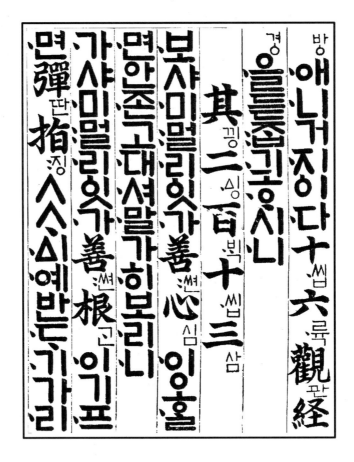

가고 싶습니다." 하니, (세존이 위제희에게) 十六觀經(십육관경)을 듣게 하셨으니.

其二百十三(기이백십삼)

(서방세계를) 보시는 것이 멀겠습니까? (위제희가) 善心(선심)이 온전하면 앉은 곳에서 (서방세계를) 말갛게 보겠으니.

(서방세계에) 가시는 것이 멀겠습니까? (위제희가) 善根(선근)이 깊으면 彈指(탄지)의 사이에 반드시 (서방세계에) 가겠으니.

니거 지이다 十_씹六_륙觀_관經_경⁹⁾을 듣즙긔 ᄒ시니

其_끵二_{ᅀᅵᆼ}百_{ᄇᆡᆨ}十_씹三_삼

보샤미¹⁰⁾ 멀리잇가¹¹⁾ 善_쎤心_심¹²⁾이 오ᄋᆞᆯ면¹³⁾ 안존¹⁴⁾ 고대셔¹⁵⁾ 말가히¹⁶⁾
보리니

가샤미 멀리잇가 善_쎤根_{ᄀᆞᆫ}¹⁷⁾이 기프면 彈_딴指_징¹⁸⁾ㅅ ᄉᆞᅀᅵ예¹⁹⁾ 반ᄃᆞ기²⁰⁾
가리니

---

9) 十六觀經: 십육관경. 정토(淨土) 삼부경(三部經)의 하나인 『佛說觀無量壽經』(불설관무량수경)
이다. 그 경 가운데에 기술되어 있는 '십륙관법(十六觀法)'을 말한 것이다.

10) 보샤미: 보(보다, 觀)- + -샤(←-시-: 주높)- + -ㅁ(←-옴: 명전) + -이(주조)

11) 멀리잇가: 멀(멀다, 遠(부사) + -리(미시) + -Ø(←-이-: 서조)- + -잇(←-이-: 상높, 아주 높
임)- + -가(-까: 의종, 판정)

12) 善心: 선심. 자기 스스로와 남에게 '부끄러움, 탐욕, 성냄, 어리석음'이 없는 마음이다.

13) 오ᄋᆞᆯ면: 오ᄋᆞᆯ(온전하다, 全)- + -면(연어, 조건)

14) 안존: 앉(앉다, 坐)- + -Ø(과시)- + -오(대상)- + -ㄴ(관전)

15) 고대셔: 곧(곳, 處: 의명) + -애(-에: 부조, 위치) + -셔(-서: 보조사, 위치 강조)

16) 말가히: [맑갛게, 淨(부사): 맑(맑다, 靜: 형사)- + -아(연어)- + -ᄒ(보용)- + -이(부접)] ※ '말
가히'는 형용사 어근인 '말가ᄒ-'에 부사 파생 접미사인 '-이'가 붙여서 파생된 부사이다. 그리
고 '말가ᄒ다'는 [맑(형사)- + -아(연어) + ᄒ(보용)-]의 방식으로 형성된 형용사로서, '말갛다'
의 뜻을 나타낸다.

17) 善根: 선근. 좋은 과보(果報)를 낳게 하는 착한 일이다.

18) 彈指: 탄지. 손가락을 튕길 동안의 아주 짧은 시간이다.

19) ᄉᆞᅀᅵ예: ᄉᆞᅀᅵ(사이, 間) + -예(←-에: 부조, 위치)

20) 반ᄃᆞ기: [반드시, 必(부사): 반둑(반듯: 불어) + -Ø(←-ᄒ-: 형접)- + -이(부접)]

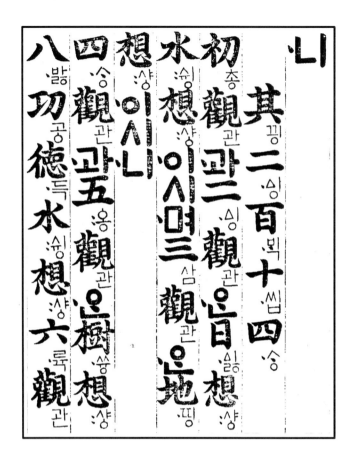

其二百十四(기이백사십)

初觀(초관)과 二觀(이관)은 (각각) 日想(일상)과 水想(수상)이시며, 三觀(삼관)
은 地想(지상)이시니.

四觀(사관)과 五觀(오관)은 (각각) 樹想(수상)과 八功德水想(팔공덕수상), 六觀
(육관)은

其_끵二_싱百_빅十_씹四_숭

初_총觀_관과 二_싱觀_관은 日_싏想_샹²¹⁾ 水_쉉想_샹²²⁾이시며 三_삼觀_관은 地_띵想_샹²³⁾이시니

四_숭觀_관과 五_옹觀_관은 樹_쓩想_샹²⁴⁾ 八_밣功_공德_득水_쉉想_샹²⁵⁾ 六_륙觀_관은

---

21) 日想: 일상. 『불설관무량수경』의 십륙관법(十六觀法)에 속하는 첫째, 곧 초관(初觀)이다.(= 日想觀) 떨어지는 해를 보아서 극락 정토를 관상(觀想)하는 것이다.

22) 水想: 수상. 『불설관무량수경』의 십륙관법(十六觀法)에 속하는 제2관(第二觀)이다.(= 水想觀) 극락(極樂)의 대지가 넓고 평탄함을 물에 비교하여 관상(觀想)하는 것이다.

23) 地想: 지상. 『불설관무량수경』의 십륙관법(十六觀法)에 속하는 제3관(第三觀)이다.(= 地想觀) 극락국(極樂國)의 땅을 분명하게 관상(觀想)하는 것이다.

24) 樹想: 수상. 『불설관무량수경』의 십륙관법(十六觀法)에 속하는 제4관(第四觀)이다.(= 樹想觀) 극락(極樂)에 있는 보수(寶樹)의 묘용(妙用)을 관상(觀想)하는 것이다.

25) 八功德水想: 팔공덕수상. 『불설관무량수경』의 십륙관법(十六觀法)에 속하는 제5관(第五觀)이다. 극락국토(極樂國土)에 있는 연못의 팔공덕수(八功德水)의 묘용을 관상(觀想)하는 것이다. ※ '八功德水(팔공덕수)'는 여덟 가지 특성이 있는 물이다. 극락 정토에 있는 연못의 물은 맑고, 시원하고, 감미롭고, 부드럽고, 윤택하고, 온화하고, 갈증을 없애 주고, 신체의 여러 부분을 성장시키며, 또 수미산 주위에 있는 바닷물은 감미롭고, 시원하고, 부드럽고, 가볍고, 맑고, 냄새가 없고, 마실 때 목이 상하지 않고, 마시고 나서 배탈이 나지 않는다고 한다.

總觀想(총관상)이시니.

　　其二百十五(기이백십오)

　七觀(칠관)은 花坐想(화좌상), 八觀(팔관)은 像想(상상)이시며, 九觀(구관)은 色身相(색신상)이시니.

　觀世音(관세음)과 大勢至(대세지)가 (각각) 十觀(십관)과 十一觀(십일관)이시며, 普觀想(보관상)이

總_총觀_관想_샹²⁶⁾이시니

其_끵二_싱百_빅十_씹五_옹

七_칧觀_관은 花_황坐_쫭想_샹²⁷⁾ 八_밣觀_관은 像_쌍想_샹²⁸⁾이시며 九_귷觀_관은 色_식身_신相_샹²⁹⁾이시니

觀_관世_솅音_흠³⁰⁾ 大_땡勢_솅至_징³¹⁾ 十_씹觀_관 十_씹一_잃觀_관이시며 普_퐁觀_관想_샹³²⁾이

---

26) 總觀想: 총관상. 『불설관무량수경』에 제시된 십륙관법(十六觀法)의 제6관(第六觀)이다. 극락세계(極樂世界)의 오백억(五百億) 보루각(寶樓閣)을 관상(觀想)하는 것이다. 곧 먼저 극락의 보배로 된 땅·나무·못(池) 등을 관상하고, 최후에 보배로 된 누각을 관상하여 정토의 전체를 보는 것이므로 '총관상'이라고 한다.

27) 華座想: 화좌상. 『불설관무량수경』에 제시된 십륙관법(十六觀法)의 제7관(第七觀)이다.(= 華座觀) 칠보(七寶)로 장식한 부처님의 대좌(臺座)를 관상(觀想)하는 것이다. ※ '華座(화좌)'는 꽃의 자리(座)이다.

28) 像想: 상상. 『불설관무량수경』에 제시된 십륙관법(十六觀法)의 제8관(第八觀)이다.(= 像想觀) 형상과 관상하는데 나타나는 금색상(金色像)을 관상(觀想)하는 것으로서, 아미타불(阿彌陁佛)의 형상을 관상하는 것이다.

29) 色身相: 색신상. 『불설관무량수경』에 제시된 십륙관법(十六觀法)의 제9관(第九觀)이다. 진정한 부처님의 몸을 관상(觀想)하는 것, 곧 아미타불(阿彌陁佛)의 상호(相好)와 광명(光明)을 관상(觀相)하는 것이다.

30) 觀世音: 관세음. 『불설관무량수경』에 제시된 십륙관법(十六觀法)의 제10관(第十觀)이다.(= 眞身觀) 관세음보살의 진실 색신상(色身相)을 보는 것, 곧 아미타불을 곁에서 모시고 있는 관세음보살(觀世音菩薩)의 진실한 모습을 보는 것이다.

31) 大勢至: 대세지. 『불설관무량수경』에 제시된 십육관법(十六觀法)의 제11관(第十一觀)이다.(= 勢至觀). 진정한 보살의 몸을 관상(觀想)하는 것, 곧 대세지보살(大勢至菩薩)의 상호(相好)·광명(光明)을 관상하는 것이다.

32) 普觀想: 보관상. 『불설관무량수경』에 제시된 십륙관법(十六觀法)의 제12관(第十二觀)이다.(= 보관(普觀) 극락세계(極樂世界)의 주불(主佛)인 아미타불(阿彌陁佛)과 그를 위요(圍繞)한 온갖 것을 두루 관상(觀想)하는 것이다.

十二觀(십이관)이시니.

　　其二百十六(기이백육십)

　雜想(잡상)이 十三觀(십삼관)이며, 上·中·下(상·중·하) 三輩想(삼배상)이 遲速間(지속간)에 快樂(쾌락)이 같으리.

　功德(공덕)이 깊은 이는 上品三生(상품삼생)에 나되, 一日(일일) 後(후)에

十씹二싱觀관이시니

其끵二싱百빅十씹六륙

雜짭想샹[33]이 十씹三삼觀관이며 上썅 中듕 下향 三삼輩빙想샹[34]이 遲띵
速속間간[35]애 快쾡樂락이[36] 굳ᄒ리[37]
功공德득[38]이 기프니는[39] 上썅品픔三삼生ᄉᆡᆼ[40]애 나되[41] 一힗日ᅀᅵᇙ 後ᅘᅮᇢ에

---

33) 雜想觀: 잡상관. 『불설관무량수경』에 제시된 십육관법(十六觀法)의 제9관(第九觀)이다. 우둔(愚鈍)한 중생(衆生)을 위(爲)하여 아미타불(阿彌陀佛)의 장륙상을 관상(觀想)하게 하는 일이다.

34) 上中下 三輩想: 상중하 삼배상. '상배관(上輩觀)'은 십육관법 중에서 제14관으로, 대승(大乘)을 배우는 범부가 극락에 왕생하는 모습을 관상(觀像)하는 방법이다. '중배관(中輩觀)'은 십육관법 중에서 제15관으로, 소승(小乘)이나 세간에서 보통으로 선근(善根)을 닦는 범부가 정토에 왕생하는 모양을 관상(觀想)하는 방법이다. '하배관(下輩觀)'은 십육관법 중에서 제16관으로, 악업을 지은 사람이 염불하여 정토에 왕생하는 모양을 관상(觀想)하는 방법이다.

35) 遲速間: 지속간. 더디거나 빠르거나 간에.

36) 快樂이: 快樂(쾌락) + -이(주조) ※ '快樂(쾌락)'은 유쾌하고 즐거움. 또는 그런 느낌이다.

37) 굳ᄒ리: 굳ᄒ(같다, 如)- + -ᄋ리(평종, 반말, 미시)

38) 功德: 공덕. 좋은 일을 행한 덕으로 훌륭한 결과를 가져오게 하는 능력이다.

39) 기프니는: 깊(깊다, 深)- + -Ø(현시)- + -은(관전) # 이(이, 人: 의명) + -는(보조사, 주제)

40) 上品三生: 상품삼생. 염불(念佛) 수행이 낮고 못함을 일과(日課)의 많고 적음에 따라 9품(九品)으로 나눈 것 가운데 상품상생(上品上生)·상품중생(上品中生)·상품하생(上品下生)을 말한다. 불교에서 상품(上品)은 극락 정토(極樂淨土)의 윗자리에 있는 삼품(三品)이다.

41) 나되: 나(나다, 生)- + -되(←-오되: -되, 연어, 설명 계속)

蓮(연)꽃이 피겠으니.

其二百十七(기이백십칠)

功德(공덕)이 (그) 다음가는 사람은 中品三生(중품삼생)에 나되, 七日(칠일) 後(후)에 蓮(연)꽃이 피겠으니.

功德(공덕)이 또 (그) 다음가는 사람은 下品三生(하품삼생)에 나되, 七七日(칠칠일) 後(후)에

蓮_련ㅅ고지⁴²⁾ 프리니⁴³⁾

　　其_끵二_싱百_빅十_씹七_칧

功_궁德_득이 버그니는⁴⁴⁾ 中_듕品_픔三_삼生_싱⁴⁵⁾애 나디 七_칧日_싏 後_흫에 蓮_련ㅅ고지 프리니

功_궁德_득이 쏘⁴⁶⁾ 버그니는 下_행品_픔三_삼生_싱⁴⁷⁾애 나디 七_칧七_칧日_싏⁴⁸⁾ 後_흫에

---

42) 蓮ㅅ고지: 蓮ㅅ곶[연꽃, 蓮花: 蓮(연) + -ㅅ(관조, 사잇) + 곶(꽃, 花)] + -이(주조)

43) 프리니: 프(피다, 開)- + -리(미시)- + -니(평종, 반말)

44) 버그니는: 벅(다음가다, 次)- + -Ø(과시)- + -은(관전) # 이(이, 人: 의명) + -는(보조사, 주제)

45) 中品三生: 중품삼생. 염불(念佛) 수행이 낮고 못함을 일과(日課)의 많고 적음에 따라 9품(九品)으로 나눈 것 가운데 중품상생(中品上生)·중품중생(中品中生)·중품하생(中品下生)을 말한다. 불교에서 중품(中品)은 구품 정토(九品淨土)의 중간 자리에 있는 삼품(三品)이다.

46) 쏘: 또, 又(부사)

47) 下品三生: 하품삼생. 염불(念佛) 수행이 낮고 못함을 일과(日課)의 많고 적음에 따라 9품(九品)으로 나눈 것 가운데 하품상생(下品上生)·하품중생(下品中生)·하품하생(下品下生)을 말한다. 불교에서 하품(下品)은 구품 정토(九品淨土)의 아랫자리에 있는 삼품(三品)이다.

48) 七七日: 칠칠일, 49일이다.

蓮(연)꽃이 피겠으니.

其二百十八(기이백십팔)

世尊(세존)이 神通力(신통력)으로 이 말을 이르실 제, 無量壽佛(무량수불)이 虛空(허공)에 보이셨으니.

韋提希(위제희)가 恭敬心(공경심)으로 이 말을 들을 제, 西方世界(서방세계)를

蓮련ㅅ 고지 프리니

其끵二싱百빅十씹八밣

世솅尊존 神씬通통力륵[49]에 이 말 니ᄅᆞ싫[50] 제[51] 無뭉量량壽쓩佛뿛[52]이
虛헝空콩애 뵈시니[53]
韋윙提똉希힁[54] 恭공敬경心심에 이 말 듣ᄌᆞᄫᆞᇙ[55] 제 西솅方방世솅界갱[56]를

---

49) 神通力: 신통력. 수행으로 갖추게 되는 불가사의하고 자유 자재한 능력이다. ※ '神通力에'는 문맥을 감안하여 '신통력으로'로 의역하여 옮긴다.

50) 니ᄅᆞ싫: 니ᄅᆞ(이르다, 說)-+-시(주높)-+-ᇙ(관전)

51) 제: 제, 때에(의명) ※ '제'는 [저(←적: 때, 時, 의명)+-에(부조, 위치)]의 방식으로 형성된 의존명사이다.

52) 無量壽佛: 무량수불. 아미타불(阿彌陀佛)을 높여 이르는 말이다. 대승불교의 부처 가운데 가장 널리 신봉되는 부처이다. 헤아릴 수 없을 정도로 수명의 한이 없는 부처님의 덕을 찬양하여 무량수불이라 일컫는다. 이 부처는 서방정토(西方淨土)의 극락세계에 머물면서 현재까지 설법한다고 하는데 모든 중생을 제도하겠다는 커다란 염원을 품은 부처로서, 신도가 아미타불을 의지하여 염불을 하면 모두 구제하여 극락정토에 태어나게 하고 기원에 응답하여 맞이하러 오겠다는 내용의 48대 서원을 하였다고 한다. 이러한 서원에 바탕을 두고 이 부처를 염하는 '나무아미타불(南無阿彌陀佛)'의 염불을 하면 극락세계에 왕생하여 깨달음에 도달할 수 있다는 아미타신앙이 나타났다.

53) 뵈시니: 뵈[보이다, 現: 보(보다, 觀)-+-ㅣ(←-이-: 피접)-]-+-시(주높)-+-Ø(과시)-+-니(평종, 반말)

54) 韋提希: 韋提希(위제희)+-Ø(←-이: 주조)

55) 듣ᄌᆞᄫᆞᇙ: 듣(듣다, 聞)-+-ᄌᆞᇦ(←-ᄌᆞᆸ-: 객높)-+-ᄋᆞᇙ(관전)

56) 西方世界: 서방세계. 서쪽으로 십만억(十萬億) 국토(國土)를 지나서 있는 아미타불(阿彌陀佛)의 세계이다. 서방 극락(西方極樂), 서방 세계(西方世界), 서방 정토(西方淨土), 서방 안락국(西方安樂國), 서방 십만억토(西方十萬億土), 서찰(西刹). 줄여서 서방(西方)이라고도 한다.

꿰뚫어서 보았으니.

其二百十九(기이백십구)

莊嚴(장엄)이 저러하시구나. 快樂(쾌락)이 저러하시구나. (내가) 極樂世界(극락세계)를 바랍니다.

輪廻(윤회)도 이러하구나. 受苦(수고)도 이러하구나. (내가) 娑婆世界(사바세계)를 떠나고 싶습니다.

ᄉᄆᆺ[57] 보니[58]

其끵二ᅀᅵᆼ百빅十씹九굴

莊장嚴엄[59]이 뎌러ᄒ실써[60] 快쾡樂락이 뎌러ᄒ실써 極끅樂락世솅界갱[61]를 ᄇ라ᅀᆞᆸ노이다[62]

輪륜廻ᅘᅬᆼ[63]도 이러ᄒᆞᆯ써[64] 受쓩苦콩[65]도 이러ᄒᆞᆯ써 娑상婆빵世솅界갱[66]를 여희야 지이다[67]

---

57) ᄉᄆᆺ: [꿰뚫어, 철저하게, 貫(부사): ᄉᄆᆺ(← ᄉᄆᆾ다: 꿰뚫다, 통하다, 貫, 동사)- + -Ø(부접)]

58) 보니: 보(보다, 觀)- + -Ø(과시)- + -니(평종, 반말)

59) 莊嚴: 장엄. 좋고 아름다운 것으로 국토를 꾸미고, 훌륭한 공덕을 쌓아 몸을 장식하고, 향이나 꽃 따위를 부처에게 올려 장식하는 일이다.

60) 뎌러ᄒ실써: 뎌러ᄒ[저러하다, 如彼: 뎌러(저러: 불어) + -ᄒ(형접)-]- + -시(주높)- + -Ø(현시)- + -Ø(현시)- + -ㄹ써(-구나: 감종)

61) 極樂世界: 극락세계. 서방세계, 서방정토이다. 서쪽으로 십만억(十萬億) 국토(國土)를 지나서 있는 아미타불(阿彌陀佛)의 세계이다.

62) ᄇ라ᅀᆞᆸ노이다: ᄇ라(바라다, 望)- + -ᅀᆞᆸ(객높)- + -ㄴ(←-ᄂᆞ-: 현시)- + -오(화자)- + -이(상높, 아주 높임)- + -다(평종) ※ 'ᄇ라ᅀᆞᆸ노이다'의 주체는 화자인 '위제희(韋提希)'이다.

63) 輪廻: 윤회. 수레바퀴가 끊임없이 구르는 것과 같이, 중생(衆生)이 번뇌(煩惱)와 업(業)에 의하여 삼계(三界) 육도(六道)의 생사 세계를 그치지 아니하고 돌고 도는 일이다.

64) 이러ᄒᆞᆯ써: 이러ᄒ[이러하다, 如此: 이러(이러: 불어) + -ᄒ(형접)-]- + -시(주높)- + -Ø(현시)- + -ㄹ써(-구나: 감종)

65) 受苦: 수고. 생로병사(生老病死)의 고통을 받는 것인, 또는 네 가지의 수고(受苦)이다. 곧 사는 일, 늙는 일, 병, 죽는 일을 말한다.

66) 娑婆世界: 사바세계. 괴로움이 많은 인간 세계이며, 석가모니불이 교화하는 세계를 이른다. 따라서 부처님이 섭화하는 경토인 삼천대천세계가 모두 사바세계이다. 우리가 살고 있는 이 세계는 '탐(貪)·진(瞋)·치(痴) 삼독(三毒)'의 번뇌를 겪어내야 하고, 오온(五蘊)으로 비롯되는 고통을 참고 살아야 한다.

67) 여희야 지이다: 여희(떠나다, 이별하다, 別)- + -야(←-아: 연어) # 지(싶다: 보용, 희망)- + -이(상높, 아주 높임)- + -Ø(현시)- + -다(평종) ※ '여희야 지이다'의 주체는 화자인 '위제희(韋提希)'이다.

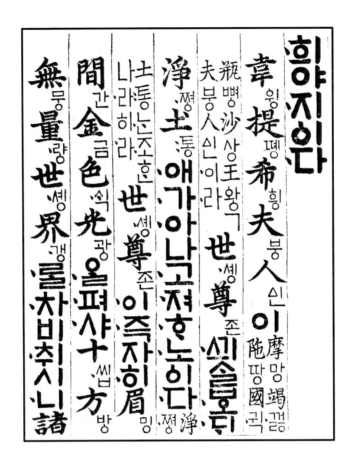

韋提希夫人(위제희부인)이【 摩竭陀國(마갈타국) 瓶沙王(병사왕)의 夫人(부인)이다. 】世尊(세존)께 사뢰되, "淨土(정토)에 가 나고자 합니다." 【淨土(정토)는 깨끗한 나라이다. 】世尊(세존)이 즉시 眉間(미간)의 金色光(금색광)을 펴시어 十方(시방)의 無量(무량) 世界(세계)를 두루 비추니

韋_윙提_똉希_힁夫_붕人_신⁶⁸⁾이【摩_망竭_껋陁_땅國_귁⁶⁹⁾ 瓶_뼝沙_상王_왕ㄱ⁷⁰⁾ 夫_붕人_신이라 】世_솅尊_존끠 슬ᄫᅩ디⁷¹⁾ 淨_쪙土_통⁷²⁾애 가아 나고져 ᄒᆞ노이다⁷³⁾【淨_쪙土_통ᄂᆞᆫ 조ᄒᆞᆫ⁷⁴⁾ 나라히라⁷⁵⁾ 】世_솅尊_존이 즉자히⁷⁶⁾ 眉_밍間_간⁷⁷⁾ 金_금色_{ᄉᆡᆨ}光_광을 펴샤 十_씹方_방⁷⁸⁾ 無_뭉量_량 世_솅界_갱를 차⁷⁹⁾ 비취시니⁸⁰⁾

68) 韋提希: 위제희. 석가모니와 같은 시대에 중인도에 위치한 마가다국의 빈비사라왕의 비(妃)이다. 생몰 연대 미상이다. 왕자 아자타샤트루이가 빈비사라왕을 유폐해서 아사시키려고 했을 때에, 몰래 살갗에 분을 바르고 장신구에 물을 채워서 감옥을 방문하여 왕을 살렸는데, 발각되어서 자신도 유폐되었다. 그러나 감옥 안에서 그녀의 기도에 응답해 석가가 나타나서 이 세상에 절망해서 아미타불의 정토를 기원하는 비(妃)에게 아미타불이나 그 정토를 관상하는 방법을 가르쳤다. 이때에 석가모니의 가르침을 『관무량수경』(觀無量壽經)이라고 한다.

69) 摩竭陁國: 마갈타국((magadha國). 인도 고대 16개 왕국 중의 하나이다. 그 영토는 오늘날의 인도 동북부 파트나(Patna)와 비하르(Bihār)주 가야(Gayā) 일원에 해당한다.

70) 瓶沙王ㄱ: 瓶沙王(병사왕) + -ㄱ(-의: 관조) ※ '瓶沙王(병사왕)'은 산스크리트어의 bimbisāra를 음사한 것이다. 마가다국(magadha國)의 왕이다.(재위 기원전 580년경-기원전 550년경) 앙가국(aṅga國)을 점령하여 영토를 확장하고, 왕사성(王舍城) 부근에 죽림정사(竹林精舍)를 지어 붓다에게 바쳤다. 만년에 그의 아들 아자타샤트루(ajātaśatru)에 의해 감옥에 갇혀 죽었다.

71) 슬ᄫᅩ디: 슳(← 숣다, ㅂ불: 사뢰다, 아뢰다, 白)- + -오ᄃᆡ(-되: 연어, 설명 계속)

72) 淨土: 정토. 대승불교(大乘佛敎)에서 부처와 또 장차 부처가 될 보살이 거주한다는 청정한 국토이다.

73) ᄒᆞ노이다: ᄒᆞ(하다, 曰)- + -ㄴ(←-ᄂᆞ-: 현시)- + -오(화자)- + -이(상높, 아주 높임)- + -다(평종)

74) 조ᄒᆞᆫ: 좋(맑다, 깨끗하다, 淨)- + -Ø(현시)- + -은

75) 나라히라: 나라ㅎ(나라, 國) + -이(서조)- + -Ø(현시)- + -라(←-다: 평종)

76) 즉자히: 즉시, 卽(부사)

77) 眉間: 미간. 두 눈썹의 사이이다.

78) 十方: 시방. 사방(四方), 사우(四隅), 상하(上下)를 통틀어 이르는 말이다. ※ '四方(사방)'은 '동·서·남·북'의 방향이다. 그리고 '四隅(사우)'는 네 모퉁이의 방위, 곧 '동남·동북·서남·서북'을 이른다.

79) 차: ᄎ(← ᄎ다: 차다, 遍)- + -아(연어) ※ 『불설관무량수경』에는 '차 비취시니'의 부분을 '遍照'로 기술했으므로, '두루 비추다'로 의역하여 옮긴다.

80) 비취시니: 비취(비추다, 照)- + -시(주높)- + -니(연어, 설명 계속)

諸佛(제불)의 淨土(정토)가 다 거기에 現(현)하거늘, '자기가 (스스로 제불의 정토를) 선택하라.' 하시니, 韋提希夫人(위제희부인)이 "阿彌陀佛國(아미타불국)에 나고 싶습니다." 하거늘, 부처가 韋提希(위제희)더러 이르시되, 너(汝)이며 衆生(중생)들이 마음을 온전하게 하여, 한 곳에 골똘히 (마음을) 먹어서 西方(서방)을 想(상)하라. 【想(상)은 마음에 상상하여 (마음을) 먹는 것이다. 】

諸_정佛_뿛⁸¹⁾ 淨_쪙土_통ㅣ 다 그어긔⁸²⁾ 現_현커늘⁸³⁾ 제⁸⁴⁾ 글히라⁸⁵⁾ 호신대⁸⁶⁾ 韋_윙提_똉希_횡夫_붕人_신이 阿_항彌_밍陁_땅佛_뿛國_귁⁸⁷⁾에 나가 지이다⁸⁸⁾ 호야늘⁸⁹⁾ 부톄 韋_윙提_똉希_횡드려⁹⁰⁾ 니르샤딕⁹¹⁾ 네며⁹²⁾ 衆_즁生_싱들히⁹³⁾ 무슨물⁹⁴⁾ 오올와⁹⁵⁾ 혼 고대⁹⁶⁾ 고즈기⁹⁷⁾ 머거 西_솅方_방⁹⁸⁾을 想_샹호라⁹⁹⁾【想_샹은 무슨매 스쳐¹⁰⁰⁾ 머글 씨라¹⁾】

---

81) 諸佛: 제불. 여러 부처이다.

82) 그어긔: 거기에(彼處: 지대, 정칭)

83) 現커늘: 現ᄒ(← 現ᄒ다(나타나다): 現(현: 불어) + -ᄒ(동접)-]- + -거늘(연어, 상황)

84) 제: 저(저, 자기, 己: 인대, 재귀칭) + -ㅣ(← -이: 주조) ※ 여기서 재귀칭 대명사인 '저'는 '위제희부인'을 대용한다.

85) 글히라: 글히(가리다, 선택하다, 選) + -라(명종)

86) 호신대: ᄒ(하다, 曰) + -시(주높) + -ㄴ대(-니: 연어, 반응)

87) 阿彌陁佛國: 아미타불국. 아미타불이 세운 나라이다. 아미타불은 무량한 광명을 가졌다 하여 무량광불(無量光佛)이라 하며, 또한 무량한 수명을 가졌다고 하여 무량수불(無量壽佛)이라고 한다. 오랜 옛적 과거세에 세자재왕불(世自在王佛)의 감화를 받은 국왕이 법장(法藏)이라는 스님이 되어 48대원을 서원하여 무수한 겁동안 수행하였고, 마침내 10겁 전에 성불하여, 서방정토(西方淨土)로 불리는 '아미타불국토'를 이루었다.

88) 나가 지이다: 나(나다, 태어나다, 生) + -가(← -거-: 확인) + -Ø(← -오-: 화자) + -아(연어) # 지(싶다: 보용, 희망) + -이(상높, 아주 높임) + -Ø(현시) + -다(평종)

89) 호야늘: ᄒ(하다, 曰) + -야늘(← -아늘: -거늘, 연어, 상황)

90) 韋提希드려: 韋提希(위제희: 인명) + -드려(-더러, -에게: 부조, 상대) ※ '-드려'는 [드리(데리다, 與)- + -어(연어▷조접)]의 방식으로 형성된 파생 조사이다.

91) 니르샤딕: 니르(이르다, 說) + -샤(← -시-: 주높) + -딕(← -오딕: 연어, 설명 계속)

92) 네며: 너(너, 汝: 인대, 2인칭) + -ㅣ며(← -이며: 접조)

93) 衆生들히: 衆生들ᄒ[중생들, 諸衆生: 衆生(중생) + -들ᄒ(-들: 복접)] + -이(주조)

94) 무슨물: 무슨(마음, 心) + -울(목조)

95) 오올와: 오올오[온전하게 하다, 專: 오올(온전하다, 專: 자동)- + -오(사접)-]- + -아(연어)

96) 고대: 곧(곳, 處: 의명) + -애(-에: 부조, 위치)

97) 고즈기: [골똘히, 繫念(부사): 고죽(골똘, 繫念: 불어) + -Ø(← -ᄒ-: 형접) + -이(부접)]

98) 西方: 서방. 서방정토(西方淨土), 곧 서쪽으로 십만 억의 국토를 지나면 있는 아미타불(阿彌陀佛)의 세계이다.

99) 想ᄒ라: 想ᄒ[상하다: 상상하다: 想(상: 불어) + -ᄒ(동접)-]- + -라(명종)

100) 스쳐: 스치(생각하다, 상상하다, 想) + -어(연어)

1) 씨라: ㅆ(← ᄉ: 것, 의명) + -이(서조) + -Ø(현시) + -라(← -다: 평종)

어찌하는 것을 想(상)이라 하였느냐? ○ 想(상)을 할 것이면, 一切(일체)의 衆生(중생)이 想念(상념)을 일으켜서, 西(서)쪽을 向(향)하여 正(정)히 앉아서 지는 해를 골똘히 보아서, 마음을 굳이 먹어 想(상)을 온전히 하여 옮기지 아니하여, 해가 지는 모습이 매단 북(鼓)과 같은데, 눈을 감으며 뜸에 다 밝게 하는 것이 (이것이) 日想(일상)이니 엇뎨호ᄆᆞᆯ²⁾ 想_샹이라 ᄒᆞ거뇨³⁾ ○ 想_샹을 홇⁴⁾ 딘댄⁵⁾ 一_힗切_쳉 衆_즁生_싱이 想_샹念_념을 니르와다⁶⁾ 西_솅ㅅ녁⁷⁾ 向_향ᄒᆞ야 正_졍히⁸⁾ 안자 디ᄂᆞᆫ⁹⁾ ᄒᆡ를 ᄉᆞ외¹⁰⁾ 보아 ᄆᆞᅀᆞ믈 구디¹¹⁾ 머거 想_샹을 오ᄋᆞᆯ와 옮기디¹²⁾ 아니ᄒᆞ야 ᄒᆡ 디논¹³⁾ 야이¹⁴⁾ ᄃᆞ론¹⁵⁾ 붑¹⁶⁾ ᄀᆞᆮ거든¹⁷⁾ 눈 ᄀᆞ마ᄆᆞ며¹⁸⁾ ᄠᅮ메¹⁹⁾ 다 ᄇᆞᆰ게 호미 이²⁰⁾ 日_힗想_샹²¹⁾이니

---

2) 엇뎨호ᄆᆞᆯ: 엇뎨ᄒᆞ[어찌하다, 何作: 엇뎨(어찌, 何: 부사) + -ᄒᆞ(동접)-]- + -옴(명전)-] + -ᄋᆞᆯ(목조)
3) ᄒᆞ거뇨: ᄒᆞ(하다, 名曰)- + -Ø(과시)- + -거(확인)- + -뇨(-냐: 의종, 설명)
4) 홇: ᄒᆞ(← ᄒᆞ다: 하다, 作)- + -오(대상)- + -ㅭ(관전)
5) 딘댄: ᄃᆞ(← ᄃᆞ: 것, 의명) + -이(서조)- + -ㄴ댄(연어, 조건)
6) 니르와다: 니르완[일으키다, 起: 닐(일어나다, 起: 자동)- + -으(사접)- + -완(강접)-]- + -아(연어)
7) 西ㅅ녁: [서녘, 서쪽, 西向: 西(서: 명사) + -ㅅ(관조, 사잇) + 녁(녘, 쪽, 向: 명사)]
8) 正히: [정히, 똑바로: 正(졍: 명사) + -ᄒᆞ(← -ᄒᆞ-: 형접)- + -이(부접)]
9) 디ᄂᆞᆫ: 디(지다, 落)- + -ᄂᆞ(현시)- + -ㄴ(관전)
10) ᄉᆞ외: 골똘히, 깊이, 단단히, 深(부사)
11) 구디: [굳이, 굳게, 堅(부사): 굳(굳다, 堅: 형사)- + -이(부접)]
12) 옮기디: 옮기[옮기다, 移: 옮(옮다, 移: 자동)- + -기(사접)-]- + -디(-지: 연어, 부정)
13) 디논: 디(지다, 落)- + -ㄴ(← -ᄂᆞ-: 현시)- + -오(대상)- + -ㄴ(관전)
14) 야이: 양(양, 樣) + -이(주조)
15) ᄃᆞ론: 둘(달다, 매달다, 縣)- + -Ø(과시)- + -오(대상)- + -ㄴ(관전)
16) 붑: 붑(← 붖: 북, 鼓)
17) ᄀᆞᆮ거든: ᄀᆞᆮ(← ᄀᆞᆮ다: 같다, 如)- + -거든(-은데: 연어, 설명 계속)
18) ᄀᆞ마ᄆᆞ며: ᄀᆞᆷ(감다, 閉)- + -ᄋᆞ며(-으며: 연어, 나열)
19) ᄠᅮ메: ᄠᅳ(← ᄠᅳ다: 뜨다, 開)- + -움(명전) + -에(부조, 위치)
20) 이: 이(이것, 是) + -Ø(← -이: 주조) ※ '이'는 강조 용법으로 쓰인 지시 대명사이다.
21) 日想: 일상. 『불설관무량수경』의 십륙관법(十六觀法)에 속하는 첫째, 곧 초관(初觀)이다. '일상관(日想觀)'은 떨어지는 해를 보아서 극락 정토를 관상(觀想)하는 것이다.

일후미 初촁觀관·이라【初촁觀관·은 첫·보·미·라】 ·버·거 水·슈想·샹·ᄋᆞᆯ ·ᄒᆞ·야 ·므·리 ᄆᆞᆯ·고·ᄆᆞᆯ 보·아 ᄆᆞᆰ·게 ·ᄒᆞ·야 흐·튼 ᄠᅳ·디 업·게 ·ᄒᆞ·고 冰빙想·샹·ᄋᆞᆯ ·ᄒᆞ·야【氷빙·은 어·르·미·라】 어·르·미 ᄉᆞ·ᄆᆞᆾ 비·취·논 ·ᄀᆞ·ᄅᆞᆯ 보·고 瑠륭璃링想·샹·ᄋᆞᆯ ·ᄒᆞ·야 ·이 想·샹·이 ·일·면 瑠륭璃링 ·ᄯᅡ·히 안·밧·기 ᄉᆞ·ᄆᆞᆾ 비·취·ᄂᆞᆫ ·그 아·래 金금剛강 七·칭寶

이름이 初觀(초관)이다. 【初觀(초관)은 처음으로 보는 것이다. 】○ 다음으로 水想(수상)을 하여, 물이 맑은 것을 보아서 또 밝게 하여 흐튼 뜻이 없게 하고, 冰想(빙상)을 하여【氷(빙)은 어름이다. 】얼음이 꿰뚫어 비치는 것을 보고, 瑠璃想(유리상)을 하여 이 想(상)이 이루어지면 瑠璃(유리)의 땅이 안팎이 꿰뚫어 비치는데, 그 아래에 金剛(금강)과 七寶(칠보)와 일후미[22] 初_총觀_관이라【初_총觀_관은 첫 보미라[23] 】 버거[24] 水_쉉想_샹[25] 을 ᄒᆞ야 므릐[26] 묽ᄀᆞᆫ[27] 주를 보아 ᄊᆞ 븕게 ᄒᆞ야 흐튼[28] ᄠᅳᆮ[29] 업게 ᄒᆞ고 冰_빙想_샹을 ᄒᆞ야【冰_빙은 어르미라[30] 】 어르믜 ᄉᆞᄆᆞᆺ[31] 비취논[32] 고ᄃᆞᆯ[33] 보고 瑠_률璃_링想_샹을 ᄒᆞ야 이 想_샹이 일면[34] 瑠_률璃_링[35] ᄯᅡ 히[36] 안팟기[37] ᄉᆞᄆᆞᆺ 비취어든[38] 그 아래 金_금剛_강[39] 七_칧寶_볼[40]

---

22) 일후미: 일훔(이름, 名) + -이(주조)

23) 보미라: 보(보다, 觀)- + -옴(명전) + -이(서조)- + -Ø(현시)- + -라(← -다: 평종) ※ '첫 보미라'는 '처음으로 보는 것이다'로 의역하여 옮긴다.

24) 버거: [다음으로, 次(부사): 벅(다음가다, 버금가다: 동사)- + -어(연어 ▷ 부접)]

25) 水想: 수상. 『불설관무량수경』의 십륙관법(十六觀法)에 속하는 제2관(第二觀)이다.(= 水想觀) 극락(極樂)의 대지가 넓고 평탄함을 물에 비교하여 관상(觀想)하는 것이다.

26) 므릐: 믈(물, 水) + -의(관조, 의미상 주격) ※ '므릐'는 관형절 속에서 의미상 주격으로 기능한다.

27) 묽ᄀᆞᆫ: 몱(맑다, 淸)- + -Ø(현시)- + -은(관전)

28) 흐튼: [흐튼(관사): 흩(흩다, 分散)- + -은(관전 ▷ 관접)] ※ '흐튼'은 '쓸데없이 헤프거나 막된'의 뜻을 나타내는 관형사이다.

29) ᄠᅳᆮ: 뜻, 意.

30) 어르미라: 어름[얼음, 氷: 얼(얼다, 氷: 자동)- + -음(명접)] + -이(서조)- + -Ø(현시)- + -라(← -다: 평종)

31) ᄉᆞᄆᆞᆺ: [꿰뚫어, 徹(부사): ᄉᆞᄆᆞᆾ(← ᄉᆞᄆᆞᆾ다: 꿰뚫다, 貫, 동사)- + -Ø(부접)]

32) 비취논: 비취(비치다, 照)- + -ㄴ(← -ᄂᆞ-: 현시)- + -오(대상)- + -ㄴ(관전)

33) 고ᄃᆞᆯ: 곧(것, 者: 의명) + -ᄋᆞᆯ(목조)

34) 일면: 일(이루어지다, 成)- + -면(연어, 조건)

35) 瑠璃: 유리. 인도의 고대 7가지 보배 중 하나로서, 산스크리트어로 바이두르야(vaidūrya)라 한다. 묘안석의 일종으로, 광물학적으로는 녹주석이다. 청석(靑石) 보석이라고 하지만 여러 가지 빛깔이 있는 것으로 보아 묘안석(猫眼石)의 일종으로 생각된다.

36) ᄯᅡ히: ᄯᅡ히(땅, 地) + -이(주조)

37) 안팟기: 안팎[안팎, 內外: 안ㅎ(안, 內) + 밖(밖, 外)] + -이(주조)

38) 비취어든: 비취(비치다, 映)- + -어든(← -거든: -는데, 연어, 설명 계속)

39) 金剛: 금강. 금강석, 다이야몬드이다.

40) 七寶: 칠보. 일곱 가지 주요 보배이다. 金(금)·銀(은)·瑠璃(유리)·玻瓈(파려)·硨磲(차거)·赤珠(적주)·瑪瑙(마노)를 이른다.

金幢(금당)이 琉璃(유리) 땅을 받쳐 있으니, 그 幢(당)의 여덟 모퉁이에
百寶(백보)로 이루고【百寶(백보)는 백 가지의 보배이다.】, 寶珠(보주)마다
【寶珠(보주)는 보배로 된 구슬이다.】一千(일천) 光明(광명)이요 光明(광
명)마다 八萬四千(팔만사천) 빛이니, 瑠璃(유리) 땅을 비추되 億千(억천)의
해(日)와 같아서 갖추 보는 것을 못하겠으며

金금幢땅⁴¹⁾이 琉륭璃링 싸홀 바다⁴²⁾ 이시니 그 幢땅 여듧 모해⁴³⁾ 百빅寶ᄫᅩᆯ⁴⁴⁾로 일우고⁴⁵⁾【百빅寶ᄫᅩᆯᄂᆞᆫ 온⁴⁶⁾ 가짓 보비라⁴⁷⁾】 寶ᄫᅩᆯ珠즁마다【寶ᄫᅩᆯ珠즁ᄂᆞᆫ 보비옛⁴⁸⁾ 구스리라】 一힗千쳔 光광明명이오 光광明명마다 八밣萬먼四ᄉᆞᆼ千쳔 비치니⁴⁹⁾ 瑠륭璃링 싸홀 비취요ᄃᆡ⁵⁰⁾ 億흑千쳔 日ᅀᅵᇙ이⁵¹⁾ ᄀᆞᆮᄒᆞ야⁵²⁾ ᄀᆞ초⁵³⁾ 보몰⁵⁴⁾ 몯ᄒᆞ리며⁵⁵⁾

---

41) 金幢: 금으로 된 당(幢)이다. ※ '당(幢)'은 법회 따위의 의식이 있을 때에, 절의 문 앞에 세우는 기이다. 장대 끝에 용머리를 만들고, 깃발에 불화(佛畫)를 그려 불보살의 위엄을 나타내는 장식 도구이다.

42) 바다: 받(받치다, 擎)-+-아(연어)

43) 모해: 모ᄒᆞ(모퉁이, 方)+-애(-에: 부조, 위치)

44) 百寶: 백보. 백 가지의 보배이다.

45) 일우고: 일우[이루다, 成: 일(이루어지다, 成: 자동)-+-우(사접)-]-+-고(연어, 나열)

46) 온: 백, 百(관사, 양수)

47) 보비라: 보비(보배, 寶)+-Ø(←-이-: 서조)-+-Ø(현시)-+-라(←-다: 평종)

48) 보비옛: 보비(보배, 寶)+-예(←-에: 부조, 위치)+-ㅅ(-의: 관조) ※ '보비옛'은 '보배로 된'으로 의역하여 옮긴다.

49) 비치니: 빛(빛, 光)+-이(서조)-+-니(연어, 설명 계속, 이유)

50) 비취요ᄃᆡ: 비취(비추다, 映)-+-요ᄃᆡ(-오ᄃᆡ: 연어, 설명 계속)

51) 日이: 日(해, 태양)+-이(부조, 비교)

52) ᄀᆞᆮᄒᆞ야: ᄀᆞᆮᄒᆞ(같다, 如)-+-야(-아: 연어)

53) ᄀᆞ초: [갖추, 모두 있는 대로, 具(부사): ᄀᆞᆾ(갖추어져 있다, 具: 형사)-+-호(사접)-+-Ø(부접)]

54) 보몰: 보(보다, 見)-+-옴(명전)+-올(목조)

55) 몯ᄒᆞ리며: 몯ᄒᆞ[못하다, 不可: 몯(못, 不可: 부사, 부정)-+-ᄒᆞ(동접)-]-+-리(미시)-+-며(연어, 나열)

瑠璃(유리)로 된 땅 위에 黃金(황금)의 끈으로 섞어 늘어뜨리고, 七寶(칠보)의 경계(境界)가 分明(분명)하고, 한 보배마다 五百(오백) (가지의) 빛이 나는 光(광)이니, 그 光(광)이 꽃과 같으며 (그 光이 마치) 별과 달이 虛空(허공)에 달린 듯하여 光明臺(광명대)가 되고, 樓閣(누각) 千萬(천만)이 百寶(백보)가 모여서 이루어져 있고, 臺(대)의 두 곁에 各各(각각)

瑠_륳璃_링 싸 우희[56] 黃_勵金_금 노ᄒ로[57] 섯느리고[58] 七_칧寶_볼 굴비[59]

分_분明_명ᄒ고 ᄒᆫ 보비마다 五_옹百_빅 비쳇[60] 光_광이니 그 光_광이

곳[61] 곧ᄒ며 벼ᄃ리[62] 虛_헝空_콩애 ᄃ릴인[63] ᄃᆺ[64] ᄒ야 光_광明_명臺_띵

ᄃ외오[66] 樓_륳閣_각 千_쳔萬_먼이 百_빅寶_볼ㅣ 모다[67] 이렛고[68] 臺_띵ㅅ

두 겨틔[69] 各_각各_각

---

56) 우희: 우ㅎ(위, 上) + -의(-에: 부조, 위치)

57) 노ᄒ로: 노ㅎ(끈, 繩) + -ᄋ로(부조, 방편)

58) 섯느리고: 섯느리[섞어 늘이다, 雜廁: 섯(← 셧다: 섞다, 雜)- + 늘(늘다, 廁)- + -이(사접)-]- + 고(연어, 나열)

59) 굴비: 곪(경계, 界) + -이(주조)

60) 비쳇: 빛(빛, 光) + -에(부조, 위치) + -ㅅ(-의: 관조) ※ '비쳇'은 '빛이 나는'으로 의역하여 옮긴다.

61) 곳: 곳(← 곶: 꽃, 花)

62) 벼ᄃ리: 벼들[별과 달, 星月: 벼(← 별: 별, 星) + 들(달, 月)] + -이(주조)

63) ᄃ릴인: ᄃ릴이[달리다, 懸: 들(달다, 매달다, 懸)- + -이(피접)-]- + -Ø(과시)- + -ㄴ(관전)

64) ᄃᆺ: ᄃᆺ(의명, 흡사)

65) 光明臺: 光明臺(광명대) + -Ø(←-이: 보조) ※ '光明臺(광명대)'는 빛을 발하는 대(臺)이다.

66) ᄃ외오: ᄃ외(되다, 成)- + -오(←-고: 연어, 나열)

67) 모다: 몯(모이다, 合)- + -아(연어)

68) 이렛고: 일(이루어지다, 成)- + -어(연어) + 잇(← 이시다: 있다, 보용, 완료 지속)- + -고(연어, 나열) ※ '이렛고'는 '이러 잇고'가 축약된 형태이다.

69) 겨틔: 곁(곁, 邊) + -의(-에: 부조, 위치)

百億(백억) 華幢(화당)과 그지없는 악기로 莊嚴(장엄)하여 있는데, 여덟 가
지의 淸風(청풍)이【淸風(청풍)은 맑고 깨끗한 바람이다. 】光明(광명)으로
부터서 나서 악기를 불어 苦空(고공), 無常(무상), 無我(무아)의 소리를 넓
혀 이르나니, 이것이 水想(수상)이니 이름이 第二觀(제이관)이다. 이 想
(상)이 이루어질 적에 낱낱이

百_빅億_흑 華_뽱幢_뙁[70] 과 그지업슨[71] 풍륫가스로[72] 莊_장嚴_엄ᄒᆞ얫거든[73]
여듧 가짓 淸_쳥風_봉[74] 이【淸_쳥風_봉은 ᄆᆞᆰ고 ᄀᆞᆺᄀᆞ흔[75] ᄇᆞᄅᆞ미라[76] 】光_광明
_명으로셔 나아 풍륫가슬 부러[77] 苦_콩空_콩[78] 無_뭉常_썅[79] 無_뭉我_앙[80] ㅅ
소리를 너펴[81] 니르ᄂᆞ니[82] 이[83] 水_쉉想_샹이니 일후미 第_뗑二_싱觀_관
이라 이 想_샹 일[84] 쩌긔[85] 낫나치[86]

---

70) 華幢: 화당. 꽃으로 꾸민 당(幢)이다.

71) 그지업슨: 그지없[그지없다, 無量: 그지(한계, 限: 명사) + 없(없다, 無: 형사)-]- + -Ø(현시)-
+ -은(관전)

72) 풍륫가스로: 풍륫갓[악기, 樂器: 풍류(음악, 樂) + -ㅅ(관조, 사잇) + 갓(감, 재료)] + -ᄋᆞ로(부조,
방편)

73) 莊嚴ᄒᆞ얫거든: 莊嚴ᄒᆞ[장엄하다: 莊嚴(장엄: 명사) + -ᄒᆞ(동접)-]- + -야(←-아: 연어) + 잇(←
이시다: 있다, 보용, 완료 지속)- + -거든(-는데: 연어, 설명 계속) ※ '莊嚴ᄒᆞ얫거든'은 '莊嚴
ᄒᆞ야 잇거든'이 축약된 형태이다. ※ 莊嚴(장엄)'은 좋고 아름다운 것으로 꾸미는 것이다.

74) 淸風: 청풍. 부드럽고 맑은 바람이다.

75) ᄀᆞᆺᄀᆞ흔: ᄀᆞᆺᄀᆞ흐[깨끗하다, 淨: ᄀᆞᆺ(깨끗: 불어) + -ᄀᆞ흐(형접)-]- + -Ø(현시)- + -ㄴ(관전)

76) ᄇᆞᄅᆞ미라: ᄇᆞᄅᆞᆷ(바람, 風) + -이(서조)- + -Ø(현시)- + -라(←-다: 평종)

77) 부러: 불(불다, 연주하다, 鼓, 吹)- + -어(연어)

78) 苦空: 고공. 이 세상이 괴롭고 허망함을 이르는 말이다.

79) 無常: 무상. 상주(常住)하는 것이 없다는 뜻으로, 나고 죽고 홍하고 망하는 것이 덧없음을 이
르는 말이다.

80) 無我: 무아. 일체의 존재는 모두 무상하며 고(苦)이므로 '나(我)'라고 할 만한 것이 없는 것이
다. 인무아(人無我)와 법무아(法無我)의 둘로 나눈다.

81) 너펴: 너피[넓히다, 演: 넙(넓다, 廣: 형사)- + -이(사접)-]- + -어(연어)

82) 니르ᄂᆞ니: 니르(이르다, 說)- + -ᄂᆞ(현시)- + -니(연어, 설명 계속)

83) 이: 이(이것, 是: 지대, 정칭) + -Ø(←-이: 주조)

84) 일: 일(이루어지다, 成)- + -ㄹ(관전)

85) 쩌긔: 쩍(← 적: 적, 때, 時, 의명) + -의(-에: 부조, 위치, 시간)

86) 낫나치: [일일이, 하나하나, 낱낱이, ――(부사): 낫(← 낯: 낱, 個, 명사) + 낯(낱, 個: 명사) + -
이(부접)]

보· 보· 창· 을· 수· ㅎ· 시· 야· 야· 눈· 를· 뜨· 거

나· 곰· 거· 나· 도· 일· 티· 마· 라· 밥· 머· 를

만· 뎡· 長· 뜽· 常· 썅· 이· 이· 롤· 승· 각· ㅎ· 라· 이·

想· 샹· 호· 미· 極· 끅· 樂· 락· 國· 귁· 쌓· 홀· 어· 둘· 보

논· 디· 니· ㅎ· 다· 가· 三· 삼· 昧· 밍· ·옷· 得· 득· ㅎ· 면

뎌· 나· 랏· 짜· 홀· 쌓· 홀· 수· ㅎ· 시· 分· 분· 明· 명· 히

보· 아· 몯· 내· 니· 를· 리· ·니· 地· 띵· 想· 샹· ·이· 니

보는 것을 매우 맑고 맑게 하여, 눈을 뜨거나 감거나 하여도 (水想을) 잃지 말아서, 밥을 먹을 때일망정 長常(장상, 항상) 이 일을 생각하라. ○ 이리 想(상)하는 것이 極樂國(극락국)의 땅을 대강 보는 것이니, 만일 三昧(삼매)야말로 得(득)하면, 저 나라의 땅을 맑고 맑게 分明(분명)히 보아서, (극락국의 모습을) 끝내 다 (말로써) 이르지는 못할 것이니, 이것이 地想(지상)이니

보믈 ᄀ장[87] 믈곳믈ᄀ시[88] ᄒ야 누늘 ᄧ거나 ᄀ므거나 ᄒ야도[89] 일
틀[90] 마라[91] 밥 머긃 덛만뎡[92] 長땅常썅[93] 이 이를 싱각ᄒ라[94] ○
이리[95] 想샹호미 極끅樂락國귁[96] ᄯᅡ홀[97] 어둘[98] 보논[99] 디니[100] ᄒ다
가[1] 三삼昧밍옷[2] 得득ᄒ면 뎌[3] 나랏 ᄯᅡ홀 믈곳믈ᄀ시 分분明명히[4]
보아 몯내[5] 니르리니[6] 이 地띵想샹[7]이니

---

87) ᄀ장: 매우, 極(부사)

88) 믈곳믈ᄀ시: [맑고 맑게, 슈了(부사): 뮑(맑다, 明: 형사)- + -옷(접미) + 뮑(맑다, 明: 형사)- + -옷(접미) + -이(부접)]

89) ᄒ야도: ᄒ(하다, 爲)- + -야도(←-아도: 연어, 양보)

90) 일틀: 잃(잃다, 失)- + -들(-지: 연어, 부정)

91) 마라: 말(말다, 不令: 보용, 부정)- + -아(연어)

92) 덛만뎡: 덛(덧, 때, 時: 명사) + -만뎡(-망정: 보조사, 양보)

93) 長常: 장상, 항상(부사)

94) 싱각ᄒ라: 싱각ᄒ[생각하다, 憶: 싱각(생각, 憶: 명사) + -ᄒ(동접)-]- + -라(명종, 아주 낮춤)

95) 이리: [이리, 如此(부사): 이(이, 此: 지대, 정칭) + -리(부접)]

96) 極樂國: 극락국. 아미타불이 살고 있는 정토(淨土)로, 괴로움이 없으며 지극히 안락하고 자유로운 세상이다.

97) ᄯᅡ홀: ᄯᅡㅎ(땅, 地) + -ᄋᆞᆯ(목조)

98) 어둘: 대략, 대강, 粗(부사)

99) 보논: 보(보다, 見)- + -ㄴ(←-ᄂᆞ-: 현시) + -오(대상) + -ㄴ(관전)

100) 디니: ᄃ(←ᄃᆞ: 것, 者, 의명) + -이(서조)- + -니(연어, 설명 계속)

1) ᄒ다가: 만일, 若(부사)

2) 三昧옷: 三昧(삼매) + -옷(보조사, 한정 강조) ※ '三昧(삼매)'는 잡념을 떠나서 오직 하나의 대상에만 정신을 집중하는 경지이다. 이 경지에서 바른 지혜를 얻고 대상을 올바르게 파악하게된다. ※ '三昧옷 得ᄒ면'은 '三昧야말로 得하면'으로 의역하여 옮긴다.

3) 뎌: 저, 彼(관사, 지시, 정칭)

4) 分明히: [분명히(부사): 分明(분명: 명사) + -ᄒ(←-ᄒᆞ-: 형접)- + -이(부접)]

5) 몯내: [못내, 끝내 다 ~하지 못하다, 不可具(부사): 몯(못, 不可: 부사, 부정) + -내(부접)]

6) 니르리니: 니르(이르다, 說)- + -리(미시)- + -니(연어, 설명 계속)

7) 地想: 지상. 『불설관무량수경』의 십륙관법(十六觀法)에 속하는 제3관(第三觀)이다.(= 地想觀) 극락국(極樂國)의 땅을 분명하게 관상(觀想)하는 것이다.

이름이 第三觀(제삼관)이다. ○ 부처가 阿難(아난)이더러 이르시되, 네가
부처의 말을 지녀 未來世(미래세)에 있을 一切(일체)의 大衆(대중) 중에서
受苦(수고)를 벗고자 할 이를 爲(위)하여 이 땅을 보는 法(법)을 이르라.
이 땅을 본 사람은 八十億(팔십억) 劫(겁)의 生死(생사)의 罪(죄)를 免(면)
하여 다른 세상에서 淨國(정국)에

일후미 第똉三삼觀관이라 ○ 부톄[8] 阿항難난이ᄃ려[9] 니ᄅ샤ᄃ 네[10] 부텻 마ᄅᆯ 디녀[11] 未밍來링世솅옛[12] 一힗切쳉 大땡衆즁[13]이 受쓯苦콩[14] 벗고져[15] ᄒ리[16] 爲윙ᄒ야 이 ᄯᅡ 보논 法법을 니ᄅ라 이 ᄯᅡ흘 본 사ᄅᆷ 八밣十씹億흑 劫겁[17] 生ᄉᆼ死ᄉᆼㅅ 罪쬥를 免면ᄒ야 다른 뉘예[18] 淨쪙國귁[19]에

---

8) 부톄: 부텨(부처, 佛) + -ㅣ(←-이: 주조)

9) 阿難이ᄃ려: 阿難이[아난: 阿難(아난·인명) + -이(접미, 어조 고름)] + -ᄃ려(-더러, -에게: 부조, 상대) ※ '阿難(아난)'은 석가모니의 십대 제자 가운데 한 사람(?~?)이다. 십육 나한(羅漢)의 한 사람으로, 석가모니 열반 후에 경전 결집에 중심이 되었으며, 여인 출가의 길을 열었다.

10) 네: 너(너, 汝: 인대, 2인칭) + -ㅣ(←-이: 주조)

11) 디녀: 디니(지니다, 持)- + -어(연어)

12) 未來世옛: 未來世(미래세) + -예(-에: 부조, 위치) + -ㅅ(-의: 관조) ※ '未來世(미래세)'는 삼세(三世)의 하나. 죽은 뒤에 다시 태어나 산다는 미래의 세상을 이른다. '未來世옛'은 '未來世에 있는'으로 의역하여 옮긴다.

13) 大衆: 대중. 많이 모인 승려. 또는 비구, 비구니, 우바새, 우바니를 통틀어 이르는 말이다.

14) 受苦: 수고. 생로병사(生老病死)의 고통을 받는 것인, 또는 네 가지의 수고(受苦)이다. 곧 사는 일, 늙는 일, 병, 죽는 일을 말한다.

15) 벗고져: 벗(벗다, 脫)- + -고져(-고자: 연어, 의도)

16) ᄒ리: ᄒ(하다, 欲: 보용, 의도)- + -ㄹ(관전) # 이(이, 사람, 者: 의명)『불설관무량수불경』에는 이 구절이 "佛告阿難汝持佛語爲未來世一切大衆, 欲脫苦者, 說是觀地法(부처가 아난이에게 이르시되 "네가 부처의 말을 지녀 미래세에 있는 일체의 대중 중에서 수고에서 벗어나고자 하는 이를 위하여 이 땅을 보는 법을 이르라.)"로 기술되어 있다. 이러한 기술을 감안하면 '一切의 大衆'과 '受苦를 벗고자 할 이'는 서로 동격 관계에 있다. 따라서 '一切 大衆이 受苦 벗고져 하리 爲ᄒ야'는 '일체 대중 중에서 수고를 벗고자 하는 이를 위하여'로 의역하여 옮긴다.

17) 劫: 겁. 천지가 한번 개벽한 뒤부터 다음 개벽할 때까지의 기간을 말한다.

18) 뉘예: 뉘(세상, 때, 世) + -예(←-에: 부조, 위치)

19) 淨國: 정국. 부처님이 사는 세계는 오직 깨달음에 의한 거룩한 청정광명각(淸淨光明覺)의 세계이므로 정국이라 한다.(= 淨土) 대승불교에선 열반을 성취한 무수한 부처님이 무량한 중생을 제도하기 위해 각각 교도(敎導)활동을 전개하는데, 그 부처님이 머무는 세계를 '불국정토(佛國淨土)'라 한다.

반드시 나겠으니, 이렇게 보는 것이 正觀(정관)이요 (이와) 다르게 보는 것은 邪觀(사관)이다. ○ 부처가 阿難(아난)이와 韋提希(위제희)더러 이르시되, 地想(지상)이 이루어지거든 다음으로 寶樹(보수)를 보는 것이니【寶樹(보수)는 보배로 된 큰 나무이다.】, 낱낱이 보아서 七重行樹想(칠중행수상)을 하여, 큰 나무마다 높이가 八千(팔천) 由旬(유순)이요

一ᅙᅵᆼ定떵히²⁰⁾ 나리니 이 보미 正정觀관²¹⁾이오 다ᄅᆞᆫ²²⁾ 보ᄆᆞᆫ 邪쌍觀관²³⁾이라 ○ 부톄 阿ᅡᇰ難난이와 韋ᅌᅱᆼ提뗑希ᅙᅴᆼ드려 니ᄅᆞ샤ᄃᆡ 地띵想샹이 일어든 버거 寶보ᇢ樹쓕²⁴⁾를 봃 디니【寶보ᇢ樹쓕는 보ᄇᆡᆺ옛 즘게남기라²⁵⁾】낫나치 보아 七치ᇙ重뜡行ᅘᅢᆼ樹쓕想샹²⁶⁾을 ᄒᆞ야 즘게마다 노ᄑᆡ²⁷⁾ 八바ᇙ千천 由ᅌᅲᆼ旬쓘²⁸⁾이오

---

20) 一定히: [일정히, 한결같이, 반드시, 必(부사): 一定(일정: 명사) + -ᄒ(←-ᄒᆞ-: 형접) + -이(부접)] ※ '一定히'는 어떤 것의 양, 성질, 상태, 계획 따위가 달라지지 아니하고 한결같은 것이다. '반드시(必)'로 의역하여 옮긴다.

21) 正觀: 정관. 극락정토(極樂淨土)와 그곳에 있는 불(佛)·보살(菩薩) 등을 관상(觀想)할 때에, 불경의 정설(正說)에 의거하여, 관(觀)하는 마음과 관하는 대상이 상응하는 것이다.

22) 다ᄅᆞᆫ: [다른, 他(관사): 다ᄅᆞ(다르다, 異: 현시)- + -ㄴ(관전▷관접)]

23) 邪觀: 사관. 극락정토와 그곳에 있는 불보살을 관상(觀想)할 때에, 불경의 정설(正說)에 의거하지 아니하여, 관(觀)하는 마음과 관하는 대상이 상응하지 아니하는 것이다.

24) 寶樹: 보수. 극락정토(極樂淨土) 일곱 줄로 벌여 있다고 하는 보물(寶物) 나무이다. 곧 '금, 은, 유리(琉璃), 산호, 마노(瑪瑙), 파리(玻璃), 거거(車渠)'의 나무이다.

25) 즘게남기라: 즘게낡[← 즘게나모(大木): 즘게(큰 나무, 大木) + 나모(나무, 木)] + -이(서조)- + -Ø(현시)- + -라(←-다: 평종)

26) 七重行樹想: 칠중행수상. 일곱 겹으로 줄지어 있는 나무를 생각하는 것이다. ※ '樹想(수상)'은 『불설관무량수경』의 십륙관법(十六觀法)에 속하는 제4관(第四觀)이다. 극락(極樂)에 있는 보수(寶樹)의 묘용(妙用)을 관상(觀想)하는 것이다.

27) 노ᄑᆡ: 노ᄑᆡ[높이, 高(명사): 높(높다, 高: 형사)- + -이(명접)] + -Ø(←-이: 주조)

28) 由旬: 유순. 고대 인도의 이수(里數)이 단위이다. 소달구지가 하루에 갈 수 있는 거리로서 80리인 대유순, 60리인 중유순, 40리인 소유순의 세 가지가 있다.

七寶(칠보) 花葉(화엽)이 갖추어져 있어【花(화)는 꽃이요 葉(엽)은 잎이다. 】
花葉(화엽)마다 다른 寶色(보색)을 지어【寶色(보색)은 보배로 된 빛이다. 】,
瑠璃色(유리색) 中(중)에서 金色光(금색광)이 나며, 玻瓈色(파리색) 중에서
紅色光(홍색광)이 나며, 瑪瑠色(마노색) 中(중)에서 硨磲光(차거광)이 나며,
硨磲色(차거색) 中(중)에서

七_칧寶_봏 花_황葉_엽²⁹⁾이 ᄀᆞ자³⁰⁾【花_황ᄂᆞᆫ 고지오³¹⁾ 葉_엽은 니피라³²⁾】 花_황葉_엽마다 다ᄅᆞᆫ 寶_봏色_싁이 지서³³⁾【寶_봏色_싁은 보ᄇᆡ옛 비치라】 瑠_륳璃_링色_싁³⁴⁾ 中_듕에 金_금色_싁光_광이 나며 玻_퐝璨_령色_싁³⁵⁾ 中_듕에 紅_薯色_싁光_광이 나며 瑪_망瑙_놀色_싁³⁶⁾ 中_듕에 硨_챵磲_껑光_광³⁷⁾이 나며 硨_챵磲_껑色_싁 中_듕에

---

29) 花葉: 화엽. 꽃잎이다.

30) ᄀᆞ자: ᄀᆽ(갖추어져 있다, 具)- + -아(연어)

31) 고지오: 곶(꽃, 花) + -이(서조)- + -오(← -고: 연어, 나열)

32) 니피라: 닢(잎, 葉) + -이(서조)- + -∅(현시)- + -라(← -다: 평종)

33) 지서: 짓(← 짓다, ㅅ불: 짓다, 만들다, 作)- + -어(연어) ※ '寶色(보색)이 지서'는 문맥상 '寶色(보색)을 지서'를 오각한 형태이다. 『佛說觀無量壽佛經』(불설관무량수불경)에는 이 구절이 "一一華葉 作異寶色"로 기술되어 있는데, 이 구절은 "華葉(화엽)마다 다른 寶色(보색)을 지으며"로 번역된다.

34) 瑠璃色: 유리색. ※ '瑠璃(유리)'는 인도의 고대 7가지 보배 중 하나로서, 산스크리트어로 바이두르야(vaidūrya)라 한다. 묘안석의 일종으로, 광물학적으로는 녹주석이다.

35) 玻璨色: 파리색. ※ '玻璨(파리)'는 일곱 가지 보석 가운데 '수정(水晶)'을 이르는 말이다.

36) 瑪瑙色: 마노색. ※ '瑪瑙(마노)'는 석영(石英)·단백석(蛋白石)·옥수(玉髓)의 혼합물이다. 화학 성분은 송진과 같은 규산으로, 광택이 있고, 때때로 다른 광물질이 삼투하여 고운 적갈색이나 백색의 무늬를 나타낸다. 아름다운 것은 장식품이나 보석으로 쓰이고, 기타는 세공물·조각의 재료 따위로 쓰인다.

37) 硨磲光: 차거광. 산스크리트어 musāra-galva이다. 백산호(白珊瑚) 또는 대합(大蛤)이다.

綠眞珠光(녹진주광)이 나며【祿(녹)은 파란 것이다.】珊瑚(산호), 琥珀(호
박) 등 一切(일체)의 衆寶(중보)로【珊瑚(산호)는 바다의 밑에서 나는 나무이
니, 가지가 갈라지고 잎이 없으니라. 琥珀(호박)은 송진이 땅에 들어 一千(일
천) 年(년)이면 茯苓(복령)이 되고, 또 一千(일천) 年(년)이면 琥珀(호박)이 되느
니라. 衆寶(중보)는 많은 보배이다.】(눈)부시게 꾸미고, 眞珠(진주) 그물이
큰 나무 위마다 일곱 겹을 덮으니, 그물의 사이마다 五百億(오백억)

綠록眞진珠즁光광이 나며【綠록은 프를[38] 씨라】珊산瑚嗥[39] 琥홍珀픽[40] 一

잃切쳉 衆즁寶볼[41]로【珊산瑚嗥는 바룴[42] 미틔 나ᄂᆞᆫ 남기니[43] 가지 거리고[44] 닙

업스니라[45] 琥홍珀픽은 솛지니[46] ᄊᆞ해 드러 一잃千쳔 年년이면 茯뽁苓령[47]이 ᄃᆞ외

오 ᄯᅩ 一잃千쳔 年년이면 琥홍珀픽이 ᄃᆞ외ᄂᆞ니라[48] 衆즁寶볼ᄂᆞᆫ 한[49] 보비라】 빗

ᄉᆞ와미에[50] ᄭᅮ미고[51] 眞진珠즁 그므리[52] 즘게 우마다[53] 닐굽 볼[54]

두프니[55] 그륳 ᄉᆞᅀᅵ마다[56] 五옹百빅億흑

<hr>

38) 프를: 프르(파랗다, 靑)-+-ㄹ(관전)
39) 珊瑚: 산호. 자포동물문 산호충강의 산호류를 통틀어 이르는 말이다. 깊이 100~300미터의 바다 밑에 많은 산호충이 모여 높이 50cm 정도의 나뭇가지 모양의 군체를 이룬다. 개체가 죽으면 골격만 남는다. 골격은 바깥쪽은 무르고 속은 단단한 석회질로 되어 있어 속을 가공하여 장식물을 만드는데, 예로부터 칠보의 하나로 여겨 왔다.
40) 琥珀: 호박. 지질 시대 나무의 진 따위가 땅속에 묻혀서 탄소, 수소, 산소 따위와 화합하여 굳어진 누런색 광물이다. 투명하거나 반투명하고 광택이 있으며, 불에 타기 쉽고 마찰하면 전기가 생긴다. 장식품이나 절연재 따위로 쓴다.
41) 衆寶: 중보. 여러 가지 보배이다.
42) 바룴: 바룰(바다, 海)-+-ㅅ(-의: 관조)
43) 남기니: 낡(←나모: 나무, 木)+-이(서조)+-니(연어, 설명 계속)
44) 거리고: 거리(←가리다: 갈리다, 岐)-+-고(연어, 나열) ※ '거리고'는 '가리고'를 오각한 형태이다.
45) 업스니라: 없(없다, 無)-+-Ø(현시)-+-으니(원칙)-+-라(←-다: 평종)
46) 솛지니: 솛진[송진, 松津: 솔(솔, 소나무, 松)+ㅎ(관조, 사잇)+진(진, 津)]+-이(주조)
47) 茯苓: 복령. 구멍장이버섯과의 버섯이다. 공 모양 또는 타원형의 덩어리로 땅속에서 소나무 따위의 뿌리에 기생한다. 껍질은 검은 갈색으로 주름이 많고 속은 엷은 붉은색으로 무르며, 마르면 딱딱해져서 흰색을 나타낸다.
48) ᄃᆞ외ᄂᆞ니라: ᄃᆞ외(되다, 化)-+-ᄂᆞ(현시)-+-니(원칙)-+-라(←-다: 평종)
49) 한: 하(많다, 多)-+-Ø(현시)-+-ㄴ(관전)
50) 빗ᄉᆞ와미에: 빗ᄉᆞ와미(부시다, 映)-+-에(←-게: 연어, 도달)
51) ᄭᅮ미고: ᄭᅮ미(꾸미다, 飾)-+-고(연어, 나열)
52) 그므리: 그믈(그물, 網)-+-이(보조)
53) 우마다: 우(←우ㅎ: 위, 上)+-마다(보조사, 각자)
54) 볼: 겹, 重(의명)
55) 두프니: 둪(덮다, 覆)-+-으니(연어, 설명 계속)
56) ᄉᆞᅀᅵ마다: ᄉᆞᅀᅵ(사이, 間)+-마다(보조사, 각자)

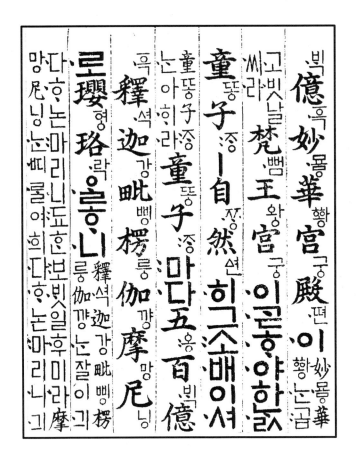

妙華(묘화)의 宮殿(궁전)이【妙華(묘화)는 곱고 빛나는 것이다. 】梵王宮(범왕궁)과 같아서, 하늘의 童子(동자)가 自然(자연)히 그 속에 있어【童子(동자)는 '아이'이다. 】, 童子(동자)마다 五百億(오백억) 釋迦毗棱伽(석가비릉가)와 摩尼(마니)로 瓔珞(영락)을 하니【釋迦毗棱伽(석가비릉가)는 '잘 이겼다.' 하는 말이니, 좋은 보배의 이름이다. 摩尼(마니)는 '때를 떨쳐 버렸다.' 하는 말이니, 그것이

妙_묠華_황⁵⁷⁾　宮_궁殿_뗜이【妙_묠華_황는 곱고 빗날⁵⁸⁾ 씨라】 梵_뼘王_왕宮_궁이⁵⁹⁾

근ᄒ야 하ᄂᆞᆳ 童_똥子_{ᄌᆞ}⁶⁰⁾ㅣ 自_쫑然_션히⁶¹⁾ 그 소배⁶²⁾ 이셔【童_똥子_{ᄌᆞ}는

아히라⁶³⁾】 童_똥子_{ᄌᆞ}마다 五_옹百_빅億_흑 釋_셕迦_강毗_뼁楞_릉伽_꺙⁶⁴⁾ 摩_망尼_닝⁶⁵⁾

로 瓔_형珞_락⁶⁶⁾을 ᄒ니【釋_셕迦_강毗_뼁楞_릉伽_꺙는 잘 이긔다⁶⁷⁾ ᄒ논 마리니 됴

ᄒᆞᆫ⁶⁸⁾ 보빗 일후미라 摩_망尼_닝는 ᄠᅵ를⁶⁹⁾ 여희다⁷⁰⁾ ᄒᆞ논 마리니 긔⁷¹⁾

---

57) 妙華: 묘화. 곱고 빛난 것이다.

58) 빗날: 빗나[빛나다, 華: 빗(← 빛: 빛, 華) + 나(나다, 出)-]- + -ㄹ(관전)

59) 梵王宮이: 梵王宮(범천궁) + -이(-과: 부조, 비교) ※ '梵王宮(범천궁)'은 색계 초선천(初禪天) 의 왕인 범천(梵天)이 사는 궁전이다. '초선천(初禪天)'은 사선천(四禪天)의 첫번째 하늘이다.

60) 童子: 동자. '아이'이다.

61) 自然히: [자연히(부사): 自然(자연: 명사) + -ㅎ(← -ㅎ-: 형접)- + -이(부접)]

62) 소배: 솝(속, 中) + -애(-에: 부조, 위치)

63) 아히라: 아히(아이, 童子) + -∅(← -이-: 서조)- + -∅(현시)- + -라(← -다: 평종)

64) 釋迦毗楞伽: 석가비릉가. '석가비릉가(釋迦毗楞伽)'는 좋은 보배의 이름이다.

65) 摩尼: '마니(摩尼)'는 '보주(寶珠)'를 일상적으로 이르는 말이다. 불행과 재난을 없애 주고 더러 운 물을 깨끗하게 하며, 물을 변하게 하는 따위의 덕이 있다.

66) 瓔珞: 영락(= 여의주). 구슬을 꿰어 만든 장신구로서, 목이나 팔 따위에 두른다.

67) 이긔다: 이긔(이기다, 勝)- + -∅(과시)- + -다(평종)

68) 됴ᄒᆞᆫ: 됴(좋다, 好)- + -∅(현시)- + -ㄴ(관전)

69) ᄠᅵ를: ᄠᅵ(← ᄣᅵ: 때, 垢) + -를(목조) ※ 'ᄠᅵ'는 'ᄣᅵ'를 오기한 형태이다.

70) 여희다: 여희(떠나다, 떨쳐 버리다, 別)- + -∅(과시)- + -다(평종)

71) 긔: 그(그것, 彼: 지대, 정칭) + -ㅣ(← -이: 주조)

如영意힁珠즁ㅣ라 이 구스리 光광明명이 조ᄒᆞ야 더러ᄫᅳᆫ ᄣᅵ 몯다 니ᄒᆞᄂᆞ니 이 구스리 龍룡王ᅌᅪᆼㄱ 頭뚱腦노ᇰㅅ 소배셔 나ᄂᆞ니 이 보ᄇᆡ옷 가져 이시면 有ᅌᅮᇂ毒뚝ᄒᆞᆫ거시 害ᅘᅢᆼ호ᄆᆞ며 브레 드러도 아니 ᄉᆞᆯ이ᄂᆞ니라 頭뚱腦노ᇰᄂᆞᆫ 머리옛 骨곯髓쉬라 빅 由ᅌᅮ旬쓘을 비취여 百ᄇᆡᆨ億ᅙᅳᆨ日ᅀᅵᆯ月ᅌᅯᇙ 모ᄃᆞᆫᄃᆞᆺ호야 몯내 니ᄅᆞ리라 이 寶봄ㅎ 樹쓩ㅣ 돌히 行ᅘᆡᇰ列려ᇰ行ᅘᆡᇰ列려ᇰ히

如意珠(여의주)이다. 이 구슬이 光明(광명)이 맑아서 더러운 때가 묻지 아니하나니, 이 구슬이 龍王(용왕)의 頭腦(두뇌)의 속에서 나나니, 이 보배만 가져 있으면 有毒(유독)한 것이 害(해)하지 못하며, 불에 들어도 아니 (불)살라지느니라. 頭腦(두뇌)는 머리에 있는 骨髓(골수)이다. 】, 그 摩尼(마니)의 光(광)이 百(백) 由旬(유순)을 비춰어 百億(백억)의 日月(일월)이 모인 듯하여, (그 형상을) 끝내 (말로써는 다) 못 이르리라. 이 寶樹(보수)들이 行列行列(행렬 행렬)히

如_셩意_힁珠_즁⁷²⁾ ㅣ라 이 구스리 光_광明_명이 조ᄒᆞ야⁷³⁾ 더러ᄫᆞᆫ⁷⁴⁾ ᄠᅵ 묻디 아니ᄒᆞᄂ

니 이 구스리 龍_룡王_왕ㄱ⁷⁵⁾ 頭_뚷腦_놓ㅅ 소배셔⁷⁶⁾ 나ᄂᆞ니 이 보비옷⁷⁷⁾ 가져 이시

면 有_{ᅌᅮᇢ}毒_똑ᄒᆞᆫ 거시 害_{ᅘᅢᇰ}ᄒᆞ디 몯ᄒᆞ며 브레⁷⁸⁾ 드러도 아니 슬이ᄂᆞ니라⁷⁹⁾ 頭_뚷腦_놓

ᄂᆞᆫ 머리옛⁸⁰⁾ 骨_곯髓_셩라⁸¹⁾ 】 그 摩_망尼_닝ㅅ 光_광이 百_빅 由_{ᅌᅲᇢ}旬_쓘을 비

취여 百_빅億_흑 日_{ᅀᅵᇙ}月_{ᅯᇙ} 모든⁸²⁾ ᄃᆞᆺ⁸³⁾ ᄒᆞ야 몯내⁸⁴⁾ 니르리라⁸⁵⁾ 이

寶_볼樹_쓩들히⁸⁶⁾ 行_{ᅘᆡᇰ}列_럻行_{ᅘᆡᇰ}列_럻히⁸⁷⁾

---

72) 如意珠: 여의주. 영묘(靈妙)한 구슬이다. 이것에 빌면 만사가 뜻대로 된다고 하며, 여의륜 관음
은 이 구슬을 두 손에 가지고 있다고 한다.

73) 조ᄒᆞ야: 조ᄒᆞ(맑다, 淨)- + -야(←-아: 연어)

74) 더러ᄫᆞᆫ: 더럽(←더럽다, ㅂ불: 더럽다, 汚)- + -Ø(현시)- + -은(관전)

75) 龍王ㄱ: 龍王(용왕) + -ㄱ(-의: 관조)

76) 소배셔: 솝(속, 中) + -애(-에: 부조, 위치) + -셔(-서: 위치 강조)

77) 보비옷: 보비(보배, 寶) + -옷(←-곳: 보조사, 한정 강조)

78) 브레: 블(불, 火) + -에(부조, 위치)

79) 슬이ᄂᆞ니라: 슬이[살라지다, 燒: 슬(살다, 燒: 타동)- + -이(피접)-]- + -ᄂᆞ(현시)- + -니(원
칙)- + -라(←-다: 평종)

80) 머리옛: 머리(머리, 頭) + -예(←-에: 부조, 위치) + -ㅅ(-의: 관조) ※ '머리옛'은 '머리에 있
는'으로 의역하여 옮긴다.

81) 骨髓라: 骨髓(골수) + -Ø(←-이-: 서조)- + -Ø(현시)- + -라(←-다: 평종) ※ '骨髓(골수)'는
뼈의 중심부인 골수 공간(骨髓空間)에 가득 차 있는 결체질(結締質)의 물질이다. 적색수(赤色
髓)와 황색수(黃色髓)가 있는데, 적색수는 적혈구와 백혈구를 만들고, 황색수는 양분의 저장을
맡는다.

82) 모든: 몯(모이다, 合)- + -Ø(과시)- + -은(관전)

83) ᄃᆞᆺ: ᄃᆞᆺ(의명, 흡사)

84) 몯내: [못내, 끝내 ~할 수 없다, 不可具(부사): 몯(못, 不可: 부사, 부정) + -내(부접)]

85) 니르리라: 니르(이르다, 名)- + -리(미시)- + -라(←-다: 평종)

86) 寶樹들히: 寶樹들ㅎ[보수들, 諸寶樹: 寶樹(보수: 명사) + -들ㅎ(-들: 복접)] + -이(주조) ※ '寶
樹(보수)'는 극락정토(極樂淨土)에 일곱 줄로 벌여 있다고 하는 보물(寶物) 나무이다. 곧 '금,
은, 유리(琉璃), 산호, 마노(瑪瑙), 파리(玻璃), 거거(車渠)'의 나무이다.

87) 行列行列히: [줄줄이: 行列(행렬: 명사) + 行列(행렬: 명사) + -ㅎ(←-ᄒᆞ-: 동접)- + -이(부접)]

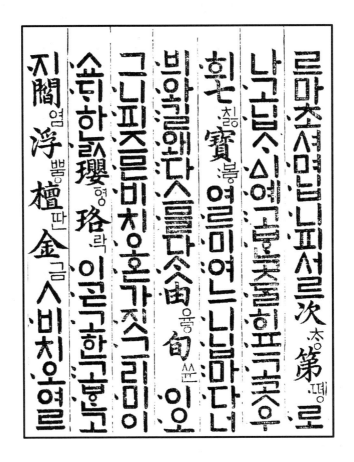

서로 맞추어 서며, 잎잎이 서로 次第(차제)로 나고, 잎 사이에 고운 꽃들
이 피고, 꽃 위에 七寶(칠보)의 열매가 여나니, 잎마다 넓이와 길이가 다
스물다섯 由旬(유순)이요, 그 잎이 천(千)의 빛이요, 백(百) 가지의 그림이
있되 하늘의 瓔珞(영락)과 같고, 많은 고운 꽃이 閻浮檀金(염부단금)의 빛
이요, 열매가

서르⁸⁸⁾ 마초⁸⁹⁾ 셔며⁹⁰⁾ 닙니피⁹¹⁾ 서르 次_충第_똉로⁹²⁾ 나고 닙 스싀예⁹³⁾ 고분⁹⁴⁾ 곳둘히⁹⁵⁾ 프고⁹⁶⁾ 곳 우희 七_칧寶_봏 여르미⁹⁷⁾ 여느니⁹⁸⁾ 닙마다 너븨와⁹⁹⁾ 길왜¹⁰⁰⁾ 다 스믈다숫 由_융旬_쓘이오¹⁾ 그 니피 즈믄²⁾ 비치오³⁾ 온⁴⁾ 가짓 그리미⁵⁾ 이쇼딕⁶⁾ 하눐 瓔_형珞_락이⁷⁾ 근고⁸⁾ 한 고분 고지 閻_염浮_뿔檀_딴金_금ㅅ⁹⁾ 비치오 여르미

---

88) 서르: 서로, 相(부사)

89) 마초: [맞추어, 當: 맞(맞다, 當: 형사)- + -호(사접)- + -Ø(부접)]

90) 셔며: 셔(서다, 立)- + -며(연어, 나열)

91) 닙니피: [잎잎이, 잎마다, 葉葉(부사): 닙(← 닢: 잎, 葉, 명사) + 닢(잎, 葉) + -이(부접)] ※ '닙니피'는 '입마다 모두'의 뜻을 나타내는 부사이다.

92) 次第로: 次第(차제, 차례) + -로(부조, 방편)

93) 스싀예: 스싀(사이, 間) + -예(← -에: 부조, 위치)

94) 고분: 곱(← 곱다, ㅂ불: 곱다, 妙)- + -Ø(현시)- + -은(관전)

95) 곳둘히: 곳둘ㅎ[꽃들, 諸花: 곳(← 곶: 꽃, 花) + -둘ㅎ(-들: 복접)] + -이(주조)

96) 프고: 프(피다, 生)- + -고(연어, 나열)

97) 여르미: 여름[열매, 果: 열(열다, 結: 동사)- + -음(명접)] + -이(주조)

98) 여느니: 여(← 열다: 열다, 結)- + -느(← -ㄴ-: 현시)- + -니(연어, 설명 계속) ※ '여느니'는 '여ㄴ니'를 오각한 형태이다.

99) 너븨와: 너븨[넓이, 廣: 넙(넓다, 廣: 형사)- + -의(명접)] + -와(접조)

100) 길왜: 길(길이, 縱) + -와(접조) + -ㅣ(← -이: 주조)

1) 由旬이오: 由旬(유순) + -이(서조)- + -오(← -고: 연어, 나열) ※ '由旬(유순)'은 고대 인도의 이수(里數)이 단위이다. 소달구지가 하루에 갈 수 있는 거리로서 80리인 대유순, 60리인 중유순, 40리인 소유순의 세 가지가 있다.

2) 즈믄: 천, 千(관사, 양수)

3) 비치오: 빛(빛, 色) + -이(서조)- + -오(← -고: 연어, 나열)

4) 온: 백, 百(관사, 양수)

5) 그리미: 그림[그림, 畫: 그리(그리다, 畫: 동사)- + -ㅁ(명접)] + -이(주조)

6) 이쇼딕: 이시(있다, 有)- + -오딕(-되: 연어, 설명 계속)

7) 瓔珞이: 瓔珞(영락) + -이(-과: 부조, 비교) ※ '瓔珞(영락)'은 구슬을 꿰어 만든 장신구로서, 목이나 팔 따위에 두른다.

8) 근고: 근(← ᄀᆞᆮ다 ← ᄀᆞᆮᄒᆞ다: 같다, 如)- + -고(연어, 나열)

9) 閻浮檀金ㅅ: 閻浮檀金(염부단금) + -ㅅ(-의: 관조) ※ '閻浮檀金(염부단금)'은 염부나무 숲 사이로 흐르는 강에서 나는 사금(砂金)으로, 적황색에 자줏빛의 윤이 난다고 한다.

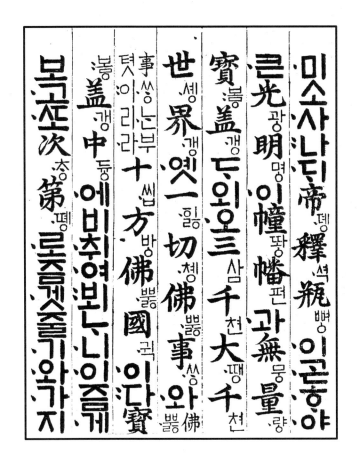

숫아나되 帝釋瓶(제석병)과 같아서, 큰 光明(광명)이 幢幡(당번)과 無量(무량)의 寶蓋(보개)가 되고, 三千大千世界(삼천대천세계)에 있는 一切(일체)의 佛事(불사)와【佛事(불사)는 부처의 일이다.】十方(시방)의 佛國(불국)이다 寶蓋(보개)의 中(중)에 비치어 보이나니, 이 나무를 보고 또 次第(차제)로 나무의 줄기와 가지와

소사나딕¹⁰⁾ 帝_뎽釋_셕瓶_뼝이¹¹⁾ ᄀᆞᆮᄒᆞ야 큰 光_광明_명이 幢_똥幡_펀¹²⁾과 無_뭉量_량 寶_봉蓋_갱¹³⁾ ᄃᆞ외오 三_삼千_천大_땡千_천世_솅界_갱옛¹⁴⁾ 一_힗切_쳉 佛_뿛事_쏭¹⁵⁾와【佛_뿛事_쏭는 부텻 이리라¹⁶⁾】 十_씹方_방¹⁷⁾ 佛_뿛國_귁이 다 寶_봉蓋_갱 中_듕에 비취여 뵈ᄂᆞ니¹⁸⁾ 이 즘게¹⁹⁾ 보고 ᄯᅩ²⁰⁾ 次_충第_똉로 즘겟 줄기와 가지와

---

10) 소사나딕: 소사나[솟아나다, 踊生: 솟(솟다, 踊)- + -아(연어) + 나(나다, 生)-]- + -딕(←-오딕: 연어, 설명 계속)

11) 帝釋瓶이: 帝釋瓶(제석병) + -이(-과: 부조, 비교) ※ '帝釋瓶(제석병)'은 제석천(帝釋天)에 있는 보배의 병(瓶)인데, 원하는 물건은 무엇이든지 솟아 나온다는 병이다. 그리고 '제석(帝釋)'은 수미산(須彌山)의 꼭대기 도리천(忉利天)의 임금이므로 제석천이라고도 한다.

12) 幢幡: 당번. 당(幢)과 번(幡)을 아울러 이르는 말이다. ※ '幢(당)'은 법회 따위의 의식이 있을 때에, 절의 문 앞에 세우는 기(旗)이다. 장대 끝에 용머리를 만들고, 깃발에 불화(佛畫)를 그려 불보살의 위엄을 나타내는 장식 도구이다. 그리고 '幡(번)'은 부처와 보살의 성덕(盛德)을 나타내는 깃발이다. 꼭대기에 종이나 비단 따위를 가늘게 오려서 단다.

13) 寶蓋: 寶蓋(보개) + -Ø(←-이: 보조) ※ '寶蓋(보개)'는 보주(寶珠) 따위로 장식된 햇볕이나 비를 가리는 천개(天蓋)이다. '蓋(개)'는 불좌 또는 높은 좌대를 덮는 장식품이다. 나무나 쇠붙이로 만들어 법회 때 법사의 위를 덮는다. 원래는 인도에서 햇볕이나 비를 가리기 위하여 쓰던 우산 같은 것이었다.

14) 三千大千世界옛: 三千大千世界(삼천대천세계) + -예(←-에: 부조, 위치) + -ㅅ(-의: 관조) ※ '三千大千世界(삼천대천세계)'는 소천, 중천, 대천의 세 종류의 천세계가 이루어진 세계이다. 이 끝없는 세계가 부처 하나가 교화하는 범위가 된다.

15) 佛事: 불사. 부처님과 관련된 모든 일이다.

16) 이리라: 일(일, 事) + -이(서조)- + -Ø(현시)- + -라(←-다: 평종)

17) 十方: 시방. 사방(四方), 사우(四隅), 상하(上下)를 통틀어 이르는 말이다. ※ '四方(사방)'은 '동·서·남·북'의 방향이다. 그리고 '四隅(사우)'는 네 모퉁이의 방위, 곧 '동남·동북·서남·서북'을 이른다.

18) 뵈ᄂᆞ니: 뵈[보이다, 現: 보(보다, 見)- + -ㅣ(←-이-: 피접)-]- + -ᄂᆞ(현시)- + -니(연어, 설명 계속)

19) 즘게: 나무, 木.

20) ᄯᅩ: 또, 又(부사)

잎과 꽃과 果實(과실)을 낱낱이 보아서 다 分明(분명)하게 할 것이니, 이 것이 樹想(수상)이니 이름이 第四觀(제사관)이다. ○ 다음으로 물을 想(상) 할 것이니 極樂(극락) 國土(국토)에 여덟 못이 있되, 못의 물마다 七寶(칠 보)로 이루어져 있나니, 그 보배가 물러서 보드라워 如意珠王(여의주왕) 을 따라서 갈라서 나되

닙과 곳과 果_광實_씷와²¹⁾ 낫나치²²⁾ 보아 다 分_분明_명케 홇²³⁾ 디니²⁴⁾
이 樹_쓩想_샹²⁵⁾이니 일후미 第_똉四_{ᄉᆞ}觀_관이라 ○ 버거 므를²⁶⁾ 想_샹ᄒᆞ
리니²⁷⁾ 極_끅樂_락 國_귁土_통애 여듧 모시 이쇼ᄃᆡ²⁸⁾ 못 믈마다 七_칧寶
_봏로 일워 잇ᄂᆞ니 그 보ᄇᆡ 믈어²⁹⁾ 보ᄃᆞ라ᄫᅡ³⁰⁾ 如_셩意_{ᅙᅴ}珠_즁王_왕³¹⁾을
브터셔³²⁾ 갈아³³⁾ 나ᄃᆡ³⁴⁾

---

21) 果實와: 果實(과실, 과일) + -와(← -과: 접조)
22) 낫나치: [일일이, 하나하나, 낱낱이, ——(부사): 낫(← 낯: 낱, 個, 명사) + 낯(낱, 個: 명사) + -
     이(부접)]
23) 홇: ᄒ(← -ᄒ다: 보용, 사동)- + -오(대상)- + -ㅭ(관전)
24) 디니: ᄃ(← ᄃᆞ: 것, 者: 의명) + -이(서조)- + -니(연어, 설명 계속)
25) 樹想: 수상. 『불설관무량수경』의 십륙관법(十六觀法)에 속하는 제4관(第四觀)이다.(= 樹想觀)
     극락(極樂)에 있는 보수(寶樹)의 묘용(妙用)을 관상(觀想)하는 것이다.
26) 므를: 믈(물, 水) + -을(목조)
27) 想ᄒᆞ리니: 想ᄒᆞ[想ᄒᆞ다: 想(샹: 불어) + -ᄒᆞ(동접)-] + -오(대상)- + -ㄹ(관전) # 이(이: 것, 者,
     의명) + -Ø(← -이-: 서조)- + -니(연어, 설명 계속)
28) 이쇼ᄃᆡ: 이시(있다, 有)- + -오ᄃᆡ(-되: 연어, 설명 계속)
29) 믈어: 믈(← 므르다: 무르다, 柔軟)- + -어(연어)
30) 보ᄃᆞ라ᄫᅡ: 보ᄃᆞ랍(← 보ᄃᆞ룝다, ㅂ불: 보드랍다, 軟)- + -아(연어)
31) 如意珠王: 여의주왕. 여의주 중에서 으뜸이 되는 여의주이다.
32) 브터셔: 븥(붙다, 따르다, 從)- + -어(연어) + -셔(-서: 보조사, 위치 강조)
33) 갈아: 갈(← 가르다: 가르다, 分)- + -아(연어)
34) 나ᄃᆡ: 나(나다, 生)- + -ᄃᆡ(← -오ᄃᆡ: 연어, 설명 계속)

열네 갈래이니, 갈래마다 七寶(칠보) 빛이요 黃金(황금) 돌이니, 돌의 밑에 다 雜色(잡색) 金剛(금강)으로 모래가 되고, 물마다 六十億(육십억)의 七寶(칠보) 蓮花(연화)가 있나니, 蓮花(연화)마다 둘레가 열두 由旬(유순)이요, 그 摩尼水(마니수)가 꽃 사이에 흘러 나무를 쫓아 오르내리니, 그

열네 가르리니[35] 가르마다[36] 七칭寶뽈 비치오 黃뾍金금 돌히니[37] 돐[38] 미틔[39] 다 雜짭色식 金금剛강ᄋ로[40] 몰애[41] ᄃ외오 믈마다 六륙 十씹億흑 七칳寶뽈 蓮련花황ㅣ 잇ᄂ니 蓮련花황마다 둘에[42] 열두 由율 旬쓔이오 그 摩망尼닝水쉉[43] 곳 서리예 흘러 즘게를 조차[44] 오르ᄂ 리니[45] 그

35) 가르리니: 가를(갈래, 支) + -이(서조)- + -니(연어, 설명 계속)
36) 가르마다: 가르(← 가를: 갈래, 支) + -마다(보조사, 각자)
37) 돌히니: 돌ㅎ(돌, 石) + -이(서조)- + -니(연어, 설명 계속)
38) 돐: 돌(← 돌ㅎ: 돌, 石) + -ㅅ(-의: 관조)
39) 미틔: 밑(밑, 下) + -의(-에: 부조, 위치)
40) 金剛ᄋ로: 金剛(금강) + -ᄋ로(부조, 방편) ※ '金剛(금강)'은 금강석(金剛石), 곧 '다이아몬드'를 이른다.
41) 몰애: 몰애(모래, 沙) + -Ø(← -이: 보조)
42) 둘에: 둘에[둘레, 團圓: 둘(← 두르다: 두르다, 圍)- + -에(명접)] + -Ø(← -이: 주조)
43) 摩尼水: 摩尼水(마니수) + -Ø(← -이: 주조) ※ '摩尼水(마니수)'는 '摩尼(= 寶珠, 여의주)'에서 흘러나오는 물이다.
44) 조차: 좇(좇다, 尋)- + -아(연어)
45) 오르ᄂ리니: 오르ᄂ리[오르내리다, 上下: 오르(오르다, 上)- + ᄂ리(내리다, 下)-]- + -니(연어, 설명 계속)

소리가 微妙(미묘)하여 苦空(고공)·無常(무상)·無我(무아)와 여러 波羅蜜
(바라밀)을 넓혀 이르며, 또 諸佛(제불)의 相好(상호)를 讚嘆(찬탄)하며, 如
意珠王(여의주왕)이 金色(금색)의 微妙(미묘)한 光明(광명)을 내니, 그 光
(광)이 百寶(백보)의 色鳥(색조)가 되어 좋은 울음을 울어 念佛(염불)·

소리 微_밍妙_묠ᄒᆞ야 苦_콩空_콩⁴⁶⁾ 無_뭉常_{썅}⁴⁷⁾ 無_뭉我_앙⁴⁸⁾와 여러 波_방羅_랑蜜_밇⁴⁹⁾을 너펴⁵⁰⁾ 니르며 ᄯᅩ 諸_졍佛_뿛ㅅ 相_{샤ᇰ}好_{ᄒᆞᇢ}⁵¹⁾를 讚_잔嘆_탄ᄒᆞᅀᆞᄫᅧ⁵²⁾ 如_셩意_{ᅙᅵᆼ}珠_즁王_{와ᇰ}이 金_금色_{ᄉᆞᆨ} 微_밍妙_묠 光_광明_명을 내니 그 光_광이 百_빅寶_봉⁵³⁾ 色_{ᄉᆞᆨ}鳥_됼⁵⁴⁾ㅣ ᄃᆞ외야 이든⁵⁵⁾ 우루믈⁵⁶⁾ 우러 念_념佛_뿛⁵⁷⁾

---

46) 苦空: 고공. 중생이 번뇌로 얻게 되는 네 가지 중 고(苦)와 공(空)을 아울러 이르는 말이다. 곧 이 세상은 괴롭고 허무하다는 것이다.

47) 無常: 무상. 상주(常住)하는 것이 없다는 뜻으로, 나고 죽고 흥하고 망하는 것이 덧없음을 이르는 말이다.

48) 無我: 무아. 일체의 존재는 모두 무상하며 고(苦)이므로, '나(我)'라고 할 만한 것이 없는 것이다.

49) 波羅蜜: 바라밀. 태어나고 죽는 현실의 괴로움에서 번뇌와 고통이 없는 경지인 피안(彼岸)으로 건넌다는 뜻으로, 열반(涅槃)에 이르고자 하는 보살의 수행을 이르는 말이다.

50) 너펴: 너피[넓히다, 演: 넙(넓다, 廣: 형사)- + -히(사접)-]- + -어(연어)

51) 相好: 상호. 부처의 몸에 갖추어진 훌륭한 용모와 형상이다. 부처의 화신에는 뚜렷해서 보기 쉬운 32가지의 상과 미세해서 보기 어려운 80가지의 호가 있다.

52) 讚嘆ᄒᆞᅀᆞᄫᅧ: 讚嘆ᄒᆞ[찬탄하다: 讚嘆(찬탄: 명사) + -ᄒᆞ(동접)-]- + -ᅀᆞᇦ(← -ᅀᆞᇦ-: 객높)- + -ᄋᆞ며(연어, 나열)

53) 百寶: 백보. 여러 가지 보배, 또는 온갖 보물이다.

54) 色鳥: 색조. 색깔이 있는 새이다.

55) 이든: 읻(좋다, 和)- + -Ø(현시)- + -은(관전)

56) 우루믈: 우룸[울음, 鳴: 울(울다, 鳴: 동사)- + -움(명접)] + -을(목조)

57) 念佛: 염불. 부처의 모습과 공덕을 생각하면서 아미타불을 부르는 일이나 불경을 외는 일이다.

念法(염법)·念僧(염승)을 늘 讚嘆(찬탄)하나니, 이것이 八功德水想(팔공덕
수상)이니 이름이 第五觀(제오관)이다. ○ 衆寶(중보)의 國土(국토)에【 衆
寶는 여러 보배이다. 】 나라마다 五百億(오백억) 寶樓(보루)가 있고, 그 樓
閣(누각)에 그지없는 諸天(제천)이 하늘의 풍류를 하고, 또 악기가 虛空
(허공)에

念념法법⁵⁸⁾ 念념僧승⁵⁹⁾을 샹녜⁶⁰⁾ 讚잔嘆탄ᄒᆞᄂᆞ니 이 八밣功공德득水슁想
샹⁶¹⁾이니 일후미 第똉五옹觀관이라 ○ 衆즁寶봏 國귁土통애【衆즁寶봏
ᄂᆞᆫ 여러 보ᄇᆡ라】 나라마다 五옹百빅億흑 寶봏樓륳⁶²⁾ㅣ 잇고 그 樓륳閣
각애 그지업슨⁶³⁾ 諸졍天텬⁶⁴⁾이 하ᄂᆞᆳ 풍류 ᄒᆞ고 ᄯᅩ 풍륫가시⁶⁵⁾ 虛헝
空콩애

---

58) 念法: 염법. 큰 공덕이 있는 부처의 설법을 전심으로 생각하는 일이다.

59) 念僧: 염승. 스님의 공덕을 늘 생각하는 일이다.

60) 샹녜: 늘, 항상, 常(부사)

61) 八功德水想: 팔공덕수상. 『불설관무량수경』의 십륙관법(十六觀法)에 속하는 제5관(第五觀)이다. 극락국토(極樂國土)에 있는 연못의 팔공덕수(八功德水)의 묘용(妙用)을 관상(觀想)하는 것이다. ※ '八功德水(팔공덕수)'는 여덟 가지 특성이 있는 물이다. 극락 정토에 있는 연못의 물은 맑고, 시원하고, 감미롭고, 부드럽고, 윤택하고, 온화하고, 갈증을 없애 주고, 신체의 여러 부분을 성장시킨다고 한다.

62) 寶樓: 보루. '누각(樓閣)'을 아름답게 이르는 말이다. ※ '누각(樓閣)'은 사방을 바라볼 수 있도록 문과 벽이 없이 다락처럼 높이 지은 집이다.

63) 그지업슨: 그지없[그지없다, 無量: 그지(한계, 限: 명사) + 없(없다, 無: 형사)-]- + -Ø(현시)- + -은(관전)

64) 諸天: 제천. 모든 하늘. 욕계의 육욕천, 색계의 십팔천, 무색계의 사천(四天) 따위를 통틀어 이른다. 마음을 수양하는 경계를 따라 나뉜다. 혹은 천상계의 모든 천신(天神)을 이른다.

65) 풍륫가시: 풍륫갓[악기, 樂器: 풍류(음악, 樂) + -ㅅ(관조, 사잇) + 갓(감, 재료, 料)] + -이(주조)

달리어 있어 절로 우니, 이 소리의 中(중)에서 다 念佛(염불)·念法(염법)·
念僧(염승)을 이르나니, 이 想(상)이 이루어지면 極樂世界(극락세계)에 있
는 보배의 나무와 보배의 땅과 보배의 못(池)을 대략 보는 것이니, 이것
이 總觀想(총관상)이니, 이름이 第六觀(제육관)이다.【 總觀想(총관상)은 모
두 보는 상이라. 】이를 보면 無量億(무량억) 劫(겁) 동안의

들여⁶⁶⁾ 이셔⁶⁷⁾ 절로⁶⁸⁾ 우니 이 소릿 中_듕에셔 다 念_념佛_뿛 念_념法_법

念_념僧_승을 니르ᄂᆞ니⁶⁹⁾ 이 想_샹이 일면⁷⁰⁾ 極_끅樂_락世_솅界_갱옛 보ᄇᆡ 즘

게와 보ᄇᆡ ᄯᅡ콰⁷¹⁾ 보ᄇᆡ 모슬⁷²⁾ 어둘⁷³⁾ 보논⁷⁴⁾ 디니⁷⁵⁾ 이 總_종觀_관想_샹

⁷⁶⁾이니 일후미 第_똉六_륙觀_관이라【總_종觀_관想_샹ᄋᆞᆫ 모도⁷⁷⁾ 보ᄂᆞᆫ 想_샹이라】

이ᄅᆞᆯ 보면 無_뭉量_량億_흑⁷⁸⁾ 劫_겁엣⁷⁹⁾

---

66) 들여: 들이[달리다, 懸: 들(달다, 縣: 타동)-+-이(피접)-]-+-어(연어)

67) 이셔: 이시(있다: 보용, 완료 지속)-+-어(연어)

68) 절로: [저절로, 自(부사): 절(←저: 자기, 己, 인대, 재귀칭)+-로(부조▷부접)]

69) 니르ᄂᆞ니: 니르(이르다, 說)-+-ᄂᆞ(현시)-+-니(연어, 설명 계속)

70) 일면: 일(이루어지다, 成)-+-면(연어, 조건)

71) ᄯᅡ콰: ᄯᅡㅎ(땅, 地)+-과(접조)

72) 모슬: 못(못, 池)+-ᄋᆞᆯ(목조)

73) 어둘: 대략, 대강, 粗(부사)

74) 보논: 보(보다, 見)-+-ㄴ(←-ᄂᆞ-: 현시)-+-오(대상)-+-ㄴ(관전)

75) 디니: ᄃ(←ᄃᆞ: 것, 者, 의명)+-이(서조)-+-니(연어, 설명 계속)

76) 總觀想: 총관상. 『불설관무량수경』에 있는 십륙관법(十六觀法)의 제6관(第六觀)이다.(=보루관, 寶樓觀). 극락세계(極樂世界)의 오백억(五百億) 보루각(寶樓閣)을 관상(觀想)하는 것이다. 곧 먼저 극락의 보배로 된 땅·나무·못(池) 등을 관상하고, 최후에 보배로 된 누각을 관상하여 정토의 전체를 보는 것이므로 총관상이라 한다.

77) 모도: [모두, 皆(부사): 몯(모이다, 集: 동사)-+-오(부접)]

78) 無量億: 무량억. 헤아릴 수 없이 많은 수이다.

79) 劫엣: 劫(겁)+-에(부조, 위치)+-ㅅ(-의: 관조) ※ '劫(겁)엣'은 '劫(겁) 동안의'로 의역하여 옮긴다.

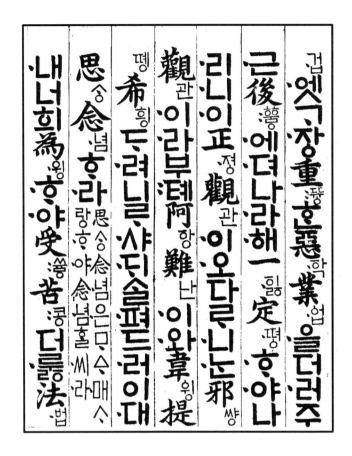

매우 重(중)한 惡業(악업)을 덜어 죽은 後(후)에 저 나라에 반드시 나겠으
니, 이것이 正觀(정관)이요 다른 것은 邪觀(사관)이다. ○ 부처가 阿難(아
난)이와 韋提希(위제희)더러 이르시되, (내 말을) 살펴 들어 잘 思念(사념)
하라. 【思念(사념)은 마음에 생각하여 念(염)하는 것이다. 】내가 너희를 爲
(위)하여 受苦(수고)를 덜 法(법)을

ᄀ장[80] 重뜽ᄒᆞᆫ 惡ᅙᆞᆨ業업[81]을 더러[82] 주근 後ᅘᅮᇂ에 뎌 나라해[83] 一ᅙᅵᇙ
定떙ᄒᆞ야[84] 나리니 이 正정觀관[85]이오 다ᄅᆞ니ᄂᆞᆫ[86] 邪쌍觀관[87]이라 ○
부톄 阿ᅙᅡᆼ難난이와 韋윙提똉希힁ᄃᆞ려 니ᄅᆞ샤ᄃᆡ[88] 슬펴[89] 드러[90] 이
대[91] 思ᄉᆞᆼ念념ᄒᆞ라【思ᄉᆞᆼ念념은 ᄆᆞᅀᆞ매 ᄉᆞ랑ᄒᆞ야[92] 念념ᄒᆞᆯ 씨라】내[93] 너
희[94] 爲윙ᄒᆞ야 受쓯苦콩 더룷[95] 法법을

---

80) ᄀ장: 매우, 아주, 가장極(부사)
81) 惡業: 악업. 삼성업(三性業)의 하나이다. 나쁜 과보(果報)를 가져올 악한 행위를 이른다. ※ '三性業(삼성업)'은 착한 마음에서 일어나는 '선업(善業)'과 악한 마음에서 일어나는 '불선업(不善業)', 선도 악도 아닌 무기심(無起心)에서 일어나는 '무기업(無起業)'으로 나누어, 이를 삼성업(三性業)이라고 한다.
82) 더러: 덜(덜다, 없애다, 除)- + -어(연어)
83) 나라해: 나랗(나라, 國) + -애(-에: 부조, 위치)
84) 一定ᄒᆞ야: 一定ᄒᆞ[일정히, 한결같이, 반드시, 必(부사): 一定(일정: 명사) + -ᄒᆞ(←-ᄒᆞ-: 형접)-]- + -야(←-아: 연어) ※ '一定ᄒᆞ야'는 어떤 것의 양, 성질, 상태, 계획 따위가 달라지지 아니하고 한결같은 것이다. 여기서는 '반드시(必)'로 의역하여 옮긴다.
85) 正觀: 정관. 극락정토(極樂淨土)와 그곳에 있는 불(佛)·보살(菩薩) 등을 관상(觀想)할 때에, 불경의 정설(正說)에 의거하여 관(觀)하는 마음과 관하는 대상이 상응하는 일이다.
86) 다ᄅᆞ니ᄂᆞᆫ: 다ᄅᆞ[다른, 他(관사): 다ᄅᆞ(다르다, 異)- + -ㄴ(관전▷관접)] # 이(이, 者: 의명) + -ᄂᆞᆫ(보조사, 주제)
87) 邪觀: 정관. 극락정토와 그곳에 있는 불보살을 관상(觀想)할 때에, 불경의 정설(正說)에 의거하지 아니하여 관(觀)하는 마음과 관하는 대상이 상응하지 아니하는 일이다.
88) 니ᄅᆞ샤ᄃᆡ: 니ᄅᆞ(이르다, 告)- + -샤(←-시-: 주높)- + -ᄃᆡ(←-오ᄃᆡ: 연어, 설명 계속)
89) 슬펴: 슬피(살피다, 諦)- + -어(연어)
90) 드러: 들(← 듣다, ㄷ불: 듣다, 聽)- + -어(연어)
91) 이대: [잘, 善(부사): 읻(좋다, 곱다, 善: 형사)- + -애(부접)]
92) ᄉᆞ랑ᄒᆞ야: ᄉᆞ랑ᄒᆞ[생각하다, 思: ᄉᆞ랑(생각, 思: 명사) + -ᄒᆞ(동접)-]- + -야(←-아: 연어)
93) 내: 나(나, 吾: 인대, 1인칭) + -ㅣ(←-이: 주조)
94) 너희: [너희, 汝等: 너(너, 汝: 인대, 2인칭) + -희(복접)]
95) 더룷: 덜(덜다, 없애다, 除) + -우(대상)- + -ㅭ(관전)

가리어서 이르겠으니, 너희가 大衆(대중)더러 (수고를 덜 법을) 가리어 이
르라. (부처가) 이 말을 이르실 적에 無量壽佛(무량수불)이 虛空(허공)에
서시고, 觀世音(관세음)과 大勢至(대세지) 두 大士(대사)가 두 쪽에 (부처
를) 모시어 서시니【觀(관)은 보는 것이요 世音(세음)은 世間(세간)의 소리이
다. 能(능)과 所(소)가 한데 녹으며 有(유)와 無(무)가 다 통하여, 正(정)한 性
(성)을 매우 비추어 밑(本)과 끝(末)을 살피므로 觀(관)이라

글히야⁹⁶⁾ 닐오리니⁹⁷⁾ 너희 大_땡衆_즁ᄃ려⁹⁸⁾ 글히야 니르라 이 말

니르싫 저긔⁹⁹⁾ 無_뭉量_량壽_쓩佛_뿛¹⁰⁰⁾이 虛_헝空_콩애 셔시고¹⁾ 觀_관世_솅

音_즘²⁾ 大_땡勢_솅至_징³⁾ 두 大_땡士_쌍⁴⁾ㅣ 두 녀긔⁵⁾ 뫼ᅀᆞᄫᅡ⁶⁾ 셔시니

【 觀_관은 볼 씨오 世_솅音_즘은 世_솅間_간ㅅ 소리라 能_능⁷⁾과 所_송왜⁸⁾ 흔듸⁹⁾ 노

ᄀᆞ며¹⁰⁾ 有_읗와 無_뭉왜 다 ᄉᆞᄆᆞ차¹¹⁾ 正_정혼 性_셩을 ᄀᆞ장 비취여 믿과¹²⁾ 귿과

를¹³⁾ 슬피실씨¹⁴⁾ 觀_관이라

---

96) 글히야: 글히(가리다, 分別)- + -야(←-아: 연어)

97) 닐오리니: 닐(← 니ᄅ다: 이르다, 說)- + -오(화자)- + -리(미시)- + -니(연어, 설명 계속)

98) 大衆ᄃ려: 大衆(대중) + -ᄃ려(-더러, -에게: 부조, 상대) ※ '大衆(대중)'은 많이 모인 승려, 또
는 비구, 비구니, 우바새, 우바니를 통틀어 이르는 말이다.

99) 저긔: 적(적, 때, 時: 의명) + -의(-에: 부조, 위치, 시간)

100) 無量壽佛: 무량수불. 아미타불(阿彌陀佛)을 높여 이르는 말이다. 대승불교의 부처 가운데 가
장 널리 신봉되는 부처이다. 헤아릴 수 없을 정도로 수명의 한이 없는 부처님의 덕을 찬양하
여 무량수불이라 일컫는다.

1) 셔시고: 셔(서다, 立)- + -시(주높)- + -고(연어, 나열, 계기)

2) 觀世音: 관세음. 관세음보살. 아미타불의 왼편에서 교화를 돕는 보살이다. 사보살(四菩薩)의 하
나이다. 세상의 소리를 들어 알 수 있는 보살이므로 중생이 고통 가운데 열심히 이 이름을 외
면 도움을 받게 된다.

3) 大勢至: 대세지. 대세지보살. 아미타불의 오른쪽에 있는 보살이다. 지혜문(智慧門)을 대표하여
중생을 삼악도(三惡道)에서 건지는 무상(無上)한 힘이 있다. 그 형상은 정수리에 보병(寶瓶)을
이고 천관(天冠)을 썼으며, 왼손은 연꽃을 들고 있다.

4) 大士: 대사. 부처나 보살을 일상적으로 이르는 말이다. 흔히 대보살을 이르는 말로도 쓴다.

5) 녀긔: 녁(녘, 쪽, 向) + -의(-에: 부조, 위치)

6) 뫼ᅀᆞᄫᅡ: 뫼ᅀᆞ(← 뫼ᅀᆞᆸ다, ㅂ불: 모시다, 侍)- + -아(연어)

7) 能: 능. 어떤 행위의 주체이다.

8) 所왜: 所(소) + -와(접조)- + -ㅣ(←-이: 주조) ※ '所(소)'는 행위의 대상 곧, 객체이다.

9) 흔듸: [한데, 同處: 흔(한, 一: 관사, 수량) + 듸(데, 處: 의명)]

10) 노ᄀᆞ며: 녹(녹다, 融)- + -ᄋᆞ며(연어, 나열)

11) ᄉᆞᄆᆞ차: ᄉᆞᄆᆞᆾ(꿰뚫다, 통하다, 通)- + -아(연어)

12) 믿과: 믿(← 밑: 밑, 本) + -과(접조)

13) 귿과를: 귿(← 긑: 끝, 末) + -과(접조) + -를(목조)

14) 슬피실씨: 슬피(살피다, 察)- + -시(주높)- + -ㄹ씨(-므로: 연어, 이유)

ᄒᆞ니라 萬먼象샹이 뮈여 제여곰 ᄀᆞᆺ디 아니ᄒᆞ야 各각各각 소리로 블어도 다 受苦콩ᄅᆞᆯ ᄠᅥ러ᄇᆞ리ᄂᆞ니 菩뽕薩삻이 큰 慈쭝悲빙로 ᄒᆞᆫ가지로 너비 救ᄀᆞᆸ호샤 다 버서나게 ᄒᆞ실ᄊᆡ 觀관世솅音음이라 ᄒᆞ니라 有이ᇰ을 보샤도 有에 住뜡티 아니ᄒᆞ시며 空콩을 보샤도 空애 住뜡티 아니ᄒᆞ시며 일훔 드르샤도 일후메 惑ᅘᆡᆨ디 아니ᄒᆞ시며 相샹ᄋᆞᆯ 보샤도 相애 ᄢᅢ디 아니ᄒᆞ샤 ᄆᆞᅀᆞ미 뮈우디 몯ᄒᆞ며 境경이 조ᄎᆞ디 몯ᄒᆞ야 뮈우며 조초미 眞진實ᄊᆞᆯ 어즈리디 몯ᄒᆞ니 마ᄀᆞᆫ 것 업슨 智딩慧ᄳᅰ라 닐올 ᄯᆞ로ᄒᆞ다니 能능ᄋᆞᆫ 내ᄒᆞ요미오 所송ᄂᆞᆫ

하였니라. 萬象(만상)이 움직여 나서 各各(각각) 같지 아니하여서, 제각기의 소리로 불러도 다 受苦(수고)를 떨치나니, 菩薩(보살)이 큰 慈悲(자비)로 함께 널리 (중생을) 救(구)하시어 다 (수고에서) 벗어나게 하시므로, 觀世音(관세음)이라 하였니라. (관세음보살은) 有(유)를 보셔도 有(유)에 住(주)하지 아니하시며, 空(공)을 보셔도 空(공)에 住(주)하지 아니하시며, 이름을 들으셔도 이름에 惑(혹)하지 아니하시며, 相(상)을 보셔도 相(상)에 꺼지지 아니하시어, 마음이 움직이게 하지 못하며 境(경)이 따르지 못하여, 움직이게 하는 것과 좇는 것이 眞實(진실)을 어지럽히지 못하니, "(관세음은) 막은 것이 없는 智惠(지혜)이다." 이를 것이로다. 能(능)은 내가 하는 것이요, 所(소)는

ᄒᆞ니라 萬_먼象_썅¹⁵⁾이 뮈여¹⁶⁾ 나 各_각各_각 ᄀᆞᆮ디 아니ᄒᆞ야셔 제여곲¹⁷⁾ 소리로 브르 ᅀᆞᄫᅡ도¹⁸⁾ 다 受_쓩苦_콩ᄅᆞᆯ 여희ᄂᆞ니¹⁹⁾ 菩_뽕薩_삻이 큰 慈_쭝悲_빙²⁰⁾로 ᄒᆞᄢᅴ²¹⁾ 너비 救_굴 ᄒᆞ샤 다 버서나게²²⁾ ᄒᆞ실ᄊᆡ 觀_관世_솅音_흠이라 ᄒᆞ니라 有_{ᅌᅮᆸ}ᄅᆞᆯ 보샤도 有_{ᅌᅮᆸ}에 住_뚱 티²³⁾ 아니ᄒᆞ시며 空_콩ᄋᆞᆯ 보샤도²⁴⁾ 空_콩애 住_뚱티 아니ᄒᆞ시며 일후믈 드르샤도 일 후메 惑_{ᅘᅱᆨ}디²⁵⁾ 아니ᄒᆞ시며 相_샹²⁶⁾ᄋᆞᆯ 보샤도 相_샹애 ᄢᅥ디디²⁷⁾ 아니ᄒᆞ샤 ᄆᆞᅀᆞ미 뮈 우디²⁸⁾ 몯ᄒᆞ며 境_경²⁹⁾이 좇디³⁰⁾ 몯ᄒᆞ야 뮈움과 조촘괘³¹⁾ 眞_진實_{씰}ᄋᆞᆯ 어즈리디³²⁾ 몯ᄒᆞ니 마ᄀᆞᆫ 것 업슨 智_딩慧_{ᅘᅰᆼ}라 닐엃³³⁾ 디로다³⁴⁾ 能_능은 내 ᄒᆞ요미오³⁵⁾ 所_송ᄂᆞ

---

15) 萬象: 만상. 온갖 사물의 형상이다.
16) 뮈여 : 뮈(움직이다, 動)- + -여(← -어: 연어)
17) 제여곲: 제여곰(제각기, 各自) + -ㅅ(-의: 관조)
18) 브르ᅀᆞᄫᅡ도: 브르(부르다, 召)- + -ᅀᆞ(← -ᅀᆞᇦ-: 객높)- + -아도(연어, 양보)
19) 여희ᄂᆞ니: 여희(떨치다, 別)- + -ᄂᆞ(현시)- + -니(연어, 설명 계속)
20) 慈悲: 자비. 자(慈)는 애념(愛念 : 사랑하는 마음)을 가지고 중생에게 낙(樂)을 주는 것이요, 비(悲)는 민념(愍念 : 불쌍히 여기는 마음)을 가지고 중생의 고(苦)를 없애주는 사랑이다.
21) ᄒᆞᄢᅴ: [함께, 同時(부사): ᄒᆞ(한, 一: 관사, 양수) + ᄢ(← ᄢᅳ: 때, 時)- + -의(부조, 위치, 시간)
22) 버서나게: 버서나[벗어나다, 脫出: 벗(벗다, 脫)- + -어(연어) + 나(나다, 出)-] + -게(연어, 사동)
23) 住티: 住ᄒᆞ[← 住ᄒᆞ다(주하다, 머무르다): 住(주: 불어) + -ᄒᆞ(동접)-] + -디(-지: 보용, 부정)
24) 보샤도: 보(보다, 見)- + -샤(← -시-: 주높)- + -도(← -아도: 연어, 양보)
25) 惑디: 惑[← 惑ᄒᆞ다(혹하다): 惑(혹: 불어) + -ᄒᆞ(동접)-] + -디(-지: 연어, 부정)
26) 相: 상. 볼 수 있고, 알 수 있는 모습이다.
27) ᄢᅥ디디: ᄢᅥ디(꺼지다, 陷沒)- + -디(-지: 연어, 부정)
28) 뮈우디: 뮈우(움직이게 하다, 使動)- + -디(-지: 연어, 부정)
29) 境: 경. 인식의 대상이다. ※ 인식 기관을 근(根)이라 하고, 인식 대상인 경(境)이라 하고, 인식 주체를 식(識)이라 한다.
30) 좇디: 좇(← 좇다: 좇다, 따르다, 從)- + -디(-지: 연어, 부정)
31) 조촘괘: 좇(좇다, 따르다, 從)- + -옴(명전) + -과(접조) + -ㅣ(주조)
32) 어즈리디: 어즈리[어지럽히다, 亂: 어즐(어질: 불어) + -이(사접)-] + -디(-지: 연어, 부정)
33) 닐엃: 닐(← 니르다: 이르다, 曰)- + -어(확인)- + -ㅭ(관전)
34) 디로다: ᄃ(← ᄃᆞ: 것, 者, 의명) + -이(서조)- + -Ø(현시)- + -로(← -도-: 감동)- + -다(평종)
35) ᄒᆞ요미오: ᄒᆞ이[시키다, 使: ᄒᆞ(하다, 爲)- + -이(사접)-] + -옴(명전) + -이(서조)- + -오(← -고: 연어, 나열)

나를 對(대)한 境界(경계)이다. 勢(세)는 威嚴(위엄)의 힘이다. 】光明(광명)이
하도 盛(성)하여 다 보지 못하겠더니, 百千(백천) 閻浮檀金(염부단금)의 빛
과 비교하지 못하겠더라. 그때에 韋提希(위제희)가 無量壽佛(무량수불)을
보고 禮數(예수)하고 부처께 사뢰되 "世尊(세존)이시여. 나는 부처의 힘으
로 無量壽佛(무량수불)과

날³⁶⁾ 對됭호 境界갱라³⁷⁾ 勢솅는 威윙嚴엄 히미라³⁸⁾ 】 光광明명이 하³⁹⁾ 盛쎵

호야 몯 다⁴⁰⁾ 보슨 빙리러니⁴¹⁾ 百빅千천 閻염浮뿔檀딴金금⁴²⁾ㅅ 비치⁴³⁾

몯 가줄비슨 빙리러라⁴⁴⁾ 그 삑⁴⁵⁾ 韋윙提똉希희 無뭉量량壽쓩佛뿛을 보

습고 禮롕數숭호습고⁴⁶⁾ 부텨씌⁴⁷⁾ 술보딩⁴⁸⁾ 世솅尊존하⁴⁹⁾ 나는 부텻

히므로⁵⁰⁾ 無뭉量량壽쓩佛뿛와

---

36) 날: 나(나, 我: 인대, 1인칭) + -ㄹ(←-룰: 목조)

37) 境界: 境界(경계) + -Ø(←-이-: 서조)- + -Ø(현시)- + -라(←-다: 평종) ※ '境界(경계)'는 일이나 物件(물건)이 어떤 標準(표준) 아래 맞닿은 자리이다. 여기서 '경계'는 대상이므로, '날 對혼 境界'는 인식의 대상을 뜻한다.

38) 히미라: 힘(힘, 力) + -이(서조)- + -Ø(현시)- + -라(←-다: 평종)

39) 하: [하, 대단히, 熾(부사): 하(크다, 大: 형사)- + -Ø(부접)]

40) 몯 다: 몯(못, 不可: 부사) # 다(다, 悉: 부사)

41) 보슨 빙리러니: 보(보다, 見)- + -슣(←-습-: 객높)- + -ᄋ리(미시)- + -러(←-더-: 회상)- + -니((연어, 설명의 계속) ※ '몯 다 보슨 빙리러니'는 '다 보지 못하겠더니'로 의역하여 옮긴다.

42) 閻浮檀金: 염부나무의 숲 사이로 흐르는 강에서 나는 사금(砂金)으로, 적황색에 자줏빛의 윤이 난다고 한다.

43) 비치: 빛(빛, 色) + -이(-과: 부조, 비교)

44) 가줄비슨 빙리러라: 가줄비(비교하다, 比)- + -슣(←-습-: 객높)- + -ᄋ리(미시)- + -러(←-더-: 회상)- + -라(←-다: 평종) ※ '몯 가줄비슨 빙리러라'는 '비교하지 못하겠더라'로 의역하여 옮긴다.

45) 삑: ᄡᅵ(← 삑: 때, 時) + -의(부조, 위치, 시간)

46) 禮數호습고: 禮數호[예수하다: 禮數(예수: 명사) + -호(동접)-]- + -습(객높)- + -고(연어, 계기) ※ '禮數(예수)'는 명성이나 지위에 알맞은 예의와 대우이다. 혹은 주인과 손님이 서로 만나 인사하는 것이다.

47) 부텨씌: 부텨(부처, 佛) + -씌(-께: 부조, 상대, 높임)

48) 술보딩: 숣(← 숣다, ㅂ불: 사뢰다, 白言)- + -오딩(-되: 연어, 설명 계속)

49) 世尊하: 世尊(세존) + -하(-이시여: 호조, 아주 높임)

50) 히므로: 힘(힘, 力) + -ᄋ로(부조, 방편)

두 菩薩(보살)을 보았거니와, 未來(미래)에 있을 衆生(중생)이 【未來(미래)는 아니 와 있는 세상이다. 】 어찌하여야 無量壽佛(무량수불)과 두 菩薩(보살)을 보리리오?" 부처가 이르시되, "저 부처를 보고자 할 사람은 想念(상념)을 일으켜서 七寶(칠보)의 땅 위에 蓮花想(연화상)을 지어, 그 蓮花(연화)가 잎마다

두 菩뽕薩삻을 보ᅀᆞ바니와[51] 未밍來링옛[52] 衆즁生ᄉᆡᆼ이【未밍來링ᄂᆞᆫ 아니

왯ᄂᆞ[53] 뉘라[54]】 엇뎨ᄒᆞ야ᅀᅡ[55] 無뭉量량壽쓩佛뿛와 두 菩뽕薩삻을 보ᅀᆞ

ᄫᅳ려뇨[56] 부톄 니르샤ᄃᆡ 뎌 부텨를 보ᅀᆞᆸ고져[57] 홇 사ᄅᆞ믄 想샹念

념[58]을 니르와다[59] 七칧寶봉 ᄯᅡ 우희 蓮련花황想샹[60]을 지ᅀᅥ[61] 그 蓮

련花황ㅣ 닙마다[62]

---

51) 보ᅀᆞ바니와: 보(보다, 見)- + -ᅀᆞᇦ(←-ᅀᆞᆸ-: 객높)- + -아니와(-거니와: 연어) ※ '-아니와'는
앞의 사실을 인정하면서 새로운 사실을 제시하는 연결 어미이다.

52) 未來옛: 未來(미래) + -예(←-에: 부조, 위치) + -ㅅ(-의: 관조) ※ '未來옛'은 '미래에 있을'로
의역하여 옮긴다.

53) 왯ᄂᆞ: 오(오다, 來)- + -아(연어) + 잇(←이시다: 보용, 완료 지속)- + -ᄂᆞ(현시)- + -ㄴ(관전)
※ '왯ᄂᆞ'은 '와 잇ᄂᆞᆫ'이 축약된 형태이다.

54) 뉘라: 누(누리, 세상, 때, 世) + -ㅣ(←-이-: 서조)- + -Ø(현시)- + -라(←-다: 평종)

55) 엇뎨ᄒᆞ야ᅀᅡ: 엇뎨ᄒᆞ[어찌하다, 何: 엇뎨(어찌, 何: 부사) + -ᄒᆞ(동접)-]- + -야ᅀᅡ(←-아ᅀᅡ: 연
어, 필연적 조건)

56) 보ᅀᆞᄫᅳ려뇨: 보(보다, 見)- + -ᅀᆞᇦ(←-ᅀᆞᆸ-: 객높)- + -ᄋᆞ리(미시)- + -어(확인)- + -뇨(-냐: 의종,
설명)

57) 보ᅀᆞᆸ고져: 보(보다, 見)- + -ᅀᆞᇦ(←-ᅀᆞᆸ-: 객높)- + -고져(-고자: 연어, 의도)

58) 想念: 상념. 마음속에 품고 있는 여러 가지 생각이다.

59) 니르와다: 니르왇[일으키다, 起: 닐(일어나다, 起)- + -ᄋᆞ(사접)- + -왇(강접)-]- + -아(연어)

60) 蓮花想: 연화상. 연꽃에 대한 생각을 머릿속에 일으키는 것이다.

61) 지ᅀᅥ: 짓(←짓다, ㅅ불: 짓다, 作)- + -어(연어)

62) 닙마다: 닙(←닢: 잎, 葉) + -마다(보조사, 각자)

百寶(백보)의 色(색)이요, 八萬四千(팔만사천)의 脉(맥)에【脉(맥)은 줄기이
다.】脉(맥)마다 八萬四千(팔만사천)의 光(광)이 있어 分明(분명)하여 다
보게 하며, 꽃잎이 적은 것이야말로 길이와 넓이가 二百(이백) 쉰 由旬
(유순)이다. 이런 蓮花(연화)가 八萬四千(팔만사천)의 잎이요, 한 잎 사이
마다 百億(백억) 摩尼珠(마니주)로

百_빅寶_볼⁶³⁾ 色_식이오 八_밣萬_먼四_숭千_쳔⁶⁴⁾ 脉_믹⁶⁵⁾애【脉_믹은 주리라⁶⁶⁾】 脉_믹마다 八_밣萬_먼四_숭千_쳔 光_광이 이셔 分_분明_명ᄒᆞ야 다 보게 ᄒᆞ며 곳니피⁶⁷⁾ 져그니사⁶⁸⁾ 길와⁶⁹⁾ 너븨왜⁷⁰⁾ 二_싱百_빅쉰 由_율旬_쑨이라 이런 蓮_련花_황ㅣ 八_밣萬_먼四_숭千_쳔 니피오 ᄒᆞᆫ 닙 스싀마다 百_빅億_흑 摩_망尼_닝珠_즁⁷¹⁾로

---

63) 百寶: 백보. 온갖 보배(寶)이다.

64) 八萬四千: 팔만사천. 인도에서 많은 수를 말할 때 흔히 사용하는 말인데, 줄여서 팔만이라고도 한다.

65) 脉: 맥. '줄기'이다.

66) 주리라: 줄(줄기, 脈) + -이(서조)- + -Ø(현시)- + -라(←-다: 평종)

67) 곳니피: 곳닢[꽃잎, 華葉: 곳(← 곶: 꽃, 華) + 닢(잎, 葉)] + -이(주조)

68) 져그니사: 젹(작다, 小)- + -Ø(현시)- + -은(관전) # 이(것, 者: 의명) + -사(보조사, 한정 강조)

69) 길와: 길[길이, 縱: 길(길다, 長: 형사)- + -Ø(명접)] + -와(←-과: 접조) ※ 여기서 '길'은 현대 국어의 '길이(長)'의 뜻을 나타내는 파생 명사인데, 『월인석보』 권8에서만 2회 출현한다. 일반적으로는 '너븨'와 마찬가지로 '기릐(← 길- + -의)'의 형태가 쓰인다.

70) 너븨왜: 너븨[넓이, 廣: 넙(넓다, 廣: 형사) + -의(명전)] + -와(←-과: 접조) + -ㅣ(←-이: 주조)

71) 摩尼珠: 마니주. ※ '마니(摩尼)'는 '보주(寶珠)'를 일상적으로 이르는 말이다.(= 如意珠) 불행과 재난을 없애 주고 더러운 물을 깨끗하게 하며, 물을 변하게 하는 따위의 덕이 있다.

눈부시게 꾸미고, 摩尼(마니)마다 천(千)의 光明(광명)을 펴서, 그 光明(광명)이 蓋(개)와 같아서 七寶(칠보)가 이루어져 땅의 위에 차서 덮이고, 釋迦毗楞伽寶(석가비릉가보)로 臺(대)를 만드니, 이 蓮花臺(연화대)에 八萬(팔만)의 金剛(금강)과 甄叔伽寶(견숙가보)와【甄叔伽寶(견숙가보)는 '붉은 빛이다.' 한 말이니, 나무의

빗ᄉ와미의⁷²⁾ ᄭᅮ미고⁷³⁾ 摩_망尼_닝마다 즈믄⁷⁴⁾ 光_광明_명을 펴아 그 光_광明_명이 蓋_갱⁷⁵⁾ ᄀᆞᆮᄒᆞ야 七_칧寶_{ᄫᅵᆯ}ㅣ 이러 ᄡᅡ 우희 차⁷⁶⁾ 두피고⁷⁷⁾ 釋_셕迦_강毗_뼹楞_릉伽_꺙寶_{ᄫᅵᆯ}⁷⁸⁾로 臺_{ᄄᆡᆼ}를 밍ᄀᆞ니⁷⁹⁾ 이 蓮_련花_황臺_{ᄄᆡᆼ}예 八_밣萬_먼 金_금剛_강⁸⁰⁾과 甄_건叔_슉伽_꺙寶_{ᄫᅵᆯ}⁸¹⁾와【甄_건叔_슉迦_강ᄂᆞᆫ 블근⁸²⁾ 비치라 혼 마리니 나못⁸³⁾

---

72) 빗ᄉ와미의: 빗ᄉ와미(눈부시다, 映)- + -의(-ㄱ: 연어, 도달)

73) ᄭᅮ미고: ᄭᅮ미(꾸미다, 飾)- + -고(연어, 계기)

74) 즈믄: 천. 千(관사, 양수)

75) 蓋: 개. 불좌 또는 높은 좌대를 덮는 장식품. 나무나 쇠붙이로 만들어 법회 때 법사의 위를 덮는다. 원래는 인도에서 햇볕이나 비를 가리기 위하여 쓰던 우산 같은 것이었다.

76) 차: ᄎ(← ᄎ다: 차다, 滿)- + -아(연어)

77) 두피고: 두피[덮이다, 覆: 둪(덮다, 覆: 타동)- + -이(피접)-]- + -고(연어, 계기)

78) 釋迦毗楞伽寶: 석가비룽가보. 보석의 이름이다.

79) 밍ᄀᆞ니: 밍ᄀᆞ(← 밍ᄀᆞᆯ다: 만들다, 造)- + -니(연어, 설명 계속)

80) 金剛: 금강. 금강석(金剛石), 곧 '다이아몬드'이다.

81) 甄叔伽寶: 견숙가보. 산스크리트어 Kimsuka의 음사이다. 견숙가꽃과 같은 붉은 빛이 나는 보배이다.

82) 블근: 븕(븕다, 赤)- + -∅(현시)- + -은(관전)

83) 나못: 나모(나무, 木) + -ㅅ(-의: 관조)

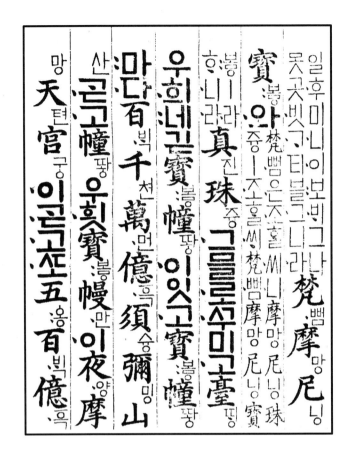

이름이니, 이 보배가 그 나무의 꽃빛과 같이 붉으니라. 】梵摩尼寶(범마니보)
와【梵(범)은 깨끗한 것이니, 摩尼珠(마니주)가 깨끗하므로, '梵摩尼寶(범마니
보)이다.' 하였니라. 】眞珠(진주) 그물로 꾸미고, 臺(대) 위에 네 기둥의 寶
幢(보당)이 있고, 寶幢(보당)마다 百千萬億(백천만억)의 須彌山(수미산)과
같고, 幢(당) 위에 있는 寶幔(보만)이 夜摩天宮(야마천궁)과 같고, 또 五百
億(오백억)

일후미니 이 보빈⁸⁴⁾ 그 나못 곳빗⁸⁵⁾ ᄀ티⁸⁶⁾ 블그니라⁸⁷⁾ 】 梵_뻠摩_망尼_닝寶_봄⁸⁸⁾

와【梵_뻠은 조홀 씨니⁸⁹⁾ 摩_망尼_닝珠_즁ㅣ 조홀씨 梵_뻠摩_망尼_닝寶_봄ㅣ라 ᄒ니

라】 眞_진珠_즁 그믈로⁹⁰⁾ ᄭ미고 臺_띵 우희 네 긴⁹¹⁾ 寶_봄幢_땅⁹²⁾이

잇고 寶_봄幢_땅마다 百_빅千_쳔萬_먼億_흑 須_슝彌_밍山_산⁹³⁾ ᄀ고 幢_땅 우

흿⁹⁴⁾ 寶_봄幔_만⁹⁵⁾이 夜_양摩_망天_쳔宮_궁이⁹⁶⁾ ᄀ고 ᄯᅩ 五_옹百_빅億_흑

---

84) 보빈: 보빈(보배, 寶) + -∅(←-이: 주조)

85) 곳빗: 곳빗[꽃빛, 化色: 곳(←곶: 꽃, 花) + 빗(←빛: 빛, 色)]

86) ᄀ티: [같이, 如(부사): ᄀᇀ(←ᄀᆮᄒ다: 같다, 如)- + -이(부접)]

87) 블그니라: 븕(붉다, 赤)- + -∅(현시)- + -으니(원칙)- + -라(←-다: 평종)

88) 梵摩尼寶: 범마니보. 맑고 깨끗한 '마니보'이다.

89) 씨니: ᄊ(←ᄉ: 것, 者, 의명) + -이(서조)- + -니(연어, 설명 계속)

90) 그믈로: 그믈(그물, 網) + -로(부조, 방편)

91) 긴: 기둥, 柱.

92) 寶幢: 보당. 보배 구슬로 꾸민 짐대이다. 도량(道場)을 장엄(莊嚴)하는 데에 쓴다. ※ '짐대'는 당(幢)을 달아 세우는 대이다. ※ '幢(당)'은 법회 따위의 의식이 있을 때에, 절의 문 앞에 세우는 기이다. 장대 끝에 용머리를 만들고, 깃발에 불화(佛畫)를 그려 불보살의 위엄을 나타내는 장식 도구이다.

93) 須彌山: 수미산. 불교의 우주관에서, 세계의 중앙에 있다는 산이다. 꼭대기에는 제석천이, 중턱에는 사천왕이 살고 있으며, 그 높이는 물 위로 팔만 유순이고 물속으로 팔만 유순이며, 가로의 길이도 이와 같다고 한다. 북쪽은 황금, 동쪽은 은, 남쪽은 유리, 서쪽은 파리(玻璃)로 되어 있고, 해와 달이 그 주위를 돌며 보광(寶光)을 반영하여 사방의 허공을 비추고 있다. 산 주위에 칠금산이 둘러섰고 수미산과 칠금산 사이에 칠해(七海)가 있으며 칠금산 밖에는 함해(鹹海)가 있고 함해 속에 사대주가 있으며 함해 건너에 철위산이 둘러 있다.

94) 우흿: 웋(위, 上) + -의(-에: 부조, 위치) + -ㅅ(-의: 관조) ※ '우흿'은 '위에 있는'으로 의역하여서 옮긴다.

95) 寶幔: 보만. 보배로 된 휘장이다.

96) 夜摩天宮이: 夜摩天宮(야마천궁) + -이(-과: 부조, 비교) ※ '夜摩天宮(야마천궁)'은 욕계(欲界) 육천(六天)의 제3천인 야마천(夜摩天)의 궁궐이다.

寶珠(보주)로 눈부시게 꾸미니, 寶珠(보주)마다 八萬四千(팔만사천) 光(광)
이요, 光(광)마다 八萬四千(팔만사천) 가지의 金色(금색)이요, 金色(금색)마
다 寶土(보토)에 차 퍼지어【寶土(보토)는 보배의 땅이다.】곳곳마다 變化
(변화)하여 各各(각각) 모습을 짓되, 金剛臺(금강대)도 되며

寶_봏珠_즁로 빗스와미의⁹⁷⁾ 쑤미니 寶_봏珠_즁마다 八_밢萬_먼四_숭千_천 光_광이오 光_광마다 八_밢萬_먼四_숭千_천 가짓 金_금色_싁이오 金_금色_싁마다 寶_봏土_통⁹⁸⁾애 차⁹⁹⁾ 펴디여¹⁰⁰⁾【寶_봏土_통ᄂ 보비 싸히라¹⁾】 곧곧마다²⁾ 變_변化_황ᄒ야 各_각各_각 제여곲³⁾ 양ᄌ를⁴⁾ 지ᅀᅩ딕⁵⁾ 金_금剛_강臺_띵⁶⁾도 ᄃ외며⁷⁾

---

97) 빗스와미의: 빗스와미(눈부시다, 映)- + -의(-긔: -게, 연어, 도달)

98) 寶土: 보토. 보배의 땅이다.

99) 차: ᄎ(← ᄎ다: 차다, 滿)- + -아(연어)

100) 펴디여: 펴디[펴지다, 遍: 펴(펴다, 伸)- + -어(연어) + 디(지다: 보용, 피동)-]- + -여(← -어: 연어)

1) 싸히라: 싸ㅎ(땅, 地) + -이(서조)- + -Ø(현시)- + -라(← -다: 평종)

2) 곧곧마다: 곧곧[곳곳, 處處: 곧(곳, 處) + 곧(곳, 處] + -마다(보조사, 각자)

3) 제여곲: 제여곰(제각기, 各) + -ㅅ(-의: 관조)

4) 양ᄌ를: 양ᄌ(모습, 相) + -를(목조)

5) 지ᅀᅩ딕: 짛(← 짓다, ㅅ불: 짓다, 作)- + -오딕(연어, 설명 계속)

6) 金剛臺: 금강대. 금강석(다이야몬드)으로 된 대(臺)이다.

7) ᄃ외며: ᄃ외(되다, 爲)- + -며(연어, 나열)

眞珠(진주) 그물도 되며 雜華(잡화) 구름도 되어【雜華(잡화)는 雜(잡) 꽃이다.】, 十方(시방)에 마음대로 變化(변화)를 보여 佛事(불사)를 하나니, 이 것이 華座想(화자상)이니 이름이 第七觀(제칠관)이다.【華座(화좌)는 꽃의 座(좌)이다.】 부처가 阿難(아난)이더러 이르시되, 이와 같은 微妙(미묘)한 꽃은 本來(본래) 法藏比丘(법장비구)의

眞_진珠_즁 그믈도 ᄃᆞ외며 雜_짭花_황⁸⁾ 구룸도 ᄃᆞ외야【雜_짭花_황ᄂᆞᆫ 雜_짭

고지라 】 十_씹方_방애 ᄆᆞᇝ조초⁹⁾ 變_변化_황를 뵈야¹⁰⁾ 佛_뿛事_{ᄊᆞᆼ}¹¹⁾를 ᄒᆞᄂᆞ

니 이¹²⁾ 華_{ᅘᅪᆼ}座_쫭想_샹¹³⁾이니 일후미 第_똉七_칧觀_관이라【華_{ᅘᅪᆼ}座_쫭ᄂᆞᆫ 곳 座

_쫭ㅣ라 】 부톄 阿_{ᅙᅡᆼ}難_난이ᄃ려 니ᄅᆞ샤ᄃᆡ 이¹⁴⁾ ᄀᆞᆫ흔 微_밍妙_묳흔 고즌

本_본來_{ᄅᆡᆼ} 法_법藏_짱比_뼁丘_쿻¹⁵⁾ㅅ

---

8) 雜花: 잡화. 이름도 모르는 여러 가지 대수롭지 아니한 꽃이다

9) ᄆᆞᇝ조초: [마음대로, 하고 싶은 대로隨意(부사): ᄆᆞᇝ(마음, 心: 명사) + 좇(좇다, 따르다, 隨: 동사)- + -오(부접)] ※ 'ᄆᆞᇝ조초'는 고어 사전에 표제어로 등재되어 있지 않으나, 'ᄆᆞᇝ조초' 가 한 단어처럼 쓰이는 경우가 많다. 따라서 'ᄆᆞᇝ조초'를 합성 부사로 보아서 '마음대로'로 옮긴다.

10) 뵈야: 뵈[보이다, 現: 보(보다, 見: 타동)- + -ㅣ(←-이-: 사접)-]- + -야(←-아: 연어)

11) 佛事: 불사. 부처에 관련된 일이나 부처가 중생을 교화하는 일이다.

12) 이: 이(이것, 是: 지대, 정칭) + -∅(←-이: 주조)

13) 華座想: 화좌상. 『불설관무량수경』에 제시된 십륙관법(十六觀法)의 제7관(第七觀)이다.(= 華座觀). 칠보(七寶)로 장식한 부처님의 대좌(臺座)를 관상(觀想)하는 것이다. ※ '華座(화좌)'는 꽃으로 된 자리(座)이다.

14) 이: 이(이것, 此: 지대, 정칭) + -∅(←-이: -와, 부조, 비교)

15) 法藏比丘: 법장비구. 아미타불(阿彌陀佛)이 부처가 되기 전에 보살로서 수행할 때의 이름이다.

願力(원력)이 이룬 것이니, 저 부처를 念(염)하고자 할 사람은 먼저 이 華
座想(화좌상)을 지을 것이니, 이 想(상)을 할 때에 雜(잡)것을 보는 것을
말고, 잎마다 구슬마다 光明(광명)마다 臺(대)마다 幢(당)마다 다 낱낱이
보아서, 分明(분명)하게 하여 거울에 낯을 보듯이 할 것이니, 이 想(상)이
이루어지면 五萬(오만) 劫(겁)의

願원力륵의¹⁶⁾ 이론¹⁷⁾ 거시니 뎌¹⁸⁾ 부텨를 念념코져¹⁹⁾ 홇 사르믄 몬
져²⁰⁾ 이 華뽱座쫭想샹을 지숦²¹⁾ 디니²²⁾ 이 想샹 홇 제²³⁾ 雜짭 보
믈²⁴⁾ 말오 닙마다 구슬마다 光광明명마다 臺띵마다 幢똥마다 다
낫나치²⁵⁾ 보아 分분明명킈²⁶⁾ ᄒᆞ야 거우루에²⁷⁾ ᄂᆞᆺ²⁸⁾ 보디시²⁹⁾ 홇³⁰⁾
디니³¹⁾ 이 想샹이 일면 五옹萬먼 劫겁

---

16) 願力의: 願力(원력) + -의(관조, 의미상 주격) ※ '願力(원력)'은 불교를 신행(信行)하는 사람이 목적을 성취하고자 내적으로 수립하는 기본적인 결심과 그에 따르는 힘이다. ※ '願力의'는 관형절 속에서 의미상 주격으로 쓰였다.

17) 이론: 일(이루어지다, 成)- + -Ø(과시)- + -오(대상)- + -ㄴ(관전)

18) 뎌: 저, 彼(관사, 지시, 정칭)

19) 念코져: 念ᄒ[← 念ᄒ다(염하다): 念(염: 불어) + -ᄒ(동접)-]- + -고져(-고자: 연어, 의도) ※ '念(염)'은 어떠한 것을 잊지 않고 마음 속으로 재현함. 마음을 고요히 가라앉히고 어떠한 것을 떠올리는 것이다.

20) 몬져: 먼저, 先(부사)

21) 지숦: 짓(← 짓다, ㅅ불: 짓다, 作)- + -오(대상)- + -ㅭ(관전)

22) 디니: ㄷ(← ᄃᆞ: 것, 者, 의명) + -이(서조)- + -니(연어, 설명 계속)

23) 제: [적에, 때에(의명): 저(← 적: 적, 때, 時, 의명) + -에(부조, 위치)]

24) 보믈: 보(보다, 見)- + -옴(명전) + -을(목조) ※ '雜 봄'은 『불설관무량수경』에 기술된 '雜觀(잡관)'을 직역한 것인데, 이는 '잡다한 것을 관찰하는 일'이다.

25) 낫나치: [낱낱이, 個個(부사): 낫(← 낯: 낱, 個, 명사) + 낯(낱, 個: 명사) + -이(부접)]

26) 分明킈: 分明ᄒ[分明ᄒ다(분명하다): 分明(분명: 명사) + -ᄒ(동접)-]- + -긔(-게: 연어, 사동)

27) 거우루에: 거우루(거울, 鏡) + -에(부조, 위치)

28) ᄂᆞᆺ: ᄂᆞᆺ(← ᄂᆞᆾ: 낯, 面像)

29) 보디시: 보(보다, 見)- + -디시(←-듯이: 연어, 흡사)

30) 홇: ᄒ(← ᄒ다: 보용, 흡사)- + -오(대상)- + -ㅭ(관전)

31) 디니: ㄷ(← ᄃᆞ: 것, 者, 의명) + -이(서조)- + -니(연어, 설명 계속)

生死(생사)의 罪(죄)를 덜어 極樂世界(극락세계)에 반드시 나겠으니, 이것이 正觀(정관)이요 다른 것은 邪觀(사관)이다. ○ 부처가 阿難(아난)이와 韋提希(위제희)더러 이르시되, 이 일을 보고 다음으로 부처를 想(상)할 것이니, '(그것이) 어째서인가?' 한다면, 諸佛如來(제불여래)는 바로 法界(법계)에 있는 몸이라서

生_싱死_승ㅅ 罪_쬉를 더러³²⁾ 極_끅樂_락世_솅界_갱예 一_잃定_뗑ᄒᆞ야³³⁾ 나리니³⁴⁾

이 正_졍觀_관이오 다ᄅᆞ니ᄂᆞᆫ³⁵⁾ 邪_썅觀_관이라 ○ 부톄 阿_항難_난이와 韋

_윙提_똉希_힁ᄃᆞ려 니ᄅᆞ샤ᄃᆡ 이 일 보고 버거³⁶⁾ 부텨를 想_샹ᄒᆞᇙ 디니

엇뎨어뇨³⁷⁾ ᄒᆞ란ᄃᆡ³⁸⁾ 諸_졍佛_뿛如_셩來_링³⁹⁾ᄂᆞᆫ 이⁴⁰⁾ 法_법界_갱옛⁴¹⁾ 모미라⁴²⁾

---

32) 더러: 덜(덜다, 없애다, 減)-+-어(연어)

33) 一定ᄒᆞ야: 一定ᄒᆞ[일정히, 한결같이, 반드시, 必(부사): 一定(일정: 명사)+-ᄒᆞ(←-ᄒᆞ-: 형접)-]-+-야(←-아: 연어) ※ 여기서는 '一定ᄒᆞ야'를 '반드시(必)'로 의역하여 옮긴다.

34) 나리니: 나(나다, 生)-+-리(미시)-+-니(연어, 설명 계속)

35) 다ᄅᆞ니ᄂᆞᆫ: 다른[다른, 他(관사): 다ᄅᆞ(다르다, 異: 형사)-+-ㄴ(관전▷관접)] # 이(이, 人: 의명)+-ᄂᆞᆫ(보조사, 주제)

36) 버거: [다음으로, 次(부사): 벅(다음가다, 次: 형사)-+-어(연어▷부접)]

37) 엇뎨어뇨: 엇뎨(어째서, 所以: 부사)+-Ø(←-이-: 서조)-+-어(←-거-: 확인)-+-뇨(-냐: 의종, 설명)

38) ᄒᆞ란ᄃᆡ: ᄒᆞ(하다, 謂)-+-란ᄃᆡ(-을 것이면, -을진대: 연어, 가정)

39) 諸佛如來: 제불여래. 여러 부처를 일컫는 말이다.

40) 이: 이것, 是(지대, 정칭, 강조 용법) ※ '이'는 『佛說觀無量壽佛經』(불설관무량수불경)의 '諸佛如來是法界身'에서 '是'를 직역한 것으로 여기서는 강조 용법으로 쓰였다. 여기서는 '바로'로 의역하여 옮긴다.

41) 法界옛: 法界(법계)+-예(←-에: 부조, 위치)+-ㅅ(-의: 관조) ※ '法界(법계)'는 우주 만법의 본체인 진여(眞如)이다. ※ '法界옛'는 '法界에 있는'으로 의역하여 옮긴다.

42) 모미라: 몸(몸, 身)+-이(서조)-+-Ø(현시)-+-라(←-아: 연어)

一切(일체)의 衆生(중생)의 마음속에 드나니, 이러므로 너희가 마음에 부처를 想(상)할 적에는 이 마음이 곧 三十二相(삼십이상)과 八十隨形好(팔십수형호)이다. 【隨(수)는 좇는 것이요 形(형)은 모습이니, 八十種好(팔십종호)가 各各(각각) 모습을 좇아 좋으신 것이다. 】 이 마음이 부처가 되며 이 마음이 바로 부처이다. 諸佛(제불)이 心想(심상)으로부터서

一_힗切_촁 衆_즁生_싱이 무슴⁴³⁾ 소배⁴⁴⁾ 드ᄂᆞ니⁴⁵⁾ 이럴씨⁴⁶⁾ 너희⁴⁷⁾ 무슴

매 부텨를 想_샹홀 쩌긘⁴⁸⁾ 이 ᄆᆞᅀᆞ미 곧 三_삼十_씹二_{ᅀᅵᆼ}相_샹 八_밣十

_씹隨_쒱形_{ᅘᅧᆼ}好_{ᅘᅩᇢ}ㅣ라⁵⁰⁾ 【隨_쒱ᄂᆞᆫ 조ᄎᆞᆯ⁵¹⁾ 씨오⁵²⁾ 形_{ᅘᅧᆼ}은 양ᄌᆡ니⁵³⁾ 八_밣十_씹種_죵好

_{ᅘᅩᇢ}ㅣ 各_각各_각 양ᄌᆞ를 조차 됴ᄒᆞ실⁵⁴⁾ 씨라】 이 ᄆᆞᅀᆞ미 부톄⁵⁵⁾ ᄃᆞ외며 이

ᄆᆞᅀᆞ미 긔⁵⁶⁾ 부톄라⁵⁷⁾ 諸_졍佛_{ᄤᅻᇙ}이 心_심想_샹ᄋᆞ로셔⁵⁸⁾

---

43) 무슴: 무슴(마음, 心想) + -ㅅ(-의: 관조)

44) 소배: 솝(속, 中) + -애(-에: 부조, 위치)

45) 드ᄂᆞ니: 드(← 들다: 들다, 入) + -ᄂᆞ(현시) + -니(연어, 설명 계속)

46) 이럴씨: 이러[← 이러ᄒᆞ다(이러하다, 如此: 형사): 이러(이러: 불어) + -∅(←-ᄒᆞ-: 형접)-]- + -ㄹ씨(-므로: 연어, 이유)

47) 너희: 너희[너희, 汝等(인대, 2인칭, 복수): 너(너, 汝: 인대, 2인칭) + -희(복접)]- + -∅(←-이: 주조)

48) 쩌긘: 쩍(← 적: 적, 때, 時, 의명) + -의(-에: 부조, 위치, 시간) + -ㄴ(←-ᄂᆞᆫ: 보조사, 주제)

49) 三十二相: 삼십이상. 부처의 몸에 갖춘 서른두 가지의 독특한 모양이다. 발바닥이나 손바닥에 수레바퀴 같은 무늬가 있는 모양, 손가락이나 발가락이 가늘고 긴 모양, 정수리에 살이 상투처럼 불룩 나와 있는 모양, 미간에 흰 털이 나와서 오른쪽으로 돌아 뻗은 모양 따위가 있다.

50) 八十隨形好ㅣ라: 八十隨形好(팔십수형호) + -ㅣ(←-이-: 서조)- + -∅(현시)- + -라(←-다: 평종) ※ '八十隨形好(팔십수형호)'는 부처의 몸에 갖추어져 있는 미묘하고 잘생긴 여든 가지 상(相)이다. '隨形好(수형호)'에서 수(隨)는 따르는 것이고, 형(形)은 모습이다. 부처님 몸에는 삼십이 대인상(三十二大人相)을 갖추었고, 그 낱낱 상(相)마다 팔십종(八十種)의 호(好)가 있는 데, 이 호는 상에 따르는 잘 생긴 모양이므로 수형호라 이른다.

51) 조ᄎᆞᆯ: 좇(좇다, 따르다 隨)- + -ᄋᆞᆯ(관전)

52) 씨오: 씨(← ᄉᆞ: 것, 者, 의명) + -이(서조)- + -오(←-고: 연어, 나열)

53) 양ᄌᆡ니: 양ᄌᆞ(모습, 樣) + -ㅣ(← -이-: 서조)- + -니(연어, 설명 계속)

54) 됴ᄒᆞ실: 둏(좋다, 좋아지다, 好)- + -ᄋᆞ시(주높)- + -ㄹ(관전)

55) 부톄: 부텨(부처, 佛) + -ㅣ(←-이: 보조)

56) 긔: 그(그것, 是: 지대, 정칭) + -ㅣ(←-이: 주조) ※ '이 ᄆᆞᅀᆞ미 긔 부톄라'는 '是心是佛'을 직역한 것으로서, 이때의 '긔'는 강조 용법으로 쓰인 표현이다. 여기서는 '바로'로 의역하여 옮긴다.

57) 부톄라: 부텨(부처, 佛) + -ㅣ(←-이-: 서조)- + -∅(현시)- + -라(←-다: 평종)

58) 心想ᄋᆞ로셔: 心想(심상) + -ᄋᆞ로(부조, 방향) + -셔(-서: 보조사, 강조) ※ '心想(심상)'은 마음 속의 생각이다.

셔나ᄂᆞᆫ니 그럴ᄊᆡ ᄒᆞᆷᄉᆞᄆᆞ로 뎌부텨
를ᄉᆞ외 보ᅀᆞᄫᆞ라 뎌부텨 想샹ᄒᆞᅀᆞᄫᆞᆯ
사ᄅᆞᄆᆞᆫ 몬져 ᄋᆡᆺ 모ᄋᆞᆯ 想샹ᄒᆞ야 눈ᄀᆞᆷ
거나 ᄠᅳ거나 閻염浮뿡檀딴金금色ᄉᆡᆨ
앳 寶ᄫᅭᆸ像썅이【寶ᄫᅭᆸ像썅ᄋᆞᆫ 보ᄇᆡᆺ 양ᄌᆡ라】 곳우희
안자 겨시거든 보ᅀᆞᇦ고 ᅀᆞᆷ과 눈괘 여
러 목ᄉᆞᆯ시 分분明명ᄒᆞ야 極끅樂락

나나니, 그러므로 한 마음으로 저 부처를 골똘히 보아라. 저 부처를 想(상)하는 사람은 먼저 (부처의) 모습을 想(상)하여, 눈을 감거나 뜨거나 閻浮檀金(염부단금)의 色(색)을 띤 寶像(보상)이【寶像(보상)은 보배의 모습이다.】꽃 위에 앉아 계시거든 보고, 마음과 눈이 열리어 맑고 맑게 分明(분명)하여 極樂國(극락국)을

나ᄂᆞ니 그럴씨⁵⁹⁾ 흔 ᄆᅀᆞᄆᆞ로 뎌 부텨를 ᄉᆞ외⁶⁰⁾ 보ᅀᆞᄫᅡ라⁶¹⁾ 뎌

부텨 想샹ᄒᆞᅀᆞᇙ⁶²⁾ 사ᄅᆞᄆᆞᆫ 몬져 양ᄌᆞ를 想샹ᄒᆞ야 누늘 ᄀᆞᆷ거나⁶³⁾

ᄠᅳ거나⁶⁴⁾ 閻염浮뿌ᇢ檀딴金금⁶⁵⁾ 色ᄉᆡᆨ앳⁶⁶⁾ 寶봄像썅⁶⁷⁾이【寶봄像썅ᄋᆞᆫ 보ᄇᆡ옛⁶⁸⁾

양지라⁶⁹⁾】곳 우희 안자 겨시거든 보ᅀᆞᆸ고 ᄆᆞ슴과 눈괘⁷⁰⁾ 여러⁷¹⁾

ᄆᆞᆯᄀᆞᆺᄆᆞᆯᄀᆞ시⁷²⁾ 分분明명ᄒᆞ야 極끅樂락國귁을

---

59) 그럴씨: [그러므로, 故(부사): 그러(← 그러ᄒᆞ다: 그러하다, 형사) + -ㄹ씨(-므로: 연어 ▷부접)]

60) ᄉᆞ외: 골똘히, 깊이, 深(부사)

61) 보ᅀᆞᄫᅡ라: 보(보다, 見)- + -ᅀᆞᇦ(← -ᅀᆞᆸ-: 객높)- + -ᄋᆞ라(명종)

62) 想ᄒᆞᅀᆞᇙ: 想ᄒᆞ[상하다, 생각하다: 想(상: 불어) + -ᄒᆞ(동접)-]- + -ᅀᆞᇦ(← -ᅀᆞᆸ-: 객높)- + -ᅟᆶ (관전)

63) ᄀᆞᆷ거나: ᄀᆞᆷ(감다, 閉)- + -거나(연어, 선택)

64) ᄠᅳ거나: ᄠᅳ(뜨다, 開)- + -거나(연어, 선택)

65) 閻浮檀金: 염부단금. 염부나무 숲 사이로 흐르는 강에서 나는 사금(砂金)으로, 적황색에 자줏 빛의 윤이 난다고 한다.

66) 色앳: 色(색) + -애(-에: 부조, 위치) + -ㅅ(-의: 관조) ※ '色앳'은 '색을 띤'으로 의역하여 옮 긴다.

67) 寶像: 보상. 보배와 같은 모습이다.

68) 보ᄇᆡ옛: 보ᄇᆡ(보배, 寶) + -예(← -에: 부조, 위치) + -ㅅ(-의: 관조)

69) 양지라: 양ᄌᆞ(모습, 樣)- + -ㅣ(← -이-: 사접)- + -

70) 눈괘: 눈(눈, 目) + -과(접조) + -ㅣ(← -이: 주조)

71) 여러: 열다(열리다, 得開: 자동)- + -어(연어) ※ '열다'는 자동사(= 열리다)와 타동사(= 열다)로 두루 쓰이는 능격 동사이다.

72) ᄆᆞᆯᄀᆞᆺᄆᆞᆯᄀᆞ시: [맑고 맑게, 了了(부사): 몱(맑다, 淨)- + -ᄋᆞᆺ(부접) + 몱(맑다, 淨)- + -ᄋᆞᆺ(부접) + -Ø(← -ᄒᆞ-: 형접)- + -이(부접)]

보되, 七寶(칠보)로 莊嚴(장엄)한 보배로 된 땅과 보배로 된 못과 보배로
된 큰 나무가 行列(행렬)이 있게 서며, 諸天(제천)의 寶幔(보만)이 그 위
에 차 덮혀 있으며, 여러 보배로 된 그물이 虛空(허공)에 가득하겠으니,
이 일을 보되 가장 밝게 하고, 또 짓되【想(상)을 짓는 것이다. 】큰 蓮
花(연화) 하나가

보ᄃᆡ 七칧寶봏로 莊장嚴엄ᄒᆞ욘[73] 보ᄇᆡ옛 ᄡᅡ콰 보ᄇᆡ옛 못과 보ᄇᆡ옛 즘게남기[74] 行ᅘᆡᆼ列렳[75] 잇게 셔며 諸졍天텬 寶봏幔만[76]이 그 우희 차 두펴[77] 이시며 여러 보ᄇᆡ옛 그므리 虛헝空콩애 ᄀᆞᄃᆞᆨᄒᆞ리니[78] 이 일 보ᄃᆡ ᄀᆞ장[79] ᄇᆞᆰ게 ᄒᆞ고 ᄯᅩ 지ᅀᅩᄃᆡ[80]【想샹ᅌᆞᆯ 지ᅀᅳᆯ 씨라】 큰 蓮련花황 ᄒᆞ나히[81]

---

73) 莊嚴ᄒᆞ욘: 莊嚴ᄒᆞ[장엄하다: 莊嚴(장엄: 명사) + -ᄒᆞ(동접)-]- + -Ø(과시)- + -요(← -오-: 대상)- + -ㄴ(관전) ※ '莊嚴(장엄)'은 좋고 아름다운 것으로 꾸미는 것이다.

74) 즘게남기: 즘게낡[← 즘게나모(큰 나무, 大木): 즘게(큰 나무, 大木) + 나모(나무, 木)] + -이(주조)

75) 行列: 행렬. 여럿이 늘어선 줄이다.

76) 寶幔: 보만. 보배로 된 휘장이다.

77) 두펴: 두피[덮히다, 覆: 둪(덮다, 覆: 타동)- + -이(피접)]- + -어(연어)

78) ᄀᆞᄃᆞᆨᄒᆞ리니: ᄀᆞᄃᆞᆨᄒᆞ[가득하다, 滿: ᄀᆞᄃᆞᆨ(가득, 滿: 부사) + -ᄒᆞ(형접)-]- + -리(미시)- + -니(연어, 설명 계속)

79) ᄀᆞ장: 가장, 極(부사)

80) 지ᅀᅩᄃᆡ: 짛(← 짓다, ㅅ불: 짓다, 만들다, 作)- + -오ᄃᆡ(-되: 연어, 설명 계속)

81) ᄒᆞ나히: ᄒᆞ나ㅎ(하나, 一: 수사, 양수) + -이(주조)

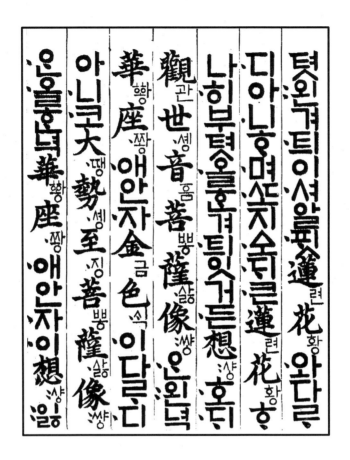

부처의 왼쪽의 곁에 있어 앞에 있는 蓮花(연화)와 다르지 아니하며, 또 (想을) 짓되 큰 蓮花(연화) 하나가 부처의 오른쪽의 곁에 있거든 想(상)하되, 觀世音菩薩(관세음보살) 像(상)은 왼쪽 華座(화자)에 앉아 金色(금색)과 다르지 아니하고, 大勢至菩薩(대세지보살) 像(상)은 오른쪽 華座(화자)에 앉아, 이 想(상)이 이루어질

부텻 왼[82) 겨틔[83) 이셔 알핏[84) 蓮_련花_황와 다ᄅ디[85) 아니ᄒ며 ᄯ

지소ᄃᆡ 큰 蓮_련花_황 ᄒ나히 부텻 올ᄒ[86) 겨틔 잇거든 想_샹호ᄃᆡ

觀_관世_솅音_{ᅙᅳᆷ}菩_뽕薩_삺[87) 像_썅ᄋᆫ 왼녁[88) 華_ᅘ座_쫭[89)애 안자 金_금色_{ᄉᆡᆨ}이

다ᄅ디 아니코[90) 大_땡勢_솅至_징菩_뽕薩_삺[91) 像_썅ᄋᆫ 올ᄒ녁[92) 華_ᅘ座_쫭애

안자 이 想_샹 읋[93)

---

82) 왼 : [왼, 왼쪽의, 左(관사): 외(그르다, 왼쪽이다, 非, 左: 형사)- + -ㄴ(관전▷관접)]

83) 겨틔: 곁(곁, 邊) + -의(-에: 부조, 위치)

84) 알핏: 앒(앞, 前) + -이(-에: 부조, 위치) + -ㅅ(-의: 관조) ※ '알핏'은 '앞에 있는'으로 의역하
여 옮긴다.

85) 다ᄅ디: 다ᄅ(다르다, 異)- + -디(-지: 연어, 부정)

86) 올ᄒ: [오른, 오른쪽의, 右(관사): 옳(옳다, 오른쪽이다, 是, 右: 형사)- + -ㄴ(관전▷관접)]

87) 觀世音菩薩: 관세음보살. 아미타불의 왼편에서 교화를 돕는 보살이다. 사보살(四菩薩)의 하나
이다. 세상의 소리를 들어 알 수 있는 보살이므로 중생이 고통 가운데 열심히 이 이름을 외면
도움을 받게 된다.

88) 왼녁: [왼쪽, 左便: 외(그르다, 왼쪽이다, 非, 左: 형사)- + -ㄴ(관전▷관접) + 녁(녘, 쪽: 便)]

89) 華座: 화좌. 부처나 보살(菩薩)이 앉는 꽃방석(-方席)이다.

90) 아니코: 아니ᄒ[← 아니ᄒ다(아니하다, 無: 보용, 부정): 아니(아니, 不: 부사, 부정) + -ᄒ(형
접)-]- + -고(연어, 나열)

91) 大勢至菩薩: 대세지보살. 아미타불의 오른쪽에 있는 보살. 지혜문(智慧門)을 대표하여 중생을
삼악도에서 건지는 무상(無上)한 힘이 있다. 그 형상은 정수리에 보병(寶瓶)을 이고 천관(天冠)
을 썼으며, 왼손은 연꽃을 들고 있다.

92) 올ᄒ녁: [오른쪽, 右便: 옳(옳다, 오른쪽이다, 是, 右: 형사)- + -ㄴ(관전▷관접) + 녁(녘, 쪽: 便)]

93) 읋: 일(이루어지다, 成)- + -ᄚ(관전)

적에 부처와 菩薩(보살)의 像(상)이 다 金色光(금색광)을 펴시어 寶樹(보수)를 비추시니, 큰 나무 밑마다 또 세 蓮華(연화)가 있고, 蓮華(연화) 위에 各各(각각) 한 부처와 두 菩薩(보살) 像(상)이 계시어 저 나라에 가득하니, 이 想(상)이 이루어질 적에 흐르는 물과 光明(광명)과 寶樹(보수)와 鳧雁(부안)과 鴛鴦(원앙)이

저긔⁹⁴⁾ 부텨와 菩_뽕薩_삻왓⁹⁵⁾ 像_썅이 다 金_금色_식光_광을 펴샤 寶_봉樹

_쓩⁹⁶⁾를 비취시니 즘게 믿마다⁹⁷⁾ 쏘 세 蓮_련華_뽱ㅣ 잇고 蓮_련華_뽱

우희 各_각各_각 혼 부텨 두 菩_뽕薩_삻 像_썅이 겨샤⁹⁸⁾ 뎌 나라해 ㄱ

득ㅎ니 이 想_샹 잃 저긔 흐르는 믈와⁹⁹⁾ 光_광明_명과 寶_봉樹_쓩와 鳬

_뽕雁_안¹⁰⁰⁾ 鴛_훤鴦_향의¹⁾

---

94) 저긔: 적(적, 때, 時: 의명) + -의(-에: 부조, 위치)

95) 菩薩왓: 菩薩(보살) + -와(접조) + -ㅅ(-의: 관조)

96) 寶樹: 보수. 극락정토(極樂淨土) 일곱 줄로 벌여 있다고 하는 보물(寶物) 나무이다. 곧 '금, 은, 유리(琉璃), 산호, 마노(瑪瑙), 파리(玻璃), 거거(車渠)'의 나무이다.

97) 믿마다: 믿(← 밑: 밑, 下) + -마다(보조사, 각자)

98) 겨샤: 겨샤(← 겨시다: 계시다, 有)- + -∅(-아: 연어)

99) 믈와: 믈(물, 水) + -와(← -과: 접조)

100) 鳬雁: 부안. 오리(鳬)와 기러기(雁)이다.

1) 鴛鴦의: 鴛鴦(원앙) + -의(관조, 의미상 주격) ※ '鴛鴦(원앙)'은 오릿과의 물새. 몸의 길이는 40~45cm이고 부리는 짧고 끝에는 손톱 같은 돌기가 있다. ※ '鴛鴦의'은 관형절 속에서 의미상으로 주격으로 쓰였으므로, '원앙이'로 의역하여 옮긴다.

【 鳧(부)는 오리다. 】 다 妙法(묘법)을 이르는 소리를 行者(행자)가 마땅히 듣겠으니【 行者(행자)는 다녀서 저 나라에 갈 사람이다. 】, 出定(출정)과 入定(입정)에 늘 妙法(묘법)을 들어서【 出定(출정)은 入定(입정)하여 있다가 도로 나는 것이다. 】 出定(출정)한 적에 (묘법을) 지녀서 버리지 아니하여, 脩多羅(수다라)와 맞으면【 脩多羅(수다라)는 契經(계경)이라 한 말이니, 契(계)는 맞는 것이니 理(이)에 맞고 機(기)에 맞는

【鳬_뽕는 올히라²⁾】 다 妙_묳法_법³⁾ 니를⁴⁾ 쏘리를⁵⁾ 行_행者_쟝ㅣ⁶⁾ 당다이⁷⁾

드르리니⁸⁾ 【行_행者_쟝는 녀아⁹⁾ 뎌 나라해 갈 싸ᄅ미라¹⁰⁾】 出_츓定_뗭¹¹⁾ 入_십

定_뗭¹²⁾에 샹녜¹³⁾ 妙_묳法_법을 드러【出_츓定_뗭은 入_십定_뗭ᄒᆞ얫다가¹⁴⁾ 도로¹⁵⁾

날 씨라】 出_츓定_뗭ᄒᆞᆫ 저긔 디녀¹⁶⁾ ᄇ리디¹⁷⁾ 아니ᄒᆞ야 脩_슣多_당羅_랑¹⁸⁾

와 마ᄌᆞ면¹⁹⁾【脩_슣多_당羅_랑ᄂ 契_켱經_경²⁰⁾이라 혼 마리니 契_켱ᄂ 마ᄌᆞᆯ 씨니 理

_링²¹⁾예 맛고 機_긩²²⁾예 마ᄌᆞᆯ

---

2) 올히라: 올히(오리, 鳬) + -∅(←-이-: 서조) + -∅(현시)- + -라(←-다: 평종)

3) 妙法: 묘법. 불교의 신기하고 묘한 법문이다. 묘(妙)란 불가사의한 것을 뜻하며, 법(法)은 교법(敎法)을 뜻한다.

4) 니를: 니르(이르다, 說)- + -ㄹ(관전)

5) 쏘리를: 쏘리(← 소리: 소리, 聲) + -를(목조)

6) 行者ㅣ: 行者(행자) + -ㅣ(←-이: 주조) ※ '行者(행자)'는 불도를 닦는 사람이다.

7) 당다이: 마땅히, 當(부사)

8) 드르리니: 들(← 듣다, ㄷ불: 듣다, 聞)- + -으리(미시)- + -니(연어, 설명 계속)

9) 녀아: 녀(가다, 다니다, 行)- + -아(연어)

10) 싸ᄅ미라: 싸ᄅ미(← 사ᄅ미: 사람, 人) + -이(서조)- + -∅(현시)- + -라(←-다: 평종)

11) 出定: 출정. 선정(禪定)의 상태에서 나오는 것이다. ※ '禪定(선정)'은 한마음으로 사물을 생각하여 마음이 하나의 경지에 정지하여 흐트러짐이 없는 상태로 되는 것이다.

12) 入定: 입정. 선정(禪定)의 상태로 들어가는 것이다.

13) 샹녜: 늘, 항상, 常(부사)

14) 入定ᄒᆞ얫다가: 入定ᄒᆞ[입정하다: 入定(입정: 명사) + -ᄒᆞ(동접)-]- + -야(←-아: 연어) + 잇(←이시다: 보용, 완료)- + -다가(연어, 동작의 전환) ※ '入定ᄒᆞ얫다가'는 '入定ᄒᆞ야 잇다가'가 축약된 형태이다.

15) 도로: [도로, 逆(부사): 돌(돌다, 回: 동사)- + -오(부접)]

16) 디녀: 디니(지니다, 持)- + -어(연어)

17) ᄇ리디: ᄇ리(버리다, 捨)- + -디(-지: 연어, 부정)

18) 脩多羅: 수다라. 산문으로 법의(法義)를 풀이한 경문(經文)이다.

19) 마ᄌᆞ면: 맞(맞다, 合)- + -ᄋᆞ면(연어, 조건)

20) 契經: 계경. 산문으로 법의(法義)를 풀이한 경문이다.

21) 理: 이. 현상의 일이나 모든 존재가 나타나고 유지되는 근본 원리로서 불변의 법칙이다.(= 이치, 도리)

22) 機: 기. 석가의 가르침에 접하여 발동되는 수행자의 정신적 능력, 중생의 종교적 소질·역량·기근(機根) 등이다.

[24 뒤]

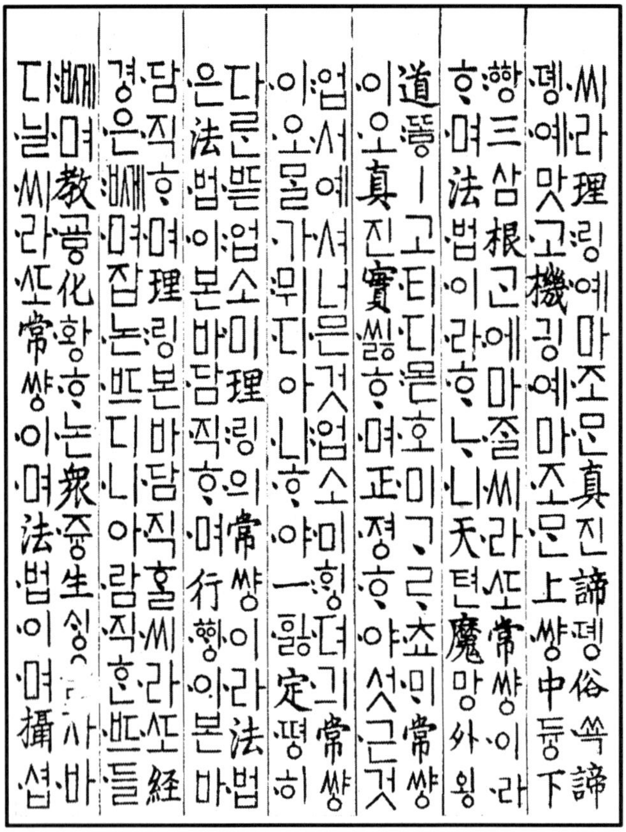
·씨·라 理링·예 마·조ᄆᆞᆫ 眞진諦뎽 俗쑉諦
뎽·예 맛·고 機긩·예 마·조ᄆᆞᆫ 上썅中듕下
ᅘᅡᆼ三삼根근·에 마·ᄌᆞᆯ·씨·라 ·ᄯᅩ 常썅·이·라
ᄒᆞ·며 法법·이·라 ᄒᆞᄂᆞ·니 天텬魔망外욍
道ᄯᅩᇢ ㅣ 고·티·디 몯·호·미 ·ᄀᆞ·ᄅᆞ·쵸·믜 常썅
·이·오 眞진實씷ᄒᆞ·며 正졍ᄒᆞ·야 섯·근 것
업·서 ·예·셔 너·믄 것 업·소·미 ·ᅘᆡᇰ뎌·긔 常썅
·이·오 ᄆᆞᆯ·가 ·뮈·디 아·니ᄒᆞ·야 一힗定뗭히
다ᄅᆞᆫ ᄠᅳ디 업·소·미 理링·의 常썅·이·라 法법
·은 法법·이 본바·담·직ᄒᆞ·며 行ᅘᆡᇰ·이 본바
·담·직ᄒᆞ·며 理링 본바·담·직홀·씨·라 ·ᄯᅩ 經
경·은 ᄢᅦ·며 잡·ᄂᆞᆫ ᄠᅳ·디·니 아·람·직ᄒᆞᆫ ᄠᅳ·들
ᄢᅦ·며 敎공化황ᄒᆞᄂᆞᆫ 衆즁生ᄉᆡᇰ ᄋᆞᆯ 자·바
디·닐·씨·라 ·ᄯᅩ 常썅·이·며 法법·이·며 攝셥

것이다. 理(이)에 맞는 것은 眞諦(진제)와 俗諦(속제)에 맞고, 機(기)에 맞는 것은 上(상)·中(중)·下(하)의 三根(삼근)에 맞는 것이다. 또 (수다라를) 常(상)이라 하며 法(법)이라 하나니, 天魔(천마) 外道(외도)가 고치지 못하는 것이 가르침의 常(상)이요, 眞實(진실)하며 正(정)하여 섞인 것이 없어 여기서 넘은 것이 없는 것이 행적(行蹟)의 常(상)이요, 맑아서 움직이지 아니하여 一定(일정)히 다른 뜻이 없는 것이 理(이)의 常(상)이다. 法(법)은 法(법)이 본받음직 하며 行(행)이 본받음직 하며 理(이)가 본받음직 한 것이다. 또 經(경)은 꿰며 잡는 뜻이니, 앎직 한 뜻을 꿰며 敎化(교화)하는 衆生(중생)을 잡아서 지니는 것이다. 또 常(상)이며 法(법)이며 攝(섭)이며

씨라 理_링예 마조문 眞_진諦_뎽²³⁾ 俗_쏙諦_뎽²⁴⁾예 맛고 機_긩예 마조문 上_썅 中_듕 下_행 三_삼根_근²⁵⁾에 마즐 씨라 또 常_썅이라 ᄒᆞ며 法_법이라 ᄒᆞᄂᆞ니 天_텬魔_망²⁶⁾ 外_욍道_뚷²⁷⁾ㅣ 고티디²⁸⁾ 몯호미 ᄀᆞᄅᆞ쵸미²⁹⁾ 常_썅이오 眞_진實_씷ᄒᆞ며 正_정ᄒᆞ야 섯근³⁰⁾ 것 업서 예셔³¹⁾ 너믄 것 업소미 힝뎌긔³²⁾ 常_썅이오 물가 뮈디 아니ᄒᆞ야 一_힗定_뎡히³³⁾ 다른 ᄠᅳᆮ 업소미 理_링의 常_썅이라 法_법은 法_법이 본바담직³⁴⁾ᄒᆞ며 行_행이 본바담직ᄒᆞ며 理_링 본바담직 ᄒᆞᆯ 씨라 또 經_경은 ᄢᅦ며³⁵⁾ 잡논³⁶⁾ ᄠᅳ디니 아람직³⁷⁾ᄒᆞᆫ ᄠᅳ들 ᄢᅦ며 敎_교化_황ᄒᆞ논 衆_즁生_싱을 자바 디닐 씨라 또 常_썅이며 法_법이며 攝_셥³⁸⁾이며

---

23) 眞諦: 진제. 삼제(三諦)의 하나이다. 제일의의 진리. 열반, 진여, 실상, 중도 따위의 진리를 이른다. ※ '三諦(삼제)'는 천태종에서, 모든 존재의 실상을 밝히는 세 가지 진리이다. '진제·속제·중제', 또는 '공제·가제·중제'이다.

24) 俗諦: 속제. 삼제(三諦)의 하나이다. 세상에서 일반적으로 인정하는 진리로, 여러 가지 차별이 있는 현실 생활의 이치를 이른다.

25) 三根: 삼근. '근(根)'은 소질과 능력을 뜻한다. 중생의 소질을 세 가지로 나눈 상근(上根)·중근(中根)·하근(下根)이 있다.

26) 天魔: 천마. 사마(四魔)의 하나이다. 선인(善人)이나 수행자가 자신의 궁전과 권속을 없앨 것이라 하여 정법(正法)의 수행을 방해하는 마왕을 이른다. 석가모니가 보리수 아래에서 성도(成道)할 때에도 이의 방해를 받아 먼저 혜정(慧定)에 들어 마왕을 굴복시킨 다음 대각(大覺)을 이루었다고 한다.

27) 外道: 외도. 불교 이외의 종교나 그러한 종교를 받드는 사람이다.

28) 고티디: 고티(고치다, 改: 곧(곧다, 直: 형사)- + -히(사접)-]- + -디(-지: 연어, 부정)

29) ᄀᆞᄅᆞ쵸미: ᄀᆞᄅᆞ치(가르치다, 敎)- + -욤(←-옴: 명전) + -이(관조)

30) 섯근: 섰(섞다, 섞이다, 混)- + -Ø(과시)- + -은(관전)

31) 예셔: 예(여기, 此處: 지대, 정칭) + -셔(-서: 보조사, 위치 강조)

32) 힝뎌긔: 힝뎍(행적, 行蹟) + -의(관조)

33) 一定히: [일정히, 반드시, 必(부사): 一定(일정: 명사) + -ᄒᆞ(←-ᄒᆞ-: 형접)- + -이(부접)]

34) 본바담직: 본받[본받다: 본(본, 本) + 받(받다, 受)-]- + -암직(연어, 가능)

35) ᄢᅦ며: ᄢᅦ(꿰다, 結)- + -며(연어, 나열)

36) 잡논: 잡(잡다, 執)- + -ᄂᆞ(←-ᄂᆞ-: 현시)- + -오(대상)- + -ㄴ(관전)

37) 아람직: 알(알다, 知)- + -암직(연어, 가능)

38) 攝: 섭. 미묘한 뜻을 모으는 것이다.

노   ᄒᆞ   업   譯   리   ᄒᆞ   이   을   모   은   이
머   며   슬   역   니   ᄂᆞ   ᄒᆞ   다   도   ᄲᅦᆯ   며
글   邪   씨   ·에   라   니   니   ·ᄉᆞ   ·미   ·씨   貫
가   쌍   ·솟   가   ᄯᅩ다ᄾᅩ   ·가지로   ·라   料   攝   ·라   관
졸   와   ᄂᆞ   ·잇   萬   ·지   ·미   셥   道   이
비   正   ·ᄉᆡ   디   먼   로   大   貫   이   ·링   니
·며   졍   매   이   乘   ·나   땡   관   ·오   百   攝
正   과   ·가   ·실   씽   ·모   覺   이   ·사   빅   셥
졍   ·를   졸   ·씨   ·은   ·매   ·각   ·오   ·니   王   ·은
·ᄒᆞᆫ   一   ·비   翻   皇   ·가   ·ᄀᆡ   受   왕   ·자
理   ·힗   ·며   펀   ᅘᅪᆼ   ·ᄲᅦ   ·쌔   쓯   ·의   ·ᄇᆞᆯ
·링   定   微   譯   帝   ·마   ·가   苦   ·법   ·씨
·를   ·ᄈᆞᆼ   微   妙   ·뎽   ·시   ·ᄒᆞ   콩   ·오   貫
·잘   ᄒᆞᆯ   밍   ·라   ·ᄅᆞᆯ   ·다   ·니   人   貫   관
·뵐   ·씨   妙   出   ᄒᆞ   ·오   ·니   신   관   ·이
·씨   ᄭᅮᆳ   出   生   ᄂᆞ   微   ·노   ·이   ·본
生   ·링   니   밍   ᄒᆞᆺ   妙   ·ᄇᆞ
·ᄒᆞ   妙   ·샹
生   ·니   명   ᄆᆞᆯ   ·링
·씽   ·ᄒᆞᆫ   ·뜯   乘
法   씽   ·이

貫(관)이니, 攝(섭)은 잡는 것이요 貫(관)은 꿰는 것이다. 道理(도리)를 百王(백왕)이 본받는 것이 常(상)이요, 德(덕)이 萬乘(만승)의 法(법)이 되는 것이 法(법)이요, 微妙(미묘)한 뜻을 모으는 것이 攝(섭)이요, 사나운 衆生(중생)을 다스리는 것이 貫(관)이니, 受苦(수고)의 날개가 한가지로 나서 결국에 覺(각)의 가(邊)에 가게 하느니라. [萬乘(만승)은 皇帝(황제)를 일렀니라.] 또 (수다라에는) 다섯 가지의 뜻이 있으므로 '飜譯(번역)이 없다.' 이르나니, 의미(意味)가 다함이 없으므로 '솟는 샘'에 비유하며, 微妙(미묘)한 善(선)을 잘 내므로 '出生(출생)'이라 하며, 邪(사)와 正(정)을 一定(일정)하므로 '먹줄'에 비유하며, 正(정)한 理(이)를 잘 보이므로

貫_관이니 攝_섭은 자블 씨오 貫_관은 뻴 씨라 道_똘理_링 百_빅王_왕의[39] 본바도미 常_썅이오 德_득이 萬_먼乘_씽[40]의 法_법 드외요미[41] 法_법이오 微_밍妙_묠흔 뜯 모도미[42] 攝_섭이오 사오나톤[43] 衆_즁生_싱을 다스료미[44] 貫_관이니 受_쓩苦_콩ㅅ 늘이[45] 흔가지로 나 모촘매[46] 覺_각 고새[47] 가긔[48] 흐느니라 萬_먼乘_씽은 皇_왕帝_뎽를 니르니라 쏘 다숫 가짓 뜨디 이실씨 翻_펀譯_역이 업다[49] 니르느니 뜯마시[50] 다오미[51] 업슬씨 솟는 시매[52] 가줄비며[53] 微_밍妙_묠흔 善_쎤을 잘 낼씨 出_츙生_싱이라 흐며 邪_썅[54] 와 正_졍과를 一_힔定_뗭[55]흘씨 노머글[56] 가줄비며 正_졍흔 理_링를 잘 뵐씨[57]

---

39) 百王의: 百王(백왕) + −의(관조, 의미상 주격) ※ '百王(백왕)'은 여러 임금이다.

40) 萬乘: 만승. 만대의 병거(兵車)라는 뜻으로, 천자(天子, 황제)나 천자의 자리를 이르는 말이다.

41) 드외요미: 드외(되다, 爲)− + −욤(←−옴: 명전) + −이(주조)

42) 모도미: 모도[모으다, 輯: 몯(모이다, 集: 자동)− + −오(사접)−]− + −옴(명전) + −이(주조)

43) 사오나톤: 사오낟(← 사오납다, ㅂ불: 사납다, 猛)− + −Ø(현시)− + −은(관전)

44) 다스료미: 다스리[다스리다, 治: 다슬(다스려지다, 理: 자동)− + −이(사접)−]− + −옴(명전) + −이(주조)

45) 늘이: 늘이[← 늘기(날개, 翼): 늘(날다, 飛: 동사)− + −기(명접)] + −Ø(←−이: 주조)

46) 모촘매: 모촘[마침, 결국, 終: 몿(마치다, 終: 동사)− + −옴(명접)] + −애(−에: 부조, 위치) ※ '모촘매'는 '결국에'로 의역하여 옮긴다.

47) 고새: 곳[← 굿: 가, 邊] + −애(−에: 부조, 위치)

48) 가긔: 가(가다, 去)− + −긔(−게: 연어, 사동)

49) 翻譯이 업다: '번역할 수가 없다.'의 뜻이다.

50) 뜯마시: 뜯맛[뜻맛, 의미, 意味: 뜯(뜻, 意) + 맛(맛, 味)] + −이(주조) ※ '뜯맛'은 '意味'를 직역하여 번역한 표현이다. 여기서는 '뜯맛'은 '意味(의미)'로 의역하여 옮긴다.

51) 다오미: 다(← 다ᄋ다: 다하다, 盡)− + −옴(명전) + −이(주조) ※ '뜯마시 다오미 업슬씨'는 '수다라(契經)'의 의미가 끝이 없이 다양하다는 것을 나타낸다.

52) 시매: 싶(샘, 泉) + −애(−에: 부조, 위치)

53) 가줄비며: 가줄비(비교하다, 비유하다, 比喩) + −며(연어, 나열)

54) 邪: 사. 바르지 못한 것이나 요사스러운 것이다. '사기(邪氣)'의 준말이기도 한데, 달리 말해서 바르지 못하고 요망스러움을 뜻한다.

55) 一定: 일정. '사(邪)'와 '정(正)'을 어떤 기준에 따라서 정확하게 규정(規定)하는 것이다.

56) 노머글: 노먹[먹줄, 繩墨: 노(끈, 繩) + 먹(먹, 墨)] + −을(−에: 목조, 보조사적 용법, 의미상 부사격)

57) 뵐씨: 뵈[보이다, 顯: 보(보다, 見, 타동)− + −ㅣ(←−이−: 사접)−]− + −ㄹ씨(−므로: 연어, 이유)

'顯示(현시)이다.' 하며 [顯示(현시)는 나타내어 보이는 것이다.], 諸法(제법)을 꿰어 있으므로 結鬘(결만)이라 하나니 [結鬘(결만)은 花鬘(화만)을 매는 것이다.], (脩多羅에는) 이 다섯 뜻이 있으므로 翻譯(번역)을 못 하느니라.】極樂世界(극락세계)를 대강 보는 것이니, 이것이 像想(상상)이니 이름이 第八觀(제팔관)이다. 이 觀(관)을 지으면 無量億(무량억) 劫(겁)의 生死(생사)의 罪(죄)를 덜어 現(현)한 몸에 念佛三昧(염불삼매)를

顯_현示_씽⁵⁸⁾라 ᄒᆞ며 顯_현示_씽ᄂᆞᆫ 나토와⁵⁹⁾ 뵐 씨라 諸_졍法_법을 ᄢᅦ여⁶⁰⁾ 이실ᄊᆡ 結_겷

鬘_만⁶¹⁾이라 ᄒᆞᄂᆞ니 結_겷鬘_만ᄋᆞᆫ 花_황鬘_만⁶²⁾을 밀⁶³⁾ 씨라 이 다ᄉᆞᆺ ᄠᅳ디 이실ᄊᆡ 翻_편

譯_역 몯 ᄒᆞᄂᆞ니라 】 極_끅樂_락世_솅界_갱를 어둘⁶⁴⁾ 보논⁶⁵⁾ 디니⁶⁶⁾ 이 像_썅

想_샹⁶⁷⁾이니 일후미 第_똉八_밣觀_관이라 이 觀_관을 지ᅀᅳ면 無_뭉量_량億_흑

劫_겁 生_{ᄉᆡᆼ}死_{ᄉᆞᆼ}ㅅ 罪_쮕를 더러⁶⁸⁾ 現_현흔 모매 念_념佛_뿛三_삼昧_밍⁶⁹⁾를

---

58) 顯示: 현시. 속에 들어서 보이지 않는 것을 겉으로 나타내 보이는 것이다.

59) 나토와: 나토오[←나토다(나타내다, 顯): 낟(나타나다, 現: 자동)-＋-호(사접)-]-＋-아(연어)
   ※ '나토와'는 '나토아'를 오각한 형태로 추정된다.

60) ᄢᅦ여: ᄢᅦ(꿰다, 結)-＋-여(←-어: 연어)

61) 結鬘: 결만. 마치 꽃을 실에 꿰듯이 교법을 엮어 둔 것이라고 하여 수다라(契經)를 다른 말로 결 만이라고 한다.

62) 花鬘: 화만. 불교에서 불전을 공양하는 데에 사용되는 일종의 꽃다발이다.

63) 밀: 미(매다, 結)-＋-ㄹ(관전)

64) 어둘: 대략, 대강, 粗(부사)

65) 보논: 보(보다, 見)-＋-ㄴ(←-ᄂᆞ-: 현시)-＋-오(대상)-＋-ㄴ(관전)

66) 디니: ᄃ(← ᄃᆞ: 것, 者, 의명)＋-이(서조)-＋-니(연어, 설명 계속)

67) 像想: 상상. 『불설관무량수경』에서 언급한 십륙관법(十六觀法)의 제8관(第八觀)이다.(= 像想觀) 금색상(金色像)을 보고 아미타불의 형상을 상상하는 것이다.

68) 더러: 덜(덜다, 除)-＋-어(연어)

69) 念佛三昧: 염불삼매. 삼매란 오직 한 가지 일에만 마음을 모아 생각하는 경지이다. 따라서 염 불삼매는 번뇌 망상의 잡념을 없애고, 영묘한 슬기가 열려 부처를 보게 되는 경지 또는 아미 타 부처만을 생각하고 이름을 부르며, 생각이 흩어지지 아니하는 경지다.

得(득)하리라. ○ 부처가 阿難(아난)이더러 이르시되, 이 想(상)이 이루어
지거든 다음으로 無量壽佛(무량수불)의 身相(신상)의 光明(광명)을 다시
보아야 하겠으니, 無量壽佛(무량수불)의 閻浮檀金(염부단금) 色(색)의 몸이
높이가 六十萬億(육십만억) 那由他(나유타) 恒河沙(항하사) 由旬(유순)이요,

得_득ᄒ리라 ○ 부톄 阿_항難_난이ᄃ려 니ᄅ샤ᄃ 이 想_샹 일어든⁷⁰⁾ 버거 無_뭉量_량壽_쓩佛_뿛ㅅ 身_신相_샹⁷²⁾ 光_광明_명을 다시 보ᅀᄫ샤⁷³⁾ ᄒ리니 無_뭉量_량壽_쓩佛_뿛ㅅ 閻_염浮_뿔檀_딴金_금⁷⁴⁾ 色_{ᄉᆡㄱ} 모미 노ᄑ⁷⁵⁾ 六_륙十_씹萬_먼億_흑 那_낭由_율他_탕⁷⁶⁾ 恒_ᅘ河_행沙_상⁷⁷⁾ 由_율旬_쓘⁷⁸⁾이오

---

70) 일어든: 일(이루어지다, 成)- + -어든(← -거든: 연어, 조건)

71) 無量壽佛: 무량수불. 아미타불(阿彌陀佛)을 높여 이르는 말이다. 대승불교의 부처 가운데 가장 널리 신봉되는 부처이다. 헤아릴 수 없을 정도로 수명의 한이 없는 부처님의 덕을 찬양하여 무량수불이라 일컫는다.

72) 身相: 신상. 몸의 모습이다.(= 相好, 상호) 부처의 몸에 갖추어진 훌륭한 용모와 형상이다. 부처의 화신에는 뚜렷해서 보기 쉬운 32가지의 상과 미세해서 보기 어려운 80가지의 호가 있다.

73) 보ᅀᄫ샤: 보(보다, 見)- + -ᅀᆞᆸ(← -ᅀᆸ-: 객높)- + -아샤(-아야: 연어, 필연적 조건)

74) 閻浮檀金: 염부단금. 염부나무 숲 사이로 흐르는 강에서 나는 사금(砂金)으로, 적황색에 자줏빛의 윤이 난다고 한다.

75) 노ᄑ: 노ᄑ[높이, 高: 높(높다, 高: 형사)- + -이(명접)] + -Ø(← -이: 주조)

76) 那由他: 나유타. 아승기(阿僧祇)의 만 배가 되는 수. 또는 그런 수의. 즉, 10^{60}을 이른다.

77) 恒河沙: 항하사. 갠지스강의 모래라는 뜻으로, 무한히 많은 것. 또는 그런 수량을 비유적으로 이르는 말. 극(極)의 만 배가 되는 수. 또는 그런 수의. 즉, 10^{52}을 이른다.

78) 由旬: 유순. 고대 인도의 이수(里數) 단위이다. 소달구지가 하루에 갈 수 있는 거리로서 80리인 대유순, 60리인 중유순, 40리인 소유순의 세 가지가 있다.

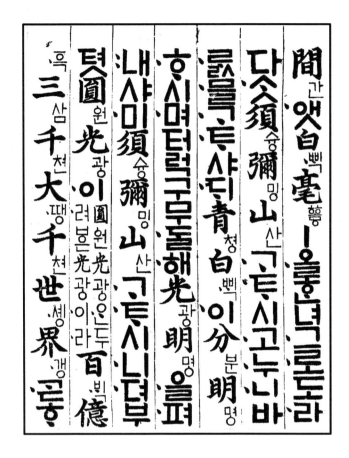

眉間(미간)에 있는 白毫(백호)가 오른쪽으로 돌아 다섯 須彌山(수미산)과 같으시고, 눈이 바닷물과 같으시되 淸白(청백)이 分明(분명)하시며, 털 구멍들에 光明(광명)을 펴 내시는 것이 須彌山(수미산)과 같으시니, 저 부처의 圓光(원광)이【圓光(원광)은 둥근 光(광)이다. 】百億(백억) 三千大 千世界(삼천대천세계)와 같으며

眉_밍間_간앳⁷⁹⁾ 白_삑毫_臺ㅣ⁸⁰⁾ 올ᄒᆞ녀그로⁸¹⁾ 도라 다ᄉᆞᆺ 須_슣彌_밍山_산 ᄀᆞ

ᄐᆞ시고⁸²⁾ 누니⁸³⁾ 바ᄅᆞᆳ믈⁸⁴⁾ ᄀᆞᄐᆞ샤ᄃᆡ⁸⁵⁾ 靑_쳥白_삑이 分_분明_명ᄒᆞ시며 터

럭⁸⁶⁾ 구무ᄃᆞᆯ해⁸⁷⁾ 光_광明_명을 펴⁸⁸⁾ 내샤미⁸⁹⁾ 須_슣彌_밍山_산 ᄀᆞᄐᆞ시니

뎌 부텻 圓_원光_광⁹⁰⁾이【圓_원光_광ᄋᆞᆫ 두려ᄫᅳᆫ⁹¹⁾ 光_광이라】百_{ᄇᆡᆨ}億_흑 三_삼千

_쳔大_땡千_쳔世_솅界_갱⁹²⁾ ᄀᆞᆮᄒᆞ며

---

79) 眉間앳: 眉間(미간) + -애(-에: 부조, 위치) + -ㅅ(-의: 관조) ※ '眉間앳'은 '眉間(미간)에 있는'
으로 의역하여 옮긴다.

80) 白毫ㅣ: 白毫(백호) + -ㅣ(←-이: 주조)

81) 올ᄒᆞ녀그로: 올ᄒᆞ녁[오른쪽, 右便: 옳(옳다, 오른쪽이다, 是, 右: 형사)- + -ㄴ(관전▷관접) + 녁
(녁, 쪽, 便: 의명)] + -으로(부조, 방향)

82) ᄀᆞᄐᆞ시고: 곹(← ᄀᆞᆮᄒᆞ다: 같다, 如)- + -ᄋᆞ시(주높)- + -고(연어, 나열)

83) 누니: 눈(눈, 眼) + -이(주조)

84) 바ᄅᆞᆳ믈: [바닷물, 海水: 바ᄅᆞᆯ(바다, 海) + -ㅅ(관조, 사잇) + 믈(물, 水)]

85) ᄀᆞᄐᆞ샤ᄃᆡ: 곹(← ᄀᆞᆮᄒᆞ다: 같다, 如)- + -ᄋᆞ샤(←-ᄋᆞ시-: 주높)- + -ᄃᆡ(←-오ᄃᆡ: 연어, 설명 계속)

86) 터럭: 털, 毛.

87) 구무ᄃᆞᆯ해: 구무ᄃᆞᆯㅎ[구멍들, 諸孔: 구무(구멍, 孔) + -ᄃᆞᆯㅎ(-들: 복접)] + -애(←-에: 부조, 위치)

88) 펴: 펴(펴다, 演)- + -어(연어)

89) 내샤미: 내[내다, 出: 나(나다, 出: 자동)- + -ㅣ(←-이-: 사접)-] + -샤(←-시-: 주높)- + -
ㅁ(←-옴: 명전) + -이(주조)

90) 圓光: 원광. 불보살의 몸 뒤로부터 내비치는 빛이다(= 후광, 後光)

91) 두려ᄫᅳᆫ: 두렇(← 두렵다, ㅂ불: 둥글다, 원만하다, 圓)- + -Ø(현시)- + -은(관전)

92) 三千大千世界: 三千大千世界(삼천대천세계) + -Ø(←-이: -과, 부조, 비교) ※ '三千大千世界
(삼천대천세계)'는 소천(小千), 중천(中千), 대천(大千)의 세 종류의 천세계가 이루어진 세계. 이
끝없는 세계가 부처 하나가 교화하는 범위가 된다.

圓光(원광) 中(중)에 百萬億(백만억) 那由他(나유타) 恒河沙(항하사)의 化佛
(화불)이 계시되, 化佛(화불)마다 無數(무수)의 化菩薩(화보살)을 데리고 계
시니, 無量壽佛(무량수불)이 八萬四千(팔만사천)의 相(상)이시고, 相(상)마
다 八萬四千(팔만사천)의 隨形好(수형호)이시고, 好(호)마다

圓_원光_광 中_듕에 百_빅萬_먼億_흑 那_낭由_율他_탕 恒_흥河_행沙_상 化_황佛_뿛⁹³⁾이 겨샤딕 化_황佛_뿛마다 無_뭉數_숭 化_황菩_뽕薩_삻⁹⁴⁾을 드려⁹⁵⁾ 겨시니⁹⁶⁾ 無_뭉量_량壽_쓩佛_뿛이 八_밣萬_먼四_숭千_천 相_샹⁹⁷⁾이시고 相_샹마다 八_밣萬_먼四_숭千_천 隨_쒱形_혱好_흫ㅣ시고⁹⁸⁾ 好_흫⁹⁹⁾마다

---

93) 化佛: 화불. 부처가 중생을 교화하기 위하여 여러 모습으로 변화하는 일이나, 또는 그렇게 변화한 모습이다.(= 化身, 화신)

94) 化菩薩: 화보살, 중생을 제도하기 위하여 모습을 바꾸어 나타나는 보살이다.

95) 드려: 드리(데리다, 有)- + -어(연어) ※ '드려 겨시니'는 '데리고 계시니'로 의역하여 옮긴다.

96) 겨시니: 겨시(계시다: 보용, 완료 지속, 높임)- + -니(연어, 설명 계속)

97) 相: 상. 볼 수 있고, 알 수 있는 모습이다. 부처의 화신에는 뚜렷해서 보기 쉬운 32가지의 상(相)이 있다.

98) 隨形好ㅣ시고: 隨形好(수형호) + -ㅣ(← -이-: 서조)- + -시(주높)- + -고(연어, 나열) ※ '隨形好(수형호)'에서는 수(隨)는 따르는 것이고, 형(形)은 모습이다. 부처님 몸에는 삼십이 대인상(三十二大人相)을 갖추었고, 그 낱낱 상(相)마다 팔십종(八十種)의 호(好)가 있는데, 이 호는 상에 따르는 잘 생긴 모양이므로 수형호라 이른다.

99) 好: 호. 부처의 화신에는 미세해서 보기 어려운 80가지의 호(好)가 있다.

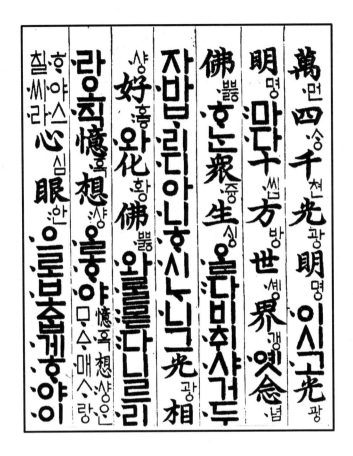

八萬四千(팔만사천) 光明(광명)이시고, 光明(광명)마다 十方世界(시방세계)에 있는 念佛(염불)하는 衆生(중생)을 다 비추시어, (그 중생을) 걷어잡아서 버리지 아니하시나니, 그 光相好(광상호)와 化佛(화불)을 못 다 이르리라. 오직 (광상호와 화불을) 億想(억상)을 하여【億想(억상)은 마음에 생각하여 상상(想像)하는 것이다. 】心眼(심안)으로 보게 하여 이

八_밣萬_먼四_숭千_천 光_광明_명이시고 光_광明_명마다 十_씹方_방世_솅界_갱옛¹⁰⁰⁾ 念_념佛_뿛ᄒᆞᄂᆞᆫ 衆_즁生_{ᄉᆡᆼ}을 다 비취샤 거두자바¹⁾ ᄇᆞ리디²⁾ 아니ᄒᆞ시ᄂᆞ 니 그 光_광相_샹好_{ᄒᆞᇢ}³⁾와 化_황佛_뿛와ᄅᆞᆯ⁴⁾ 몯 다⁵⁾ 니르리라 오직 憶_흑 想_샹⁶⁾을 ᄒᆞ야【憶_흑想_샹ᄋᆞᆫ ᄆᆞᅀᆞ매 ᄉᆞ랑ᄒᆞ야⁷⁾ 스칠⁸⁾ 씨라】心_심眼_안⁹⁾으로 보ᄉᆞ게 ᄒᆞ야 이

---

100) 十方世界옛: 十方世界(시방세계) + -예(←-에: 부조, 위치) ※ '十方世界옛'은 '十方世界에 있는' 으로 의역하여 옮긴다. '十方世界(시방세계)'는 불교에서 전세계를 가리키는 공간 구분개념이다. 사방(四方: 동·서·남·북), 사유(四維: 북서·남서·남동·북동)와 상·하의 열 방향을 나타낸다.

1) 거두자바: 거두잡[걷어잡다, 다잡다, 攝取: 걷(걷다, 攝: 동사)- + -우(부접) + 잡(잡다, 取)-]- + -아(연어)

2) ᄇᆞ리디: ᄇᆞ리(버리다, 捨)- + -디(-지: 연어, 부정)

3) 光相好: 광상호. 빛이 나는 부처님의 상호(相好)이다.

4) 化佛와ᄅᆞᆯ: 化佛(화불) + -와(접조) + -ᄅᆞᆯ(목조)

5) 몯 다: 몯(못, 不可: 부사, 부정) # 다(다, 具: 부사)

6) 憶想: 억상. 마음속에서 생각하는 것이다.

7) ᄉᆞ랑ᄒᆞ야:: ᄉᆞ랑ᄒᆞ[생각하다, 思: ᄉᆞ랑(생각, 思: 명사) + -ᄒᆞ(동접)-]- + -야(←-아: 연어)

8) 스칠: 스치(생각하다, 상상하다)- + -ㄹ(관전)

9) 心眼: 심안. 사물을 살펴 분별하는 능력이나, 또는 그런 작용이다.

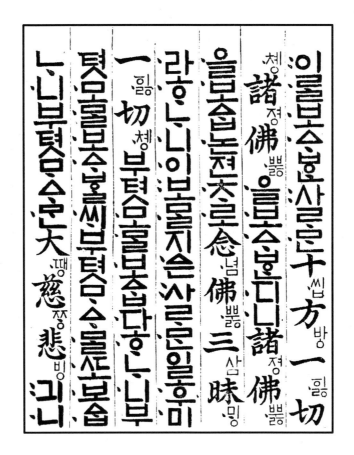

일을 본 사람은 十方(시방)의 一切(일체) 諸佛(제불)을 본 것이니, 諸佛(제불)을 보는 까닭으로 念佛三昧(염불삼매)라 하나니, 이렇게 보는 것을 이룬 사람은 이름이 '一切(일체)의 부처의 몸을 보았다.' 하나니, 부처의 몸을 보므로 부처의 마음을 또 보나니, 부처의 마음은 大慈悲(대자비)가 그것이니

이를 보ᅀᄫᆫ¹⁰⁾ 사ᄅᄆᆫ 十_씹方_방 一_힗切_쳉 諸_정佛_뿛을 보ᅀᄫᆯ 디니¹¹⁾

諸_정佛_뿛을 보ᅀᆸ논¹²⁾ 젼ᄎᆞ로¹³⁾ 念_념佛_뿛三_삼昧_민라 ᄒᆞᄂᆞ니 이 보ᄆᆯ¹⁴⁾

지ᅀᆫ¹⁵⁾ 사ᄅᄆᆫ 일후미¹⁶⁾ 一_힗切_쳉 부텻 모ᄆᆯ¹⁷⁾ 보ᅀᆸ다¹⁸⁾ ᄒᆞᄂᆞ니 부

텻 모ᄆᆯ 보ᅀᄫᆯ씨 부텻 ᄆᅀᄆᆯ ᄯᅩ 보ᅀᆸᄂᆞ니 부텻 ᄆᅀᄆᆫ 大_땡慈

_쫑悲_빙¹⁹⁾ 긔니²⁰⁾

---

10) 보ᅀᄫᆫ: 보(보다, 見)-+-ᅀᅳᇦ(←-ᅀᅡᆸ-: 객높)-+-Ø(과시)-+-은(관전)

11) 디니: ᄃ(←-ᄃᆞ: 것, 者, 의명)+-이(서조)-+-니(연어, 설명 계속, 이유)

12) 보ᅀᆸ논: 보(보다, 見)-+-ᅀᆸ(객높)-+-ㄴ(←-ᄂᆞ-: 현시)-+-오(대상)-+-ㄴ(관전)

13) 젼ᄎᆞ로: 젼ᄎᆞ(까닭, 故)+-로(부조, 방편)

14) 보ᄆᆯ: 보(보다, 觀)-+-ㅁ(←-옴: 명전)+-ᄋᆯ(목조)

15) 지ᅀᆫ: 짔(짓다, ㅅ불: 짓다, 이루다, 作)-+-Ø(과시)-+-은(관전) ※ '지ᅀᆫ'은 문맥을 감안하여 '이룬'으로 의역하여 옮긴다.

16) 일후미: 일훔(이름, 名)+-이(주조)

17) 모ᄆᆯ: 몸(몸, 身)+-ᄋᆯ(목조)

18) 보ᅀᆸ다: 보(보다, 見)-+-ᅀᆸ(객높)-+-Ø(과시)-+-다(평종)

19) 大慈悲: 大慈悲(대자비)+-Ø(←-이: 주조). ※ '大慈悲(대자비)'는 넓고 커서 끝이 없는 부처와 보살의 자비(慈悲)이다. 그리고 '자비(慈悲)'는 남을 깊이 사랑하고 가엾게 여겨서, 중생에게 즐거움을 주고 괴로움을 없게 하는 것이다.

20) 긔니: 그(그것, 是: 지대, 정칭)+-ㅣ(←-이-: 서조)-+-니(연어, 설명 계속)

緣원 업슨 慈쯩·로 衆生슁·올 거두자 ·브시·니 慈쯩ㅣ 세 가·지·니 나·ᄒᆞ·낸 衆生슁緣원慈쯩ㅣ·니 一切촁 衆生슁·의·게 브·튼 ᄆᆞᅀᆞᆷ 업수·디 自쫑然션·히 利링益혁을 ᄂᆞ토·미·오 둘흔 法법緣원慈쯩ㅣ·니 法법 볼 ᄆᆞᅀᆞᆷ 업수·디 諸졍法법·에 自쫑然션·히 너·비 ·비·취유미·오 세흔 無뭉緣원慈쯩ㅣ·니 理링 ·볼 ᄆᆞᅀᆞᆷ 업수·디 平뼝等등·히 第똉一힔義읭ㅅ 가온·디 自쫑然션·히 便뼌安한·히 住뜡홀·씨·라 ○諸졍佛뿛·이 二·ᅀᅵᆼ諦뎽·룰 브·터 衆生슁 爲윙·ᄒᆞ·야 說쉃法법·ᄒᆞ·시ᄂᆞ·니 ᄒᆞ·나호 世·솅

緣(연)이 없는 慈(자)로 衆生(중생)을 걷어잡으시나니 【慈(자)가 세 가지이니, 하나는 '衆生緣慈(중생연자)'이니 一切(일체)의 衆生(중생)에게 얽매이는 마음이 없되 衆生(중생)에게 自然(자연)히 利益(이익)을 나타내는 것이요, 둘은 '法緣慈(법연자)'이니 法(법)을 볼 마음이 없되 諸法(제법)에 自然(자연)히 널리 비추는 것이요, 셋은 '無緣慈(무연자)'이니 理(이)를 볼 마음이 없되 平等(평등)한 第一義(제일의)의 가운데에 自然(자연)히 便安(편안)히 住(주)하는 것이다. ○ 諸佛(제불)이 二諦(이제)를 의지하여서 衆生(중생)을 爲(위)하여 說法(설법)하시나니, 하나는

緣_원 업슨 慈_쭝²¹⁾로 衆_즁生_싱을 거두자ᄇᆞ시ᄂᆞ니【慈_쭝ㅣ 세 가지니 ᄒᆞ나

ᄒᆞᆫ 衆_즁生_싱緣_원慈_쭝²²⁾ㅣ니 一_{ᅙᅵᆶ}切_쳉 衆_즁生_싱의 게²³⁾ 브튼²⁴⁾ ᄆᆞᅀᆞᆷ 업수ᄃᆡ²⁵⁾ 衆

_즁生_싱의 게 自_쭝然_{ᅀᅧᆫ}히 利_링益_혁을 나톨²⁶⁾ 씨오 둘흔 法_법緣_원慈_쭝²⁷⁾ㅣ니 法_법

볼 ᄆᆞᅀᆞᆷ 업수ᄃᆡ 諸_정法_법에 自_쭝然_{ᅀᅧᆫ}히 너비 비췰 씨오 세흔 無_뭉緣_원慈_쭝²⁸⁾ㅣ니

理_링 볼 ᄆᆞᅀᆞᆷ 업수ᄃᆡ 平_뼝等_둥ᄒᆞᆫ 第_똉一_{ᅙᅵᆶ}義_읭²⁹⁾ㅅ 가온ᄃᆡ 自_쭝然_{ᅀᅧᆫ}히 便_뼌安_한

히 住_뜡홀 씨라 ○ 諸_정佛_뿛이 二_{ᅀᅵᆼ}諦_뎽³⁰⁾를 브터 衆_즁生_싱 爲_윙ᄒᆞ야 說_{ᄉᆑᆶ}法_법ᄒᆞ

시ᄂᆞ니 ᄒᆞ나흔

---

21) 緣 업슨 慈: 緣(연)이 없는 慈(자)이다. '無緣慈悲(무연자비)'를 직역한 표현이다. '無緣慈悲(무연자비)'는 아래의 각주 50에서 설명한다.

22) 衆生緣慈: 중생연자. 친한 사람이나 친분이 없는 사람 모두를 친한 사람에게 하는 것과 똑같이 베푸는 자비이다. 이것은 범부(凡夫) 또는 도(道)에 뜻을 두면서도 아직 번뇌를 끊어버리지 못한 이가 일으키는 자비이다.

23) 衆生의 게: 衆生(중생) + -의(관조) # 게(거기에, 彼處: 의명, 위치) ※ '衆生의 게'는 '衆生(중생)에게'로 의역하여 옮긴다.

24) 브튼: 븥(붙다, 얽매이다, 의지하다, 附)- + -Ø(과시)- + -은(관전)

25) 업수ᄃᆡ: 없(없다, 無)- + -우ᄃᆡ(-되: 연어, 설명 계속)

26) 나톨: 나토[나타내다, 現: 낱(나타나다, 現: 자동)- + -호(사접)-]- + -ㄹ(관전)

27) 法緣慈: 법연자. 法緣慈悲(법연자비)라고도 한다. '法緣慈悲(법연자비)'는 일체의 법(法)이 5온(蘊)의 거짓된 화합임을 알고, 대상과 마음의 본체가 공(空)한 줄을 깨달은 성자(聖者)들이 일으키는 자비이다. 곧, 성각(聖覺), 연각(緣覺), 이승(尼僧), 보살(菩薩) 등의 성자들이 일으키는 자비로서, 중생이 모든 법이 다 공(空)하다는 이치를 알지 못하고 항상 한 마음의 즐거움을 구하므로, 이들 성자들이 중생에게 그 구하는 정도에 따라서 자비로써 즐거움을 주는 것이다.

28) 無緣慈: 무연자. 無緣慈悲(무연자비)라고도 한다. '無緣慈悲(무연자비)'는 온갖 차별된 견해를 여의고 모든 법의 실상(實相)을 아는 부처에게만 있는 자비이다. 이미 대상과 마음 등 모든 현상의 헛된 모습을 알 뿐만 아니라, 인연에 따라 동요됨이 없는 부처가 저절로 일체 중생에 대하여 고통을 없애고 낙을 주려는 힘이 있음을 말한다.

29) 第一義: 제일의. 산스크리트어 paramārtha의 음사로서, 가장 뛰어난 이치나 궁극적인 이치이다. 모든 현상의 있는 그대로의 참모습이나 '열반(涅槃)'을 뜻하기도 한다.

30) 二諦: 이제. 인도의 승려인 용수(龍樹)가 쓴 『中論』(중론)에 등장하는 개념으로 '두 가지 진리'라는 의미이다. '세속제(世俗諦)'와 '제일의제(第一義諦)'를 말한다. 언어나 개념으로 인식된 상대적인 현상의 세계를 '세속제(世俗諦)'라고 하였고, 인간의 인식을 초월한 진리의 세계를 진제(眞諦)인 '제일의제(第一義諦)'라고 하였다. 제일의제(진제)와 세속제는 서로 의존하고 있는 진속불이(眞俗不二)의 관계에 있다고 보았다.

셩俗쏙諦뎅 오 둘흔 第똉一힗義응諦
뎅 니다實씷호 證징호 理링롤 니르실씨 法법
든 즈 붕리 조차 니르니라 二싱諦
뎅機긩롤 조차 니르시논 젯
衆즁生싱이 잇누니 일후민 돌아論衆즁
衆즁生싱 爲윙호야 相샹 업수믈 니르시고衆
고 諸정法법이 비론일후민 돌 아논世솅諦뎅롤 니르시
즁生싱 爲윙호야 世솅諦뎅롤
아니 諸정法법은 緣원으로 난이를부텻 이도
니 世솅俗쏙은 緣원으로 난일씨 諸法법이 반독반
례란 忠듕貞뎡을 勸퀀호시고 子息臣씬下
혼호 法법도 보리디 아니호샤 臣씬下
힣으란 孝흏道돌룰 勸퀀호시고 子즁息
호란 大땡平뼝을 勸퀀

'世俗諦(세속제)'이요 둘은 '第一義諦(제일의제)'이니, (二諦는) 다 實(실)한 理(이)를 이르시므로 法(법)을 듣는 이가 다 證(증)하는 것이 있나니, (이는) 二諦(이제)가 機(기)를 좇아 이르시기 때문이다. 두 가지의 衆生(중생)이 있나니, (제불은) 이름(名)에 着(착)한 衆生(중생)을 위하여 相(상)이 없는 것을 이르시고, 諸法(제법)이 빌린 이름인 것을 아는 衆生(중생)을 爲(위)하여 世諦(세제)를 이르시니, 世俗(세속)은 緣(연)으로 일어난 일을 나타내어 諸法(제법)이 반득반득하므로, 부처의 일에 한 法(법)도 버리지 아니하시어, 臣下(신하)에게는 忠貞(충정)을 勸(권)하시고, 子息(자식)에게는 孝道(효도)를 勸(권)하시고, 나라에는 大平(대평)을 勸(권)하시고, 집에는

世_솅俗_쑉諦_뎽오 둘흔 第_똉一_힗義_읭諦_뎽니 다 實_씷흔 理_링를 니를실씨³¹⁾ 法_법 든

ᄌᆞᄫᆞ리³²⁾ 다 證_징호미³³⁾ 잇ᄂᆞ니 二_{ᅀᅵᆼ}諦_뎽 機_긩³⁴⁾를 조차³⁵⁾ 니를실씨니라³⁶⁾ 두

가짓 衆_즁生_{ᄉᆡᇰ}이 잇ᄂᆞ니 일후메³⁷⁾ 着_땩흔³⁸⁾ 衆_즁生_{ᄉᆡᇰ} 爲_윙ᄒᆞ야 相_샹 업수믈 니르

시고 諸_졍法_법이 비론³⁹⁾ 일후민 들⁴⁰⁾ 아ᄂᆞᆫ 衆_즁生_{ᄉᆡᇰ} 爲_윙ᄒᆞ야 世_솅諦_뎽⁴¹⁾를 니르

시니 世_솅俗_쑉은 緣_원으로 닌⁴²⁾ 이를 나토아⁴³⁾ 諸_졍法_법이 반득반득홀씨⁴⁴⁾ 부텻

이레⁴⁵⁾ 흔 法_법도 ᄇᆞ리디 아니ᄒᆞ샤 臣_씬下_행란⁴⁶⁾ 忠_튱貞_뎡⁴⁷⁾을 勸_퀀ᄒᆞ시고 子_{ᄌᆞᆼ}

息_식으란 孝_{ᄒᆞᇢ}道_뚈를 勸_퀀ᄒᆞ시고 나라ᄒᆞ란⁴⁸⁾ 大_땡平_뼝을 勸_퀀ᄒᆞ시고 지브란

---

31) 니를실씨: 니를(이르다, 曰)- + -시(주높)- + -ㄹ씨(-므로: 연어, 원인, 이유)

32) 듣ᄌᆞᄫᆞ리: 듣(듣다, 聞)- + -ᄌᆞᇦ(←-ᄌᆞᆸ-: 객높)- + -을(관전) # 이(이, 人: 의명) + -Ø(←-이: 주조)

33) 證호미: 證ᄒᆞ[←證ᄒᆞ다(깨닫다): 證(증: 불어) + ᄒᆞ(동접)-]- + -옴(명전) + -이(주조)

34) 機: 기. 석가의 가르침에 접하여 발동되는 수행자의 정신적 능력, 중생의 종교적 소질·역량·기근(機根) 등이다. 석가의 가르침의 대상인 중생이나 각각의 인간이 놓여 있는 개별적 상황 등을 뜻하기도 한다.

35) 조차: 좇(좇다, 따르다, 從)- + -아(연어)

36) 니를실씨니라: 이를(이르다, 曰)- + -시(주높)- + -ㄹ씨(-므로: 연어, 이유) + -Ø(←-이-: 서조)- + -Ø(현시)- + -니(원칙)- + -라(←-다: 평종)

37) 일후메: 일훔(이름, 名) + -에(부조, 위치)

38) 着흔: 着ᄒᆞ[착하다, 집작하다, 執着): 着(착: 불어) + -ᄒᆞ(동접)-]- + -Ø(과시)- + -ㄴ(관전)

39) 비론: 빌(빌다, 빌리다, 借)- + -Ø(과시)- + -오(대상)- + -ㄴ(관전)

40) 들: ᄃᆞ(것, 者: 의명) + -ㄹ(←-를: 목조)

41) 世諦: 세제. 세속제(世俗諦)이다.

42) 닌: 니(←닐다: 일어나다, 생기다, 起)- + -Ø(과시)- + -ㄴ(관전)

43) 나토아: 나토[나타내다, 現: 낟(나타나다, 現: 자동)- + -호(사접)-]- + -아(연어)

44) 반득반득홀씨: 반득반득ᄒᆞ[반득반득하다: 반득(반득: 불어) + 반득(반득: 불어) + -ᄒᆞ(동접)-]- + -ㄹ씨(-므로: 연어, 이유) ※ '반득반득ᄒᆞ다'는 물체 따위에 반사된 작은 빛이 자꾸 잠깐씩 나타나는 것이나, 또는 그렇게 되게 하는 것이다.

45) 이레: 일(일, 事) + -에(부조, 위치)

46) 臣下란: 臣下(신하) + -란(-는: 보조사, 주제) ※ '臣下란'은 상대를 나타내는 부사어로 쓰였으므로, '신하에게는'으로 의역하여 옮긴다.

47) 忠貞: 충정. 충성스럽고 절개가 굳은 것이다.

48) 나라ᄒᆞ란: 나라ᄒᆞ(나라, 國) + -ᄋᆞ란(-는: 보조사, 주제)

和ᅘᆡᆼ호·몰 勸·권·ᄒᆞ시·고 됴ᄒᆞᆫ ·이·ᄅᆞᆯ너·피·와·사
天텬堂땅樂·락·ᄋᆞᆯ·뵈·시·고 왼·일·다ᄉᆞ·려
地·띵獄·옥苦·콩·ᄅᆞᆯ브·트·시·니·라 真진諦·뎅·ᄂᆞᆫ 本·본俗·쏙
諦·뎅·롤브·트·시·니·라 真진
来링·고·외·ᄒᆞ·야·ᄒᆞᆫ性·셩·이 업
슬·씨實·씷·ᄒᆞᆫ 道·똥理·링·ㅅ ·ᄯᅡ·ᄒᆞᆫ·틀·업
·스·며能·늉·과所·송·왜다·업·서萬·먼像·썅·이
·올·ᄀᆞ·ᄅᆞ·쵸·딕真진如·셩·ㅣ·ᄃᆞ외·오三삼
乘·씽·을모·화真진實·씷·ㅅ·ᄀᆞᆺ·애가·미
·눈真진諦·뎅·롤
브·트·시·니·라
·눈真진如·셩·ᄂᆞᆫ真진性·셩·다
·빙變·변·티아·니·ᄒᆞᆯ·씨·라

和(화)하는 것을 勸(권)하시고, 좋을 일을 넓히시어 天堂樂(천당락)을 보이시고, 그릇된 일을 다스려서 地獄苦(지옥고)를 나타내시는 것이, (이는) 俗諦(속제)에서 비롯하였느니라. 眞諦(진제)는 本來(본래) 고요한 일을 나타내어 한 性(성)이 없으므로, 實(실)한 道理(도리)의 땅은 한 티끌도 받지 아니하여, 옳으며 그릇된 것이 다 없으며 能(능)과 所(소)가 다 없어, 萬像(만상)을 가르키되 眞如(진여)가 되고, 三乘(삼승)을 모아서 眞實(진실)의 가(邊)에 가는 것이, (이는) 眞諦(진제)에서 비롯하였느니라.

[眞如(진여)는 眞性(진성)처럼 變(변)치 아니하는 것이다.]

和_쎵호물 勸_퀀ᄒᆞ시고 됴ᄒᆞᆫ 일 너피사⁴⁹⁾ 天_텬堂_땅樂_락⁵⁰⁾ᄋᆞᆯ 뵈시고 왼⁵¹⁾ 일 다ᄉᆞᆯ와⁵²⁾ 地_띵獄_옥苦_콩⁵³⁾ᄅᆞᆯ 나토샤미⁵⁴⁾ 이ᄂᆞᆫ 俗_쑉諦_뎽ᄅᆞᆯ 브트시니라⁵⁵⁾ 眞_진諦_뎽ᄂᆞᆫ 本_본來_링 괴외ᄒᆞᆫ⁵⁶⁾ 이ᄅᆞᆯ 나토아 ᄒᆞᆫ 性_셩이 업슬ᄊᆡ 實_씷ᄒᆞᆫ 道_똥理_링ㅅ 싸ᄒᆞᆫ⁵⁷⁾ ᄒᆞᆫ 드틀도⁵⁸⁾ 받디 아니ᄒᆞ야 올ᄒᆞ며⁵⁹⁾ 외요미⁶⁰⁾ 다 업스며 能_능⁶¹⁾과 所_송⁶²⁾왜 다 업서 萬_먼像_썅ᄋᆞᆯ ᄀᆞᄅᆞ쵸ᄃᆡ⁶³⁾ 眞_진如_셩⁶⁴⁾ㅣ ᄃᆞ외오 三_삼乘_씽⁶⁵⁾을 뫼화⁶⁶⁾ 眞_진實_씷ㅅ ᄀᆞ새 가미⁶⁷⁾ 이ᄂᆞᆫ 眞_진諦_뎽ᄅᆞᆯ 브트시니라

[眞_진如_셩ᄂᆞᆫ 眞_진性_셩다비⁶⁸⁾ 變_변티 아니홀 씨라]

---

49) 너피사: 너피[넓히다, 擴: 넙(넓다, 廣: 형사)- + -히(사접)-]- + -사(←-샤- ←-시-: 주높)- + -Ø(←-아: 연어) ※ 문맥을 감안하여 '너피사'는 '너피샤'를 오기한 형태로 처리한다.
50) 天堂樂: 천당락. 천당 세계에서 누리는 즐거움이다.
51) 왼: 외(그르다, 非, 誤)- + -Ø(현시)- + -ㄴ(관전)
52) 다ᄉᆞᆯ와: 다ᄉᆞᆯ오[다스리다, 治: 다ᄉᆞᆯ(다스려지다, 治: 자동)- + -오(사접)-]- + -아(연어)
53) 地獄苦: 지옥고. 지옥 세계에서 겪는 괴로움이다.
54) 나토샤미: 나토[나타내다, 現: 낟(나타나다, 現: 자동)- + -호(사접)-]- + -샤(←-시-: 주높)- + -ㅁ(←-옴: 명전)
55) 브트시니라: ① 븥(붙다, 비롯하다, 由)- + -으시(주높)- + -Ø(과시)- + -니(원칙)- + -라(←-다: 평종) ② 븥(붙다, 비롯하다, 由)- + -으시(주높)- + -Ø(과시)- + -ㄴ(관전) # 이(것, 者: 의명) + -이(서조)- + -Ø(현시)- + -라(←-다: 평종)
56) 괴외ᄒᆞᆫ: 괴외ᄒᆞ[고요하다, 靜: 괴외(고요: 불어) + -ᄒᆞ(형접)-]- + -Ø(현시)- + -ㄴ(관전)
57) 싸ᄒᆞᆫ: 싸ᇹ(땅, 地) + -ᄋᆞᆫ(보조사, 주제)
58) 드틀도: 드틀(티끌, 塵) + -도(보조사, 강조)
59) 올ᄒᆞ며: 옳(옳다, 是)- + -ᄋᆞ며(연어, 나열)
60) 외요미: 외(그르다, 非)- + -욤(←-옴: 명전) + -이(주조)
61) 能: 능. 어떠한 행위의 주체이다.
62) 所: 소. 어떠한 행위의 대상(객체)이다.
63) ᄀᆞᄅᆞ쵸ᄃᆡ: ᄀᆞᄅᆞ치(가르키다, 指)- + -오ᄃᆡ(-되: 연어, 설명 계속)
64) 眞如: 진여. 산스크리트어의 tathatā의 음사이다. 모든 현상의 있는 그대로의 참모습, 곧 차별을 떠난, 있는 그대로의 참모습이다.
65) 三乘: 삼승. 중생을 열반에 이르게 하는 세 가지 교법으로, '성문승(聲聞乘), 독각승(獨覺乘), 보살승(菩薩乘)'을 이른다.
66) 뫼호아: 뫼호(모으다, 集)- + -아(연어)
67) 가미: 가(가다, 行)- + -ㅁ(←-옴: 명전) + -이(주조)
68) 眞性다비: [眞性처럼(부사): 眞性(진성) + -다비(부접)]

○ᄒᆞᆫ法법으로두ᄠᅳ데ᄂᆞᆫ호아잇ᄂᆞ니實씷相샹ᄋᆞᆯ닐오ᄃᆡ비론일후믈허디아니ᄒᆞ며差창別ᄲᅧᆯᄋᆞᆯ論론호ᄃᆡ平뼝等등을허디아니ᄒᆞᄂᆞ니라差창別ᄲᅧᆯ은여러가지라○真진은잇ᄂᆞᆫ거시뷔오俗쏙은뷘거슬잇다ᄒᆞᄂᆞ니俗쏙諦뎽ᄂᆞᆫ아셔도잇ᄂᆞᆫ거시샹녜제뷔오真진諦뎽ᄂᆞᆫ뷔여도뷘거시잇ᄂᆞ니라相샹ᄋᆞᆯ닐어萬먼法법이느러니버러도實씷엔得득호미업스며性셩ᄋᆞᆯ닐어ᄒᆞᆫ가지로寂쪅滅ᄜᅙᄒᆞ야도緣원을조초매막디아니ᄒᆞᄂᆞ니真진은俗쏙익真진은

○ 하나의 法(법)으로서 두 뜻에 나누어 있으니, 實相(실상)을 이르되 빌린 이름을 헐지 아니하며, 差別(차별)을 論(논)하되 平等(평등)을 헐지 아니하느니라.
　[差別(차별)은 여러 가지이다.]

○ 眞(진)은 있는 것이 비(空)고 俗(속)은 빈 것을 있다 하나니, 俗諦(속제)는 있어도 있는 것이 항상 스스로 비고, 眞諦(진제)는 비어도 빈 것이 있는 것과 통하느니라. ○ 相(상)을 일러서 萬法(만법)이 느런히 벌여 있어도 實(실)에는 得(득)하는 것이 없으며, 性(성)을 일러 한가지로 寂滅(적멸)하여도 緣(연)을 좇는 것에 막지 아니하나니, 眞(진)은 俗(속)의 眞(진)이라서

○ 혼 法_법으로 두 뜨데⁶⁹⁾ 논호아⁷⁰⁾ 잇느니 實_씷相_샹⁷¹⁾을 닐오디 비론 일후믈 허디⁷²⁾ 아니ᄒᆞ며 差_챵別_볋을 論_론호디 平_뼝等_등을 허디 아니ᄒᆞᄂᆞ니라

　　[差_챵別_볋은 여러 가지라]

○ 眞_진은 잇ᄂᆞᆫ 거시 뷔오⁷³⁾ 俗_쑉은 뷘 거슬 잇다 ᄒᆞᄂᆞ니 俗_쑉諦_뎽ᄂᆞᆫ 이셔도 잇ᄂᆞᆫ 거시 샹녜⁷⁴⁾ 제⁷⁵⁾ 뷔오 眞_진諦_뎽ᄂᆞᆫ 뷔여도⁷⁶⁾ 뷘 거시 이슈메⁷⁷⁾ ᄉᆞᄆᆞᆺᄂᆞ니라⁷⁸⁾

○ 相_샹을 닐어⁷⁹⁾ 萬_먼法_법이 느러니⁸⁰⁾ 버러도⁸¹⁾ 實_씷엔⁸²⁾ 得_득호미 입스며⁸³⁾ 性_셩을 닐어 ᄒᆞᆫ가지로 寂_쪅滅_몛ᄒᆞ야도⁸⁴⁾ 緣_원⁸⁵⁾ 조초매⁸⁶⁾ 막디 아니ᄒᆞᄂᆞ니 眞_진은 俗_쑉이 眞_진이라⁸⁷⁾

---

69) 뜨데: 뜬(뜻, 意) + -에(부조, 위치)

70) 논호아: 논호(나누다, 分)- + -아(연어)

71) 實相: 실상. 모든 것의 있는 그대로의 참모습이다.

72) 허디: 허(← 헐다: 헐다, 毁)- + -디(-지: 연어, 부정)

73) 뷔오: 뷔(비다, 空)- + -오(← -고: 연어, 나열)

74) 샹녜: 늘, 항상, 常(부사)

75) 제: 저(자기, 己: 인대, 재귀칭) + -ㅣ(← -이: 주조) ※ '제'는 '스스로(自)'로 의역하여 옮긴다.

76) 뷔여도: 뷔(비다, 空)- + -여도(← -어도: 연어, 양보)

77) 이슈메: 이시(있다, 有)- + -움(명전) + -에(-과: 부조, 위치, 비교)

78) ᄉᆞᄆᆞᆺᄂᆞ니라: ᄉᆞᄆᆞᆺ(← ᄉᆞᄆᆞᆾ다: 통하다, 通)- + -ᄂᆞ(현시)- + -니(원칙)- + -라(← -다: 평종)

79) 닐어: 닐(← 니르다: 이르다, 說)- + -어(연어)

80) 느러니: [느런히, 죽 벌여서, 行(부사): 느런(느런: 불어)- + -이(부접)]

81) 버러도: 벌(벌여 있다, 늘어서다, 列)- + -어도(연어, 양보)

82) 實엔: 實(실, 실제) + -에(부조, 위치) + -ㄴ(← -는: 보조사, 주제)

83) 입스며: 잇(← 없다: 없다, 無)- + -으며(연어, 나열) ※ '입스며'는 '업스며'를 오각한 형태이다.

84) 寂滅ᄒᆞ야도: 寂滅ᄒᆞ[적멸하다: 寂滅(적멸: 명사) + -ᄒᆞ(동접)-]- + -야도(← -아도: 연어, 양보) ※ '寂滅(적멸)'은 사라져 없어지는 것, 곧 죽음을 이르는 말이다.

85) 緣: 연. 원인을 도와서 결과를 낳게 하는 작용이다. 예를 들어서 '벼'에 대하여 '씨'는 '인(因)'이고, '물·흙·온도' 따위는 '연(緣)'이 된다.

86) 조초매: 좇(좇다, 從)- + -옴(명전) + -애(-에: 부조, 위치)

87) 眞이라: 眞(진) + -이(서조)- + -라(-아: 연어)

이라 萬법먼 法이 절로 업고 俗쏙은 眞

진이 俗쏙이라 호性 성이 時씽常쌍 다 眞

ㄹ 니 빈일후믈 허디 아니 홀 씨 더 와

이 왓生 싱滅 맗이 다 고 諸 정法 법實 實

쓸相 샹 을 니 룰 씨 뎌와 이 왓生 싱滅 맗

이 제 업 스니 호나 아닌 거긔 둘 아

돌 붉길 씨 아 로맨

샹 녜 호나 히 오 .

智 딩慧 휑로 ᄉᆞ뭇 비취 면 法

법性 성 이 샹 녜 호나 히 라

諦 뎡에 녜 상

녜 둘 히 니

聖 셩人 신 은 眞 진 을 보 고 凡

뺌夫 붕는 俗 쏙 을 보ᄂᆞ 니

라 .

萬法(만법)이 절로 없어지고, 俗(속)은 眞(진)의 俗(속)이라서 하나의 性(성)이 時常(시상) 달라지나니, 빌린 이름을 헐지 아니하므로 저것과 이것의 生滅(생멸)이 다르고, 諸法實相(제법실상)을 이르므로 저것과 이것의 生滅(생멸)이 스스로 없어지니, 하나가 아닌 거기에 둘이 아닌 것을 밝히므로 아는 것(知)에는 늘 하나이요

[智慧로 꿰뚫어 비추면 法性(법성)이 늘 하나이다.]

諦(제)에는 늘 둘이니

[聖人(성인)은 眞(진)을 보고 凡夫(범부)는 俗(속)을 보느니라.]

萬_먼法_법이 절로⁸⁸⁾ 업고⁸⁹⁾ 俗_쑉은 眞_진이 俗_쑉이라 혼 性_셩이 時_씽常_썅⁹⁰⁾ 다루ᄂ 니⁹¹⁾ 빈⁹²⁾ 일후믈 허디 아니홀ᄊ 뎌와⁹³⁾ 이왓⁹⁴⁾ 生_싱滅_몛⁹⁵⁾이 다ᄅ고 諸_졍法_법實_씷相_샹⁹⁶⁾을 니를ᄊ 뎌와 이왓 生_싱滅_몛이 제⁹⁷⁾ 업스니 ᄒ나 아닌 거긔⁹⁸⁾ 둘 아닌 고ᄃ⁹⁹⁾ 불길ᄊ¹⁰⁰⁾ 아로맨¹⁾ 샹녜 ᄒ나히오²⁾

[智_딩慧_휑로 ᄉᄆᆺ³⁾ 비취면 法_법性_셩⁴⁾이 샹녜 ᄒ나히라]

諦_뎽옌 샹녜 둘히니⁵⁾

[聖_셩人_{ᅀᅵᆫ}은 眞_진을 보고 凡_뺌夫_붕는 俗_쑉을 보ᄂ니라]

---

88) 절로: [절로, 저절로, 自(부사): 절(← 저: 저, 己, 인대, 재귀칭) + -로(부조, 방편)]

89) 업고: 업(← 없다: 없어지다, 滅, 동사)- + -고(연어, 나열)

90) 時常: 시상.

91) 다루ᄂ니: 다ᄅ(달라지다, 異: 동사)- + -ᄂ(현시)- + -니(연어, 설명 계속)

92) 빈: 비(← 빌다: 빌리다, 借)- + -Ø(과시)- + -ㄴ(관전)

93) 뎌와: 뎌(저것, 彼: 지대, 정칭) + -와(접조)

94) 이왓: 이(이것, 此: 지대, 정칭) + -와(접조) + -ㅅ(-의: 관조)

95) 生滅: 생멸. 우주 만물이 생기고 없어지는 것이다.

96) 諸法實相: 제법실상. 모든 존재의 참다운 모습. 또는 우주 사이의 모든 사물이 있는 그대로 진 실한 자태로 있는 일이다.

97) 제: 저(저, 자기, 己: 인대, 재귀칭) + -ㅣ(←-이: 주조) ※ '제'는 '스스로(자)'로 의역하여 옮긴다.

98) 거긔: 거기에, 此處(의명)

99) 고ᄃ: 곧(것, 者: 의명) + -ᄋᆞᆯ(목조)

100) 불길ᄊ: 불기[밝히다, 明: 붉(밝다, 明: 형사)- + -이(사접)-]- + -ㄹᄊ(-ᄆᆞ로: 연어, 이유)

1) 아로맨: 알(알다, 知)- + -옴(명전) + -애(-에: 부조, 위치) + -ㄴ(←-ᄂᆫ: 보조사, 주제, 대조)

2) ᄒ나히오: ᄒ나ᄒ(하나, 一: 수사, 양수) + -이(서조)- + -오(←-고: 연어, 나열)

3) ᄉᄆᆺ: [꿰뚫어서, 철저하게, 완전히, 貫(부사): ᄉᄆᆺ(← ᄉᄆᆾ다: 꿰뚫다, 동사)- + -Ø(부접)]

4) 法性: 법성. 우주 만물의 본체이다.

5) 둘히니: 둘ᄒ(둘, 二: 수사, 양수) + -이(서조)- + -니(연어, 설명 계속)

이ᄒᆞ나둘흘 ᄉᆞᄆᆞ아라ᅀᅡ 眞진實씷로
性셩義ᄋᆡ諦뎡예 들리라 ○眞진과 俗
쏙과 다 업서ᅀᅡ 二ᅀᅵᆼ諦뎡 時씨常쌍이
시며 空콩과 有ᅙᅮᆯ 다 업서ᅀᅡ 호 ᄒᆞᆫ
샹녜 現현ᄒᆞᄂᆞ니 이럴ᄊᆡ 各각各각 자ᄇᆞ면
리 호ᄆᆞᆫ 큰 業업이 비록 일오 서르 노기면 得득ᄒᆞᄂᆞ니
타 호ᄆᆞᆫ 몯 일우고 ᄒᆞ논 일 업수미
ᄆᆞ론 ᄆᆞᆯ리 住뜡ᄒᆞ면 智딩慧쀓
ᅀᅮ미 ᄇᆞ옥 거츠나 몯ᄅᆞ기라 得득ᄒᆞ다 호ᄆᆞᆫ 諸졍佛
아ᄲᅳᆯ 國귁과 衆즁生ᅀᅵᆼ이 뷔윤 주를 비
아라도 샹녜 淨쪙土통ᄅᆞᆯ 닷가 衆즁生
ᄯᅢ해 教굘化황홀ᄊᆡ니라 ○緣원을 조
ᄎᆞᆫ ᄃᆡ 變변ᄒᆞ야 아니ᄒᆞ욜 시며 일

이러한 하나 둘을 꿰뚫어 알아야 眞實(진실)로 性義諦(성의제)에 들리라. ○ 眞(진)과 俗(속)이 다 없어야 二諦(이제)가 時常(시상, 늘) 있으며, 空(공)과 有(유)가 다 없어야 한 '뜻(味)'이 늘 現(현)하나니, 이러므로 各各(각각) 잡으면 잃고 서로 녹으면 得(득)하나니, "잃었다." 함은 하는 일이 있는 것이 비록 망령되지만 버리면 큰 業(업)이 못 이루어지고, 하는 일이 없음이 비록 비(空)나 住(주)하면 智慧(지혜)의 마음이 못 맑으리라. "得하였다." 함은 諸佛國(제불국)과 衆生(중생)이 빈 줄을 비록 알아도 늘 淨土(정토)를 닦아 衆生(중생)을 教化(교화)하기 때문이니라. ○ 緣(연)을 좇은 곳에 變(변)하지 아니하는 것을 이르시며 일이 이루어진

이 ᄒᆞ나 둘흘 ᄉᆞᄆᆺ 아라ᅀᅡ⁶⁾ 眞_진實_씷로 性_셩義_읭諦_뎅예⁷⁾ 들리라

○ 眞_진과 俗_쑉괘 다 업서ᅀᅡ⁸⁾ 二_{ᅀᅵᆼ}諦_뎅 時_씽常_쌍⁹⁾ 이시며 空_콩¹⁰⁾과 有_{ᅌᅮᇢ}왜 다 업서ᅀᅡ ᄒᆞᆫ 마시¹¹⁾ 샹녜 現_{혀ᇇ}ᄒᆞᄂᆞ니 이럴ᄊᆡ 各_각各_각 자ᄇᆞ면 일코¹²⁾ 서르 노ᄀᆞ면 得_득ᄒᆞᄂᆞ니 일타¹³⁾ 호ᄆᆞᆫ ᄒᆞ논 일 이쇼미 비록 거츠나¹⁴⁾ ᄇᆞ리면¹⁵⁾ 큰 業_업이 몯 일우고¹⁶⁾ ᄒᆞ논 일 업수미 비록 뷔나 住_뜡ᄒᆞ면 智_딩慧_휑ㅅ ᄆᆞᅀᆞ미 몯 ᄆᆞᆯᄀᆞ리라¹⁷⁾ 得_득다¹⁸⁾ 호ᄆᆞᆫ 諸_졍佛_뿛國_귁과 衆_즁生_{ᄉᆡᆼ}이 뷔윤¹⁹⁾ 주를 비록 아라도 샹녜 淨_쪙土_통²⁰⁾를 닷가²¹⁾ 衆_즁生_{ᄉᆡᆼ} 敎_{교ᇢ}化_황ᄒᆞᆯᄊᆡ니라²²⁾

○ 緣_원을 조ᄎᆞ²³⁾ ᄯᅡ해²⁴⁾ 變_변티 아니호ᄆᆞᆯ 니ᄅᆞ시며 일 읻²⁵⁾

---

6) 아라ᅀᅡ: 알(알다, 知)- + -아ᅀᅡ(-아야: 연어, 필연적 조건)

7) 性義諦예: 性義諦(성의제) + -예(← -에: 부조, 위치)

8) 업서ᅀᅡ: 없(없다, 無)- + -어ᅀᅡ(연어, 필연적 조건)

9) 時常: 시상. 항상.

10) 空: 공. 인간을 포함한 일체 만물에 고정 불변하는 실체가 없다는 불교의 사상이다.

11) 마시: 맛(意, 뜻) + -이(주조)

12) 일코: 잃(잃다, 失)- + -고(연어, 나열)

13) 일타: 잃(잃다, 失)- + -Ø(과시)- + -다(평종)

14) 거츠나: 거츠(← 거츨다: 허망하다, 망령되다, 荒)- + -나(연어, 대조)

15) ᄇᆞ리면: ᄇᆞ리(버리다, 捨)- + -면(연어, 조건)

16) 일우고: 일우(← 일다: 이루어지다, 成, 자동)- + -고(연어, 나열) ※ '일우고'는 '일고'를 오기한 형태이다.

17) ᄆᆞᆯᄀᆞ리라: ᄆᆞᆰ(맑다, 淨)- + -ᄋᆞ리(미시)- + -라(← -다: 평종)

18) 得다: 得[← 得ᄒᆞ다(득하다, 얻다): 得(득: 불어) + -ᄒᆞ(동접)-]- + -Ø(과시)- + -다(평종)

19) 뷔윤: 뷔(비다, 空)- + -Ø(과시)- + -우(대상)- + -ㄴ(관전)

20) 淨土: 정토. 청정한 국토라는 의미로, 보살로서 중생을 구제한다는 서약을 맺고 깨달음에 이른 불타가 사는 청정한 국토이다.

21) 닷가: 닸(닦다, 修)- + -아(연어)

22) 敎化ᄒᆞᆯᄊᆡ니라: 敎化ᄒᆞ[교화하다: 敎化(교화: 명사) + -ᄒᆞ(동접)-]- + -ㄹᄊᆡ(-므로: 연어, 이유) + -Ø(← -이-: 서조)- + -Ø(현시)- + -니(원칙)- + -라(← -다: 평종)

23) 조ᄎᆞ: 좇(좇다, 從)- + -Ø(과시)- + -ᄋᆞᆫ(관전)

24) ᄯᅡ해: ᄯᅡㅎ(땅, 자리, 處) + -애(-에: 부조, 위치)

25) 읻: 이(← 일다: 이루어지다, 成)- + -Ø(과시)- + -ㄴ(관전)

[31 뒤]

체 빈 고ᄃᆞᆯ 니ᄅᆞ시니 變변티 아니ᄒᆞᆯᄊᆡ 萬먼法법이 眞진如영ᅵ오 緣원을 조ᄎᆞᆯᄊᆡ 眞진如영ᅵ 萬먼法법이니 이런 ᄃᆞᆳ 마리 다 眞진俗쏙體톙 ᄒᆞ가지론 고ᄃᆞᆯ 니ᄅᆞ니라 ○ 境경과 智딩왜 ᄒᆞ가진가 다ᄅᆞ니여 對됭答답호ᄃᆡ 智딩體톙 둘 아니며 境경도 둘 아니니 智딩 둘 아뇨ᄆᆞᆫ ᄒᆞ 智딩慧휑로ᄃᆡ 일후미 ᄣᅳ디 다ᄅᆞ니 眞진 아논 ᄭᅵ 일후미 眞진智딩오 俗쏙 아논 ᄭᅵ 일후미 俗쏙智딩라 境경 둘 아뇸ᄋᆞᆫ 色ᄉᆡᆨ이 곧 이 空콩이니 眞진境경이오 空콩이 곧 이 色ᄉᆡᆨ이니 俗쏙境경이라 이럴ᄊᆡ 眞진을 證징혼 時씽節졇에 반ᄃᆞ기 俗쏙을

곳에 體(체)가 빈 것을 이르시니, 變(변)하지 아니하므로 萬法(만법)이 眞如(진여)이요, 緣(연)을 좇으므로 眞如(진여)가 萬法(만법)이니, 이러한 따위의 말이 다 眞俗體(진속체)가 한 가지인 것을 일렀니라. ○ 境(경)과 智(지)가 한가지이냐 다른 것이냐? 對答(대답)하되, 智體(지체)가 둘이 아니며 境(경)도 둘이 아니니, 智(지)가 둘 아닌 것은 한 智慧(지혜)이되 뜻을 씀이 다르니, 眞(진)을 아는 것이 이름이 眞智(진지)이요 俗(속)을 아는 것이 이름이 俗智(속지)이다. 境(경)이 둘이 아님은 色(색)이 곧 이 空(공)이니 眞境(진경)이요, 空(공)이 곧 이 色(색)이니 俗境(속경)이다. 이러므로 眞(진)을 證(증)한 時節(시절)에 반드시 俗(속)을

싸해 體톙 뷔윤[26] 주를[27] 니르시니 變변티 아니홀씨 萬먼法법[28]이 眞진如셩ㅣ오 緣원을 조출씨 眞진如셩ㅣ 萬먼法법이니 이 트렛[29] 마리 다 眞진俗쏙體톙 흔 가진[30] 고들 니르니라[31]

○ 境[32]경과 智딩왜 흔가지가[33] 다르니여[34] 對됭答답호딕 智딩體톙 둘 아니며 境경도 둘 아니니 智딩 둘 아니로문[35] 흔 智딩慧쮕로딕[36] 뜬 뿌미[37] 다르니 眞진 아논[38] 싸히[39] 일후미 眞진智딩[40]오 俗쏙 아논 싸히 일후미 俗쏙智딩[41]라 境경 둘 아니로문 色식이 곧 이 空콩이니 眞진境경이오 空콩이 곧 이 色식이니 俗쏙境경이라 이럴씨[42] 眞진을 證징흔[43] 時씽節졇에 반드기[44] 俗쏙을

---

26) 뷔윤: 뷔(비다, 空)- + -Ø(과시)- + -ㄴ(관전)

27) 주를: 줄(것, 者: 의명) + -을(목조)

28) 萬法: 만법. 우주에 있는 유형, 무형의 모든 사물이다(= 諸法, 제법)

29) 트렛: 틀(틀, 따위, 종류, 유형) + -에(부조, 위치) + -ㅅ(-의: 관조)

30) 가진: 가지(가지, 類: 의명) + -Ø(←-이-: 서조)- + -Ø(현시)- + -ㄴ(관전)

31) 니르니라: 니르(이르다, 曰)- + -Ø(과시)- + -니(원칙)- + -라(←-다: 평종)

32) 境: 경. 산스크리트어의 viṣaya이다. 대상, 인식의 대상, 경지 등의 뜻으로 쓰인다.

33) 흔가지가: 흔가지[한가지, 同類: 흔(한, 一: 관사, 양수) + 가지(가지, 類: 의명)] + -가(-인가: 보조사, 의문)

34) 다르니여: 다르(다르다, 異)- + -Ø(현시)- + -ㄴ(관전) + # 이(이, 것, 者: 의명) + -Ø(←-이-: 서조)- + -여(←-아←-가: -냐, 의종, 판정)

35) 아니로문: 아니(아니다, 非: 형사)- + -롬(←-옴: 명전) + -운(보조사, 주제)

36) 智慧로딕: 智慧(지혜) + -Ø(←-이-: 서조)- + -로딕(←-오딕: -되, 연어, 설명 계속)

37) 뿌미: ㅄ(← 쓰다: 쓰다, 用)- + -움(명전) + -이(주조)

38) 아논: 아(← 알다: 알다, 知)- + -ㄴ(←-ᄂᆞ-: 현시)- + -오(대상)- + -ㄴ(관전)

39) 싸히: 싸ᄒᆞ(것, 데, 곳, 處) + -이(주조) ※ '싸ᄒᆞ'은 원래는 '地'의 뜻으로 쓰였으나, 여기서는 의존 명사인 '것'으로 의역하여 옮긴다.

40) 眞智: 진지. 참된 지식이다.

41) 俗智: 속지. 세상 일에 관한 지식이다.

42) 이럴씨: 이러[← 이러ᄒᆞ다: 이러(불어)- + -ᄒᆞ(형접)-]- + -ㄹ씨(-므로: 연어, 이유)

43) 證흔: 證ᄒᆞ[증하다, 깨닫다: 證(증: 불어) + -ᄒᆞ(동접)-]- + -Ø(현시)- + -ㄴ(관전)

44) 반드기: [반드시, 必(부사): 반독(반듯: 불어) + -이(부접)]

뭇알며 俗쏙올ᄉᆞ 뭇안 時씽節졇에 반
ᄃᆞ기 真진을 證징ᄒᆞ야 俗쏙이 性셩 업
스돌ᄉᆞ 뭇알면 곧 이 真진空콩이어
어듸ᄡᅥ 앒뒤히 이시리오 ᄒᆞ물며
밧긧 境경이 업거니 境경 밧긧 ᄆᆞᅀᆞᆷ
이 시리여 ᄆᆞᅀᆞᆷ과 境경괘 ᄒᆞᆫ디 노가ᄒᆞ
외ᄂᆞ니라 】 이 觀관ᄋᆞᆯ 지은 사ᄅᆞᆷ 다ᄅᆞᆫ
法법界갱ᄂᆞᆫ
누예 諸졍佛뿛ㅅ 알ᄑᆡ 나ᅀᅡ 無뭉生싱
忍ᅀᅵᆫ을 得득ᄒᆞ리니 이럴ᄊᆡ 智딩慧휑
잇ᄂᆞᆫ 사ᄅᆞᄆᆞᆫ ᄆᆞᅀᆞᆷ로 고ᄃᆞ기 無뭉量량

꿰뚫어 알며 俗(속)을 꿰뚫어 안 時節(시절)에 반드시 眞(진)을 證(증)하여, 俗(속)이 性(성)이 없는 것을 꿰뚫어 알면 곧 이것이 眞空(진공)이니, 어찌 앞뒤가 있으리오? 하물며 마음의 밖에 境(경)이 없으니, 境(경)의 밖에 있는 마음이 (어찌) 있으리오? 마음과 境(경)이 한데 녹아 한 法界(법계)가 되느니라. 】 이 觀(관)을 지은 사람은 다른 세상에 諸佛(제불)의 앞에 나아가 無生忍(무생인)을 得(득)하리니, 이러므로 智慧(지혜)가 있는 사람은 마음으로 반드시

ᄉᄆᆞᆺ 알며 俗쏙을 ᄉᄆᆞᆺ 안 時씽節졇에 반ᄃᆞ기 眞진을 證징ᄒᆞ야⁴⁵⁾ 俗쏙이 性셩 업
슨 ᄃᆞᆯ ᄉᄆᆞᆺ 알면 곧 이⁴⁶⁾ 眞진空콩이어니⁴⁷⁾ 어듸쎤⁴⁸⁾ 앒뒤히⁴⁹⁾ 이시리오⁵⁰⁾ ᄒᆞ믈
며⁵¹⁾ ᄆᆞ슴 밧긔⁵²⁾ 境겅이 업거니⁵³⁾ 境겅 밧긧 ᄆᆞ슴미 이시리여⁵⁴⁾ ᄆᆞ슴과 境겅괘
ᄒᆞᆫ듸⁵⁵⁾ 노가 ᄒᆞᆫ 法법界갱⁵⁶⁾ ᄃᆞ외ᄂᆞ니라⁵⁷⁾ 】 이 觀관 지슨⁵⁸⁾ 사ᄅᆞᆷ 다ᄅᆞᆫ
뉘예⁵⁹⁾ 諸졍佛뿛ㅅ 알픠⁶⁰⁾ 나아 無뭉生ᄉᆡᆼ忍ᅀᅵᆫ⁶¹⁾을 得득ᄒᆞ리니 이럴ᄊᆡ
智딩慧ᅘᆑᆼ 잇ᄂᆞᆫ 사ᄅᆞᆷ 모ᅀᆞ믈⁶²⁾ 고ᄌᆞ기⁶³⁾

---

45) 證ᄒᆞ야: 證ᄒᆞ[증하다, 깨닫다: 證(증: 불어) + -ᄒᆞ(동접)-]- + -야(←-아: 연어)

46) 이: 이(이것, 此: 지대, 정칭) + -∅(←-이: 주조)

47) 眞空이어니: 眞空(진공) + -이(서조)- + -어(←-거-: 확인)- + -니(연어, 설명 계속)

48) 어듸쎤: [어찌, 何(부사): 어듸(어디, 何: 부사) + -쎤(강접)] ※ '어듸쎤'은 '어듸'의 강조 형태
이다.

49) 앒뒤히: 앒뒤[앞뒤, 前後: 앒(← 앞: 앞, 前) + 뒤ㅎ(뒤, 後)] + -이(주조)

50) 이시리오: 이시(있다, 有)- + -리(미시)- + -오(←-고: 의종, 설명)

51) ᄒᆞ믈며: 하물며, 況(부사)

52) 밧긔: 밖(밖, 外) + -의(-에: 부조, 위치)

53) 업거니: 업(← 없다: 없다, 無)- + -거(확인)- + -니(연어, 설명 계속)

54) 이시리여: 이시(있다, 有)- + -리(미시)- + -여(-냐: 의종, 판정)

55) ᄒᆞᆫ듸: [한데, 한 곳, 同處: ᄒᆞᆫ(한, 一: 관사, 양수) + 듸(데, 處: 의명)]

56) 法界: 法界(법계) + -∅(←-이: 보조)

57) ᄃᆞ외ᄂᆞ니라: ᄃᆞ외(되다, 爲)- + -ᄂᆞ(현시)- + -니(원칙)- + -라(←-다: 평종)

58) 지슨: 짓(짓다, ㅅ불: 짓다, 作)- + -∅(과시)- + -은(관전)

59) 뉘예: 뉘(세상, 世) + -예(←-에: 부조, 위치)

60) 알픠: 앒(앞, 前) + -의(-에: 부조, 위치)

61) 無生忍: 무생인. 오인(五忍)의 하나이다. 나지도 없어지지도 않는 진정(眞正)한 진리(眞理)의
세계(世界)를 깨달아 거기에 안주하여 움직이지 않는 지위(地位)이다.

62) ᄆᆞ슴믈: ᄆᆞ슴(마음, 心) + -을(-으로: 목조, 보조사적 용법, 의미상 부사격)

63) 고ᄌᆞ기: [반드시, 應當(부사): 고ᄌᆞ(불어) + -∅(←-ᄒᆞ-: 형접)- + -이(부접)]

無量壽佛(무량수불)을 골똘히 볼 것이니, 無量壽佛(무량수불)을 보는 사람
은 한 가지 相好(상호)로부터 들어가서, 오직 眉間(미간)의 白毫(백호)를
보되 가장 밝게 할 것이니, 眉間(미간)의 白毫(백호)를 보면 八萬四千(팔
만사천)의 相好(상호)가 自然(자연)히 現(현)하시겠으니, 無量壽佛(무량수
불)을 본

無_뭉量_량壽_쓩佛_뿛을 ᄉ외⁶⁴⁾ 보ᅀᆞᆲ⁶⁵⁾ 디니⁶⁶⁾ 無_뭉量_량壽_쓩佛_뿛을 보습

ᄂᆞᆫ 사ᄅᆞ몬 ᄒᆞᆫ 相_샹好_{ᅘᅩᇢ}ᄅᆞᆯ브터⁶⁷⁾ 드러⁶⁸⁾ 오직 眉_밍間_간⁶⁹⁾ 白_{ᄈᆡᆨ}毫_{ᅘᅩᇢ}⁷⁰⁾

ᄅᆞᆯ 보ᅀᆞᄫᅩᄃᆡ ᄀᆞ장 ᄇᆞᆰ게 ᄒᆞ리니⁷¹⁾ 眉_밍間_간 白_{ᄈᆡᆨ}毫_{ᅘᅩᇢ}ᄅᆞᆯ 보ᅀᆞᄫᆞ면

八_{바ᇙ}萬_먼四_{ᄉᆞᆼ}千_쳔 相_샹好_{ᅘᅩᇢ}ㅣ 自_{ᄍᆞᆼ}然_{ᅀᅧᆫ}히⁷²⁾ 現_{ᅘᅧᆫ}ᄒᆞ시리니 無_뭉量_량壽_쓩

佛_뿛 보ᅀᆞᄫᆞᆫ

---

64) ᄉ외: 골똘히, 깊이, 단단히, 諦(부사)

65) 보ᅀᆞᆲ: 보(보다, 觀)-+-ᅀᆞ(←-ᅀᆞᆸ-: 객높)-+-오(대상)-+-ᇙ(관전)

66) 디니: ᄃ(←ᄃᆞ: 것, 者, 의명)+-이(서조)-+-니(연어, 설명 계속)

67) 相好ᄅᆞᆯ브터: 相好(상호)+-ᄅᆞᆯ(-로: 목조, 보조사적 용법, 의미상 부사격)+-브터(-부터: 보조사, 비롯함) ※ '相好(상호)'는 부처의 몸에 갖추어진 훌륭한 용모와 형상이다. 부처의 화신에는 뚜렷해서 보기 쉬운 32가지의 상과 미세해서 보기 어려운 80가지의 호가 있다. ※ '相好ᄅᆞᆯ브터'는 '相好로부터'로 의역하여 옮긴다.

68) 드러: 들(들다, 入)-+-어(연어)

69) 眉間: 미간. 두 눈썹의 사이이다.

70) 白毫: 백호. 부처의 두 눈썹 사이에 있는 희고 빛나는 가는 터럭이다. 이 광명이 무량세계를 비춘다.

71) ᄒᆞ리니: ᄒᆞ(←-ᄒᆞ-: 보용, 사동)-+-오(대상)-+-ㄹ(관전) # 이(것, 者: 의명)+-Ø(←-이-: 서조)-+-니(연어, 설명 계속)

72) 自然히: [자연히(부사): 自然(자연: 명사)+-ᄒᆞ(←-ᄒᆞ-: 형접)-+-이(부접)]

사람은 十方(시방)의 無量(무량) 諸佛(제불)을 본 것이니, 無量(무량) 諸佛
(제불)을 본 까닭으로 諸佛(제불)이 앞에 現(현)하시어 授記(수기)하시겠으
니, 이것이 '徧觀(편관) 一切(일체) 色身相(색신상)'이니 이름이 第九觀(제
구관)이다. 【 徧觀(편관)은 다 보는 것이다. 】 이것이 正觀(정관)이요 다른
것은 邪觀(사관)이다."

사르믄 十_씹方_방 無_뭉量_량 諸_졍佛_뿛을 보슨븐 디니⁷³⁾ 無_뭉量_량 諸_졍佛_뿛을 보슨본⁷⁴⁾ 젼츠로⁷⁵⁾ 諸_졍佛_뿛이 알픠⁷⁶⁾ 現_현ᄒ샤 授_쓯記_긩ᄒ시리니⁷⁷⁾ 이⁷⁸⁾ 徧_변觀_관 一_힗切_쳉 色_식身_신相_샹이니⁸⁰⁾ 일후미 第_똉九_굴觀_관이라【徧_변觀_관은 다 볼 씨라】이 正_졍觀_관이오 다르니ᄂ⁸¹⁾ 邪_썅觀_관이라

---

73) 디니: ᄃ(← ᄃ: 것, 者) + -이(서조)- + -니(연어, 설명 계속)

74) 보슨본: 보(보다, 見)- + -ᅀᆞ(← -ᅀᆞᆸ-: 객높)- + -Ø(과시)- + -오(대상)- + -ㄴ(관전)

75) 젼츠로: 젼ᄎ(까닭, 故) + -로(부조, 방편)

76) 알픠: 앒(앞, 前) + -의(-에: 부조, 위치)

77) 授記ᄒ시리니: 授記ᄒ[수기하다: 授記(수기: 명사) + -ᄒ(동접)-]- + -시(주높)- + -리(미시)- + -니(연어, 설명 계속) ※ '授記(수기)'는 부처가 수행자에게 미래의 증과(證果, 깨달음)에 대하여 미리 지시하는 예언과 약속이다. 주로 미래의 성불(成佛)을 증언하는 것을 의미한다. 특히 과거세에서 석가모니의 전신인 선혜보살이 수행 중에 연등불(燃燈佛)에게서 "다음 세상에서 여래(如來)가 되리라." 하는 수기를 받은 이야기와, 미륵(彌勒)이 석가에게서 수기를 받은 이야기가 원시 불교 경전에도 나온다.

78) 이: 이(이것, 是: 지대, 정칭) + -Ø(← -이: 주조)

79) 徧觀: 편관. 두루 다 보는 것이다.

80) 色身相: 색신상. 『불설관무량수경』에 제시된 십육관법(十六觀法)의 제9관(第九觀)이다.(=眞身觀) 진정한 부처님의 몸을 관상(觀想)하는 것, 곧 아미타불(阿彌陁佛)의 상호(相好)와 광명(光明)을 관상(觀相)하는 것이다.

81) 다르니ᄂ: 다른[다른, 他(관사): 다르(다르다, 異: 형사)- + -ㄴ(관전▷관접)] # 이(이, 것, 者: 의명) + -ᄂ(보조사, 주제)

○ 부처가 阿難(아난)이와 韋提希(위제희)더러 이르시되, 無量壽佛(무량수불)을 分明(분명)히 보고, 다음으로는 觀世音菩薩(관세음보살)을 볼 것이니, 이 菩薩(보살)의 키가 八十萬億(팔십만억) 那由他(나유타)의 由旬(유순)이요, 몸이 紫金色(자금색)이요 머리에 肉髻(육계)가 있고【髻(계)는 튼 머리이니

부톄 阿_항難_난이와⁸²⁾ 韋_윙提_똉希_횡ᄃ려⁸³⁾ 니ᄅ샤디⁸⁴⁾ 無_뭉量_량壽_쓩佛_뿛

을 分_분明_명히⁸⁵⁾ 보ᅀᆞᆸ고 버거는⁸⁶⁾ 觀_관世_솅音_흠菩_뽕薩_삻⁸⁷⁾을 볼 ᄯ

니⁸⁸⁾ 이 菩_뽕薩_삻ㅅ 킈⁸⁹⁾ 八_밣十_씹萬_먼億_흑 那_낭由_율他_탕⁹⁰⁾ 由_율旬_쓘⁹¹⁾

이오 모미 紫_{ᄌᆞᆼ}金_금色_{ᄉᆡᆨ}이오⁹²⁾ 머리예 肉_{ᅀᅲᆨ}髻_곙⁹³⁾ 잇고【髻_곙는 ᄽᅩᆫ⁹⁴⁾

머리니

---

82) 阿難이와: 阿難이[아난이: 阿難(아난: 인명) + -이(명접, 어조 고름)] + -와(접조)

83) 韋提希ᄃ려: 韋提希(위제희: 인명) + -ᄃ려(-더러, -에게: 부조, 상대)

84) 니ᄅ샤디: 니ᄅ(이르다, 告)- + -샤(←-시-: 주높)- + -디(←-오디: 연어, 설명 계속)

85) 分明히: [분명히(부사): 分明(분명: 명사) + -ㅎ(←-ᄒᆞ-: 형접)- + -이(부접)]

86) 버거는: 버거[다음으로, 次(부사): 벅(버금가다, 다음가다: 동사)- + -어(연어 ▷부접)] + -는(보조사, 주제)

87) 觀世音菩薩: 관세음보살. 아미타불의 왼편에서 교화를 돕는 보살이다. 사보살(四菩薩)의 하나이다. 세상의 소리를 들어 알 수 있는 보살이므로 중생이 고통 가운데 열심히 이 이름을 외면 도움을 받게 된다. ※ '四菩薩(사보살)'은 태장계(胎藏界) 만다라(曼陀羅)에서 대일여래(大日如來)를 둘러싼 네 보살이다. 보현보살(普賢菩薩), 문수보살(文殊菩薩), 관세음보살(觀世音菩薩), 미륵보살(彌勒菩薩)이 있다.

88) ᄯᅵ니: ᄯ(←ᄃᆞ: 것, 者, 의명) + -이(서조)- + -니(연어, 설명 계속)

89) 킈: [키, 身長: 크(크다, 長: 형사)- + -의(명접)] + -Ø(←-이: 주조)

90) 那由他: 나유타. 아승기(阿僧祇)의 만 배가 되는 수. 또는 그런 수의. 즉, 10^{60}을 이른다.

91) 由旬: 유순. 고대 인도의 이수(里數) 단위이다. 소달구지가 하루에 갈 수 있는 거리로서 80리인 대유순, 60리인 중유순, 40리인 소유순의 세 가지가 있다.

92) 紫金色이오: 紫金色(자금색) + -이(서조)- + -오(←-고: 연어, 나열) ※ '紫金色(자금색)'은 자줏빛 금의 색깔이다.

93) 肉髻: 肉髻(육계) + -Ø(←-이: 주조) ※ '肉髻(육계)'는 부처의 정수리에 있는 뼈가 솟아 저절로 상투 모양이 된 것이다.(= 無見頂相, 무견정상)

94) ᄽᅩᆫ: ᄡᅩ(←ᄡᅳ다: 짜다, 틀다, 髻)- + -Ø(과시)- + -오(대상)- + -ㄴ(관전) ※ 'ᄽᅩᆫ 머리'는 상투처럼 한데 틀어서 묶은 머리이다.

부처의 정수리의 뼈가 높으시어 묶어올린 머리와 같으시므로 '肉髻(육계)이시
다.' 하나니, 肉(육)은 살이다. 】, 목에 圓光(원광)이 있되 (원광의) 面(면)마
다 各各(각각) 百千(백천) 由旬(유순)이요, 그 圓光(원광) 中(중)에 釋迦牟
尼(석가모니)와 같은 五百(오백) 化佛(화불)이 있고, 化佛(화불)마다 五百
(오백) 化菩薩(화보살)과 無量(무량)한 諸天(제천)을 데리고 있고, 전체의

부텻 뎡바깃⁹⁵⁾ 쎼⁹⁶⁾ 노프샤⁹⁷⁾ 뽄 머리⁹⁸⁾ マ튼실씨⁹⁹⁾ 肉_슉髻_곙시다¹⁰⁰⁾ ᄒᄂ니 肉_슉은 슬히라¹⁾ 】 모기²⁾ 圓_윈光_광³⁾이 이쇼ᄃᆡ⁴⁾ 面_면마다 各_각各_각 百_빅千_쳔 由_율旬_쓘이오 그 圓_윈光_광 中_듕에 釋_셕迦_강牟_뭏尼_닝⁵⁾ マ튼 五_옹百_빅 化_황佛_뿛⁶⁾이 잇고 化_황佛_뿛마다 五_옹百_빅 化_황菩_뽕薩_삻⁷⁾와 無_뭉量_량 諸_졍天_텬을 드려⁸⁾ 잇고 대도ᄒᆞᆫ⁹⁾

---

95) 뎡바깃: 뎡바기[정수리, 頂: 뎡(정, 頂: 불어) + -바기(접미)] + -ㅅ(-의: 관조)

96) 쎼: 쎠(뼈, 骨) + -ㅣ(←-이: 주조)

97) 노프샤: 높(높다, 高)- + -ᄋ샤(←-ᄋ시-: 주높)- + -Ø(←-아: 연어)

98) 머리: 머리(머리, 두발, 頭髮) + -Ø(←-이: 부조, 비교)

99) マ튼실씨: 곹(← 곹ᄒ다: 같다, 如)- + -ᄋ시(주높)- + -ㄹ씨(-므로: 연어, 설명 계속)

100) 肉髻시다: 肉髻(육계) + -Ø(←-이-: 서조)- + -시(주높)- + -Ø(현시)- + -다(평종)

1) 슬히라: 슬ᄒ(살, 肉) + -이(서조)- + -Ø(현시)- + -라(←-다: 평종)

2) 모기: 목(목, 項) + -의(-에: 부조, 위치)

3) 圓光: 원광. 불보살의 몸 뒤로부터 내비치는 빛이다.(= 後光, 후광)

4) 이쇼ᄃᆡ: 이시(있다, 有)- + -오ᄃᆡ(-되: 연어, 설명 계속)

5) 釋迦牟尼: 釋迦牟尼(석가모니) + -Ø(←-이: -와, 부조, 비교)

6) 化佛: 화불. 부처가 중생을 교화하기 위하여 여러 모습으로 변화하는 일이나 그렇게 변화한 모습이다.(= 化身, 화신)

7) 化菩薩: 화보살. 중생을 제도하기 위하여 모습을 바꾸어 나타나는 보살이다.

8) 드려: 드리(데리다, 有)- + -어(연어)

9) 대도ᄒᆞᆫ: 대도ᄒᆞ[통틀다, 悉: 대도(凡: 불어) + -ᄒᆞ(동접)-]- + -Ø(과시)- + -ㄴ(관전) ※ '대도ᄒᆞᆫ'은 '전체의'로 의역하여 옮긴다.

身光(신광) 中(중)에【身光(신광)은 몸의 光明(광명)이다. 】 五道(오도) 衆
生(중생)의 一切(일체)의 色相(색상)이 다 現(현)하고, 머리 위에 毗楞伽
摩尼寶(비릉가마니보)로 天冠(천관)을 만드니【天冠(천관)은 하늘의 冠(관)
이다. 】, 天官(천관) 中(중)에 서 계신 化佛(화불) 하나가 계시되, 높이가
스물다섯 由旬(유순)이요,

身_신光_광¹⁰⁾ 中_듕에【身_신光_광은 몺 光_광明_명이라】 五_옹道_똘¹¹⁾ 衆_즁生_싱이

一_잃切_쳉 色_식相_샹¹²⁾이 다 現_현ᄒ고 머리 우희¹³⁾ 毗_뼁楞_릉伽_깡摩_망尼_닝

寶_봏¹⁴⁾로 天_텬冠_관¹⁵⁾을 밍ᄀ니¹⁶⁾【天_텬冠_관은 하ᄂᆞᆯ 冠_관이라】 天_텬冠_관

中_듕에 셔 겨신 化_황佛_뿛 ᄒ나히¹⁷⁾ 겨샤ᄃᆡ 노ᄑᆡ¹⁸⁾ 스믈다숫 由_율旬_쓘이오

---

10) 身光: 신광. 몸에서 나는 광명이다.

11) 五道: 오도. 중생이 선악의 업보(業報)에 따라 가게 되는 다섯 곳이다. '지옥도(地獄道), 아귀도 (餓鬼道), 축생도(畜生道), 인간(人間), 천상(天上)'이다. '오취(五趣)' 혹은 '오고(五苦)'이라고도 한다.

12) 色相: 색상. 육안으로 볼 수 있는 모든 물질의 형상이다.

13) 우희: 우ㅎ(위, 上) + -의(-에: 부조, 위치)

14) 毗楞伽摩尼寶: 비룽가마니보. 천상에 있으면서 여러 곳을 널리 비추는 보배 구슬이다

15) 天冠: 천관. 구슬과 옥 따위로 꾸미어 만든, 부처가 쓰는 관이다.

16) 밍ᄀ니: 밍ᄀ(← 밍글다: 만들다, 作)- + -니(연어, 설명 계속)

17) ᄒ나히: ᄒ나ㅎ(하나, 一: 수사, 양수) + -이(주조)

18) 노ᄑᆡ: 노ᄑᆡ[높이, 高: 높(높다, 高: 형사)- + -ᄋᆡ(명접)] + -∅(← -이: 주조)

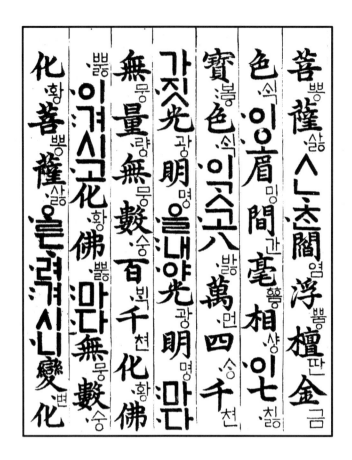

觀世音菩薩(관세음보살)의 낯은 閻浮檀金(염부단금)의 色(색)이요, 眉間(미간)의 毫相(호상)이 七寶(칠보)의 色(색)이 갖추어져 있고, 八萬四千(팔만사천) 가지의 光明(광명)을 내어, 光明(광명)마다 無量無數(무량무수)한 百千(백천)의 化佛(화불)이 계시고, 化佛(화불)마다 無數(무수)한 化菩薩(화보살)을 데려 계시니, 變化(변화)를

觀관世솅音흠菩뽕薩삻ㅅ ᄂᆞ춘[19] 閻염浮뿔檀딴金금[20] 色식이오 眉밍間간
毫쁗相샹[21]이 七칧寶볼 色식[22]이 ᄀᆞ잩고[23] 八밣萬먼四ᄉᆞᆼ千천 가짓 光광明
명을 내야 光광明명마다 無뭉量량無뭉數숭[24] 百빅千쳔 化황佛뿛이 겨시
고 化황佛뿛마다 無뭉數숭 化황菩뽕薩삻을 ᄃᆞ려 겨시니 變변化황

---

19) ᄂᆞ춘: ᄂᆞᆾ(낯, 面) + -ᄋᆞᆫ(보조사, 주제)

20) 閻浮檀金: 염부단금. 자주빛이 나는 황금이다. 이는 자마황금(紫磨黃金), 또는 염부(閻浮)나무 밑으로 흐르는 강물 속에서 나는 사금(砂金)이라 하여 염부단금(閻浮檀金)이라기도 한다. 바사 닉왕(波斯匿王)은 이 자마금으로 여래(如來)의 상(像)을 만들었다고 한다.

21) 毫相: 호상. 백호(白毫)의 모습이다.

22) 七寶色이: 七寶色(칠보색) + -이(주조) ※ '七寶(칠보)'는 일곱 가지 주요 보배이다. 『無量壽經』 (무량수경)에서는 금·은·유리·파리·마노·거거·산호를 이르며, 『法華經』(법화경)에서는 금·은· 마노·유리·거거·진주·매괴를 이른다.

23) ᄀᆞ잩고: ᄀᆞᆮ(← ᄀᆞᆽ다: 갖추어져 있다, 備) + -고(연어, 나열)

24) 無量無數: 무량무수. 그 양이나 수가 헤아릴 수 없을 만큼 큰 것이다.

보이는 것이 自在(자재)하여 十方世界(시방세계)에 가득하니라. 팔은 紅蓮
花(홍련화)의 色(색)이요, 八十億(팔십억) 光明(광명)으로 瓔珞(영락)을 하
며, 그 瓔珞(영락) 中(중)에 一切(일체)의 莊嚴(장엄)하는 일이 다 現(현)하
며, 손바닥이 五百億(오백억)의 雜蓮花(잡연화) 色(색)이요, 손가락 끝마다

뵈요미[25] 自쭝在찡ᄒ야 十씹方방世솅界갱예[27] ᄀ독ᄒ니라[28] ᄇᆞᆯ흔[29]

紅ᅘᅮᆼ蓮련花황[30] 色ᄉᆡᆨ이오 八밣十씹億흑 光광明명으로 瓔ᅘᅧᆼ珞락[31]을 ᄒ며

그 瓔ᅘᅧᆼ珞락 中듕에 一ᅙᅵᆶ切쳉 莊장嚴엄엣[32] 이리 다 現ᅘᅥᆫᄒ며 솑바

다이[33] 五옹百ᄇᆡᆨ億흑 雜짭蓮련花황 色ᄉᆡᆨ이오 솑가락[34] 귿마다[35]

---

25) 뵈요미: 뵈[보이다, 現: 보(보다, 見: 타동)- + -ㅣ(← -이-: 사접)-]- + -욤(← -옴: 명전) + -이(주조)

26) 自在: 자재. 속박이나 장애가 없이 마음대로 하는 것이다.

27) 十方世界예: 十方世界(시방세계) + -예(← -에: 부조, 위치) ※ '十方世界(시방세계)'는 불교에서 전세계를 가리키는 공간의 구분 개념이다. 사방(四方: 동·서·남·북), 사유(四維: 북서·남서·남동·북동)와 상·하의 열 방향을 나타낸다. 시간의 구분인 삼세(三世: 과거·현재·미래)까지를 통칭하여 전우주를 가리키기도 한다. 대승불교에서는 시방에 무수한 세계가 있으며, 그 안에는 수많은 부처가 두루 존재(通在)한다고 말한다. 그러므로 시방삼세제불(十方三世諸佛)이라고 하면 전(全)시공간 속에 편재(遍在)하는 부처를 말한다.

28) ᄀ독ᄒ니라: ᄀ독ᄒ[가득하다, 滿: ᄀ독(가득, 滿: 부사) + -ᄒ(형접)-]- + -Ø(현시)- + -니(원칙)- + -라(← -다: 평종)

29) ᄇᆞᆯ흔: ᄇᆞᆯᄒ(팔, 臂) + -은(보조사, 주제)

30) 紅蓮花: 홍련화. 붉은 빛깔의 연꽃이다.

31) 瓔珞: 영락. 구슬을 꿰어 몸에 달아 장엄하는 기구를 말한다. 인도의 귀인들은 남녀가 모두 영락을 두르며, 보살도 영락으로 장식하거나 단장한다. 후세에는 불상이나 불상을 모시는 궁전을 장엄할 때에 꽃모양으로 만든 금속장식이나 주옥을 섞어 쓰는 것을 영락이라 하게 되었다.

32) 莊嚴엣: 莊嚴(장엄) + -에(부조, 위치) + -ㅅ(-의: 관조) ※ '莊嚴(장엄)'은 좋고 아름다운 것으로 꾸미고 훌륭한 공덕을 쌓아 몸을 장식하고, 향이나 꽃 따위를 부처에게 올려 장식하는 일이다. '莊嚴엣'은 '장엄(莊嚴)하는'으로 의역하여 옮긴다.

33) 솑바다이: 솑바당[손바닥, 手掌: 손(손, 手) + -ㅅ(관조, 사잇) + 바당(바닥, 面)] + -이(주조)

34) 솑가락: [손가락, 指: 손(손, 手) + -ㅅ(관조, 사잇) + 가락(가락)]

35) 귿마다: 귿(← 귿: 끝, 端) + -마다(보조사, 각자)

八萬四千(팔만사천)의 금이요, 금마다 八萬四千(팔만사천)의 빛이요, 빛마다 八萬四千(팔만사천)의 光(광)이니, 그 光(광)이 보드라워 一切(일체)를 널리 비추나니, 이 보배의 손으로 衆生(중생)을 接引(접인)하며【接引(접인)은 잡아서 끄는 것이다.】, 발을 들 적에 발 아래의 千輻輪相(천복륜상)이 自然(자연)히

八밇萬먼四ᇢ千천 그미오[36] 금마다 八밇萬먼四ᇢ千천 비치오[37] 빗마다[38]

八밇萬먼四ᇢ千천 光광이니 그 光광이 보ᄃ라바[39] 一힗切촁를 너비[40]

비취ᄂ니[41] 이[42] 보비옛[43] 소ᄂ로 衆즁生ᅀᅵᆼ 接졉引인ᄒ며[44]【接졉引인

ᄋᆫ 자바 혈[45] 씨라 】 바ᄅᆞᆯ[46] 듫[47] 저긔 발 아랫 千천輻복輪륜相샹[48]이

自쫑然션히

---

36) 그미오: 금(금, 畵) + -이(서조)- + -오(←-고: 연어, 나열) ※ '금'은 도장을 찍은 형적과 같은
  것이다.(= 印文, 인문)

37) 비치오: 빛(빛, 色) + -이(서조)- + -오(←-고: 연어, 나열)

38) 빗마다: 빗(← 빛: 빛, 色) + -마다(보조사, 각자)

39) 보ᄃ라바: 보ᄃ랍(← 보ᄃ럽다, ㅂ불: 보드랍다, 柔軟)- + -아(연어)

40) 너비: [널리, 普(부사): 넙(넓다, 廣: 형사)- + -이(부접)]

41) 비취ᄂ니: 비취(비추다, 照)- + -ᄂ(현시)- + -니(연어, 설명 계속)

42) 이: 이, 此(관사, 지시, 정칭)

43) 보비옛: 보비(보배, 寶) + -예(←-에: 부조, 위치) + -ㅅ(-의: 관조) ※ '보비옛'은 '보배로 된'
  으로 의역하여 옮긴다.

44) 接引ᄒ며: 接引ᄒ[접인하다: 接引(접인: 명사) + -ᄒ(동접)-]- + -며(연어, 나열) ※ '接引(접
  인)'은 맞이하여 안내하는 것이다.

45) 혈: 혀(끌다, 끌다, 引)- + -ㄹ(관전)

46) 바ᄅᆞᆯ: 발(발, 足) + -ᄋᆞᆯ(목조)

47) 듫: 들(들다, 擧)- + -ㅭ(관전)

48) 千輻輪相: 천복륜상. 부처의 발바닥에 있는 천 개의 바큇살 모양의 인문(印文)이다. 모든 법을
  갖추고 있음을 나타낸다.

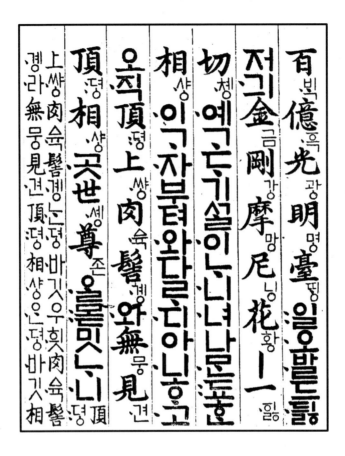

五百億(오백억) 光明臺(광명대)가 되고, 발을 디딜 적에 金剛摩尼花(금강마니화)가 一切(일체)에 가득히 깔리나니, 다른 좋은 相(상)이 갖추어져 있어 부처와 다르지 아니하고, 오직 頂上肉髻(정상육계)와 無見頂相(무견정상)만 世尊(세존)을 못 미치나니【頂上肉髻(정상육계)는 정수리의 위에 있는 肉髻(육계이다). 無見頂相(무견정상)을 정수리에 있는

五_옹百_빅億_흑 光_광明_명臺_띵⁴⁹⁾ 일오⁵⁰⁾ 발 드딇⁵¹⁾ 저긔 金_금剛_강摩_망尼_닝

花_황ㅣ 一_힗切_촁예 ᄀᆞᄃᆞ기⁵³⁾ 실이ᄂᆞ니⁵⁴⁾ 녀나ᄆᆞᆫ⁵⁵⁾ 됴ᄒᆞᆫ 相_샹이 ᄀᆞ

자⁵⁶⁾ 부텨와 다ᄅᆞ디 아니ᄒᆞ고 오직 頂_덩上_썅肉_슉髻_곙⁵⁷⁾와 無_뭉見_견頂

_덩相_샹곳⁵⁸⁾ 世_솅尊_존을 몯 밋ᄂᆞ니⁵⁹⁾ 【頂_덩上_썅肉_슉髻_곙ᄂᆞᆫ 뎡바깃⁶⁰⁾ 우흿⁶¹⁾

肉_슉髻_곙라 無_뭉見_견頂_덩相_샹은 뎡바깃

---

49) 光明臺: 光明臺(광명대) + -Ø(←-이: 주조) '光明臺(광명대)'는 대나무로 만든 등잔걸이이다.

50) 일오: 일(이루어지다, 成)- + -오(←-고: 연어, 나열) ※ '일오' 문맥을 감안하여 '되고'로 의역
하여 옮긴다.

51) 드딇: 드듸(디디다, 踏, 下足)- + -ᇙ(관전)

52) 金剛摩尼花: 금강마니화. ※ '金剛(금강)'은 '벌절라(伐折羅)'나 '발일라(跋日羅)' 등으로 음역하
고 번역하여 금강(金剛)이라 하는데, 이는 쇠 가운데 가장 강한 것이라는 뜻이다. '摩尼(마니)'
는 '주(珠)·보(寶)·여의(如意)'라 번역(飜譯)한다. 용왕(龍王)의 뇌 속에서 나왔다고 하는 보주
(寶珠)이다. 이것을 얻으면 소원(所願)이 뜻대로 이루어진다고 한다. 뜻이 바뀌어 주(珠)를 통
틀어 이르는 말로 쓰이기도 한다.

53) ᄀᆞᄃᆞ기[가득히, 滿(부사): ᄀᆞᄃᆞᆨ(가득, 滿: 부사) + -Ø(←-ᄒᆞ-: 형접)- + -이(부접)]

54) 실이ᄂᆞ니: 실이[깔리다, 布散: 실(깔다, 藉: 타동)- + -이(피접)-]- + -ᄂᆞ(현시)- + -니(연어, 설
명 계속)

55) 녀나ᄆᆞᆫ: [다른, 其餘(관사): 녀(←녀느: 다른 것, 他, 명사) + 남(남다, 餘: 동사)- + -ᄋᆞᆫ(관전▷
관접)]

56) ᄀᆞ자: ᄀᆞᆽ(갖추어져 있다, 具)- + -아(연어)

57) 頂上肉髻: 정상육계. 정수리 위의 육계(肉髻)이다. 육계는 부처의 정수리에 솟은 상투 모양의
살덩이이다.

58) 無見頂相곳: 無見頂相(무견정상) + -곳(-만: 보조사, 한정 강조) ※ '頂相(정상)'은 정수리의 모
습이다. '無見頂相(무견정상)'은 부처의 정수리에 있는 뼈가 솟아 저절로 상투 모양이 된 것이
다. 인간이나 천상에서 볼 수 없는 일이므로 이렇게 이른다. 부처의 팔십수형호의 하나이다.

59) 밋ᄂᆞ니: 밋(← 및다: 미치다, 及)- + -ᄂᆞ(현시)- + -니(연어, 설명 계속)

60) 뎡바깃: 뎡바기[정수리, 頂: 뎡(정, 頂: 불어) + -바기(-박이: 접미)] + -ㅅ(-의: 관조)

61) 우흿: 우ㅎ(위, 上) + -의(부조, 위치) + -ㅅ(-의: 관조) ※ '위흿'은 '위에 있는'으로 의역하여
옮긴다.

相(상)을 볼 이가 없는 것이다. 】 이것이 觀世音菩薩(관세음보살)의 眞實(진실)한 色身相(색신상)을 보는 것이니, (그) 이름이 第十觀(제십관)이다. 부처가 阿難(아난)이더러 이르시되, 觀世音菩薩(관세음보살)을 보고자 하는 사람은 이 觀(관)을 지을 것이니, 이 觀(관)을 지은 사람은 災禍(재화)들을 만나지 아니하여 業障(업장)을

相_샹을 보슨ᄫᅵ리⁶²⁾ 업슬 씨라】 이 觀_관世_솅音_{ᅙᅳᆷ}菩_뽕薩_삻ㅅ 眞_진實_씷 色_식身_신相_샹 보미니 일후미 第_똉十_씹觀_관이라⁶³⁾ 부톄 阿_{ᅙᅡᆼ}難_난이ᄃ려 니ᄅ샤ᄃᆡ 觀_관世_솅音_{ᅙᅳᆷ}菩_뽕薩_삻 보고져⁶⁴⁾ ᄒᆞᇙ 사ᄅᄆᆫ 이 觀_관을 지ᅀᅩᇙ⁶⁵⁾ 디니⁶⁶⁾ 이 觀_관을 지ᅀᅳᆫ 사ᄅᄆᆫ 災_징禍_{ᅘᅪᆼ}ᄃ를 ᄒᆞᆯ⁶⁷⁾ 맛나디⁶⁸⁾ 아니ᄒᆞ야 業_업障_쟝을⁶⁹⁾

---

62) 보슨ᄫᅵ리: 보(보다, 見)- + -ᅀᆞᇦ(←-ᅀᆞᆸ-: 객높)- + -을(관전) # 이(이, 人: 의명) + -∅(←-이: 주조)

63) 第十觀: 제십관. 『불설관무량수경』에 기술된 십륙관법(十六觀法)의 제10관(第十觀)이다.(= 觀音觀). 아미타불(阿彌陀佛)을 곁에서 석가모니 부처를 모시고 있는 관세음보살(觀世音菩薩)의 진실한 모습을 보는 것이다.

64) 보고져: 보(보다, 觀)- + -고져(-고자: 연어, 의도)

65) 지ᅀᅩᇙ: 짗(← 짓다, ㅅ불: 짓다, 作)- + -오(대상)- + -ㄹㆆ(관전)

66) 디니: ᄃ(← ᄃᆞ: 것, 者, 의명) + -이(서조)- + -니(연어, 설명 계속)

67) 災禍ᄃ를 ᄒᆞᆯ: 災禍ᄃ를ㅎ[재화들, 諸災禍: 災禍(재화) + -ᄃ를ㅎ(-들: 복접)] + -을(목조) ※ '災禍(재화)'는 재앙(災殃)과 화난(禍難)을 아울러 이르는 말이다.

68) 맛나디: 맛나[만나다, 遇: 맛(← 맞다: 맞이하다, 迎)- + 나(나다, 出)-]- + -디(-지: 연어, 부정)

69) 業障: 업장. 삼장(三障)의 하나이다. 말, 동작 또는 마음으로 지은 악업에 의한 장애를 이른다. ※ '삼장(三障)'은 불도를 수행하여 착한 마음이 생기도록 하는 데 장애가 되는 세 가지이다. 이에는 '번뇌장(煩惱障), 업장(業障), 보장(報障)'이 있다.

깨끗이 덜어 無數(무수)한 劫(겁)에 쌓인 죽살이의 罪(죄)를 덜겠으니, 이런 菩薩(보살)은 이름을 들어도 그지없는 福(복)을 얻겠으니, 하물며 (관세음보살을) 골똘히 보는 것이야! 觀世音菩薩(관세음보살)을 보고자 하는 사람은 먼저 頂上肉髻(정상육계)를 보고 다음으로 天冠(천관)을 보고 다른 相(상)을 次第(차제)로 보되

조히⁷⁰⁾ 더러⁷¹⁾ 無_뭉數_숭 劫_겁엣⁷²⁾ 죽사릿⁷³⁾ 罪_쬥를 덜리니 이런 菩_뽕薩_삻은 일후믈 드러도 그지업슨⁷⁴⁾ 福_복을 어드리어니⁷⁵⁾ ᄒᆞ물며⁷⁶⁾ ᄉᆞ외⁷⁷⁾ 보미ᄯᆞ녀⁷⁸⁾ 觀_관世_솅音_흠菩_뽕薩_삻 보고져 홇 사ᄅᆞ몬 몬져⁷⁹⁾ 頂_뎡上_쌍肉_{ᅀᅲᆨ}髻_곙를 보고 버거⁸⁰⁾ 天_텬冠_관⁸¹⁾을 보고 녀느⁸²⁾ 相_샹을 次_충第_똉로⁸³⁾ 보ᄃᆡ

---

70) 조히: [깨끗이, 淨(부사): 좋(깨끗하다, 淨: 형사)- + -이(부접)]

71) 더러: 덜(덜다, 除)- + -어(연어)

72) 劫엣: 劫(겁) + -에(부조, 위치) + -ㅅ(-의: 관조) ※ '劫(겁)'은 시간의 단위로 가장 길고 영원하며, 무한한 시간이다. 겁파(劫波)라고도 한다. 세계가 성립되어 존속하고 파괴되어 공무(空無)가 되는 하나하나의 시기를 말하며, 측정할 수 없는 시간, 즉 몇 억만 년이나 되는 극대한 시간의 한계를 가리킨다. 힌두교에서 1칼파는 43억 2천만 년이다. ※ '無數 劫엣'는 '무수한 겁에 쌓인'으로 의역하여 옮긴다.

73) 죽사릿: 죽사리[죽살이, 生死: 죽(죽다, 死)- + 살(살다, 生)- + -이(명접)] + -ㅅ(-의: 관조) ※ '죽살이(生死)'는 모든 생물이 과거의 업(業)의 결과로 개체를 이루었다가 다시 해체되는 일로서, 생로병사의 시작과 끝이다. 혹은 중생의 업력(業力)에 의하여서 삼계(三界) 육도(六道)의 미혹한 세계를, 태어나고 죽음을 되풀이하며 돌고 도는 일이다.

74) 그지업슨: 그지없[그지없다, 無數: 그지(끝, 한도, 限: 명사) + 없(없다, 無: 형사)-]- + -Ø(현시)- + -은(관전)

75) 어드리어니: 얻(얻다, 獲)- + -으리(미시)- + -어(확인)- + -니(연어, 설명 계속)

76) ᄒᆞ물며: 하물며, 況(부사)

77) ᄉᆞ외: 확실히, 깊이, 골똘히, 단단히, 諦(부사)

78) 보미ᄯᆞ녀: 보(보다, 觀)- + -ㅁ(←-옴: 명전) + -이ᄯᆞᆫ(보조사, 반어적 강조) + -여(←-이여: -이야, 호조, 영탄) ※ '-이ᄯᆞ녀'는 강조를 나타내는 '-이ᄯᆞᆫ(보조사)'과 호격 조사인 '-여(←-이여)'가 결합하여 반어(反語)를 나타내는 의문형 어미처럼 쓰인다.

79) 몬져: 먼저, 先(부사)

80) 버거: [다음으로, 次(부사): 벅(버금가다, 다음가다: 동사)- + -어(연어 ▷부접)]

81) 天冠: 천관. 구슬과 옥 따위로 꾸미어 만든, 부처가 쓰는 관이다.

82) 녀느: 다른, 其餘(관사)

83) 次第로: 次第(차제, 차례) + -로(부조, 방편)

또 밝게 할 것이니, 이것이 正觀(정관)이요 다른 것은 邪觀(사관)이다. ○ 다음으로 大勢至菩薩(대세지보살)을 볼 것이니, 이 菩薩(보살)의 몸의 大小(대소)가 觀世音(관세음)과 같고, 圓光(원광)이 面(면)마다 各各(각각) 一百(일백) 스물다섯 由旬(유순)이요, (원광이) 二百(이백) 쉰 由旬(유순)을 비추며, 전체

쏘 붉게 호리니[84] 이 正정觀관이오 다ᄅᆞ니ᄂᆞᆫ 邪썅觀관이라 ○ 버

거 大땡勢솅至징菩뽕薩삻[85]을 볼 띠니[86] 이 菩뽕薩삻ㅅ 모미[87] 大땡

小숗ㅣ 觀관世솅音흠과 ᄀᆞᆮ고[88] 圓원光광[89]이 面면마다 各각各각 一ᅵᇙ百ᄇᆡᆨ

스믈다ᄉᆞᆺ 由ᅌᅲᆸ旬쓘[90]이오 二ᅀᅵᆼ百ᄇᆡᆨ 쉰 由ᅌᅲᆸ旬쓘을 비취며 대도

ᄒᆞᆫ[91]

---

84) 호리니: ᄒᆞ(←-ᄒᆞ다: 하다, 보용, 사동)-+-오(대상)-+-ㄹ(관전) # 이(것, 者: 의명)+-∅(←
 --이-: 서조)-+-니(연어, 설명 계속)

85) 大勢至菩薩: 대세지보살. 아미타불(阿彌陀佛)의 오른쪽에 있는 보살이다. 지혜문(智慧門)을 대
 표하여 중생을 삼악도에서 건지는 무상(無上)한 힘이 있다.

86) 띠니: ᄣ(← ᄃᆞ: 것, 의명)+-이(서조)-+-니(연어, 설명 계속)

87) 모미: 몸(몸, 身)+-이(관조)

88) ᄀᆞᆮ고: ᄀᆞᆮ(← ᄀᆞᆮ다 ← ᄀᆞᆮᄒᆞ다: 같다, 如)-+-고(연어, 나열)

89) 圓光: 원광. 불보살의 몸 뒤로부터 내비치는 빛이다.

90) 由旬: 유순. 고대 인도의 이수(里數) 단위이다. 소달구지가 하루에 갈 수 있는 거리로서 80리
 인 대유순, 60리인 중유순, 40리인 소유순의 세 가지가 있다.

91) 대도ᄒᆞᆫ: 대도ᄒᆞ[통틀다, 다하다, 擧: 대도(凡: 불어)+-ᄒᆞ(동접)-]-+-∅(과시)-+-ㄴ(관전)
 ※ '대도ᄒᆞᆫ'은 그 뒤에 오는 '身(몸)'을 감안하여 '전체의'로 의역하여 옮긴다. 그리고 '대도ᄒᆞᆫ
 身'은 '온몸'으로 옮길 수 있다.

身(신)의 光明(광명)이 十方(시방)의 나라를 비추어서 (그 나라가) 紫金(자금)의 빛이거든, 因緣(인연)을 두어 있는 衆生(중생)이 다 (그 나라를) 보나니, 이 菩薩(보살)의 한 털 구멍에 있는 光(광)을 보면, 十方(시방)의 無量(무량)한 諸佛(제불)의 깨끗하고 微妙(미묘)한 光明(광명)을 보는 것이므로, 이 菩薩(보살)의 이름을 無邊光(무변광)이라 하고

身_신 光_광明_명이 十_씹方_방 나라홀 비취여⁹²⁾ 紫_중金_금⁹³⁾ㅅ 비치어든⁹⁴⁾ 因_인緣_원⁹⁵⁾ 뒷눈⁹⁶⁾ 衆_중生_싱이 다 보느니 이 菩_뽕薩_삻ㅅ 흔 터럭⁹⁷⁾ 굼긧⁹⁸⁾ 光_광을 보면 十_씹方_방 無_뭉量_량 諸_정佛_뿛ㅅ 조코⁹⁹⁾ 微_밍妙_묳흔 光_광明_명을 보논¹⁰⁰⁾ 딜씨¹⁾ 이 菩_뽕薩_삻ㅅ 일후믈 無_뭉邊_변光_광²⁾이라 흐고

---

92) 비취여: 비취(비추다, 照)- + -여(← -어: 연어)

93) 紫金: 자금. 자줏빛의 황금(黃金)이다.

94) 비치어든: 빛(빛, 色) + -이(서조)- + -어든(← -거든: 연어, 조건)

95) 因緣: 인연. 인(因)과 연(緣)을 아울러 이르는 말이다. 인(因)은 결과를 만드는 직접적인 힘이고, 연(緣)은 그를 돕는 외적이고 간접적인 힘이다.

96) 뒷눈: 두(두다, 有)- + -∅(← -어: 연어) + 잇(← 이시다: 보용, 완료 지속)- + -ᄂ(현시)- + -ㄴ(관전) ※ '뒷눈'은 '두어 잇눈'이 축약된 형태이다.

97) 터럭: [털, 毛: 털(털, 毛) + -억(명접)]

98) 굼긧: 굵(← 구무: 구멍, 孔) + -의(부조, 위치) + -ㅅ(-의: 관조) ※ '굼긧'은 '구멍에 있는'으로 의역하여 옮긴다.

99) 조코: 좋(깨끗하다, 淨)- + -고(연어, 나열)

100) 보논: 보(보다, 見)- + -ㄴ(← -ᄂ-: 현시)- + -오(대상)- + -ㄴ(관전)

1) 딜씨: ㄷ(← 두: 것, 者, 의명) + -이(서조)- + -ㄹ씨(-므로: 연어, 이유)

2) 無邊光: 무변광. 대세지보살(大勢至菩薩)을 무변광(無邊光)이라고도 한다. 그 의미는 지혜의 빛으로 이 세상의 모든 것을 골고루 비춘다는 뜻이다.

【 無뭉邊변은 가(邊)가 없는 것이다. 】 智慧(지혜)의 光明(광명)으로 一切
(일체)를 다 비추어 三塗(삼도)를 떨쳐서 위가 없는 힘을 得(득)하게 하므
로, 이 菩薩(보살)의 이름을 大勢至(대세지)라 하나니, 이 菩薩(보살)의 天
冠(천관)에 五百(오백) 寶華(보화)가 있고, 寶華(보화)마다 五百(오백) 寶臺
(보대)가 있고, 臺(대)마다

【無무邊변은 ᄀᆞᆺ³⁾ 업슬 씨라】 智딩慧휑ㅅ 光광明명으로 一ᅙᅵᇙ切쳉를 다 비취여 三삼塗똥⁴⁾를 여희여⁵⁾ 우⁶⁾ 업슨 히믈 得득게⁷⁾ 홀씨 이 菩뽕薩삻ㅅ 일후믈 大땡勢솅至징라 ᄒᆞᄂᆞ니 이 菩뽕薩삻ㅅ 天텬冠관애 五옹百ᄇᆡᆨ 寶봉華ᅘᅪᆼ⁸⁾ㅣ 잇고 寶봉華ᅘᅪᆼ마다 五옹百ᄇᆡᆨ 寶봉臺띵⁹⁾ 잇고 臺띵마다

3) ᄀᆞᆺ: 가, 邊.
4) 三塗: 삼도. 악인이 죽어서 가는 세 가지의 괴로운 세계이다. '삼도(三塗)'에는 '지옥도(地獄道)', '축생도(畜生道)', '아귀도(餓鬼道)'가 있다.
5) 여희여: 여희(떠나다, 떨치다, 離)- + -여(←-어: 연어)
6) 우: 우(←우ㅎ: 위, 上)
7) 得게: 得[←得ᄒᆞ다(득하다, 얻다): 得(득: 불어) + -ᄒᆞ(동접)-]- + -게(연어, 사동)
8) 寶華: 보화. 모든 부처가 결가부좌하는 연꽃 좌대이다.
9) 寶臺: 寶臺(보대) + -Ø(←-이: 주조) ※ '寶臺(보대)'는 보배로 된 받침대이다.

十方(시방) 諸佛(제불)의 깨끗하고 微妙(미묘)한 國土(국토)의 廣長相(광장
상)이 다 그 중에 現(현)하며, 頂上肉髻(정상육계)는 鉢頭摩華(발두마화)와
같고, 肉髻(육계) 위에 한 寶瓶(보병)이 있되 여러 光明(광명)을 담아 널
리 佛事(불사)를 보이나니, 몸에 있는 그 밖의 相(상)은 觀世音(관세음)과

十_씹方_방 諸_졍佛_뿛ㅅ 조흔 微_밍妙_묳혼 國_귁土_통와 廣_광長_땅相_샹괘¹⁰⁾

다 그 中_듕에 現_현ᄒᆞ며 頂_뎡上_썅肉_슉髻_곙¹¹⁾는 鉢_밣頭_뚷摩_망華_{ᅘᅪᆼ}ㅣ¹²⁾ ᄀᆞᆮ

고 肉_슉髻_곙 우희 혼 寶_봏瓶_뼝¹³⁾이 이쇼ᄃᆡ¹⁴⁾ 여러 光_광明_명을 다마

너비¹⁵⁾ 佛_뿛事_{ᄊᆞᆼ}¹⁶⁾를 뵈ᄂᆞ니¹⁷⁾ 녀느 모맷¹⁸⁾ 相_샹은 觀_관世_솅音_흠과

---

10) 廣長相괘: 廣長相(광장상) + -과(접조) + -ㅣ(주조) ※ '廣長相(광장상)'은 넓고 큰 모습이다. ※ 『佛說觀無量壽佛經』(불설관무량수불경)에는 '十方諸佛淨妙國土廣長之相 皆於中現'으로 기술되어 있는데, 이 구절은 '十方 諸佛의 깨끗하고 微妙한 國土의 長廣相이 다 그 中에 現하며'로 번역된다. 따라서 『월인석보』 제8팔의 원문에 쓰인 '國土와'는 '國土ㅅ'로 수정하는 것이 문맥에 맞는다.

11) 頂上肉髻: 정상육계. 정수리 위의 육계(肉髻)이다. 육계는 부처의 정수리에 솟은 상투 모양의 살덩이이다.

12) 鉢頭摩華ㅣ: 鉢頭摩華(발두마화) + -ㅣ(←-와: 부조, 비교) ※ '鉢頭摩華(발두마화)'는 홍련화(紅蓮華), 곧 붉은 빛깔의 연꽃이다.

13) 寶瓶: 보병. 꽃병이나 물병을 아름답게 부르는 말이다. 혹은 진언 밀교(眞言密敎)에서 관정(灌頂)의 물을 담는 그릇이다.

14) 이쇼ᄃᆡ: 이시(있다, 有)- + -오ᄃᆡ(-되: 연어, 설명 계속)

15) 너비: [널리, 普(부사): 넙(넓다, 廣: 형사) + -이(부접)]

16) 佛事: 불사. 부처가 중생을 교화하는 일이다. 혹은 불가에서 행하는 모든 일이다.

17) 뵈ᄂᆞ니: 뵈[보이다, 現: 보(보다, 見)- + -ㅣ(←-이-: 사접)-]- + -ᄂᆞ(현시)- + -니(연어, 설명 계속)

18) 모맷: 몸(몸, 身) + -애(-에: 부조, 위치) + -ㅅ(-의: 관조) ※ 『불설관무량수경』에는 '녀느 모맷 相'이 '餘諸身相'으로 기술되어 있는데, 이를 의역하여 '몸에 있는 그 밖의 相'으로 옮긴다.

한가지이다. 이 菩薩(보살)이 움직일 적에는 十方世界(시방세계)가 다 진
동하되, 地動(지동)하는 곳에 五百億(오백억) 寶華(보화)가 있고, 寶華(보
화)마다 莊嚴(장엄)이 極樂世界(극락세계)와 같으며, 이 菩薩(보살)이 앉을
적에 七寶(칠보) 國土(국토)가 함께 움직이고, 아래로 金光佛利(금강불찰)
부터

ᄒᆞ가지라¹⁹⁾ 이 菩_뽕薩_삻 ᄒᆞ닐²⁰⁾ 쩌귄²¹⁾ 十_씹方_방世_솅界_갱 다 震_진動_뚱
ᄒᆞ듸²²⁾ 地_띵動_뚱ᄒᆞᄂᆞᆫ 싸해²³⁾ 五_옹百_{ᄇᆡᆨ}億_흑 寶_봏華_{ᅘᅪᆼ}ㅣ 잇고 寶_봏華_{ᅘᅪᆼ}마
다 莊_장嚴_엄²⁴⁾이 極_끅樂_락世_솅界_갱²⁵⁾ ᄀᆞᆮᄒᆞ며 이 菩_뽕薩_삻이 안ᄌᆞᆯ²⁶⁾ 저
긔 七_칢寶_봏 國_귁土_통ㅣ ᄒᆞᆫ ᄢᅴ²⁷⁾ 뮈오²⁸⁾ 아래로 金_금光_광佛_뿛利_링브터²⁹⁾

---

19) ᄒᆞ가지라: ᄒᆞ가지[한가지, 같은 것, 等(명사): ᄒᆞᆫ(한, 一: 관사, 양수) + 가지(가지: 의명)] + -Ø
(←-이-: 서조)- + -Ø(현시)- + -라(←-다: 평종)
20) ᄒᆞ닐: ᄒᆞ니(움직이다, 行)- + -ㄹ(관전)
21) 쩌귄: 쩍(← 적: 적, 때, 時, 의명) + -의(-에: 부조, 위치) + -ㄴ(←-는: 보조사, 주제)
22) 震動ᄒᆞ듸: 震動ᄒᆞ[← 震動ᄒᆞ다(진동하다): 震動(진동: 명사) + -ᄒᆞ(동접)-] + -오듸(-되: 연어, 설명 계속)
23) 싸해: 싸ㅎ(곳, 데, 處: 의명) + -애(-에: 부조, 위치) ※ 『불설관무량수경』에는 '싸ㅎ'를 '處'로 기술하고 있는데, 이를 감안하여 '싸해'를 '곳에'로 옮긴다.
24) 莊嚴: 장엄. 좋고 아름다운 것으로 꾸미는 것이다.
25) 極樂世界: 極樂世界(극락세계) + -Ø(←-이: -와, 부조, 비교)
26) 안ᄌᆞᆯ: 앉(앉다, 座)- + -ᄋᆞᆯ(관전)
27) ᄒᆞᆫ ᄢᅴ: [함께, 一時(부사): ᄒᆞᆫ(한, 一: 관사, 양수) + ᄢᅴ(← ᄢᅳ: 때, 時) + -의(부조▷부접)]
28) 뮈오: 뮈(움직이다, 動搖)- + -오(←-고: 연어, 나열)
29) 金光佛利브터: 金光佛利(금광불찰) + -브터(-부터: 보조사, 비롯함) ※ '金光佛利(금강불찰)'은 가장 아래에 있는 부처의 나라(불국토)이다. '佛利(불찰)'은 불국토(佛國土)이다.

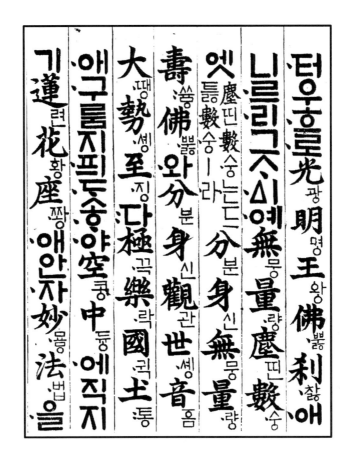

위로 光明王佛利(광명왕불찰)에 이르도록, 그 사이에 無量塵數(무량진수)
의【 塵數(진수)는 티끌의 數(수)이다.】分身(분신)인 無量壽佛(무량수불)과
分身(분신)인 觀世音(관세음)과 大勢至(대세지)가 다 極樂國土(극락국토)에
구름이 지피듯 하여, 空中(공중)에 빽빽이 蓮花座(연화좌)에 앉아 妙法(묘
법)을

우흐로[30] 光광明명王왕佛뿛利찛[31]애 니르리[32] 그 스시예[33] 無뭉量량塵띤
數숭엣[34] 【 塵띤數숭는 드틄[35] 數숭ㅣ라 】 分분身신[36] 無뭉量량壽쓩佛뿛[37]와
分분身신 觀관世솅音흠 大땡勢솅至징 다 極끅樂락國귁土통애 구룸 지픠
듯[38] ᄒ야 空콩中듕에 직지기[39] 蓮련花황座쫭[40]애 안자 妙묠法법[41]을

---

30) 우흐로: 웋(위, 上) + -으로(부조, 방향)
31) 光明王佛利: 광명왕불찰. 가장 위에 있는 세계에 있는 부처의 나라(불국토)이다.
32) 니르리: [이르도록, 至(부사): 니를(이르다, 至: 동사)- + -이(부접)]
33) 스시예: 스시(사이, 中間) + -예(← -에: 부조, 위치)
34) 塵數엣: 塵數(진수) + -예(← -에: 부조, 위치) + -ㅅ(-의: 관조) ※ '塵數(진수)'는 '먼지의 수(數)'이라는 뜻으로, 많은 수를 이르는 말이다.
35) 드틄: 드틀(먼지, 티끌, 塵) + -ㅎ(-의: 관조)
36) 分身: 분신. 부처가 중생을 교화하기 위하여 여러 가지 몸으로 나타나는 것이나 또는 그 몸이다.
37) 無量壽佛: 무량수불. '아미타불(阿彌陀佛)'을 달리 이르는 말. 수명이 한없다 하여 이렇게 이른다. ※ '分身 無量壽佛'은 '無量壽佛의 分身'이다.
38) 지픠듯: 지픠(지피다, 모이다, 集)- + -듯(-듯: 연어, 흡사)
39) 직지기: [빽빽이, 側塞(부사): 직직(빽빽: 불어) + -Ø(← -ᄒ-: 형접)- + -이(부접)]
40) 蓮花座: 연화좌.
41) 妙法: 묘법. 묘(妙)는 불가사의(不可思議)를 뜻하며, 법(法)은 교법(敎法)을 뜻한다. 따라서 묘법은 부처 일대(一代)의 설교(說敎) 전체를 말한다.

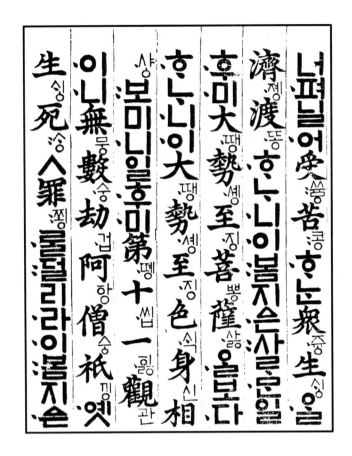

넓혀 일러서 受苦(수고)하는 衆生(중생)을 濟渡(제도)하나니, 이렇게 보는 것을 지은 사람은 이름이 '大勢至菩薩(대세지보살)을 보았다.' 하나니, 이 것이 大勢至(대세지)의 色身相(색신상)을 보는 것이니, 이름이 第十一觀 (제십일관)이니, 無數(무수)한 劫(겁)의 阿僧祇(아승기) 동안의 生死(생사)의 罪(죄)를 덜리라. 이렇게 보는 것을 지은

너펴⁴²⁾ 닐어⁴³⁾ 受쓩苦콩ᄒᆞᄂᆞᆫ 衆즁生ᄉᆡᆼ을 濟졩渡똥ᄒᆞᄂᆞ니⁴⁴⁾ 이 봄⁴⁵⁾ 지ᅀᅳᆫ

사ᄅᆞ믄 일후미 大땡勢셍至징菩뽕薩삻ᄋᆞᆯ 보다⁴⁶⁾ ᄒᆞᄂᆞ니 이⁴⁷⁾ 大땡勢셍至

징 色ᄉᆡᆨ身신相샹⁴⁸⁾ 보미니⁴⁹⁾ 일후미 第똉十씹一힗觀관이니 無뭉數숭 劫겁

阿항僧승祇낑엣⁵⁰⁾ 生ᄉᆡᆼ死ᄉᆞᆼㅅ 罪쬥를 덜리라⁵¹⁾ 이 봄 지ᅀᅳᆫ

---

42) 너펴: 너피[넓히다, 演: 넙(넓다, 廣: 형사)- + -히(사접)-]- + -어(연어)

43) 닐어: 닐(← 니르다: 이르다, 說)- + -어(연어)

44) 濟渡ᄒᆞᄂᆞ니: 濟渡ᄒᆞ[제도하다: 濟渡(제도: 명사) + -ᄒᆞ(동접)-]- + -ᄂᆞ(현시)- + -니(연어, 설명 계속) ※ '濟渡(제도)'는 미혹한 세계에서 생사만을 되풀이하는 중생을 건져 내어 생사 없는 열반의 언덕에 이르게 하는 것이다.

45) 봄: 보(보다, 觀)- + -ㅁ(← -옴: 명전) ※ '이 봄'은 『불설관무량수경』에 기술된 '此觀'을 직역한 것인데, 여기서는 '이렇게 보는 것'으로 의역하여 옮긴다.

46) 보다: 보(보다, 觀)- + -Ø(과시)- + -다(평종) ※ '이봄 지ᅀᅳᆫ 사ᄅᆞ믄 일후미 大勢至菩薩ᄋᆞᆯ 보다 ᄒᆞᄂᆞ니'에 대응되는 『불설관무량수경』의 원문은 '作此觀者 名爲觀見大勢至菩薩(= 이렇게 관하는 것을 지은 사람을 이름하여 대세지보살을 관하여 보았다고 하니)'이다.

47) 이: 이(이것, 是: 지대, 정칭) + -Ø(← -이: 주조)

48) 色身相: 色身(색신)은 물질적 존재로서 형체가 있는 몸이나, 육안으로 보이는 몸을 이른다. 여기서 색신상은 석가모니나 보살의 육신의 모습을 이른다.

49) 大勢至 色身相 봄: 『불설관무량수경』에 기술된 십육관법(十六觀法)의 제11관(第十一觀)이다.(= 勢至觀) 대세지보살(大勢至菩薩)의 상호(相好)·광명(光明)을 관상하는 것이다.

50) 阿僧祇엣: 阿僧祇(아승기) + -예(← -에: 부조, 위치) + -ㅅ(-의: 관조) ※ '阿僧祇(아승기)'는 10의 56승을 말하며, 수로 표현할 수 없는 가장 많은 수를 뜻한다.

51) 덜리라: 덜(덜다, 없애다, 除)- + -리(미시)- + -라(← -다: 평종)

사ᄅᆞᆫ 胎_팅 예 드디아니ᄒᆞ야 녜 諸_졍佛_뿛ㅅ조코微_밍妙_묭ᄒᆞᆫ國_귁土_퉁애 노니리니 이보미일며 일후미 觀_관世_솅音_{ᅙᅳᆷ}大_땡勢_솅至_징ᄅᆞᆯㄱ초보다 ᄒᆞ나니라 이ᅟᅵᆯ볼쩌긔ᄆᆞᅀᅩᆯ머구듸 西_솅方_방極_끅樂_락世_솅界_갱예나아 蓮_련花_황中_듕에結_겷加_강趺_붕坐_쫭

사람은 胎(태)에 들지 아니하여, 늘 諸佛(제불)의 깨끗하고 微妙(미묘)한 國土(국토)에 노닐겠으니, 이렇게 보는 것이 이루어지면 이름이 "觀世音 (관세음)과 大勢至(대세지)를 모두 보았다." 하느니라. 이 일을 볼 적에 마음을 먹되, 西方極樂世界(서방극락세계)에 나서 蓮花(연화) 中(중)에 結跏趺坐(결가부좌)

사ᄅᆞᄆᆞᆫ 胎_팅⁵²⁾예 드디⁵³⁾ 아니ᄒᆞ야 샹녜⁵⁴⁾ 諸_졍佛_뿛ㅅ 조코 微_밍妙_묳ᄒᆞᆫ 國_귁土_통애 노니리니⁵⁵⁾ 이 보미 일면 일후미 觀_관世_솅音_흠 大_땡勢_솅至_징를 ᄀᆞ초⁵⁶⁾ 보다 ᄒᆞᄂᆞ니라⁵⁷⁾ 이 일 볼 저긔 ᄆᆞᅀᆞ믈 머구듸⁵⁸⁾ 西_솅方_방 極_끅樂_락世_솅界_갱⁵⁹⁾예 나아 蓮_련花_황 中_{듀ᇰ}에 結_겷加_강趺_붕坐_쫭⁶⁰⁾

---

52) 胎: 태. 태반이나 탯줄과 같이 태아를 둘러싸고 있는 여러 조직을 일상적으로 이르는 말이다.

53) 드디: 드(← 들다: 들다, 入)- + -디(-지: 연어, 부정)

54) 샹녜: 늘, 항상, 常(부사)

55) 노니리니: 노니[← 노닐다(노닐다, 遊): 노(← 놀다: 놀다, 遊) + 니(다니다, 行)-]- + -리(미시)- + -니(연어, 설명 계속)

56) ᄀᆞ초: [모두, 갖추어서, 具(부사): ᄀᆞᆾ(갖추어져 있다, 具: 형사)- + -호(사접)- + -Ø(부접)]

57) ᄒᆞᄂᆞ니라: ᄒᆞ(하다, 名爲)- + -ᄂᆞ(현시)- + -니(원칙)- + -라(← -다: 평종)

58) 머구듸: 먹(먹다, 作)- + -우듸(-되: 연어, 설명 계속)

59) 西方極樂世界: 서방극락세계. 서쪽으로 십만 억의 국토를 지나면 있는 아미타불(阿彌陀佛)의 세계이다.

60) 結加趺坐: 결가부좌. 부처의 좌법(坐法)으로 좌선할 때에 앉는 방법의 하나이다. 왼쪽 발을 오른쪽 넓적다리 위에 놓고 오른쪽 발을 왼쪽 넓적다리 위에 놓고 앉는 것을 길상좌(吉祥坐)라고 하고 그 반대를 항마좌(降魔座)라고 한다. 손은 왼 손바닥을 오른 손바닥 위에 겹쳐 배꼽 밑에 편안히 놓는다.

하여 蓮花(연화)가 合(합)하여 있는 想(상)을 지으며【 合(합)은 어울리는
것이다. 】, 蓮花(연화)가 開(개)하는 想(상)도 지으며【 開(개)는 여는 것이
다. 】, 蓮花(연화)가 開(개)할 時節(시절)에 五百(오백) 色光(색광)이 몸에
와 비치는 想(상)과 눈이 開(개)한 想(상)을 지어, 부처와 菩薩(보살)이 虛
空(허공)에 가득하시며, 물과 새와 나무와

ᄒ야 蓮련花황ㅣ 合ᇢᄒ얘ᄂ⁶¹⁾ 想샹도 지스며⁶²⁾【合ᇢᄋᆫ 어울⁶³⁾ 씨라】蓮

련花황ㅣ 開캥ᄒᄂ 想샹도 지스며【開캥ᄂ 열 씨라】蓮련花황ㅣ 開캥흟

時씽節겷에 五옹百빅 色ᄉᆡᆨ光광⁶⁴⁾이 모매 와 비취ᄂ 想샹과 누니⁶⁵⁾ 開캥

흔 想샹을 지서 부텨와 菩뽕薩ᇙ왜⁶⁶⁾ 虛헝空콩애 ᄀ득ᄒ시며 믈와⁶⁷⁾

새와 즘게와⁶⁸⁾

---

61) 合ᄒ얘ᄂ: 合ᄒ[합하다: 合(합: 불어) + -ᄒ(동접)-]- + -야(← -아: 연어) + 잇(← 이시다: 있다,
보용, 완료 지속)- + -ᄂ(현시)- + -ㄴ(관전) ※ '合ᄒ얘ᄂ'은 '合ᄒ야 잇ᄂ'이 축약된 형태이다.

62) 想도 지스며: '想도 지스며(= 想도 지으며)'는 '상상(想像)도 하며'로 의역하여 옮길 수 있다.

63) 어울: 어울(아우르다, 합하다, 合)- + -ㄹ(관전)

64) 色光: 색광. 부처나 보살의 몸에서 나오는 광명이다.

65) 누니: 눈(눈, 眼) + -이(주조)

66) 菩薩왜: 菩薩(보살) + -와(← -과: 접조) + -ㅣ(← -이: 주조)

67) 믈와: 믈(물, 水) + -와(← -과: 접조)

68) 즘게와: 즘게(나무, 樹) + -와(접조)

수풀과 諸佛(제불)이 내시는 소리가 다 妙法(묘법)을 넓히시어, 十二部經
(십이부경)과 맞은 것을 보아【十二部經(십이부경)은 修多羅(수다라)와 祗夜
(기야)와 和伽那(화가나)와 伽陁(가타)와 優陁那(우타나)와 尼陁那(이타나)와 阿
波陁那(아파나타)와 伊帝目多伽(이제목다가)와 闍陁伽(사다가)와 毗佛略(비불
략)과 阿浮達摩(아부타달마)와 優波提舍(우파제사)이다. 祗夜(기야)는 "다시 頌
(송)하셨다."한 말이니, 위에 이르신 말을 다시 頌(송)하시는 것이다. 頌(송)은
형식(型式)이니

수플와[69] 諸졍佛뿛ㅅ 내시논[70] 소리 다 妙묳法법을 너피샤[71] 十씹二싱部
뿡經경[72]과 마존[73] 들[74] 보아【十씹二싱部뿡經경은 修슣多당羅랑[75]와 祇낑夜양
와 和뽱伽꺙那낭와 伽꺙陀떵와 優훃陀떵那낭와 尼닁陀떵那낭와 阿항波방陀떵那낭와
伊힁帝뎽目목多당伽꺙와 闍썅陀떵伽꺙와 毗뼝佛뿛略략과 阿항浮뿔達딿摩망와 優훃
波방提똉舍샹ㅣ라 祇낑夜양[76]는 다시 頌쑁ᄒᆞ시다[77] 혼 마리니 우희 니ᄅᆞ샨[78] 마ᄅᆞᆯ
다시 頌쑁ᄒᆞ실 씨라 頌쑁은 얼구리니[79]

---

69) 수플와: 수플[수풀, 林: 숲(숲, 林) + 플(풀, 草)] + -와(←-과: 접조)

70) 내시논: 내[내다, 出: 나(나다, 生)- + -ㅣ(←-이-: 사접)-]- + -시(주높)- + -ㄴ(←-ᄂᆞ-: 현시)- + -오(대상)- + -ㄴ(관전)

71) 너피샤: 너피[넓히다, 演: 넙(넓다, 廣: 형사)- + -히(피접)-]- + -샤(←-시-: 주높)- + -Ø(←-아: 연어)

72) 十二部經: 십이부경. 부처의 가르침을 그 성질(性質)과 형식(形式)을 따라 열 둘로 나눈 경전(經典)이다. '수다라(修多羅), 기야(祇夜), 가타(伽陀), 이타나(尼陀那), 이제목다가(伊帝目多伽), 사다가(闍多伽), 아부다달마(阿浮陀達磨), 아파타나(阿波陀那), 우바제사(優婆提舍), 아바타나(阿波陀那), 비불략(毘佛略), 화가나(和伽那)'가 있다.

73) 마존: 맞(맞다, 合)- + -Ø(과시)- + -은(관전)

74) 들: 두(것, 者: 의명) + -ㄹ(←-를: 목조)

75) 修多羅: 수다라. '경(經)' 혹은 '계경(契經)'이라고 번역한다. 산문으로 법의(法義)를 풀이한 경문이다.

76) 祇夜: 기야. '응송(應頌)·중송(重頌)이라 번역한다. 경전의 서술 형식에서, 산문체로 된 내용을 다시 운문체로 설한 것이다.

77) 頌ᄒᆞ시다: 頌ᄒᆞ[송하다: 頌(송): 명사) + -ᄒᆞ(동접)-]- + -시(주높)- + -Ø(과시)- + -다(평종) ※ '頌(송)'은 시의 형식으로 부처님의 덕을 찬미하거나 교법의 이치를 말한 글이다.

78) 니ᄅᆞ샨: 니ᄅᆞ(이르다, 說)- + -샤(←-시-: 주높)- + -Ø(과시)- + -Ø(←-오-: 대상)- + -ㄴ(관전)

79) 얼구리니: 얼굴(형식, 틀, 體, 型) + -이(서조)- + -니(연어, 설명 계속) ※ '얼굴'은 시체(詩體)의 형식을 이른다.

나·리 偈꼥ᅙᆞ 德득·의 양ᄌᆞ·ᄅᆞᆯ ᄢ·어 밍·ᄀᆞ·라 니르·ᄂᆞᆫ 거시·니 偈꼥·와 ᄒᆞᆫ가·지·라 和ᅘᅪ伽꺙那낭ᄂᆞᆫ 授쓩記긩·라 ᄒᆞᆫ 마리·라 伽꺙陀땅ᄂᆞᆫ 호ᇰ·자 ᄃᆞᆮ·니·다 ᄒᆞᆫ 마리·니 웃 말 업·시 頌쏭ᄒᆞ·실 씨·오 優ᅙᅮᇢ陀땅那낭ᄂᆞᆫ 무·르·리 업·시 니르·시·다 ᄒᆞᆫ 마리·라 尼닝陀땅那낭ᄂᆞᆫ 因힌緣ᅌᅯᆫ이·라 ᄒᆞᆫ 마리·니 묻·ᄌᆞᄫᅩ·ᄆᆞᆯ 브·터 니르·시·며 외·욘 이·ᄅᆞᆯ 브·터 警경戒갱ᄒᆞ·시·며 一ᅙᅵᇙ切촁ㅅ 因힌緣ᅌᅯᆫ 니·런 이·ᄅᆞᆯ 니르·샨 거·시 다 因힌緣ᅌᅯᆫ이·라 阿ᅙᅡᆼ波방陀땅那낭ᄂᆞᆫ 譬핑喻융ᅵ·라 ᄒᆞᆫ 마리·라 伊ᅙᅵᆼ帝뎽目목多당伽꺙ᄂᆞᆫ 本본來ᄅᆡᆼ 이·리·라 ᄒᆞᆫ 마리·니 如ᅀᅧ來ᄅᆡᆼ 弟똉子ᄌᆞᆼ·ᅵ 前쪈世솅·옛 일·ᄃᆞᆯ 니르·샤·미·라 闍쌰多당伽꺙ᄂᆞᆫ

德(덕)의 모습을 형식으로 만들어 이르는 것이니, 偈(게)와 한가지이다. 和伽那(화가나)는 '授記(수기)이다.' 한 말이다. 伽陀(가타)는 '혼자 다녔다.' 한 말이니, 위의 말이 없이 頌(송)하시는 것이다. 優陀那(우타나)는 '묻는 사람이 없이 이르셨다.' 한 말이다. 尼陀那(이타나)는 '因緣(인연)이다.' 한 말이니, 묻는 것을 따라서 이르시며, 그른 일을 따라서 警戒(경계)하시며, 一切(일체)의 因緣(인연)이 일어난 일을 이르신 것이 다 因緣(인연)이다. 阿波陀那(아파타나)는 '譬喻(비유)이다.' 한 말이다. 伊帝目多伽(이제목다가)는 '本來(본래)의 일이다.' 한 말이니, 如來(여래)가 弟子(제자)의 前生(전생)에 있는 일들을 이르신 것이다. 闍多伽(사다가)는

德득의 양ᄌᆞ를[80] 얼굴 지서 니를 씨니 偈껭[81] ᄒᆞᆫ가지라[82] 和ᅘᅪᆼ伽꺙那낭[83]ᄂᆞᆫ 授쓩

記긩라 혼 마리라 伽꺙陁땅[84]ᄂᆞᆫ ᄒᆞ오ᅀᅡ[85] 니다 혼 마리니 웃[86] 말 업시 頌쑝ᄒᆞ

실 씨라 優ᅙᅮᇢ陁땅那낭[87]ᄂᆞᆫ 무르리[88] 업시 니르시다 혼 마리라 尼닝陁땅那낭[89]ᄂᆞᆫ

因ᅙᅵᆫ緣ᅌᅯᆫ이라 혼 마리니 묻ᄌᆞᄫᅩ므로[90] 브터[91] 니르시며 왼 이를 브터 警경戒갱ᄒᆞ

시며 一ᅙᅵᇙ切쳉 因ᅙᅵᆫ緣ᅌᅯᆫ 니러난 일 니르샤미 다 因ᅙᅵᆫ緣ᅌᅯᆫ이라 阿ᅙᅡᆼ波방陁땅那

낭[92]ᄂᆞᆫ 譬핑喩윰ㅣ라 혼 마리라 伊ᅙᅵᆼ帝뎽目목多당伽꺙[94]ᄂᆞᆫ 本본來ᄅᆡᆼㅅ 이리라

혼 마리니 如ᅀᅧᆼ來ᄅᆡᆼ 弟똉子중ᄋᆡ 前쪈世솅옛 일들 니르샤미라[95] 闍쌍陁땅伽꺙[96]ᄂᆞᆫ

---

80) 양ᄌᆞ를: 양ᄌᆞ(모습, 樣) + -를(목조)

81) 偈: 偈(게) + -Ø(←-이: -와, 부조, 비교) ※ '偈(게)'는 부처의 공덕이나 가르침을 찬탄하는 노래 글귀이다.

82) ᄒᆞᆫ가지라: ᄒᆞᆫ가지[한가지, 同類: ᄒᆞᆫ(한, 一: 관사, 양수) + 가지(가지, 類: 의명)] + -Ø(←-이-: 서조)- + -Ø(현시)- + -라(←-다: 평종)

83) 和伽那: 화가나. '수기(授記)'라고 번역한다. 수기(授記)라는 말. 경 중에 말한 뜻을 문답 해석하고, 또는 제자의 다음 세상에 날 곳을 예언한 것이다.

84) 伽陀: 가타. '게송(偈頌)'이라고 번역한다. 시(詩)의 형식으로, 불덕(佛德)을 찬미하고 교리를 서술한 것인데, 네 구(句)로 되어 경전(經典)의 일절의 끝이나 맨 끝에 붙인다.

85) ᄒᆞ오ᅀᅡ: 혼자, 獨(부사)

86) 웃: 우(←우ㅎ: 위, 上) + -ㅅ(-의: 관조)

87) 優陀那: 우타나. '자설(自說)·무문자설(無問自說)'이라고 번역한다. 질문자 없이 부처 스스로 설한 법문이다. 아미타경이 여기에 해당한다.

88) 무르리: 물(←묻다, ㄷ불: 묻다, 問)- + -을(관전) # 이(이, 者: 의명) + -Ø(←-이: 주조)

89) 尼陀那: 이타나. '인연(因緣)'이라 번역한다. 부처를 만나 설법을 듣게 된 인연을 설한 경전이다.

90) 묻ᄌᆞᄫᅩ므로: 묻(묻다, 問)- + -ᄌᆞ(←-ᄌᆞᆸ-: 객높)- + -옴(명전) + -ᄋᆞ로(목조)

91) 브터: 븥(말미암다, 따르다, 從)- + -어(연어)

92) 阿波陀那: 아파타나. '비유(譬喩)'라고 번역한다. 경전 중에서 비유로써 은밀한 교리를 명백하게 풀이한 것이다.

93) 譬喩: 비유. 어떤 현상이나 사물을 직접 설명하지 아니하고 다른 비슷한 현상이나 사물에 빗대어서 설명하는 일이다.

94) 伊帝目多伽: 이제목다가. '본사(本事)'라고 번역한다. 경전의 서술 내용에서, 불제자의 과거 인연을 설한 부분이다. 법화경의 약왕보살본사품(藥王菩薩本事品)이 여기에 해당한다.

95) 니르샤미라: 니르(이르다, 說)- + -샤(←-시-: 주높)- + -ㅁ(←-옴: 명전)- + -이(서조)- + -Ø(현시)- + -라(←-다: 평종)

96) 闍多伽: 사다가. '본생(本生)'이라고 번역한다. 붓다의 전생 이야기이다.

땅伽꺙 논 本본來링 人生ᄉᆡᆼ이라 혼 마
리니 如ᅌᅧ來링 菩뽕薩삻이 本본來링 ·샤
미·라 修수ᇢ行ᅘᆡᆼ이 서르 마 준 ·일
가 혼 修수ᇢ佛ᄤᅵᆯ略략·은 方방廣·광이 오 ·ᄲᅵ
摩망來링·ᄂᆞᆫ 種죵種죵 神씬力륵·을 ·뵈·아·시
衆즁生싱 이 ·아·리 잇·디 아·니·타 혼 마·리·니 如
優뿅波방提똉舍샹·ᄂᆞᆫ 論론義ᅌᅴ·라
·티 아·니ᄒᆞ·면 일훔·미 無뭉量량壽쑤ᇢ佛ᄤᅵᆯ
出ᄎᆞᇙ定뗭 ᄒᆞ·야·도 디·녀·일

'本來(본래)의 生(생)이다.' 한 말이니, 如來(여래)가 (전생에서) 菩薩(보살)의 本來(본래)의 修行(수행)과 서로 맞은 일들을 이르시는 것이다. 毘佛略(비불략)은 '方廣(방광)이다.' 한 말이니, 正(정)한 理方(이방)이요 꾸려서 부유한 것이 廣(광)이다. 阿浮陀達磨(아부타달마)는 '예전에 있지 아니하였다.' 한 말이니, 如來(여래)가 種種(종종)의 神力(신력)을 보이시거든, 衆生(중생)이 '(그 신력이) 예전에 있지 아니였다.' 하는 것이다. 優婆提舍(우파제사)는 '論義(논의)이다.' 한 말이니, 義(의)는 뜻이다. 】 出定(출정)하여도 (묘법을) 지녀서 잃지 아니하면, 이름이 無量壽佛(무량수불)의

本본來링ㅅ 生싱이라 혼 마리니 如셩來링 菩뽕薩삻이 本본來링ㅅ 修슣行행⁹⁷⁾이 서르⁹⁸⁾ 마준 일들 니르샤미라⁹⁹⁾ 毗뼹佛뿛略략¹⁰⁰⁾은 方방廣광¹⁾이라 혼 마리니 正정혼 理링方방²⁾이오 삐려³⁾ 가스며로미⁴⁾ 廣광이라 阿항浮뿔達딿摩망⁵⁾는 아리⁶⁾ 잇디 아니타⁷⁾ 혼 마리니 如셩來링 種죵種죵 神씬力륵을 뵈야시든⁸⁾ 衆즁生싱이 아리 잇디 아니타 홀 씨라 優훃波방提똉舍샹⁹⁾는 論론義읭라¹⁰⁾ 혼 마리니 義읭는 쁘디라¹¹⁾ 】 出츓定뗭ㅎ야도¹²⁾ 디녀¹³⁾ 일티¹⁴⁾ 아니ㅎ면 일후미 無뭉量량壽쓩佛뿛

---

97) 修行: 수행. 부처의 가르침을 실천하고 불도를 닦는 데 힘쓰는 것이다.

98) 서르: 서로. 相(부사)

99) 니르샤미라: 니르(이르다, 說)- + -샤(← -시-: 주높)- + -ㅁ(← -옴: 명전) + -이(서조)- + -∅(현시)- + -라(← -다: 평종)

100) 毗佛略: 비불략. '방광(方廣)'이라고 번역한다. 경전에서 방대한 진리를 설한 부분이다.

1) 方廣: 방광. 대승경전(大乘經典)을 일컫는 말이다. 대승경전에 말한 이치는 방정(方正)한 것이므로 방(方)이라 하며, 뜻이 원만히 구비되고 언사(言詞)가 풍족하므로 광(廣)이라 한다.

2) 理方: 이방. 이치에 맞는 방책이다.

3) 삐려: 삐리(싸다, 꾸리다, 包)- + -어(연어)

4) 가스며로미: 가스멸(가멸다, 부유하다, 富)- + -옴(명전) + -이(주조)

5) 阿浮陀達磨: 아부타달마. '희법(希法)'이라고 번역한다. 부처의 불가사의한 신통력을 설한 부분이다.

6) 아리: 예전, 昔.

7) 아니타: 아니ㅎ[← 아니ㅎ다(보용, 부정): 아니(아니, 不: 부사, 부정) + -ㅎ(동접)-]- + -∅(과시)- + -다(평종)

8) 뵈야시든: 뵈[보이다, 示: 보(보다, 見)- + -ㅣ(← -이-: 사접)-]- + -시(주높)- + -야 … 든(← -아든: -거든, 연어, 조건)

9) 優婆提舍: 우파제사. '논의(論議)'라고 번역한다. 경전에서 교리(敎理)에 대해 문답한 부분이다.

10) 論義: 논의. 원래의 뜻은 법문(法門)의 이치를 문답하여 분별하는 것이다. 후세에는 법회에서 논의를 행하게 되어 경문의 중요한 뜻을 의논하는 법식을 논의라 한다

11) 쁘디라: 쁟(뜻, 義) + -이(서조)- + -∅(현시)- + -라(← -다: 평종)

12) 出定ㅎ야도: 出定ㅎ[출정하다: 出定(출정: 명사) + -ㅎ(동접)-]- + -야도(← -아도: 연어, 양보)
    ※ '出定(출정)'은 선정(禪定)의 상태에서 나오는 것이다.

13) 디녀: 디니(지니다, 持)- + -어(연어)

14) 일티: 잃(잃다, 失)- + -디(-지: 연어, 부정)

極樂世界(극락세계)를 보는 것이니, 이 普觀想(보관상)이니【普觀(보관)은 널리 보는 것이다. 】이름이 第十二觀(제십이관)이니, 無量壽佛(무량수불)의 無數(무수)한 化身(화신)이 觀世音(관세음)과 大勢至(대세지)와 항상 行人(행인)에게 오시리라. ○ 부처가 阿難(아난)이와 韋提希(위제희)더러 이르시되, 至極(지극)한

極_끅樂_락世_솅界_갱를 보미니 이 普_퐁觀_관想_샹¹⁵⁾이니【普_퐁觀_관은 너비¹⁶⁾ 볼

씨라】 일후미 第_똉十_씹二_싱觀_관이니 無_뭉量_량壽_쓩佛_뿛ㅅ 無_뭉數_숭 化_황

身_신이 觀_관世_솅音_흠 大_땡勢_솅至_징와 샹녜 行_행人_신¹⁷⁾의 게¹⁸⁾ 오시리

라 ○ 부톄 阿_항難_난이와 韋_윙提_똉希_힁드려 니르샤되 至_징極_끅흔

---

15) 普觀想: 보관상. 『불설관무량수경』에 기술된 십륙관법(十六觀法)의 제12관(第十二觀)이다.(=
  普觀) 극락세계(極樂世界)의 주불(主佛)인 아미타불(阿彌陁佛)과 그를 위요(圍繞)한 관세음보
  살과 대세지보살 등 온갖 것을 두루 관상(觀想)하는 것이다.

16) 너비: [널리, 普(부사): 넙(넓다, 廣: 형사)- + -이(부접)]

17) 行人: 행인. 불도를 닦는 사람이다.

18) 行人의 게: 行人(행인) + -의(관조) # 게(거기에, 此處: 의명, 위치) ※ '行人의 게'는 '행인에게'
  로 의역하여 옮긴다.

極끅흠心심로西셍方방애나고져
황살ㄹ은모져丈땋六륙像썅이못우
희겨샤몸ㅂ숨無뭉量량壽쓯
佛뿛ㅅ모미ㅣ업ㅅ샤凡뻠夫붕의心
심力륵이몯미大땡련마ㄹ뎌如셩來
ㅅ本본來링ㅅ願원力륵으로憶흑想샹
ㅎ리ㅣㅅ면모듸일우ㄴ니다만부

마음으로 西方(서방)에 나고자 할 사람은 먼저 丈六像(장륙상)이 못 위에 계신 것을 볼 것이니, 無量壽佛(무량수불)의 몸이 가(邊)가 없으시어 凡夫(범부)의 心力(심력)이 못 미치겠건마는, 저 如來(여래)의 本來(본래)의 願力(원력)으로 憶想(억상)할 이가 있으면 (무량수불의 몸을 보는 것을) 반드시 이루나니, 다만

ᄆᄉᄆ로¹⁹⁾ 西_셍方_방²⁰⁾애 나고져 ᄒ홀 사ᄅᄆ 몬져²¹⁾ 丈_땅六_륙像_썅²²⁾이 못²³⁾ 우희 겨샤ᄆᆯ²⁴⁾ 보ᄉ봃²⁵⁾ 디니²⁶⁾ 無_뭉量_량壽_쓩佛_뿛ㅅ 모미 ᄀᆺ²⁷⁾ 업스샤 凡_뻠夫_붕²⁸⁾의 心_심力_륵²⁹⁾이 몯 미츠련마ᄅᆫ³⁰⁾ 뎌 如_셩來_링ㅅ 本_본來_링ㅅ 願_원力_륵³¹⁾으로 憶_흑想_샹ᄒ리³²⁾ 이시면 모디³³⁾ 일우ᄂ니³⁴⁾ 다ᄆᆫ³⁵⁾

---

19) ᄆᄉᄆ로: ᄆᄉᆷ(마음, 心) + -ᄋ로(부조, 방편)

20) 西方: 서방. 서방 극락. 서쪽으로 십만 억의 국토를 지나면 있는 아미타불의 세계이다.

21) 몬져: 먼저, 先(부사)

22) 丈六像: 장륙상. 높이가 일 장(丈) 육 척(尺)이 되는 불상이다. ※ '丈六(장륙)'은 불상 높이의 한 기준으로서, 1장6척의 약칭이다. 이는 인도인의 신상은 4주(肘, hasta, 팔목 네개의 길이)이고 부처의 신장은 그 2배인 8주인데서 기인한다.

23) 못: 못, 池

24) 겨샤ᄆᆯ: 겨샤(← 겨시다: 계시다, 在)- + -ㅁ(← -옴: 명전) + -ᄋᆯ(목조)

25) 보ᄉ봃: 보(보다, 觀)- + -ᄉᆸ(← -ᄉᆸ-: 객높)- + -오(대상)- + -ᄚ(관전)

26) 디니: ᄃ(← ᄃ: 것, 者, 의명) + -이(서조)- + -니(연어, 설명 계속)

27) ᄀᆺ: 가, 邊.

28) 凡夫: 범부. 번뇌에 얽매여 생사를 초월하지 못하는 사람이다.

29) 心力: 심력. 마음이 미치는 힘이다.

30) 미츠련마ᄅᆫ: 및(미치다, 及)- + -으리(미시)- + -언마ᄅᆫ(← -건마ᄅᆫ: -건마는, 연어, 대조)

31) 願力: 원력. 부처에게 빌어 원하는 바를 이루려는 마음의 힘이다. 정토교에서는 아미타불의 구제력(救濟力)을 이른다.

32) 憶想ᄒ리: 憶想ᄒ[억상하다: 憶想(억상: 명사) + -ᄒ(동접)-]- + -ㄹ(관전) # 이(이, 人: 의명) + -∅(← -이: 주조) ※ '憶想(억상)'은 이리저리 생각하는 것이다.

33) 모디: 반드시, 必(부사)

34) 일우ᄂ니: 일우[이루다, 成就: 일(이루어지다, 成: 자동)- + -우(사접)-]- + -ᄂ(현시)- + -니(연어, 설명 계속)

35) 다ᄆᆫ: 다만, 但(부사)

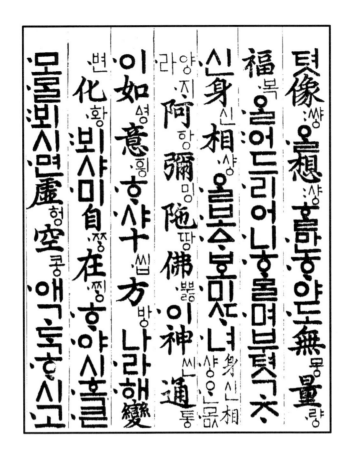

부처의 像(상)을 想(상)하기만 하여도 無量福(무량복)을 얻겠으니, 하물며 부처가 모든 것을 갖추고 있는 身相(신상)을 보는 것이야?【身相(신상)은 몸의 모습이다. 】阿彌陀佛(아미타불)이 新通(신통)이 如意(여의)하시어, 十方(시방)의 나라에 變化(변화)를 보이시는 것이 自在(자재)하여, 혹시 큰 몸을 보이시면 虛空(허공)에 가득하시고,

부텻 像³⁶⁾을 想³⁷⁾홀 만³⁸⁾ ᄒᆞ야도 無_뭉量_량福_복³⁹⁾을 어드리어니⁴⁰⁾

ᄒᆞ믈며⁴¹⁾ 부텻⁴²⁾ ᄀᆞᄌᆞ신⁴³⁾ 身_신相_샹⁴⁴⁾을 보ᅀᆞ보미ᄯᆞ녀⁴⁵⁾【身_신相_샹ᄋᆞᆫ 몺

양지라⁴⁶⁾】 阿_항彌_밍陁_땅佛_뿛이 神_씬通_통⁴⁷⁾이 如_셩意_{ᄒᆡᆼ}ᄒᆞ샤⁴⁸⁾ 十_씹方_방

나라해⁴⁹⁾ 變_변化_황 뵈샤미⁵⁰⁾ 自_쫑在_찡ᄒᆞ야⁵¹⁾ 시혹⁵²⁾ 큰 모믈 뵈시면

虛_헝空_콩애 ᄀᆞ득ᄒᆞ시고

---

36) 像: 상. 조각이나 그림을 나타내는 말이다.

37) 想홀: 想ᄒᆞ[상하다, 생각하다: 想(상: 불어) + -ᄒᆞ(동접)-]- + -ㄹ(관전) ※ '想(상)'은 생각하는 것이다.

38) 만: 만(의명, 한정) ※ '想홀 만 ᄒᆞ야도'는 '想하기만 하여도'로 의역하여 옮긴다.

39) 無量福: 무량복. 정도를 헤아릴 수 없을 만큼 많은 복이다.

40) 어드리어니: 얻(얻다, 得)- + -으리(미시)- + -어(확인)- + -니(연어, 설명 계속)

41) ᄒᆞ믈며: 하물며, 況(부사)

42) 부텻: 부텨(부처, 佛) + -ㅅ(-의: 관조, 의미상 주격) ※ '부텻'에서 '-ㅅ'은 관형격 조사인데, 이때의 '부텻'은 관형절 속에서 의미상 주격으로 쓰였다.

43) ᄀᆞᄌᆞ신: ᄀᆞᆽ(갖추어져 있다, 具足)- + -ᄋᆞ시(주높)- + -Ø(현시)- + -ㄴ(관전) ※ 'ᄀᆞᄌᆞ신'은 『불설무량수불경』에는 '具足(구족)'으로 기술되어 있는데, '具足(구족)은 빠짐없이 골고루 갖추어져 있는 것이다.

44) 身相: 신상. 몸의 모습이다.

45) 보ᅀᆞ보미ᄯᆞ녀: 보(보다, 觀)- + -ᅀᆞᆸ(←-ᅀᆞ-: 객높)- + -옴(명전) + -이ᄯᆞ(보조사, 반어적 강조) + -여(←-이여: -이야, 호조, 영탄)

46) 양지라: 양ᄌᆞ(모습, 樣) + -ㅣ(←-이-: 서조)- + -Ø(현시)- + -라(←-다: 평종)

47) 神通: 신통. 무슨 일이든지 해낼 수 있는 영묘하고 불가사의한 힘이나 능력이다.(= 신통력) 불교에서는 선정(禪定)을 수행함으로써 이를 얻을 수 있다고 한다.

48) 如意ᄒᆞ샤: 如意ᄒᆞ[여의하다: 如意(여의: 명사) + -ᄒᆞ(동접)-]- + -샤(←-시-: 주높)- + -Ø(←-아: 연어) ※ '如意(여의)'는 일이 마음먹은 대로 되는 것이다.

49) 나라해: 나라ㅎ(나라, 國) + -애(-에: 부조, 위치)

50) 뵈샤미: 뵈[보이다, 現: 보(보다, 觀: 타동)- + -ㅣ(←-이-: 사접)-]- + -샤(←-시-: 주높)- + -ㅁ(←-옴: 명전) + -이(주조)

51) 自在ᄒᆞ야: 自在ᄒᆞ[자재하다: 自在(자재: 명사) + -ᄒᆞ(동접)-]- + -야(←-아: 연어) ※ '自在(자재)'는 속박이나 장애가 없이 마음대로인 것이다.

52) 시혹: 혹시, 혹은, 或(부사)

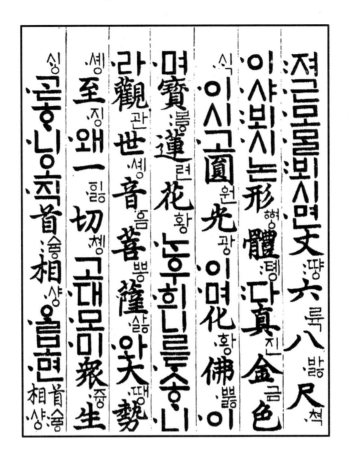

작은 몸을 보이시면 丈六(장륙) 八尺(팔척)이시어, 보이시는 形體(형체)가 다 眞金色(진금색)이시고, 圓光(원광)이며 化佛(화불)이며 寶蓮花(보연화)는 위에서 말하듯 하였니라. 觀世音菩薩(관세음보살)과 大勢至(대세지)가 一切(일체)의 곳에 몸이 衆生(중생)과 같으니, 오직 首相(수상)을 보면【首相(수상)은

져근[53] 모물 뵈시면 丈ᅡᇰ六륙[54] 八밣尺척이샤[55] 뵈시논[56] 形혀ᇰ體톙[57]

다 眞진金금色ᄉᆡᆨ이시고 圓원光광[58]이며 化황佛뿛[59]이며 寶볼蓮련花황[60]ᄂᆞᆫ

우희[61] 니르둧[62] ᄒᆞ니라[63] 觀관世솅音ᅙᅳᆷ菩뽕薩샳와 大땡勢솅至징왜[64] 一ᅵᇙ切

쳉 고대[65] 모미 衆즁生ᄉᆡᆼ ᄀᆞᆮᄒᆞ니[66] 오직 首슣相샤ᇰ[67]ᄋᆞᆯ 보면【首슣相샤ᇰᄋᆞᆫ

---

53) 져근: 젹(작다, 小)-＋-Ø(현시)-＋-은(관전)

54) 丈六: 장륙. 불상 높이의 한 기준으로서, 1장6척의 약칭이다.

55) 八尺이샤: 八尺(팔척)＋-이(서조)-＋-샤(←-시-: 주높)-＋-Ø(←-아: 연어) ※ '尺(척)'은 길이의 단위이다. 한 척는 한 치의 열 배로 약 30.3cm에 해당한다.

56) 뵈시논: 뵈[보이다, 現: 보(보다, 觀)-＋-ㅣ(←-이-: 서조)-]-＋-시(주높)-＋-ㄴ(←-ᄂᆞ-: 현시)-＋-오(대상)-＋-ㄴ(관전)

57) 形體: 形體(형체)＋-Ø(←-이: 주조)

58) 圓光: 원광. 불보살의 몸 뒤로부터 내비치는 빛이다.

59) 化佛: 화불. 부처가 중생을 교화하기 위하여 여러 모습으로 변화하는 일이나, 또는 그 불신(佛身)이다. 좁은 의미에서는 부처의 상호(相好)를 갖추지 않고 범부, 범천, 제석, 마왕 따위의 모습을 취하는 것을 뜻한다.

60) 寶蓮花: 보련화. '연꽃(蓮花)'를 아름답게 일컫는 말이다.

61) 우희: 우ㅎ(위, 上)＋-의(-에: 부조, 위치)

62) 니르둧: 니르(이르다, 說)-＋-둧(-듯: 연어, 흡사)

63) ᄒᆞ니라: ᄒᆞ(하다: 보용, 흡사)-＋-Ø(과시)-＋-니(원칙)-＋-라(←-다: 평종)

64) 大勢至왜: 大勢至(대세지)＋-와(←-과: 접조)＋-ㅣ(←-이: 주조)

65) 고대 : 곧(곳, 處: 의명)＋-애(-에: 부조, 위치)

66) ᄀᆞᆮᄒᆞ니: ᄀᆞᆮᄒᆞ(같다, 如)-＋-ᄋᆞ니(연어, 설명 계속)

67) 首相: 수상. 머리(首)의 모습이다.

머리의 모습이다. 】 觀世音(관세음)인 것을 알며 大勢至(대세지)인 것을 알
겠으니, 이 두 菩薩(보살)이 阿彌陀佛(아미타불)을 도와 一切(일체)를 널리
敎化(교화)하나니, 이것이 雜想觀(잡상관)이니 이름이 第十三觀(제십삼관)
이다." ○ 부처가 阿難(아난)이와 韋提希(위제희)더러 이르시되,

마릿⁶⁸⁾ 양지라 】 觀_관世_솅音_흠인⁶⁹⁾ 둘⁷⁰⁾ 알며 大_땡勢_솅至_징ㄴ⁷¹⁾ 둘 알리니⁷²⁾ 이 두 菩_뽕薩_삻이 阿_항彌_밍陁_땅佛_뿛을 돕ᄉᆞᄫᅡ⁷³⁾ 一_힗切_촁를 너비 敎_굘化_황ᄒᆞᄂᆞ니 이⁷⁴⁾ 雜_짭想_샹觀_관⁷⁵⁾이니 일후미 第_똉十_씹三_삼觀_관이라 ○ 부톄 阿_항難_난이와 韋_윙提_똉希_힁ᄃᆞ려 니ᄅᆞ샤ᄃᆡ

---

68) 마릿: 마리(머리, 首) + -ㅅ(-의: 관조)
69) 觀世音인: 觀世音(관세음) + -이(서조)- + -Ø(현시)- + -ㄴ(관전)
70) 둘: ᄃᆞ(것, 者: 의명) + -ㄹ(←-를: 목조)
71) 大勢至ㄴ: 大勢至(대세지) + -Ø(←-이-: 서조)- + -Ø(현시)- + -ㄴ(관전)
72) 알리니: 알(알다, 知)- + -리(미시)- + -니(연어, 설명 계속)
73) 돕ᄉᆞᄫᅡ: 돕(돕다, 助)- + -ᄉᆞᇦ(←-ᅀᆞᇦ-: 객높)- + -아(연어)
74) 이: 이(이것, 是: 지대, 정칭) + -Ø(←-이: 주조)
75) 雜想觀: 잡상관. 『불설관무량수경』에 제시된 십육관법(十六觀法)의 제13관(第十三觀)이다. 우둔(愚鈍)한 중생(衆生)을 위(爲)하여 아미타불(阿彌陀佛)의 장륙상을 관상(觀想)하게 하는 일이다.

上品上生(상품상생)은 衆生(중생)이 저 나라(아미타불의 정토)에 나고자 願 (원)하는 사람은 세 가지의 마음을 發(발)하면 곧 (저 나라에) 가서 나리 니, 하나는 至極(지극)한 精誠(정성)이 있는 마음이요, 둘은 깊은 마음이 요, 셋은 廻向(회향) 發願(발원)의 마음이다. 이 세 마음이 갖추어져 있으 면 반드시 저 나라에 나리라. 또 세 가지의 衆生(중생)이야말로

上_쌍品_픔上_쌍生_싱⁷⁶⁾은 衆_즁生_싱이 뎌 나라해 나고져 願_원흟 사름문 세 가짓 모수물⁷⁷⁾ 發_벓ᄒ면 곧 가아 나리니 ᄒ나흔⁷⁸⁾ 至_징極_끅흔 精_졍誠_쎵엣⁷⁹⁾ 모수미오 둘흔⁸⁰⁾ 기픈 모수미오 세흔⁸¹⁾ 廻_ᅘ向_향⁸²⁾ 發_벓願_원⁸³⁾ 모수미라 이 세 모수미 ᄀᆽ면⁸⁴⁾ 一_힔定_떵히⁸⁵⁾ 뎌 나라해 나리라 ᄯᅩ 세 가짓 衆_즁生_싱이사⁸⁶⁾

---

76) 上品上生: 상품상생. 극락에 왕생하는 구품(九品) 가운데 하나이다. 지성심(至誠心)·심심(深心)·회향발원심(廻向發願心)을 일으키고, 자비심이 커서 살생하지 않고, 5계(戒)·8계·10계 등의 계율을 지키는 이, 진여의 이치를 말한 여러 대승 경전을 독송하는 이, 6념(念)을 하는 이들을 말한다. 이들의 기류(機類)는 죽을 때에 불·보살이 와서 맞아다가 극락세계에 나서 무생법인(無生法忍)을 깨닫고, 또 시방(十方) 제불의 정토에 가서 공양하면서 미래에 성불하리라는 수기를 받고, 다시 극락세계에 돌아가서 무량 백천의 교법을 듣고 그 뜻을 통달한다고 한다.

77) 모수물: 모숨(마음, 心) + -울(목조)

78) ᄒ나흔: ᄒ나ㅎ(하나, 一: 수사, 양수) + -은(보조사, 주제)

79) 精誠엣: 精誠(정성) + -에(부조, 위치) + -ㅅ(-의: 관조) ※ '精誠엣'은 '정성이 있는'으로 의역하여 옮긴다.

80) 둘흔: 둘ㅎ(둘, 二: 수사, 양수) + -은(보조사, 주제)

81) 세흔: 세ㅎ(셋, 三: 수사, 양수) + -은(보조사, 주제)

82) 廻向: 회향. 불교에서 자기가 닦은 선근공덕(善根功德)을 다른 사람이나 자기의 불과(佛果: 수행의 결과)로 돌려 함께 하는 일이다. 회향에는 중생회향(衆生廻向)·보리회향(菩提廻向)·실제회향(實際廻向)의 3종이 있다. 중생회향은 자기가 지은 선근공덕을 다른 중생에게 회향하여 공덕 이익을 주려는 것으로, 불보살의 회향과 영가를 천도하기 위하여 독경하는 것 등이 그것이다. 보리회향은 자기가 지은 모든 선근(善根)을 회향하여 보리의 과덕(果德)을 얻는 데 돌리는 것이며, 실제회향은 자기가 닦은 선근공덕으로 무위적정(無爲寂靜)한 열반을 얻으려고 하는 것이다.

83) 發願: 발원. 신이나 부처에게 소원을 빎. 또는 그 소원이다.

84) ᄀᆽ면: 곳(갖추어져 있다, 具)- + -ᄋ면(연어, 조건)

85) 一定히: [반드시, 必(부사): 일정(일정, 一定: 명사) + -ㅎ(←-ᄒ-: 형접)- + -이(부접)] ※ '一定(일정)'은 어떤 것의 크기, 모양, 범위, 시간 따위가 하나로 정하여져 있는 것이다. 그리고 여기서 '一定히'는 '반드시(必)'로 의역하여 옮긴다.

86) 衆生이사: 衆生(중생) + -이(주조) + -사(-야말로: 보조사, 한정 강조)

마땅히 (저 나라에) 가서 나겠으니, 하나는 慈心(자심)으로 殺生(살생)을 아니 하여 여러 가짓의 戒行(계행)을 갖추고 있는 이요, 둘은 大乘方等經典(대승방등경전)을 讀誦(독송)하는 이요【典(전)은 法(법)이다. 讀(독)은 읽는 것이요 誦(송)은 외우는 것이다.】, 셋은 여섯 가지의 念(염)을 修行(수행)하여【여섯 가지의 念(염)은 부처를 念(염)하며, 法(법)을 念(염)하며, 중을 念(염)하며, 布施(보시)를 염하며,

당다이⁸⁷⁾ 가아 나리니 ᄒᆞᆫᄒᆞᆫ 慈_쫑心_심⁸⁸⁾으로 殺_샳生_싱 아니 ᄒᆞ야 여러

가짓 戒_갱行_{ᅘᅢᆼ}⁸⁹⁾ ᄀᆞ즈니오⁹⁰⁾ 둘흔 大_땡乘_씽方_방等_{ᄃᆞᆼ}經_경典_뎐⁹¹⁾을 讀_똑誦_쑝ᄒ

ᄂᆞ니오⁹²⁾ 【典_뎐은 法_법이라 讀_똑은 닐글⁹³⁾ 시오⁹⁴⁾ 誦_쑝은 외올⁹⁵⁾ 시라 】 세흔

여슷 가짓 念_념⁹⁶⁾을 修_슣行_{ᅘᅢᆼ}ᄒᆞ야【여슷 가짓 念_념은 부텨 念_념ᄒᆞᅀᆞᄫᆞ며⁹⁷⁾

法_법 念_념ᄒᆞ며 즁⁹⁸⁾ 念_념ᄒᆞ며 布_봉施_싱⁹⁹⁾ 念_념ᄒᆞ며

---

87) 당다이: 마땅히, 當(부사)

88) 慈心: 자심. 중생을 사랑하고 가엾게 여기는 마음이다.(= 慈悲心, 자비심)

89) 戒行: 계행. 계사별(戒四別)의 하나이다. 계(戒)를 받은 뒤에 계법(戒法)의 조목에 따라 이를 실천하고 수행함을 이른다. ※ '戒四別(계사별)'은 불교의 계(戒)를 넷으로 나눈 것인데, '계법(戒法), 계상(戒相), 계체(戒體), 계행(戒行)'이 있다.

90) ᄀᆞ즈니오: 곶(갖추어져 있다, 具)-+-Ø(현시)-+-은(관전) # 이(이, 사람, 者: 의명)+-Ø(←-이-: 서조)-+-오(←-고: 연어, 나열)

91) 大乘方等經典: 대승방등경전. 성불(成佛)하는 큰 이상에 이르는 도법을 밝힌 경전을 총칭해서 이르는 말이다. '화엄경(華嚴經), 법화경(法華經), 반야경(般若經), 무량수경(無量壽經), 대집경(大集經)' 등을 이른다.

92) 讀誦ᄒᆞᄂᆞ니오: 讀誦ᄒᆞ[독송하다: 讀誦(독송: 명사)+-ᄒᆞ(동접)-]-+-ᄂᆞ(현시)-+-ㄴ(관전) # 이(이, 사람, 者: 의명)+-Ø(←-이-: 서조)-+-오(←-고: 연어, 나열)

93) 닐글: 닑(읽다, 讀)-+-읋(관조)

94) 시오: ㅅ(←ᄉ: 것, 者, 의명)+-이(서조)-+-오(←-고: 연어, 나열)

95) 외올: 외오(외우다, 誦)-+-ᇙ(관전)

96) 여슷 가짓 念: '육념(六念)', 곧 '염불, 염법, 염승, 염계, 염시, 염천'이다. '염불(念佛)'은 부처님이 여래10호를 갖추시고, 무량 광명으로 중생을 구제하시므로 부처님과 같기를 염원한다. '염법(念法)'은 불경이 큰 공덕을 갖추고 일체 중생의 묘약이 되므로, 불법을 널리 베풀고자 염원한다. '염승(念僧)'은 승려들이 무루법(無漏法)과 계정혜(戒定慧)를 갖추고, 세간의 거룩한 복전(福田)이 되므로 출가하길 염원한다. '염계(念戒)'는 '계행'이 모든 악과 나쁜 것을 물리치므로, 이을 지키고 정진하고자 염원한다. '염시(念施)'는 보시가 중생의 탐욕심을 없앰으로, 널리 베풀어주고자 한다. '염천(念天)'은 천상이 고통을 떠난 곳으로 선업의 과보로 나기 때문에, 널리 착한 업을 짓고자 한다.

97) 念ᄒᆞᅀᆞᄫᆞ며: 念ᄒᆞ[염하다, 생각하다: 念(염, 생각: 불어)+-ᄒᆞ(동접)-]-+-ᅀᆞᆸ(←-ᅀᆞᆸ-: 객높)-+-ᄋᆞ며(연어, 나열)

98) 즁: 중. 僧.

99) 布施: 보시. 자비심으로 남에게 재물이나 불법을 베푸는 것이다.

[47 뒤]

持戒(지계)를 念(염)하며, 하늘을 念(염)하는 것이다. 】 廻向(회향) 發源(발원)하여 저 나라에 나고자 願(원)하는 사람이니, 이 功德(공덕)이 갖추어져 있음을 하루이거나 이레에 이르거나 하면 즉시 (저 나라에) 가서 나겠으니, 저 나라에 날 時節(시절)에 이 사람의 精進(정진)이 勇猛(용맹)한 탓으로, 阿彌陀如來(아미타여래)가 觀世音(관세음)·

持_띵戒_갱¹⁰⁰⁾ 念_념ᄒᆞ미¹⁾ 하늘²⁾ 念_념호미라 】 廻_{ᅘᅬᆼ}向_향 發_뱛願_원ᄒᆞ야 뎌 나라

해 나고져 願_원ᄒᆞᄂᆞᆫ 사ᄅᆞ미니 이 功_공德_득³⁾이 ᄀᆞ조물⁴⁾ 홀리어나⁵⁾

닐웨예⁶⁾ 니를어나⁷⁾ ᄒᆞ면 즉자히⁸⁾ 가아 나리니 뎌 나라해 낧 時_씽節_졇

에 이 사ᄅᆞ미 精_졍進_진이 勇_용猛_{ᄆᆡᆼ}혼⁹⁾ 다ᄉᆞ로¹⁰⁾ 阿_{ᅙᅡᆼ}彌_밍陁_땅如_{ᅀᅧᆼ}來_링¹¹⁾

觀_관世_솅音_{ᅙᅳᆷ}

---

100) 持戒: 지계. 계율을 몸에 지녀 자발적으로 지키고 피하지 않는 것을 이르는 말이다.

1) 念ᄒᆞ미: 念ᄒᆞ[염하다, 생각하다: 念(염, 생각: 불어) + -ᄒᆞ(동접)-]- + -며(연어, 나열) ※ '念ᄒᆞ미'는 '念ᄒᆞ며'를 오각한 형태이다.

2) 하늘: 하늘(← 하ᄂᆞᆶ: 하늘, 天)

3) 功德: 공덕. 좋은 일을 행한 덕으로 훌륭한 결과를 가져오게 하는 능력이다.

4) ᄀᆞ조물: ᄀᆾ(갖추어져 있다, 具)- + -옴(명전) + -ᄋᆞᆯ(목조)

5) 홀리어나: 홀ᄅᆞ(← ᄒᆞᄅᆞ: 하루, 一日) + -이(서조)- + -어(← -거-: 확인)- + -나(연어, 선택)

6) 닐웨예: 닐웨(이레, 七日) + -예(← -에: 부조, 위치)

7) 니를어나: 니를(이르다, 至)- + -어(← -거-: 확인)- + -나(연어, 선택)

8) 즉자히: 즉시, 卽(부사)

9) 勇猛혼: 勇猛ᄒᆞ[← 勇猛ᄒᆞ다(용맹하다): 勇猛(용맹: 명사) + -ᄒᆞ(형접)-]- + -Ø(현시)- + -오(대상)- + -ㄴ(관전) ※ '勇猛(용맹)'은 용감하고 사나운 것이다.

10) 다ᄉᆞ로: 닷(탓, 故: 의명) + -ᄋᆞ로(부조, 방편, 이유)

11) 阿彌陁如來: 阿彌陁如來(아미타여래) + -Ø(← -이: 주조)

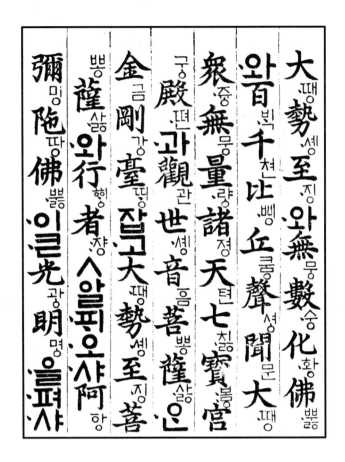

大勢至(대세지)와 無數(무수)한 化佛(화불)과 百千(백천)의 比丘(비구)·聲聞
大衆(성문대중), 無量(무량)한 諸天(제천)과 (함께하여), 七寶(칠보) 宮殿(궁
전)에서 觀世音菩薩(관세음보살)은 金剛臺(금강대)를 잡고 大勢至菩薩(대
세지보살)과 (함께) 行者(행자)의 앞에 오시어, 阿彌陀佛(아미타불)이 큰 光
明(광명)을 펴시어

大땡勢솅至징와 無뭉數숭 化황佛뿛[12]와 百빅千천 比뼁丘쿨[13] 聲셩聞문[14]

大땡衆즁[15] 無뭉量량 諸정天텬[16] 七칧寶봏[17] 宮궁殿뗜과[18] 觀관世솅音흠菩

뽕薩삶은 金금剛강臺띵[19] 잡고 大땡勢솅至징菩뽕薩삻와 行행者쟝[20]ㅅ 알

픠[21] 오샤 阿항彌밍陀땅佛뿛이 큰 光광明명을 펴샤

---

12) 化佛: 화불. 부처가 중생을 교화하기 위하여 여러 모습으로 변화하는 일이나, 그렇게 변화한 모습니다.

13) 比丘: 비구. 출가하여 구족계를 받은 남자 승려이다. ※ '具足戒(구족계)'는 비구와 비구니가 지켜야 할 계율이다. 비구에게는 250계, 비구니에게는 348계가 있다.

14) 聲聞: 성문. 설법을 듣고 사제(四諦)의 이치를 깨달아 아라한(阿羅漢)이 되고자 하는 불제자이다.

15) 大衆: 대중. 많이 모인 승려. 또는 비구, 비구니, 우바새, 우바니를 통틀어 이르는 말이다.

16) 諸天: 제천. 모든 하늘. 욕계의 육욕천, 색계의 십팔천, 무색계의 사천(四天) 따위를 통틀어 이른다. 마음을 수양하는 경계를 따라 나뉜다. 혹은 천상계의 모든 천신(天神)을 이르기도 한다. ※『불설관무량수경』에는 '阿彌陀如來 無數 化佛와 百千 比丘聲聞大衆 無量 諸天'의 구절이 '阿彌陀如來, 與觀世音及大勢至 無數化佛 百千比丘聲聞大衆 無量諸天(= 아미타여래가 관세음과 대세지와 무수한 화불과 백천의 비구·성문대중, 무량한 제천과 함께 하여)'으로 기술되어 있다. 따라서 언해문의 '諸天' 뒤에 한문의 '與'에 해당하는 '함께하여'를 첨가하여 옮겼다.

17) 七寶: 칠보. 일곱 가지 주요 보배. 무량수경에서는 금·은·유리·파리·마노·거거·산호를 이르며, 법화경에서는 금·은·마노·유리·거거·진주·매괴를 이른다.

18) 七寶 宮殿과: 문맥상 '칠보 궁전에서'로 의역하여 옮긴다.

19) 金剛臺: 금강대. 금강석(다이아몬드)으로 된 대(臺)이다.

20) 行者: 행자. 불도를 닦는 사람이다.

21) 알픠: 앞(앞, 前) + -의(-에: 부조, 위치)

行者(행자)의 몸을 비추시고, 諸菩薩(제보살)들과 (함께 행자에게) 손을 건네어 (행자를) 迎接(영접)하시는데【迎(영)은 맞이하는 것이다.】, 觀世音(관세음)과 大勢至(대세지)가 無數(무수)한 菩薩(보살)과 (함께) 行者(행자)를 讚嘆(찬탄)하여, (행자의) 마음을 勸(권)하여 (행자를 불도에) 나아가게 하겠으니, 行者(행자)가 보고 歡喜勇躍(환희용약)하여【歡喜勇躍(환희용약)은 기뻐하여 날아서 솟는 것이다.】

行_행者_쟝이 모물 비취시고 諸_졍菩_뽕薩_삻들콰로²²⁾ 소늘²³⁾ 심겨²⁴⁾ 迎_영接_졉ᄒ시거든²⁵⁾【迎_영은 마줄²⁶⁾ 씨라】 觀_관世_솅音_흠 大_땡勢_솅至_징²⁷⁾ 無_뭉數_숭 菩_뽕薩_삻와로²⁸⁾ 行_행者_쟝를 讚_잔嘆_탄ᄒ야²⁹⁾ ᄆᅀᆞ믈 勸_퀀ᄒ야 나소리니³⁰⁾ 行_행者_쟝ㅣ 보고 歡_환喜_힁踊_용躍_약ᄒ야³¹⁾【歡_환喜_힁踊_용躍_약은 깃거³²⁾ ᄂ소슬³³⁾ 씨라】

---

22) 諸菩薩들콰로: 諸菩薩들ᄒ[제보살들, 여러 보살들: 諸菩薩(제보살) + -들ᄒ(-들: 복접)] + -과 (부조, 공동) + -로(부조, 방편)

23) 소늘: 손(손, 手) + -올(목조)

24) 심겨: 심기(주다, 전하다, 건네다, 授)- + -어(연어)

25) 迎接ᄒ시거든: 迎接ᄒ[영접하다, 맞이하다: 迎接(영접: 명사) + -ᄒ(동접)-] + -시(주높)- + -거든(-는데: 연어, 설명 계속)

26) 마줄: 맞(맞다, 맞이하다, 迎)- + -올(관전)

27) 大勢至: 大勢至(대세지) + -∅(← -이: 주조)

28) 菩薩와로: 菩薩(보살) + -와로(-와: 부조, 공동)

29) 讚嘆ᄒ야: 讚嘆ᄒ[찬탄하다: 讚嘆(찬탄: 명사) + -ᄒ(동접)-] + -야(← -아: 연어) ※ '讚嘆(찬탄)'은 칭찬하며 감탄하는 것이다.

30) 나소리니: 나소[나아가게 하다, 進: 낳(← 낫다, ㅅ불: 나아가다, 進)- + -오(사접)-] + -리(미시)- + -니(연어, 설명 계속) ※ '勸ᄒ야 나소다'는 『불설관무량수불경』의 한문 원문에는 '勸進其心(권진기심)'으로 기술되어 있다. '勸進(권진)'은 남에게 권하여 불도(佛道)에 나아가게 하는 것이다. 따라서 '勸進其心'은 '그 마음을 권하여 불도에 나아가게 하는 것이다.'

31) 歡喜踊躍ᄒ야: 歡喜踊躍ᄒ[환희용약하다: 歡喜踊躍(환희용약: 명사구) + -ᄒ(동접)-] + -야(← -아: 연어) ※ '歡喜踊躍(환희용약)'은 기뻐하여 날아서 솟는 것이다.

32) 깃거: 깄(기뻐하다, 歡喜)- + -어(연어)

33) ᄂ소슬: ᄂ솟[날아서 솟다, 勇躍: ᄂ(← ᄂᆞ다: 날다, 飛)- + 솟(솟다, 勇躍)-] + -올(관전)

제 몸을 보되, (자기가) 金剛臺(금강대)를 타서 부처의 뒤에서 뒤쫓아, 彈
指(탄지)할 사이에 【 彈指(탄지)는 손가락을 튕기는 것이니, 길지 않은 사이
이다. 】 저 나라에 가서 나서 부처의 色神(색신)과 諸菩薩(제보살)의 色
相(색상)을 보며, 光明(광명)과 보배로 된 수풀이 妙法(묘법)을 넓혀 이르
거든 (묘법을) 듣고 즉시 無生法忍(무생법인)을 알고, 길지 않은

제³⁴⁾ 모물 보디 金_금剛_강臺_뗑 타³⁵⁾ 부텻 뒤헤³⁶⁾ 미좃즈바³⁷⁾ 彈_딴指_징

ᅙ³⁸⁾ 시예³⁹⁾【彈_딴指_징는 솑가락⁴⁰⁾ ᄢᅳᆯ⁴¹⁾ ᄡᅵ니 아니한⁴²⁾ 시라⁴³⁾】 뎌

나라해 가 나아 부텻 色_{ᅀᅵᆨ}身_신⁴⁴⁾과 諸_정菩_뽕薩_{ᅀᅡᇙ}ㅅ 色_{ᅀᅵᆨ}相_샹⁴⁵⁾ᄋᆞᆯ 보

며 光_광明_명과 보ᄇᆡ옛⁴⁶⁾ 수플왜⁴⁷⁾ 妙_묳法_법⁴⁸⁾을 너펴⁴⁹⁾ 니르거든⁵⁰⁾

듣고 즉자히 無_뭉生_{ᄉᆡᆼ}法_법忍_{ᅀᅵᆫ}⁵¹⁾을 알오 아니한

---

34) 제: 저(저, 其: 인대, 재귀칭) + -ㅣ(←-의: 관조)

35) 타: ㅌ(←ᄐᆞ다: 타다, 乘)- + -아(연어)

36) 뒤헤: 뒤ㅎ(뒤, 後) + -에(부조, 위치)

37) 미좃즈바: 미좃[← 미좇다(뒤좇다, 隨從): 미(← 및다: 미치다, 따르다, 隨)- + 좇(좇다, 從)-]- + -즈ᄫ(←-ᅀᆸ-: 객높)- + -아(연어)

38) 彈指ᅙ: 彈指ᅙ[탄지하다: 彈指(탄지: 명사) + -ᅙ(동접)-]- + -ᇙ(관전) ※ '彈指(탄지)'는 손톱이나 손가락 따위를 튕기는 것이다. 불교에서는 손가락을 튕길 동안의 아주 짧은 시간을 나타낸다.

39) ᄉᆡ예: ᄉᆡ(사이, 頃) + -예(←-에: 부조, 위치) ※ '彈指ᅙ ᄉᆡ'는 '아주 짧은 사이'이다.

40) 솑가락: [손가락, 指: 손(손, 手) + -ㅅ(관조, 사잇) + 가락(가락)]

41) ᄢᅳᆯ: ᄢᅳ(튕기다, 彈)- + -ㄹ(관전)

42) 아니한: 아니하[크지 않은: 아니(아니, 非: 부사) + 하(크다, 大)-]- + -Ø(현시)- + -ㄴ(관전)

43) ᄉᆡ라: ᄉᆡ(사이, 間) + -Ø(←-이-: 서조)- + -Ø(현시)- + -라(←-다: 평종) ※ '아니한 ᄉᆡ'는 '길지 않은 사이'로 의역하여 옮긴다.

44) 色身: 색신. 물질적 존재로서 형체가 있는 몸으로, 육안으로 보이는 몸을 이른다. 여기서는 부처의 육신을 이른다.

45) 色相: 색상. 육안으로 볼 수 있는 모든 물질의 형상으로서, 불신(佛身)이나 보살의 모습이다.

46) 보ᄇᆡ옛: 보ᄇᆡ(보배, 寶) + -예(←-에: 부조, 위치) + -ㅅ(-의: 관조) ※ '보ᄇᆡ옛'은 '보배로 된'으로 의역하여 옮긴다.

47) 수플왜: 수플[수풀, 林: 숳(숲, 林) + 플(풀, 草)] + -와(접조) + -ㅣ(←-이: 주조)

48) 妙法: 묘법. 불교의 신기하고 묘한 법문(法文)이다.

49) 너펴: 너피[넓히다, 演: 넙(넓다, 廣: 형사)- + -이(사접)-]- + -어(연어)

50) 니르거든: 니르(이르다, 說)- + -거든(연어, 조건)

51) 無生法忍: 무생법인. 불생 불멸(不生不滅)하는 진여(眞如) 법성(法城: 부처님의 교법)을 인지(忍知)하고, 거기에 안주하여 움직이지 않는 것이다. 곧 생겨남이 없어 참는 것으로, 참음에는 '생인(生忍)'과 '법인(法忍)' 두 가지가 있다.

사이에 諸佛(제불)을 다 섬겨서 十方界(시방계)에 다 가서 諸佛(제불)의 앞에 次第(차제)로 受記(수기)하고, 도로 본국(本國)에 와서 無量(무량)한 百千(백천)의 陀羅尼門(다라니문)을 得(득)하겠으니 【陀羅尼(다라니)는 '모아서 잡았다.' 한 뜻이니, 圓覺體(원각체)에 많은 德用(덕용)이 있나니, 本來(본래)부터 잡아서 잃지 아니하므로 '모아서 잡았다.' 하였니라. 體(체)로부터서 用(용)에 나고, 用(용)에서 體(체)에

스시예 諸_정佛_뿛을 다 셤기ᅀᆞᄫᅡ⁵²⁾ 十_씹方_방界_갱⁵³⁾예 다 가 諸_정佛_뿛ㅅ 알픠⁵⁴⁾ 次_충第_똉로 受_쓩記_긩ᄒᆞᄉᆞᆸ고⁵⁵⁾ 도로⁵⁶⁾ 믿나라해⁵⁷⁾와 無_뭉量_랑 百_{ᄇᆡᆨ}千_쳔 陁_{ᄯᅡᆼ}羅_랑尼_닝門_몬⁵⁸⁾을 得_득ᄒᆞ리니【陁_{ᄯᅡᆼ}羅_랑尼_닝ᄂᆞᆫ 모도잡다⁵⁹⁾ 혼 ᄠᅳ디니 圓_원覺_각體_톙⁶⁰⁾예 만ᄒᆞᆫ⁶¹⁾ 德_득用_용⁶²⁾이 잇ᄂᆞ니 本_본來_{ᄅᆡᆼ}브터 자바 일티⁶³⁾ 아니ᄒᆞᆯ씨 모도잡다 ᄒᆞ니라 體_톙⁶⁴⁾로셔 用_용⁶⁵⁾애 나고 用_용애셔 體_톙예

---

52) 셤기ᅀᆞᄫᅡ: 셤기(셤기다, 事)-＋-ᅀᆞᆸ(←-ᅀᆞᆸ-: 객높)-＋-아(연어)

53) 十方界: 시방계. 시방세계(十方世界). 불교에서 전세계를 가리키는 공간 구분 개념이다. 사방 (四方: 동·서·남·북), 사유(四維: 북서·남서·남동·북동)와 상·하의 열 방향을 나타낸다.

54) 알픠: 앒(앞, 前)＋-의(-에: 부조, 위치)

55) 受記ᄒᆞᄉᆞᆸ고: 受記ᄒᆞ[수기하다: 受記(수기: 명사)＋-ᄒᆞ(동접)-]-＋-ᄉᆞᆸ(객높)-＋-고(연어, 계 기) ※ '受記(수기)'는 부처로부터 내생에 부처가 되리라고 하는 예언을 받는 것이다.

56) 도로: [도로, 還(부사): 돌(돌다, 回)-＋-오(부접)]

57) 믿나라해: 믿나라ᄒᆞ[본국, 本國: 믿(← 밑: 밑, 本)＋나라ᄒᆞ(나라, 國)]＋-애(-에: 부조, 위치)

58) 陁羅尼門: 다라니문. '陁羅尼(다라니)'는 범문을 번역하지 아니하고 음(音) 그대로 외는 일이다. 자체에 무궁한 뜻이 있어 이를 외는 사람은 한없는 기억력을 얻고, 모든 재액에서 벗어나는 등 많은 공덕을 받는다고 한다. 선법(善法)을 갖추어 악법을 막는다는 뜻을 번역하여, '총지(總 持)·능지(能持)·능차(能遮)'라고도 이른다. ※ '陀羅尼門'은 다라니를 염송함으로써 수행하는 것을 이른다.

59) 모도잡다: 모도잡[모아서 잡다, 통괄하다, 摠: 몯(모이다, 集)-＋-오(부접)＋잡(잡다, 執)-]-＋ -Ø(과시)-＋-다(평종)

60) 圓覺體: 원각체. '圓覺(원각)'은 부처의 원만한 깨달음을 일컫는 말이다. 또한 원만한 깨달음의 경지인 청정한 본심을 일컬어 원각묘심(圓覺妙心)이라 한다. 불교에서는 일체의 생명에는 본 래부터 깨달음이 있고 진심이 있어서 체(體)에 맞으면 원각이라 하고, 인(因)에 맞으면 여래장 이라 하며, 과(果)에 맞으면 또 원각이라 한다. 『圓覺經』(원각경)에서는, "법왕에게 큰 다라니 문(陀羅尼門)이 있으니 그 이름이 원각이다. 모든 청정과 진여(眞如)와 보리와 열반과 바라밀 로써 보살을 가르치며, 모든 여래의 처음 수행은 다 원각을 의지해 무명(無明)을 끊고 불도를 성취한 것"이라고 설명한다. 한 마디로 몸과 마음을 떠난 청정한 본래의 성품을 말한다.

61) 만ᄒᆞᆫ: 만ᄒᆞ(많다, 多)-＋-Ø(현시)-＋-ㄴ(관전)

62) 德用: 덕용. 덕이 있고 응용의 재주가 있는 것이다. 혹은 쓰기 편하고 이로운 것이다.

63) 일티: 잃(잃다, 失)-＋-디(-지: 연어, 부정)

64) 體: 체. '用(용)'에 대응되는 것으로서 사물의 본체 또는 근본적인 것을 가리키는 말이다. 우주 만 물이나 일체 차별 현상의 근본으로서, 상주불변하는 진리의 본래 모습 또는 진리 그 자체이다.

65) 用: 용. 진리의 작용이다. 사물의 작용 또는 현상, 파생적인 것을 가리키는 개념으로 사용된다.

들어가는 것이 門(문)에 나들듯 하므로 '門(문)이다.' 하였니라. 】, 이 이름이
上品上生(상품상생)이다. 上品中生(상품중생)은 方等經典(방등경전)을 구태
여 受持讀誦(수지독송)을 아니 하여도 (방등경전의) 뜻을 잘 알아서, 第一
義(제일의)에 마음을 놀라 움직이지 아니하여, 因果(인과)를 깊이 信(신)하
며 大乘(대승)을 비웃지 아니하여,

드러가미[66] 門_몬이 나드듯[67] 홀씨 門_몬이라 ㅎ니라 】 이 일후미 上_썅品_픔上_썅生_싱이라 上_썅品_픔中_듕生_싱[68]은 方_방等_등經_경典_뎐[69]을 구틔여[70] 受_쓩持_띵讀_똑誦_쏭[71] 아니 ㅎ야도 뜨들[72] 이대[73] 아라 第_똉一_잃義_읭[74]예 ㅁ ᅀᆞ믈 놀라 뮈우디[75] 아니ㅎ야 因_인果_광를 기피 信_신ㅎ며 大_땡乘_씽[76] 을 비웃디[77] 아니ㅎ야

---

66) 드러가미: 드러가[들어가다, 入: 들(들다, 入)- + -어(연어) + 가(가다, 去)-]- + -ㅁ(←-옴: 명전) + -이(주조)

67) 나드듯: 나드[←나들다(나들다, 出入): 나(나다, 出)- + 들(들다, 入)-]- + -듯(-듯: 연어, 흡사)

68) 上品中生: 상품중생. 극락 정토(極樂淨土)에 왕생(往生)하는 이의 9품(九品)의 하나이다. 또는 상품삼생(上品三生)의 하나이다. 이러한 사람들의 기류(機類)는 진여(眞如)의 이치를 말한 방등경전(方等經典)에 말한 뜻을 잘 알아서 제1의(第一義)인 진리를 듣고도 놀라지 않으며, 인과(因果)의 이치를 깊이 믿은 공덕으로 명종(命終)할 때에 아미타불(阿彌陀佛)과 관세음(觀世音)·대세지(大勢至) 두 보살(菩薩)의 영접을 받아 극락 정토에 가서 나고, 7일 후에 무상정등정각(無上正等正覺)을 깨달아 불퇴위(不退位)에 오르고, 시방(十方)에 다 가서 제불(諸佛)을 공양하고, 삼매(三昧)를 닦아 일소겁(一小劫)을 지난 뒤에 무생법인(無生法忍)을 얻어 나타난 앞에서 수기(授記)를 받는다고 한다.

69) 方等經典: 방등경전. 대승경전(大乘經典) 중에서 화엄경, 반야경, 법화경, 열반경을 제외한 나머지 경전이다. 중요한 경전으로는 유마경, 정토경, 승만경, 능엄경, 대보적경, 대일경, 금강정경, 이취경등 무수히 많다.

70) 구틔여: [구태어, 억지로, 必(부사): 구틔(강요하다, 强)- + -여(←-어: 연어 ▷ 부접)]

71) 受持讀誦: 수지독송. 경전을 받아 항상 잊지 않고 읽는 것일. 곧, 늘 경전을 읽고 공부하며 경전의 가르침대로 살아가기 위해 노력하는 생활로서, 경전을 마음속에 새기며 읽거나 외우는 것이다.

72) 뜨들: 뜯(뜻, 義趣) + -을(목조)

73) 이대: [잘, 善(부사): 읻(좋다, 곱다, 善: 형사)- + -애(부접)]

74) 第一義: 제일의. 근본(根本) 되는 첫째 의의(意義)나 궁극(窮極)의 진리(眞理)이다. 혹은 더할 수 없는 깊은 묘의(妙義)이며, 제법 실상(諸法實相)의 이(理), 또는 제1(第一) 의제(議題)이다.

75) 뮈우디: 뮈우[움직이게 하다, 使動: 뮈(움직이다, 動: 자동)- + -우(사접)-]- + -디(-지: 연어, 부정)

76) 大乘: 대승. 소승이 개인적 해탈을 위한 교법·수행·근기임에 반하여, 대승은 널리 일체 중생의 구제를 목표로 베푸는 불교의 심오(深奧)하고 현묘(玄妙)한 교법·수행·근기를 말한다. 대(大)라는 것은 곧 일체를 다 포함(包含)한다는 의미이고, 또 광대무량(廣大無量)하다는 뜻이다. 승(乘)이란 운재(運載)에 싣고 간다는 뜻이다. 곧, 대승이란 일체 중생으로 하여금 생사의 바다를 건너서 열반의 피안(彼岸)에 도달하게 한다는 뜻이다.

77) 비웃디: 비웃[비웃다, 謗: 비(접두, 卑)- + 웃(웃다, 笑)-]- + -디(-지: 연어, 부정)

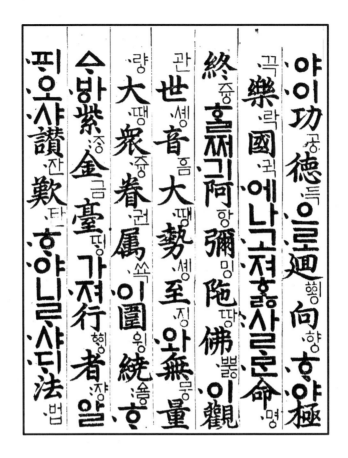

이 功德(공덕)으로 廻向(회향)하여 極樂國(극락국)에 나고자 할 사람은 命終 (명종)할 적에, 阿彌陀佛(아미타불)이 {觀世音(관세음)·大勢至(대세지)와 無量 (무량)한 大衆(대중)과 眷屬(권속)이 (아미타불을) 圍繞(위요)하고} 紫金臺(자 금대)를 가지어 行者(행자)의 앞에 오시어 讚歎(찬탄)하여 이르시되[*],

---

[*] 『월인석보』의 본문이 『불설관무량수경』의 한문 문장을 잘못 번역하였으므로, 한문본을 참조하여 언해문의 문장을 재구성하였다. "상품중생은 반드시 방등경전을 수지하고 독송하지 않더라도 그 뜻을 잘 이해하고, 심오한 진리에 대하여 마음이 놀라거나 동요하지 않으며, 인과(因果)를 깊이 믿고 대승을 비방하지 않아, 이러한 공덕을 회향하여 극락세계에 태어나기를 구한다. 이를(= 상품 중생을) 수행하는 행자는 명종할 때에, 아미타불이 관세음·대세지와 무량한 대중·권속에 둘러쌓 여, 자금대를 가져서 행자의 앞에 오시어 찬탄하여 이르시되,…"(上品中生者, 不必受持讀誦方等經 典, 善解義趣, 於第一義, 心不驚動, 深信因果, 不謗大乘, 以此功德, 廻向願求生極樂國, 行此行者, 命 欲終時, 阿彌陀佛, 與觀世音及大勢至 `無量大衆, 眷屬圍繞, 持紫金臺, 至行者前讚言)

이 功_공德_득으로 廻_휑向_향[78]ᄒ야 極_끅樂_락國_귁에 나고져 홇 사ᄅ먼 命_명終_즁홀[79] 쩌긔[80] 阿_항彌_밍陁_땅佛_뿛이 觀_관世_솅音_흠 大_땡勢_솅至_징와 無_뭉量_량 大_땡衆_즁 眷_권屬_쑉이[81] 圍_윙繞_욜ᄒᅀᄫᅡ[82] 紫_즈金_금臺_띵[83] 가져 行_{ᅘᆼ}者_쟝 알피 오샤 讚_잔歎_탄ᄒ야 니ᄅ샤디

---

78) 廻向: 회향. 자기가 닦은 선근 공덕을 다른 중생이나 자기 자신에게 돌리는 것이다. 중생회향, 보리회향, 실제회향의 세 가지, 또는 왕상회향과 환상회향의 두 가지로 나뉜다.

79) 命終홀[명종하다: 命終(명종: 명사) + -ᄒ(동접)-] + -ㄹ(관전) ※ '命終(명종)'은 목숨을 마치는 것이다.

80) 쩌긔: 쩍(← 적: 적, 때, 時, 의명) + -의(-에: 부조, 위치)

81) 眷屬이: 眷屬(권속) + -이(주조) ※ '眷屬(권속)'은 한집에 거느리고 사는 식구이다.

82) 圍繞ᄒᅀᄫᅡ: 圍繞ᄒ[위요하다: 圍繞(위요: 명사) + -ᄒ(동접)-] + -ᅀᆸ(←-ᅀᆸ-: 객높) + -아(연어) ※ '圍繞(위요)'는 부처의 둘레를 돌아다니는 일이다. ※ '觀世音 大勢至와 無量 大衆 眷屬이 圍繞ᄒᅀᄫᅡ'에서 서술어인 '圍繞ᄒᅀᄫᅡ'에 객체 높임의 선어말 어미인 '-ᅀᆸ-'이 실현되었다. 이를 감안하면, 이 구절은 '관세음, 대세지와 무량 대중과 권속이 아미타불을 위요하여'로 옮겨야 한다. 그리고 주어인 '阿彌陀佛이'는 그 뒤에 실현된 '紫金臺 가져 行者 알피 오샤'와 통사적으로 호응한다.

83) 紫金臺: 자금대. 자줏빛의 황금(黃金) 좌대(座臺)이다.

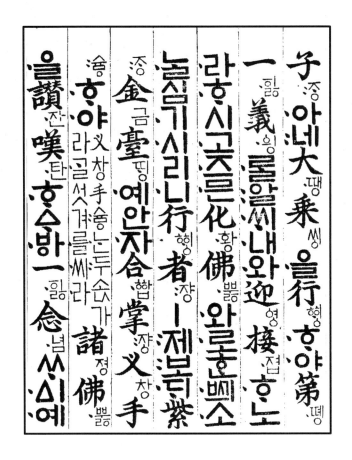

"法子(법자)야, 네가 大乘(대승)을 行(행)하여 第一義(제일의)를 알므로, 내가 와서 (너를) 迎接(영접)한다." 하시고, 千(천)의 化佛(화불)과 함께 손을 내밀겠으니, 行者(행자)가 스스로 보되, (자기가) 紫金臺(자금대)에 앉아 合掌(합장)·叉手(차수)하야 【 叉手(차수)는 두 손가락을 섞어 겹는 것이다. 】 諸佛(제불)을 讚嘆(찬탄)하여, 一念(일념) 사이에

法_법子_{ᄌᆞ}아⁸⁴⁾ 네⁸⁵⁾ 大_땡乘_씽을 行_{ᅘᅵᆼ}ᄒᆞ야 第_똉一_{ᅙᅵᆲ}義_읭를 알씨 내⁸⁶⁾ 와 迎_{ᅌᅧᆼ}接_졉ᄒᆞ노라⁸⁷⁾ ᄒᆞ시고 즈믄⁸⁸⁾ 化_황佛_뿛와로⁸⁹⁾ ᄒᆞᆫᄢᅴ⁹⁰⁾ 소ᄂᆞᆯ 심 기시리니⁹¹⁾ 行_{ᅘᅵᆼ}者_쟝ㅣ 제⁹²⁾ 보ᄃᆡ 紫_{ᄌᆞᆼ}金_금臺_{ᄄᆡ}예 안자 合_{ᅘᅡᆸ}掌_쟝⁹³⁾ 叉_창手_슗⁹⁴⁾ᄒᆞ야【叉_창手_슗ᄂᆞᆫ 두 솑가라ᄀᆞᆯ⁹⁵⁾ 섯겨를⁹⁶⁾ 씨라】 諸_졍佛_뿛을 讚 嘆_탄ᄒᆞᅀᆞᄫᅡ 一_{ᅙᅵᇙ}念_념 ᄊᆞᅀᅵ예⁹⁷⁾

---

84) 法子아: 法子(법자) + -아(호조) ※ '法子(법자)'는 불도를 좇아 법에 의하여 양성된 사람이다. ※ 15세기 국어에서는 호격 조사 '-아'는 앞선 체언의 끝소리가 자음이든 모음이든 상관없이 실현되었다.

85) 네: 너(너, 汝: 인대, 2인칭) + -ㅣ(←-이: 주조)

86) 내: 나(나, 我: 인대, 1인칭) + -ㅣ(←-이: 주조)

87) 迎接ᄒᆞ노라: 迎接ᄒᆞ[영접하다: 迎接(영접: 명사) + -ᄒᆞ(동접)-]- + -ㄴ(←-ᄂᆞ-: 현시)- + -오 (화자)- + -라(←-다: 평종)

88) 즈믄: 천. 千(관사, 양수)

89) 化佛와로: 化佛(화불) + -와로(-와: 부조, 공동) ※ '化佛(화불)'은 부처가 중생을 교화하기 위 하여 여러 모습으로 변화하는 일이다.

90) ᄒᆞᆫᄢᅴ: [함께, 與(부사): ᄒᆞᆫ(한, 一: 관사, 양수) + ᄢᅴ(←ᄢᅵ: 때, 時) + -의(부조▷부접)]

91) 심기시리니: 심기(전하다, 주다, 내밀다, 授)- + -시(주높)- + -리(미시)- + -니(연어, 설명 계 속) ※ '소ᄂᆞᆯ 심기시고'는 '손을 내미시고'로 의역하여 옮긴다.

92) 제: 저(저, 自: 인대, 재귀칭) + -ㅣ(←-이: 주조) ※ '行者ㅣ 제 보ᄃᆡ(= 行者自見)'는 '행자가 (자신을) 스스로 보되'라는 뜻이다.

93) 合掌: 합장. 두 손바닥을 합하여 마음이 한결같음을 나타내는 것이다. 또는 그런 예법을 이른 다. 본디 인도의 예법으로, 보통 두 손바닥과 열 손가락을 합한다.

94) 叉手: 차수. 두 손바닥을 합하고 오른손 다섯 손가락의 끝과 왼손 다섯 손가락의 끝을 약간 교 차시키는 인도의 예법이다.

95) 솑가라ᄀᆞᆯ: 솑가락[손가락, 指: 손(손, 手) + -ㅅ(관조, 사잇) + 가락(가락)] + -ᄋᆞᆯ(목조)

96) 섯겨를: 섯결[←섯겯다, ᄃ불(섞어 겯다, 又): 섯(← 섯다: 섞다, 混)- + 겯(겯다)-] + -을(관전)

97) 一念 ᄊᆞᅀᅵ예: 一念(일념) + -ㅅ(-의: 관조) # ᄊᆞᅀᅵ(사이, 間) + -예(←-에: 부조, 위치) ※ '一念 (일념)'은 아주 짧은 순간, 또는 순간의 마음이다.

뎌 나라해 七칧寶·뽕 ·못 가온·딕 가 나·리
·니 ·이 紫·징 金금臺·띵 큰 ·보·빅 ·옛 곳 ·고 티
·호·야 ·룻 ·밤 자·고 ·프 ·거 ·든 行·힝 者·쟝 ·이
·모 ·미 紫·징 磨망 金금 色·식 ·이 ·외·외 ·발
아·래 ·쏘 七 칧寶·뽕 蓮 련 花·황 ·이 ·잇 ·거 ·든
부·텨 와 菩·뽕 薩·삻 ·와 호·믹 放·방 光광·호
·샤 行·힝 者·쟝 ·익 ·모·물 ·비·취·시·면 ·누·니 ·즉

저 나라에 있는 七寶(칠보)의 못(池) 가운데에 가서 나겠으니, 이 紫金臺
(자금대)가 큰 보배로 된 꽃과 같아서, (자금대가) 하룻밤 자고 피거든 行
者(행자)의 몸이 紫磨金(자마금)의 色(색)이 되고, 발 아래에 또 七寶(칠보)
의 蓮花(연화)가 있는데, 부처와 菩薩(보살)과 함께 放光(방광)하시어 行
者(행자)의 몸을 비추시면 눈이 즉시

뎌 나라햇⁹⁸⁾ 七_칧寶_볼 못 가온딕⁹⁹⁾ 가 나리니 이 紫_중金_금臺_띵¹⁰⁰⁾

큰 보빅엣¹⁾ 고지²⁾ 곧흐야 흐룻밤³⁾ 자고 프거든⁴⁾ 行_행者_쟝이 모미

紫_중磨_망金_금⁵⁾ 色_싁이⁶⁾ 드외오⁷⁾ 발 아래 쏘 七_칧寶_볼 蓮_련花_황ㅣ

잇거든⁸⁾ 부텨와 菩_뽕薩_삻와 흔쁴 放_방光_광흐샤⁹⁾ 行_행者_쟝이 모물

비취시면 누니 즉자히

---

98) 나라햇: 나라ㅎ(나라, 國) + -애(-에: 부조, 위치) + -ㅅ(-의: 관조) ※ '나라햇'은 '나라에 있는'
    으로 의역하여 옮긴다.
99) 가온딕: 가온딕(가운데, 中) + -∅(←-이: 부조, 위치)
100) 紫金臺: 紫金臺(자금대) + -∅(←-이: 주조)
1) 보빅엣: 보빅(보배, 寶) + -예(←-에: 부조) + -ㅅ(-의: 관조) ※ '보빅엣'은 '보배로 된'으로 의
    역하여 옮긴다.
2) 고지: 곶(꽃, 花) + -ㅣ(←-이: -과, 부조, 비교)
3) 흐룻밤: [하룻밤, 一夜: 흐루(하루, 一日) + -ㅅ(관조, 사잇) + 밤(밤, 夜)]
4) 프거든: 프(피다, 開)- + -거든(연어, 조건)
5) 紫磨金: 紫磨金(자마금) ※ '紫磨金(자마금)'은 자색(紫色)을 띤 순수한 황금이다. 품질이 가장
    좋은 황금을 이른다.
6) 色이: 色(색) + -이(보조) ※ '紫磨金(자마금) 色(색)'은 자줏빛의 윤이 나는 금색이다.
7) 드외오: 드외(되다, 作)- + -오(←-고: 연어, 나열)
8) 잇거든 : 잇(있다, 有)- + -거든(-는데: 연어, 설명 계속)
9) 放光흐샤: 放光흐[방광하다: 放光(방광: 명사) + -흐(동접)-]- + -샤(←-시-: 주조)- + -∅(←
    -아: 연어)

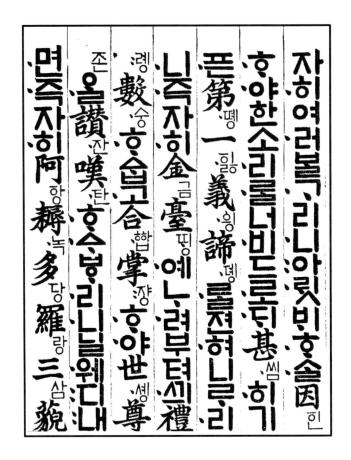

열리어 밝아지겠으니, 예전의 버릇을 因(인)하여 많은 소리를 널리 듣되
甚(심)히 깊은 第一義諦(제일의제)를 오로지 이르겠으니, 즉시 金臺(금대)
에 내려 부처께 禮數(예수)하고 合掌(합장)하여 世尊(세존)을 讚嘆(찬탄)하
겠으니, 이레를 지내면 즉시 阿耨多羅三藐三菩提(아뇩다라삼먁삼보리)에

여러¹⁰⁾ 볼マ리니¹¹⁾ 아릿¹²⁾ 비ᄒ슬¹³⁾ 因ᅙᅵᆫᄒ야 한¹⁴⁾ 소리를 너비¹⁵⁾ 드로ᄃᆡ¹⁶⁾ 甚씸히¹⁷⁾ 기픈 第ᄄᆌᆼ一ᅙᅵᇙ義ᅌᅴᆼ諦뎽¹⁸⁾를 젼혀¹⁹⁾ 니ᄅ리니²⁰⁾ 즉자히 金금臺뗑예²¹⁾ ᄂᆞ려²²⁾ 부텨ᄭᅴ²³⁾ 禮롕數ᄼᅮᆼᄒ습고²⁴⁾ 合ᅘᅡᆸ掌쟝ᄒ야 世솅尊존을 讚잔嘆탄ᄒ수ᄫᅵ리니²⁵⁾ 닐웨²⁶⁾ 디내면²⁷⁾ 즉자히 阿ᅙᅡᆼ耨녹多당羅랑三삼藐막三삼菩뽕提똉²⁸⁾예

---

10) 여러: 열(열리다, 開: 자동)- + -어(연어)

11) 볼マ리니: 붉(밝아지다, 明: 동사)- + -ᄋ리(미시)- + -니(연어, 설명 계속)

12) 아릿: 아리(예전, 昔) + -ㅅ(-의: 관조)

13) 비ᄒ슬: 비ᄒᆞ[버릇, 宿習: 빛(버릇이되다, 길들다, 習: 자동)- + -읏(명접)] + -을(목조)

14) 한: 하(많다, 衆)- + -Ø(현시)- + -ㄴ(관전)

15) 너비: [널리, 普(부사): 넙(넓다, 廣: 형사)- + -이(부접)]

16) 드로ᄃᆡ: 들(← 듣다, ᄃᆞᆯ: 듣다, 聞)- + -오ᄃᆡ(-되: 연어, 설명 계속)

17) 甚히: [심히, 심하게(부사): 甚(심: 불어) + -ᄒ(←-ᄒᆞ-: 형접)- + -이(부접)]

18) 第一義諦: 제일의제. 그것 자신(自身)이 진실(眞實)인 이법(理法)이다. 곧 심묘(深妙)한 절대적(絶對的) 진리(眞理)이다.

19) 젼혀: [오로지, 純(부사): 젼(전, 專: 불어) + -혀(부접, 강조)]

20) 니ᄅ리니: 니ᄅ(이르다, 說)- + -리(미시)- + -니(연어, 설명 계속)

21) 金臺예: 金臺(금대) + -예(←-에: 부조, 위치) ※ '金臺(금대)'는 황금으로 장식한 대이다.

22) ᄂᆞ려: ᄂᆞ리(내리다, 下)- + -어(연어)

23) 부텨ᄭᅴ: 부텨(부처, 佛) + -ᄭᅴ(-께: 부조, 상대, 높임) ※ '-ᄭᅴ'는 [-ㅅ(관조) + 긔(거기에: 의명)]의 방식으로 형성된 파생 조사이다.

24) 禮數ᄒ습고: 禮數ᄒ[예수하다: 禮數(예수: 명사) + -ᄒ(동접)-]- + -습(객높)- + -고(연어, 계기) ※ '禮數(예수)'는 명성이나 지위에 알맞은 예의와 대우이다.

25) 讚嘆ᄒ수ᄫᅵ리니: 讚嘆ᄒ[찬탄하다: 讚嘆(찬탄: 명사) + -ᄒ(동접)-]- + -ᅀᆞ(←-ᅀᆞᆸ-: 객높)- + -ᄋ리(미시)- + -니(연어, 설명 계속) ※ '讚嘆(찬탄)'은 칭찬하며 감탄하는 것이다.

26) 닐웨: 이레, 七日.

27) 디내면: 디내[지내다, 經: 지나(지나다, 經: 자동)- + -ㅣ(←-이-: 사접)-]- + -면(연어, 조건)

28) 阿耨多羅三藐三菩提: 아뇩다라삼먁삼보리. 가장 완벽한 깨달음을 뜻하는 말이다. 산스크리트어의 '아눗타라 삼먁 삼보디(anuttara-samyak-sambodhi)'를 음역하여 한자로 표현한 말이다. '아뇩다라'란 무상(無上)이라는 뜻이고, '삼먁'이란 거짓이 아닌 진실이며, '삼보리'란 모든 지혜를 널리 깨친다는 정등각(正等覺)의 뜻이다. 이를 종합여 번역하면 '무상정등정각(無上正等正覺)'이라는 뜻으로, 이보다 더 위가 없는 큰 진리를 깨쳤다는 말이다. 모든 무명 번뇌를 벗어버리고 크게 깨쳐 우주 만유의 진리를 확실히 아는 부처님의 지혜라는 말로서, 삼세의 모든 부처님이 깨치게 되는 최고의 경지를 말한다.

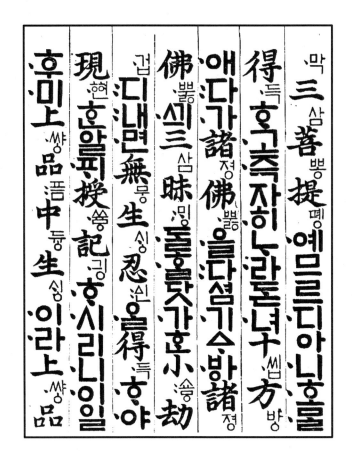

물러나지 아니하는 것을 得(득)하고, 즉시 날아다녀 十方(시방)에 다 가서, 諸佛(제불)을 다 섬기어서 諸佛(제불)께 三昧(삼매)들을 닦아, 한 小劫(소겁)을 지내면 無生忍(무생인)을 得(득)하여 現(현)한 앞에서 授記(수기)하시겠으니, 이것의 이름이 上品中生(상품중생)이다.

므르디[29] 아니호믈 得득ᄒ고 즉자히 ᄂᆞ라ᄃᆞ녀[30] 十씹方방애 다 가 諸졍佛뿛을 다 셤기ᅀᆞᄫᅡ[31] 諸졍佛뿛끠 三삼昧밍들홀[32] 닷가[33] ᄒᆞᆫ 小숄劫겁[34] 디내면 無뭉生ᄉᆡᆼ忍ᅀᅵᆫ[35]을 得득ᄒ야 現현ᄒᆞᆫ 알ᄑᆡ[36] 授쓩記긩ᄒᆞ시리니 이 일후미 上쌍品픔中듀ᇰ生ᄉᆡᆼ이라

---

29) 므르디: 므르(물러나다, 退)- + -디(-지: 연어, 부정)

30) ᄂᆞ라ᄃᆞ녀: ᄂᆞ라ᄃᆞ니[날아다니다, 飛行: ᄂᆞᆯ(날다, 飛)- + -아(연어) + ᄃᆞ니(다니다, 行)-]- + -어(연어) ※ 'ᄃᆞ니다'는 [ᄃᆞᆮ(달리다, 走)- + 니(가다, 行)-]의 방식으로 형서된 합성 동사이다.

31) 셤기ᅀᆞᄫᅡ: 셤기(섬기다, 事)- + -ᅀᆞᇦ(←-ᅀᆞᆸ-: 객높)- + -아(연어)

32) 三昧들홀: 三昧들ㅎ[삼매들, 諸三昧: 三昧(삼매) + -들ㅎ(-들: 복접)] + -올(목조) ※ '三昧(삼매)'는 불교에서 마음을 한가지 일에 집중시키는 일심불란(一心不亂)의 경지나 사물에 열중함을 이르는 말이다.

33) 닷가: 닭(닦다, 修)- + -아(연어)

34) 小劫: 소겁. 1증겁(增劫)과 1감겁(減劫)을 각각(各各) 이르는 말이다. 또는 1증겁과 1감겁을 합(合)하여 이르기도 한다. '1증겁'은 사람의 목숨이 8만 살부터 100년마다 한 살씩 줄어서 열 살이 되기까지의 동안이다. '1감겁'은 열 살에서 100년마다 한 살씩 늘어서 8만 살에 이르는 동안이다.

35) 無生忍: 무생인. 오인(五忍)의 넷째 단계이다. 모든 사물과 현상이 무상함을 깨달아 마음의 평정을 얻는 단계이다. ※ '五忍(오인)'은 불보살의 다섯 가지 수행 단계이다. 법리(法理)를 깨닫고 마음이 평안히 머무는 정도에 따라 '복인(伏忍), 신인(信忍), 순인(順忍), 무생인(無生忍), 적멸인(寂滅忍)'으로 나눈다.

36) 現흔 알ᄑᆡ: '現흔 알ᄑᆡ'은 '現前(현전)'을 직역한 표현인데, '눈 앞에서'로 의역하여 옮길 수 있다.

上品下生(상품하생)은 또 因果(인과)를 信(신)하며, 大乘(대승)을 비웃지 아니하고, 오직 위가 없는 道理(도리)의 마음을 發(발)하여, 이 功德(공덕)으로 廻向(회향)하여 極樂國(극락국)에 나고자 할 사람은, 命終(명종)할 적에 阿彌陀佛(아미타불)과 觀世音菩薩(관세음)과 大勢至(대세지)가 眷屬(권속)들과

上_썅品_픔下_행生_싱 [37]은 쪼 因_힌果_광 [38]를 信_신ᄒᆞ며 大_땡乘_씽 [39]을 비웃디 [40]
아니ᄒᆞ고 오직 우[41] 업슨 道_똠理_링ㅅ ᄆᆞᅀᆞᄆᆞᆯ 發_벓ᄒᆞ야 이 功_공德_득으
로 廻_휑向_향ᄒᆞ야 極_끅樂_락國_귁 [42]에 나고져 홀 사ᄅᆞ미 命_명終_즁홇 저긔
阿_항彌_밍陁_땅佛_뿛와 觀_관世_솅音_흠 大_땡勢_솅至_징 [43] 眷_권屬_쑉들콰로 [44]

---

37) 上品下生: 상품하생. 구품왕생(九品往生)의 하나이다. 인과(因果)를 믿고 대승을 비방하지 않
    으며, 위없는 깨달음을 구하는 마음을 일으킨 공덕으로 정토에 태어나는 자이다.

38) 因果: 인과. 선악의 업에 따라 그에 해당하는 과보(果報)를 받는 일이다.

39) 大乘: 대승. 소승이 개인적 해탈을 위한 교법·수행·근기임에 반하여 대승은 널리 일체 중생의
    구제를 목표로 베푸는 불교의 심오(深奧)하고 현묘(玄妙)한 교법·수행·근기를 말한다. 대(大)
    라는 것은 곧 일체를 다 포함(包含)한다는 의미이고, 또 광대무량(廣大無量)하다는 뜻이다. 승
    (乘)이란 운재(運裁)에 싣고 간다는 뜻이다. 곧, 대승이란 일체 중생으로 하여금 생사의 바다를
    건너서 열반의 피안(彼岸)에 도달하게 한다는 뜻이다.

40) 비웃디: 비웃[비웃다, 謗: 비(접두, 卑)- + 웃(웃다, 笑)-]- + -디(-지: 연어, 부정)

41) 우: 우(← 우ㅎ: 위, 上)

42) 極樂國: 극락국. 아미타불이 살고 있는 정토(淨土)로, 괴로움이 없으며 지극히 안락하고 자유
    로운 세상이다. 인간 세계에서 서쪽으로 10만억 불토(佛土)를 지난 곳에 있다.

43) 大勢至: 大勢至(대세지) + -Ø(← -이: 주조) ※ 『불설관무량수불경』에는 '阿彌陁佛及觀世音幷
    大勢至 與諸眷屬 持金蓮華(아미타불과 관세음 그리고 대세지가 제권속과 더불어서 금련화를
    지녀서)'로 기술되어 있다. 따라서 '阿彌陁佛와 觀世音·大勢至'가 주어로 쓰인 명사구이다.

44) 眷屬들콰로: 眷屬들ㅎ[권속들, 諸眷屬: 眷屬(권속: 명사) + -들ㅎ(-들: 복접)] + -과로(부조, 공
    동) ※ '眷屬(권속)'은 한집에 거느리고 사는 식구이다. 여기서는 아미타불과 관세음보살, 대세
    지보살 등과 관련된 무리이다.

金蓮華(금련화)를 가지시고 五百(오백) 부처를 지어 와서 맞이하시어, 五百(오백) 化佛(화불)이 함께 손을 내미시고 讚嘆(찬탄)하여 이르시되, "法子(법자)야 네가 淸淨(청정)하여 위가 없는 道理(도리)의 마음을 發(발)하므로, 내가 와서 너를 맞이한다." 하시겠으니, (상품하생이) 이 일을 볼 적에 자기의 몸을 보되, (상품하생이) 金蓮華(금련화)에

金금蓮련華ᅘᅱᆼ⁴⁵⁾ 가지시고 五ᅌᅩ百빅 부텨⁴⁶⁾를 지서⁴⁷⁾ 와 마즈샤⁴⁸⁾ 五ᅌᅩ百빅 化황佛ᅗᅮᇙ⁴⁹⁾이 ᄒᆞᆫ쁴⁵⁰⁾ 소늘 심기시고⁵¹⁾ 讚잔嘆탄ᄒᆞ야 니ᄅᆞ샤ᄃᆡ 法법子ᄌᆞ아 네⁵²⁾ 淸쳥淨쪙ᄒᆞ야 우 업슨 道뜰理링ㅅ ᄆᆞᅀᆞᄆᆞᆯ 發벓ᄒᆞᆯ씨⁵³⁾ 내⁵⁴⁾ 와⁵⁵⁾ 너를 맛노라⁵⁶⁾ ᄒᆞ시리니 이 일 봃 저긔 제 모ᄆᆞᆯ 보ᄃᆡ 金금蓮련華ᅘᅱᆼ애

---

45) 金蓮華: 금련화. 금(金)으로 된 연꽃이다.
46) 부텨: 이때의 '오백 부텨'는 '오백(五百)의 화불(化佛)'이다.
47) 지서: 짛(← 짓다, ㅅ불: 짓다, 만들다, 作)-+-어(연어)
48) 마즈샤: 맞(맞이하다, 迎)-+-ᄋᆞ샤(←-ᄋᆞ시-: 주높)-+-∅(←-아: 연어)
49) 化佛: 화불. 불타(佛陀)가 모든 사람을 제도(濟度)하기 위(爲)하여 사람, 용, 귀 따위의 여러 가지로 변화(變化)한 몸이다.
50) ᄒᆞᆫ쁴: [함께, 一時(부사): ᄒᆞᆫ(한, 一: 관사, 양수)+쁴(←-四: 때, 時)+-의(부조▷부접)]
51) 심기시고: 심기(전하다, 주다, 내밀다, 授)-+-시(주높)-+-고(연어, 계기) ※ '소늘 심기시고'는 '손을 내미시고'로 의역하여 옮긴다.
52) 네: 너(너, 汝: 인대, 2인칭)+-ㅣ(←-이: 주조)
53) 發ᄒᆞᆯ씨: 發ᄒᆞ[발하다: 發(발: 불어)+-ᄒᆞ(동접)-]-+-ㄹ씨(-므로: 연어, 이유)
54) 내: 나(나, 我: 인대, 1인칭)+-ㅣ(←-이: 주조)
55) 와: 오(오다, 來)-+-아(연어)
56) 맛노라: 맛(← 맞다: 맞이하다, 迎)-+-ᄂ(←-ᄂᆞᆫ-: 현시)-+-오(화자)-+-라(←-다: 평종)

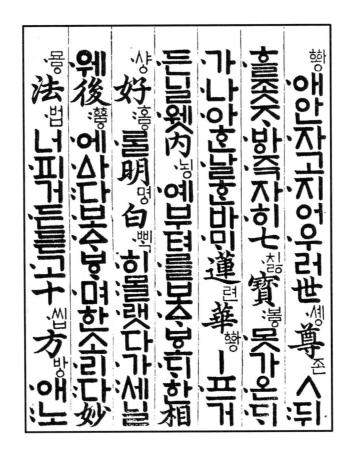

앉아 꽃이 합쳐져서, 世尊(세존)의 뒤를 쫓아서 즉시 七寶(칠보)의 못 가
운데 가서 나서, 한 날 한 밤에 蓮華(연화)가 피는데 이레의 內(내)에 부
처를 보되, 많은 相好(상호)를 明白(명백)히 모르고 있다가 세 이레의 後
(후)에야 다 보며, 많은 소리가 다 妙法(묘법)을 넓히거든 듣고 十方(시방)
에 (두루) 다녀서

안자 고지 어우러[57] 世_솅尊_존ㅅ 뒤흘[58] 좃ᄌᆞᄫᅡ[59] 즉자히 七_칧寶_볼 못[60]

가온ᄃᆡ 가 나아 ᄒᆞᆫ 날[61] ᄒᆞᆫ 바ᄆᆡ[62] 蓮_련華_뺭ㅣ 프거든[63] 닐웻[64]

內_뇡예[65] 부텨를 보ᅀᆞᄫᅩᄃᆡ 한[66] 相_샹好_{ᅘᅩᇢ}를 明_명白_{ᄤᆡᆨ}히 몰랫다가[67] 세

닐웨 後_{ᅘᅮᇢ}에ᅀᅡ[68] 다 보ᅀᆞᄫᆞ며 ᄒᆞᆫ 소리[69] 다 妙_묠法_법[70] 너피거든[71]

듣고 十_씹方_방애 녀[72]

---

57) 어우러: 어울(합쳐지다, 合)-+-어(연어)

58) 뒤흘: 뒤ㅎ(뒤, 後)+-을(목조)

59) 좃ᄌᆞᄫᅡ: 좃(←좇다: 쫓다, 隨)-+-ᄌᆞᇦ(←-ᄌᆞᆸ-: 객높)-+-아(연어)

60) 못: 못, 池.

61) 날: 날, 日.

62) 바ᄆᆡ: 밤(밤, 夜)+-ᄋᆡ(-에: 부조, 위치)

63) 프거든: 프(피다, 開)-+-거든(-는데: 연어, 설명 계속)

64) 닐웻: 닐웨(이레, 七日)+-ㅅ(-의: 관조)

65) 內예: 內(내, 안)+-예(←-에: 부조, 위치)

66) 한: 하(많다, 衆)-+-Ø(현시)-+-ㄴ(관전)

67) 몰랫다가: 몰ᄅ(←모ᄅᆞ다: 모르다, 不知)-+-아(연어)+잇(←이시다: 있다, 보용, 완료 지
속)-+-다가(연어, 전환)

68) 後에ᅀᅡ: 後(후)+-에(부조, 위치)+-ᅀᅡ(-야: 보조사, 한정 강조)

69) 소리: 소리(소리, 聲)+-Ø(←-이: 주조)

70) 妙法: 묘법. 불교의 신기하고 묘한 법문(法文)이다.

71) 너피거든: 너피[넓히다, 演: 넙(넓다, 廣: 형사)-+-히(사접)-]-+-거든(연어, 조건)

72) 녀: 니(다니다, 두루 다니다, 遊歷)-+-어(연어)

諸佛(제불)을 供養(공양)하고, 諸佛(제불)의 앞에서 甚(심)히 깊은 法(법)을 들어, 세 小劫(소겁)을 지내고 百法明門(백법명문)을 得(득)하여 歡喜地(환희지)에 住(주)하리니【歡喜地(환희지)는 十地(십지)에 있는 처음이니, 法(법)을 기뻐하는 것이다. 】, 이것이 사람이 이름이 上品下生(상품하생)이다. 이것이 이름이 上輩生想(상배생상)이니, 이름이

諸_정佛_뿛 供_공養_양ㅎᅇᆸ고 諸_정佛_뿛ㅅ 알픠 甚_씸히 기픈 法_법을 듣ᄌᆞ
바⁷³⁾ 세 小_숗劫_겁⁷⁴⁾ 디내오⁷⁵⁾ 百_빅法_법明_명門_몬⁷⁶⁾을 得_득ᄒ야 歡_환喜_횡
地_띵⁷⁷⁾예 住_뜡ᄒ리니⁷⁸⁾【歡_환喜_횡地_띵ᄂᆞᆫ 十_씹地_띵옛⁷⁹⁾ 처어미니⁸⁰⁾ 法_법을 깃
글⁸¹⁾ 씨라】이⁸²⁾ 일후미⁸³⁾ 上_쌍品_픔下_행生_싱⁸⁴⁾이니 이 일후미 上_쌍輩
_빙生_싱想_샹⁸⁵⁾이니 일후미

---

73) 듣ᄌᆞ바 : 듣(듣다, 聞)- + -ᄌᆞᇦ(←-ᄌᆞᆸ-: 객높)- + -아(연어)

74) 小劫: 소겁. 1증겁(增劫)과 1감겁(減劫)을 각각(各各) 이르는 말이다. 또는 1증겁과 1감겁을 합(合)하여 이르기도 한다. '1증겁'은 사람의 목숨이 8만 살부터 100년마다 한 살씩 줄어서 열 살이 되기까지의 동안이다. '1감겁'은 열 살에서 100년마다 한 살씩 늘어서 8만 살에 이르는 동안이다.

75) 디내오: 디내[지나게 하다, 經: 디나(지나다, 經: 자동)- + -ㅣ(←-이-: 사접)-]- + -오(←-고: 연어, 계기)

76) 百法明門: 백법명문. 온갖 진리에 통달한 지혜의 영역이나 세계이다.

77) 歡喜地: 환희지. 십지(十地)의 첫 단계(段階)이다. 번뇌(煩惱)를 끊고 마음속에 환희를 일으키는 경지(境地)를 일컫는다.

78) 住ᄒ리니: 住ᄒ[주하다: 住(주: 불어) + -ᄒ(동접)-]- + -리(미시)- + -니(연어, 설명 계속) ※ '住(주)'는 머무는 것이다.

79) 十地옛: 十地(십지) + -예(←-에: 부조, 위치) + -ㅅ(-의: 관조) ※ '十地(십지)'는 보살이 수행하는 오십이위(五十二位) 단계 가운데 제41위에서 제50위까지의 단계이다. 환희지(歡喜地), 이구지(離垢地), 명지(明地), 염지(焰地), 난승지(難勝地), 현전지(現前地), 원행지(遠行地), 부동지(不動地), 선혜지(善慧地), 법운지(法雲地)이다. 부처의 지혜를 생성하고 온갖 중생을 교화하여 이롭게 하는 단계이다.

80) 처어미니: 처섬[처음, 初: 첫(← 첫, 初: 관사, 서수) + -엄(명접)] + -이(서조)- + -니(연어, 설명 계속)

81) 깃글: 깄(기뻐하다, 歡)- + -을(관조)

82) 이: 이(이것, 是: 지대, 정칭) + -Ø(←-이: 주조)

83) 일후미 : 일훔(이름, 名) + -이(주조)

84) 이 일후미 上品下生이니 : 『불설관무량수불경』에서는 이 부분이 '是名上品下生者(= 이를 상품상생자라고 하느니라)'로 기술되어 있다. '上品下生이니'를 종결형으로 의역하여서 '이것이 이름이 上品下生이다.'로 옮긴다.

85) 上輩生想: 상배생상. 상배(上輩)로 태어나는 상상이다. 『불설관무량수경』에 기술된 십륙관법(十六觀法)의 제14관(第十四觀)이다. 대승(大乘)을 배우는 범부(凡夫)가 극락세계(極樂世界)에 왕생하는 모양을 관상(觀想)하는 것이다.

第十四觀(제십사관)이다.【上輩(상배)는 위의 무리이다. 】 ○ 부처가 阿難
(아난)이와 韋提希(위제희)더러 이르시되, 中品上生(중품상생)은 衆生(중생)
이 五戒(오계)를 지니며 八戒齋(팔계재)를 지녀 여러 戒(계)를 修行(수행)
하고, 五逆(오역)을 짓지 아니하며, 여러 가지의 허물이 없어 이 善根(선
근)으로

第_똉十_씹四_숭觀_관이라【上_썅輩_빙는 웃⁸⁶⁾ 무리라⁸⁷⁾ 】 ○ 부톄⁸⁸⁾ 阿_항難_난이

와 韋_윙提_똉希_힁드려 니르샤딕⁸⁹⁾ 中_듕品_픔上_썅生_싱⁹⁰⁾은 衆_즁生_싱이 五

_옹戒_갱⁹¹⁾를 디니며⁹²⁾ 八_밣戒_갱齋_쟁⁹³⁾를 디녀 여러 戒_갱를 修_슣行_힝ᄒ

고 五_옹逆_역⁹⁴⁾을 짓디 아니ᄒ며 여러 가짓 허므리⁹⁵⁾ 업서 이 善_쎤

根_근⁹⁶⁾으로

---

86) 웃 : 우(← 우ㅎ : 위, 上) + -ㅅ(-의 : 관조)

87) 무리라 : 무리(무리, 輩) + -Ø(← -이- : 서조)- + -Ø(현시)- + -라(← -다 : 평종)

88) 부톄 : 부텨(부처, 佛) + -ㅣ(← -이 : 주조)

89) 니르샤딕 : 니르(이르다, 告)- + -샤(← -시- : 주높)- + -딕(← -오딕 : -되, 연어, 설명 계속)

90) 中品上生 : 중품상생. 구품왕생(九品往生)의 하나이다. 오계(五戒)와 팔계재(八戒齋)를 지키고 오역죄(五逆罪)를 짓지 않은 청정한 행위로써, 정토(淨土)에 태어나는 자이다.

91) 五戒 : 오계. 불교도이면 재가자나 출가자(出家者) 모두가 지켜야 하는 가장 기본적인 생활규범이다. ① 살생하지 말라(不殺生). ② 도둑질 하지 말라(不偸盜). ③ 음행을 하지 말라(不邪淫). ④ 거짓말을 하지 말라(不妄語). ⑤ 술을 마시지 말라(不飮酒)의 5종이다.

92) 디니며 : 디니(지니다, 持)- + -며(연어, 나열)

93) 八戒齋 : 팔계재. 재가(在家)의 신도가 육재일(六齋日), 곧 음력 매월 8·14·15·23·29·30일에 하루 낮 하룻밤 동안 지키는 계율이다. ① 이살생(離殺生) : 살아 있는 것을 죽이지 않음. ② 이불여취(離不與取) : 주지 않는 것을 가지지 않음. ③ 이비범행(離非梵行) : 청정하지 않은 행위를 하지 않음. ④ 이허광어(離虛誑語) : 헛된 말을 하지 않음. ⑤ 이음제주(離飮諸酒) : 모든 술을 마시지 않음. ⑥ 이면좌고광엄려상좌(離眠坐高廣嚴麗牀座) : 높고 넓고 화려한 평상에 앉지 않음. ⑦ 이도식향만이무가관청(離塗飾香鬘離舞歌觀聽) : 향유(香油)를 바르거나 머리를 꾸미지 않고, 춤추고 노래하는 것을 보지도 듣지도 않음. ⑧ 이식비시식(離食非時食) : 때가 아니면 음식물을 먹지 않음. 곧, 정오가 지나면 먹지 않음.

94) 五逆 : 오역. 불가(佛家)의 말로서, 지옥(地獄)에 갈 원인이 되는 다섯 가지의 악행(惡行)이다. 곧 아버지를 죽이는 것, 어머니를 죽이는 것, 아라한(阿羅漢)을 죽이는 것, 중의 화합(和合)을 깨뜨리는 것, 불신(佛身)을 상(傷)하게 하는 것 등이다.

95) 허므리 : 허물(허물, 過惡) + -이(주조)

96) 善根 : 선근. 좋은 과보를 받을 만한 좋은 인(因)이다. 착한 행업의 공덕 선근을 심으면 반드시 선과(善果)를 얻게 된다.

廻向(회향)하여 極樂世界(극락세계)에 나고자 할 사람은, 命終(명종)할 적에 阿彌陀佛(아미타불)이 {比丘(비구)들과 眷屬(권속)이 (아미타불을) 圍繞(위요)하여 } 金色光(금색광)을 펴시어 그 사람에게 오시어, 苦(고)·空(공)·無常(무상)·無我(무아)를 널펴서 이르시고, 出家(출가)하여 受苦(수고)를 떨치는

廻_휑向_향ᄒᆞ야 極_끅樂_락世_솅界_갱예 나고져⁹⁷⁾ 홇 사ᄅᆞᆷ 命_명終_즁홇⁹⁸⁾

저긔⁹⁹⁾ 阿_항彌_밍陀_땅佛_뿛이 比_삥丘_쿨들콰¹⁰⁰⁾ 眷_권屬_쑉이 圍_윙繞_{ᅀᅲᆯ}ᄒᆞᅀᄫᅡ¹⁾

金_금色_{ᄉᆡㄱ}光_광을 펴샤²⁾ 그 사ᄅᆞ미³⁾ 손ᄃᆡ⁴⁾ 오샤 苦_콩空_콩無_뭉常_썅無_뭉

我_앙⁵⁾를 너펴⁶⁾ 니르시고 出_츓家_강ᄒᆞ야 受_쓯苦_콩 여희논⁷⁾

---

97) 나고져: 나(나다, 生)- + -고져(-고자: 연어, 의도)

98) 命終홇: 命終ᄒᆞ[명종하다: 命終(명종: 명사) + -ᄒᆞ(동접)-]- + -ᇙ(관전) ※ '命終(명종)'은 목숨이 다하는 것이다.

99) 저긔: 적(적, 때, 時: 의명) + -의(-에: 부조, 위치)

100) 比丘들콰: 比丘들ㅎ[비구들, 諸比丘: 比丘(비구) + -들ㅎ(-들: 복접)] + -과(접조)

1) 圍繞ᄒᆞᅀᄫᅡ: 圍繞ᄒᆞ[위요하다: 圍繞(위요: 명사) + -ᄒᆞ(동접)-]- + -ᅀᆸ(←-ᅀᆸ-: 객높)- + -아(연어) ※ '圍繞(위요)'는 주위를 둘러싸는 것이다.

2) 펴샤: 펴(펴다, 方)- + -샤(←-시-: 주높)- + -Ø(←-아: 연어)

3) 사ᄅᆞ미: 사름(사람, 人) + -이(관조)

4) 손ᄃᆡ: 거기, 所(의명) ※ '사ᄅᆞ미 손ᄃᆡ'는 '사람의 거기에'로 직역되는데, 여기서는 '사람에게'로 의역하여 옮긴다.

5) 苦空無常無我: 고공무상무아. '고제(苦諦)'의 경계를 관찰하여 일어나는 네 가지 지혜(智解)이다. 이 세상의 사물은 중생(衆生)의 몸과 마음을 핍박하여 괴롭게 하므로 고(苦)이며, 만유(萬有)는 모두 인연의 화합으로 생기는 것이어서 하나도 실체나 제성품이 있는 것이 아니므로 공(空)이며, 만유는 인연이 흩어지면 갑자기 없어지므로 무상(無常)이며, 모두 공하고 무상하여 나(我), 혹은 나의 소유물이라고 고집할 것이 없으므로 곧 무아(無我)이다. '비상(非常)·고(苦)·공(空)·비아(非我)'라고도 한다. ※ '고제(苦諦)'는 사제(四諦)의 하나로서, 현세에서의 삶은 곧 고통이라고 하는 진리를 이른다.

6) 너펴: 너피[넓히다, 演: 넙(넓다, 廣)- + -히(사접)-]- + -어(연어)

7) 여희논: 여희(떨치다, 떠나다, 헤어지다, 離)- + -ㄴ(←-ᄂᆞ-: 현시)- + -오(대상)- + -ㄴ(관전)

것을 讚嘆(찬탄)하시겠으니, 行者(행자)가 매우 歡喜(환희)하여 제 몸을 보되, (행자 자신이) 蓮華臺(연화대)에 앉아 꿇어 合掌(합장)하여 부처께 禮數(예수)하고, (미처) 머리를 못 든 사이에 (행자가) 極樂世界(극락세계)에 가서 나는데, 蓮華(연화)가 뒤쫓아 피겠으니 꽃이 필 時節(시절)에 많은 소리가 四諦(사제)를 讚嘆(찬탄)하거든

주를⁸⁾ 讚_잔嘆_탄ᄒ시리니⁹⁾ 行_{ᄒᆡᆼ}者_쟝ㅣ ᄀ장¹¹⁾ 歡_환喜_횡ᄒ야¹²⁾ 제 모

믈 보ᄃᆡ 蓮_련華_{ᅘᅪ}臺_{ᄄᆡᆼ}예 안자 ᄭ러¹³⁾ 合_{ᅘᅡᆸ}掌_쟝ᄒ야 부텨ᄭ¹⁴⁾ 禮_롕數

_숭ᄒᅀᆸ고¹⁵⁾ 머리¹⁶⁾ 몯 든¹⁷⁾ ᄉᅀᅵ예¹⁸⁾ 極_끅樂_락世_솅界_갱예 가 나거든

蓮_련華_{ᅘᅪ}ㅣ 미조차¹⁹⁾ 프리니²⁰⁾ 곳²¹⁾ 픐²²⁾ 時_씽節_졇에 한²³⁾ 소리²⁴⁾

四_숭諦_뎽²⁵⁾ 讚_잔嘆_탄커든

---

8) 주를: 줄(것, 者: 의명) + -을(목조)

9) 讚嘆ᄒ시리니: 讚嘆ᄒ[찬탄하다: 讚嘆(찬탄: 명사) + -ᄒ(동접)-]- + -시(주높)- + -리(미시)- + -니(연어, 설명 계속) ※ '讚嘆(찬탄)'은 칭찬하며 감탄하는 것이다.

10) 行者: 행자. 불도를 닦는 사람이다.

11) ᄀ장: 매우, 大(부사)

12) 歡喜ᄒ야: 歡喜ᄒ[환희하다: 歡喜(환희: 명사) + -ᄒ(동접)-]- + -야(←-아: 연어) ※ '歡喜(환희)'는 몸의 즐거움과 마음의 기쁨을 통틀어 이르는 말이다. 자기의 뜻에 알맞은 경계를 만났을 때의 기쁨, 죽어 극락왕생하는 것에 대한 기쁨, 불법(佛法)을 듣고 믿음을 얻어 느끼는 기쁨 따위를 이른다.

13) ᄭ러: 슬(꿇다, 跪)- + -어(연어)

14) 부텨ᄭ: 부텨(부처, 佛) + -ᄭ(-께: 부조, 상대, 높임) ※ '-ᄭ'는 [-ㅅ(-의: 관조) + 그(거기에, 彼處: 의명)]의 방식으로 형성된 파생 조사이다.

15) 禮數ᄒᅀᆸ고: 禮數ᄒ[예수하다: 禮(예수: 명사) + -ᄒ(동접)-]- + -ᅀᆸ(객높)- + -고(연어, 계기) ※ '禮數(예수)'는 명성이나 지위에 알맞은 예의와 대우이다. 혹은 주인과 손님이 만나서 서로 인사하는 것이다.

16) 머리: 머리, 頭.

17) 든: 드(← 들다: 들다, 擧)- + -Ø(과시)- + -ㄴ(관전)

18) ᄉᅀᅵ예: ᄉᅀᅵ(사이, 間) + -예(←-에: 부조, 위치) ※ '머리 몯 든 사ᅀᅵ'는 '아주 짧은 사이'를 뜻한다.

19) 미조차: 미좇[뒤좇다, 뒤따르다, 隨從]: 미(← 및다: 미치다, 따르다, 隨)- + 좇(쫓다, 從)-]- + -아(연어)

20) 프리니: 프(피다, 開)- + -리(미시)- + -니(연어, 설명 계속)

21) 곳: 곳(← 곶: 꽃, 花)

22) 픐: 프(피다, 敷)- + -ㅭ(관전)

23) 한: 하(많다, 衆)- + -Ø(현시)- + -ㄴ(관전)

24) 소리: 소리(소리, 聲) + -Ø(←-이: 주조)

25) 四諦: 사제. 네 가지가 영원(永遠)히 변(變)하지 않는 진리(眞理)이다. 곧 '고제(苦諦)·집제(集諦)·멸제(滅諦)·도제(道諦)'를 통틀어 일컫는 말이다.

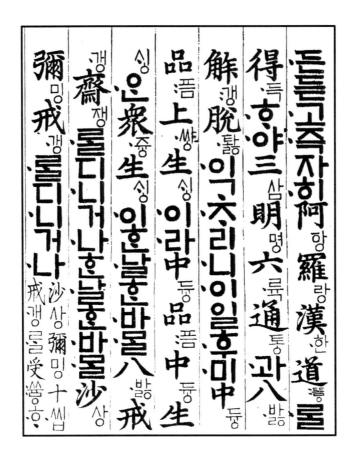

듣고, 즉시 阿羅漢道(아라한도)를 得(득)하여 三明六通(삼명육통)과 八解脫
(팔해탈)이 갖추어져 있겠으니, 이것이 이름이 中品上生(중품상생)이다.
中品中生(중품중생)은 衆生(중생)이 한 날 한 밤에 八戒齋(팔계재)를 지니
거나, 한 날 한 밤에 沙彌戒(사미계)를 지니거나【沙彌十戒(사미십계)를 受
(수)하느니라. 】,

듣고 즉자히 阿항羅랑漢한道똫²⁶⁾를 得득ᄒ야 三삼明명六륙通통²⁷⁾과 八밣
解갱脫뙇²⁸⁾이 ᄀᄌ리니²⁹⁾ 이 일후미 中듕品픔上썅生ᄉᆞ이라 中듕品픔中듕
生ᄉᆞ³⁰⁾은 衆즁生ᄉᆞ이 ᄒᆞᆫ 날 ᄒᆞᆫ 바ᄆᆞᆯ³¹⁾ 八밣戒갱齋쟁를 디니거나 ᄒᆞᆫ 날
ᄒᆞᆫ 바ᄆᆞᆯ 沙상彌밍戒갱³²⁾를 디니거나【沙상彌밍十씹戒갱를 受쓩ᄒᆞᄂ니라】

---

26) 阿羅漢道: 아라한도. 아라한이 취하는 도리이다. 환생이 없는 경지이며, 최고의 깨달음을 얻은 경지이다.

27) 三明六通: 삼명육통. 부처님과 아라한이 깨달음을 얻었을 때에 갖추게 되는 세 가지의 지혜와 여섯 가지의 신통력이다. '신족통(神足通)·천안통(天眼通)·천이통(天耳通)·타심통(他心通)·숙명통(宿命通)·누진통(漏盡通)'을 육통이라 하고, 이 육통 중에서 천안(天眼)·숙명(宿命)·누진(漏盡)의 셋을 특히 삼명(三明)이라 한다.

28) 八解脫: 팔해탈. 번뇌의 속박에서 벗어나는 여덟 가지 선정(禪定)이다. ① 내유색상관외색해탈(內有色想觀外色解脫)은 마음 속에 있는 빛깔이나 모양에 대한 생각을 버리기 위해 바깥 대상의 빛깔이나 모양에 대하여 부정관(不淨觀)을 닦는 것. ② 내무색상관외색해탈(內無色想觀外色解脫)은 마음 속에 빛깔이나 모양에 대한 생각은 없지만 그 상태를 유지하기 위해 부정관(不淨觀)을 계속 닦는 것. ③ 정해탈신작증구족주(淨解脫身作證具足住)은 부정관(不淨觀)을 버리고 바깥 대상의 빛깔이나 모양에 대하여 청정한 방면을 주시하여도 탐욕이 일어나지 않고, 그 상태를 몸으로 완전히 체득하여 안주하는 것. ④ '공무변처해탈(空無邊處解脫)'은 형상에 대한 생각을 완전히 버리고 허공은 무한하다고 주시하는 선정으로 들어가는 것. ⑤ '식무변처해탈(識無邊處解脫)'은 허공은 무한하다고 주시하는 선정을 버리고 마음의 작용은 무한하다고 주시하는 선정으로 들어가는 것. ⑥ 무소유처해탈(無所有處解脫)은 마음의 작용은 무한하다고 주시하는 선정을 버리고 존재하는 것은 없다고 주시하는 선정으로 들어가는 것. ⑦ '비상비비상처해탈(非想非非想處解脫)'은 존재하는 것은 없다고 주시하는 선정을 버리고 생각이 있는 것도 아니고 생각이 없는 것도 아닌 경지의 선정으로 들어가는 것. ⑧ '멸수상정해탈(滅受想定解脫)'은 모든 마음 작용이 소멸된 선정으로 들어가는 것.

29) ᄀᄌ리니: 곳(갖추어져 있다, 具)- + -ᄋ리(미시)- + -니(연어, 설명 계속)

30) 中品中生: 중품중생. 구품왕생(九品往生)의 하나이다. 팔계재(八戒齋)와 사미계(沙彌戒)와 구족계(具足戒)를 지킨 공덕으로 정토에 태어나는 자이다.

31) 바ᄆᆞᆯ: 밤(밤, 夜) + -ᄋᆞᆯ(-에: 목조, 의미상 부사격)

32) 沙彌戒: 사미계. 사미가 지켜야 할 열 가지 계율, 곧 십계(十戒)이다. ① 불살생계(不殺生戒). 살아 있는 것을 죽이지 말라. ② 불투도계(不偸盜戒). 훔치지 말라. ③ 불사음계(不邪婬戒). 음란한 짓을 하지 말라. ④ 불망어계(不妄語戒). 거짓말하지 말라. ⑤ 불음주계(不飮酒戒). 술 마시지 말라. ⑥ 부도식향만계(不塗飾香鬘戒). 향유(香油)를 바르거나 머리를 꾸미지 말라. ⑦ 불가무관청계(不歌舞觀聽戒). 노래하고 춤추는 것을 보지도 듣지도 말라. ⑧ 부좌고광대상계(不坐高廣大床戒). 높고 넓은 큰 평상에 앉지 말라. ⑨ 불비시식계(不非時食戒). 때가 아니면 먹지 말라. 곧, 정오가 지나면 먹지 말라. ⑨ 불축금은보계(不蓄金銀寶戒). 금은 보화를 지니지 말라.

한 날 한 밤에 具足戒(구족계)를 지니거나 하여【具足戒(구족계)는 갖은 戒
(계)이니, 五戒(오계)는 下品(하품)이요, 十戒(십계)는 中品(중품)이요, 具戒(구
계)는 上品(상품)이다.】, 威儀(위의)가 이지러진 데가 없어【威儀(위의)는
擧動(거동)이라 하듯 한 말이다.】, 이 功德(공덕)으로 廻向(회향)하여 極樂
國(극락국)에 나고자 하여, 戒香(계향)을 피워 닦는 사람은, 命終(명종)할
적에

ᄒᆞᆫ 날 ᄒᆞᆫ 바ᄆᆞᆯ 具_꿍足_쭉戒_갱³³⁾를 디니거나 ᄒᆞ야【具_꿍足_쭉戒_갱ᄂᆞᆫ ᄀᆞ 즌³⁴⁾ 戒_갱니 五_옹戒_갱ᄂᆞᆫ 下_행品_픔이오 十_씹戒_갱ᄂᆞᆫ 中_듕品_픔이오 具_꿍戒_갱ᄂᆞᆫ 上_쌍 品_픔이라】 威_휭儀_읭³⁵⁾ 이즌³⁶⁾ ᄃᆡ³⁷⁾ 업서【威_휭儀_읭ᄂᆞᆫ 擧_겅動_똥이라 ᄒᆞ듯 ᄒᆞᆫ 마리라】 이 功_공德_득으로 廻_횅向_향ᄒᆞ야 極_끅樂_락國_귁에 나고져 ᄒᆞ 야 戒_갱香_향³⁸⁾을 퓌워³⁹⁾ 닷ᄂᆞᆫ⁴⁰⁾ 사ᄅᆞ믄 命_명終_즁ᄒᆞᇙ 저긔

---

33) 具足戒: 구족계. 비구(比丘)가 지켜야 할 250계와 비구니(比丘尼)가 지켜야 할 500계를 이르는 말이다. 구계(具戒)라고도 한다.

34) ᄀᆞ즌: ᄀᆞ즌[갖은, 골고루 다 갖춘, 具(관사): ᄀᆞᆽ(갖추어져 있다, 具)- + -은(관전▷관접)]

35) 威儀: 위의. 예법에 맞는 몸가짐이다.(= 擧動, 거동)

36) 이즌: 잊(이지러지다, 빠지다, 缺)- + -Ø(과시)- + -은(관전)

37) ᄃᆡ: ᄃᆡ(데, 處: 의명) + -Ø(←-이: 주조)

38) 戒香: 계향. 계를 지키면 그 공덕이 쌓이고 쌓여 향기처럼 사방에 널리 퍼짐을 비유적으로 이 르는 말이다.

39) 퓌워: 퓌우[피우다, 薰: 퓌(← 프다: 피다, 發)- + -우(사접)-]- + -어(연어)

40) 닷ᄂᆞᆫ: 닷(← 닦다: 닦다, 修)- + -ᄂᆞ(현시)- + -ㄴ(관전)

阿彌陀佛(아미타불)이 眷屬(권속)과 (함께) 金色光(금색광)을 펴시고, 七寶蓮(칠보련)을 가지시어 行者(행자)의 앞에 오시거든, 行者(행자)가 (아미타불의 말을) 듣되 空中(공중)에서 讚嘆(찬탄)하여 이르시되, "善男子(선남자)야, 네가 三世(삼세) 諸佛(제불)의 教法(교법)을 좇아 順(순)하므로, 내가 와서 너를 맞는다."

阿_항彌_밍陁_땅佛_뿛이 眷_권屬_쏙과로⁴¹⁾ 金_금色_식光_광을 펴시고 七_칧寶_봉蓮_련華_황 가지샤⁴²⁾ 行_행者_쟝이 알픽 오나시든⁴³⁾ 行_행者_쟝ㅣ 드로딕⁴⁴⁾ 空_콩中_듕에셔 讚_잔嘆_탄ㅎ야 니른샤딕 善_쎤男_남子_중아⁴⁵⁾ 네 三_삼世_솅⁴⁶⁾ 諸_정佛_뿛ㅅ 敎_굘法_법⁴⁷⁾을 조차 順_쓘ㅎ릴씩⁴⁸⁾ 내⁴⁹⁾ 와⁵⁰⁾ 너를 맛노라⁵¹⁾

---

41) 眷屬과로: 眷屬(권속) + -과로(-과: 부조, 공동)

42) 가지샤: 가지(가지다, 持)- + -샤(←-시-: 주높)- + -∅(←-아: 연어)

43) 오나시든: 오(오다, 來)- + -시(주높)- + -나…든(-거든: 연어, 조건)

44) 드로딕: 들(← 듣다: 듣다, 聞)- + -오딕(-되: 연어, 설명 계속)

45) 善男子아: 善男子(선남자) + -아(호조, 아주 낮춤) ※ '善男子(선남자)'는 불법(佛法)에 귀의(歸依)한 남자이다.

46) 三世: 삼세. '전세(前世), 현세(現世), 내세(來世)'의 세 가지이다.

47) 敎法: 교법. 사법(四法)의 하나로서, 부처가 설법한 가르침을 이른다. ※ '四法(사법)'은 법보(法寶)를 나눈 네 가지 법으로, '교법(敎法), 이법(理法), 행법(行法), 과법(果法)'이 있다.

48) 順ㅎ릴씩: 順ㅎ[순하다, 따르다: 順(순: 불어) + -ㅎ(동접)-]- + -ㄹ씩(-므로: 연어, 이유)

49) 내: 나(나, 我: 인대, 1인칭) + -ㅣ(←-이: 주조)

50) 와: 오(오다, 來)- + -아(연어)

51) 맛노라: 맛(← 맞다: 맞다, 迎)- + -ㄴ(←-ᄂᆞ-: 현시)- + -오(화자)- + -라(←-다: 평종)

하겠으니, 行者(행자)가 자기가 보되, (자기가) 蓮華(연화)의 위에 앉아
蓮華(연화)가 즉시 합쳐져서, 極樂世界(극락세계)에 나서 보배의 못 가운
데에 있어 이레를 지내고, 蓮華(연화)가 피거든 눈떠 合掌(합장)하여 世
尊(세존)을 讚嘆(찬탄)하고, 法(법)을 듣고 기뻐하여 須陀洹(수타환)을 得
(득)하여, 半劫(반겁)

ᄒᆞ시리니 行ᅘᅣᆼ者쟝ㅣ 제⁵²⁾ 보디 蓮련華ᅘᅪᆼㅅ 우희⁵³⁾ 안자 蓮련華ᅘᅪᆼㅣ
즉자히⁵⁴⁾ 어우러⁵⁵⁾ 極끅樂락世솅界갱예 나아 보비 못 가온ᄃᆡ 이셔
닐웨 디내오⁵⁶⁾ 蓮련華ᅘᅪᆼㅣ 프거든⁵⁷⁾ 눈ᄠᅥ⁵⁸⁾ 合ᅘᅡᆸ掌쟝ᄒᆞ야 世솅尊존을
讚잔嘆탄ᄒᆞᅀᆞᆸ고 法법 듣ᄌᆞᆸ고 깃거⁵⁹⁾ 須슝陁땅洹ᅘᅪᆫ⁶⁰⁾을 得득ᄒᆞ야 半반
劫겁⁶¹⁾

---

52) 제: 저(저, 자기, 自: 인대, 재귀칭) + -ㅣ(←-이: 주조)

53) 우희: 웋(위, 上) + -의(-에: 부조, 위치)

54) 즉자히: 즉시, 卽(부사)

55) 어우러: 어울(합쳐지다, 合)- + -어(연어)

56) 디내오: 디내[지내다, 經: 지나(지나다, 經: 자동)- + -ㅣ(←-이-: 사접)-]- + -오(←-고: 연어)

57) 프거든: 프(피다, 敷)- + -거든(연어, 조건)

58) 눈ᄠᅥ: 눈ᄠᅳ(← 눈ᄠᅳ다: 눈(눈, 目) + ᄠᅳ(뜨다, 開)-]- + -어(연어)

59) 깃거: 깄(기뻐하다, 歡喜)- + -어(연어)

60) 須陁洹: 수타환. 성문 사과(聲聞四果)의 첫째로서, 무루도(無漏道)에 처음 참례하여 들어간 증
과(證果)이다. 곧 사체(四諦)를 깨달아, 욕계(欲界)의 '탐(貪)·진(瞋)·치(癡)'의 삼독(三毒)을 버
리고 성자(聖者)의 무리에 들어가는 성문(聲聞)의 지위이다.

61) 半劫: 반겁. 일겁(一劫)의 절반이 되는 시간이다. ※ '일겁(一劫)'은 시간의 단위로 가장 길고
영원하며, 무한한 시간이다. 세계가 성립되어 존속하고 파괴되어 공무(空無)가 되는 하나하나
의 시기를 말하며, 측정할 수 없는 시간, 즉 몇 억만 년이나 되는 극대한 시간의 한계를 가리
킨다. 힌두교에서 1칼파는 43억 2천만 년이다. 그 길이를 『雜阿含經』(잡아함경)에서는 다음과
같이 설명한다. 사방과 상하로 1유순(由旬: 약 15 km)이나 되는 철성(鐵城) 안에 겨자씨를 가
득 채우고 100년마다 겨자씨 한 알씩을 꺼낸다. 이렇게 겨자씨 전부를 다 꺼내어도 겁은 끝나
지 않는다. 또, 사방이 1유순이나 되는 큰 반석(盤石)을 100년마다 한 번씩 휜 천으로 닦는다.
그렇게 해서 그 돌이 다 마멸되어도 겁은 끝나지 않는다고 말한다.

지내고야 阿羅漢(아라한)을 이루겠으니, 이것이 이름이 中品中生(중품중생)
이다. 中品下生(중품하생)은 善男子(선남자)와 善女人(선여인)이 어버이를
孝養(효양)하며, 世間(세간)에 다니되 仁慈(인자)한 마음을 하면, 命終(명종)
할 적에 善知識(선지식)을 만나【善知識(선지식)은 잘 아는 이(人)이다.】

디내오샤[62] 阿항羅랑漢한[63]을 일우리니[64] 이 일후미 中듕品픔中듕生싱이
라 中듕品픔下행生싱[65]은 善쎤男남子즁 善쎤女녕人싄이 어버싀[66] 孝흉養
양ᄒᆞ며[67] 世솅間간[68]애 ᄃᆞᄂᆺ뇨ᄃᆡ[69] 仁싄慈쫑ᄒᆞᆫ[70] ᄆᆞᅀᆞ믈 ᄒᆞ면 命명終즁흟
저긔 善쎤知딩識식[71]을 맛나아[72]【善쎤知딩識식은 이든[73] 아로리라[74]】

---

62) 디내오샤: 디내[지내다, 經: 지나(지나다, 經: 자동)- + - ㅣ(← -이-: 사접)-]- + -오(← -고: 연어, 계기) + -샤(-야: 보조사, 한정 강조)

63) 阿羅漢: 아라한. 소승(小乘)의 수행자들, 즉 성문승(聲聞乘) 가운데 최고의 이상상(理想像)이다. 아라한을 줄여서 나한(羅漢)이라고도 한다. 아라한은 본래 부처를 가리키는 명칭이었는데, 후에 불제자들이 도달하는 최고의 계위(階位)로 바뀌었다. 수행의 결과에 따라서 범부(凡夫)·현인(賢人)·성인(聖人)의 구별이 있는데, 잘 정비된 교학(敎學)에서는 성인을 예류(預流)·일래(一來)·불환(不還)·아라한(阿羅漢)의 사위(四位)로 나누어 아라한을 최고의 자리에 놓고 있다.

64) 일우리니: 일우[이루다, 成: 일(이루어지다, 成: 자동)- + -우(사접)-]- + -리(미시)- + -니(연어, 설명 계속)

65) 中品下生: 중품하생. 구품왕생(九品往生)의 하나이다. 부모에게 효도하고 자비를 베푼 공덕으로, 임종 때에 아미타불의 사십팔원(四十八願)을 듣고 정토에 태어나는 자이다.

66) 어버싀: 어버이[어버이, 父母: 업(← 어비: 아버지, 父) + 어싀(어머니, 母)]

67) 孝養ᄒᆞ며: 孝養ᄒᆞ[효양하다: 孝養(효양: 명사) + -ᄒᆞ(동접)-]- + -며(연어, 나열) ※ '孝養(효양)'은 어버이를 효성으로 봉양하는 것이다.

68) 世間: 세간. 일반 세상을 가리킨다.

69) ᄃᆞᄂᆺ뇨ᄃᆡ: ᄃᆞᄂᆺ니[다니다, 行: ᄃᆞᆮ(← ᄃᆞᆮ다: 달리다, 走)- + 니(가다, 行)-]- + -오ᄃᆡ(-되: 연어, 설명의 계속)

70) 仁慈ᄒᆞᆫ: 仁慈ᄒᆞ[인자하다: 仁慈(인자: 명사) + -ᄒᆞ(형접)-]- + -Ø(현시)- + -ㄴ(관전)

71) 善知識: 선지식. 선종에서 수행자들의 스승을 이르는 말이다. 본래 박학다식하면서도 덕이 높은 현자를 이르는 말이다. 좋은 친구를 뜻하는 산스크리트 칼리아니미트라(kalyamitra)에서 유래하여 '선친우(善親友)'나 '승우(勝友)'라고 번역한다.

72) 맛나아: 맛나[만나다, 遇: 맛(← 맞다: 맞다, 迎)- + 나(나다, 出)-]- + -아(연어)

73) 이든: 읻(좋다, 善)- + -Ø(현시)- + -ㄴ(관전)

74) 아로리라: 알(알다, 知)- + -오(대상)- + -ㄹ(관전) # 이(이, 사람, 者: 의명) + -Ø(← -이-: 서조)- + -Ø(현시)- + -라(← -다: 평종)

彌밍陀땅佛뿡 國귁 엣 즐거부를 너비 니르며 法법藏짱比삥丘쿨의 마 순여듧 願원을 쏘 니르거든【法법藏짱比삥丘쿨 는 이 젯 無뭉量량壽슣佛뿡이시니 디 나건 無뭉數숭劫겁에 부톄 겨샤디 일 후미 世솅自쭝在찡王왕如셩來링라 시니 그 저긔 호 國귁王왕이 부텻 說 法법 드르시고 無뭉上쌍道뚱理링 옛 뜨들 發벓호샤 나라를 리시고 沙상 門몬 드외샤 일후미 法법藏짱이러 시 니 지죄 노프시며 智딩慧휑와 勇용猛

阿彌陀佛(아미타불국)에 있는 즐거운 일을 널리 이르며, 法藏比丘(법장비
구)의 마흔여덟 願(원)을 또 이르거든【法藏比丘(법장비구)는 이제의 無量
壽佛(무량수불)이시니, 지난 無數(무수) 劫(겁)에 부처가 계시되 이름이 世自在
王如來(세자재왕여래)이시더니, 그때에 한 國王(국왕)이 부처의 說法(설법)을
들으시고 無上道理(무상도리)에 대한 뜻을 發(발)하시어, 나라를 버리시고 沙門
(사문)이 되시어 이름이 法藏(법장)이시더니, 재주가 높으시며 智慧(지혜)와 勇
猛(용맹)이

阿_항彌_밍陁_땅佛_뿛國_귁엣⁷⁵⁾ 즐거븐⁷⁶⁾ 이를 너비 니르며 法_법藏_짱比_삥丘_쿵⁷⁷⁾의 마순여듧 願_원을 쏘 니르거든【法_법藏_짱比_삥丘_쿵는 이젯⁷⁸⁾ 無_뭉量_량壽_쓩佛_뿛⁷⁹⁾이시니 디나건⁸⁰⁾ 無_뭉數_숭 劫_겁에 부톄 겨샤디 일후미 世_솅自_쫑在_찡王_왕如_셩來_링러시니⁸¹⁾ 그 저긔 흔 國_귁王_왕이 부텻 說_쉃法_법 듣ᄌᆞᄫᆞ시고⁸²⁾ 無_뭉上_썅道_똘理_링옛⁸³⁾ ᄠᅳ들 發_벓ᄒᆞ샤 나라 ᄇᆞ리시고 沙_상門_몬⁸⁴⁾ ᄃᆞ외샤⁸⁵⁾ 일후미 法_법藏_짱이러시니⁸⁶⁾ 지죄⁸⁷⁾ 노프시며 智_딩慧_휑와 勇_용猛_밍괘

---

75) 阿彌陁佛國엣: 阿彌陁佛國(아미타불국) + -에(부조, 위치) + -ㅅ(-의: 관조) ※ '阿彌陁佛國엣'은 '아미타불국에 있는'으로 의역하여 옮긴다. 그리고 '阿彌陁佛國(아미타불국)'은 아미타불의 국토, 곧 극락 정토이다.

76) 즐거븐: 즐겁[← 즐겁다, ㅂ불(즐겁다, 樂): 즑(즐거워하다, 歡: 자동)- + -업(형접)-]- + -Ø(현시)- + -은(관전)

77) 法藏比丘: 법장비구. 아미타불(阿彌陀佛)이 부처가 되기 전에 보살로서 수행할 때의 이름이다. 아미타불은 본래 한 나라의 왕이었는데, 발심(發心) 출가하여 이름을 법장(法藏)이라 하였다. 세자재왕불(世自在王佛)에게 48대원(四十八大願)을 세우고 오랜 세월 수행 끝에 성불(成佛)하여, 현재의 아미타불이 되어 서방정토(西方淨土) 극락세계에서 중생을 교화하며, 항상 법(法)을 전하고 있다고 한다.

78) 이젯: 이제[이제, 이때, 此時: 이(이, 此: 관사, 지시, 정칭) + 제(적, 때, 時: 의명)] + -ㅅ(-의: 관조) ※ '제'는 [저(← 적: 적, 때, 의명) + -의(부조, 위치)]의 방식으로 형성된 의존 명사이다.

79) 無量壽佛: 무량수불. '아미타불'을 달리 이르는 말이다. 수명이 한없다 하여 이렇게 이른다.

80) 디나건: 디나(지나다, 經)- + -Ø(과시)- + -거(확인)- + -ㄴ(관전)

81) 世自在王如來러시니: 世自在王如來(세자재왕여래) + -Ø(←-이-: 서조)- + -러(←-더-: 회상)- + -시(주높)- + -니(연어, 설명 계속)

82) 듣ᄌᆞᄫᆞ시고: 듣(듣다, 聞)- + -ᄌᆞᇦ(←-ᄌᆞᆸ-: 객높)- + -ᄋᆞ시(주높)- + -고(연어, 계기)

83) 無上道理옛: 無上道理(무상도리) + -예(←-에: 부조, 위치) + -ㅅ(-의: 관조) ※ '無上道理엣'은 '無上道理에 대한'으로 의역하여 옮긴다. ※ '無上道理(무상도리)'는 더 이상 위가 없는 불타(佛陀) 정각(正覺)의 지혜(智慧)이다.

84) 沙門: 사문. 부지런히 모든 좋은 일을 닦고 나쁜 일을 행(行)하지 않는 사람의 뜻으로, 머리를 깎고 불문(佛門)에 들어가 오로지 도(道)를 닦는 사람, 곧 출가(出家)한 승려(僧侶)를 이른다.

85) ᄃᆞ외샤: ᄃᆞ외(되다, 爲)- + -샤(←-시-: 주높)- + -Ø(←-아: 연어)

86) 法藏이러시니: 法藏(법장) + -이(서조)- + -러(←-더-: 회상)- + -시(주높)- + -니(연어, 설명 계속)

87) 지죄: 지조(재주, 才) + -ㅣ(←-이: 주조)

ㅇ 渦世솅間간애 솟나시더니 부텻긔
ᄉᆞᆲᄇᆞ샤ᄃᆡ 내 無뭉上썅道ᅇᅳᆼ理링옛 ᄠᅳ들
ㅇ 發벓호니 願원호ᄃᆞᆫ 經경法법을 니
ㄹ샤 正졍覺각을 어셔 일워 주사 ᄅᆞᆺ根
근源원을 ᄲᅡᅘᅧ내 나기ᄒᆞ쇼셔 내 修슈行ᅘᅵᆼ
호리이다 그ㄸᅦ世솅自쭝在찡王왕
佛뿛이 二ᅀᅵᆼ百ᄇᆡᆨ一ᄒᆞᇙ十씹億흑諸졍
佛뿛ㅅ 나라햇 天텬人신이어딜며 사오
나봄과 ᄯᅡ히골업ᄉᆞ며됴ᄒᆞ믈 니ᄅᆞ시고
나라햇ᄯᅡ히 ᄲᅩ며 도ᄇᆡ王왕고 시고
法법藏짱比뼁丘쿻� 듣ᄌᆞᆸ고 다ᄉᆞᆺ 劫
겁을 修슈行ᅘᅵᆼᄒᆞ샤 世솅自쭝
在찡王왕如ᅀᅧ來링ㅅ 알ᄑᆡ마ᅀᆞᆫ 여듧
가짓 큰 願원을 發벓호시니 ᄒᆞ나ᄒᆞᆫ 내
成쎵佛뿛ᄒᆞ야 나라해 地띵獄옥 餓앙

世間(세간)에 솟아나시더니, 부처께 사뢰되 "내가 無上道理(무상도리)에 관한 뜻을 發(발)하니, 願(원)컨대 (부처께서 나에게) 經法(경법)을 이르시어, (내가) 正覺(정각)을 어서 이루어서 죽살이의 根源(근원)을 빼어나게 하소서. 내가 (경법의 내용을) 修行(수행)하겠습니다." 그때에 世自在王佛(세자재왕불)이 二百一十億(이백일십억) 諸佛(제불)의 나라에 있는 天人(천인)이 어질며 사나움과 땅이 꼴사나우며 좋음을 이르시거늘, 法藏比丘(법장비구)가 들으시고 다섯 劫(겁)을 修行(수행)하시어, 世自在王如來(세자재왕여래)의 앞에서 마흔여덟 가지의 큰 願(원)을 發(발)하시니, 하나에는 내가 成佛(성불)하여, 나라에 地獄(지옥)·

世_솅間_간애 솟나시더니[88] 부텻긔 슬ᄫᅥ샤ᄃᆡ[89] 내 無_뭉上_썅道_똠理_링옛 ᄠᅳ들 發_벓호니 願_원혼ᄃᆞᆫ[90] 經_경法_법[91]을 니ᄅᆞ샤 正_졍覺_각[92]을 어셔 일워 죽사릿[93] 根_근源_원[94]을 ᄲᅢ혀나긔[95] ᄒᆞ쇼셔 내 修_슣行_{ᅙᅢᆼ}호리이다[96] 그 ᄢᅴ 世_솅自_쫑在_찡王_왕佛_뿛이 二_{ᅀᅵᆼ}百_{ᄇᆡᆨ}一_{ᅙᅵᇙ}十_씹億_흑 諸_졍佛_뿛 나라햇 天_텬人_{ᅀᅵᆫ}이[97] 어딜며 사오나봄과[98] ᄯᅡ히[99] 골업스며[100] 됴호ᄆᆞᆯ[1] 닐어시늘[2] 法_법藏_짱比_삥丘_쿻ㅣ 듣ᄌᆞᄫᅵ시고 다ᄉᆞᆺ 劫_겁을 修_슣行_{ᅙᅢᆼ}ᄒᆞ샤 世_솅自_쫑在_찡王_왕如_{ᅀᅧ}來_링ㅅ 알ᄑᆡ 마ᅀᆞᆫ여듧 가짓 큰 願_원을 發_벓ᄒᆞ시니 ᄒᆞ나핸[3] 내 成_쎵佛_뿛ᄒᆞ야 나라해 地_띵獄_옥[4] 餓_{ᅌᅡᆼ}鬼_귕[5]

---

88) 솟나시더니: 솟나[솟아나다, 突出: 솟(솟다, 突)- + 나(나다, 出)-]- + -시(주높)- + -더(회상)- + -니(연어, 설명 계속)

89) 슬ᄫᅥ샤ᄃᆡ: 슯(← 슯다, ㅂ불: 사뢰다, 白)- + -ᄋᆞ샤(← -ᄋᆞ시: 주높)- + -ᄃᆡ(← -오ᄃᆡ: -되, 연어, 설명 계속)

90) 願혼ᄃᆞᆫ: 願ᄒᆞ[원하다: 願(원: 명사) -ᄒᆞ(동접)-]- + -ㄴᄃᆞᆫ(-건대: 연어, 희망) ※ '-ㄴᄃᆞᆫ'은 [-ㄴ(관전) + ᄃᆞ(것, 者: 의명) + -ㄴ(← -ᄂᆞᆫ: 보조사, 주제)]의 방식으로 형성된 연결 어미이다.

91) 經法: 경법. 불경에 담긴 교리이다.

92) 正覺: 정각. 올바른 깨달음. 여래(如來)의 참되고 바른 각지(覺智)다. 정등각(正等覺)

93) 죽사릿: 죽사리[죽살이, 生死: 죽(죽다, 死)- + 살(살다, 生)- + -이(명접)] + -ㅅ(-의: 관조)

94) 根源: 근원. 사물(事物)이 생겨나는 본바탕이다.

95) ᄲᅢ혀나긔: ᄲᅢ혀[← ᄲᅢ혀다(빼다, 拔): ᄲᅢ(← ᄲᅡ다: 빼다, 拔)- + -혀(강접)- + 나(나다, 出)-]- + -긔(-게: 연어, 도달)

96) 修行호리이다: 修行ᄒᆞ[← 修行ᄒᆞ다(수행하다): 修行(수행: 명사) + -ᄒᆞ(동접)-]- + -오(화자)- + -리(미시)- + -이(상높, 아주 높임)- + -다(평종)

97) 天人이: 天人(천인) + -이(-의: 관조, 의미상 주격) ※ '천인(天人)'는 천신과 사람이다.

98) 사오나봄과: 사오낳(← 사오납다, ㅂ불: 사납다, 猛)- + -옴(명전) + -과(접조)

99) ᄯᅡ히: ᄯᅡㅎ(땅, 地) + -익(-의: 관조, 의미상 주격)

100) 골업스며: 골없[꼴사납다, 凶: 골(꼴, 形: 명사) + 없(없다, 無: 형사)-]- + -으며(연어, 나열)

1) 됴호ᄆᆞᆯ: 둏(좋다, 好)- + -옴(명전) + -ᄋᆞᆯ(목조)

2) 닐어시늘: 닐(← 니ᄅᆞ다: 이르다, 說)- + -시(주높)- + -어…늘(연어, 조건)

3) ᄒᆞ나핸: ᄒᆞ나ㅎ(하나, 一: 수사, 양수) + -애(-에: 부조, 위치) + -ㄴ(← -ᄂᆞᆫ: 보조사, 주제)

4) 地獄: 지옥. 삼악도(三惡道)의 하나이다. 죄업을 짓고 매우 심한 괴로움의 세계에 난 중생이나 그런 중생의 세계이다. 또는 그런 생존을 이른다.

5) 餓鬼: 아귀. 삼악도의 하나이다. 아귀들이 모여 사는 세계이다. 이곳에서 아귀들이 먹으려는 음식은 불로 변하여 늘 굶주리고, 항상 매를 맞는다고 한다.

餓鬼(아귀)·畜生(축생)의 이름만 있으면, 내가 끝내 正覺(정각)을 이루지 아니하겠습니다.[惡趣無名願] 둘에는 내가 成佛(성불)하여, 나라의 衆生(중생)이 三惡道(삼악도)에 떨어질 이가 있으면, 내가 끝내 正覺(정각)을 이루지 아니하겠습니다.[無墮惡道願] 셋에는 내가 成佛(성불)하여, 나라의 有情(유정)이 다 眞金色(진금색)이 아니면, 내가 끝내 正覺(정각)을 이루지 아니하겠습니다.[同眞金色願] 有情(유정)은 뜻이 있는 것이다. 넷에는 내가 成佛(성불)하여, 나라의 有情(유정)의 모습이 고운 이와 궂은 이가 있으면, 正覺(정각)을 이루지 아니하겠습니다.[形貌無差願] 다섯에는 내가 成佛(성불)하여, 나라의 有情(유정)이 宿命(숙명)을 못 得(득)하여 億(억) 那由他(나유타)

畜흫生싱[6] 일훔곳[7] 이시면 내 乃냉終즁내[8] 正정覺각 일우디 아니호리이다[9] 둘

헨[10] 내 成쎵佛뿛ᄒ야 나랏 衆즁生싱이 三삼惡학道똘[11]애 뻐러디리[12] 이시면 내

乃냉終즁내 正정覺각 일우디 아니호리이다 세헨[13] 내 成쎵佛뿛ᄒ야 나랏 有욯情

쪙[14]이 다 眞진金금色싁곳[15] 아니면 내 乃냉終즁내 正정覺각을 일우디 아니호리이

다 有욯情쪙은 ᄠᅳᆮ 잇ᄂᆫ 거시라 네헨[16] 내 成쎵佛뿛ᄒ야 나랏 有욯情쪙의 양ᄌᆡ[17]

고ᄫᆞ니[18] 구즈니[19] 이시면 正정覺각 일우디 아니호리이다 다ᄉᆞᆺ샌[20] 내 成쎵佛뿛

ᄒ야 나랏 有욯情쪙이 宿슉命명[21]을 몯 得득ᄒ야 億흑 那낭由율他탕[22]

---

6) 畜生: 축생. 삼악도의 하나다. 죄업 때문에 죽은 뒤에 짐승으로 태어나 괴로움을 받는 세계다.

7) 일훔곳: 일훔(이름, 名) + -곳(보조사, 한정 강조)

8) 乃終내: [끝내(부사): 乃終(내종, 끝: 명사) + -내(부접)]

9) 아니호리이다: 아니ᄒ[←아니ᄒ다(아니하다, 不: 보용, 부정): 아니(아니, 不: 부정, 부사) + -ᄒ(동접)-]- + -오(화자)- + -리(미시)- + -이(상높, 아주 높임)- + -다(평종) ※ 48대원의 내용을 이루는 개별 문장은 "내가 성불하여, ~하면, 내가 끝내 정각을 이루지 아니하겠습니다."의 형식을 취하고 있다. 여기서 성불(成佛)하는 것과 정각(正覺)을 이루는 것은 동의적이다.

10) 둘헨: 둘ᄒ(둘, 二: 수사, 양수) + -에(부조, 위치) + -ㄴ(←-는: 보조사, 주제)

11) 三惡道: 삼악도. 악인이 죽어서 가는 세 가지의 괴로운 세계로서, 지옥도(地獄道), 축생도(畜生道), 아귀도(餓鬼道)이다.

12) 뻐러디리: 뻐러디[떨어지다, 落: 뻘(뻘다, 떼어내다, 離)- + -어(연어) + 디(지다: 보용, 피동)-]- + -ㄹ(관전) # 이(이, 사람, 者) + -Ø(←-이: 주조)

13) 세헨: 세ᄒ(셋, 三: 수사, 양수) + -에(부조, 위치) + -ㄴ(←-는: 보조사, 주제)

14) 有情: 마음을 가진, 살아 있는 중생이다.

15) 眞金色: 眞金色(진금색, 순금색) + -곳(보조사, 한정 강조)

16) 네헨: 네ᄒ(넷, 四: 수사, 양수) + -에(부조, 위치) + -ㄴ(←-는: 보조사, 주제)

17) 양ᄌᆡ: 양ᄌ(양자, 모습, 樣子) + -ㅣ(←-이: 주조)

18) 고ᄫᆞ니: 곱(←곱다, ㅂ불: 곱다, 麗)- + -Ø(현시)- + -ㄴ(←-은: 관전) # 이(이, 사람, 者) + -Ø(←-이: 주조)

19) 구즈니: 궂(궂다, 나쁘다, 凶)- + -Ø(현시)- + -은(관전) # 이(이, 사람, 者) + -Ø(←-이: 주조)

20) 다ᄉᆞᆺ샌: 다ᄉᆞᆺ(다섯, 五: 수사, 양수) + -애(부조, 위치) + -ㄴ(←-ᄂᆞᆫ: 보조사, 주제)

21) 宿命: 숙명. 날 때부터 타고난 정해진 운명이다. 또는 피할 수 없는 운명이다.

22) 那由他: 나유타. 아승기(阿僧祇)의 만 배가 되는 수이다. 또는 그런 수의. 즉, 10^{60}을 이른다.

他탕百빅千쳔 劫겁엣 이ᄅᆞᆯ모ᄅᆞ면 正
正覺각ᄋᆞᆯ일우디아니호리이다 여스센
내 成쎵佛뿛ᄒᆞ야 나랏 有ᅌᅮᆷ情쪙이
텬眼안이 업서 億흑 那낭由ᅌᅮᆷ他탕 百
覺각ᄋᆞᆯ일우디아니호리이다 ᄒᆞ몬보면 正
빅千쳔 諸졍佛뿛 國귁ᄋᆞᆯ 몯보면 正
耳ᅀᅵᆼᄅᆞᆯ 몯어더 億흑 那낭由ᅌᅮᆷ他
成쎵佛뿛ᄒᆞ야 나랏 有ᅌᅮᆷ情쪙이 天텬
覺각ᄋᆞᆯ일우디아니호리이다 ᄒᆞ야 나랏
면 正覺각ᄋᆞᆯ일우디아니호리이다 여
빅千쳔 諸졍佛뿛 說ᄉᆈᆯ法법을 몯드르
들뷀 내 成쎵佛뿛ᄒᆞ야 나랏 有ᅌᅮᆷ情쪙
이 他탕心심智딩 업서 億흑 那낭由ᅌᅮᆷ
他탕百빅千쳔佛뿛國귁에 有ᅌᅮᆷ情쪙
의 ᄆᆞᅀᆞᆷ 모ᄅᆞ면 正覺각ᄋᆞᆯ일우디아니

百千(백천) 劫(겁)에 있는 일을 모르면, 正覺(정각)을 이루지 아니하겠습니다. [成就宿命願] 여섯에는 내가 成佛(성불)하여, 나라의 有情(유정)이 天眼(천안)이 없어, 億(억) 那由他(나유타) 百千(백천) 諸佛(제불)의 나라를 못 보면, 正覺(정각)을 이루지 아니하겠습니다.[生獲天眼願] 일곱에는 내가 成佛(성불)하여, 나라의 有情(유정)이 天耳(천이)를 못 얻어, 億(억) 那由他(나유타) 百千(백천) 諸佛(제불)의 說法(설법)을 못 들으면, 正覺(정각)을 이루지 아니하겠습니다.[生獲天耳願] 여덟에는 내가 (비록) 成佛(성불)하여, 나라의 有情(유정)이 他心智(타심지)가 없어, 億(억) 那由他(나유타) 百千(백천) 佛國(불국)에 있는 有情(유정)의 마음을 모르면, 正覺(정각)을 이루지 아니하겠습니다.[悉知心行願]

百_빅千_천 劫_겁엣 이를²³⁾ 모르면 正_정覺_각 일우디 아니호리이다 여스센²⁴⁾ 내 成_쎙佛_뿛ᄒ야 나랏 有_율情_쪙이 天_텬眼_안²⁵⁾이 업서 億_흑 那_낭由_율他_탕 百_빅千_천 諸_정佛_뿛 나라홀²⁶⁾ 몯 보면 正_정覺_각 일우디 아니호리이다 닐구벤²⁷⁾ 내 成_쎙佛_뿛ᄒ야 나랏 有_율情_쪙이 天_텬耳_싱²⁸⁾를 몯 어더 億_흑 那_낭由_율他_탕 百_빅千_천 諸_정佛_뿛 說_쉻法_법²⁹⁾을 몯 드르면 正_정覺_각 일우디 아니호리이다 여들벤³⁰⁾ 내 成_쎙佛_뿛ᄒ야 나랏 有_율情_쪙이 他_탕心_심智_딩³¹⁾ 업서 億_흑那_낭由_율他_탕 百_빅千_천 佛_뿛國_귁³²⁾엣 有_율情_쪙의 ᄆᆞᅀᆞᆷ 모르면 正_정覺_각 일우디 아니호리이다

---

23) 이를: 일(일, 事) + -을(목조)

24) 여스센: 여슷(여섯, 六: 수사, 양수) + -에(부조, 위치) + -ㄴ(← -는: 보조사, 주제)

25) 天眼: 천안. 오안(五眼)의 하나이다. 육안(肉眼)으로 볼 수 없는 것을 환히 보는 신통한 마음의 눈이다. 천도(天道)에 나거나 선정(禪定)을 닦아서 얻게 되는 눈이다.

26) 나라홀: 나라ㅎ(나라, 國) + -올(목조)

27) 닐구벤: 닐굽(일곱, 七: 수사, 양수) + -에(부조, 위치) + -ㄴ(← -는: 보조사, 주제)

28) 天耳: 천이. 색계의 제천인(諸天人)이 지닌 귀이다. 육도(六道) 중생의 말과 모든 음향을 듣는다고 한다.

29) 說法: 설법. 불교의 교의를 풀어 밝히는 것이다.

30) 여들벤: 여듧(여덟, 八: 수사, 양수) + -에(부조, 위치) + -ㄴ(← -는: 보조사, 주제)

31) 他心智: 타심지. 십지(十智)의 하나로서, 남의 마음을 아는 지혜이다.

32) 佛國엣: 佛國(불국) + -에(부조, 위치) + -ㅅ(-의: 관조) ※ '佛國(불국)'은 부처님이 계시는 국토 또는 부처님이 교화하는 국토이다. 불국토, 불토, 범찰(梵刹)이라고도 한다.

호리이다 他탕心심智딩ᄂᆞᆫ ᄂᆞᄆᆡ ᄆᆞᅀᆞᄆᆞᆯ 아ᄂᆞᆫ 智딩慧휑라 아호ᄇᆞᆫ 내 成쎵佛뿛ᄒᆞ야 나랏 有ᅌᅮᆸ情쪙이 神씬通통 몯 어더 ᄒᆞᆫ 念념 쓰ᅀᅵᆺ 예 億흑佛뿛 나라ᄒᆞᆯ 몯 디나면 正정覺각 이로ᄆᆞᆯ 일우디 아니호리이다 열헨 내 成쎵佛뿛ᄒᆞ야 나랏 有情쪙이 죠고맛 내라 혼 ᄠᅳ디 이시면 正정覺각 일우디 아니호리이다 열ᄒᆞ나핸 내 成쎵佛뿛ᄒᆞ야 나랏 有情쪙이 正정覺각 일우오ᄆᆞᆯ 一힗定띵 티 몯ᄒᆞ면 正정覺각 일우디 아니호리이다 열둘헨 내 光광明명이 그지이셔 那낭由융他탕 百ᄇᆡᆨ千쳔億흑 佛뿛ᄅᆞᆯ 몯 비

[他心智(타심지)는 남의 마음을 아는 智慧(지혜)이다.] 아홉에는 내가 成佛(성불)하여, 나라의 有情(유정)이 神統(신통)을 못 얻어, 한 念(염) 사이에 億佛(억불)의 나라를 못 지나가면, 精覺(정각)을 이루지 아니하겠습니다.[神足超越願] 열에는 내가 成佛(성불)하여, 나라의 有情(유정)이 조금이라도 "나(我)이다." (혹은) "저(彼)이다." 한 뜻이 있으면, 正覺(정각)을 이루지 아니하겠습니다.[淨無我相願] 열하나에는 내가 成佛(성불)하여, 나라의 有情(유정)이 正覺(정각)을 이루는 것을 반드시 이루지 못하면, 正覺(정각)을 이루지 아니하겠습니다.[決定正覺願] 열둘에는 내가 成佛(성불)하여, 나라의 有情(유정)이 光明(광명)이 한계가 있어서, 那由他(나유타) 百千億(백천억) 佛(불)의 나라를 못 비추면,

他탕心심智딩는 느미[33] 무슨 아는[34] 智딩慧꿰라[35] 아호밴[36] 내 成쎵佛뿛ᄒᆞ야 나
랏 有ᅌᅮᆯ情쪙이 神씬通통[37] 몯 어더 ᄒᆞᆫ 念념 ᄊᆞᅀᅵ예[38] 億흑佛뿛[39] 나라ᄒᆞᆯ 몯 디나
가면 正졍覺각 일우디 아니호리이다 열헨[40] 내 成쎵佛뿛ᄒᆞ야 나랏 有ᅌᅮᆯ情쪙이
죠고맛[41] 내라[42] 데라[43] ᄒᆞᆫ ᄠᅳᆮ 이시면 正졍覺각 일우디 아니호리이다 열ᄒᆞ나핸
내 成쎵佛뿛ᄒᆞ야 나랏 有ᅌᅮᆯ情쪙이 正졍覺각 일우오믈[44] 一힗定뗭티[45] 몯ᄒᆞ면 正
졍覺각 일우디 아니호리이다 열둘헨 내 成쎵佛뿛ᄒᆞ야 나랏 有ᅌᅮᆯ情쪙이 光광明명
이 그지[46]이셔 那낭由율他탕 百빅千쳔億흑 佛뿛 나라ᄒᆞᆯ 몯 비취면[47]

---

33) 느미: 늠(남, 他) + -이(관조)

34) 아는: 아(← 알다: 알다, 知) - + -ᄂᆞ(현시) - + -ㄴ(관전)

35) 智慧라: 智慧(지혜) + -∅(←-이-: 서조) - + -∅(현시) - + -라(←-다: 평종)

36) 아호밴: 아홉(아홉, 九: 수사, 양수) + -애(-에: 부조, 위치) + -ㄴ(←-는: 보조사, 주제)

37) 神統: 신통. 신통력. 무슨 일이든지 해낼 수 있는 영묘하고 불가사의한 힘이나 능력이다.

38) ᄊᆞᅀᅵ예: ᄊᆞᅀᅵ(←ᄉᆞᅀᅵ: 사이, 間) + -예(←-에: 부조, 위치)

39) 億佛: 억불. 수많은 부처이다.

40) 열헨: 열ᄒᆞ(열, 十: 수사, 양수) + -에(부조, 위치) + -ㄴ(←-는: 보조사, 주제)

41) 죠고맛: 죠고마(조금, 少: 명사) + -ㅅ(-의: 관조) ※ '죠고맛'은 '조금의'로 직역할 수 있는데,
여기서는 문맥을 고려하여 '조금이라도'로 의역하여 옮긴다.

42) 내라: 나(나, 我: 인대, 1인칭) + -ㅣ(←-이-: 서조) - + -∅(현시) - + -라(←-다: 평종)

43) 데라: 뎌(저, 저 사람, 彼: 인대, 정칭) + -ㅣ(←-이-: 서조) - + -∅(현시) - + -라(←-다: 평종)

44) 일우오믈: 일우[이루다, 成: 일(이루어지다, 成: 자동) - + -우(사접) -] + -옴(명전)] + -ᄋᆞᆯ(목조)

45) 一定티: 一定ᄒᆞ[←一定ᄒᆞ다(일정하다: 반드시 이루다, 必爲): 一定(일정: 명사) + -ᄒᆞ(동접) -] -
+ -디(-지: 연어, 부정) ※ '一定(일정)'은 원래 어떤 것의 크기, 모양, 범위, 시간 따위가 하나
로 정하여져 있는 것이다. 여기서는 문맥에 따라서 '반드시 이루다(必爲)'로 의역하여 옮긴다.

46) 그지: 그지(끝, 한도, 限) + -∅(←-이: 주조)

47) 비취면: 비취(비추다, 照) - + -면(연어, 조건)

正覺(정각)을 이루지 아니하겠습니다.[光明普照願] 열셋에는 내가 成佛(성불)하여, 나라의 有情(유정)이 목숨이 끝이 있으면, 正覺(정각)을 이루지 아니하겠습니다.[壽量無窮願] 열넷에는 내가 成佛(성불)하여, 나라의 聲聞(성문)의 數(수)를 알 이(人)가 있으면, 正覺(정각)을 이루지 아니하겠습니다.[聲聞無數願] 열다섯에는 내가 成佛(성불)하여, 나라의 有情(유정)이 願力(원력)으로 다른 데에 가서 날 이 外(외)에 (그) 목숨이 그지없지 아니하면, 正覺(정각)을 이루지 아니하겠습니다.[衆生長壽願] 열여섯에는 내가 成佛(성불)하여, 나라의 有情(유정)이 좋지 못한 이름이 있으면, 正覺(정각)을 이루지 아니하겠습니다.[皆獲善名願] 열일곱에는 내가 成佛(성불)하여, 그지없는 나라의 無數(무수)한 諸佛(제불)이

正_정覺_각 일우디 아니호리이다 열세헨 내 成_썅佛_뿛ᄒ야 나랏 有_{ᅌᅮᇢ}情_쪙이 목수

미[48] 그지 이시면 正_정覺_각 일우디 아니호리이다 열네헨 내 成_썅佛_뿛ᄒ야 나랏

聲_셩聞_문[49]ㅅ 數_숭를 알리[50] 이시면 正_정覺_각 일우디 아니호리이다 열다ᄉᆞᆫ 내

成_썅佛_뿛ᄒ야 나랏 有_{ᅌᅮᇢ}情_쪙이 願_원力_륵[51]으로 다른[52] 듸[53]가 나리[54] 外_{ᅌᅬᆼ}예 목

수미 그지업디[55] 아니ᄒ면 正_정覺_각 일우디 아니호리이다 열여스센 내 成_썅佛_뿛

ᄒ야 나랏 有_{ᅌᅮᇢ}情_쪙이 몯 됴ᄒᆞᆫ[56] 일훔 이시면 正_정覺_각 일우디 아니호리이다 열

닐구벤 내 成_썅佛_뿛ᄒ야 그지업슨 나랏 無_뭉數_숭 諸_정佛_뿛이

---

48) 목수미: 목숨[목숨, 壽: 목(목, 喉) + 숨(숨, 息)] + -이(주조)

49) 聲聞: 성문. 설법을 듣고 사제(四諦)의 이치를 깨달아 아라한(阿羅漢)이 되고자 하는 불제자이다.

50) 알리: 알(알다, 知)- + -ㄹ(관전) # 이(이, 사람, 人: 의명) + -∅(←-이: 주조)

51) 願力: 원력. 부처에게 빌어 원하는 바를 이루려는 마음의 힘이다. 정토교에서는 아미타불의 구
제력(救濟力)을 이른다.

52) 다른: [다른, 他(관사): 다ᄅᆞ(다르다, 異: 형사)- + -ㄴ(관전 ▷관접)]

53) 듸: 듸(데, 곳, 處: 의명) + -이(부조, 위치)

54) 나리: 나(나다, 出)- + -ㄹ(관전) # 이(이, 사람, 人: 의명) + -∅(←-이: 주조)

55) 그지업디: 그지업[← 그지없다(그지없다, 無限): 그지(끝, 한도, 限: 명사) + 없(없다, 無: 형
사)-] + -디(-지: 연어, 부정) ※ '나랏 有情이…목수미 그지업디 아니ᄒ면 正覺(정각) 일우디
아니호리이다'는 '나라의 유정이 그 목숨이 한도가 있으면 정각을 이루지 않겠다.'는 뜻이다.

56) 됴ᄒᆞᆫ: 둏(좋다, 好)- + -∅(현시)- + -은(관전) ※ '몯 됴ᄒᆞᆫ'은 '좋지 못한'으로 의역하여 옮긴다.

佛뿛이 내 나라홀 모다 일크ᄅ、라 讚잔嘆
탄 아니 ᄒᆞ시면 正졍覺각 일우디 아니
녀 ᄒᆞ리라 有有 情쩡이 내 成쎵佛뿛 ᄒᆞ야
고 스며 聖졍人신 혈리 外외예 내 ᄒᆞ 일훔 들
니 념호리 ᄆᆡ아니라 ᄒᆞ나 고 져 願원 念
심을 짓고 ᄒᆞ야 極극樂락國귁에 나고 菩뽕提똉心
져 願원 홍 사ᄅᆞ미 ᄆᆞᆯ 피 命명終즁 쨔 ᄒᆞ 러 타 내
다니 스ᄒᆞᆯ면 내 正졍覺각 일우디 아니 ᄒᆞ야 녀ᄂᆞ 나리랏

내 나라를 모두 칭송하여 讚嘆(찬탄)을 아니 하시면, 正覺(정각)을 이루지 아니 하겠습니다.[諸佛稱讚願] 열여덟에는 내가 成佛(성불)하여, 다른 나라의 有情(유정)이, 正法(정법)을 비웃으며 聖人(성인)을 헐뜯는 사람 外(외)에는, 내 이름을 듣고 내 나라에 나고자 願(원)하여 열 번 念(염)함에(도) (내 나라에) 아니 나면, 正覺(정각)을 이루지 아니하겠습니다.[十念往生願] 열아홉에는 내가 成佛(성불)하여, 다른 나라의 有情(유정)이 菩提心(보리심)을 發(발)하여 極樂國(극락국)에 나고자 願(원)하는 사람이, 命終(명종)할 적에 내가 그 사람의 앞에 現(현)하겠으니, 그렇치 아니하면 正覺(정각)을 이루지 아니하겠습니다.[臨終現前願] 스물에는 내가 成佛(성불)하여, 다른 나라의

내 나라ᄒᆞᆯ[57] 모다[58] 일ᄏᆞ라[59] 讚잔嘆탄 아니 ᄒᆞ시면 正졍覺각 일우디 아니호리이다 열여들벤 내 成쎵佛뿛ᄒᆞ야 녀느[60] 나랏 有ᅌᅮᇢ情쪙이 正졍法법[61] 비우스며[62] 聖셩人신 헐리[63] 外욍예 내 일훔 듣고 내 나라해 나고져[64] 願원ᄒᆞ야 열 번 念념호매 아니 나면 正졍覺각 일우디 아니호리이다 열아호밴 내 成쎵佛뿛ᄒᆞ야 녀느 나랏 有ᅌᅮᇢ情쪙이 菩뽕提똉心심[65]ᄋᆞᆯ 發벒ᄒᆞ야 極끅樂락國귁에 나고져 願원ᄒᆞᇙ 사ᄅᆞ미 命명終즁ᄒᆞᆯ 쩌긔[66] 내 그 사ᄅᆞ미 알ᄑᆡ 現현호리니[67] 그러티[68] 아니ᄒᆞ면 正졍覺각 일우디 아니호리이다 스믈헨[69] 내 成쎵佛뿛ᄒᆞ야 녀느 나랏

57) 나라ᄒᆞᆯ: 나라ㅎ(나라, 國) + -ᄋᆞᆯ(목조)
58) 모다: [모두, 皆(부사): 몯(모이다, 集: 자동)- + -아(연어▷부접)]
59) 일ᄏᆞ라: 일ᄀᆞᆯ(← 일ᄏᆞᆮ다, ㄷ불: 칭송하다, 稱頌)- + -아(연어)
60) 녀느: 여느, 다른, 他(관사)
61) 正法: 정법. 바른 교법(敎法). 불법(佛法).
62) 비우스며: 비ᅀᅮᆺ[← 비웃다, ㅅ불(비웃다, 嘲): 비(비-, 嘲: 접두)- + 웃(웃다, 笑)-]- + -으며(연어, 나열)
63) 헐리: 헐(헐다, 헐뜯다, 誥)- + -ㄹ(관전) # 이(이, 사람, 人: 의명) ※ '헐다'는 남을 나쁘게 말하다.
64) 나고져: 나(나다, 出)- + -고져(-고자: 연어, 의도)
65) 菩提心: 보리심. 보리심에는 깨달음을 구하려는 마음, 깨달음의 경지에 이르려는 마음, 깨달음의 지혜를 갖추려는 마음, 부처가 되려는 마음 등이 있다.
66) 쩌긔: 쩍(← 적: 적, 때, 時, 의명) + -의(-에: 부조, 위치)
67) 現호리니: 現ㅎ[← 現ᄒᆞ다(현하다, 나타나다): 現(현: 불어) + -ᄒᆞ(동접)-]- + -오(화자)- + -리(미시)- + -니(연어, 설명 계속)
68) 그러티: 그러ㅎ[← 그러ᄒᆞ다(그러하다, 如此: 형사): 그러(그러: 불어) + -ᄒᆞ(형접)-]- + -디(-지: 연어, 부정)
69) 스믈헨: 스믈ㅎ(스물, 二十: 수사, 양수) + -에(부조, 위치) + -ㄴ(← -는: 보조사, 주제)

有情(유정)이 내(= 아미타불) 이름을 이르거든 (내 이름을) 듣고 좋은 根源(근
원)으로 廻向(회향)하여 내 나라에 나고자 願(원)하는 사람이 그리 아니 하면,
正覺(정각)을 이루지 아니하겠습니다.[回向皆生願] 스물하나에는 내가 成佛(성
불)하여, 나라의 菩薩(보살)이 다 三十二相(삼십이상)이 갖추어져 있지 아니하
면, 正覺(정각)을 이루지 아니하겠습니다.[具足妙相願] 스물둘에는 내가 成佛
(성불)하여, 나라의 菩薩(보살)이 다 一生補處(일생보처)의 地位(지위)며 普賢道
(보현도)를 行(행)하지 아니하면, 正覺(정각)을 이루지 아니하겠습니다.[咸階補
處願] [普(보)는 넓은 것이니 德(덕)이 못 갖추어져 있는 것이 없는 것이요, 現
(현)은 어진 것이니 위로 부처의 敎化(교화)를 돕고 아래로

有ᅟᅟ情쪙이 내 일훔 니르거든[70] 듣고 됴ᄒᆞᆫ 根ᄀᆞᆫ源원으로 廻ᅘᅬᆼ向향ᄒᆞ야 내 나라해 나고져 願원훓 사ᄅᆞ미 그리옷[71] 아니 ᄒᆞ면 正졍覺각 일우디 아니호리이다 스믈 ᄒᆞ나핸 내 成쎵佛뿌ᇙᄒᆞ야 나랏 菩뽕薩ᅀᅡᇙ[72]이 다 三삼十씹二ᅀᅵᆼ相샹[73]이 ᄀᆞᆺ디[74] 아 니ᄒᆞ면 正졍覺각 일우디 아니호리이다 스믈둘헨 내 成쎵佛뿌ᇙᄒᆞ야 나랏 菩뽕薩ᅀᅡᇙ 이 다 一ᅵᇙ生ᄉᆡᆼ補봉處청[75]ㅅ 地띵位윙며 普퐁賢ᅘᅧᆫ道뚤[76]를 行ᅘᆡᆼ티[77] 아니ᄒᆞ면 正 졍覺각 일우디 아니호리이다 普퐁ᄂᆞᆫ 너블[78] 씨니 德득이 몯 ᄀᆞᄌᆞᆫ 줄[79] 업슬 씨오 賢ᅘᅧᆫ은 어딜 씨니 우ᄒᆞ로[80] 부텻 敎ᄀᆢᆸ化황를 돕ᅀᆞᆸ고 아래로

---

70) 니르거든: 니르(이르다, 曰)- + -거든(연어, 조건)

71) 그리옷: 그리[그리, 그렇게(부사): 그(그, 彼: 지대, 정칭) + -리(부접)] + -옷(보조사, 한정 강조)

72) 菩薩: 보살. 위로는 깨달음을 구(求)하고 아래로는 중생(衆生)을 교화(敎化)하는, 부처의 버금 이 되는 성인(聖人)이다.

73) 三十二相: 삼십이상. 부처님 몸에 갖춘 보통사람과 다른 32가지의 상호(相好)이다. 삼십이대인 상(三十二大人相). 삼십이대장부상(三十二大丈夫相)이라고도 한다. 32상을 갖춘 사람이 세속에 있으면 전륜왕(轉輪王)이 되고, 출가 수행하면 부처님이 된다고 한다. 상(相)은 전생에 쌓은 공 덕이 신체적인 특징으로 나타난 것이다.

74) ᄀᆞᆺ디: ᄀᆞᆺ(← ᄀᆞᆽ다: 갖추어져 있다, 具)- + -디(-지: 연어, 부정)

75) 一生補處: 일생보처. 한 생을 마친 후에는 부처의 자리를 보충한다는 뜻이다. 한 번의 미혹한 생을 마치면 다음 생에는 성불하는 보살의 최고 경지이다. 예를 들어 미륵보살은 지금 도솔천 에서 수행 중인데, 그 생을 마치면 인간으로 태어나 성불하여 석가모니불의 자리를 보충한다 고 한다.

76) 普賢道: 보현도. 보(普)는 넓은 것이니 덕(德)을 갖추지 못할 것이 없는 것이다. 현(賢)은 어진 것이니 위로 부처의 교화(敎化)를 돕고 아래로 중생(衆生)을 이(利)롭게 하는 것이다. 그러므로 '보현도(普賢道)'는 중생을 교화하는 도(道)이다.

77) 行티: 行ᄒᆞ[← 行ᄒᆞ다(행하다): 行(행: 불어) + -ᄒᆞ(동접)-]- + -디(-지: 연어, 부정)

78) 너블: 넙(넓다, 廣)- + -을(관전)

79) 줄: 것, 者(의명)

80) 우ᄒᆞ로: 우ᄒᆞ(위, 上)- + -으로(부조, 방편)

衆生(중생)을 利(이)하게 하는 것이다.] 스물셋에는 내가 成佛(성불)하여, 나라의 菩薩(보살)이 아침에 다른 나라의 無數(무수)한 諸佛(제불)을 供養(공양)하고 밥(먹기) 前(전)에 돌아오겠으니, 그렇지 아니하면 正覺(정각)을 이루지 아니하겠습니다.[晨供他方願] 스물넷에는 내가 成佛(성불)하여, 나라의 菩薩(보살)이 種種(종종) 供養(공양)하는 것으로 諸佛(제불)께 좋은 根源(근원)을 심되, 不足(부족)하면 正覺(정각)을 이루지 아니하겠습니다.[所須滿足願] 스물다섯에는 내가 成佛(성불)하여, 나라의 菩薩(보살)이 一切智(일체지)에 잘 順(순)히 들지 못하면, 正覺(정각)을 이루지 아니하겠습니다.[善入本智願] 스물여섯에는 내가 成佛(성불)하여, 나라의 菩薩(보살)이

衆_즁生_싱을 利_링케⁸¹⁾ 홀 씨라 스믈세헨 내 成_썽佛_뿛ᄒᆞ야 나랏 菩_뽕薩_삻이 아ᄎᆞ
민⁸²⁾ 다ᄅᆞᆫ 나랏 無_뭉數_숭 諸_졍佛_뿛을 供_공養_양ᄒᆞᅀᆞᆸ고⁸³⁾ 밥 前_쪈에 도라오리니⁸⁴⁾
그러티 아니ᄒᆞ면 正_졍覺_각 일우디 아니호리이다 스믈네헨 내 成_썽佛_뿛ᄒᆞ야 나랏
菩_뽕薩_삻이 種_죵種_죵⁸⁵⁾ 供_공養_양ᄒᆞ욜⁸⁶⁾ 꺼스로⁸⁷⁾ 諸_졍佛_뿛ᄭᅴ 됴ᄒᆞᆫ 根_근源_원 심구
디⁸⁸⁾ 不_붏足_죡ᄒᆞ면 正_졍覺_각 일우디 아니호리이다 스믈다ᄉᆞ샌 내 成_썽佛_뿛ᄒᆞ야
나랏 菩_뽕薩_삻이 一_힗切_쳉智_딩⁸⁹⁾예 이대⁹⁰⁾ 順_쓘히⁹¹⁾ 드디⁹²⁾ 몯ᄒᆞ면 正_졍覺_각 일우
디 아니호리이다 스믈여스센 내 成_썽佛_뿛ᄒᆞ야 나랏 菩_뽕薩_삻이

---

81) 利케: 利ᄒ[← 利ᄒ다(이하다): 利(이: 불어) + -ᄒ(동접)-]- + -게(연어, 사동)
82) 아ᄎᆞ민: 아ᄎᆞᆷ(아침, 朝) + -의(-에: 부조, 위치)
83) 供養ᄒᆞᅀᆞᆸ고: 供養ᄒᆞ[공양하다: 供養(공양: 명사) + -ᄒᆞ(동접)-]- + -ᅀᆞᆸ(객높)- + -고(연어, 계기) ※ '供養(공양)'은 불(佛), 법(法), 승(僧)의 삼보(三寶)나 죽은 이의 영혼에게 음식, 꽃 따위를 바치는 일이나, 또는 그 음식이다.
84) 도라오리니: 도라오[돌아오다, 歸: 돌(돌다, 回)- + -아(연어) + 오(오다, 來)-]- + -리(미시)- + -니(연어, 설명 계속)
85) 種種: 종종. 모양이나 성질이 다른 여러 가지이다.
86) 供養ᄒᆞ욜: 供養ᄒᆞ[공양하다: 供養(공양: 명사) + -ᄒᆞ(동접)-]- + -요(←-오-: 대상)- + -ㄹ(관전)
87) 꺼스로: 껏(← 것: 것, 者, 의명) + -으로(부조, 방편)
88) 심구디: 싥(← 시므다: 심다, 植)- + -우디(-되: 연어, 설명 계속)
89) 一切智: 일체지. 현상계에 있는 모든 존재의 각기 다른 모습과 그 속에 감추어져 있는 참 모습을 알아내는 부처의 지혜이다.(= 一切種智, 일체종지)
90) 이대: [잘, 善(부사): 읻(좋다, 善: 형사)- + -애(부접)]
91) 順히: [순히, 쉽게(부사): 順(순: 불어) + -ᄒ(←-ᄒᆞ-: 형접)- + -이(부접)]
92) 드디: 드(← 들다: 들다, 入)- + -디(-지: 연어, 부정)

薩삻이 那낭羅랑延연구든 히미업스
면正정覺각일우디 아니호리이다ᄉ
믈구벤내成썽佛뿛ᄒᆞ야 나랏莊장
嚴엄엣거스슬아모나 能능히알며 다
퍼니르면正정覺각일우디 아니호
이다ᄉ믈여들벤내成썽佛뿛ᄒᆞ야 나리
라해그지업스여러비체寶봉樹쓩를
菩뽕薩삻들히 ᄭᅦ알
覺각일우디 아니ᄒᆞ야 나랏衆즁生싱이
어딘辯변才찡ᄅᆞᆯ몯어드면正정覺각
일우디 아니호리이다셜혼내成썽
佛뿛ᄒᆞ야 나랏菩뽕薩삻이 ᄀᆞ업슨辯
변才찡ᄅᆞᆯ몯일우면正정覺각일우디

那羅延(나라연)의 굳은 힘이 없으면, 正覺(정각)을 이루지 아니하겠습니다.[那羅延力願] 스물일곱에는 내가 成佛(성불)하여, 나라의 莊嚴(장엄)에 관한 것을 아무나 能(능)히 알며 다 펴서 이르면, 正覺(정각)을 이루지 아니하겠습니다.[莊嚴無量願] 스물여덟에는 내가 成佛(성불)하여, 나라에 그지없는 여러 빛이 나는 寶樹(보수)를 菩薩(보살)들이 꿰뚫어 알지 못하면, 正覺(정각)을 이루지 아니하겠습니다.[寶樹悉知願] 스물아홉에는 내가 成佛(성불)하여, 나라의 衆生(중생)이 어진 辯才(변재)를 못 얻으면, 正覺(정각)을 이루지 아니하겠습니다.[獲勝辯才願] 설흔에는 내가 成佛(성불)하여, 나라의 菩薩(보살)이 가없는 辯才(변재)를 못 이루면, 正覺(정각)을 이루지

那_낭羅_랑延_연⁹³⁾ 구든⁹⁴⁾ 히미 업스면 正_정覺_각 일우디 아니호리이다 스믈닐구벤

내 成_쎵佛_뿛호야 나랏⁹⁵⁾ 莊_장嚴_엄엣⁹⁶⁾ 거슬 아뫼어나⁹⁷⁾ 能_능히⁹⁸⁾ 알며 다 펴⁹⁹⁾

니르면 正_정覺_각 일우디 아니호리이다 스믈여듧벤 내 成_쎵佛_뿛호야 나라해 그지

업슨 여러 비쳇¹⁰⁰⁾ 寶_봏樹_쓩¹⁾를 菩_뽕薩_삻둘히 스뭇²⁾ 아디 몯호면 正_정覺_각 일우

디 아니호리이다 스믈아호밴 내 成_쎵佛_뿛호야 나랏 衆_즁生_싱이 어딘³⁾ 辯_변才_찡⁴⁾

를 몯 어드면 正_정覺_각 일우디 아니호리이다 셜흔넨⁵⁾ 내 成_쎵佛_뿛호야 나랏 菩

_뽕薩_삻이 곳업슨⁶⁾ 辯_변才_찡를 몯 일우면 正_정覺_각 일우디

---

93) 那羅延: 나라연. 천상의 역사(力士)로서 불법을 지키는 신이다. 입을 다문 모습을 하고 절 문의 오른쪽에 있으며, 그 힘의 세기가 코끼리의 백만 배나 된다고 한다.

94) 구든: 굳(굳다, 堅)- + -Ø(현시)- + -은(관전)

95) 나랏: 나라(← 나라ㅎ : 나라, 國) + -ㅅ(-의: 관조)

96) 莊嚴엣: 莊嚴(장엄) + -에(부조, 위치) + -ㅅ(-의: 관조) ※ '莊嚴(장엄)'은 좋고 아름다운 것으로 국토를 꾸미고, 훌륭한 공덕을 쌓아 몸을 장식하고, 향이나 꽃 따위를 부처에게 올려 장식하는 일이다. '나랏 莊嚴엣 거슬'은 '나라를 장엄하는 것을'로 의역하여 옮긴다.

97) 아뫼어나: 아모(아무, 某: 인대, 부정칭) + -ㅣ어나(←-이어나: -이거나, 보조사, 선택)

98) 能히: [능히(부사): 能(능: 불어) + -ㅎ(←-ㅎ-: 형접)- + -이(부접)]

99) 펴: 펴(펴다, 伸)- + -어(연어)

100) 비쳇: 빛(빛, 色) + -에(부조, 위치) + -ㅅ(-의: 관조) ※ '비쳇'은 '빛이 나는'으로 의역하여 옮긴다.

1) 寶樹: 보수. 극락정토(極樂淨土) 일곱 줄로 벌여 있다고 하는 보물(寶物) 나무이다. 곧 '금(金), 은(銀), 유리(琉璃), 산호(珊瑚), 마노(瑪瑙), 파리(玻璃), 거거(車渠)'로 된 나무이다.

2) 스뭇: [꿰뚫어, 철저하게, 貫(부사): 스뭇(← 스뭇다: 꿰뚫다, 통하다, 貫, 동사)- + -Ø(부접)]

3) 어딘: 어디(← 어딜다: 어질다, 賢)- + -Ø(현시)- + -ㄴ(관전)

4) 辯才: 변재. 말을 잘하는 재주이다.

5) 셜흔넨: 셜흔(서른, 三十: 수사, 양수) + -에(부조, 위치) + -ㄴ(←-는: 보조사, 주제)

6) 곳업슨: 곳없[가없다, 無邊: 곳(가, 邊: 명사) + 없(없다, 無: 형사)-]- + -Ø(현시)- + -은(관전)

아니호리이다 셜흔ᄒᆞ낸 내 成쎵佛뿛
호야 나라 光광明명이 조ᄒᆞ야 부
텻 나라ᄒᆞᆯ 다 비취유미 거우루에 ᄂᆞᆺ
ᄠᅮᆯ아니호면 正졍覺각 일우디 아니호리이다
롤內ᄂᆡᆼ예 그지업슨 소리 世솅界갱예 나
랏내 셜흔둘헨 내 成쎵佛뿛
솟나디 몯호면 正졍覺각 일우디 아니호리이다
호리이다 셜흔세헨 내 成쎵佛뿛
十씹方방衆즁生ᄉᆡᆼ이 내 光광明명
취윰을 니버 몸과 ᄆᆞᅀᆞ매 便뼌安한코
十씹方방菩뽕薩ᅀᅡᆳ이 내 일훔 듣고
즐겁디 몯호면 正졍覺각 일우디 아니
호리이다 셜흔네헨 내 成쎵佛뿛호야도
ᄯᅡ羅랑尼닝를 得득디 몯호면 正졍覺각

아니하겠습니다.[大辯無邊願] 서른하나에는 내가 成佛(성불)하여, 나라가 光明(광명)이 깨끗하여 부처의 나라를 다 비추는 것이 (마치) 거울에 낯이 보이듯 아니하면, 正覺(정각)을 이루지 아니하겠습니다.[國淨普照願] 서른둘에는 내가 成佛(성불)하여, 나라의 內(내)에 그지없는 소리가 世界(세계)에 솟아나지 못하면, 正覺(정각)을 이루지 아니하겠습니다.[無量勝音願] 서른셋에는 내가 成佛(성불)하여, 十方(시방)의 衆生(중생)이 내가 光明(광명)을 비추는 것을 입어 몸과 마음이 便安(편안)하고 즐겁지 못하면, 正覺(정각)을 이루지 아니하겠습니다.[蒙光安樂願] 서른넷에는 내가 成佛(성불)하여도 十方(시방)의 菩薩(보살)이 내 이름을 듣고 陀羅尼(다라니)를 得(득)하지 못하면, 正覺(정각)을 아니호리이다 셜혼호나핸 내 成_쎵佛_뿛호야 나라히 光_광明_명이 조호야⁷⁾ 부텻 나

라흘 다 비취유미⁸⁾ 거우루에⁹⁾ 깃¹⁰⁾ 뵈듯¹¹⁾ 아니호면 正_졍覺_각 일우디 아니호리

이다 셜혼둘헨 내 成_쎵佛_뿛호야 나랏 內_뇡예 그지업슨 소리 世_솅界_갱예 솟나디¹²⁾

몯호면 正_졍覺_각 일우디 아니호리이다 셜혼세헨 내 成_쎵佛_뿛호야 十_씹方_방 衆_즁

生_싱이 내¹³⁾ 光_광明_명 비취유믈¹⁴⁾ 니버¹⁵⁾ 몸과 ᄆᆞᅀᆞᆷ괘 便_뼌安_한코¹⁶⁾ 즐겁디¹⁷⁾ 몯

호면 正_졍覺_각 일우디 아니호리이다 셜혼네헨 내 成_쎵佛_뿛호야 十_씹方_방 菩_뽕薩_삻

이 내 일훔 듣고 陁_땅羅_랑尼_닝¹⁸⁾를 得_득디¹⁹⁾ 몯호면 正_졍覺_각

---

7) 조호야: 조호(깨끗하다, 淨)- + -야(← -아: 연어)

8) 비취유미: 비취(비추다, 照)- + -윰(← -움: 명전) + -이(주조)

9) 거우루에: 거우루(거울, 鏡) + -에(부조, 위치)

10) 깃: 깃(← 깆: 낯, 面)

11) 뵈듯: 뵈[보이다, 現: 보(보다, 見)- + -ㅣ(← -이-: 피접)-]- + -듯(-듯: 연어, 흡사)

12) 솟나디: 솟나[솟아나다, 突出: 솟(솟다, 突)- + 나(나다, 出)-]- + -디(-지: 연어, 부정)

13) 내: 나(나, 我: 인대, 1인칭) + -ㅣ(← -의: 관조, 의미상 주격)

14) 비취유믈: 비취(비추다, 照)- + -윰(← -움: 명전) + -을(목조)

15) 니버: 닙(입다, 당하다, 被)- + -어(연어)

16) 便安코: 便安ᄒᆞ[← 便安ᄒᆞ다(편안하다): 便安(편안: 명사) + -ᄒᆞ(형접)-]- + -고(연어, 나열)

17) 즐겁디: 즐겁[즐겁다, 樂: 즑(즐거워지다, 樂: 자동)- + -업(형접)-]- + -디(-지: 연어, 부정)

18) 陀羅尼: 다라니. 범문을 번역하지 아니하고 음(音) 그대로 외는 일이다. 자체에 무궁한 뜻이 있어 이를 외는 사람은 한없는 기억력을 얻고, 모든 재액에서 벗어나는 등 많은 공덕을 받는다고 한다. 선법(善法)을 갖추어 악법을 막는다는 뜻을 번역하여, 총지(總持)·능지(能持)·능차(能遮)라고도 이른다.

19) 得디: 得[← 得ᄒᆞ다(득하다, 얻다): 得(득: 불어) + -ᄒᆞ(동접)-]- + -디(-지: 연어, 부정)

각 일우디 아니호리이다〮 셜흔다〮ᄉ〮샌
내 成썡佛뿛호〮야〮 諸정佛뿛 나랏 中듕
에 겨지비 내 일홈 듣고 清쳥淨쪙 信신
을 得득호〮야〮 菩뽕提똉心심을 發벓
호〮야〮 後薈生ᄉᆡᆼ애 겨지비 모ᄆᆞᆯ 브리디 아니호리이다
다 셜흔 여스센 내 成썡佛뿛호〮샤ᄆᆞᆯ 내야 諸정
佛뿛 나랏 中듕에 菩뽕薩삻이 내 일홈
듣고 修슣行ᄒᆡᆼ호〮야〮 菩뽕提똉예 다ᄃᆞᆮ
디 몯호〮면 正졍覺각 일우디 아니호리이다
이다 셜흔닐구베 내 成썡佛뿛호〮야〮 十씹方방 菩뽕薩삻이 내 일홈 듣고 清쳥
淨쪙ᄒᆞᆫ ᄆᆞᅀᆞ믈 發벓 ᄒᆞ며 一힗切촁 天텬
人ᅀᅵᆫ이 恭공敬경ᄒᆞ며 禮롕數숭 아니

이루지 아니하겠습니다.[成就總持願] 서른다섯에는 내가 成佛(성불)하여, 諸佛(제불) 나라의 中(중)에 여자가 내 이름을 듣고, 淸淨(청정)한 信(신)을 得(득)하여 菩提心(보리심)을 發(발)하여, 後生(후생)에 여자의 몸을 버리지 못하면, 正覺(정각)을 이루지 아니하겠습니다.[永離女身願] 서른여섯에는 내가 成佛(성불)하여, 諸佛(제불) 나라의 中(중)에 菩薩(보살)이 내 이름을 듣고 修行(수행)하여 菩提(보리)에 다다르지 못하면, 正覺(정각)을 이루지 아니하겠습니다.[聞名至果願] 서른일곱에는 내가 成佛(성불)하여, 十方(시방)의 菩薩(보살)이 내 이름을 듣고 淸淨(청정)한 마음을 發(발)하며, 一切(일체)의 天人(천인)이 (서로) 恭敬(공경)하여 禮數(예수)를 아니 하면,

일우디 아니호리이다 셜혼다ᄉᆞ샌 내 成_썽佛_뿛ᄒᆞ야 諸_정佛_뿛 나랏 中_듕에 겨지비²⁰⁾ 내 일훔 듣고 淸_쳥淨_쪙ᄒᆞᆫ 信_신을 得_득ᄒᆞ야 菩_뽕提_똉心_심을 發_벓ᄒᆞ야 後_{ᅘᅮᇢ}生_싱²¹⁾애 겨지븨 모믈 ᄇᆞ리디²²⁾ 몯ᄒᆞ면 正_졍覺_각 일우디 아니호리이다 셜혼여스샌 내 成_썽佛_뿛ᄒᆞ야 諸_정佛_뿛 나랏 中_듕에 菩_뽕薩_삻이 내 일훔 듣고 修_슣行_{ᅘᅦᆼ}ᄒᆞ야 菩_뽕提_똉예 다ᄃᆞᆮ디²³⁾ 몯ᄒᆞ면 正_졍覺_각 일우디 아니호리이다 셜혼닐구벤 내 成_썽佛_뿛ᄒᆞ야 十_씹方_방 菩_뽕薩_삻이 내 일훔 듣고 淸_쳥淨_쪙ᄒᆞᆫ ᄆᆞᅀᆞ믈 發_벓ᄒᆞ며 一_{ᅙᅵᇙ}切_쳉 天_텬人_신이 恭_공敬_겅ᄒᆞ야 禮_롕數_숭 아니 ᄒᆞ면

---

20) 겨지비: 겨집(여자, 女) + -이(주조)
21) 後生: 후생. 삼생(三生)의 하나로서, 죽은 뒤의 생애를 이른다.
22) ᄇᆞ리디: ᄇᆞ리(버리다, 棄)- + -디(-지: 연어, 부정)
23) 다ᄃᆞᆮ디: 다ᄃᆞᆮ[다다르다, 到: 다(다, 盡)- + ᄃᆞᆮ(닫다, 달리다, 走)-]- + -디(-지: 연어, 부정)

니ᄒᆞ면 正정覺각 일우디 아니호리라
다ᄉᆞᆯ혼 여듧 내 成쎵佛뿛ᄒᆞ야 거 나라
즉자히 다ᄃᆞ디 아니ᄒᆞ면 正정覺각 일우디
眾즁生ᄉᆡᆼ이 이불 오시 ᄆᆞᅀᆞᆷ 머
우디 아니호리이다 眾즁生ᄉᆡᆼ이 ᄆᆞᅀᆞᆷ 조히 내ᄒᆞ 야 成
곳 나다가 부러 羅랑漢한ᄒᆞᆫ 곧호 코 便뻔安한 得득 眾즁
다ᄆᆞᆫᄒᆞ면 正정覺각 일우디 아니호리
生ᄉᆡᆼ이 諸졍佛뿛ㅅ 조혼 나라홀 보고
뎌ᄒᆞ거든 寶봄樹쓩ㅅ ᄉᆞᅀᅵ예 다 現현고
리티이다 마ᄉᆞᆫᄒᆞ면 正정覺각 일우디 아니호야 내 成쎵佛뿛ᄒᆞ야

正覺(정각)을 이루지 아니하겠습니다.[天人敬禮願] 서른여덟에는 내가 成佛(성불)하여, 나라의 眾生(중생)이 입을 옷이 (중생이) 마음 먹은 대로 즉시 다다르지 아니하면, 正覺(정각)을 이루지 아니하겠습니다.[須衣隨念願] 서른아홉에는 내가 成佛(성불)하여, 眾生(중생)들이 내 나라에 갓 나자마자, 다 마음이 깨끗하고 便安(편안)하고 즐거움이 羅漢(나한)과 같음을 得(득)하지 못하면, 正覺(정각)을 이루지 아니하겠습니다.[然生心淨願] 마흔에는 내가 成佛(성불)하여, 나라의 眾生(중생)이 諸佛(제불)의 깨끗한 나라를 보고자 하는데, 寶樹(보수)의 사이에 다 (제불의 깨끗한 나라가) 現(현)하지 아니하면, 正覺(정각)을 이루지 아니하겠습니다.[樹現佛利願] 마흔하나에는 내가 成佛(성불)하여,

正_정覺_각 일우디 아니호리이다 셜혼여들벤 내 成_쎵佛_뿛ᄒ야 나랏 衆_즁生_{ᄉᆡᆼ}이²⁴⁾

니불²⁵⁾ 오시²⁶⁾ ᄆᆞᅀᆞ매 머거든²⁷⁾ 즉자히 다ᄃᆞᆮ디²⁸⁾ 아니ᄒᆞ면 正_정覺_각 일우디 아

니호리이다 셜혼아호밴 내 成_쎵佛_뿛ᄒ야 衆_즁生_{ᄉᆡᆼ}들히²⁹⁾ 내 나라해 ᄀᆞᆺ³⁰⁾ 나다가

며³¹⁾ 다 ᄆᆞᅀᆞ미 조코 便_뼌安_한코 즐거부미 羅_랑漢_한³²⁾ ᄀᆞᆮ호ᄆᆞᆯ³³⁾ 得_득디 몯ᄒᆞ면

正_정覺_각 일우디 아니호리이다 마ᅀᆞ낸 내 成_쎵佛_뿛ᄒ야 나랏 衆_즁生_{ᄉᆡᆼ}이 諸_정佛

_뿛ㅅ 조ᄒᆞᆫ 나라ᄒᆞᆯ 보고져³⁴⁾ ᄒᆞ거든³⁵⁾ 寶_볼樹_쓩ㅅ ᄉᆞᅀᅵ예³⁶⁾ 다 現_현티³⁷⁾ 아니ᄒᆞ면

正_정覺_각 일우디 아니호리이다 마ᅀᆞᄒᆞ나핸 내 成_쎵佛_뿛ᄒ야

---

24) 衆生이: 衆生(중생) + -이(관조, 의미상 주격)

25) 니불: 닙(입다, 着)- + -오(대상)- + -ㄹ(관전)

26) 오시: 옷(옷, 衣) + -이(주조)

27) 머거든: 먹(먹다, 懷)- + -어든(연어, 설명 계속) ※ 'ᄆᆞᅀᆞ매 머거든'은 '(중생이) 마음에 먹은 대로'로 의역하여 옮긴다.

28) 다ᄃᆞᆮ디: 다ᄃᆞᆮ[다다르다, 至: 다(다, 盡: 부사) + ᄃᆞᆮ(닫다, 달리다, 走)-]- + -디(-지: 연어, 부정)

29) 衆生들히: 衆生들ㅎ[중생들: 衆生(중생: 명사) + -들ㅎ(-들: 복접)] + -이(주조)

30) ᄀᆞᆺ: 갓, 이제 막(부사)

31) 나다가며: 나(나다, 出)- + -다가며(-자마자: 연어, 순간적인 계기)

32) 羅漢: 나한. 소승 불교의 수행자 가운데서 가장 높은 경지에 오른 사람이다. 온갖 번뇌를 끊고, 사제(四諦)의 이치를 바로 깨달아 세상 사람들의 존경을 받을 만한 공덕을 갖춘 성자를 이른다.(= 阿羅漢, 아라한)

33) ᄀᆞᆮ호ᄆᆞᆯ: ᄀᆞᆮᄒᆞ(← ᄀᆞᆮᄒᆞ다: 같다, 如)- + -옴(명전) + -ᄋᆞᆯ(목조)

34) 보고져: 보(보다, 觀)- + -고져(-고자: 연어, 의도)

35) ᄒᆞ거든: ᄒᆞ(하다: 보용, 의도)- + -거든(-는데: 연어, 설명 계속, 대조)

36) ᄉᆞᅀᅵ예: ᄉᆞᅀᅵ(사이, 間) + -예(← -에: 부조, 위치)

37) 現티: 現ᄒᆞ[← 現ᄒᆞ다(현하다, 나타나다): 現(현: 불어) + -ᄒᆞ(동접)-]- + -디(-지: 연어, 부정)

녀느 나랏 衆生싱이 내 일훔 듣고 諸
正根근이 이즈듸이시며 德득이 넙디
몯ᄒᆞ면 正覺각 일우디 아니호리이다
다ᄆᆞ순ᄃᆞᆯ헨 내 成쎵佛뿛ᄒᆞ야 녀느 이
랏 菩뽕薩삻이 내 일훔 듣고 三삼摩망
地띵를 現현ᄒᆞᆫ누에 證징ᄐᆡ 몯ᄒᆞ면 正
正覺각 일우디
아니호리이다

實씷相샹體톙 寂쪅滅몛ᄒᆞᆯ쎄 根근
源원 寂쪅靜쪙ᄒᆞᆫ 因인ᄒᆞ야 止징
라ᄒᆞ고 根근源원入 覺각이 靈령히
비췰쎄 샹녜 볼고ᄆᆞᆯ 브터 觀관이라 히
ᄒᆞᄂᆞ니 거즛 브ᄅᆞ미 어든 妙묳奄ᅀᅮᇹ
샹摩망他탕로 止징ᄒᆞ고 ᄆᆞᅀᆞᆷ

다른 나라의 衆生(중생)이 내 이름을 듣고, 諸根(제근)이 이지러진 데가 있으며 德(덕)이 넓지 못하면, 正覺(정각)을 이루지 아니하겠습니다.[無諸根缺願] 마흔 둘에는 내가 成佛(성불)하여, 다른 나라의 菩薩(보살)이 내 이름을 듣고 三摩地 (삼마지)를 現(현)한 세상(= 현세, 現世)에 證(증)하지 못하면, 正覺(정각)을 이 루지 아니하겠습니다.[現證等持願]

[實相(실상)의 體(체)가 寂滅(적멸)하므로 根源(근원)이 寂靜(적정)한 것을 因(인)하여 '止(지)'라 하고, 根源(근원)의 覺(각)이 靈(영)하게 비치므로 늘 밝음을 말미암아 '觀(관)'이라 하나니, 거짓의 바람이 움직이거든 妙(묘)한 奢摩他(사마타)로 止(지)하고, 마음의 구슬이

녀느³⁸⁾ 나랏 衆_즁生_싱이 내 일훔 듣고 諸_졍根_근³⁹⁾이 이즌⁴⁰⁾ 딕⁴¹⁾ 이시며 德_득이 넙디 몯ᄒ면 正_졍覺_각 일우디 아니호리이다 마ᅀᆞᆫ둘헨 내 成_쎵佛_뿛ᄒ야 녀느 나 랏 菩_뽕薩_삻이 내 일훔 듣고 三_삼摩_망地_띵⁴²⁾를 現_현ᄒ 뉘예⁴³⁾ 證_징티⁴⁴⁾ 몯ᄒ면 正_졍覺_각 일우디 아니호리이다

[實_씷相_샹⁴⁵⁾ 體_톙⁴⁶⁾ 寂_쪅滅_멿홀씨⁴⁷⁾ 根_근源_원 寂_쪅靜_쪙호ᄆᆞᆯ⁴⁸⁾ 因_인ᄒ야 止_징 라⁴⁹⁾ ᄒ고 根_근源_원ㅅ 覺_각이 靈_령히 비췰씨 샹녜⁵⁰⁾ 볼고ᄆᆞᆯ 브터 觀_관⁵¹⁾이라 ᄒ ᄂ니 거즛⁵²⁾ ᄇᆞᄅᆞ미⁵³⁾ 뮈어든⁵⁴⁾ 妙_묳 奢_샹摩_망他_탕⁵⁵⁾로 止_징ᄒ고 ᄆᆞᄋᆞᆷ 구스리

---

38) 녀느: 여느, 다른, 他(관사)
39) 諸根: 제근. 불교에서 번뇌를 누르고 성도(聖道)로 이끄는 '신근(信根)·정진근(精進根)·염근(念根)·정근(定根)·혜근(慧根)의 다섯 가지 근원이다.
40) 이즌: 잊(이지러지다, 빠지다, 缺)- + -Ø(과시)- + -ㄴ(관전)
41) 딕: 딕(데, 곳, 處: 의명) + -Ø(←-이: 주조)
42) 三摩地: 삼마지. 불교 수행의 한 방법으로 심일경성(心一境性)이라 하여, 마음을 하나의 대상에 집중하는 정신력이다.(= 三昧, 삼매)
43) 뉘예: 뉘(누리, 세상, 世) + -예(←-에: 부조, 위치)
44) 證티: 證ᄒ[←證ᄒ다(증하다, 깨닫다): 證(증: 불어) + -ᄒ(동접)-]- + -디(-지: 연어, 부정) ※ '證(증)'은 여러 뜻을 나타내는데, 여기서는 '실현함'이나 '도달함'의 뜻을 나타낸다.
45) 實相: 실상. 모든 것의 있는 그대로의 참모습의 몸이다.
46) 體: 體(체, 형상) + -Ø(←-이: 주조)
47) 寂滅홀씨: 寂滅ᄒ[적멸하다: 寂滅(적멸: 명사) + -ᄒ(동접)-]- + -ㄹ씨(-므로: 연어, 이유) ※ '寂滅(적멸)'은 사라져 없어지는 것이다.
48) 寂靜호ᄆᆞᆯ: 寂靜ᄒ[←寂靜ᄒ다(적정하다): 寂靜(적정: 명사) + -ᄒ(형접)-]- + -옴(명전) + -ᄋᆞᆯ(목조) ※ '寂靜(적정)'은 마음에 번뇌가 없고, 몸에 괴로움이 사라진 해탈·열반의 경지이다.
49) 止라: 止(지) + -Ø(←-이-: 서조)- + -Ø(현시)- + -라(←-다: 평종) ※ '止(지)'는 정신을 집중하여 마음이 적정해진 상태이다.
50) 샹녜: 늘, 항상, 常(부사)
51) 觀: 관. 있는 그대로의 진리인 실상(實相)을 관찰하는 것을 의미한다
52) 거즛: 거짓, 假.
53) ᄇᆞᄅᆞ미: ᄇᆞᄅᆞᆷ(바람, 風) + -이(주조)
54) 뮈어든: 뮈(움직이다, 動)- + -어든(←-거든: 연어, 조건)
55) 奢摩他: 사마타. ※ 他奢摩他(사마타)는 마음을 한곳에 집중하여 산란을 멈추고 평온하게 된 상태이다.

오래 어둡거든 毗婆舍那(비바사나)로 觀(관)할 것이니라. '奢摩他(사마타)' 는 '止(지)'라 한 말이니, 止(지)는 끊어 누르는 것이니 一切(일체)의 煩惱 (번뇌)와 結(결)을 能(능)히 끊어 눌러 없게 하므로 이름이 '定相(정상)'이 다. '毗婆舍那(비바사나)'는 '觀(관)'이라 한 말이니, 觀(관)은 一切(일체)의 法(법)을 꿰뚫어 보는 것이니, 이름이 '慧(혜)'이다. '憂畢乂(우필차)'는 '止 觀平等(지관평등)'이라 한 마리이니, 이 이름이 '捨相(사상)'이니 捨(사)는 버리는 것이다. 이 止(지)·觀(관) 두 字(자)가 解脫(해탈)·般若(반야)·法身 (법신)의 三德(삼덕)에 통하니, 止(지)는 끊어 버리므로 解脫(해탈)이요,

오래 어듭거든⁵⁶⁾ 毗_삥婆_빵舍_샹那_낭⁵⁷⁾로 觀_관홇 디니라⁵⁸⁾ 奢_샹摩_망他_탕는 止_징

라 혼 마리니 止_징는 그치누를⁵⁹⁾ 씨니 一_힗切_촁 煩_뻔惱_놀⁶⁰⁾ 結_겷⁶¹⁾을 能_능히

그치 눌러 업게⁶²⁾ 홀씨 일후미 定_뗭相_샹이라 毗_삥婆_빵舍_샹那_낭는 觀_관이라

혼 마리니 觀_관은 一_힗切_촁 法_법을 스뭇⁶³⁾ 볼 씨니 일후미 慧_휑라 憂_훟畢_빓

叉_창⁶⁴⁾는 止_징觀_관平_뼝等_등이라 혼 마리니 이 일후미 捨_샹相_샹이니 捨_샹는 ㅂ

릴 씨라 이 止_징觀_관 두 字_쭝ㅣ 解_갱脫_퇋⁶⁵⁾ 般_반若_샹⁶⁶⁾ 法_법身_신⁶⁷⁾ 三_삼德_득

에 스뭇츠니⁶⁸⁾ 止_징는 그처⁶⁹⁾ ㅂ릴씨⁷⁰⁾ 解_갱脫_퇋이오

---

56) 어듭거든: 어듭(어둡다, 昏)-+-거든(연어, 조건)

57) 毗婆舍那: 비바사나. 선정(禪定)에 들어서 지혜로써 상대되는 경계를 자세히 관찰하여 잘못됨
이 없게 하는 것이다.(= 觀, 正見)

58) 디니라: ㄷ(← ᄃ: 것, 者, 의명)+-이(서조)-+-Ø(현시)-+-니(원칙)-+-라(←-다: 평종)

59) 그치누를: 그치누르[끊어 누르다, 억제하다, 抑制: 긏(끊어지다, 斷: 자동)-+-이(사접)-+누
르(누르다, 抑)-]-+-ㄹ(관전)

60) 煩惱: 번뇌. 중생의 심신을 혼돈시키고 불교의 이상을 방해하는 장애이다.

61) 結: 결. 몸과 마음을 결박하여 자유를 얻지 못하게 하는 번뇌이다.

62) 업게: 업(← 없다: 없다, 無)-+-게(연어, 사동)

63) 스뭇: [꿰뚫어, 철저하게, 貫(부사): 스뭇(← 스몿다: 꿰뚫다, 통하다, 貫, 동사)-+-Ø(부접)]

64) 憂畢叉: 우필차. 우리 마음을 평등(平等)하게 가져서 한 쪽에 치우치지 않는 것이다.

65) 解脫: 해탈. 번뇌의 얽매임에서 풀리고 미혹의 괴로움에서 벗어나는 것이다. 본디 열반과 같이
불교의 궁극적인 실천 목적이다.

66) 般若: 반야. 대승 불교에서, 만물의 참다운 실상을 깨닫고 불법을 꿰뚫는 지혜이다. 온갖 분별
과 망상에서 벗어나 존재의 참모습을 앎으로써 성불에 이르게 되는 마음의 작용을 이른다.

67) 法身: 법신. 삼신(三身)의 하나로서, 불법(佛法)의 이치와 일치하는 부처의 몸을 이른다.

68) 스뭇츠니: 스몿(통하다, 通)-+-ᄋ니(연어, 설명 계속)

69) 그처: 긏(끊다, 斷)-+-어(연어)

70) ㅂ릴씨: 버리(버리다: 보용, 완료 지속)-+-ㄹ씨(←-ᄆ로: 연어, 이유)

觀관은 智딩慧휑ㄹ씨 般반若샹ㅣ
오 捨샹相샹은 法법身신이라 奢샹
摩망他탕ㅣ론 비록 寂쪅ᅙ야도
샹녜비취오 毗삥婆빵舍샹那낭젼ᄎ
ᄎ로 비록 비취여도 寂쪅ᅙ고
憂ᅙᅟᆱ畢빓乂ᅌ창젼ᄎ로 비취도
ᅙ며 寂쪅도 아니니 비취여도 ᅙ
寂쪅ᅙ호야도 샹녜비취ᄊᆞ 眞진을
오 寂쪅ᅙ야도 샹녜비취ᄊᆞ 眞진을
닐어도 곧 俗쑉이오 寂쪅
늘어도 곧 俗쑉이오 寂쪅도 아니
비취움도 아닐ᄊᆞ 毗삥婆빵耶
양 城쎵에 이블 마ᄀᆞ니라
毗삥婆빵耶양 城쎵은 維윙摩망ㅣ
ᄂᆞ히라 維윙摩망ㅣ ᄌᆞᆷᄌᆞᆷ코마ᄅᆞ단

觀관은 智딩慧휑ㄹ씨[71] 般반若샹ㅣ오 捨샹相샹은 法법身신이라 奢샹摩망他탕 젼ᄎ로[72] 비록 寂쪅ᄒ야도[73] 샹녜 비취오[74] 毗삥婆빵舍샹那낭 젼ᄎ로 비록 비취여도 샹녜 寂쪅ᄒ고 憂ᅙᅮᆲ畢빓又짱 젼ᄎ로 비취윰도[75] 아니며 寂쪅도 아니니 비취여도 샹녜 寂쪅홀씨 俗쑉[76]을 닐어도[77] 곧 眞진이오 寂쪅ᄒ야도 샹녜 비췰씨 眞진을 닐어도 곧 俗쑉이오 寂쪅도 아니며 비취윰도 아닐씨 毗삥耶양城쎵[78]에 이블[79] 마ᄀ니라[80]

〈毗삥耶양城쎵은 維윙摩망[81] 잇던 싸히라[82] 維윙摩망ㅣ 줌줌코[83] 마리[84]

---

71) 智慧ㄹ씨: 智慧(지혜) + -Ø(←-이-: 서조)- + -ㄹ씨(-ㅁ로: 연어, 이유)

72) 젼ᄎ로: 젼ᄎ(까닭, 이유, 由) + -로(부조, 방편) ※ '奢摩他 젼ᄎ로'는 '奢摩他 때문에'로 의역
하여 옮긴다.

73) 寂ᄒ야도: 寂ᄒ[적하다: 寂(적: 불어) + -ᄒ(형접)-]- + -야도(←-아도: 연어, 양보) ※ '寂(적)'
은 고요하고 평온한 것이다.

74) 비취오: 비취(비추다, 비취다, 照)- + -오(←-고: 연어, 나열)

75) 비취윰도: 비취(비추다, 비취다, 照)- + -윰(←-움: 명전) + -도(보조사, 첨가)

76) 俗: 속. 세속(世俗).

77) 닐어도: 닐(←니르다: 이르다, 曰)- + -어도(연어, 양보)

78) 毗耶城: 미야성. 비사리(毗舍離)이다. 중인도에 있던 나라로서, 부처님의 속제자(俗弟子)인 유
마(維摩)가 있던 곳이다.

79) 이블: 입(입, 口) + -을(목조)

80) 마ᄀ니라: 막(막다, 障)- + -Ø(과시)- + -ᄋ니(원칙)- + -라(-다: 평종)

81) 維摩: 유마. '유마힐(維摩詰)' 혹은 '비마라힐(毗摩羅詰)'로 불린다. 부처님의 속제자(俗弟子)이
며, 중인도 비사리국(毗舍離國) 장자(長者)로서 속가에 있으면서 보살 행업을 닦은 이이다.

82) 싸히라: 싸ᄒ(땅, 곳, 處) + -이(서조)- + -Ø(현시)- + -라(←-다: 평종)

83) 줌줌코: [잠자코, 默(부사): 줌줌ᄒ(←줌줌ᄒ다: 잠잠하다, 靜, 형사)- + -고(연어▷부접)]

84) 마리: 말(말, 言) + -이(주조)

업거늘文문殊쓩ㅣ과ᄒᆞ야니르샤ᄃᆡ文문字ᄍᆞㅣ며말ᄊᆞᆷ업수메니르로미둘아닌法법門몬애眞진實ᄊᆞᆯ로미드로미니그럴ᄊᆡ實ᄊᆞᆯ엣相샹ᄋᆞᆫ말ᄊᆞᆷ과ᄆᆞᅀᆞᆷ緣원等ᄃᆞᆼ相샹ᄋᆞᆯ여희욘ᄃᆞᆯ아롤디라ㅇ탕止징ㅣ세가지니妙묭奢샹摩망他탕ᄂᆞᆫ體톙眞진止징오三삼摩망地띵썬띵那낭ᄂᆞᆫ方방便뼌隨쓍緣원止징오息식二ᅀᅵᆼ邊변分분別뿰씅止징라無뭉明명갓ᄀᆞ로相샹ᄋᆡ眞진인ᄃᆞᆯ體톙得득곧이實體톙眞진止징ㅣ니眞진諦뎽예止징호미오實ᄊᆞᆯ相샹이一ᅙᅵᆶ切쳉고징

없거늘 文殊(문수)가 칭찬하여 이르시되 "文字(문자)며 말씀이 없음에 이르는 것이 둘이 아닌 法門(법문)에 眞實(진실로) 드는 것이니, 그러므로 實相(실상)은 말씀과 마음의 緣(연) 等(등)에 관한 相(상)을 떨쳐 버린 것을 아는 것이다."〉

○ 止(지)가 세 가지이니, 妙奢摩他(묘사마타)는 體眞止(체진지)요, 三摩地(삼마지)는 方便隨緣止(방편수연지)요, 禪那(선나)는 息二邊分別止(식이변분별지)이다. 無明(무명)이 거꾸로된 것이 곧 이 實相(실상)의 眞(진)인 것을 體得(체득)하는 것이 體眞止(체진지)이니, (이는 곧) 眞諦(진체)에 止(지)하는 것이요, 이 實相(실상)이 一切(일체)의 곳에

업거늘 文문殊쓩ㅣ⁸⁵⁾ 과ᄒᆞ야⁸⁶⁾ 니ᄅᆞ샤ᄃᆡ 文문字쫑ㅣ며⁸⁷⁾ 말ᄊᆞᆷ 업수메 니르로미⁸⁸⁾ 둘 아닌 法법門몬⁸⁹⁾애 眞진實씷로 드로미니⁹⁰⁾ 그럴씩⁹¹⁾ 實씷相샹ᄋᆞᆫ 말ᄊᆞᆷ과 므슴 緣원⁹²⁾ 等ᄃᆞᆼ엣 相샹을 여흰 둘 아롤⁹³⁾ 디라〉

○ 止징 세 가지니 妙묳奢샹摩망他탕ᄂᆞᆫ 體톙眞진止징⁹⁴⁾오 三삼摩망地띵ᄂᆞᆫ 方방便뼌隨쓍緣원止징⁹⁵⁾오 禪쎤那낭ᄂᆞᆫ 息식二싱邊변分분別ᄫᅧᇙ止징⁹⁶⁾라 無뭉明몽⁹⁷⁾ 갓ᄀᆞ로미⁹⁸⁾ 곧 이 實씷相샹이 眞진인 둘⁹⁹⁾ 體톙得득호미 體톙眞진止징니 眞진諦뎽¹⁰⁰⁾예 止징호미오 이 實씷相샹이 一ᅙᅵᇙ切쳉 고대¹⁾

---

85) 文殊ㅣ: 文殊(문수) + -ㅣ(←-이: 주조) ※ '文殊(문수)'는 사보살(四菩薩)의 하나로서, 석가모니여래의 왼쪽에 있는 보살이다. 제불(諸佛)의 지혜를 맡은 보살로서, 석가모니의 오른쪽에 있는 보현보살(普賢菩薩)과 함께 삼존불(三尊佛)을 이룬다.

86) 과ᄒᆞ야: 과ᄒᆞ(칭찬하다, 稱讚) + -야(←-아: 연어)

87) 文字ㅣ며: 文字(문자, 글자) + -ㅣ며(←-이며: 접조)

88) 니르로미: 니를(이르다, 至) + -옴(명전) + -이(주조)

89) 法門: 법문. 중생을 열반(涅槃)에 들게 하는 문(門)이라는 뜻으로, 부처의 교법(教法)이다.

90) 드로미니: 들(들다, 入) + -옴(명전) + -이(서조) + -니(연어, 설명 계속)

91) 그럴씩: [그러므로(부사): 그러(그러: 불어) + -Ø(←-ᄒᆞ-: 형접) + -ㄹ씩(-므로: 연어 ▷부접)]

92) 緣 等: 緣(연) # 等(등: 의명) ※ '緣(연)'은 서로 관계를 맺게 되는 인연(因緣)이다.

93) 아롤 디라: 알(알다, 知) + -오(대상) + -ᇙ(관전) # ㄷ(←ᄃᆞ: 것, 의명) + -이(서조) + -Ø(현시) + -라(←-다: 평종)

94) 體眞止: 체진지. 모든 존재의 참 모습을 실체가 없는 공이라고 이해할 뿐, 현상의 다양한 모습을 보지 않는 통교(通教)의 가르침에 따른 지(止)의 모습이다.

95) 方便隨緣止: 방편수연지. 모든 존재의 본체인 공을 통찰하면서도, 거기에 머무르지 않고 현상의 다양함을 하나하나 분별하는 별교(別教)의 가르침에 따른 지(止)의 모습이다.

96) 息二邊分別止: 식이변분별지. 생사와 열반, 속제와 진제, 본체로서의 공의 진리(= 眞諦)와 현상으로서의 가(假)의 진리(= 俗諦)를 대립적인 관계로 이해하지 않고, 불이중도(不二中道)로 이해하는 원교(圓教)에 근거하는 지(止)의 모습이다.

97) 無明: 무명. 12인연(因緣)의 하나이다. 그릇된 의견(意見)이나 고집(固執) 때문에 모든 법의 진리(眞理)에 어두운 것이다.

98) 갓ᄀᆞ로미: 갓글(거꾸로 되다, 倒) + -옴(명전) + -이(주조)

99) 둘: ᄃᆞ(것, 者: 의명) + -ㄹ(←-ᄅᆞᆯ: 목조)

100) 眞諦: 진체. 진실(眞實)하여 잘못이 없는 것이다.

1) 고대: 곧(곳, 處) + -애(-에: 부조, 위치)

대 펴엿거든 緣원을 조차 境경을 디나ᄃᆞ ᄆᆞ수미 뮈디 아니호미 方便뻔隨쒕緣원止징니 俗쑉諦뎽예 止징호미오 生싱死ᄉᆞ와 涅넗槃빤이 다 업수미 두 녁 ᄀᆞᆺ 업슨 止징니 中듕道똠애 止징호미라 ○ ᄒᆞᆫ 念념도 相샹 업수미 空콩이오 ᄀᆞ초디 몯ᄒᆞᆫ 法법 업수미 假강ㅣ오 ᄒᆞ나 아니며 다ᄅᆞ디 아니호미 中듕이라 假강로 空콩觀관애 드로미 ᄯᅩ 二諦뎽觀관이라 ᄒᆞᄂ니라 空콩ᄋᆞ로 假강觀관애 드로미 ᄯᅩ 平뼝等등觀관이라 ᄒᆞᄂ니라 이 두 觀관을 브터 方방便뻔ᄒᆞᄂ야 中듕道똠애 觀관을 브

다 펴졌거든, 緣(연)을 좇아 境(경)을 지나되 마음이 움직이지 아니하는 것이 '方便隨緣止(방편수연지)'이니, (이는 곧) 俗諦(속체)에 止(지)하는 것이요, 生死(생사)와 涅槃(열반)이 다 없는 것이 두 쪽 가를 나누는 것이 없는 止(지)이니, (이는 곧) 中道(중도)에 止(지)함이다. ○ 한 念(염)도 相(상) 없는 것이 '空(공)'이요, 못 갖추고 있는 法(법)이 없는 것이 '假(가)'이요, 하나가 아니며 다르지 아니하는 것이 '中(중)'이다. '假(가)로서 空觀(공관)에 드는 것이 또 二諦觀(이체관)이다.' 하느니라. '空(공)으로서 假觀(가관)에 드는 것이 또 平等觀(평등관)이다.' 하느니라. 이 두 觀(관)에 따라서 方便(방편) 하여 中道(중도)에 드는 것이

다 펴디옛거든²⁾ 緣_원을 조차³⁾ 境_경⁴⁾을 디나딕⁵⁾ ᄆᅀᅡ미 뮈디 아니호미 方_방

便_뼌隨_쒕緣_원止_징⁶⁾니 俗_쏙諦_뎅⁷⁾예 止_징호미오 生_싱死_{ᄉᆞᆼ} 涅_넗槃_빤이 다 업수

미 두 녁 ᄀᆞᆺ⁸⁾ ᄂᆞᆫ호오미⁹⁾ 업슨 止_징니 中_듕道_똘¹⁰⁾애 止_징호미라 ○ ᄒᆞᆫ 念_념도

相_샹업수미 空_콩¹¹⁾이오 몯 ᄀᆞ준 法_법 업수미 假_강¹²⁾ㅣ오 ᄒᆞ나 아니며 다ᄅᆞ디

아니호미 中_듕이라 假_강로셔 空_콩觀_관¹³⁾애 드로미 ᄯᅩ 二_{ᅀᅵᆼ}諦_뎅觀_관¹⁴⁾이라 ᄒᆞ

ᄂᆞ니라 空_콩ᄋᆞ로셔 假_강觀_관¹⁵⁾애 드로미 ᄯᅩ 平_뼁等_{ᄃᆞᆼ}觀_관¹⁶⁾이라 ᄒᆞᄂᆞ니라 이

두 觀_관을 브터 方_방便_뼌¹⁷⁾ᄒᆞ야 中_듕道_똘애 드로미

---

2) 펴디옛거든: 펴디[펴지다, 伸- 펴(펴다, 伸)- + -어(연어) # 디(지다: 보용, 피동)-]- + -여(← -어: 연어) + 잇(← 이시다: 있다, 보용, 완료 지속)- + -거든(연어, 조건)

3) 조차: 좇(좇다, 從)- + -아(연어)

4) 境: 경. 대상. 인식의 대상이다.

5) 디나딕: 디나(지나다, 過)- + -딕(← -오딕: -되, 연어, 설명 계속)

6) 方便隨緣止: 방편수연지. 모든 존재의 본체인 공(空)을 통찰하면서도, 거기에 머무르지 않고 현상의 다양함을 하나하나 분별하는 별교(別敎)의 가르침에 따른 지(止)의 모습이다.

7) 俗諦: 속체. 속세(俗世)의 실상(實相)에 따라 알기 쉽게 설명(說明)한 진리(眞理)이다.

8) ᄀᆞᆺ: 가, 邊.

9) ᄂᆞᆫ호오미: ᄂᆞᆫ호(나누다, 分)- + -옴(명전) + -이(주조)

10) 中道: 중도. 불교에서는 유(有)나 공(空)에 치우치지 않는 진실한 도리, 또는 고락의 양편을 떠난 올바른 행법을 중도라고 한다.

11) 空: 공. 불교의 근본 교리 중 하나로 인간을 포함한 일체 만물에 고정 불변하는 실체가 없다는 사상이다.

12) 假: 가. 모든 사물(事物)은 실체(實體)는 없고 다만 인연(因緣)에 따라 성립되고 있을 뿐, 시시각각으로 변하고 있으며 인연이 다하면 흩어지는 것임을 가리키는 용어이다.

13) 空觀: 공관. 천태종(天台宗)에서 삼관(三觀)의 하나이다. 곧 만유(萬有)는 모두 인연(因緣)에 따라 생긴 것으로 그 실체(實體)가 없고 자성이 없는 것이라고 보는 것이다.

14) 二諦觀: 이체관. 종가입공관(從假入空觀)의 다른 이름이다. 미(迷)의 경계가 허망한 줄을 알고, 공체(空諦)의 진리에 들어가는 관법(觀法)이므로 이체관(二諦觀))이라고 한다.

15) 假觀: 가관. 만유(萬有)의 모든 법은 실재(實在)한 것이 없으나, 그 차별(差別)이 분명(分明)하게 나타난 것은 대개 서로 다른 것에 의지(依支)하여 존재(存在)한다고 보는 것이다.

16) 平等觀: 평등관. 모든 법에 한결같이 평등한 줄을 관(觀)하는 것이다.

17) 方便: 방편. 중생을 구제하기 위해 그 소질에 따라 임시로 행하는 편의적인 수단과 방법이다. 혹은 중생을 깨달음으로 인도하기 위해 일시적인 수단으로 설한 가르침이다.

미第·똉一·힗義·읭諦·뎽觀관이니·이
·일·후·미空콩假·갱中듕次·층第·똉三삼
삼觀관·이·라

·마순·세·헨·내成썽佛·뿛·야·녀느·나·랏
菩뽕薩·삻이·내일·훔듣·고命명終즁
·야貴·귕호家강門몬·애아·니나·면正정
覺·각·일·우·디아·니·호·리·라마·순·녜·헨
·내일·훔듣·고修슣行·행·야·됴호根根
源원이굿·디아·니·면正정覺·각·일일
·우·디아·니·호·리·라마순다·섯·내
성佛·뿛·야·녀느·나·랏菩뽕薩·삻이내
일·훔듣·고諸정佛·뿛·을供공養·양·슈·내

第一義諦觀(제일의체관)이니, 이 이름이 空(공)·假(가)·中(중)의 차례로 三觀(삼관)이다.]

마흔셋에는 내가 成佛(성불)하여, 다른 나라의 菩薩(보살)이 내 이름을 듣고 命終(명종)하야 貴(귀)한 家門(가문)에 아니 나면, 正覺(정각)을 이루지 아니하겠습니다.[聞生豪貴願] 마흔넷에는 내가 成佛(성불)하여, 다른 나라의 菩薩(보살)이 내 이름을 듣고 修行(수행)하여 좋은 根源(근원)이 갖추어져 있지 아니하면, 正覺(정각)을 이루지 아니하겠습니다.[具足善根願] 마흔다섯에는 내가 成佛(성불)하여, 다른 나라의 菩薩(보살)이 내 이름을 듣고 諸佛(제불)을 供養(공양)하는 것과

第뗑一ᅙᅵᇙ義ᅌᅵᆼ諦뎅觀관[18]이니 이 일후미[19] 空콩假강中듕[20] 次ᄎᆞᆼ第뗑[21] 三삼觀관이라]

마ᅀᆞᆫ세헨 내 成쎵佛뿛ᄒᆞ야 녀느[22] 나랏 菩뽕薩삻이 내 일훔 듣고 命몡終즁ᄒᆞ야[23] 貴귕ᄒᆞᆫ 家강門몬애 아니 나면 正졍覺각[24] 일우디[25] 아니호리이다 마ᅀᆞᆫ네헨 내 成쎵佛뿛ᄒᆞ야 녀느 나랏 菩뽕薩삻이 내 일훔 듣고 修ᄉᆛᇢ行ᅘᆡᆼᄒᆞ야 됴ᄒᆞᆫ 根근源원[26]이 ᄀᆞᆽ디[27] 아니ᄒᆞ면 正졍覺각 일우디 아니호리이다 마ᅀᆞᆫ다ᄉᆞ샌 내 成쎵佛뿛ᄒᆞ야 녀느 나랏 菩뽕薩삻이 내 일훔 듣고 諸졍佛뿛을 供공養양ᄒᆞᅀᆞᄫᅩᆷ과[28]

---

18) 第一義諦觀: 제일의체관. 삼관(三觀)의 하나인 중관(中觀)의 다른 이름이다. 중관은 최상의 지극한 것이므로 제일의체관, 또는 제일의관(第一義觀)이라 한다. ※ '三觀(삼관)'은 관법(觀法)의 내용을 셋으로 나눈 것인데, 공관(空觀)·가관(假觀)·중관(中觀)이다.

19) 일후미: 일훔(이름, 名) + -이(주조)

20) 空假中: 공가중. '공관(空觀), 가관(假觀), 중관(中觀)'이다.

21) 次第: 차제. 차례(次例)이다.

22) 녀느: 여느, 다른, 他(관사)

23) 命終ᄒᆞ야: 命終ᄒᆞ[명종하다, 죽다: 命終(명종: 명사) + -ᄒᆞ(동접)-]-+ -야(← -아: 연어) ※ '命終(명종)'은 목숨을 마치는 것이다.

24) 正覺: 정각. 올바른 깨달음. 일체의 참된 모습을 깨달은 더할 나위 없는 지혜이다.(= 正等覺, 정등각)

25) 일우디: 일우[이루다, 成: 일(이루어지다, 成: 자동)- + -우(사접)-]- + -디(-지: 연어, 부정)

26) 根源: 근원. 사물(事物)이 생겨나는 본바탕이다.

27) ᄀᆞᆽ디: ᄀᆞᆽ(← ᄀᆞᆽ다: 갖추어져 있다. 具)- + -디(-지: 연어, 부정)

28) 供養ᄒᆞᅀᆞᄫᅩᆷ과: 供養ᄒᆞ[공양하다: 供養(공양: 명사) + -ᄒᆞ(동접)-]- + -ᅀᆞᄫ(← -ᅀᆞᆸ-: 객높)- + -옴(명전) + -과(접조)

菩提(보리)에서 물러날 이가 있으면, 正覺(정각)을 이루지 아니하겠습니다.[供佛堅固願] 마흔여섯에는 내가 成佛(성불)하여, 나라의 菩薩(보살)이 듣고자 하는 法(법)을 自然(자연)히 듣지 못하면, 正覺(정각)을 이루지 아니하겠습니다. [欲聞自聞願] 마흔일곱에는 내가 成佛(성불)하여, 다른 나라의 菩薩(보살)이 내 이름을 듣고 菩提心(보리심)에서 물러날 이가 있으면, 正覺(정각)을 이루지 아니하겠습니다.[菩提無退願] 마흔여덟에는 내가 成佛(성불)하여, 다른 나라의 菩薩(보살)이 내 이름을 듣고 忍地(인지)를 得(득)하며, 諸佛(제불)의 法(법)에서 물러나지 아니하는 것을 現(현)한 세상에서 證(증)하지 못하면, 正覺(정각)을 이루지 아니하겠습니다.[現獲忍地願] 】 이 일을 듣고

菩뽕提똉²⁹⁾예 므르리³⁰⁾ 이시면 正정覺각 일우디 아니호리이다 마순여스센 내 成
쎵佛뿛ᄒᆞ야 나랏 菩뽕薩삻이 듣고져³¹⁾ ᄒᆞ논³²⁾ 法법을 自쭝然션히³³⁾ 듣디 몯ᄒᆞ면
正정覺각 일우디 아니호리이다 마순닐구벤 내 成쎵佛뿛ᄒᆞ야 녀느 나랏 菩뽕薩삻
이 내 일훔 듣고 菩뽕提똉心심³⁴⁾에 므르리 이시면 正정覺각 일우디 아니호리이
다 마순여들벤 내 成쎵佛뿛ᄒᆞ야 녀느 나랏 菩뽕薩삻이 내 일훔 듣고 忍신地띵³⁵⁾
를 得득ᄒᆞ며 諸정佛뿛ㅅ 法법에 므르디 아니호물 現ᅘᅧᆫᄒᆞᆫ³⁶⁾ 뉘예³⁷⁾ 證징티³⁸⁾ 몯ᄒᆞ
면 正정覺각 일우디 아니호리이다³⁹⁾ 】 이 일 듣고

---

29) 菩提: 보리. 불교에서 수행 결과 얻어지는 깨달음의 지혜 또는 그 지혜를 얻기 위한 수도 과정
을 이르는 말이다.

30) 므르리: 므르(물러나다, 退)- + -ㄹ(관전) # 이(이, 사람, 人: 의명) + -Ø(←-이: 주조)

31) 듣고져: 듣(듣다, 聞)- + -고져(-고자: 연어, 의도)

32) ᄒᆞ논: ᄒᆞ(하다: 보용, 의도)- + -ㄴ(←-ᄂᆞ-: 현시)- + -오(대상)- + -ㄴ(관전)

33) 自然히: [자연히(부사): 自然(자연: 명사) + -ᄒᆞ(←-ᄒᆞ-: 형접)- + -이(부접)]

34) 菩提心: 보리심. 불도의 깨달음을 얻고 그 깨달음으로써 널리 중생을 교화하려는 마음이다. 위
로는 보리를 구하고 아래로는 중생을 교화하려는(上求菩提 下化衆生) 마음이다.

35) 忍地: 인지. 마음과 부처 그 두 가지가 같아서 중도(中道)를 잘 증득(證得)하는 것이, 마치 잘
참는 사람이 마음에 품고 있지도 아니하고 드러내지도 않는 것과 같으니, 이것을 인지(忍地)라
고 한다.

36) 現ᄒᆞᆫ: 現ᄒᆞ[현하다, 나타나다: 現(현: 불어) + -ᄒᆞ(동접)-]- + -Ø(과시)- + -ㄴ(관전)

37) 뉘예: 뉘(세상, 世) + -예(←-에: 부조, 위치) ※ '現ᄒᆞᆫ 뉘'는 '현세(現世)', 곧 지금 살아 있는
이 세상을 이른다.

38) 證티: 證ᄒᆞ[← 證ᄒᆞ다(증하다): 證(증: 불어) + -ᄒᆞ(동접)-]- + -디(-지: 연어, 부정) ※ '證(증)'
은 여러 뜻을 나타내는데, 여기서는 '실현함, 도달함'의 뜻을 나타내는 것으로 추정한다.

39) 아니호리이다 : 아니ᄒᆞ[← 아니ᄒᆞ다(아니하다, 不: 보용, 부정): 아니(아니, 不: 부사, 부정) + -
ᄒᆞ(동접)-]- + -오(화자)- + -리(미시)- + -이(상높, 아주 높임)- + -다(평종)

아니 오래어 命終(명종)하여, 즉시 極樂世界(극락세계)에 나서 이레를 지
내고, 觀世音(관세음)과 大勢至(대세지)를 만나 法(법)을 듣고 기뻐하여,
한 小劫(소겁)을 지내어 阿羅漢(아라한)을 이루겠으니, 이것이 이름이 中
品下生(중품하생)이니, 이것이 이름이 中輩生想(중배생상)이니, 이름이 第
十五觀(제십오관)이다.

아니 오라아⁴⁰⁾ 命_명終_즁ᄒ야 즉자히 極_끅樂_락世_솅界_갱예 나아 닐웨 디내오⁴¹⁾ 觀_관世_솅音_흠 大_땡勢_솅至_징를 맛나아⁴²⁾ 法_법 듣고 깃거⁴³⁾ ᄒᆞᆫ 小_숗劫_겁⁴⁴⁾ 디내야 阿_항羅_랑漢_한ᄋᆞᆯ 일우리니 이⁴⁵⁾ 일후미 中_듕品_픔下_행生_싱⁴⁶⁾이니 이 일후미 中_듕輩_빙生_싱想_샹⁴⁷⁾이니 일후미 第_똉十_씹五_옹觀_관이라

---

40) 오라아: 오라(오래다, 久)- + -아(연어)

41) 디내오: 디내[지내다, 經: 지나(지나다, 經: 자동)- + -ㅣ(←-이-: 사접)-]- + -오(←-고: 연어, 계기)

42) 맛나아: 맛나[만나다, 遇: 맛(← 맞다: 맞이하다, 迎)- + 나(나다, 出)-]- + -아(연어)

43) 깃거: 깄(기뻐하다, 歡喜)- + -어(연어)

44) 小劫: 소겁. 사람의 목숨이 8만 살부터 100년마다 한 살씩 줄어서 열 살이 되기까지의 동안이다. 또는 열 살에서 100년마다 한 살씩 늘어서 8만 살에 이르는 동안이다.

45) 이: 이(이것, 是: 지대, 정칭) + -Ø(←-이: 주조)

46) 中品下生: 중품하생. 구품(九品) 정토(淨土)의 하나이다. 효행이나 인의 따위의 세속의 선을 행한 범부(凡夫)가 죽을 때에 아미타불의 사십팔원과 정토의 훌륭한 일을 듣고 왕생하여 1소겁(小劫)을 지나 아라한과(阿羅漢果)를 얻는 세계이다.

47) 中輩生想: 중배생상. 십육관(十六觀)의 하나이다. 소승(小乘)이나 세간에서 보통으로 선근(善根)을 닦는 범부(凡夫)가 정토(淨土)에 왕생(往生)하는 모양을 관상(觀想)하는 방법이다.

○ 부처가 阿難(아난)이와 韋提希(위제희)더러 이르시되, 下品上生(하품상생)은 혹시 衆生(중생)이 여러 가지의 모진 業(업)을 지어, 비록 方等經典(방등경전)을 비웃지 아니하여도, 이런 어리석은 사람이 모진 法(법)을 많이 지어 부끄러움이 없다가도, 命終(명종)할 적에

○ 부톄 阿항難난이와 韋윙提똉希힁ᄃ려 니ᄅ샤ᄃᆡ 下행品픔上썅生싱[48)]
은 시혹[49)] 衆즁生싱이 여러 가짓 모딘 業업[50)]을 지어 비록 方방等
등經경典뎐[51)]을 비웃디 아니ᄒ야도 이런 어린[52)] 사ᄅ미 모딘 法법을
하[53)] 지어 붓그륨[54)] 업다가도[55)] 命명終즁홀 저긔[56)]

---

48) 下品上生: 하품상생. 극락정토(極樂淨土)에 왕생(往生)하는 9품 가운데 하나이다. 가벼운 악업 (惡業)을 지은 범부(凡夫)가 죽을 때에 염불(念佛)하여, 50억겁 동안 생사(生死)에 윤회(輪廻) 할 죄(罪)를 덜고, 정토종(淨土宗)에 왕생(往生)하여 칠일 동안을 지내고, 법문(法門)을 들어 발 심(發心)하는 일이다.

49) 시혹: 혹시, 或(부사)

50) 業: 업. 미래에 선악의 결과를 가져오는 원인이 된다고 하는, 몸과 입과 마음으로 짓는 선악의 소행이다.

51) 方等經典: 방등경전. 이치가 보편적이며 평등하다는 뜻으로, 대승(大乘) 경전(經典)을 총칭하 는 말이다.

52) 어린: 어리(어리석다, 愚)- + -Ø(현시)- + -ㄴ(관전)

53) 하: [하, 많이, 多(부사): 하(많다, 多: 형사)- + -Ø(←-아: 연어 ▷부접)

54) 붓그륨: 붓그리(부끄러워하다, 慚愧)- + -움(명전)

55) 업다가도: 업(← 없다: 없다, 無)- + -다가(연어, 전환)- + -도(보조사, 강조)

56) 저긔: 적(적, 때, 時: 의명) + -의(-에: 부조, 위치, 시간)

善知識(선지식)을 만나 大乘(대승) 十二部經(십이부경)의 이름을 이르면, 經(경)의 이름을 들은 까닭으로 천(千) 劫(겁) 동안에 지은 至極(지극)히 重(중)한 모진 業(업)을 덜리라. 智慧(지혜)로운 사람이 또 가르쳐서 合掌(합장)·叉手(차수)하여 "南無阿彌陁佛(나무아미타불)!" 하여 일컬으면, 부처의 이름을

善_쎤知_딩識_식⁵⁷⁾을 맛나⁵⁸⁾ 大_땡乘_씽⁵⁹⁾ 十_씹二_싱部_뽕經_경⁶⁰⁾ㅅ 일후믈 니

르면 經_경ㅅ 일후믈 드론⁶¹⁾ 젼ᄎ로⁶²⁾ 즈믄⁶³⁾ 劫_겁엣⁶⁴⁾ 至_징極_끅 重

_뜡ᄒ⁶⁵⁾ 모딘 業_업을 덜리라⁶⁶⁾ 智_딩慧_휑ᄅᄫᆞᆫ⁶⁷⁾ 사ᄅ미 ᄯᅩ⁶⁸⁾ ᄀᆞᄅ쳐⁶⁹⁾

合_합掌_쟝⁷⁰⁾ 叉_창手_슣⁷¹⁾ᄒ야 南_남無_뭉阿_항彌_밍陁_땅佛_뿛⁷²⁾ ᄒ야 일ᄏᆞᄫ

면⁷³⁾ 부텻 일후믈

---

57) 善知識: 선지식. 불도(佛道)를 깨치고 덕이 높아 사람을 불도(佛道)에 들어가게 교화(敎化), 선도하는 승려(僧侶)이다.

58) 맛나: 맛나[만나다, 遇: 맛(← 맞다: 맞이하다, 迎)- + 나(나다, 出)-]- + -아(연어)

59) 大乘: 대승. 후기 불교의 유파의 하나이다. 소승불교(小乘佛敎)가 수행에 따르는 개인의 해탈(解脫)에 주력하는 데에 대하여, 이타(利他) 구제(救濟)의 입장에서 널리 인간 전체의 평등과 성불(成佛)을 이상으로 삼고, 그것을 불타(佛陀)의 가르침의 참다운 대도(大道)임을 주장하는 교리이다. 소승(小乘)처럼 소극적·형식적이 아니고 오히려 내적·정신적이며 그 세계관·인생관도 적극적 활동적이다. 우리나라·중국(中國)·일본(日本)의 불교(佛敎)는 거의 이에 속한다.

60) 十二部經: 십이부경. 부처의 가르침을 그 성질(性質)과 형식(形式)을 따라 열 둘로 나눈 경전(經典)이다. 곧, '수다라(修多羅), 기야(祇夜), 가타(伽陀), 이타나(尼陀那), 이제목다가(伊帝目多伽), 사다가(闍多伽), 아부타달마(阿浮陀達磨), 아파타나(阿波陀那), 우파제사(優婆提舍), 우타나(優陀那), 비불략(毘佛略), 화가라(和伽羅)' 등이다.

61) 드론: 들(← 듣다, ㄷ불: 듣다, 聞)- + -오(대상)- + -Ø(과시)- + -ㄴ(관전)

62) 젼ᄎ로: 젼ᄎ(까닭, 由) + -로(부조, 방편)

63) 즈믄: 千(관사, 양수)

64) 劫엣: 劫(겁) + -에(부조, 위치)- + -ㅅ(-의: 관조) ※ '劫엣'은 '劫(겁) 동안에 지은'으로 의역하여 옮기다.

65) 重ᄒ: 重ᄒ[중하다: 重(중: 불어) + -ᄒ(형접)-]- + -Ø(현시)- + -ㄴ(관전)

66) 덜리라: 덜(덜다, 除)- + -리(미시)- + -라(←-다: 평종)

67) 智慧ᄅᄫᆞᆫ: 智慧ᄅᄫᆞᆫ[지혜롭다: 智慧(지혜: 명사) + -ᄅᄫᆞ(형접)-]- + -Ø(현시)- + -ㄴ(관전)

68) ᄯᅩ: 또, 又(부사)

69) ᄀᆞᄅ쳐: ᄀᆞᄅ치(가르치다, 敎)- + -어(연어)

70) 合掌: 합장. 두 손바닥을 합하여 마음이 한결같음을 나타내는 것이다. 또는 그런 예법이다. 본디 인도의 예법으로, 보통 두 손바닥과 열 손가락을 합한다.

71) 叉手: 차수. 두 손을 어긋매껴 마주 잡는 것이다.

72) 南無阿彌陁佛: 나무아미타불. 아미타불에 돌아가 의지함을 이르는 말이다. 주로 염불할 때에 외는 소리이다.

73) 일ᄏᆞᄫ면: 일ᄏᆞᆮ(일컫다, 稱)- + -ᄌᆞᆸ(←-ᄌᆞᆸ-: 객높)- + -ᄋᆞ면(연어, 조건)

일컬은 까닭으로 五十億(오십억) 劫(겁) 동안에 있은 죽살이의 罪(죄)를 덜리라. 그때에 저 부처가 즉시 化佛(화불)과 化觀世音(화관세음)과 化大勢至(화대세지)를 보내시어, 行者(행자)의 앞에 다다라 讚嘆(찬탄)하여 이르시되 "善男子(선남자)야, 부처의 이름을 네가 일컬은 까닭으로 罪(죄)가 스러지므로, (내가) 와서 (너를) 맞는다."

일ㅋ론⁷⁴⁾ 젼ᄎ로 五_옹十_씹億_흑 劫_겁엣 죽사릿⁷⁵⁾ 罪_쬥를 덜리라 그 저긔 뎌 부톄 즉자히 化_황佛_뿛⁷⁶⁾와 化_황觀_관世_솅音_흠⁷⁷⁾과 化_황大_땡勢_솅至_징⁷⁸⁾를 보내샤 行_{ᅘᅵᆼ}者_쟝⁷⁹⁾ㅅ 알ᄑᆡ 다ᄃᆞ라⁸⁰⁾ 讚_잔嘆_탄ᄒᆞ야 니ᄅᆞ샤 ᄃᆡ 善_쎤男_남子_{ᄌᆞ}아⁸¹⁾ 부텻 일후믈 네 일ㅋ론 젼ᄎ로 罪_쬥 스러딜 씩⁸²⁾ 와 맛노라⁸³⁾

---

74) 일ㅋ론: 일쿨(← 일ᄏᆞᆮ다, ㄷ불: 일컫다, 稱)- + -∅(과시)- + -오(대상)- + -ㄴ(관전)

75) 죽사릿: 죽사리[죽살이, 生死: 죽(죽다, 死)- + 살(살다, 生)- + -이(명접)] + -ㅅ(-의: 관조)

76) 化佛: 화불. 부처가 중생을 교화하기 위하여 여러 모습으로 변화하는 일이나, 그러한 모습이다.

77) 化觀世音: 화관세음. 관세음보살이 중생을 교화하기 위하여 변화한 모습이다.

78) 化大勢至: 화대세지. 대세제보살이 중생을 교화하기 위하여 변화한 모습이다.

79) 行者: 행자. 불교(佛敎) 수행(修行)을 하는 사람이다.

80) 다ᄃᆞ라: 다ᄃᆞᆯ[← 다ᄃᆞᆮ다, ㄷ불(다다르다, 至: 다(다, 悉: 부사) + ᄃᆞᆮ(닫다, 달리다, 走)-]- + -아(연어)

81) 善男子아: 善男子(선남자) + -아(호조, 아주 낮춤) ※ '善男子(선남자)'는 현세에서 불법(佛法)을 믿고, 선을 닦는 남자이다.

82) 스러딜씩: 스러디[스러지다, 사라지다, 消: 슬(스러지게 하다, 消: 타동)- + -어(연어) + 디(지다: 보용, 피동)]- + -ㄹ씩(-므로: 연어, 이유)

83) 맛노라: 맛(← 맞다: 맞다, 迎)- + -ㄴ(← -ᄂᆞ-: 현시)- + -오(화자)- + -라(-다: 평종)

하시는데, 行者(행자)가 즉시 化佛(화불)의 光明(광명)이 제 집에 가득하거든 (그것을) 보고 기뻐하여 즉시 命終(명종)하여, 보배의 蓮華(연화)를 타고 化佛(화불)의 뒤를 뒤미쳐 쫓아서, 보배의 못 가운데에 나아가 49일을 지내어 蓮花(연화)가 피겠으니, 꽃이 필 적에 大悲(대비)하신 觀世音菩薩(관세음보살)이 큰

ᄒᆞ야시ᄃᆞ[84] 行ᅘᅢᆼ者쟝ㅣ 즉자히 化황佛ᅗᅮᇙㅅ 光광明명이 제[85] 지븨[86] ᄀᆞ
득거든[87] 보고 깃거[88] 즉자히 命명終즁ᄒᆞ야 寶ᄫᅩᇢ蓮련花황[89]를 타[90] 化황
佛ᅗᅮᇙㅅ 뒤흘[91] 미좃ᄌᆞᄫᅡ[92] 보ᄇᆡ 못[93] 가온ᄃᆡ 나아 닐굽 닐웨[94] 디내
야[95] 蓮련花황ㅣ 프리니[96] 곳[97] 픐 저긔 大땡悲빙[98] 觀관世솅音ᅙᅳᆷ菩뽕薩
삻이 큰

---

84) ᄒᆞ야시ᄃᆞ: ᄒᆞ(하다, 語)‒ + ‒시(주높)‒ + ‒야 … ᄃᆞ(←‒아ᄃᆞ: ‒거든, 연어, 설명 계속)

85) 제: 저(저, 己: 인대, 재귀칭) + ‒ㅣ(←‒의: 관조)

86) 지븨: 집(집, 室) + ‒의(‒에: 부조, 위치)

87) ᄀᆞ득거든: ᄀᆞ득[← ᄀᆞ득ᄒᆞ다(가득하다, 滿): ᄀᆞ득(가득, 滿: 부사) + ‒ᄒᆞ(형접)‒] + ‒거든(연어, 조건)

88) 깃거: 깃(기뻐하다, 歡喜)‒ + ‒어(연어)

89) 寶蓮花: 보연화. '보배로 된 연화'라는 뜻으로, 연꽃을 아름답게 이르는 말이다.

90) 타: ᄐ(←ᄐ다: 타다, 乘)‒ + ‒아(연어)

91) 뒤흘: 뒤ㅎ(뒤, 後) + ‒을(목조)

92) 미좃ᄌᆞᄫᅡ: 미좃[← 미좇다(뒤미쳐 쫓다, 隨): 미(← 및다: 미치다, 及)‒ + 좇(쫓다, 따르다, 從)‒] + ‒ᄌᆞᇦ(← ᄌᆞᆸ‒: 객높)‒ + ‒아(연어)

93) 못: 못, 池.

94) 닐굽 닐웨: 일곱 이레. 사십구일(四十九日)이다.

95) 디내야: 디내[지내다, 經: 디나(지나다, 經: 자동)‒ + ‒ㅣ(←‒이‒: 사접)‒] + ‒야(←‒아: 연어)

96) 프리니: 프(피다, 敷)‒ + ‒리(미시)‒ + ‒니(연어, 설명 계속)

97) 곳: 곳(← 곶: 꽃, 花)

98) 大悲: 대비. 중생의 괴로움을 구제하려는 부처의 큰 자비이다.

光明(광명)을 펴어 그 사람의 앞에서 甚(심)히 깊은 十二部經(십이부경)을 이르겠으니, 듣고 信(신)하여 알아 위가 없는 道理(도리)의 마음을 發(발)하여, 열 小劫(소겁)을 디내고 百法明門(백법명문)이 갖추어져 있어 初地(초지)에 들겠으니【初地(초지)는 十地(십지)의 처음이다.】, 이 이름이 下品上生(하품상생)이다.” 부처가

[71 뒤]

光광明명을 펴아 그 사ᄅᆞ미 알ᄑᆡ셔 甚씸히 기픈 十씹二ᅀᅵᆼ部뿡經경을 니르리니 듣고 信신ᄒᆞ야 아라 우 업슨 道똘理링ㅅ ᄆᆞᅀᆞ믈 發벓ᄒᆞ야 열 小숍劫겁 디내오 百빅法법明명門몬이 ᄀᆞ자 初총地띵예 들리니【初총地띵ᄂᆞᆫ 十씹地띵옛 처서미라】 이 일후미 下행品픔上썅生ᅀᅵᆼ이라 부톄

---

99) 펴아: 펴(펴다, 放)- + -아(연어)
100) 알ᄑᆡ셔: 앒(앞, 前) + -ᄋᆡ(-에: 부조, 위치) + -셔(-서: 보조사, 위치 강조)
1) 甚히: [심히(부사): 甚(심: 불어) + -ᄒᆞ(←-ᄒᆞ-: 형접) + -이(부접)]
2) 니르리니: 니르(이르다, 說)- + -리(미시)- + -니(연어, 설명 계속)
3) 아라: 알(알다, 解)- + -아(연어)
4) 우: 우(← 우ㅎ: 위, 上)
5) ᄆᆞᅀᆞ믈: ᄆᆞᅀᆞᆷ(마음, 心) + -ᄋᆞᆯ(목조)
6) 百法明門: 백법명문. 온갖 진리에 통달한 지혜의 영역이나 세계를 이른다.
7) 初地: 초지. 보살(菩薩)이 수행하는 계위(階位)인 52위 가운데 십지(十地)의 첫 단계인 환희지(歡喜地)를 말한다. 번뇌를 끊고 마음 속에 환희를 일으키는 경지이다. 보살이 수행한 결과로 이 자리에 이르면, 진여(眞如)의 이(理)의 일분(一分)을 증득(證得)하여, 성인의 지위에 올라 다시는 물러나지 않고, 자리 이타(自利利他)의 행을 이루어서 마음에 기뻐함이 많다는 뜻으로 환희지라고 한다.
8) 十地: 십지. 보살이 수행 과정에서 거치는 열 가지 단계이다. ① '환희지(歡喜地)'는 선근과 공덕을 원만히 쌓아 비로소 성자의 경지에 이르러 기쁨에 넘치는 것이다. ② '이구지(離垢地)'는 계율을 잘 지켜 마음의 때를 벗는 것이다. ③ '발광지(發光地)'는 점점 지혜의 광명이 나타나는 것이다. ④ '염혜지(焰慧地)'는 지혜의 광명이 번뇌를 태우는 것이다. ⑤ '난승지(難勝地)'는 끊기 어려운 미세한 번뇌를 소멸시키는 것이다. ⑥ '현전지(現前地)'는 연기(緣起)에 대한 지혜가 바로 눈앞에 나타나는 것이다. ⑦ '원행지(遠行地)'는 미혹한 세계에서 멀리 떠나는 것이다. ⑧ '부동지(不動地)'는 모든 것에 집착하지 않는 지혜가 끊임없이 일어나 결코 번뇌에 동요하지 않는 것이다. ⑨ '선혜지(善慧地)'는 걸림 없는 지혜로써 두루 가르침을 설하는 것이다. ⑩ '법운지(法雲地)'는 지혜의 구름이 널리 진리의 비를 내림. 구름이 비를 내리듯, 부처의 가르침을 널리 중생들에게 설하는 것이다.
9) 처서미라: 처섬[처음, 初: 첫(첫, 初: 관사, 서수) + -엄(명접)] + -이(서조)- + -∅(현시)- + -라(←-다: 평종)

현대어 번역과 형태소 분석   297

阿難(아난)이와 韋提希(위제희)더러 이르시되, 下品中生(하품중생)은 혹시
衆生(중생)이 五戒(오계)·八戒(팔계)·具足戒(구족계)를 헐어, 이와 같은 어
리석은 사람이 僧祇(승기)에 속하는 것과 現前僧(현전승)의 것을 도적질
하며【僧祇(승기)는 四方(사방)에 있는 중의 것이라고 한 말이요, 現前僧(현전
승)은 앞에 現(현)한 중이다.】, 더러운 말씀을 하되

阿_항難_난이와 韋_윙提_똉希_힁드려 니르샤디 下_행品_픔中_듕生_싱¹⁰⁾은 시혹

衆_즁生_싱이 五_옹戒_갱¹¹⁾ 八_밣戒_갱¹²⁾ 具_꿍足_죡戒_갱¹³⁾를 허러¹⁴⁾ 이¹⁵⁾ 근흔¹⁶⁾

어린¹⁷⁾ 사르미 僧_승祇_낑옛¹⁸⁾ 것과 現_현前_쪈僧_승¹⁹⁾의 거슬 도죽ᄒᆞ며²⁰⁾

【僧_승祇_낑는 四_{ᄉᆞ}方_방앳²¹⁾ 즁의²²⁾ 거시라 혼 마리오 現_현前_쪈僧_승은 알픽 現_현

혼 즁이라 】 더러본²³⁾ 말ᄊᆞᄆᆞᆯ²⁴⁾ ᄒᆞ디

---

10) 下品中生: 하품중생. 정토(淨土)에 왕생(往生)하는 9품 가운데 하나이다. 5계, 8계 등을 범(犯)한 범부(凡夫)가 죽을 때에, 염불(念佛)하여 80억겁 동안 생사(生死)에 윤회(輪廻)할 죄를 덜고 정토(淨土)에 왕생(往生)하여 6겁을 지내고서 법문(法門)을 듣고 발심(發心)하는 일이다.

11) 五戒: 오계. 불교도이면 재가자(在家者)나 출가자(出家者) 모두가 지켜야 하는 가장 기본적인 생활 규범이다. ① 살생하지 말라.(不殺生) ② 도둑질 하지 말라.(不偸盜) ③ 음행을 하지 말라.(不邪淫) ④ 거짓말을 하지 말라.(不妄語) ⑤ 술을 마시지 말라.不飮酒의 5종이다.

12) 八戒: 팔계. 재가(在家)의 신도가 육재일(六齋日), 곧 음력 매월 8·14·15·23·29·30일에 하루 낮 하룻밤 동안 지키는 계율이다. ① 이살생(離殺生): 살아 있는 것을 죽이지 않음. ② 이불여취(離不與取): 주지 않는 것을 가지지 않음. ③ 이비범행(離非梵行): 청정하지 않은 행위를 하지 않음. ④ 이허광어(離虛誑語): 헛된 말을 하지 않음. ⑤ 이음제주(離飮諸酒): 모든 술을 마시지 않음. ⑥ 이면좌고광엄려상좌(離眠坐高廣嚴麗牀座): 높고 넓고 화려한 평상에 앉지 않음. ⑦ 이도식향만이무가관청(離塗飾香鬘離舞歌觀聽): 향유(香油)를 바르거나 머리를 꾸미지 않고, 춤추고 노래하는 것을 보지도 듣지도 않음. ⑧ 이식비시식(離食非時食): 때가 아니면 음식물을 먹지 않음. 곧, 정오가 지나면 먹지 않음.

13) 具足戒: 구족계. 비구와 비구니가 지켜야 할 계율이다. 비구에게는 250계, 비구니에게는 348계가 있다.

14) 허러: 헐(헐다, 훼손하다, 毁)- + -어(연어)

15) 이: 이(이, 此: 지대, 정칭) + -∅(←-이: 부조, 비교)

16) 근흔: 근ᄒᆞ(같다, 如)- + -∅(현시)- + -ㄴ(관전)

17) 어린: 어리(어리석다, 愚)- + -∅(현시)- + -ㄴ(관전)

18) 僧祇옛: 僧祇(승기) + -예(←-에: 부조, 위치) + -ㅅ(-의: 관조) ※ '僧祇(승기)'는 스님에게 딸린 재물이다.

19) 現前僧: 현전승. 한 사원에 현재 머물고 있는 수행승(修行僧)이다.

20) 도죽ᄒᆞ며: 도죽ᄒᆞ[도둑질하다: 도죽(도적질, 盜賊: 명사) + -ᄒᆞ(동접)-]- + -며(연어, 나열)

21) 四方앳: 四方(사방) + -애(-에: 부조, 위치) + -ㅅ(-의: 관조) ※ '四方앳'은 '사방에 있는'으로 의역하여 옮긴다.

22) 즁의: 즁(중, 僧) + -의(관조)

23) 더러본: 더럽(←더럽다, ㅂ불: 더럽다, 不淨)- + -∅(현시)- + -은(관전)

24) 말ᄊᆞᄆᆞᆯ: 말ᄊᆞᆷ[말씀, 說法: 말(말, 言) + -ᄊᆞᆷ(-씀: 접미)] + -ᄋᆞᆯ(목조)

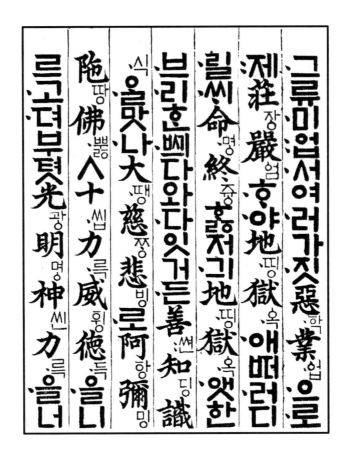

부끄러움이 없어 여러 가지의 惡業(악업)으로 스스로 莊嚴(장엄)하여 地
獄(지옥)에 떨어지겠으므로, 命終(명종)할 적에 地獄(지옥)에 있는 많은 불
(火)이 함께 몰려들어 있는데, 善知識(선지식)을 만나 大慈悲(대자비)로 阿
彌陀佛(아미타불)의 十力(십력)과 威德(위덕)을 이르고, 저 부처의 光明(광
명)의 神力(신력)을

붓그류미[25] 업서 여러 가짓 惡ᅙᅡᆨ業업[26]으로 제[27] 莊쟝嚴엄[28]ᄒᆞ야 地띵獄옥애 ᄢᅥ러디릴씨[29] 命명終즁ᄒᆞᇙ 저긔 地띵獄옥앳 한[30] 브리[31] ᄒᆞᇄ[32] 다와다[33] 잇거든 善쎤知딩識식[34]을 맛나[35] 大땡慈ᄍᆞᆼ悲빙[36]로 阿ᅙᅡᆼ彌밍陁땅佛뿛ㅅ 十씹力륵[37] 威휭德득[38]을 니르고 뎌 부텻 光광明명神씬力륵[39]을

---

25) 붓그류미: 붓그리(부끄러워하다, 慚愧)- + -움(명전) + -이(주조)

26) 惡業: 악업. 삼성업(三性業)의 하나로서, 나쁜 과보(果報)를 가져올 악한 행위를 이른다. ※ '三性業(삼성업)'은 '선업(善業), 악업(惡業), 무기업(無記業)'을 통틀어 이르는 말이다. 행업(行業)의 내용이 선인가 악인가에 따라 나눈 것이다.

27) 제: 저(저, 자기, 自: 인대, 재귀칭) + -ㅣ(←-이: 주조) ※ 여기서 '제'는 '스스로'로 의역하여 옮긴다.

28) 莊嚴: 장엄. 좋고 아름다운 것으로 꾸미는 일이다. ※ '여러 가짓 惡業으로 제 莊嚴ᄒᆞ야'는 '(하품중생이) 여러 가지의 惡業을 지어 제 스스로 (악업으로) 莊嚴하여'의 뜻이다.

29) ᄢᅥ러디릴씨: ᄢᅥ러디[떨어지다, 墮: ᄢᅥᆯ(떨다, 떼어내다, 離)- + -어(연어) + 디(지다: 보용, 피동)-]- + -리(미시)- + -ㄹ씨(-ᄆᆞ로: 연어, 이유)

30) 한: 하(많다, 衆)- + -Ø(현시)- + -ㄴ(관전)

31) 브리: 블(불, 火) + -이(주조)

32) ᄒᆞᇄ: [함께, 一時(부사): ᄒᆞᆫ(한, 一: 관사, 양수) + ᄢᅴ(←ᄢᅴ: 때, 時, 명사) + -의(-에: 부조, 위치)]

33) 다와다: 다완[몰려들다, 부딪다, 다그치다, 俱至: 다(←다ᄋᆞ다: 다지다, 築, 打)- + -완(강접)-]- + -아(연어)

34) 善知識: 선지식. 지혜와 덕망이 있고 사람들을 교화할 만한 능력이 있는 승려이다.

35) 맛나: 맛나[만나다, 遇: 맛(←맞다: 맞다, 迎)- + 나(나다, 出)-]- + -아(연어)

36) 大慈悲: 대자비. 넓고 커서 끝이 없는 부처와 보살의 자비(慈悲)이다.

37) 十力: 십력. 부처만이 지니고 있는 열 가지 지혜의 힘이다. 처비처지력(處非處智力), 업이숙지력(業異熟智力), 정려해탈등지등지지력(靜慮解脫等持等至智力), 근상하지력(根上下智力), 종종승해지력(種種勝解智力), 종종계지력(種種界智力), 편취행지력(遍趣行智力), 숙주수념지력(宿住隨念智力), 사생지력(死生智力), 누진지력(漏盡智力) 등이 있다.

38) 威德: 위덕. 위엄과 덕망을 아울러 이르는 말이다.

39) 光明 神力: 광명 신력. 광명의 신력이다.

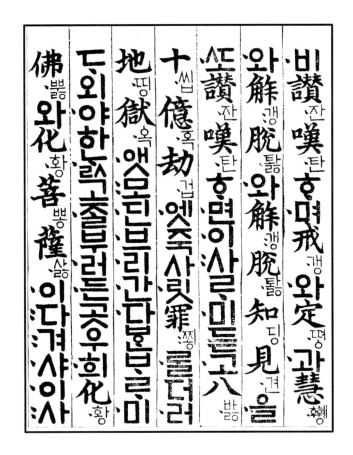

널리 讚嘆(찬탄)하며, 戒(계)와 定(정)과 慧(혜)와 解脫(해탈)과 解脫智見
(해탈지견)을 또 讚嘆(찬탄)하면, 이 사람이 듣고 八十億(팔십억) 劫(겁) 동
안에 지은 죽살이의 罪(죄)를 덜어, 地獄(지옥)에 있는 모진 불이 시원한
바람이 되어 하늘의 꽃을 부는데, 꽃 위에 化佛(화불)과 化菩薩(화보살)이
다 계시어 이

너비⁴⁰⁾ 讚_잔嘆_탄ᄒ며 戒_갱⁴¹⁾와 定_뎡⁴²⁾과 慧_휑⁴³⁾와 解_갱脫_퇋⁴⁴⁾와 解_갱脫_퇋知_딩見_견⁴⁵⁾을 쏘 讚_잔嘆_탄ᄒ면 이 사ᄅ미 듣고 八_밣十_씹億_흑 劫_겁엣⁴⁶⁾ 죽사릿 罪_쮱를 더러⁴⁷⁾ 地_띵獄_옥앳⁴⁸⁾ 모딘⁴⁹⁾ 브리 간다ᄫ⁵⁰⁾ ᄇᄅ미⁵¹⁾ ᄃ외야⁵²⁾ 하ᄂᆳ⁵³⁾ 고ᄌᆯ 부러든⁵⁴⁾ 곳⁵⁵⁾ 우희 化_황佛_뿛와 化_황菩_뽕薩_삻이 다 겨샤⁵⁶⁾ 이

---

40) 너비: [널리, 廣(부사): 넙(넓다, 廣: 형사)- + -이(부접)]

41) 戒: 계. 죄를 금하고 제약하는 것이다. 율장(律藏)에서 설한 것으로, 소극적으로는 그른 일을 막고 나쁜 일을 멈추게 하는 힘이 되고, 적극적으로는 모든 선을 일으키는 근본이 된다.

42) 定: 정. 마음을 한곳에 모아 움직이지 아니하는 안정된 상태이다. 생득정(生得定)과 수득정(修得定)의 두 가지가 있다.

43) 慧: 혜. 모든 현상의 이치와 선악 등을 명료하게 판단하고 추리하는 마음 작용, 분별하지 않고 대상을 있는 그대로 직관하는 마음 작용, 미혹을 끊고 모든 현상을 있는 그대로 주시하는 마음 작용. 분별과 집착이 끊어진 마음 상태, 모든 분별이 끊어져 집착하지 않는 마음 상태, 모든 분별을 떠난 경지에서 온갖 차별을 명료하게 아는 마음 작용 등이다.

44) 解脫: 해탈. 업(業), 윤회의 세계에서 벗어나 번뇌의 속박을 풀고 자유로운 경지에 도달하는 것이다. 원래 인도의 바라문교에서 나온 말이지만, 후에 불교 사상에 도입되어 중국이나 일본의 불교에서는 깨달음의 경지나 열반(涅槃)과 동일시되었다.

45) 解脫知見: 해탈지견. 오분법신(五分法身)의 하나이다. 부처와 아라한이 갖추고 있는 공덕으로, 자신은 이미 사제(四諦)를 체득했다고 아는 진지(盡智)와 자신은 이미 사제를 체득했기 때문에 다시 체득할 필요가 없다고 아는 무생지(無生智)를 갖추는 것이다.

46) 劫엣: 劫(겁) + -에(부조, 위치) + -ㅅ(-의: 관조) ※ '劫엣'은 '劫(겁) 동안에 지은'으로 의역하여 옮긴다.

47) 더러: 덜(덜다, 除)- + -어(연어)

48) 地獄앳: 地獄(지옥) + -애(-에: 부조, 위치) + -ㅅ(-의: 관조) ※ '地獄앳'은 '지옥에서 생긴'으로 의역하여 옮긴다.

49) 모딘: 모디(← 모딜다: 모질다, 猛)- + -Ø(현시)- + -ㄴ(관전)

50) 간다ᄫ: 간닳(← 간답다, ㅂ불: 시원하다, 涼)- + -Ø- + -은(관전)

51) ᄇᄅ미: ᄇᄅᆷ(바람, 風) + -이(주조)

52) ᄃ외야: ᄃ외(되다, 化爲)- + -야(← -아: 연어)

53) 하ᄂᆳ: 하ᄂᆯ(← 하ᄂᆯㅎ: 하늘, 天) + -ㅅ(-의: 관조)

54) 부러든: 불(불다, 吹)- + -어든(-거든: 연어, 조건)

55) 곳: 곳(← 곶: 꽃, 華)

56) 겨샤: 겨샤(← 겨시다: 계시다, 有)- + -Ø(← -아: 연어)

사람을 迎接(영접)하시어, 一念(일념)의 사이에 七寶(칠보)의 못(池) 가운
데에 가서 나서, 蓮華(연화)의 속에서 여섯 劫(겁)을 지내고, 蓮花(연화)
가 피거든 觀世音(관세음)과 大勢至(대세지)가 淸淨(청정)한 목소리로 저
사람을 慰勞(위로)하고 大乘(대승)에 속한 甚(심)히 깊은 經典(경전)을
이르면, (이 사람이) 이 法(법)을 듣고 즉시

사르믈 迎영接접ᄒ샤⁵⁷⁾ 一힗念념⁵⁸⁾ 쓰시예⁵⁹⁾ 七칧寶ᄫᅩᆯ 못 가온ᄃᆡ 가나아 蓮련華ᅘᅪᆼㅅ 소배셔⁶⁰⁾ 여슷 劫겁을 디내오 蓮련花황ㅣ 프거든⁶¹⁾ 觀관世솅音흠 大땡勢솅至징 淸쳥淨쪙ᄒᆫ 목소리로 뎌⁶²⁾ 사ᄅᆞᆷ 慰휭勞ᄅᆞᆯ ᄒ고 大땡乘씽엣⁶³⁾ 甚씸히 기픈 經경典뎐을 니르면 이 法법 듣고 즉자히

---

57) 迎接ᄒ샤: 迎接ᄒ[영접하다: 迎接(영접: 명사) + -ᄒ(동접)-]- + -샤(←-시-: 주높)- + -Ø(←-아: 연어)

58) 一念: 일념. 아주 짧은 순간이다.

59) 쓰시예: 쓰시(←ᄉᆞᆺ: 사이, 間) + -예(←-에: 부조, 위치) ※ '一念 쓰시예'는 '한 순간에'로 의역하여 옮길 수 있다.

60) 소배셔: 솝(속, 內) + -애(-에: 부조, 위치) + -셔(-서: 위치 강조)

61) 프거든: 프(피다, 敷)- + -거든(연어, 조건)

62) 뎌: 저, 彼(관사, 지시, 정칭)

63) 大乘엣: 大乘(대승) + -에(부조, 위치) + -ㅅ(-의: 관조) ※ '大乘엣'는 '大乘에 속한'으로 의역하여 옮긴다.

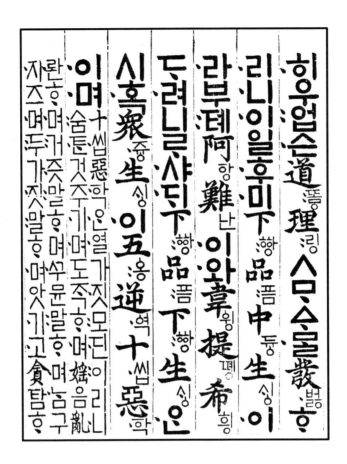

위가 없는 道理(도리)의 마음을 發(발)하겠으니, 이 이름이 下品中生(하품
중생)이다. 부처가 阿難(아난)이와 韋提希(위제희)더러 이르시되, 下品下生
(하품하생)은 혹시 衆生(중생)이 五逆(오역)과 十惡(십악)이며【十惡(십악)은
열 가지의 모진 일이니, 숨쉬는 것을 죽이며, 도적질하며, 淫亂(음란)하며, 거짓
말 하며, 꾸민 말을 하며, 남을 꾸짖으며, 두 가지의 말을 하며, 아끼고, 貪(탐)
하며,

우 업슨 道_똘理_링ㅅ ᄆᅀᆞᄆᆞᆯ 發_벓ᄒᆞ리니⁶⁴⁾ 이 일후미 下_행品_픔中_듕生
_{ᅀᅵᆼ}이라 부톄 阿_항難_난이와 韋_윙提_똉希_힁ᄃᆞ려 니ᄅᆞ샤ᄃᆡ 下_행品_픔下_행生
_{ᅀᅵᆼ}⁶⁵⁾은 시혹 衆_즁生_{ᅀᅵᆼ}이 五_옹逆_역⁶⁶⁾ 十_씹惡_학⁶⁷⁾이며【十_씹惡_학ᄋᆞᆫ 열 가짓
모딘 이리니 숨튼⁶⁸⁾ 것주기며⁶⁹⁾ 도ᄌᆞᆨᄒᆞ며⁷⁰⁾ 婬_음亂_롼ᄒᆞ며 거즛말⁷¹⁾ ᄒᆞ며 ᄭᅮ묜
말⁷²⁾ ᄒᆞ며 ᄂᆞᆷ⁷³⁾ 구지즈며⁷⁴⁾ 두 가짓 말 ᄒᆞ며 앗기고⁷⁵⁾ 貪_탐ᄒᆞ며

---

64) 發ᄒᆞ리니: 發ᄒᆞ[발하다: 發(발: 불어) + -ᄒᆞ(동접)-]- + -리(미시)- + -니(연어, 설명 계속) ※ '發(발)'는 어떠한 마음을 내는 것이다.

65) 下品下生: 하품하생. 구품 정토(九品淨土)의 하나이다. 무거운 죄를 거듭 지은 범부가 죽을 때에 염불하면, 80억겁(億劫) 동안 생사에 윤회할 죄를 덜고, 정토의 보배 연못에 태어나 12대겁(大劫)을 지내고, 연꽃이 피어 법문을 듣고 발심하는 세계이다.

66) 五逆: 오역. 다섯 가지 악행이다. 소승 불교(小乘佛敎)에서는 아버지를 죽이는 일, 어머니를 죽이는 일, 아라한을 죽이거나 해하는 일, 승단의 화합을 깨뜨리는 일, 부처의 몸에 상처를 입히는 일 따위의 무간지옥에 떨어질 행위를 이른다. 그리고 대승 불교(大乘佛敎)에서는 절이나 탑을 파괴하여 불경과 불상을 불태우고 삼보(三寶)를 빼앗거나 그런 짓을 시키는 일, 성문(聲聞) 따위의 법을 비방하는 일, 출가자를 죽이거나 수행을 방해하는 일, 소승 불교의 오역 가운데 하나를 범하는 일, 모든 업보는 없다고 생각하여 십악(十惡)을 행하고 다른 이에게 가르치는 일이다.

67) 十惡: 십악. 열 가지 악한 행위이다. 살생(殺生), 투도(偸盜), 사음(邪淫), 망어(妄語), 기어(綺語), 악구(惡口), 양설(兩舌), 탐욕(貪慾), 진에(瞋恚), 사견(邪見) 등이다.

68) 숨튼: 숨튼[숨쉬다, 息: 숨(숨, 息: 명사) + 튼(타다, 지니다, 持)]- + -Ø(과시)- + -ㄴ(관전)

69) 주기며: 주기[죽이다, 殺: 죽(죽다, 死)- + -이(사접)-]- + -며(연어, 나열)

70) 도ᄌᆞᆨᄒᆞ며: 도ᄌᆞᆨᄒᆞ[도둑질하다: 도ᄌᆞᆨ(도적질, 盜賊: 명사) + -ᄒᆞ(동접)-]- + -며(연어, 나열)

71) 거즛말: [거짓말, 嚇: 거즛(거짓, 假) + 말(말, 言)]

72) ᄭᅮ묜: ᄭᅮ미(꾸미다, 嬌)- + -Ø(과시)- + -우(대상)- + -ㄴ(관전)

73) ᄂᆞᆷ: 남, 他.

74) 구지즈며: 구짖(꾸짖다, 叱)- + -으며(연어, 나열)

75) 앗기고: 앗기(아끼다, 惜)- + -고(연어, 나열)

며 嗔친 心심ᄒᆞ며 邪
쌍曲콕히 봄괘라
ᄀ초지ᅀᅥᆨ인ᄒᆞᆫ 어린 사ᄅᆞ미 굿ᄌᆞᆫ길
헤뼈디여 한 劫겁에 그지업슨 受쓩苦
쿵롱ᄒᆞ리어늘 命명終즁ᄒᆞᇙ저긔 善쎤
知딩識식을 맛나 種죵種죵ᄋᆞ로 慰휭
勞ᄛᆞᇰᄒᆞ야 妙묳法법을 爲윙ᄒᆞ야 니ᄅᆞ
곡ᄅᆞ쳐 念념佛뿛ᄒᆞ라ᄒᆞ거든 이 사

嗔心(진심)하며, 邪曲(사곡)히 보는 것이다. 】 좋지 못한 業(업)을 갖추 지어서, 이와 같은 어리석은 사람이 궂은 길에 떨어져서 수많은 劫(겁)에 그지없는 受苦(수고)를 하겠거늘, 命終(명종)할 적에 善知識(선지식)을 만나, (선지식이 어리석은 사람을) 種種(종종)으로 慰勞(위로)하여 妙法(묘법)을 (어리석은 사람을) 爲(위)하여 이르고 가르쳐서, "念佛(염불)하라." 하거든,

嗔^친心^심⁷⁶⁾ᄒ며 邪^썅曲^콕히⁷⁷⁾ 봄괘라⁷⁸⁾ 】 됴티⁷⁹⁾ 몯ᄒᆞᆫ 業^업을 ᄀ초⁸⁰⁾ 지

서⁸¹⁾ 이⁸²⁾ 근ᄒᆞᆫ 어린⁸³⁾ 사ᄅᆞ미 구즌⁸⁴⁾ 길헤⁸⁵⁾ ᄣᅥ디여⁸⁶⁾ 한⁸⁷⁾ 劫^겁에

그지업슨⁸⁸⁾ 受^쓩苦^콩⁸⁹⁾ᄅᆞᆯ ᄒᆞ리어늘⁹⁰⁾ 命^명終^즁ᄒᆞᆶ 저긔 善^쎤知^딩識^식을

맛나 種^죵種^죵ᄋᆞ로⁹¹⁾ 慰^휭勞^롤ᄒᆞ야 妙^묲法^법⁹²⁾을 爲^윙ᄒᆞ야 니르고 ᄀᆞᄅᆞ

쳐⁹³⁾ 念^념佛^뿛ᄒᆞ라⁹⁴⁾ ᄒᆞ거든 이

---

76) 嗔心: 진심. 왈칵 성내는 마음을 일으키는 것이다.

77) 邪曲히: [사곡히(부사): 邪曲(사곡: 명사) + -ᄒᆞ(←-ᄒᆞ-: 형접)- + -이(부접)] ※ '邪曲(사곡)' 은 요사스럽고 교활한 것이다.

78) 봄괘라: 보(보다, 見)- + -ㅁ(←-옴: 명전) + -과(접조) + -ㅣ(←-이-: 서조)- + -Ø(현시)- + -라(←-다: 평종)

79) 됴티: 둏(좋다, 善)- + -디(-지: 연어, 부정)

80) ᄀ초: [갖추, 고루 있는 대로, 具(부사): ᄀᆾ(갖추어져 있다, 具: 형사)- + -오(부접)]

81) 지서: 짓(← 짓다, ㅅ불: 짓다, 作)- + -어(연어)

82) 이: 이(이, 此: 지대, 정칭) + -Ø(←-이: 부조, 비교)

83) 어린: 어리(어리석다, 愚)- + -Ø(현시)- + -ㄴ(관전)

84) 구즌: 궂(궂다, 惡)- + -Ø(현시)- + -은(관전)

85) 길헤: 길ㅎ(길, 道) + -에(부조, 위치)

86) ᄣᅥ디여: ᄣᅥ디[떨어지다, 墮: ᄠᅳ(← ᄠᅳ다: 뜨다, 隔)- + -어(연어) + 디(지다: 보용, 피동)-]- + -여(←-어: 연어)

87) 한: 하(많다, 多)- + -Ø(현시)- + -ㄴ(관전)

88) 그지업슨: 그지없[그지없다, 無窮: 그지(끝, 한도, 限: 명사) + 없(없다, 無: 형사)-]- + -Ø(현시)- + -은(관전)

89) 受苦: 수고. 생로병사(生老病死)의 고통을 받는 것이다. 또는 네 가지의 수고(受苦). 곧 사는 일, 늙는 일, 병, 죽는 일을 말함. 괴로움이다

90) ᄒᆞ리어늘: ᄒᆞ(하다, 爲)- + -리(미시)- + -어늘(-거늘: 연어, 상황)

91) 種種ᄋᆞ로: 種種(종종) + -ᄋᆞ로(부조, 방편) ※ '種種(종종)'은 모양이나 성질이 다른 여러 가지 인 것이다.

92) 妙法: 묘법. 묘(妙)는 불가사의(不可思議)이며, 법(法)은 교법(敎法)을 뜻한다. 묘법(妙法)은 부 처가 일대(一代)에 걸쳐 행한 설교(說敎) 전체를 이른다.

93) ᄀᆞᄅᆞ쳐: ᄀᆞᄅᆞ치(가르치다, 敎)- + -어(연어)

94) 念佛ᄒᆞ라: 念佛ᄒᆞ[염불하다: 念佛(염불: 명사) + -ᄒᆞ(동접)-]- + -라(명종, 아주 낮춤) ※ '念佛 (염불)'은 부처의 모습과 공덕을 생각하면서 아미타불을 부르는 일이나 불경을 외는 일이다.

이 사람이 受苦(수고)가 닥쳐들므로 念佛(염불)할 겨를을 못 하여 하거든, 善友(선우)가 이르되【友(우)는 벗이다. 】"네가 念佛(염불)을 못하거든 無量壽佛(무량수불)을 일컬어라." 하거든, "南無阿彌陀佛(나무아미타불)." 하여 至極(지극)한 마음으로 잇달아서 열 번을 念(염)하면, 부처의 이름을 일컬은 까닭으로

사ᄅᆞ미 受ᅌᅲᇢ苦콩ㅣ 다와ᄃᆞᆯᄊᆡ⁹⁵⁾ 念념佛뿛홇 겨르를⁹⁶⁾ 몯⁹⁷⁾ ᄒᆞ야 ᄒᆞ거든 善

썬友ᅌᅮᇢ⁹⁸⁾ㅣ 닐오ᄃᆡ⁹⁹⁾【友ᅌᅮᇢᄂᆞᆫ 버디라¹⁰⁰⁾ 】 네 念념佛뿛을 몯 ᄒᆞ거든 無뭉量량

壽ᅀᅲᇢ佛뿛¹⁾을 일ᄏᆞᄌᆞᄫᆞ라²⁾ ᄒᆞ야ᄃᆞᆫ³⁾ 南남無뭉阿ᅘᅡᆼ彌밍陁땅佛뿛 ᄒᆞ야 至징極끅ᄒᆞᆫ

ᄆᆞᅀᆞᄆᆞ로⁴⁾ 닛위여⁵⁾ 열 버늘⁶⁾ 念념ᄒᆞ면 부텻 일훔 일ᄏᆞ론⁷⁾ 젼ᄎᆞ로

---

95) 다와ᄃᆞᆯᄊᆡ: 다왇[몰려들다, 부딪다, 逼: 다ᇢ(다지다, 築, 打)- + -왇(강접)-]- + -ᄋᆞᆯᄊᆡ(-ᄆᆞ로: 연어, 이유)

96) 겨르를: 겨를(겨를, 遑) + -을(목조)

97) 몯: 못, 不能(부사, 부정)

98) 善友: 선우. 착하고 어진 벗이다.

99) 닐오ᄃᆡ: 닐(←니ᄅᆞ다: 이르다, 言)- + -오ᄃᆡ(-되: 연어, 설명 계속)

100) 버디라: 벋(벗, 友) + -이(서조)- + -Ø(현시)- + -라(← 다: 평종)

1) 無量壽佛: 무량수불. 아미타불(阿彌陀佛)을 높여 이르는 말이다. 대승불교의 부처 가운데 가장 널리 신봉되는 부처이다. 헤아릴 수 없을 정도로 수명의 한이 없는 부처님의 덕을 찬양하여 무량수불이라 일컫는다.

2) 일ᄏᆞᄌᆞᄫᆞ라: 일ᄏᆞᆮ(일컫다, 稱)- + -ᄌᆞᇦ(←-ᄌᆞᆸ-: 객높)- + -ᄋᆞ라(명종, 아주 낮춤)

3) ᄒᆞ야ᄃᆞᆫ: ᄒᆞ(하다, 曰)- + -야ᄃᆞᆫ(-거든: 연어, 조건)

4) ᄆᆞᅀᆞᄆᆞ로: ᄆᆞᅀᆞᆷ(마음, 心) + -ᄋᆞ로(부조, 방편)

5) 닛위여: 닛위(잇달다, 不絶: 닛(잇다, 繼)- + -위(사접)-]- + -여(← -어: 연어) ※ '-위-/-외-'는 사동 접미사 '-우-'의 변이 형태로 보이는데, '알외다, 앗외다, 걸위다' 등에서 '-위-'와 '-외-'의 형태가 나타난다. 그리고 '닛위다'는 '닝위다'와 수의적으로 교체된다.

6) 버늘: 번(번, 番: 의명) + -을(목조)

7) 일ᄏᆞ론: 일ᄏᆞᆯ(← 일ᄏᆞᆮ다, ㄷ불: 일컫다, 稱)- + -Ø(과시)- + -오(대상)- + -ㄴ(관전)

八十億(팔십억) 劫(겁) 동안에 지은 죽살이의 罪(죄)를 덜어, 命終(명종)할 적에 金蓮華(금련화)가 해(日)의 바퀴와 같은 것이 앞에 와 있거든 (그것을) 보아서, 一念(일념) 사이에 즉시 極樂世界(극락세계)에 가서 나서, 連花(연화)의 가운데에서 열두 大劫(대겁)이 차야만 蓮花(연화)가 피는데, 觀世音(관세음)과 大勢至(대세지)가

八밣十씹億흑 劫겁엣[8] 죽사릿[9] 罪쮕를 더러[10] 命명終즁홇 저긔 金금

蓮련花황ㅣ 힗[11] 바회[12] ᄀᆞᄐᆞ니[13] 알픠[14] 왯거든[15] 보아 一힗念념[16]

쓰싀예[17] 즉자히 極끅樂락世솅界갱예 가 나아 蓮련花황ㅅ 가온ᄃᆡ 열

두 大땡劫겁[18]이 ᄎᆞ거ᅀᅡ[19] 蓮련花황ㅣ 프거든[20] 觀관世솅音흠 大땡勢솅

至징[21]

---

8) 劫엣 : 劫(겁) + -에(부조, 위치) + -ㅅ(-의 : 관조) ※ '劫엣'은 '劫 동안에 지은'으로 의역하여
   옮긴다.

9) 죽사릿 : 죽사리[죽살이, 生死 : 죽(죽다, 死)- + 살(살다, 生)- + -이(명접)] + -ㅅ(-의 : 관조)

10) 더러 : 덜(덜다, 除)- + -어(연어)

11) 힗 : 히(해, 日) + -ㅅ(-의 : 관조)

12) 바회 : 바회(바퀴, 輪) + -Ø(←-이 : 부조, 비교)

13) ᄀᆞᄐᆞ니 : ᄀᆞᇀ(← ᄀᆞᇀᄒᆞ다 : 같다, 如)- + -Ø(현시)- + -은(관전) # 이(이, 것, 者 : 의명) + -Ø(← -
    이 : 주조)

14) 알픠 : 앒(앞, 前) + -의(-에 : 부조, 위치)

15) 왯거든 : 오(오다, 來)- + -아(연어) + 잇(← 이시다 : 있다, 보용, 완료 지속)- + -거든(-는데 : 연
    어, 설명 계속) ※ '왯거든'은 '와 잇거든'이 축약된 형태이다.

16) 一念 : 일념. 아주 짧은 순간이다.

17) 쓰싀예 : 쓰싀(← ᄉᆞ싀 : 사이, 間) + -예(←-에 : 부조, 위치) ※ '一念 쓰싀예'는 '한 순간에'로
    의역하여 옮길 수 있다.

18) 大劫 : 대겁. 매우 오랜 세월이다. '성겁(成劫)·주겁(住劫)·괴겁(壞劫)·공겁(空劫)'의 사겁(四劫)
    을 합친 것으로, 세계의 성립으로부터 파멸에 이르기까지의 시간을 이른다.

19) ᄎᆞ거ᅀᅡ : ᄎᆞ(차다, 滿)- + -거(확인)- + -어ᅀᅡ(연어, 필연적 조건)

20) 프거든 : 프(피다, 開)- + -거든(-는데 : 연어, 설명 계속)

21) 大勢至 : 大勢至(대세지) + -Ø(←-이 : 주조)

大悲(대비)의 音聲(음성)으로 (명종하는 사람을) 爲(위)하여 諸法實相(제법실상)을 널리 이르겠으니【諸法實相(제법실상)은 諸法(제법)의 眞實(진실)의 相(상)이다. 】, (명종하는 사람들이) 듣고 기뻐하여 즉시 菩提心(보리심)을 發(발)하겠으니, 이것이 이름이 下品下生(하품하생)이니, 이것이 이름이 下輩生想(하배생상)이니, 이름이 第十六觀(제십육관)이다. ○ (세존께서) 이 말을 이르실

大_땡悲_빙 音_흠聲_셩으로 爲_윙ᄒᆞ여 諸_졍法_법實_씷相_샹²²⁾을 너비²³⁾ 니르리니²⁴⁾【諸_졍法_법實_씷相_샹ᄋᆞᆫ 諸_졍法_법²⁵⁾의 眞_진實_씷ㅅ 相_샹이라²⁶⁾】 듣고 깃거²⁷⁾ 즉자히 菩_뽕提_똉心_심²⁸⁾을 發_벓ᄒᆞ리니²⁹⁾ 이³⁰⁾ 일후미³¹⁾ 下_{ᅘᅡᆼ}品_픔 下_{ᅘᅡᆼ}生_{ᄉᆡᆼ}이니 이 일후미 下_{ᅘᅡᆼ}輩_빙生_{ᄉᆡᆼ}想_샹³²⁾이니 일후미 第_똉十_씹六_륙觀_관이라 ○ 이 말 니르실³³⁾

---

22) 諸法實相: 제법실상. 모든 현상의 있는 그대로의 참모습이다. 대립이나 차별을 떠난 있는 그대로의 참모습이다.

23) 너비: [널리, 擴(부사): 넙(넓다, 廣: 형사)- + -이(부접)]

24) 니르리니: 니르(이르다, 說)- + -리(미시)- + -니(연어, 설명 계속, 이유)

25) 諸法: 제법. 모든 법이다.

26) 相이라: 相(상) + -이(서조)- + -Ø(현시)- + -라(← -다: 평종)

27) 깃거: 짔(기뻐하다, 歡喜)- + -어(연어)

28) 菩提心: 보리심. 불도의 깨달음을 얻고 그 깨달음으로써 널리 중생을 교화하려는 마음이다.

29) 發ᄒᆞ리니: 發ᄒᆞ[발하다: 發(발: 불어) + -ᄒᆞ(동접)-]- + -리(미시)- + -니(연어, 설명 계속)

30) 이: 이(이것, 是: 지대, 정칭) + -Ø(← -이: 주조)

31) 일후미: 일훔(이름, 名) + -이(주조)

32) 下輩生想: 하배생상. 『불설관무량수경』에서 제시한 십륙관법(十六觀法)의 제16관(第十六觀)이다. 하배관(下輩觀). 악업(惡業)을 지은 나쁜 사람이 염불하여 정토(淨土)에 왕생하는 모양을 관상(觀想)하는 것이다.

33) 니르실: 니르(이르다, 說)- + -시(주높)- + -ㄹ(관전)

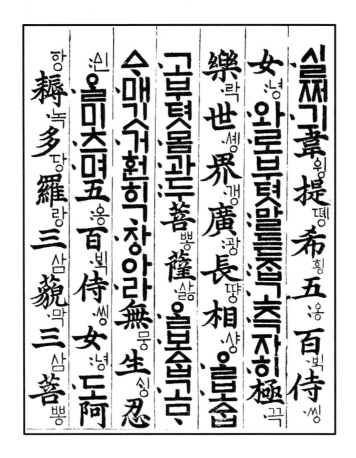

적에 韋提希(위제희)가 五百(오백) 侍女(시녀)와 (더불어) 부처의 말을 듣
고, 즉시 極樂世界(극락세계)의 廣長相(광장상)을 보고, 부처의 몸과 두 菩
薩(보살)을 보고, 마음에 기뻐하여 훤히 크게 깨달아 無生忍(무생인)을 얻
으며, 五百(오백) 侍女(시녀)도 阿耨多羅三藐三菩提心(아뇩다라삼먁삼보리
심)을

쩌긔³⁴⁾ 韋_윙提_뗑希_힁 五_옹百_빅 侍_씽女_녕와로³⁵⁾ 부텻 말 듣줍고 즉자히

極_끅樂_락世_셍界_갱 廣_광長_땅相_샹³⁶⁾을 보숩고 부텻 몸과 두 菩_뽕薩_삻을

보숩고 ᄆᅀᆞᆷ매 깃거 훤히³⁷⁾ ᄀᆞ장³⁸⁾ 아라³⁹⁾ 無_뭉生_{ᄉᆡᆼ}忍_{ᅀᅵᆫ}⁴⁰⁾을 미츠며⁴¹⁾

五_옹百_빅 侍_씽女_녕도 阿_항耨_녹多_당羅_랑三_삼藐_막三_삼菩_뽕提_똉心_심⁴²⁾을

---

34) 쩌긔: 쩍(← 적: 적, 때, 時, 의명) + -의(-에: 부조, 위치)

35) 侍女와로: 侍女(시녀) + -와로(-와: 부조, 공동)

36) 廣長相: 광장상. 넓고 큰 모습이다.

37) 훤히: [훤히, 豁然(부사): 훤(훤: 불어) + -ᄒᆞ(← -ᄒᆞ-: 형접)- + -이(부접)]

38) ᄀᆞ장: 크게, 大(부사)

39) 아라: 알(알다, 깨닫다, 悟)- + -아(연어)

40) 無生忍: 무생인. 오인(五忍)의 넷째 단계이다. 모든 사물과 현상이 무상함을 깨달아 마음의 평정을 얻는 단계이다. ※ '五忍(오인)'은 보살이 진리에 안주하는 정도에 따라 다섯 단계로 나눈 것이다. 첫째는 '복인(伏忍)'으로 번뇌를 굴복시켜 일어나지 못하게는 하지만 아직 완전히 끊지 못한 단계이다. 둘째는 '신인(信忍)'으로 깨달은 진리를 믿고 의심하지 않는 단계이다. 셋째는 '순인(順忍)'으로 진리에 순응하고 안주하는 단계이다. 넷째는 '무생인(無生忍)'으로 불생불멸(不生不滅)의 진리에 안주하는 단계이다. 다섯째는 '적멸인(寂滅忍)'으로 모든 번뇌를 끊은 열반에 안주하여 마음을 움직이지 않는 단계이다.

41) 미츠며: 및(미치다, 이르다, 得)- + -으며(연어, 나열) ※ 『불설관무량수불경』의 한문 원문에는 '得無生忍'으로 기술되어 있다. 한문 원문을 감안하여 '無生忍을 미츠며'는 '無生忍을 얻으며'로 의역하여 옮긴다.

42) 阿耨多羅三藐三菩提心: 아뇩다라삼먁삼보리심. 일체의 진상을 모두 아는 부처님의 무상의 승지(勝地), 곧 무상정각이다. 부처님의 지혜는 가장 뛰어나고 그 위가 없으며 평등한 바른 이치를 깨닫는 것이다. ※ '阿(아)'는 '없다'이다. '耨多羅(뇩다라)'는 '위'이다. '三(삼)'은 '正(정)'이다. '藐(먁)'은 '等(등)'이다. '菩提(보리)'는 '正覺(정각)'이다.

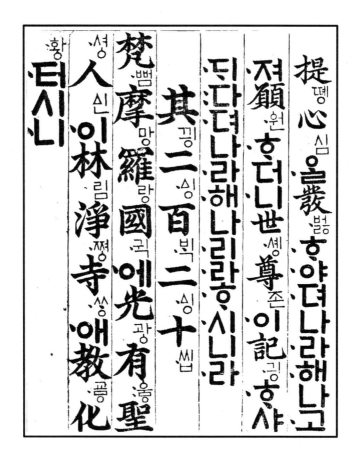

發(발)하여 저 나라에 나고자 願(원)하더니, 世尊(세존)이 記(기)하시되, "다 저 나라에 나리라." 하셨니라.

其二百二十(其二百二十)

梵摩羅國(범마라국)에 (있는) 光有聖人(광유성인)이 林淨寺(임정사)에서 (중생을) 教化(교화)하시더니.

發벓ᄒ야 뎌⁴³⁾ 나라해⁴⁴⁾ 나고져⁴⁵⁾ 願원ᄒ더니 世솅尊존이 記긩ᄒ샤
딕⁴⁶⁾ 다 뎌 나라해 나리라 ᄒ시니라⁴⁷⁾

    其끵二ᅀᅵᆼ百빅二ᅀᅵᆼ十씹

梵뼘摩망羅랑國귁⁴⁸⁾에 光광有ᅌᅮᆯ聖셩人신⁴⁹⁾이 林림淨쪙寺쏭⁵⁰⁾애 敎굘化황터
시니⁵¹⁾

---

43) 뎌: 저, 彼(관사, 지시, 정칭)

44) 나라해: 나라ㅎ(나라, 國) + -애(-에: 부조, 위치)

45) 나고져: 나(나다, 出) - + -고져(-고자: 연어, 의도)

46) 記ᄒ샤딕: 記ᄒ[기하다: 記(기: 불어) + -ᄒ(동접)-]- + -샤(← -시-: 주높)- + -딕(← -오딕: -
되, 연어, 설명 계속) ※ '記(기)'는 부처가 앞으로 어떤 일이 일어나리라고 예언하는 것이다.

47) ᄒ시니라: ᄒ(하다, 說)- + -시(주높)- + -Ø(과시)- + -니(원칙)- + -라(← 다: 평종)

48) 梵摩羅國: 범마라국. 나라 이름이다. 미상.

49) 光有聖人: 유광성인. 사람 이름이다. 미상.

50) 林淨寺: 임정사. 절 이름이다. 미상.

51) 敎化터시니: 敎化ᄒ[← 敎化ᄒ다(교화하다): 敎化(교화: 명사) + -ᄒ(동접)-]- + -더(회상)- + -
시(주높)- + -니(평종, 반말)

西天國(서천국)에 (있는) 沙羅樹王(사라수왕)이 四百(사백) 國(국)을 거느리어 있으시더니.

其二百二十一(기이백이십일)

(유광성인이) 勝熱婆羅門(승렬바라문)을 王宮(왕궁)에 부리시어, (승렬바라문이 왕궁에 와서) 錫杖(석장)을 흔드시더니.

西_셍天_텬國_귁⁵²⁾에 沙_상羅_랑樹_쓩王_왕⁵³⁾이 四_숭百_빅 國_귁을 거느롓더시니⁵⁴⁾

其_끵二_싱百_빅二_싱十_씹一_힗

勝_싱熱_엻婆_빵羅_랑門_몬⁵⁵⁾을 王_왕宮_궁에 브리샤⁵⁶⁾ 錫_셕杖_땽⁵⁷⁾을 후느더시니⁵⁸⁾

---

52) 西天國: 서천국. 부처가 나신 나라, 곧 인도(印度)를 말한다. 중국에서는 중국을 하늘 가운데라 하고, 부처 나라를 '섯녁 가'이라 하여 서천(西天)이라 함.

53) 沙羅樹大王: 사라수대왕. 미상이다.

54) 거느롓더시니: 거느리(거느리다, 領)- + -어(연어) + 잇(← 이시다: 있다, 보용, 완료 지속)- + -더(회상)- + -시(주높)- + -니(평종, 반말) ※ '거느롓더시니'는 '거느려 잇더시니'가 축약된 형태이다.

55) 婆羅門: 바라문. 브라만(Brahman). 인도 카스트 제도에서 가장 높은 지위인 '승려 계급'의 음역어이다.

56) 브리샤: 브리(부리다, 시키다, 使)- + -샤(← -시-: 주높)- + -Ø(← -아: 연어)

57) 錫杖: 석장. 승려가 짚고 다니는 지팡이이다. 밑부분은 상아나 뿔로, 가운데 부분은 나무로 만들며, 윗부분은 주석으로 만든다. 탑 모양인 윗부분에는 큰 고리가 있고 그 고리에 작은 고리를 여러 개 달아 소리가 나게 되어 있다.

58) 후느더시니: 후느(← 후늘다: 흔들다, 動)- + -더(회상)- + -시(주높)- + -니(평종, 반말)

鴛鴦夫人(원앙부인)이 王(왕)의 말로 (밖으로) 나시어, (승렬바라문에게) 齋米
(재미)를 바치시더니.

　　其二百二十二(기이백이십이)

(승렬바라문이) 齋米(재미)를 "싫다." 하시거늘, 王(왕)이 親(친)히 (밖에) 나
시어 婆羅門(바라문)을 맞아 (안으로) 드셨으니.

(승렬바라문이 왕에게) 婇女(채녀)를 請(청)하시거늘, 王(왕)이 기뻐하시어

鴛_윈鴦_향夫_붕人_신이 王_왕 말로 나샤 齋_쟁米_몡를⁵⁹⁾ 받즙더시니⁶⁰⁾

　　　其_끵二_싱百_빅二_싱十_씹二_싱

齋_쟁米_몡를 마다⁶¹⁾ 커시늘⁶²⁾ 王_왕이 親_친히⁶³⁾ 나샤 婆_뻥羅_랑門_몬을⁶⁴⁾
마자⁶⁵⁾ 드르시니⁶⁶⁾

婇_칭女_녕를⁶⁷⁾ 請_청커시늘⁶⁸⁾ 王_왕이 깃그샤⁶⁹⁾

---

59) 齋米: 재미. 승려나 사찰에 보시로 주는 쌀이다.

60) 받즙더시니: 받(바치다, 獻)-＋-즙(객높)-＋-더(회상)-＋-시(주높)-＋-니(평종, 반말)

61) 마다: 마(싫다, 厭)-＋-Ø(현시)-＋-다(평종)

62) 커시늘: ㅎ(← ᄒᆞ다: 하다, 謂)-＋-시(주높)-＋-거…늘(-거늘: 연어, 상황)

63) 親히: [친히(부사): 親(친: 불어)＋-ㅎ(←-ᄒᆞ-: 형접)-＋-Ø(부접)]

64) 婆羅門: 바라문. 산스크리트어의 '브라만(Brahman)'의 음역어이다. 인도 카스트 제도에서 가장 높은 지위인 승려 계급이다.

65) 마자: 맞(맞다, 迎)-＋-아(연어)

66) 드르시니: 들(들다, 入)-＋-으시(주높)-＋-Ø(과시)-＋-니(평종, 반말)

67) 婇女: 채녀. '궁녀(宮女)' 또는 잘 꾸민 여자이다. 여기서는 '잘 꾸민 궁녀'의 뜻으로 쓰였다.

68) 請커시늘: 請ᄒᆞ[← 請ᄒᆞ다(청하다): 請(청: 명사)＋-ㅎ(동접)-]-＋-시(주높)-＋-거…늘(-거늘: 연어, 상황)

69) 깃그샤: 깄(기뻐하다, 歡)-＋-으샤(←-으시-: 주높)-＋-Ø(←-아: 연어)

八婇女(팔채녀)를 (범마라국의 임정사에) 보내셨으니.

其二百二十三(기이백이십삼)

婇女(채녀)가 (임정사에 가셔서) 金鑵子(금관자)를 메시어, 하루에 五百(오백)
번을 旃檀井(전단정)에 물을 길으시더니.
婇女(채녀)가 功德(공덕)을 닦으시어

八_밣婇_칭女_녕를 보내ᅀᄫ시니⁷⁰⁾

　　其_끵二_{ᅀᅵᆼ}百_빅二_{ᅀᅵᆼ}十_씹三_삼

婇_칭女_녕ㅣ 金_금鑵_관子_중⁷¹⁾ 메샤⁷²⁾ ᄒᆞᄅᆞ⁷³⁾ 五_옹百_빅 디위를⁷⁴⁾ 旃_젼檀_딴

井_정⁷⁵⁾에 믈 긷더시니⁷⁶⁾

婇_칭女_녕ㅣ 功_공德_득⁷⁷⁾ 닷ᄀᆞ샤⁷⁸⁾

---

70) 보내ᅀᄫ시니: 보내(보내다, 遣)- + -ᅀᆞᇦ(←-ᅀᆞᆸ-: 객높)- + -ᄋᆞ시(주높)- + -∅(과시)- + -니(평
　　종, 반말)

71) 金鑵子: 금관자. 금(金)으로 만든 두레박이다.

72) 메샤: 메(메다, 儋)- + -샤(←-시-: 주높)- + -∅(←-아: 연어)

73) ᄒᆞᄅᆞ: 하루, 일일(一日)

74) 디위를: 디위(번, 番: 의명) + -를(목조)

75) 栴檀井: 전단정. '전단(栴檀)'은 산스크리트어 'candana'의 음사이다. 남인도의 서해안에 뻗어
　　있는 서(西)고츠 산맥에서 많이 자라는 상록 교목으로, 끝이 뾰족한 타원형의 잎이 마주나고
　　꽃은 주머니 모양이다. 나무에서 향기가 나고 조각물의 재료로 쓰인다. '栴檀井(전단정)'은 전
　　단으로 만든 우물이다.

76) 긷더시니: 긷(긷다, 汲)- + -더(회상)- + -시(주높)- + -니(평종, 반말)

77) 功德: 공덕. 좋은 일을 행한 덕으로 훌륭한 결과를 가져오게 하는 능력이다. 종교적으로 순수
　　한 것을 진실공덕(眞實功德)이라 이르고, 세속적인 것을 부실공덕(不實功德)이라 한다.

78) 닷ᄀᆞ샤: 닭(닦다, 修)- + -ᄋᆞ샤(←-ᄋᆞ시-: 주높)- + -∅(←-아: 연어)

三年(삼년)을 채우시니, 無上道(무상도)에 가까우시더니.

其二百二十四(기이백이십사)

勝熱婆羅門(승렬바라문)이 (사라수대왕의) 王宮(왕궁)에 또 오시어, 錫杖(석장)을 흔드시더니.

鴛鴦夫人(원앙부인)이 王(왕)의 말로 또

三삼年년을 치오시니⁷⁹⁾ 無뭉上쌍道뚤⁸⁰⁾애 갓갑더시니⁸¹⁾

其끵二싱百빅二싱十씹四숭

勝싱熱엻婆빵羅랑門몬이 王왕宮궁에 쏘⁸²⁾ 오샤 錫셕杖땽을 후느더시니⁸³⁾

鴛훤鴦향夫붕人ᅀᅵᆫ이 王왕 말로 쏘

_____

79) 치오시니: 치오[채우다: ᄎᆞ(차다, 滿)- + -ㅣ(←-이-: 사접)- + -오(사접)-]- + -시(주높)- + -니(연어, 설명 계속)

80) 無上道: 무상도. 위가 없는 불타(佛陀) 정각(正覺)의 지혜(智慧)이다.(= 無上道理)

81) 갓갑더시니: 갓갑(가깝다, 近)- + -더(회상)- + -시(주높)- + -니(평종, 반말)

82) 쏘: 또, 又(부사)

83) 후느더시니: 후느(← 후늘다: 흔들다, 動)- + -더(회상)- + -시(주높)- + -Ø(과시)- + -니(평종, 반말)

나시어, (승렬바라문께) 齋米(재미)를 바치시더니.

　　其二百二十五(기이백이십오)

　(승렬바라문이) 齋米(재미)를 "싫다." 하시거늘, 王(왕)이 親(친)히 (밖으로) 나시어 婆羅門(바라문)을 맞아 (안으로) 드시었으니.

　(승렬바라문이) "(유광성인께서 사라수대왕을 '維那(유나)로 삼으리라.' 王(왕)을 請(청)합니다." (하니), (사라수) 임금이 (그 말을 듣고) 매우 기뻐하셨으니.

나샤 齋_쟁米_몡⁸⁴⁾를 받줍더시니⁸⁵⁾

其_끵二_싱百_빅二_싱十_씹五_옹

齋_쟁米_몡를 마다⁸⁶⁾ 커시늘⁸⁷⁾ 王_왕이 親_친히⁸⁸⁾ 나샤 婆_뺑羅_랑門_몬을 마자⁸⁹⁾ 드르시니⁹⁰⁾

維_윙那_낭를⁹¹⁾ 삼ᅀᆞ보리라⁹²⁾ 王_왕을 請_쳥ᄒᆞᆸ노이다⁹³⁾ 님금이⁹⁴⁾ ᄀᆞ장⁹⁵⁾ 깃그시니⁹⁶⁾

---

84) 齋米: 재미. 승려나 사찰에 보시로 주는 쌀이다.
85) 받줍더시니: 받(바치다, 獻)-+-줍(객높)-+-더(회상)-+-시(주높)-+-니(평종, 반말)
86) 마다: 마(싫다, 厭)-+-∅(현시)-+-다(평종)
87) 커시늘: ᄒ(←ᄒ다: 하다, 謂)-+-시(주높)-+-거…늘(-거늘: 연어, 상황)
88) 親히: [친히(부사): 親(친: 불어)+-ᄒ(←-ᄒ-: 형접)-+-∅(부접)]
89) 마자: 맞(맞다, 迎)-+-아(연어)
90) 드르시니: 들(들다, 入)-+-으시(주높)-+-∅(과시)-+-니(평종, 반말)
91) 維那를: 維那(유나)+-를(-로: 목조, 보조사적 용법, 의미상 부사격) ※ '維那(유나)'는 절에서 재(齋)의 의식을 지휘하는 소임이나, 또는 그 소임을 맡아 하는 사람을 이른다. ※ '維那를'은 '維那(유나)로'로 의역하여 옮긴다.
92) 사모리라: 삼(삼다, 爲)-+-오(화자)-+-리(미시)-+-라(←-다: 평종)
93) 請ᄒᆞᆸ노이다: 請ᄒ(청하다: 請(청: 명사)+-ᄒ(동접)-]-습(객높)-+-ᄂ(←-ᄂᆞ-: 현시)-+-오(화자)-+-이(상높, 아주 높임)-+-다(평종)
94) 님금이: 님금(임금, 王)+-이(주조)
95) ᄀᆞ장: 매우, 甚(부사)
96) 깃그시니: 깄(기뻐하다, 歡)-+-으시(주높)-+-∅(과시)-+-니(평종, 반말)

其二百二十六(기이백이십육)

(사라수대왕이) 四百(사백) 夫人(부인)을 이별하고, "(나는) 간다." 하시어 눈물을 흘리셨으니.

鴛鴦夫人(원앙부인)이 (사라수대왕과) 이별하는 것을 슬퍼하시어, (자기도 사라수대왕과 함께 가서) 모시는 것을 請(청)하셨으니.

其二百二十七(기이백이십칠)

其_끵二_싱百_빅二_싱十_씹六_륙

四_숭百_빅 夫_붕人_신을 여희오[97] 가노라[98] ᄒ샤 눉믈을[99] 흘리시니[100]

鴛_훤鴦_향夫_붕人_신이 여희ᅀᆞᆷ[1] 슬ᄒ샤[2] 뫼ᅀᆞᆸ믈[3] 請_쳥ᄒ시니[4]

其_끵二_싱百_빅二_싱十_씹七_칧

---

97) 여희오: 여희(여의다, 이별하다, 떠나다, 別)- + -오(← -고: 연어, 계기)
98) 가노라: 가(가다, 去)- + -ㄴ(← -ᄂᆞ-: 현시)- + -오(화자)- + -라(← -다: 평종)
99) 눉믈을: 눉믈[눈물, 淚: 눈(눈, 眼) + -ㅅ(관조, 사잇) + 믈(물, 水)] + -을(목조)
100) 흘리시니: 흘리[흘리다, 流: 흘르(← 흐르다: 흐르다, 流)- + -이(사접)-]- + -시(주높)- + -Ø (과시)- + -니(평종, 반말)
 1) 여희ᅀᆞᆷ: 여희(이별하다, 떠나다, 別)- + -ᅀᅳᆸ(← -ᅀᅩᆸ-: 객높)- + -옴(명전)
 2) 슬ᄒ샤: 슳(슬퍼하다, 哀)- + -ᄋᆞ샤(← -ᄋᆞ시-: 주높)- + -Ø(← -아: 연어)
 3) 뫼ᅀᆞᆸ믈: 뫼ᅀᆞᆸ[← 뫼ᅀᆞᆸ다(모시다, 侍): 뫼(모시다)- + -ᅀᆞᆸ(객높)-]- + -옴(명전) + -을(목조)
 4) 請ᄒ시니: 請ᄒ[청하다: 請(청: 명사) + -ᄒ(동접)-]- + -시(주높)- + -Ø(과시)- + -니(평종, 반말)

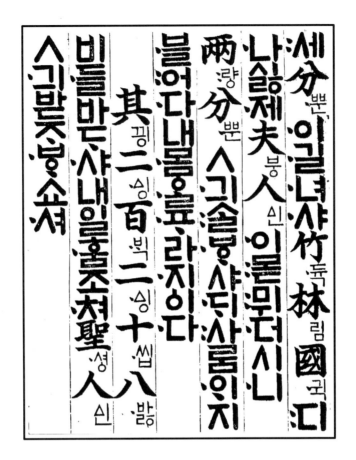

    (승렬 바라문과 사라수대왕과 원앙부인의) 세 分(뿐)이 길을 가시어, 竹林國(죽림국)을 지나실 적에 夫人(부인)이 (다리가 아파서) 못 움직이시더니.

    (원앙부인이 승렬바라문과 사라수대왕의) 兩分(양뿐)께 사뢰시되, "사람의 집을 얻어 내 몸을 팔고 싶습니다."

    其二百二十八(이백이십팔)

    (원앙부인이 이르되) "(내 몸을 팔고) 값을 받으시어 내 이름을 아울러 聖人(성인)께 바치소서."

세 分뿐⁵⁾이 길 녀샤⁶⁾ 竹듁林림國귁 디나싫 제⁷⁾ 夫붕人ᅀᅵᆫ이 몯 뮈더시니⁸⁾

兩량分뿐ㅅ긔⁹⁾ 슯ᄫᅡ샤ᄃᆡ¹⁰⁾ 사ᄅᆞ미 지블 어다¹¹⁾ 내 몸을 ᄑᆞ라¹²⁾ 지이다¹³⁾

　　　其끵二ᅀᅵᆼ百ᄇᆡᆨ二ᅀᅵᆼ十씹八밣

비들¹⁴⁾ 바ᄃᆞ샤¹⁵⁾ 내 일훔¹⁶⁾ 조쳐¹⁷⁾ 聖셩人ᅀᅵᆫㅅ긔 받ᄌᆞᄫᆞ쇼셔¹⁸⁾

---

5) 分: 분(의명) ※ '分(분)'은 사람를 헤아릴 때에 쓰는 수 단위 의존 명사이다.

6) 녀샤: 녀(가다, 다니다, 行)- + -샤(←-시-: 주높)- + -Ø(←-아: 연어)

7) 제: [제, 때, 時(의명): 저(← 적: 적, 때, 의명) + -의(-에: 부조)]

8) 뮈더시니: 뮈(움직이다, 動)- + -더(회상)- + -시(주높)- + -니(평종, 반말)

9) 兩分ㅅ긔: 兩分(양분, 두 분) + -ㅅ긔(-께: 부조, 상대)

10) 슯ᄫᅡ샤ᄃᆡ: 슯(← 숣다, ㅂ불: 사뢰다, 白)- + -ᄋᆞ샤(←-ᄋᆞ시-: 주높)- + -ᄃᆡ(←-오ᄃᆡ: -되, 연어, 설명 계속)

11) 어다: 얻(얻다, 得)- + -아(←-어: 연어) ※ '어다'는 '어더'를 오각한 형태이다.

12) ᄑᆞ라: 폴(팔다, 賣)- + -아(연어)

13) 지이다: 지(싶다: 보용, 희망)- + -Ø(현시)- + -이(상높, 아주 높임)- + -다(평종)

14) 비들: 빋(값, 價) + -을(목조)

15) 바ᄃᆞ샤: 받(받다, 受)- + -ᄋᆞ샤(←-ᄋᆞ시-: 주높)- + -Ø(←-아: 연어)

16) 일훔: 이름, 名.

17) 조쳐: 조치[아우르다, 겸하다, 兼: 좇(좇다, 따르다, 從: 타동)- + -이(사접)-]- + -어(연어)

18) 받ᄌᆞᄫᆞ쇼셔: 받(바치다, 獻)- + -ᄌᆞᆯ(←-ᄌᆞᆸ-: 객높)- + -ᄋᆞ쇼셔(-으소서: 명종, 아주 높임)

(사라수대왕이 원앙부인을) 파는 것도 서러우시며 저 말도 슬프시므로, (사라수대왕과 원앙부인의) 兩分(양분)이 매우 우셨으니.

其二百二十九(기이백이십구)

子賢長者(자현장자)의 집에 세 分(분)이 나아가시어, "계집종을 팔고 싶습니다."

子賢長者(자현장자)가 듣고 세 分(분)을 모시어 (집에) 들어서 (이르되), "계집종의 값이 얼마입니까?"

프롬도¹⁹⁾ 셜ᄫᅵ시며²⁰⁾ 뎌²¹⁾ 말도 슬프실ᄊᆡ²²⁾ 兩_량分_뿐이 ᄀᆞ장 우르시니²³⁾

其_끵二_{ᅀᅵᆼ}百_{ᄇᆡᆨ}二_{ᅀᅵᆼ}十_씹九_귷

子_{ᄌᆞᆼ}賢_{ᅘᅧᆫ}長_당者_쟝ㅣ²⁴⁾ 지븨 세 分_뿐이 나ᅀᅡ가샤²⁵⁾ 겨집죵ᄋᆞᆯ²⁶⁾ ᄑᆞ라 지이다²⁷⁾

子_{ᄌᆞᆼ}賢_{ᅘᅧᆫ}長_당者_쟝ㅣ 듣고 세 分_뿐을 뫼셔²⁸⁾ 드라²⁹⁾ 겨집죵이 비디 언메잇가³⁰⁾

---

19) ᄑᆞ롬도: ᄑᆞᆯ(팔다, 賣)-+-옴(명전)+-도(보조사, 첨가)

20) 셜ᄫᅵ시며: 셟(←셟다, ㅂ불: 서럽다, 슬프다, 悲)-+-으시(주높)-+-며(연어, 나열)

21) 뎌: 저, 彼(관사, 지시, 정칭)

22) 슬프실ᄊᆡ: 슬프[슬프다, 哀: 슳(슬퍼하다, 哀: 동사)-+-브(형접)-]-+-시(주높)-+-ㄹᄊᆡ(-ᄆᆞ로: 연어, 이유)

23) 우르시니: 울(울다, 泣)-+-으시(주높)-+-Ø(과시)-+-니(평종, 반말)

24) 子賢長者ㅣ: 子賢長者(자현 장자)+-ㅣ(←-의: 관조) ※ '長者(장자)'는 덕망이 뛰어나고 경험이 많아 세상일에 익숙한 어른이나 큰 부자이다.

25) 나ᅀᅡ가샤: 나ᅀᅡ가[나아가다, 進: 났(낫다, ㅅ불: 나아가다, 進)-+-아(연어)+가(가다, 去)-]-+-샤(←-시-: 주높)-+-Ø(←-아: 연어)

26) 겨집죵ᄋᆞᆯ: 겨집죵[계집종, 婢: 겨집(계집, 女)+죵(종, 婢)]+-ᄋᆞᆯ(목조)

27) ᄑᆞ라 지이다: ᄑᆞᆯ(팔다, 賣)-+-아(연어) # 지(싶다: 보용, 희망)-+-Ø(현시)-+-이(상높, 아주 높임)-+-다(평종)

28) 뫼셔: 뫼시(모시다, 侍)-+-어(연어)

29) 드라: 들(들다, 入)-+-아(←-어: 연어) ※ '드라'는 '드러'를 오각한 형태이다.

30) 언메잇가: 언머(얼마, 幾何: 지대, 미지칭)+-ㅣ(←-이-: 서조)-+-Ø(현시)-+-잇(←-이-: 상높, 아주 높임)-+-가(-까: 의종, 판정)

其二百三十(기이백삼십)

　夫人(부인)이 (자현장자에게) 이르시되, "내 몸의 값이 二千(이천) 斤(근)의 金(금)입니다."

　夫人(부인)이 또 이르시되, "밴 아기의 값이 또 二千(이천) 斤(근)의 金(금)입니다."

其_끵二_싱百_빅三_삼十_씹

夫_붕人_신이 니른샤딕 내 몸앳[31] 비디 二_신千_천 斤_근ㅅ[32] 金_금이니이다[33]

夫_붕人_신이 쏘[34] 니른샤딕 비욘[35] 아기[36] 비디 쏘 二_신千_천 斤_근ㅅ 金_금이니이다

---

31) 몸앳: 몸(몸, 身) + -애(-에: 부조, 위치) + -ㅅ(-의: 관조)

32) 斤ㅅ: 斤(근: 의명, 무게의 단위) + -ㅅ(관조)

33) 金이니이다: 金(금) + -이(서조)- + -Ø(현시)- + -니(원칙)- + -이(상높, 아주 높임)- + -다(평종)

34) 쏘: 또, 又(부사)

35) 비욘: 비[배다, 孕: 비(배, 腹: 명사) + -Ø(동접)-]- + -Ø(과시)- + -요(←-오-: 대상)- + -ㄴ(관전)

36) 아기: 악(← 아기: 아기, 孩) + -이(관조)

其二百三十一(끠이백삼십일)

(자현장자가) 四千(사천) 斤(근)의 金(금)을 값으로 내어, 兩分(양분)께 바쳤
으니.

하룻밤 주무시고 門(문) 밖에 나시어, 三分(삼분)이 슬퍼하시더니

其二百三十二(끠이백삼십이)

夫人(부인)이 사뢰시되, 꿈만 아니면

其_끵二_싱百_빅三_삼十_씹一_힗

四_승千_천　斤_근ㅅ　金_금을　비드로[37]　내야[38]　兩_량分_뿐ㅅ긔　받ᄌᆞᄫᅵ니[39]

ᄒᆞᄅᆞᆺ밤[40]　자시고　門_몬　밧긔[41]　나샤　三_삼分_뿐이[42]　슬터시니[43]

其_끵二_싱百_빅三_삼十_씹二_싱

夫_붕人_{ᅀᅵᆫ}이　슬ᄫᅡ샤ᄃᆡ[44]　ᄭᅮᆷ붓[45]　아니면

---

37) 비드로: 빋(값, 價) + -으로(부조, 방편)

38) 내야: 내[내다, 出: 나(나다, 出: 자동)- + -ㅣ(←-이-: 사접)-]- + -야(←-아: 연어)

39) 받ᄌᆞᄫᅵ니: 받(바치다, 獻)- + -ᄌᆞᇦ(←-ᄌᆞᆸ-: 객높)- + -∅(과시)- + -ᄋᆞ니(평종, 반말)

40) ᄒᆞᄅᆞᆺ밤: ᄒᆞᄅᆞᆺ밤[하룻밤, 一夜: ᄒᆞᄅᆞ(하루, 一日) + -ㅅ(-의: 관조) + 밤(밤, 夜)]

41) 밧긔: 밝(밖, 外) + -의(-에: 부조, 위치)

42) 三分이: 三分(삼분, 세 분) + -이(주조)

43) 슬터시니: 슳(슬퍼하다, 哀)- + -더(회상)- + -시(주높)- + -니(평종, 반말)

44) 슬ᄫᅡ샤ᄃᆡ: 슳(← ᄉᆞᆲ다, ㅂ불: 사뢰다, 白)- + -ᄋᆞ샤(-ᄋᆞ시-: 주높)- + -ᄃᆡ(←-오ᄃᆡ: -되, 연어, 설명 계속)

45) ᄭᅮᆷ붓: ᄭᅮᆷ[꿈, 夢: ᄭᅮ(꾸다, 夢: 동사)- + -ㅁ(명접)] + -붓(-만: 보조사, 한정 강조)

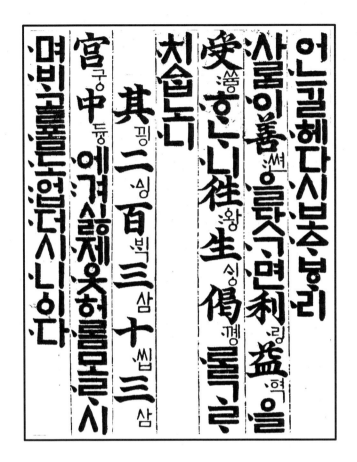

어느 길에 다시 보리?

　(원앙부인이 사라수대왕께 이르되) 사람이 善(선)을 닦으면 利益(이익)을 受(수)하나니, (내가 사라수대왕께) 往生偈(왕생게)를 가르치니.

　　　其二百三十三(기이백삼십삼)

　(사라수대왕이) 宮中(궁중)에 계실 적에, 옷이 헐어진 것을 모르시며 배가 고픈 것도 없으셨습니다.

어느 길헤[46] 다시 보ᅀᆞᄫᆞ리[47]
사ᄅᆞᆷ이 善쎤을 닷ᄀᆞ면[48] 利링益ᅙᅧᆨ을 受ᄬᅳᇢᄒᆞᄂᆞ니 往왕生ᄉᆡᆼ偈꼥[49]를 ᄀᆞᄅᆞ치ᄉᆞᆸ노니[50]

其끵二ᅀᅵᆼ百ᄇᆡᆨ三삼十씹三삼

宮궁中듕에 겨시ᇙ 제 옷 허롬[51] 모ᄅᆞ시며[52] ᄇᆡ[53] 골폼도[54] 업더시니이다[55]

---

46) 길헤: 길ㅎ(길, 路)+-에(부조, 위치)
47) 보ᅀᆞᄫᆞ리: 보(보다, 見)-+-ᅀᆞᇦ(← -ᄉᆞᆸ-: 객높)-+-ᄋᆞ리(평종, 반말, 미시)
48) 닷ᄀᆞ면: 닭(닦다, 修)-+-ᄋᆞ면(연어, 조건)
49) 往生偈: 왕생게. 서방정토(西方淨土)에 날 것을 기원하는 게송(偈頌)이다. 곧 왕생을 비는 게(偈)이다. ※ '偈頌(게송)'은 불교계에서 불교적 교리를 담은 한시의 한 형태를 이른다. 선가(禪家)의 '시게(詩偈)·송고(頌古)·가송(歌頌)' 등을 통칭한다.
50) ᄀᆞᄅᆞ치ᄉᆞᆸ노니: ᄀᆞᄅᆞ치(가르치다, 敎)-+-ᄉᆞᆸ(객높)-+-ㄴ(←-ᄂᆞ-: 현시)-+-오(화자)-+-니(평종, 반말)
51) 허롬: 헐(헐다, 毁)-+-옴(명전)
52) 모ᄅᆞ시며: 모ᄅᆞ(모르다, 不知)-+-시(주높)-+-며(연어, 나열)
53) ᄇᆡ: ᄇᆡ(배, 腹)+-Ø(←-이: 주조)
54) 골폼도: 골ᄑ[←골ᄑᆞ다(고프다, 餓): 곯(곯다, 飢: 자동)-+-ᄇᆞ(형접)-]-+-옴(명전)+-도(보조사, 첨가)
55) 업더시니이다: 업(←없다: 없다, 無)-+-더(회상)-+-시(주높)-+-니(원칙)-+-이(상높, 아주 높임)-+-다(평종)

    (사라수대왕께서) 往生偈(왕생게)를 외우시면, 헌 옷이 고쳐지며 고픈 배도 부르겠습니다.

    其二百三十四(기이백삼십사)

    (원앙부인이 사라수대왕께 사뢰되) "아기의 이름을 아들이 나거나 딸이 나거나, 어찌 하겠습니까?"

    "子息(자식)의 이름을 아버지가 있으며 어머니가 있어서, 一定(일정)합시다."

往_왕生_싱偈_꼥ㄹ⁵⁶⁾ 외오시면⁵⁷⁾ 헌⁵⁸⁾ 오시 암글며⁵⁹⁾ 골픈⁶⁰⁾ 빅도 브르리이다⁶¹⁾

其_끵二_싱百_빅三_삼十_씹四_숭

아기⁶²⁾ 일훔을 아들이⁶³⁾ 나거나 뚤이⁶⁴⁾ 나거나 엇뎨⁶⁵⁾ ᄒ리잇가⁶⁶⁾ 子_{ᄌᆞᆼ}息_식의 일훔을 아비⁶⁷⁾ 이시며 어미⁶⁸⁾ 이샤⁶⁹⁾ 一_힗定_뗭ᄒᆞ사이다⁷⁰⁾

---

56) 往生偈ㄹ: 往生偈(왕생게) + -ㄹ(←-를: 목조)
57) 외오시면: 외오(외우다, 誦)- + -시(주높)- + -면(연어, 조건)
58) 헌: 허(← 헐다: 헐다, 毁)- + -Ø(과시)- + -ㄴ(관전)
59) 암글며: 암글(아물다, 고쳐지다)- + -며(연어, 나열)
60) 골픈: 골프[고프다, 餓: 곯(곯다, 飢: 동사)- + -ㅂ(형접)-]- + -Ø(현시)- + -ㄴ(관전)
61) 브르리이다: 브르(부르다, 飽)- + -리(미시)- + -이(상높, 아주 높임)- + -다(평종)
62) 아기: 악(← 아기: 아기, 孩) + -의(관조)
63) 아들이: 아들(아들, 子) + -이(주조)
64) 뚤이: 뚤(딸, 女) + -이(주조)
65) 엇뎨: 어찌, 何(부사)
66) ᄒ리잇가: ᄒᆞ(하다, 爲)- + -리(미시)- + -잇(상높, 아주 높임)- + -가(-까: 의종)
67) 아비: 아비(아버지, 父) + -Ø(←-이: 주조)
68) 어미: 어미(어머니, 母) + -Ø(←-이: 주조)
69) 이샤: 이시(있다, 有)- + -아(연어) ※ '이샤'는 문맥을 고려하여 '있을 때에'로 의역하여 옮길 수 있다.
70) 一定ᄒᆞ사이다: 一定ᄒᆞ[일정하다, 한 가지로 정하다: 一定(일정: 명사) + -ᄒᆞ(동접)-]- + -사이다(청종, 아주 높임)

其二百三十五(기이백삼십오)

王(왕)이 (부인의 말을) 들으시어 눈물을 흘리시고, 夫人(부인)의 뜻을 불쌍히 여기시어

"아들이 나거든 安樂國(안락국)이라 하고, 딸이거든 孝養(효양)이라 하라." (고 이르셨으니.)

其二百三十六(기이백삼십육)

門(문) 밖에 서 계시어 兩分(양분)이 이별하실

其끵二싱百빅三삼十씹五옹

王왕이 드르샤[71] 눖믈을 흘리시고 夫붕人신ㅅ 뜨들[72] 어엿비[73] 너기
샤[74]

아들옷[75] 나거든 安한樂락國귁이라 ᄒᆞ고 ᄯᆞᆯ이어든[76] 孝ᅘᅭᆸ養양[77]이라
ᄒᆞ라

其끵二싱百빅三삼十씹六륙

몬門 밧긔[78] 셔어[79] 겨샤[80] 兩량分뿐이 여희싫[81]

---

71) 드르샤: 들(← 듣다, ㄷ불: 듣다, 聞)- + -으샤(← -으시-: 주높)- + -∅(← -아: 연어)
72) 뜨들: 뜯(뜻, 意)- + -을(목조)
73) 어엿비: [불쌍히, 憫: 어엿ㅂ(← 어엿브다: 불쌍하다, 憫, 형사)- + -이(부접)]
74) 너기샤: 너기(여기다, 念)- + -샤(← -시-: 주높)- + -∅(← -아: 연어)
75) 아들옷: 아들(아들, 子) + -옷(← -곳: 보조사, 한정 강조)
76) ᄯᆞᆯ이어든: ᄯᆞᆯ(딸, 女) + -이(서조)- + -어든(← -거든: 연어, 조건)
77) 孝養: 효양. 어버이를 효성으로 봉양하는 것이다.
78) 밧긔: 밖(밖, 外) + -의(-에: 부조, 위치)
79) 셔어: 셔(서다, 立)- + -어(연어)
80) 겨샤: 겨샤(← 겨시다: 계시다)- + -∅(← -아: 연어)
81) 여희싫: 여희(이별하다, 別)- + -시(주높)- + -ㅭ(관전)

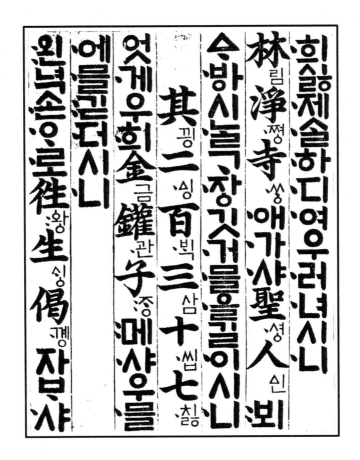

적에, (사라수대왕이) 슬퍼하여 넘어져서 울면서 가셨으니.

  (사라수대왕이) 林淨寺(임정사)에 가시어 (光有)聖人(성인)을 뵈시거늘, (성인께서) 매우 기뻐하여 물을 긷게 하셨으니.

    其二百三十七(기이백삼십칠)

(사라수대왕이) 어깨 위에 金鑵子(금관자)를 메시어 우물에 물을 길으시더니.

  (사라수대왕이) 왼쪽 손으로 往生偈(왕생게)를 잡으시어

제⁸²⁾ 슬하디여⁸³⁾ 우러⁸⁴⁾ 녀시니⁸⁵⁾

林_림淨_쪙寺_쏭애 가샤 聖_셩人_인 뵈ᅀᆞᆸ바시ᄂᆞᆯ⁸⁶⁾ ᄀᆞ장 깃거 믈을 길이시니⁸⁷⁾

        其_낑二_싱百_{ᄇᆡᆨ}三_삼十_씹七_칧

엇게⁸⁸⁾ 우희⁸⁹⁾ 金_금鑵_관子_{ᄌᆞ}⁹⁰⁾ 메샤⁹¹⁾ 우믈에⁹²⁾ 믈 긷더시니

왼녁⁹³⁾ 손ᄋᆞ로 往_{ᅌᅪᆼ}生_싱偈_꼥 자ᄇᆞ샤⁹⁴⁾

---

82) 제: 제, 적에(의명)

83) 슬하디여: 슬하디[슬퍼하여 넘어지다: *슳(← 슳다: 슬퍼하다)- + -아(연어) + 디(지다, 落)-]- + -여(←-어: 연어) ※ '슳다'의 어형이 발견되지 않으나, 의미나 형태적으로 '슳다'를 '슳다(슬퍼하다)'와 관련지을 수 있다.

84) 우러: 울(울다, 泣)- + -어(연어)

85) 녀시니: 녀(가다, 行)- + -시(주높)- + -Ø(과시)- + -니(평종, 반말)

86) 뵈ᅀᆞᆸ바시ᄂᆞᆯ: 뵈[뵙다, '보다'의 높임말: 보(보다, 見)- + -ㅣ(←-이-: 사접)-]- + -ᅀᆞᆸ(← -ᅀᆞᆸ-: 객높)- + -시(주높)- + -아…ᄂᆞᆯ(-거늘: 연어, 상황)

87) 길이시니: 길이[긷게 하다: 길(← 긷다, ㄷ불: 깊다, 汲)- + -이(사접)-]- + -시(주높)- + -Ø(과시)- + -니(평종, 반말)

88) 엇게: 어깨, 肩.

89) 우희: 우ㅎ(위, 上)- + -의(-에: 부조, 위치)

90) 金鑵子: 금관자. 금(金)으로 만든 두레박이다.

91) 메샤: 메(메다, 擔)- + -샤(←-시-: 주높)- + -Ø(←-아: 연어)

92) 우믈에: 우믈[우물, 井: 움(움, 穴) + 믈(물, 水)] + -에(부조, 위치)

93) 왼녁: [왼쪽: 외(왼쪽이다, 그르다, 左, 誤)- + -ㄴ(관전) + 녁(녘, 쪽, 便)]

94) 자ᄇᆞ샤: 잡(잡다, 執)- + -ᄋᆞ샤(←-ᄋᆞ시-: 주높)- + -Ø(←-아: 연어)

길 위에서 외우시더니

其二百三十八(기이백삼십팔)

(원앙부인의) 아드님이 나시어 나이가 일곱이거늘, 아버님을 물으셨니.
어머님이 들으시어 목이 메어 우시어, (아드님에게) 아버님을 이르셨으니.

其二百三十九(기이백삼십구)

길 우희 외오더시니⁹⁵⁾

其_끵二_싱百_빅三_삼十_씹八_밣

아들님이⁹⁶⁾ 나샤 나히⁹⁷⁾ 닐구비어늘⁹⁸⁾ 아바님을⁹⁹⁾ 무르시니¹⁰⁰⁾

어마님이¹⁾ 드르샤 목몌여²⁾ 우르샤³⁾ 아바님을 니르시니⁴⁾

其_끵二_싱百_빅三_삼十_씹九_굴

---

95) 외오더시니: 외오(외우다, 誦)- + -더(회상)- + -시(주높)- + -니(평종, 반말)

96) 아들님이: 아들님[아드님, 子: 아들(아들, 子) + -님(높접)] + -이(주조) ※ 이때의 '아들님'은
'안락국(安樂國)'이다.

97) 나히: 나ᄒᆡ(나이, 齡) + -이(주조)

98) 닐구비어늘: 닐굽(일곱, 七: 수사, 양수) + -이(서조)- + -어늘(←-거늘: 연어, 상황)

99) 아바님을: 아바님[아버님, 父親: 아바(← 아비: 아버지, 父) + -님(높접)] + -을(목조)

100) 무르시니: 물(← 묻다, ㄷ불: 묻다, 問)- + -으시(주높)- + -Ø(과시)- + -니(평종, 반말)

1) 어마님이: 어마님[어머님, 母父: 어마(← 어미: 어머니, 母) + -님(높접)] + -이(주조)

2) 목몌여: 목몌[목메다, 嘖: 목(목, 喉) + 몌(메다, 미어지다, 塡)-]- + -여(←-어: 연어)

3) 우르샤: 울(울다, 泣)- + -으샤(←-으시-: 주높)- + -Ø(←-아: 연어)

4) 니르시니: 니르(이르다, 曰)- + -시(주높)- + -Ø(과시)- + -니(평종, 반말0

아기가 (자현장자의 집에서) 逃亡(도망)하시어, "아버님을 보리라." 林淨寺(임정사)를 向(향)하시더니.

(아기가) 큰 물에 다달라 짚둥을 타시어, 梵摩羅國(범마라국)에 이르셨으니.

其二百四十(기이백사십)

(아기가 임정사로) 나아가시다가 八婇女(팔채녀)를 보시니,

아기⁵⁾ 逃_뚤亡_망ᄒ샤⁶⁾ 아바님 보ᅀᆞᄫᅩ리라⁷⁾ 林_림淨_쩡寺_쏭를 向_향ᄒ더시니

큰 믈에⁸⁾ 다ᄃ라⁹⁾ 딮동울¹⁰⁾ ᄐ샤¹¹⁾ 梵_뻠摩_망羅_랑國_귁에 니르르시니¹²⁾

其_끵二_싱百_빅四_승十_씹

나ᅀᅡ가시다가¹³⁾ 八_밣婇_칭女_녕 보시니

---

5) 아기: 아기(아기, 孩) + -∅(← -이: 주조)

6) 逃亡ᄒ샤: 逃亡ᄒ[도망하다: 逃亡(도망: 명사) + -ᄒ(동접)-]- + -샤(←-시-: 주높)- + -∅(← -아: 연어)

7) 보ᅀᆞᄫᅩ리라: 보(보다, 見)- + -ᅀᆞᄫ(←-ᅀᆞ옵-: 객높)- + -오(화자, 의도)- + -리(미시)- + -라(← -다: 평종)

8) 믈에: 믈(물, 河) + -에(부조, 위치)

9) 다ᄃ라: 다ᄃᆯ[← 다ᄃᆞᆮ다, ᄃᆞᆶ(다다르다, 到): 다(다, 悉: 부사) + ᄃᆞᆮ(닫다, 달리다, 走)-]- + -아(연어)

10) 딮동울: 딮동[짚둥: 딮(짚, 藁) + 동(둥, 束)] + -울(목조) ※ '딮동'은 짚의 큰 묶음이다.

11) ᄐ샤: ᄐ(타다, 乘)- + -샤(←-시-: 주높)- + -아(연어)

12) 니르르시니: 니를(이르다, 到)- + -으시(주높)- + -∅(과시)- + -니(평종, 반말)

13) 나ᅀᅡ가시다가: 나ᅀᅡ가[나아가다, 進: 났(← 낫다, ㅅ불: 나아가다, 進)- + -아(연어) + 가(가다, 行)-]- + -시(주높)- + -다가(연어, 전환)

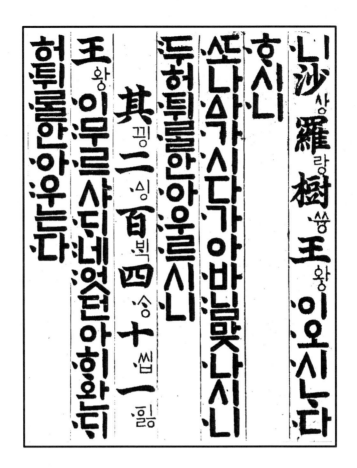

(팔채녀가) "沙羅樹王(사라수대왕)이 오신다." 하셨으니.

　또 (아기가) 나아가시다가 아버님을 만나시니, (사라수대왕의) 두 종아리를 안아 우셨으니.

　　　其二百四十一(기이백사십일)

　王(왕)이 물으시되 "네가 어떤 아기에 종아리를 안아 우는가?"

沙_상羅_랑樹_쓩王_왕이 오시ᄂᆞ다¹⁴⁾ ᄒᆞ시니

ᄯᅩ 나ᅀᅡ가시다가 아바님 맞나시니¹⁵⁾ 두 허튀ᄅᆞᆯ¹⁶⁾ 안아 우르시니¹⁷⁾

其_끵二_싱百_빅四_{ᄉᆞᆼ}十_씹一_힗

王_왕이 무르샤ᄃᆡ¹⁸⁾ 네 엇던¹⁹⁾ 아ᄒᆡ완ᄃᆡ²⁰⁾ 허튀ᄅᆞᆯ 안아 우는다²¹⁾

---

14) 오시ᄂᆞ다: 오(오다, 來)- + -시(주높)- + -ᄂᆞ(현시)- + -다(평종)

15) 맞나시니: 맞나[만나다, 遇: 맞(맞다, 迎)- + 나(나다, 出)-]- + -시(주높)- + -니(연어, 설명 계속)

16) 허튀ᄅᆞᆯ: 허튀(종아리) + -ᄅᆞᆯ(목조) ※ '허튀'는 다리의 아랫부분이다.

17) 우르시니: 울(울다, 泣)- + -으시(주높)- + -Ø(과시)- + -니(연어, 평종)

18) 무르샤ᄃᆡ: 물(← 묻다, ㄷ불: 묻다, 問)- + -으샤(←-으시-: 주높)- + -ᄃᆡ(←-오ᄃᆡ: -ᄃᆡ, 연어 설명 계속)

19) 엇던: [어떤, 何(관사, 지시, 미지칭): 엇더(어뗘: 불어) + -Ø(←-ᄒᆞ-: 형접)- + -ㄴ(관전▷관접)]

20) 아ᄒᆡ완ᄃᆡ: 아ᄒᆡ(아이, 孩) + -Ø(←-이-: 서조)- + -완ᄃᆡ(-기에: 연어, 이유)

21) 우는다: 우(← 울다: 울다, 泣)- + -ᄂᆞ(←-ᄂᆞ-: 현시)- + -ㄴ다(의종, 2인칭) ※ '우는다'는 '우ᄂᆞᆫ다'를 오각한 형태이다.

아기가 (아버님께) 말을 사뢰고 往生偈(왕생게)를 외우시니, 아버님이 (아기를) 안으셨습니다.

其二百四十二(기이백사십이)

예전에 너의 어머니가 나를 이별하여, 시름으로 살아가거늘
오늘 너의 어머니가 너를 이별하여, 눈물로 살아가느니라.

아기 말 숣고²²⁾ 往_왕生_싱偈_꼥를 외오신대²³⁾ 아바님이 안ᄋᆞ시니이다²⁴⁾

其_끵二_싱百_빅四_{ᄉᆞᆼ}十_씹二_싱

아래²⁵⁾ 네 어미 나를 여희여 시름으로²⁶⁾ 사니거늘ᅀᅡ²⁷⁾

오늘 네 어미 너를 여희여 눖믈로 사니ᄂᆞ니라²⁸⁾

---

22) 숣고: 숣(사뢰다, 아뢰다, 白)- + -고(연어, 계기)

23) 외오신대: 외오(외우다, 誦)- + -시(주높)- + -ㄴ대(-는데, -니: 연어, 설명 계속, 반응)

24) 안ᄋᆞ시니이다: 안(안다, 抱)- + -ᄋᆞ시(주높)- + -Ø(과시)- + -니(원칙)- + -이(상높, 아주 높임)- + -다(평종)

25) 아래: 예전, 옛날, 昔.

26) 시름으로: 시름(시름, 근심, 愁) + -으로(부조, 방편)

27) 사니거늘ᅀᅡ: 사니[살아가다(生活): 사(← 살다: 살다, 生)- + 니(다니다, 行)-]- + -거늘(연어, 상황) + -ᅀᅡ(보조사, 한정 강조)

28) 사니ᄂᆞ니라: 사니[살아가다(生活): 사(← 살다: 살다, 生)- + 니(다니다, 行)-]- + -ᄂᆞ(현시)- + -니(원칙)- + -라(← -다: 평종)

其二百四十三(기이백사십삼)

아기가 하직(下直)하시어, 아버님과 이별하실 적에 눈물을 흘리셨으니.
아버님이 슬퍼하시어, 아기를 보내실 적에 노래를 부르셨으니.

其二百四十四(기이백사십사)

알고 지내는 이가 그친 이런 괴로운 길에, 누구를 보리라

其_끵二_싱百_빅四_승十_씹三_삼

아기 하딕ᄒ샤²⁹⁾ 아바님 여희싫 제 눖믈을 흘리시니³⁰⁾
아바님 슬ᄒ샤³¹⁾ 아기 보내싫 제 놀애를³²⁾ 브르시니³³⁾

其_끵二_싱百_빅四_승十_씹四_승

아라³⁴⁾ 녀리³⁵⁾ 그츤³⁶⁾ 이런 이븐³⁷⁾ 길헤³⁸⁾ 눌³⁹⁾ 보리라

---

29) 하딕ᄒ샤: 하딕ᄒ[하직하다, 下直: 하딕(하직, 下直: 명사) + -ᄒ(동접)-]- + -샤(← -시-: 주높)- + -Ø(← -아: 연어)

30) 흘리시니: 흘리[흐르다, 流: 흘르(← 흐르다, 流)- + -이(사접)-]- + -시(주높)- + -Ø(과시)- + -니(평종, 반말)

31) 슬ᄒ샤: 슳(슬퍼하다, 哀)- + -ᄋ샤(← -ᄋ시-: 주높)- + -Ø(← -아: 연어)

32) 놀애를: 놀애[노래, 歌: 놀(놀다, 遊: 동사)- + -애(명접)] + -를(목조)

33) 브르시니: 브르(부르다, 歌)- + -시(주높)- + -Ø(과시)- + -니(평종, 반말)

34) 아라: 알(알다, 知)- + -아(연어)

35) 녀리: 녀(가다, 지내다, 行)- + -ㄹ(관전) # 이(이, 사람, 者: 의명) + -Ø(← -이: 주조) ※ '아라 녀리'는 '알고 지내는 이가'로 의역하여 옮긴다.

36) 그츤: 긏(끊어지다, 切)- + -Ø(과시)- + -은(관전)

37) 이븐: 잃(← 입다, ㅂ불: 괴롭다, 苦)- + -Ø(현시)- + -은(관전)

38) 길헤: 길ㅎ(길, 路) + -에(부조, 위치)

39) 눌: 누(누구, 誰: 인대, 미지칭) + -ㄹ(← -를: 목조)

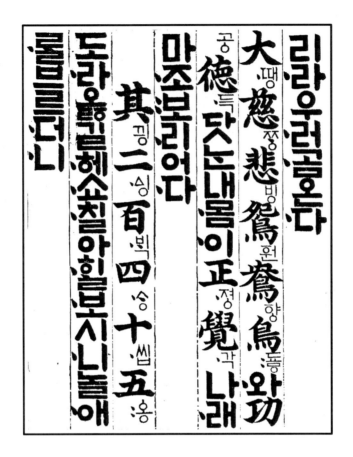

울면서 왔는가?

　大慈悲(대자비) 鴛鴦鳥(원앙조)와 功德(공덕)을 닦는 내 몸이 正覺(정각)의 날에 마주 보리라.

　　其二百四十五(기이백사십오)

(아기가) 도라오는 길에 소를 칠 아이를 보시니, (그 아이가) 노래를 부르더니

우리곰[40] 온다[41]

大땡慈쭝悲빙[42] 鴛훤鴦향鳥됼[43]와 功공德득[44] 닷ᄂᆞᆫ[45] 내 몸이 正졍覺각[46] 나래[47] 마조[48] 보리어다[49]

其끵二싱百ᄇᆡᆨ四ᄉᆞᆼ十씹五옹

도라옳[50] 길헤 쇼[51] 칠[52] 아ᄒᆡᆯ[53] 보시니 놀애를[54] 브르더니[55]

---

40) 우리곰: 울(울다, 泣)- + -어(연어) + -곰(보조사, 강조, 여운감)

41) 온다: 오(오다, 來)- + -Ø(과시)- + -ㄴ다(-ㄴ가: 의종, 2인칭)

42) 大慈悲: 대자비. 넓고 커서 끝이 없는 부처와 보살의 자비(慈悲)이다.

43) 鴛鴦鳥: 원앙조. 원앙새.

44) 功德: 공덕. 좋은 일을 행한 덕으로 훌륭한 결과를 가져오게 하는 능력이다. 종교적으로 순수한 것을 진실공덕(眞實功德)이라 이르고, 세속적인 것을 부실공덕(不實功德)이라 한다.

45) 닷ᄂᆞᆫ: 닷(← 닭다: 닦다, 修)- + -ᄂᆞ(현시)- + -ㄴ(관전)

46) 正覺: 정각. 올바른 깨달음. 일체의 참된 모습을 깨달은 더할 나위 없는 지혜이다.

47) 나래: 날(날, 日) + -애(부조, 위치)

48) 마조: [마주, 對(부사): 맞(맞다, 對: 동사)- + -오(부접)]

49) 보리어다: 보(보다, 見)- + -리(미시)- + -어(확인)- + -다(평종)

50) 도라옳: 도라오[돌아오다: 돌(돌다, 回)- + -아 + 오(오다, 來)-]- + -ᇙ(관전)

51) 쇼: 소, 牛.

52) 칠: 치(치다, 기르다, 養)- + -ㄹ(관전)

53) 아ᄒᆡᆯ: 아히(아이, 孩) + -ㄹ(← -를; 목조)

54) 놀애를: 놀애[노래, 歌: 놀(놀다, 遊: 동사)- + -애(명접)] + -를(목조)

55) 브르더니: 브르(부르다, 歌)- + -더(회상)- + -니(평종, 반말)

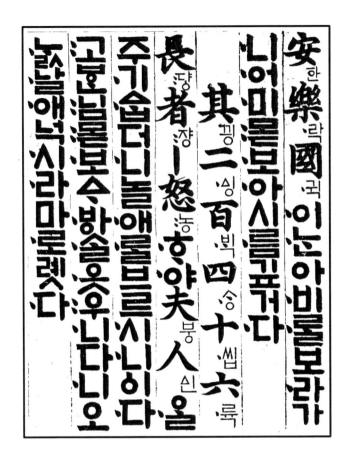

安樂國(안락국)이는 아버지를 보러 가니, 어머니도 못 보아서 시름이 깊다.

其二百四十六(기이백사십육)

(자현)長者(장자)가 怒(노)하여 夫人(부인)을 죽이더니, (원앙부인이) 노래를 부르셨습니다.

"(내가) 고운 임을 못 보아 사무치게 울며 다니더니, '(내가) 오늘날에 (살아 있는) 넋이다.' (말하지) 말 것이구나."

安한樂락國귁이는[56] 아비를 보라[57] 가니 어미 몯 보아 시름 깊거다[58]

　　其끵二싱百빅四숭十씹六륙

長댱者쟝ㅣ[59] 怒농ᄒᆞ야[60] 夫붕人ᅀᅵᆫ을 주기ᅀᆞᆸ더니[61] 놀애를 브르시니이다[62]

고ᄫᆞᆫ[63] 님 몯 보ᅀᆞᄫᅡ 슬읏[64] 우니다니[65] 오ᄂᆞᆳ날애[66] 넉시라[67] 마로롓다[68]

---

56) 安樂國이는: 安樂國이[안락국이(명사): 安樂國(안락국: 인명) + -이(명접, 어조 고름)] + -는(보조사, 주제)

57) 보라: 보(보다, 見)- + -라(-러: 연어, 목적)

58) 깊거다: 깊(깊다, 深)- + -Ø(현시)- + -거(확인)- + -다(평종)

59) 長者: 장자. 덕망이 뛰어나고 경험이 많아 세상일에 익숙한 어른, 혹은 큰 부자를 점잖게 이르는 말이다. 여기서는 '자현장자(子賢長者)'를 이른다.

60) 怒ᄒᆞ야; 怒ᄒᆞ[노하다: 怒(노: 불어) + -ᄒᆞ(동접)-]- + -야(← -아: 연어)

61) 주기ᅀᆞᆸ더니: 주기[죽이다, 殺: 죽(죽다, 死: 자동)- + -이(사접)-]- + -ᅀᆞᆸ(객높)- + -더(회상)- + -니(연어, 설명 계속)

62) 브르시니이다: 브르(부르다, 歌)- + -시(주높)- + -Ø(과시)- + -니(원칙)- + -이(상높, 아주 높임)- + -다(평종)

63) 고ᄫᆞᆫ: 곱(← 곱다, ㅂ불: 곱다, 麗)- + -Ø(현시)- + -은(관전)

64) 슬읏: 사르고 끊듯이, 사무치게(부사)

65) 우니다니: 우니[울면서 다니다: 우(← 울다: 울다, 泣)- + 니(가다, 行)-]- + -다(← -더-: 회상)- + -Ø(← -오-: 화자)- + -니(연어, 설명 계속)

66) 오ᄂᆞᆳ날애: 오ᄂᆞᆳ날[오늘날, 今日: 오늘(今日) + -ㅅ(관조, 사잇) + 날(날, 日)] + -애(부조, 위치)

67) 넉시라: 넋(넋, 魂) + -이(서조)- + -Ø(현시)- + -라(← -다: 평종)

68) 마로롓다: ① 말(말다, 勿)- + -오(대상)- + -ㄹ(관전) # 이(것, 者: 의명)- + -Ø(← -이-: 서조)- + -Ø(현시)- + -옛(← -엣-: 감동)- + -다(평종) ② 말(말다, 勿)- + -오(화자)- + -리(미시)- + -옛(← -엣-: 감동)- + -다(평종) ※ '마로롓다'의 형태를 분석하는 것이 매우 어렵다. 대략 ①이나 ②의 방법으로 분석할 수 있을 것 같다. 여기서 감동 표현의 선어말 어미인 '-엣-'은 감동 표현의 선어말 어미인 '-에-'와 '-ㅅ-'이 함께 실현된 것으로 보인다. ※ '마로롓다'는 '말 것이다'로 의역하여 옮긴다. 이에 따라서 '오ᄂᆞᆳ날애 넉이라 마로롓다'를 "오늘날에 살아 있는 넋이라고 하지 말 것이구나.(= 죽은 목숨이다.)"로 의역하여 옮긴다.

其二百四十七(기이백사십칠)

夫人(부인)이 돌아가시어, 세(三) 동강이 되어 나무 아래 던져 있으시더니.
아기가 우시어 세(三) 동강을 모시고, 西方(서방)에 合掌(합장)하셨으니.

其二百四十八(기이백사십팔)

極樂世界(극락세계)에 있는 四十八(사십팔)

其_끵二_싱百_빅四_{ᄉᆞᆼ}十_씹七_칧

夫_붕人_{ᅀᅵᆫ}이 업스샤⁶⁹⁾ 三_삼 동⁷⁰⁾이 ᄃᆞ외샤⁷¹⁾ 즘게⁷²⁾ 아래 더뎃더시니⁷³⁾

아기 우르샤⁷⁴⁾ 三_삼동을 뫼호시고⁷⁵⁾ 西_셍方_방⁷⁶⁾애 合_{ᅘᅡᆸ}掌_쟝ᄒᆞ시니⁷⁷⁾

其_끵二_싱百_빅四_{ᄉᆞᆼ}十_씹八_밣

極_끅樂_락世_솅界_갱옛 四_{ᄉᆞᆼ}十_씹八_밣

---

69) 업스샤: 없(없어지다, 죽다, 命終)- + -으샤(←-으시-: 주높)- + -Ø(←-아: 연어)

70) 삼 동: 三(삼 : 관사, 양수) # 동(동강: 의명)

71) ᄃᆞ외샤: ᄃᆞ외(되다, 爲)- + -샤(←-시-: 주높)- + -Ø(←-아: 연어)

72) 즘게: 큰 나무, 大木.

73) 더뎃더시니: 더디(던지다, 投)- + -어(연어) + 잇(← 이시다: 있다, 보용, 완료 지속)- + -더(회상)- + -시(주높)- + -Ø(과시)- + -니(평종, 반말) ※ '더뎃더시니'는 '더뎌 잇더시니'가 축약된 형태이다.

74) 우르샤: 울(울다, 泣)- + -으샤(주높)- + -Ø(←-아: 연어)

75) 뫼호시고: 뫼호(모으다, 集)- + -시(주높)- + -고(연어, 계기)

76) 西方: 서방. 서방정토(西方淨土). 서쪽으로 십만 억의 국토를 지나면 있는 아미타불의 세계이다.

77) 合掌ᄒᆞ시니: 合掌ᄒᆞ[합장하다: 合掌(합장: 명사) + -ᄒᆞ(동접)-]- + -시(주높)- + -Ø(과시)- + -니(평종, 반말)

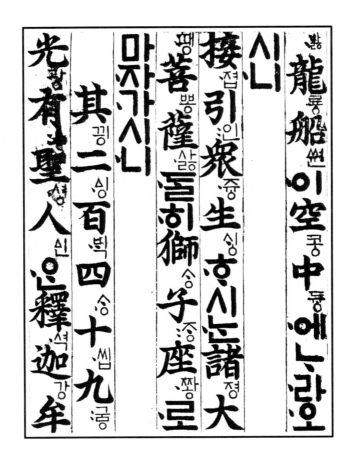

龍船(용선)이 空中(공중)에 날아오셨으니.

　接引衆生(접인중생)하시는 諸大菩薩(제대보살)들이 (아기가 앉은) 獅子座(사자
좌)를 맞아서 (아기와 함께 극락세계로) 가셨으니.

　　　其二百四十九(기이백사십구)

　光有聖人(광유성인)은 釋迦牟尼(석가모니)이시고,

龍룡船쎤⁷⁸⁾이 空콩中듕에 ᄂᆞ라오시니⁷⁹⁾

接졉引인衆즁生ᄉᆡᆼᄒᆞ시ᄂᆞᆫ⁸⁰⁾ 諸정大땡菩뽕薩삻들히⁸¹⁾ 獅ᄉᆞᆼ子ᄌᆞᆼ座쫭⁸²⁾로 마자⁸³⁾ 가시니

其끵二ᅀᅵᆼ百빅四ᄉᆞᆼ十씹九귷

光광有ᅌᅮᇂ聖셩人ᅀᅵᆫ은 釋셕迦강牟믈尼닝⁸⁴⁾시고

---

78) 龍船: 용선. 사바세계에서 깨달음의 세계인 피안(彼岸)의 극락정토로 중생들을 건네 주는 반야바라밀(般若波羅蜜)의 배(船)를 말한다. 불교에서는 참된 지혜와 깨달음을 얻은 중생이 극락정토로 가기 위해서는 반야용선(般若龍船)을 타고 건너가야 한다. 불교 미술에서는 반야용선을 타고 열반의 세계로 향하는 모습이 자주 표현된다. 배의 형상은 일정하지 않아서, 쪽배의 형태로 묘사되기도 하고 용을 형상화한 선박으로 표현되기도 한다.

79) ᄂᆞ라오시니: ᄂᆞ라오[날아오다, 迋: ᄂᆞᆯ(날다, 飛)- + -아(연어) + 오(오다, 來)-] + -시(주높)- + + -Ø(과시)- + -니(평종, 반말)

80) 接引衆生ᄒᆞ시ᄂᆞᆫ: 接引衆生ᄒᆞ[인접중생하다: 接引衆生(인접중생: 명사구) + -ᄒᆞ(동접)-]- + -시(주높)- + -ᄂᆞ(현시)- + ㄴ(관전) ※ '接引衆生(접인중생)'은 중생을 극락정토(極樂淨土)로 인도하는 것이다.

81) 諸大菩薩들히: 諸大菩薩들ㅎ[제대보살들: 諸(제, 여러: 접두)- + 大菩薩(대보살) + -들ㅎ(-들: 복접)] + -이(주조) ※ '大菩薩(대보살)'은 불도를 수행하는 보살 가운데 높은 지위에 오른 보살이다

82) 獅子座: 사자좌. 부처가 앉는 자리이다. 부처는 인간 세계에서 존귀한 자리에 있으므로 모든 짐승의 왕인 사자에 비유하였다.

83) 마자: 맞(맞다, 맞이하다, 迎)- + -아(연어)

84) 釋迦牟尼: 석가모니. 불교의 개조. 과거칠불의 일곱째 부처로, 세계 4대 성인의 한 사람이다. 기원전 624년에 지금의 네팔 지방의 카필라바스투성에서 슈도다나와 마야 부인의 아들로 태어났으며, 29세 때에 출가하여 35세에 득도하였다. 그 후 녹야원에서 다섯 수행자를 교화하는 것을 시작으로 교단을 성립하였다. 45년 동안 인도 각지를 다니며 포교하다가 80세에 입적하였다.

婆羅門(바라문)은 文殊師利(문수사리)이시니.

　沙羅樹王(사라수왕)은 阿彌陀如來(아미타여래)이시고, 夫人(부인)은 觀世音
(관세음)이시니.

　　其二百五十(기이백오십)

　여덟 婇女(채녀)는 八大菩薩(팔대보살)이시고,

婆_빵羅_랑門_몬⁸⁵⁾은 文_문殊_쓩師_{ᄉᆞᆼ}利_링⁸⁶⁾시니

沙_상羅_랑樹_쓩王_왕은 阿_항彌_밍陁_땅如_셩來_링⁸⁷⁾시고 夫_붕人_{ᅀᅵᆫ}은 觀_관世_솅音_흠⁸⁸⁾이시니

其_끵二_{ᅀᅵᆼ}百_{ᄇᆡᆨ}五_옹十_씹

여듧 婇_{ᄎᆡᆼ}女_녕는 八_밣大_땡菩_뽕薩_{ᄉᆞᇙ}⁸⁹⁾이시고

---

85) 婆羅門: 바라문. '브라만(Brahman)'의 음역어이다. 인도 카스트 제도에서 가장 높은 지위인 승려 계급이다.

86) 文殊師利: 문수사리. 보현보살과 짝하여 석가모니불의 보처로서 왼쪽에 있어 지혜를 상징한다. 머리에 5계(髻)를 맺은 것은 대일(大日)의 5지(智)를 표한다. 바른손에는 지혜의 칼을 들고, 왼손에는 꽃 위에 지혜의 그림이 있는 청련화를 쥐고 있다.

87) 阿彌陁如來: 아미타여래. 서방 정토에 있는 부처이다. 대승 불교 정토교의 중심을 이루는 부처로, 수행 중에 모든 중생을 제도하겠다는 대원(大願)을 품고 성불하여 극락에서 교화하고 있으며, 이 부처를 염하면 죽은 뒤에 극락에 간다고 한다.

88) 觀世音: 관세음. 관세음보살. 아미타불의 왼편에서 교화를 돕는 보살로서, 사보살(四菩薩)의 하나이다. 세상의 소리를 들어 알 수 있는 보살이므로, 중생이 고통 가운데 열심히 이 이름을 외면 도움을 받게 된다.

89) 八大菩薩: 팔대보살. 정법(正法)을 지키고 중생을 옹호하는 여덟 보살인데, 경(經)에 따라 다르게 제시되어 있다. 『藥師經』(약사경)에서는 '문수사리보살, 관세음보살, 득대세지보살, 무진의보살, 보단화보살, 약왕보살, 약상보살, 미륵보살'을 이른다. 그리고 『만다라경』(曼荼羅經)에서는 '관세음보살, 미륵보살, 허공장보살, 보현보살, 금강수보살, 문수보살, 제개장보살, 지장보살'을 이른다.

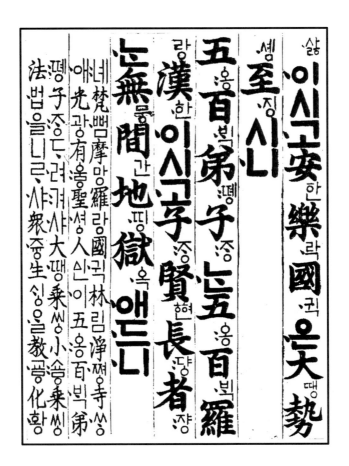

安樂國(안락국)은 大勢至(대세지)이시니.

　五百(오백) 弟子(제자)는 五百(오백) 羅漢(나한)이시고, 子賢長者(자현장자)는 (죽어서) 無間地獄(무간지옥)에 들었으니.

【 옛날 梵摩羅國(범마라국) 林淨寺(임정사)에 光有聖人(광유성인)이 五百(오백) 弟子(제자)를 데리고 계시어, 大乘(대승)과 小乘法(소승법)을 이르시어 衆生(중생)을 教化(교화)하시더니,

安한樂락國귁은 大땡勢셍至징시니⁹⁰⁾

五옹百빅 弟똉子중는 五옹百빅 羅랑漢한⁹¹⁾이시고 子중賢뼌長댱者쟝는 無뭉間간地띵獄옥⁹²⁾애 드니

【녜⁹³⁾ 梵뻠摩망羅랑國귁⁹⁴⁾ 林림淨쪙寺쑹⁹⁵⁾애 光광有윻聖셩人신⁹⁶⁾이 五옹百빅 弟똉子중 드려⁹⁷⁾ 겨샤 大땡乘씽⁹⁸⁾ 小숗乘씽法법⁹⁹⁾을 니르샤 衆즁生싱을 教끃化황ᄒ더시니¹⁰⁰⁾

---

90) 大勢至시니: 大勢至(대세지) + -∅(← -이-: 서조) - + -시(주높) - + -∅(현시) - + -니(평종, 반말) ※ '大勢至(대세지)'는 아미타불의 오른쪽에 있는 보살이다. 지혜문(智慧門)을 대표하여 중생을 삼악도에서 건지는 무상(無上)한 힘이 있다. 그 형상은 정수리에 보병(寶瓶)을 이고 천관(天冠)을 썼으며, 왼손은 연꽃을 들고 있다.

91) 羅漢: 나한. 소승 불교의 수행자 가운데서 가장 높은 경지에 오른 이이다. 온갖 번뇌를 끊고, 사제(四諦)의 이치를 바로 깨달아 세상 사람들의 존경을 받을 만한 공덕을 갖춘 성자를 이른다.

92) 無間地獄: 무간지옥. 팔열 지옥(八熱地獄)의 하나이다. 오역죄를 짓거나, 절이나 탑을 헐거나, 시주한 재물을 축내거나 한 사람이 가는데, 한 겁(劫) 동안 끊임없이 고통을 받는다는 지옥이다.

93) 녜: 옛날, 昔.

94) 梵摩羅國: 범마라국. 나라 이름이다. 미상.

95) 林淨寺: 임정사. 절 이름이다. 미상.

96) 光有聖人: 유광성인. 사람 이름이다. 미상.

97) 드려: 드리(데리다, 與) - + -어(연어)

98) 大乘: 대승(법). 대승 불교의 교법이다. ※ '大乘(대승)'은 중생을 제도하여 부처의 경지에 이르게 하는 것을 이상으로 하는 불교이다. 그 교리, 이상, 목적이 모두 크고 깊으며 그것을 받아들이는 중생의 능력도 큰 그릇이라 하여 이렇게 이른다. 소승을 비판하면서 일어난 유파로 한국, 중국, 일본의 불교가 이에 속한다.

99) 小乘法: 소승법. 수행을 통한 개인의 해탈을 가르치는 교법이다. 석가모니가 죽은 지 약 100년 뒤부터 시작하여 수백 년간 지속된 교법으로 성문승(聲聞乘)과 연각승(緣覺乘)이 있다. 소극적이고 개인적인 열반만을 중시한 나머지, 자유롭고 생명력이 넘치는 참된 인간성의 구현을 소홀히 하는 데에 반발하여 대승이 일어났다.

100) 教化ᄒ더시니: 教化ᄒ[교화하다: 教化(교화: 명사) + -ᄒ(동접)-] - + -더(회상) - + -시(주높) - + -니(연어, 설명 계속)

ᄒᆞ더시니 그 數(숭)ㅣ 몯 내 혜리러라 그
ᄢᅦ 西(솅)天(텬)國(귁) 沙(상)羅(랑)樹(쓩)大(땡)
王(왕)이 四(ᄉᆞᆼ)百(ᄇᆡᆨ) 小(숄)國(귁)으로 다ᄉᆞ
리샤 正(졍)한 法(법)으로 다ᄉᆞ리더시니
王(왕)位(윙)를 ᄃᆞᆺ디 아니ᄒᆞ샤 妻(쳉)眷(권)
이며 子(ᄌᆞᆼ)息(식)이며 보ᄇᆡ를 貪(탐)티 아니ᄒᆞ시고
샹녜 됴ᄒᆞᆫ 根(곤)源(원)을 닷ᄀᆞ
샤 無(무)上(샹)道(똘)를 求(꿀)ᄒᆞ더시고
光(광)有(ᅙᅮᇢ)聖(셩)人(ᅀᅵᆫ)이 沙(상)羅(랑)樹(쓩)大(땡)
王(왕)의 善(쎤)心(심)을 드르시고 弟(똉)
子(ᄌᆞᆼ) 勝(싱)劣(럂)婆(빵)羅(랑)門(몬)
比(삥)丘(쿻)를 보내샤 ᄎ차ᄉᆞᆯ 기를 婇(칭)女(녕)를 비
러 오라 ᄒᆞ신대 比(삥)丘(쿻)ㅣ 王(왕)宮(궁)
의 와 ᄠᅳᆯ헤 드러 錫(셕)杖(땽)을 후ᄂᆞ니

그 數(수)가 끝내 못 헤아리겠더라. 그때에 西天國(서천국)의 沙羅樹大王(사라수대왕)이 四百(사백) 小國(소국)을 거느리고 계시어 正(정)한 法(법)으로 다스리시더니, 王位(왕위)를 좋아하지 아니하시어 妻眷(처권)이며 子息(자식)이며 보배를 貪(탐)하지 아니하시고, 늘 좋은 根源(근원)을 닦으시어 無上道(무상도)를 求(구)하시더니, 光有聖人(광유성인)이 沙羅樹大王(사라수대왕)의 善心(선심)을 들으시고, 弟子(제자)인 勝劣婆羅門(승렬바라문) 比丘(비구)를 보내시어 "찻물을 길을 婇女(채녀)를 빌어 오라." 하시거늘, 比丘(비구)가 王宮(왕궁)에 와 뜰에 들어서 錫杖(석장)을 흔드니,

그 數_숭ㅣ 몯내¹⁾ 혜리러라²⁾ 그 ᄢᅴ³⁾ 西_솅天_텬國_귁⁴⁾ 沙_상羅_랑樹_쓩大_땡王_왕⁵⁾이 四_{ᄉᆞ}百_빅 小_숗國_귁 거느려 겨샤 正_졍ᄒᆞᆫ 法_법으로 다ᄉᆞ리더시니⁶⁾ 王_왕位_윙ᄅᆞᆯ 맛드디⁷⁾ 아니ᄒᆞ샤 妻_쳉眷_권이며⁸⁾ 子_{ᄌᆞ}息_식이며 보비ᄅᆞᆯ 貪_탐티⁹⁾ 아니ᄒᆞ시고 샹녜¹⁰⁾ 됴ᄒᆞᆫ 根_{ᄀᆞᆫ}源_원을 닷ᄀᆞ샤¹¹⁾ 無_뭉上_쌍道_뚤ᄅᆞᆯ 求_꿓ᄒᆞ더시니 光_광有_{ᅌᅮᇢ}聖_셩人_{ᅀᅵᆫ}이 沙_상羅_랑樹_쓩大_땡王_왕이 善_쎤心_심¹²⁾을 드르시고 弟_똉子_{ᄌᆞ} 勝_싱熱_{ᅀᅥᇙ}婆_{빠}羅_랑門_몬¹³⁾ 比_{ᄤᅵᆼ}丘_쿻ᄅᆞᆯ 보내샤 찻믈¹⁴⁾ 기릃¹⁵⁾ 婇_칭女_녕¹⁶⁾ᄅᆞᆯ 비러¹⁷⁾ 오라 ᄒᆞ야시ᄂᆞᆯ 比_{ᄤᅵᆼ}丘_쿻ㅣ 王_왕宮_궁의 와 ᄠᅳᆯ헤¹⁸⁾ 드러 錫_셕杖_{ᄯᅣᆼ}¹⁹⁾을 후는대²⁰⁾

---

1) 몯내: [끝내 못(부사): 몯(못, 不能: 부사, 부정) + -내(부접)]

2) 혜리러라: 혜(헤아리다, 계산하다, 量)- + -리(미시)- + -러(←-더-: 회상)- + -라(←-다: 평종)

3) ᄢᅴ: ᄢᅵ(← ᄢᅵ: 때, 時, 의명) + -의(-에: 부조, 위치)

4) 西天國: 서천국. 부처가 나신 나라, 곧 인도(印度)를 말한다. 중국에서는 중국을 하늘 가운데라 하고, 부처 나라를 '섯녘 가'이라 하여 서천(西天)이라 한다.

5) 沙羅樹大王: 사라수대왕. 미상이다.

6) 다ᄉᆞ리더시니: 다ᄉᆞ리[다스리다, 治: 다ᄉᆞᆯ(다스려지다, 治: 자동)- + -이(사접)-]- + -더(회상)- + -시(주높)- + -니(연어, 설명 계속)

7) 맛드디: 맛드[← 맛들다(좋아하다, 樂): 맛(맛, 味) + 들(들다, 入)-]- + -디(-지: 연어, 부정)

8) 妻眷이며: 妻眷(처권) + -이며(접조) ※ '妻眷(처권)'은 아내와 친족을 통틀어 이르는 말이다.

9) 貪티: 貪ᄒᆞ[← 貪ᄒᆞ다(탐하다): 貪(탐: 불어) + -ᄒᆞ(동접)-]- + -디(-지: 연어, 부정)

10) 샹녜: 늘, 항상, 常(부사)

11) 닷ᄀᆞ샤: 닷(닦다, 修)- + -ᄋᆞ샤(←-ᄋᆞ시-: 주높)- + -Ø(←-아: 연어)

12) 善心: 선심. 자기 스스로와 남에게 부끄러움, 탐욕, 성냄, 어리석음이 없는 마음이다.

13) 婆羅門: 바라문. 브라만(Brahman). 인도 카스트 제도에서 가장 높은 지위인 승려 계급의 음역어이다.

14) 찻믈: [찻물: 차(차, 茶) + -ㅅ(관조, 사잇) + 믈(물, 水)]

15) 기릃: 길(← 긷다, ㄷ불: 긷다, 汲)- + -ᇙ(관전)

16) 婇女: 채녀. '궁녀(宮女)' 또는 잘 꾸민 여자이다. 여기서는 궁녀로 옮긴다.

17) 비러: 빌(빌다, 乞)- + -어(연어)

18) ᄠᅳᆯ헤: ᄠᅳᆯㅎ(뜰, 庭) + -에(부조, 위치)

19) 錫杖: 석장. 승려가 짚고 다니는 지팡이이다. 밑부분은 상아나 뿔로, 가운데 부분은 나무로 만들며, 윗부분은 주석으로 만든다. 탑 모양인 윗부분에는 큰 고리가 있고 그 고리에 작은 고리를 여러 개 달아 소리가 나게 되어 있다.

20) 후는대: 후느(← 후늘다: 흔들다, 動)- + -ㄴ대(-ㄴ데, -니: 연어, 설명 계속, 반응)

王(왕)이 들으시고 四百八(사백팔) 夫人(부인)의 中(중)에 第一(제일)인 鴛鴦夫人(원앙부인)을 시키시어 "齋米(재미)를 바쳐라." 하시거늘, 鴛鴦夫人(원앙부인)이 (한) 말이 들어가는 바리에 흰쌀을 가득이 담아 比丘(비구)의 앞에 나아가거늘, 比丘(비구)가 사뢰되 "나는 齋米(재미)를 求(구)하여 온 것이 아니라, 大王(대왕)을 보러 왔습니다." 그때에 鴛鴦夫人(원앙부인)이 돌아서 들어와 王(왕)께 (비구의 말을) 사뢰니, 王(왕)이 (원앙부인의 말을) 들으시고 즉시 禮服(예복)을 입으시고 달려 나가시어, 比丘(비구)의 앞에 나아가시어 세 번 절하시고 請(청)하여 宮中(궁중)에 드시어, 比丘(비구)는 높이 앉히시고 王(왕)은 낮게

王왕이 드르시고²¹⁾ 四승百빅八밣 夫붕人신ㅅ 中듕에 第똉一힗 鴛훤鴦향夫붕人신을
브리샤²²⁾ 齋쟹米몡²³⁾ 받ᄌᆞᄫᆞ라²⁴⁾ ᄒᆞ야시ᄂᆞᆯ²⁵⁾ 鴛훤鴦향夫붕人신이 말²⁶⁾ 들²⁷⁾ 金금
바리예²⁸⁾ 흰ᄡᆞᆯ²⁹⁾ ᄀᆞᄃᆞ기³⁰⁾ 다마 比삥丘쿨ㅅ 알ᄑᆡ 나ᅀᅡ³¹⁾ 니거늘 比삥丘쿨ㅣ 슬ᄫᅩ
ᄃᆡ 나ᄂᆞᆫ 齋쟹米몡를 求꿀ᄒᆞ야 온 디³²⁾ 아니라³³⁾ 大땡王왕을 보ᅀᆞᄫᆞ라³⁴⁾ 오이다³⁵⁾
그 저긔 鴛훤鴦향夫붕人신이 도라 드러 王왕ᄭᅴ 슬ᄫᆞᆫ대³⁶⁾ 王왕이 드르시고 즉자히
禮롕服뽁 니브시고³⁷⁾ ᄃᆞ라나샤³⁸⁾ 比삥丘쿨ㅅ 알ᄑᆡ 나ᅀᅡ가샤³⁹⁾ 세 번 절ᄒᆞ시고 請
청ᄒᆞ야 宮궁中듕에 드르샤 比삥丘쿨란⁴⁰⁾ 노피 안치시고⁴¹⁾ 王왕은 ᄂᆞᆺ가비⁴²⁾

---

21) 드르시고: 들(← 듣다, ㄷ불: 듣다, 聞)- + -으시(주높)- + -고(연어, 계기)
22) 브리샤: 브리(부리다, 시키다, 使)- + -샤(←-시-: 주높)- + -Ø(←-아: 연어)
23) 齋米: 재미. 승려나 사찰에 보시로 주는 쌀이다.
24) 받ᄌᆞᄫᆞ라: 받(바치다, 獻)- + -ᄌᆞᇦ(←-ᄌᆞᆸ-: 객높)- + -ᄋᆞ라(명종, 아주 낮춤)
25) ᄒᆞ야시ᄂᆞᆯ: ᄒᆞ(하다, 曰)- + -시(주높)- + -야ᄂᆞᆯ(←-아ᄂᆞᆯ: -거늘, 연어, 상황)
26) 말: 말, 斗(의명) ※ '말(斗)'은 부피의 단위를 나타내는 단위성 의존 명사이다.
27) 들: 들(들다, 入)- + -ㅭ(관전) ※ '말 들'은 '한 말(一斗)이 들어갈'로 의역하여 옮긴다.
28) 바리예: 바리(바리, 鉢)- + -예(←-에: 부조, 위치) ※ '바리(바리때)'는 절에서 쓰는 승려의 공
    양 그릇이다.
29) 흰ᄡᆞᆯ: [흰쌀, 白米: 히(희다, 白)- + -ㄴ(관전) # ᄡᆞᆯ(쌀, 米)]
30) ᄀᆞᄃᆞ기: [가득이, 滿(부사): ᄀᆞᄃᆞᆨ(가득, 滿: 부사) + -Ø(←-ᄒᆞ-: 형접)- + -이(부접)]
31) 나ᅀᅡ: 낛(← 낫다, ㅅ불: 나아가다, 進)- + -아(연어)
32) 디: ᄃ(← ᄃᆞ: 것, 者, 의명) + -이(주조)
33) 아니라: 아니(아니다, 非: 형사)- + -라(←-아: 연어)
34) 보ᅀᆞᄫᆞ라: 보(보다, 見)- + -ᅀᆞᇦ(←-ᅀᆞᆸ-: 객높)- + -ᄋᆞ라(-ᄋᆞ러: 연어, 목적)
35) 오이다: 오(오다, 來)- + -Ø(과시)- + -이(상높, 아주 높임)- + -다(평종)
36) 슬ᄫᆞᆫ대: 슓(← 솗다, ㅂ불: 사뢰다, 白)- + -ᄋᆞᆫ대(-은데, -니: 연어, 설명 계속, 반응)
37) 니브시고: 닙(입다, 着)- + -으시(주높)- + -고(연어, 계기)
38) ᄃᆞ라나샤: ᄃᆞ라나[달아나다, 奔走: ᄃᆞᆯ(← ᄃᆞᆮ다, ㄷ불: 달리다, 走)- + -아(연어) + 나(나다, 現)-]-
    + -샤(←-시-: 주높)- + -Ø(←-아: 연어)
39) 나ᅀᅡ가샤: 나ᅀᅡ가[나아가다, 進: 낛(낫다, ㅅ불: 나아가다, 進)- + -아(연어) + 가(가다, 去)-]-
    + -샤(←-시-: 주높)- + -Ø(←-아: 연어)
40) 比丘란: 比丘(비구) + -란(-는: 보조사, 주제)
41) 안치시고: 안치[앉히다, 使坐: 앉(앉다, 坐)- + -히(사접)-]- + -시(주높)- + -고(연어, 계기)
42) ᄂᆞᆺ가비: [낮게, 低(부사): ᄂᆞᆺ(← ᄂᆞᆺ다: 낮다, 低, 형사)- + -갑(형접)- + -이(부접)]

안ᄌᆞ샤 무르샤ᄃᆡ 어드러셔 오시니잇
고 比뼹丘ᇢ] 對됭答답ᄒᆞ오ᄃᆡ 梵뻠摩
망羅랑國귁 林림淨쪙寺ᄊᆞᆼ애 겨신 光
광有ᅌᅮᆸ聖셩人ᅀᅵᆫ ㅅ 第똉子ᄌᆞᆼ]로니
光광有ᅌᅮᆸ聖셩人ᅀᅵᆫ이 五ᅌᅩᆼ百ᄇᆡᆨ 第똉
子ᄌᆞᆼ 거느리겨샤 衆즁生ᄉᆡᆼ 教교化황
ᄅᆞ ᄒᆞ시ᄂᆞ니 大땡王왕ㅅ 善쎤心심을
오라 ᄒᆞ실ᄊᆡ 오ᅀᆞᆸ 百ᄇᆡᆨ八밣 夫붕人ᅀᅵᆫ
샤 四ᄉᆞᆼ百ᄇᆡᆨ八밣 夫붕人ᅀᅵᆫ을 王왕이 다 브르
비졈고 고ᄫᆞ니로 여듧 겨집을 ᄀᆞᆯᄒᆡ야 比뼹丘ᇢ]ᄅᆞᆯ 바
샤 比뼹丘ᇢ]쿵ᅌᅳᆯ 주어시ᄂᆞᆯ 비
다 도라가니 光광有ᅌᅮᆸ聖셩人ᅀᅵᆫ이 깃
그샤 各각各각 金금鑵관子ᄌᆞᆼ 맛다

앞으시어 물으시되 "어디로부터서 오셨습니까?" 比丘(비구)가 對答(대답)하되 "(나는) 梵摩羅國(범마라국) 林淨寺(임정사)에 계신 光有聖人(광유성인)의 弟子(제자)이니, 光有聖人(광유성인)이 五百(오백) 弟子(제자)를 거느리고 계시어 衆生(중생)을 敎化(교화)하시나니, 大王(대왕)의 善心(선심)을 들으시고 '찻물을 길을 婇女(채녀)를 빌어 오라.' 하시므로 (여기에) 왔습니다." 王(왕)이 기뻐하시어 四百八(사백팔) 夫人(부인)을 다 부르시어, 젊고 고운 이로 여덟 여자를 가리시어 比丘(비구)를 주시거늘 比丘(비구)가 (여덟 여자를) 받아 돌아가니, 光有聖人(광유성인)이 기뻐하시어 (여덟 여자에게) 各各(각각) 金鑵子(금관자)를 맡기시어

[91 앞]

안ᄌᆞ샤 무르샤ᄃᆡ[43] 어드려셔[44] 오시니잇고[45] 比삥丘쿻ㅣ 對됭答답호ᄃᆡ 梵뻠摩망羅랑國귁 林림淨쪙寺ᄊᆞᆼ애 겨신 光광有ᅌᅮᇹ聖셩人ᅀᅵᆫㅅ 弟똉子ᄌᆞᆼㅣ로니[46] 光광有ᅌᅮᇹ聖셩人ᅀᅵᆫ이 五ᅌᅩᆼ百ᄇᆡᆨ 弟똉子ᄌᆞᆼ 거느려 겨샤 衆쥬ᇰ生ᄉᆡᆼ 教ᄀᆞᇢ化ᅘᅪᆼᄒᆞ시ᄂᆞ니 大땡王ᅌᅪᆼㅅ 善쎤心심ᄋᆞᆯ 드르시고 ᄎᆞᆺ믈 기름 婇ᄎᆡᆼ女녕ᄅᆞᆯ 비ᅀᆞ바[47] 오라 ᄒᆞ실ᄊᆡ 오ᅀᆞᄫᆞ이다[48] 王ᅌᅪᆼ이 깃그샤[49] 四ᄉᆞᆼ百ᄇᆡᆨ八밣 夫붕人ᅀᅵᆫᄋᆞᆯ 다 브르샤[50] 졈고[51] 고ᄫᆞᆫ니로[52] 여듧[53] 각시ᄅᆞᆯ[54] ᄀᆞᆯᄒᆡ샤[55] 比삥丘쿻ᄅᆞᆯ 주어시ᄂᆞᆯ[56] 比삥丘쿻ㅣ 바다 도라가니 光광有ᅌᅮᇹ聖셩人ᅀᅵᆫ이 깃그샤 各각各각 金금鑵관子ᄌᆞᆼ[57]ᄅᆞᆯ 맛디샤[58]

---

43) 무르샤ᄃᆡ: 물(← 묻다, ㄷ불: 묻다, 聞)- + -으샤(← -으시-: 주높)- + -ᄃᆡ(← -오ᄃᆡ: -되, 연어, 설명 계속)

44) 어드려셔: 어드러(어디로, 何處: 부사) + -셔(-서: 보조사, 위치 강조)

45) 오시니잇고: 오(오다, 來)- + -시(주높)- + -Ø(과시)- + -잇(← -이-: 상높, 아주 높임)- + -니…고(-니까: 의종, 설명)

46) 弟子ㅣ로니: 弟子(제자) + -ㅣ(← -이-: 서조)- + -Ø(현시)- + -로(← -오-: 화자)- + -니(연어, 설명 계속)

47) 비ᅀᆞ바: 비(← 빌다: 빌다, 빌리다, 乞)- + -ᅀᆞᇦ(← -ᅀᆞᆸ-: 객높)- + -아(연어)

48) 오ᅀᆞᄫᆞ이다: 오(오다, 來)- + -ᅀᆞᇦ(← -ᅀᆞᆸ-: 객높)- + -Ø(과시)- + -오(화자)- + -이(상높, 아주 높임)- + -다(평종)

49) 깃그샤: 긹(기뻐하다, 歡)- + -으샤(← -으시-: 주높)- + -Ø(← -아: 연어)

50) 브르샤: 브르(부르다, 召)- + -샤(← -시-: 주높)- + -Ø(← -아: 연어)

51) 졈고: 졈(젊다, 어리다, 少)- + -고(연어, 나열)

52) 고ᄫᆞᆫ니로: 고ᇦ(← 곱다, ㅂ불: 곱다, 麗)- + -Ø(현시)- + -ᄋᆞᆫ(관전) # 이(이, 사람, 人: 의명) + -로(부조, 방편)

53) 여듧: 여덟, 八(관사, 양수)

54) 각시ᄅᆞᆯ: 각시(각시, 여자, 女) + -ᄅᆞᆯ(목조)

55) ᄀᆞᆯᄒᆡ샤: ᄀᆞᆯᄒᆡ(가리다, 선택하다, 選)- + -샤(← -시-: 주높)- + -Ø(← -아: 연어)

56) 주어시ᄂᆞᆯ: 주(주다, 授)- + -시(주높)- + -어 … ᄂᆞᆯ(-거늘: 연어, 상황)

57) 金鑵子: 금관자. 금(金)으로 만든 두레박이다.

58) 맛디샤: 맛디[맡기다, 任: 맜(맡다, 任: 타동) + -이(사접)-]- + -샤(← -시-: 주높)- + -Ø(← -아: 연어)

摩망訶항栴젼檀딴ᄋᆞ로 밍ᄀᆞ론 우므렛 므를 ᄒᆞ러 五옹百ᄇᆡᆨ디위옴곰이러시니 三삼年년이 ᄎᆞ니 八밣婇ᄎᆡᆼ女녕ㅣ 됴ᄒᆞᆫ根군源원을 닷가 無뭉上썅道똫理링를 일우미 머디아니ᄒᆞ더라 그저긔 光광有ᄋᆞᆯ 聖셩人ᅀᅵᆫ이 勝싱熱ᅀᅥᆯ婆빵羅랑門몬 樹쓩王ᅌᅪᆼ이 八밣婇ᄎᆡᆼ女녕 보내ᄂᆞᆯ래 몯난 ᄢᅦ 앗가ᄫᆞᆫ ᄠᅳᆮ 업더녀 對됭答답ᄒᆞᅀᆞᄫᅩᄃᆡ 앗가ᄫᆞᆫ ᄠᅳᆮ 곧 업더시다ᄒᆞᆫ 대 聖셩人ᅀᅵᆫ이 니ᄅᆞ샤ᄃᆡ 그러커든 다시 가 大땡王왕ㅅ 모ᄆᆞᆯ 請쳐ᇰᄒᆞᅀᆞᄫᅡ 오라 찻믈 기를 維윙那낭ᄅᆞᆯ 사모리라 ᄒᆞ야시ᄂᆞᆯ

摩訶栴檀(마하전단)으로 만든 우물의 물을 五百(오백) 번씩 긷게 하시더니, 三年(삼년)이 차니 八婇女(팔채녀)가 좋은 根源(근원)을 닦아 無上道理(무상도리)를 이루는 것이 멀지 아니하더라. 그때에 光有聖人(광유성인)이 勝熱婆羅門(승열바라문) 比丘(비구)더러 물으시되 "沙羅樹大王(사라수대왕)이 八婇女(팔채녀)를 보내는 날에 아까운 뜻이 없더냐?" (승렬바라문 비구가) 對答(대답)하되 "大王(대왕)이 아까운 뜻이 곧 없으시더이다." 聖人(성인)이 이르시되 "그렇거든 다시 가서 大王(대왕)의 몸을 請(청)하여 오라. (대왕을) 찻물을 길을 維那(유나)로 삼으리라." 하시거늘,

摩_망訶_항栴_젼檀_딴⁵⁹⁾ 우믌므를⁶⁰⁾ ᄒᆞᄅᆞ⁶¹⁾ 五_옹百_{ᄇᆡᆨ} 디위옴⁶²⁾ 길이더시니⁶³⁾ 三_삼年_년

이 ᄎᆞ니⁶⁴⁾ 八_밣婇_{ᄎᆡᆼ}女_녕ㅣ 됴ᄒᆞᆫ 根_근源_원을 닷가 無_뭉上_쌍道_똘理_링⁶⁵⁾를 일우미

머디⁶⁶⁾ 아니ᄒᆞ더라 그 저긔 光_광有_{ᅌᅮᇦ}聖_셩人_신이 勝_싱熱_{ᅀᅥᇙ}婆_빵羅_랑門_몬 比_삥丘_쿨

ᄃᆞ려⁶⁷⁾ 무르샤ᄃᆡ 沙_상羅_랑樹_쓩王_왕이 八_밣婇_{ᄎᆡᆼ}女_녕 보낼 나래 앗가ᄫᆞᆫ⁶⁸⁾ ᄠᅳ디 업

더녀⁶⁹⁾ 對_됭答_답ᄒᆞᅀᆞᄫᅩᄃᆡ⁷⁰⁾ 大_땡王_왕이 앗가ᄫᆞᆫ ᄠᅳ디 곧 업더시이다⁷¹⁾ 聖_셩人_신이

니ᄅᆞ샤ᄃᆡ 그러커든⁷²⁾ 다시 가 大_땡王_왕ㅅ 모ᄃᆞᆯ 請_쳥ᄒᆞ야 오라 찻믈 기를 維_윙那

낭를⁷³⁾ 사모리라⁷⁴⁾ ᄒᆞ야시ᄂᆞᆯ

---

59) 摩訶栴檀: 마하전단. '전단(栴檀)'은 산스크리트어 candana의 음사이다. 남인도의 서해안에 뻗어 있는 서(西)고츠 산맥에서 많이 자라는 상록 교목으로, 끝이 뾰족한 타원형의 잎이 마주나고 꽃은 주머니 모양이다. 나무에서 향기가 나고 조각물의 재료로 쓰인다. '마하(摩訶)'는 '크다(大)' 하는 뜻이다. ※ 여기서 '摩訶栴檀'은 '마하전단으로 만든'으로 의역하여 옮긴다.

60) 우믌므를: 우믌믈[우물물, 井: 움(움, 穴) + 믈(물, 水) + -ㅅ(관조, 사잇) + 믈(물, 水)] + -을(목조)

61) ᄒᆞᄅᆞ: 하루, 일일(一日)

62) 디위옴: 디위(번, 番: 의명) + -옴(← -곰: -씩, 보조사, 각자)

63) 길이더시니: 길이[깉게 하다, 汲: 길(← 긷다, ㄷ불: 긷다, 汲, 타동)- + -이(사접)-]- + -더(회상)- + -시(주높)- + -니(연어, 설명 계속)

64) ᄎᆞ니: ᄎᆞ(차다, 滿)- + -니(연어, 설명 계속)

65) 無上道理: 무상도리. 가장 높은 불타(佛陀) 정각(正覺)의 지혜(智慧)이다.

66) 머디: 머(← 멀다: 멀다, 遠)- + -디(-지: 연어, 부정)

67) 比丘ᄃᆞ려: 比丘(비구) + -ᄃᆞ려(-더러, -에게: 부조, 상대)

68) 앗가ᄫᆞᆫ: 앗갑[← 앗갑다, ㅂ불(아깝다, 惜): 앗(← 앗기다: 아끼다, 惜, 동사)- + -압(← -압-: 형접)-]- + -Ø(현시)- + -ᄋᆞᆫ(관전)

69) 업더녀: 업(← 없다: 없다, 無)- + -더(회상)- + -녀(-냐: 의종, 판정)

70) 對答ᄒᆞᅀᆞᄫᅩᄃᆡ: 對答ᄒᆞ[대답하다: 對答(대답: 명사) + -ᄒᆞ(동접)]- + -ᅀᆞᇦ(← -ᅀᆞᇦ-: 객높)- + -오ᄃᆡ(-되: 연어, 설명 계속)

71) 업더시이다: 업(← 없다: 없다, 無)- + -더(회상)- + -시(주높)- + -이(상높, 아주 높임)- + -다(평종)

72) 그러커든: 그러ᄒᆞ[← 그러ᄒᆞ다(그러하다, 如彼): 형사): 그러(그러: 불어) + -ᄒᆞ(형접)-]- + -거든(연어, 조건)

73) 維那를: 維那(유나) + -를(-로: 목조, 보조사적 용법, 의미상 부사격) ※ '維那(유나)'는 절에서 재(齋)의 의식을 지휘하는 소임이나, 또는 그 소임을 맡아 하는 사람을 이른다. ※ '維那를'은 '維那(유나)로'로 의역하여 옮긴다.

74) 사모리라: 삼(삼다, 爲)- + -오(화자)- + -리(미시)- + -라(← -다: 평종)

維윙那낭ᄂᆞᆫ 이론 아다 ᄒᆞᆫ ᄠᆞ디니 모든 中듕에 이ᄅᆞᆯ ᄀᆞᅀᆞᆷ 아ᄅᆞᆯ 씨라

比뼝丘쿻ㅣ 누비 닙고 沙샹錫셕杖땡 竹듁林림國귁ᆯ 디나 沙샹羅랑樹쓩王왕 宮궁의 가 錫셕杖땡ᄋᆞᆯ 후ᄂᆞᆫ 夫붕王왕이 드르시고 즉자히 鴛ᅙᆞᆫ鴦향夫붕人ᅀᅵᆫ 올 브르샤 齋쟁米몡 받ᄌᆞᄫᆞ라 ᄒᆞ야 시ᄂᆞᆯ 鴛ᅙᆞᆫ鴦향夫붕人ᅀᅵᆫ이 말 들 금 나리에 흰 ᄡᆞᆯ ᄀᆞᄃᆞ기 다마 比뼝丘쿻ㅣ 쒜나 사리가니 比뼝丘쿻ㅣ 술ᄫᅩ되 나ᄂᆞᆫ 齋쟁米몡 어드라 온디 아니라 大땡夫붕人ᅀᅵᆫ大王왕ᄋᆞᆯ 보ᅀᆞᄫᆞ라 오다 夫붕人ᅀᅵᆫ이 도라 드러 술ᄫᅡ대 王왕이 드르시고 깃그ᅀᅡ ᄠᅳᆯ헤 나ᅀᅡ 比뼝丘쿻人알ᄑᆡ 세번

[維那(유나)는 "일을 알았다." 한 뜻이니, (사람이) 모인 中(중)에 일을 주관하는 것이다.]

比丘(비구)가 누비를 입고 錫杖(석장)을 짚어서 竹林國(죽림국)를 지나 沙羅樹王(사라수왕)의 宮(궁)에 가서 錫杖(석장)을 흔드니, 王(왕)이 들으시고 즉시 鴛鴦夫人(원앙부인)을 부르시어 "齋米(재미)를 바쳐라." 하시거늘, 鴛鴦夫人(원앙부인)이 (한) 말이 들어가는 金(금) 바리에 흰쌀을 가득이 담아 比丘(비구)께 나아가니, 比丘(비구)가 사뢰되 "나는 齋米(재미)를 얻으러 온 것이 아니라, 大王(대왕)을 보러 왔습니다." 夫人(부인)이 돌아 (집에) 들어서 (비구의 말을) 사뢰니, 王(왕)이 들으시고 기뻐하시어 뜰에 나시어 比丘(비구)의 앞에 세 번

[維_윙那_낭는 이를 아다⁷⁵⁾ 혼 쁘디니 모든⁷⁶⁾ 中_듕에 이를 ᄀ슴알⁷⁷⁾ 씨라]

比_삥丘_쿨ㅣ 누비⁷⁸⁾ 닙고 錫_셕杖_땽 디퍼⁷⁹⁾ 竹_듁林_림國_귁 디나아 沙_상羅_랑樹_쓩王_왕 宮_궁의 가 錫_셕杖_땽을 후는대⁸⁰⁾ 王_왕이 드르시고 즉자히 鴛_훤鴦_향夫_붕人_신을 브르샤 齋_쟁米_몡⁸¹⁾ 받ᄌᄫ라⁸²⁾ ᄒ야시늘 鴛_훤鴦_향夫_붕人_신이 말⁸³⁾ 드⁸⁴⁾ 金_금 바리예⁸⁵⁾ 힌 ᄡᆞᆯ⁸⁶⁾ ᄀᄃ기⁸⁷⁾ 다마 比_삥丘_쿨씌 나ᅀᅡ가니 比_삥丘_쿨ㅣ 슬보듸⁸⁸⁾ 나는 齋_쟁米_몡를 어드라⁸⁹⁾ 온 디⁹⁰⁾ 아니라⁹¹⁾ 大_땡王_왕을 보ᅀᆞᄫ라⁹²⁾ 오이다⁹³⁾ 夫_붕人_신이 도라 드러 슬ᄫ대⁹⁴⁾ 王_왕이 드르시고 깃그샤⁹⁵⁾ 뜰헤⁹⁶⁾ 나샤 比_삥丘_쿨ㅅ 알픠 세 번

---

75) 아다: 아(← 알다: 알다, 知)- + -Ø(과시)- + -다(평종)
76) 모든: 몬(모이다, 集)- + -Ø(과시)- + -은(관전)
77) ᄀ슴알: ᄀ슴알[가말다, 주관하다, 主管: ᄀ슴(감, 재료, 材) + 알(알다, 知)-]- + -ㄹ(관전)
78) 누비: 누비. 두 겹의 천 사이에 솜을 넣고 줄이 죽죽 지게 박아서 만든 옷이다.
79) 디퍼: 딮(짚다, 支)- + -어(연어)
80) 후는대: 후느(← 후늘다: 흔들다, 動)- + -ㄴ대(-ㄴ데, -니: 연어, 설명 계속, 반응)
81) 齋米: 재미. 승려나 사찰에 보시로 주는 쌀이다.
82) 받ᄌᄫ라: 받(바치다, 獻)- + -ᄌᆞᆸ(←-ᄌᆞᆸ-: 객높)- + -ᄋ라(명종, 아주 낮춤)
83) 말: 말, 斗(의명). 부피를 헤아릴 때에 쓰는 단위성 의존 명사이다.
84) 드: 들(들다, 入)- + -ㅭ(관전) ※ '말 드'은 '한 말(一斗)이 들어가는'으로 의역하여 옮긴다.
85) 바리예: 바리(바리, 鉢) + -예(←-에: 부조, 위치) ※ '바리'는 절에서 쓰는 승려의 공양 그릇이다.
86) 힌ᄡᆞᆯ: [흰쌀, 백미, 白米: 히(희다, 白)- + -ㄴ(관전) # ᄡᆞᆯ(쌀, 米)]
87) ᄀᄃ기: [가득이, 滿(부사): ᄀᄃ(가득, 滿: 부사) + -Ø(←-ᄒᆞ-: 형접)- + -이(부접)]
88) 슬보듸: 솗(← 솗다, ㅂ불: 사뢰다, 白)- + -오듸(-되: 연어, 설명 계속)
89) 어드라: 얻(얻다, 得)- + -으라(-으러: 연어, 목적)
90) 디: ᄃ(← ᄃᆞ: 것, 者, 의명) + -이(주조)
91) 아니라: 아니(아니다, 非: 형사)- + -라(←-아: 연어)
92) 보ᅀᆞᄫ라: 보(보다, 見)- + -ᅀᆞᇦ(←-ᅀᆞᆸ-: 객높)- + -ᄋ라(-으러: 연어, 목적)
93) 오이다: 오(오다, 來)- + -Ø(과시)- + -이(상높, 아주 높임)- + -다(평종)
94) 슬ᄫ대: 솗(← 솗다, ㅂ불: 사뢰다, 白)- + -은대(-은데, -니: 연어, 설명 계속, 반응)
95) 깃그샤: 깄(기뻐하다, 歡)- + -으샤(←-으시-: 주높)- + -Ø(←-아: 연어)
96) 뜰헤: 뜰ㅎ(뜰, 庭) + -에(부조, 위치)

절ᄒᆞ시고 請쳥ᄒᆞ야 宮궁中듕에 드르샤 比삥丘쿨ᄅᆞᆯ 노ᄑᆞ 안치시고 王왕ᄋᆞᆫ 놋가ᄫᅵ 안ᄌᆞ샤 ᄆᆞ르샤ᄃᆡ 어드러셔 므슷 일로 오시니잇고 比삥丘쿨ㅣ 對됭答답ᄒᆞᅀᆞᄫᅩᄃᆡ 大땡王왕하 어드래 모ᄅᆞ시ᄂᆞ니잇고 아래 八밣婇ᄎᆡᆼ女녕 맛ᄌᆞᆸ바 梵뻠摩망羅랑國귁 林림淨쪙寺ᄊᆞ로 가ᄉᆞᄫᆞᆫ 내로니 八밣婇ᄎᆡᆼ女녕ᄋᆡ 기론 찻므랄씨 聖셩人신이 ᄯᅩ 나ᄅᆞᆯ 브리샤 大땡王왕 모ᄆᆞᆯ 請쳥ᄒᆞᅀᆞᄫᅡ 오나ᄃᆞᆫ 찻믈을 기를 維윙那낭ᄅᆞᆯ 사모리라 ᄒᆞ실ᄊᆡ 다시 오ᅀᆞᄫᅩ이다 王왕이 드르시고 깃거ᄒᆞ샤ᄂᆞᆯ 忽ᅘᆯ然ᅀᅥᆫ히 눈믈를 비 디듯 ᄒᆞᆯ리ᄭᅥ시며 鴛ᅙᅯᆫ鴦

절하시고, (비구를) 請(청)하여 宮中(궁중)에 드시어, 比丘(비구)는 높이 앉히시고 王(왕)은 낮게 앉으시어 물으시되 "어디로부터서 무슨 일로 오셨습니까?" 比丘(비구)가 對答(대답)하되 "大王(대왕)이시여, 어찌 나를 모르십니까? 예전에 八婇女(팔채녀)를 맡아서 梵摩羅國(범마라국) 林淨寺(임정사)로 간 '나(我)'이니, 八婇女(팔채녀)가 길은 찻물이 모자라므로, 聖人(성인)이 또 나를 부리시어 '大王(대왕)의 몸을 請(청)하여 (대왕이 임정사로) 오거든 찻물을 길을 維那(유나)로 삼으리라.' 하시므로, (내가) 다시 (서천국에) 왔습니다." 王(왕)이 (비구의 말을) 들으시고 기뻐하시며, 忽然(홀연)히 눈물을 비가 떨어지듯이 흘리시거늘, 鴛鴦夫人(원앙부인)이

절ᄒᆞ시고 請청ᄒᆞ야 宮궁中듕에 드르샤 比삥丘쿻란 노피 안치시고[97] 王왕ᄋᆞᆫ ᄂᆞᆽ가ᄫᅵ[98] 안ᄌᆞ샤 무르샤ᄃᆡ 어드러셔[99] ᄆᆞᄉᆞᆫ[100] 일로 오시니ᅌᅵᆺ고[1] 比삥丘쿻ㅣ 對됭答답ᄒᆞᅀᆞᄫᅩᄃᆡ 大땡王왕하[2] 엇더[3] 나ᄅᆞᆯ 모ᄅᆞ시ᄂᆞ니ᅌᅵᆺ고[4] 아래[5] 八밣婇칭女녕 맏ᄌᆞᄫᅡ[6] 梵뻠摩망羅랑國귁 林림淨쪙寺쑹로 가ᅀᆞᄫᆞᆫ[7] 내로니[8] 八밣婇칭女녕의 기론[9] 찻므리 모ᄌᆞ랄ᄊᆡ 聖셩人신이 ᄯᅩ 나ᄅᆞᆯ 브리샤 大땡王왕 모ᄆᆞᆯ 請청ᄒᆞᅀᆞᄫᅡ 오나ᄃᆞᆫ[10] 찻믈 기를 維윙那낭ᄅᆞᆯ 삼ᄉᆞᄫᅩ리라[11] ᄒᆞ실ᄊᆡ 다시 오ᅀᆞᄫᅩ이다[12] 王왕이 드르시고 깃거ᄒᆞ시며[13] 忽홇然션히 ᄂᆞᆫ므를[14] 비 디ᄃᆞᆺ[15] 흘리거시ᄂᆞᆯ[16] 鴛훤鴦향夫붕人신이

---

97) 안치시고: 안치[앉히다, 坐: 앉(앉다, 坐: 자동)- + -히(사접)-]- + -시(주높)- + -고(연어, 계기)
98) ᄂᆞᆽ가ᄫᅵ: [낮게(부사): ᄂᆞᆽ(낮다, 低)- + -갛(← 갑-: 형접)- + -이(부접)]
99) 어드러셔: 어드러(어디로, 何處: 부사) + -셔(-서: 보조사, 위치 강조)
100) ᄆᆞᄉᆞᆫ: 무슨, 何(관사, 미지칭)
1) 오시니ᅌᅵᆺ고: 오(오다, 來)- + -시(주높)- + -Ø(과시)- + -ᅌᅵᆺ(← -이-: 상높, 아주 높임)- + -니…고(-까: 의종, 설명)
2) 大王하: 大王(대왕) + -하(-이시여: 호조, 아주 높임)
3) 엇더: 어찌, 何(부사, 미지칭)
4) 모ᄅᆞ시ᄂᆞ니ᅌᅵᆺ고: 모ᄅᆞ(모르다, 不知)- + -시(주높)- + -ᄂᆞ(현시)- + -ᅌᅵᆺ(← -이-: 상높, 아주 높임)- + -니…고(-까: 의종, 설명)
5) 아래: 예전, 옛날, 昔.
6) 맏ᄌᆞᄫᅡ: 맏(← 맜다: 맡다, 任)- + -ᄌᆞᇦ(← -줍-: 객높)- + -아(연어)
7) 가ᅀᆞᄫᆞᆫ: 가(가다, 去)- + -ᅀᆞᇦ(← -ᅀᆞᆸ-: 객높)- + -Ø(과시)- + -ᄋᆞᆫ(← -ᄋᆞᆫ: 관전)
8) 내로니: 나(나, 我: 인대, 1인칭) + -ㅣ(← -이-: 서조)- + -로(← -오-: 화자)- + -니(연어, 설명 계속)
9) 기론: 길(← 긷다, ㄷ불: 긷다, 汲)- + -Ø(과시)- + -오(대상)- + -ㄴ(관전)
10) 오나ᄃᆞᆫ: 오(오다, 來)- + -나ᄃᆞᆫ(← -거ᄃᆞᆫ: 연어, 조건)
11) 삼ᄉᆞᄫᅩ리라: 삼(삼다, 爲)- + -ᄉᆞᇦ(← -ᄉᆞᆸ-: 객높)- + -오(화자)- + -리(미시)- + -라(← -다: 평종)
12) 오ᅀᆞᄫᅩ이다: 오(오다, 來)- + -ᅀᆞᇦ(← -ᅀᆞᆸ-: 객높)- + -Ø(과시)- + -오(화자)- + -이(상높, 아주 높임)- + -다(평종)
13) 깃거ᄒᆞ시며: 깃거ᄒᆞ[기뻐하다, 歡: 깄(기뻐하다, 歡)- + -어(연어) + ᄒᆞ(보용)-]- + -시(주높)- + -며(연어, 나열)
14) ᄂᆞᆫ므를: ᄂᆞᆫ믈[눈물, 淚: 눈(눈, 眼) + -ㅅ(관조, 사잇) + 믈(물, 水)] + -을(목조)
15) 디ᄃᆞᆺ: 디(지다, 떨어지다, 落)- + -ᄃᆞᆺ(-듯: 연어, 흡사)
16) 흘리거시ᄂᆞᆯ: 흘리[흘리다, 流: 흘ㄹ(← 흐르다: 흐르다, 流, 자동)- + -이(사접)-]- + -시(주높)- + -거…ᄂᆞᆯ(연어, 상황)

오듸아래가 가신 八밣 娜챙女녕도 니거닐 고·우뻔한 比삥丘쿠다 鴛흰鴦향夫붕人신 八밣 娜챙女녕도 니거닐·

든·오·뇌·옛른 世솅옛·론 因힌緣원·으로 가·릴·쌔 무·수 ·몯차·슬·어 허 든·

어거·혼흥·돈·내 四승百·빅 夫붕人신·이·고·기 前쪈헤·

維윙那낭·를 사·이·모·려·고 내·실·쌔 듣·좁·려·

중 娜챙女녕·이·미·시·롤 林림淨쩡寺쑹·애·가·기·산·를·

디·이 比삥丘쿠·를 林림淨쩡寺쑹·애·기·산·를·

大·땡로우·르 시·니·니 있고 王왕·이 니·릴·쌰 전

향 夫붕人신·이 王왕·끠 솔·뵈·디·엇·던·

王(왕)께 사뢰되 "어떤 까닭으로 우십니까?" 王(왕)이 이르시되 "이 比丘(비구)가 예전에 오시어, 찻물을 길를 娜女(채녀)를 데리고 林淨寺(임정사)에 가신 스님이시니, 이제 또 내 몸을 데려다가 維那(유나)를 삼으려 하시므로 (비구의 말을) 듣고 기뻐하거니와, 그러나 한편으로 헤아리면 나의 四百(사백) 夫人(부인)이 前世(전세)에 있은 옛 因緣(인연)으로 나를 좇아 사는데, 오늘은 (내가 사백 부인을) 버리고 가겠으므로 마음을 슬퍼하여 웁니다." 鴛鴦夫人(원앙부인)이 (사라수대왕의 말을) 듣고 比丘(비구)께 이르되 "(대왕이 가는 곳이) 내 몸도 좇아서 갈 곳인가, 못 갈 곳인가?" 比丘(비구)가 이르되 "예날에 가신 八娜女(팔채녀)도 (그곳에) 갔으니

王_왕끠 슬보디 엇던¹⁷⁾ 젼ᄎ로 우르시ᄂ니잇고¹⁸⁾ 王_왕이 니ᄅ샤디 이 比_삥丘_쿨ㅣ

아래 오샤 찻믈 기릃 婇_ᄎ女_녕 ᄃ려¹⁹⁾ 林_림淨_쪙寺_쑹애 가신 즁니미시니²⁰⁾ 이제²¹⁾

ᄯ 내 모ᄆ ᄃ려다가²²⁾ 維_윙那_낭ᄅ 사모려²³⁾ ᄒ실ᄊ 듣ᄌ고 깃거ᄒ가니와²⁴⁾ 그

러나ᄒ디²⁵⁾ ᄒ녀고로²⁶⁾ 혜여 혼딘²⁷⁾ 내 四_ᄉ百_븩 夫_붕人_ᅀ이 前_쪈世_솅옛 因_ᅙ緣

_원으로 나ᄅ 조차²⁸⁾ 살어든²⁹⁾ 오ᄂᄅ³⁰⁾ ᄇ리고 가릴ᄊ ᄆᄉ믈 슬허³¹⁾ 우노이

다³²⁾ 鴛_윙鴦_ᅙ夫_붕人_ᅀ이 듣ᄌ고 比_삥丘_쿨끠 닐오디 내 몸도 좃ᄌᄫ 갏 ᄯ힌가³³⁾

몯 갏 ᄯ힌가 比_삥丘_쿨ㅣ 닐오디 아래 가신 八_밣婇_ᄎ女_녕도 니거시니³⁴⁾

---

17) 엇던: [어떤, 何(관사, 미지칭): 엇더(어떠: 불어)+ -∅(←-ᄒ-: 형접)- + -ㄴ(관전▷관접)]

18) 우르시ᄂ니잇고: 울(울다, 泣)- + -으시(주높)- + -ᄂ(현시)- + -잇(←-이-: 상높, 아주 높임)- + -니⋯고(-까: 의종, 설명)

19) ᄃ려: ᄃ리(데리다, 與)- + -어(연어)

20) 즁니미시니: 즁님[즁님, 스님, 僧: 즁(즁, 僧: 명사) + -님(높접)] + -이(주조)- + -시(주높)- + -니(연어, 설명 계속) ※ '즁님'은 '스님'으로 의역하여 옮긴다.

21) 이제: [이제, 此時(부사): 이(이, 此: 관사, 지시, 정칭) + 제(때에, 時: 의명)]

22) ᄃ려다가: ᄃ리(데리다, 與)- + -어(연어) + -다가(보조사, 동작 유지, 강조)

23) 사모려: 삼(삼다, 爲)- + -오려(-으려: 연어, 의도)

24) 깃거ᄒ가니와: 깃거ᄒ[기뻐하다, 歡: 깄(기뻐하다, 歡)- + -어(연어) + ᄒ(보용)-]- + -가니와(←-거니와: 연어, 화자) ※ '-거니와'는 앞 절의 사실을 인정하면서, 뒤 절에 새로운 사실을 제시하는 연결 어미이다. 그리고 주어가 화자일 때에는 '-거니와'가 '-가니와'로 교체된다.

25) 그러나ᄒ디: [그러나(부사): 그러(그러: 불어)+ -∅(←-ᄒ-: 형접)- + -나(연어▷부접) + -ᄒ디(부접)]

26) ᄒ녀고로: ᄒ녁[← ᄒ녁(한쪽, 一便): 흔(한, 一: 관사, 양수) + 녁(녘, 쪽, 便: 의명)] + -오로(← -으로: 부조, 방향)

27) 혜여 혼딘: 혜(헤아리다, 생각하다, 量)- + -여(←-어: 연어) # ᄒ(← ᄒ다: 하다, 보용)- + -오(화자)- + -ㄴ딘(-ㄴ 것이면: 연어, 조건)

28) 조차: 좇(좇다, 따르다, 從)- + -아(연어)

29) 살어든: 살(살다, 生)- + -어든(← 거든: -는데, 연어, 설명 계속)

30) 오ᄂᄅ: 오늘(오늘, 今日) + -ᄋ(보조사, 주제)

31) 슬허: 슳(슬퍼하다, 惻)- + -어(연어)

32) 우노이다: 우(← 울다: 울다, 泣)- + -ㄴ(←-ᄂ-: 현시)- + -오(화자)- + -이(상높, 아주 높임)- + -다(평종)

33) ᄯ힌가: ᄯ히(땅, 곳, 데, 地) + -이(서조)- + -∅(현시)- + -ㄴ가(-ㄴ가: 의종, 판정)

34) 니거시니: 니(가다, 行)- + -거(확인)- + -시(주높)- + -니(연어, 설명 계속, 이유)

시니마스기쓸보리잇고
닐오딕그러커든나도大땡
밤比삥丘쿻ㅣ큰좇쏭밟씨가고리이거다王왕ㅣ소사
夫붕人신말드르시고깃거샤王왕과
나라홀아수맛뎌西솅天텬國귁과
샤比삥丘쿻조차西솅天텬國귁애
드여희르여헤드르시니라國귁셔
아늘太탱분길이나아가리실예時씽節졇에駕향
鴛향夫붕人신이며남편氣킁韻훈뉠
宮궁이실씨길홀 제 두

므스기³⁵⁾ 썰브리잇고³⁶⁾ 夫_붕人_신이 닐오디 그러커든³⁷⁾ 나도 大_땡王_왕 뫼슨바³⁸⁾ 比_삥丘_쿨 좃즈바³⁹⁾ 가리이다 王_왕이 夫_붕人_신ㅅ 말 드르시고 깃거⁴⁰⁾ 느소사⁴¹⁾ 나라흘 아슨⁴²⁾ 맛디시고⁴³⁾ 夫_붕人_신과 ᄒᆞ샤 比_삥丘_쿨 조츠샤 西_솅天_텬國_귁을 여희여⁴⁴⁾ 竹_듁林_림國_귁애 가샤 ᄒᆞᆫ 너븐 드르헤⁴⁵⁾ 드르시니 나리 져므러⁴⁶⁾ ᄒᆞ히 디거늘 세 분이 프서리예셔⁴⁷⁾ 자시고 이틄날⁴⁸⁾ 아ᄎᆞᄆᆡ⁴⁹⁾ 길 나아가싫 時_씽節_졇에 鴛_훤鴦_{ᅘᅡᆼ}夫_붕人_신이 울며 比_삥丘_쿨ᄭᅴ 닐오디 王_왕과 즁님과는⁵⁰⁾ 남편⁵¹⁾ 氣_킝韻_운 이실씨 길흘 ᄀᆞᆺ디⁵²⁾ 아니커시니와⁵³⁾ 나는 宮_궁中_듕에 이싫 제 두서⁵⁴⁾ 거르메셔⁵⁵⁾ 너무

---

35) 므스기: 므슥(무엇, 何: 지대, 미지칭) + -이(주조)

36) 썰브리잇고: 썷(← 썷다, ㅂ불: 어렵다, 難)- + -으리(미시)- + -잇(← -이-: 상높, 아주 높임)- + -고(-까: 의종, 판정)

37) 그러커든: 그러ᄒᆞ[← 그러ᄒᆞ다(그러하다, 如彼): 그러(그러: 불어) + -ᄒᆞ(형접)-]- + -거든(연어, 조건)

38) 뫼슨바: 뫼슷[← 뫼ᅀᆞᆸ다, ㅂ불(모시다, 侍): 뫼(모시다: 불어) + -ᅀᆞᆸ(객높)-]- + -아(연어)

39) 좃즈바: 좃(← 좃다: 쫓다, 따르다, 從)- + -즈(← -즙-: 객높)- + -아(연어)

40) 깃거: 깄(기뻐하다, 歡)- + -어(연어)

41) 느소사: 느솟[솟아서 날다, 踊躍: 느(← 늘다: 날다, 飛)- + 솟(솟다, 踊)-]- + -아(연어)

42) 아슨: 아우, 弟.

43) 맛디시고: 맛디[맡기다, 任: 맜(맡다, 任: 타동)- + -이(사접)-]- + -시(주높)- + -고(연어, 계기)

44) 여희여: 여희(떠나다, 別)- + -여(← -어: 연어)

45) 드르헤: 드르ㅎ(들, 野) + -에(부조, 위치)

46) 져므러: 져믈(저물다, 暮)- + -어(연어)

47) 프서리예셔: 프서리[푸서리, 蕪: 프(← 플(풀, 草) + 서리(← 서리: 사이, 間)] + -예(← -에: 부조, 위치) + -셔(-서: 보조사, 위치 강조) ※ '프서리(푸서리)'는 잡초가 우거진 숲이다.

48) 이틄날: [이튿날, 翌日: 이틀(이틀, 二日) + -ㅅ(관조, 사잇) + 날(날, 日)]

49) 아ᄎᆞᄆᆡ: 아ᄎᆞᆷ(아침, 朝) + -ᄋᆡ(-에: 부조, 위치)

50) 즁님과는: 즁님[즁님, 스님, 僧: 즁(중, 僧) + -님(높접)] + -과(접조) + -는(보조사, 주제)

51) 남편: 남편(남자, 남편, 男便) + -ㅅ(-의: 관조)

52) ᄀᆞᆺ디: ᄀᆞᆽ(← ᄀᆞᆽ다: 힘겨워하다, 疲)- + -디(-지: 연어, 부정)

53) 아니커시니와: 아니ᄒᆞ[← 아니ᄒᆞ다(아니하다: 보용, 부정): 아니(아니, 不: 부사, 부정) + -ᄒᆞ(동접)-]- + -시(주높)- + -거…니와(-거니와: 연어, 인정 대조)

54) 두서: [두어, 二三(관사, 양수): 두(← 둘ㅎ: 둘, 二, 관사) + 서(← 세ㅎ: 셋, 三, 관사]

55) 거르메셔: 거름[걸음, 步: 걸(← 걷다: 걷다, 步, 자동)- + -음(명접)] + -에(부조, 위치) + -셔(-서: 보조사, 위치 강조)

무
아
니
건
다
니
오
매
날
두
나
랏
ᄉ
ᅀ
ᅵ
예
허
뛰
동
긷
ᄀᆞ
티
붓
고
바
리
알
ᄑᆞ
ᆯ
씨
길
흘
몯
녀
리
로
소
ᅌᅵ
ᆫ
다
이
ᄯᅡ
히
어
드
메
잇
거
ᄂᆞ
ᆫ
고
國
귁
ᄆᆞ
로
ᄃᆡ
아
어
그
가
잣
가
비
ᄉᆞ
라
민
지
비
이
샤
쏘
무
로
ᄃᆡ
이
아
ᄒᆞ
ᄯᅡ
히
비
ᄉᆞ
ᄅᆞ
민
지
비
이
이
ᄀᆞ
라
ᄒᆞ
나
라
이
다
夫
붕
人
ᅀᅵ
ᆫ
林
림
이
ᄯᅡ
히
이
라
竹
듁
林
림
國
귁
이
라
比
삥
丘
쿨
ㅣ
소
ᄃᆡ
오
직
이
ᄌᆞ
렴
長
댱
者
쟝
ㅣ
지
비
잇
다
이
잇
ᄂᆞ
니
子
ᄌᆞ
賢
현
長
댱
者
쟝
ㅣ
지
비
잇
ᄂᆞ
니
잇
거
ᄂᆞ
다
ᄂᆡ
래
이
ᄌᆞ
ᇰ
다
ᄉᆞ
ᄆᆞ
샤
ᄅᆞ
이
예
王
왕
ᄭᅴ
내
ᄉᆞ
ᆲ
ᄌᆞ
ᄫᅩ
ᄃᆡ
다
내
ᄆᆞ
몰
ᄌᆞ
ᇰ
모
ᄆᆞ
러
다
가
모
ᄆᆞ
롤
포
ᄅᆞ
샤
ᄂᆡ
갑
과
내
일
훔
과
가
져
다
가
聖
셔
ᇰ
人
ᅀᅵ
ᆫ
ᄭᅴ
받
ᄌᆞ
ᄫᅡ
샤
ᅀᅧ
ᇰ
말
드
르
시
고
比
삥
丘
쿵
몰
더
욱
셜
ᄫᅵ
샤
ᆫ
히
야
ᄂᆞ
ᆯ
王
왕
과
比
삥
丘
쿵
몰
더
욱
셜
ᄫᅵ
너

아니 걸었더니, 오늘날에 두 나라의 사이에서 종아리가 기둥같이 붓고 발이 아프므로 길을 못 가겠습니다. 이 곳이 어디입니까?" 比丘(비구)가 이르되 "이 곳이 竹林國(죽림국)이라 한 나라입니다." 夫人(부인)이 또 묻되 "여기에 가까이 사람의 집이 있습니까?" 比丘(비구)가 이르되 "오직 이 벌판에 '子賢長者(자현장자)의 집이 있다.' 듣습니다." 夫人(부인)이 王(왕)께 사뢰되 "내 몸을 종으로 삼으시어, 長者(장자)의 집에 데려가시어 내 몸을 파시어, 내 값과 내 이름을 가져다가 聖人(성인)께 바치소서." 하거늘, 王(왕)과 比丘(비구)가 夫人(부인)의 말을 들으시고, 마음을 더욱 서러이 여기시어 아니 걷다니[56] 오ᄂᆞᆳ날 두 나랏 ᄉᆞᅀᅵ예 허튀동[57] 긷[58] ᄀᆞ티[59] 븟고[60] 바리 알ᄑᆞᆯ씨[61] 길흘 몯 녀리로소이다[62] 이 ᄯᅡ히 어드메잇고[63] 比삥丘쿠ᇢㅣ 닐오ᄃᆡ 이 ᄯᅡ히 竹듁林림國귁이라 ᄒᆞᆫ 나라히이다[64] 夫부ᇢ人ᅀᅵᆫ이 ᄯᅩ 무로ᄃᆡ 이어긔[65] 갓가ᄫᅵ[66] 사ᄅᆞᄆᆡ 지비 잇ᄂᆞ니잇가 比삥丘쿠ᇢㅣ 닐오ᄃᆡ 오직 이 ᄇᆞ래[67] 子ᄌᆞᆼ賢ᅘᅧᆫ 長댱者쟝[68]ㅣ 지비 잇다 듣노이다[69] 夫부ᇢ人ᅀᅵᆫ이 王왕ᄭᅴ ᄉᆞᆲ보ᄃᆡ 내 모ᄆᆞᆯ 죻[70] 사ᄆᆞ샤 長댱者쟝ㅣ[71] 지븨 ᄃᆞ려가샤[72] 내 모ᄆᆞᆯ ᄑᆞᄅᆞ샤 내 값과 내 일훔과 가져다가 聖셩人ᅀᅵᆫᄭᅴ 받ᄌᆞᄫᆞ쇼셔[73] ᄒᆞ야ᄂᆞᆯ 王왕과 比삥丘쿠ᇢ왜 夫부ᇢ人ᅀᅵᆫㅅ 말 드르시고 ᄆᆞᅀᆞ믈 더욱 셜ᄫᅵ[74] 너기샤

56) 걷다니: 걷(걷다, 步)- + -다(←-더-: 회상)- + -Ø(←-오-: 화자)- + -니(연어, 이유)
57) 허튀동: 종아리, 다리의 아래동강이다.
58) 긷: 기둥, 柱.
59) ᄀᆞ티: [같이, 如(부사): ᄀᆞᇀ(← ᄀᆞᆮᄒᆞ다: 같다, 如, 형사)- + -이(부접)]
60) 븟고: 븟(붓다, 脹)- + -고(연어, 나열)
61) 알ᄑᆞᆯ씨: 알ᄑᆞ[아프다, 痛: 앓(앓다, 痛: 자동)- + -ᄇᆞ(형접)-] + -ㄹ씨(-므로: 연어, 이유)
62) 녀리로소이다: 녀(가다, 行)- + -리(미시)- + -롯(←-돗-: 느낌)- + -오(화자)- + -이(상높, 아주 높임)- + -다(평종)
63) 어드메잇고: 어드메(어디, 何處: 지대, 미지칭) + -Ø(←-이-: 서조)- + -Ø(현시)- + -잇(←-이-: 상높, 아주 높임)- + -고(-까: 의종, 설명)
64) 나라히이다: 나라ㅎ(나라, 國) + -이(서조)- + -Ø(현시)- + -이(상높, 아주 높임)- + -다(평종)
65) 이어긔: 여기, 此處(지대, 정칭)
66) 갓가ᄫᅵ: [가까이, 近(부사): 갓갛(← 갓갑다, ㅂ불: 가깝다, 近, 형사)- + -이(부접)]
67) ᄇᆞ래: ᄇᆞᆯ(벌, 벌판, 野) + -애(-에: 부조, 위치)
68) 長者: 장자. 덕망이 뛰어나고 경험이 많아 세상일에 익숙한 어른이나 큰 부자이다.
69) 듣노이다: 듣(듣다, 聞)- + -ㄴ(←-ᄂᆞ-: 현시)- + -오(화자)- + -이(상높, 아주 높임)- + -다(평종)
70) 죻: 종, 婢.
71) 長者ㅣ: 長者(장자) + -ㅣ(←-ᄋᆡ: 관조)
72) ᄃᆞ려가샤: ᄃᆞ려가[데려가다, 領去: ᄃᆞ리(데리다, 同伴)- + -어 + 가(가다, 去)-]- + -샤(←-시-: 주높)- + -Ø(←-아: 연어)
73) 받ᄌᆞᄫᆞ쇼셔: 받(바치다, 獻)- + ᄌᆞᇦ(←-ᄌᆞᆸ-: 객높)- + -ᄋᆞ쇼셔(-으소서: 명종, 아주 높임)
74) 셜ᄫᅵ: [서러이, 서럽게, 哀(부사): 셣(← 셟다, ㅂ불: 서럽다, 슬프다, 哀, 형사)- + -이(부접)]

가샤 눈므를 비 오듯 흘리시고 比뼝丘쿵
와 王왕과 夫붕人신을 뫼샤 長땨者쟝
ㅣ 지븨 가샤 겨집죵 사쇼셔 ᄒᆞ야
브르신대 長땨者쟝ㅣ 듣고 사ᄅᆞᆷ
브려 보라 ᄒᆞ야 보ᄇᆞᆯ
라ᄒᆞᆫ 門몬 알ᄑᆡ 호 중과 호
쾌고 봃ᄂ뎌 여 ᄆ자ᄂᆡ려다쇼
야 ᄠᆞᆯ 혜안치습고 ᄉ젼고우리죵
ᄃᆡᆼ者쟝ㅣ 듣고 세흘 드려 드러오
ᄆᆞᄅᆞ랴 너ᄒᆞ
희 죵가 王왕과 比뼝丘쿵와對ᄃᆡᆼ홈
ᄒᆞ샤디 真진實씷로 우리죵이니이다홈답다
長땨者쟝ㅣ 鴛퀀鴦향夫붕人신올
시보니 샹녯 사ᄅᆞᆷ 양지 아닐ᄊᆡ夫붕
人신ᄃᆞ려 무로ᄃᆡ 이 두 사ᄅᆞᆷ 眞진
로네 항것가 對ᄃᆡᆼ홈답호ᄃᆡ 真진實씷

눈물을 비가 오듯 흘리시고, 比丘(비구)와 王(왕)이 夫人(부인)을 모시어 長者(장자)의 집에 가시어, "계집종을 사소서." 하여 부르시니, 長者(장자)가 듣고 사람을 부려서 "보라." 하니, (그 사람)이 이르되 "門(문) 앞에 한 중과 한 속인(俗人)이 고운 여자를 데려와서 팝니다." 長者(장자)가 듣고 "셋을 데려고 들어 오라." 하여, 뜰에 앉히고 묻되 "이 딸이 너희의 종(婢)인가?" 王(왕)과 比丘(비구)가 對答(대답)하시되 "眞實(진실)로 우리의 종입니다." 長者(장자)가 鴛鴦夫人(원앙부인)을 다시 보니 보통의 사람의 모습이 아니므로, 夫人(부인)께 묻되 "이 두 사람이 眞實(진실)로 너의 주인인가?" (부인이) 對答(대답)하되 "眞實(진실)로

늣므를 비 오둣⁷⁵⁾ 흘리시고⁷⁶⁾ 比_뼁丘_쿨와 王_왕괘 夫_붕人_신을 뫼샤 長_댱者_쟝 l 지븨 가샤 겨집종⁷⁷⁾ 사쇼셔⁷⁸⁾ ᄒᆞ야 브르신대⁷⁹⁾ 長_댱者_쟝 l 듣고 사ᄅᆞᆷ 브려⁸⁰⁾ 보라 ᄒᆞ니 닐오ᄃᆡ 門_몬 알픠⁸¹⁾ ᄒᆞᆫ 즁과 ᄒᆞᆫ 쇼쾌⁸²⁾ 고ᄫᆞᆫ⁸³⁾ 겨지블 ᄃᆞ려왜셔⁸⁴⁾ ᄑᆞᄂᆞ이다⁸⁵⁾ 長_댱者_쟝 l 듣고 세흘⁸⁶⁾ ᄃᆞ려 드러오라 ᄒᆞ야 ᄠᅳᆯ헤⁸⁷⁾ 안치ᅀᆞᆸ고⁸⁸⁾ 묻ᄌᆞᄫᆞᄃᆡ 이 ᄯᆞ리⁸⁹⁾ 너희⁹⁰⁾ 죵가⁹¹⁾ 王_왕과 比_뼁丘_쿨왜 對_됭答_답ᄒᆞ샤ᄃᆡ 眞_진實_씷로 우리 죵이니이다⁹²⁾ 長_댱者_쟝 l 鴛_훤鴦_{ᅙᅡᆼ}夫_붕人_신을 다시 보니 샹녯⁹³⁾ 사ᄅᆞ미 양지⁹⁴⁾ 아닐씨 夫_붕人_신ᄭᅴ 무로ᄃᆡ 이 두 사ᄅᆞ미 眞_진實_씷로 네 항것가⁹⁵⁾ 對_됭答_답호ᄃᆡ 眞_진實_씷로

---

75) 오둣: 오(오다, 落)- + -둣(-듯: 연어, 흡사)

76) 흘리시고: 흘리[흘리다, 流: 흘ᄅᆞ(← 흐르다: 흐르다, 流, 자동)- + -이(사접)-]- + -시(주높)- + -고(연어, 계기)

77) 겨집종: [계집종: 겨집(계집, 女) + 종(종, 婢)]

78) 사쇼셔: 사(사다, 買)- + -쇼셔(-소서: 명종, 아주 높임)

79) 브르신대: 브르(부르다, 召)- + -시(주높)- + -ㄴ대(-는데, -니: 연어, 반응)

80) 브려: 브리(부리다, 시키다, 使)- + -어(연어)

81) 알픠: 앒(앞, 前) + -의(-에: 부조, 위치)

82) 쇼쾌: 쇼ᅙᆞ(속인, 俗人) + -과(접조) + -ㅣ(← -이: 주조)

83) 고ᄫᆞᆫ: 곱(← 곱다, ㅂ불: 곱다, 麗)- + -Ø(현시)- + -은(관전)

84) ᄃᆞ려왜셔: ᄃᆞ려오[데려오다: ᄃᆞ리(데리다, 與)- + -어(연어) + 오(오다, 來)-]- + -아(연어) + 이시(있다: 보용, 완료 지속)- + -어(연어) ※ 'ᄃᆞ려왜셔'는 'ᄃᆞ려와 이셔'가 축약된 형태이다.

85) ᄑᆞᄂᆞ이다: ᄑᆞ(← 풀다: 팔다, 賣)- + -ᄂᆞ(현시)- + -이(상높, 아주 높임)- + -다(평종)

86) 세흘: 세ᄒᆞ(셋, 三: 수사, 양수) + -을(목조)

87) ᄠᅳᆯ헤: ᄠᅳᆯᄒᆞ(뜰, 庭) + -에(부조, 위치)

88) 안치ᅀᆞᆸ고: 안치[앉히다, 坐: 앉(앉다, 坐: 자동)- + -이(사접)-]- + -ᅀᆞᆸ(객높)- + -고(연어, 계기)

89) ᄯᆞ리: ᄯᆞᆯ(딸, 女) + -이(주조)

90) 너희: [너희, 汝等: 너(너, 汝: 인대, 2인칭) + -희(복접)]

91) 죵가: 죵(종, 婢) + -가(-인가: 보조사, 의문, 판정)

92) 죵이니이다: 죵(종, 婢) + -이(서조)- + -Ø(현시)- + -니(원칙)- + -이(상높, 아주 높임)- + -다(평종)

93) 샹녯: 샹녜(보통, 常例) + -ㅅ(-의: 관조)

94) 양지: 양ᄌᆞ(모습, 樣) + -ㅣ(← -이: 보조)

95) 항것가: 항것[상전, 주인, 主: 하(크다, 大)- + -ㆁ(← -ㄴ: 관전) + 것(것, 者: 의명)] + -가(-인가: 보조사, 의문, 판정) ※ '항것'은 '한것'에서 /ㄴ/이 /ㆁ/으로 조음 위치 동화한 형태이다.

로 올ᄒᆞ니이다 長댱者쟝ㅣ 무로ᄃᆡ 그
러면 비디 ᄃᆞ나ᄒᆞ뇨 長댱者쟝ㅣ 夫붕人ᅀᅵᆫ이 對됭
답호ᄃᆡ 우리 항것 둘히 내 비들 모ᄅᆞ시리니 내 모맷 비든 金금 二ᅀᅵᆼ千쳔
斤근이오 내 ᄇᆡᆫ 아기 비도 ᄒᆞ가지라 從쭝ᄒᆞ야 金금
四ᄉᆞᆼ千쳔斤근을 내야 王왕과 比삥丘ᄭᅳᆯ 와 받ᄌᆞᄫᆞ니라 王왕과 比삥丘
세 분이 門몬 밧긔 나샤 여희실쩨 ᄆᆞᆺ 夫붕人ᅀᅵᆫ後
내 슬허 우러 오래 머므더시니 夫붕人ᅀᅵᆫ이 王왕ᄭᅴ ᄉᆞᆯᄫᅩᄃᆡ
오ᄂᆞᆯ 여희ᄋᆞᆫ 後에 ᄭᅮᆷ 아니면 서르 보ᅀᆞᄫᆞᆯ 길 업고든 善쎤을 닷ᄀᆞ

옳습니다." 長者(장자)가 묻되 "그러면 값이 얼마나 하느냐?" 夫人(부인)이 對答(대답)하되 "우리 주인 둘이 내 값을 모르시겠으니, 내 몸의 값은 金(금) 二千(이천) 斤(근)이요 내가 밴 아기의 값도 한가지입니다." 長者(장자)가 그 말을 從(종)하여 金(금) 四千(사천) 斤(근)을 내어, 王(왕)께와 比丘(비구)께와 바쳤니라. 王(왕)과 比丘(비구)가 그 집에서 자시고, 이튿날 아침에 세 분이 門(문) 밖에 나가시어 이별하실 적에, 못내 슬퍼하여 울어 오래 머무시더니, 夫人(부인)이 王(왕)께 사뢰되 "오늘 이별하신 後(후)에 꿈만 아니면 서로 볼 길이 없건마는, 그러나 사람이 善(선)을 닦는 것은

올ᄒᆞ니이다⁹⁶⁾ 長_댱者_쟝ㅣ 무로ᄃᆡ 그러면 비디⁹⁷⁾ 언매나⁹⁸⁾ ᄒᆞ뇨⁹⁹⁾ 夫_붕人_{ᅀᅵᆫ}이 對_됭

荅_답ᄒᆞᄃᆡ 우리 항것 둘히¹⁰⁰⁾ 내 비들 모ᄅᆞ시리니¹⁾ 내 모맷²⁾ 비든 金_금 二_{ᅀᅵᆼ}千_쳔 斤

근이오 내 비욘³⁾ 아기⁴⁾ 빋도 ᄒᆞᆫ가지니이다⁵⁾ 長_댱者_쟝ㅣ 그 마ᄅᆞᆯ 從_쭁ᄒᆞ야 金_금 四

_{ᅀᆞ}千_쳔 斤_근을 내야 王_왕끠와⁶⁾ 比_뼁丘_쿨끠와 받ᄌᆞᄫᆞ니라 王_왕과 比_뼁丘_쿨왜 그 지

븨 자시고 이틄날 아ᄎᆞᄆᆡ 세 분이 門_몬 밧긔⁷⁾ 나샤 여희실⁸⁾ 쩌긔⁹⁾ 몯내¹⁰⁾ 슬허¹¹⁾

우러 오래¹²⁾ 머므더시니¹³⁾ 夫_붕人_{ᅀᅵᆫ}이 王_왕끠 ᄉᆞᆲ보ᄃᆡ 오ᄂᆞᆯ 여희ᅀᆞᄫᆞᆯ 後_{ᅘᅮᇦ}에 ᄭᅮ멧¹⁴⁾

아니면 서르¹⁵⁾ 보ᅀᆞᄫᅩᆯ 길히 업건마ᄅᆞᆫ¹⁶⁾ 그러나 사ᄅᆞ미¹⁷⁾ 善_쎤을 닷고ᄆᆞᆫ¹⁸⁾

---

96) 올ᄒᆞ니이다: 옳(옳다, 是)- + -Ø(현시)- + -ᄋᆞ니(원칙)- + -이(상높, 아주 높임)- + -다(평종)

97) 비디: 빋(값, 價) + -이(주조)

98) 언매나: 언마(얼마, 幾: 명사) + -ㅣ나(←-이나: 보조사, 강조)

99) ᄒᆞ뇨: ᄒᆞ(하다, 爲)- + -Ø(현시)- + -뇨(-냐: 의종, 설명)

100) 둘히: 둘ㅎ(둘, 二: 수사, 양수) + -이(주조)

1) 모ᄅᆞ시리니: 모ᄅᆞ(모르다, 不知)- + -시(주높)- + -리(미시)- + -니(연어, 설명 계속)

2) 모맷: 몸(몸, 身) + -애(-에: 부조, 위치) + -ㅅ(-의: 관조)

3) 비욘: 비[배다, 孕: 빈(배, 腹) + -Ø(동접)-]- + -Ø(과시)- + -요(←-오-: 대상)- + -ㄴ(관전)

4) 아기: 악(← 아기: 아기, 兒) + -이(관전)

5) ᄒᆞᆫ가지니이다: ᄒᆞᆫ가지[한가지, 마찬가지, 如: 명사): ᄒᆞᆫ(한, 一: 관사, 양수) + 가지(가지: 의명)] + -Ø(←-이-: 서조)- + -Ø(현시)- + -이(상높, 아주 높임)- + -다(평종)

6) 王_왕끠와: 王(왕) + -끠(-께: 부조, 상대, 높임) + -와(←-과: 접조)

7) 밧긔: 밝(밖, 外) + -의(-에: 부조, 위치)

8) 여희실: 여희(이별하다, 떠나다, 別)- + -시(주높)- + -ㄹ(관전)

9) 쩌긔: 쩍(← 적: 적, 때, 時, 의명) + -의(-에: 부조, 위치)

10) 몯내: [몯내(부사): 몯(못, 不能: 부사, 부정) + -내(부접)] ※ '몯내'는 '이루 다 말할 수 없이'의 뜻을 나타내는 부사이다.

11) 슬허: 슳(슬퍼하다, 哀)- + -어(연어)

12) 오래: [오래, 久(부사): 오라(오래다, 久: 형사)- + -ㅣ(←-이: 부접)]

13) 머므더시니: 머므(← 머믈다: 머물다, 留)- + -더(회상)- + -시(주높)- + -니(연어, 설명 계속)

14) ᄭᅮ멧: ᄭᅮᆷ(꿈, 夢) + -볏(-만: 보조사, 한정 강조)

15) 서르: 서로, 相(부사)

16) 업건마ᄅᆞᆫ: 업(← 없다: 없다, 無)- + -건마ᄅᆞᆫ(-건마는: 연어, 인정 대조)

17) 사ᄅᆞ미: 사ᄅᆞᆷ(사람, 人) + -이(관조, 의미상 주격)

18) 닷고ᄆᆞᆫ: 닭(닦다, 修)- + -옴(명전)- + -ᄋᆞᆫ(보조사, 주제) ※ 이 부분의 원문의 글자를 판독하기가 어려운데, 문맥을 감안하여 '닷고ᄆᆞᆫ'으로 추정하였다.

녀나ᄆᆞᆫ ᄠᅳ디 아니라 利링益ᅙᅵᆨ도ᄫᆞᆫ ·이·룰 各각各각 受쓩ᅙᆞᆯ ᄯᆞᄅᆞ미니 大땡王왕·이 宮궁中듕·에 겨·실 저·긔 ᄇᆡ골·ᄑᆞᆫ 둘 모ᄅᆞ·시·며 옷도 모ᄅᆞ·시·며 ·옷·이 ·허·ᄂᆞᆫ 둘 모ᄅᆞ·더시·니 大땡王왕·하 아·ᄃᆞ·니·ᄉᆞ·셔 往왕生ᄉᆡᇰ偈꼥·를 니·ᄌᆡ 마·라 ·외·오ᄃᆞ·니·쇼·셔 ·이 偈꼥·를 ·외·오·시·면 ᄇᆡ도 브르·며 헌 옷도 암글·리·이·다 ᄒᆞ·고 往왕生ᄉᆡᇰ偈꼥·를 솔·ᄫᅩᄃᆡ 願원往왕生ᄉᆡᇰ 願원往왕生ᄉᆡᇰ 願원在ᄍᆡᆼ彌밍陀땅會ᅘᅬᆼ中듕坐쫭 手ᄉᆛ執집香향花황常쌍供공養양 願원往왕生ᄉᆡᇰ 願원往왕生ᄉᆡᇰ 願원生ᄉᆡᇰ極끅樂락 見견彌밍陀땅獲ᅘᆡᆨ蒙몽摩망頂뎡受ᄊᆛᇢ記긩莂ᄠᅥᇙ 願원往왕生ᄉᆡᇰ 願원往왕生ᄉᆡᇰ 往왕生ᄉᆡᇰ極끅樂락

다른 뜻이 아니라 利益(이익)된 일을 各各(각각) 受(수)할 따름이니, 大王(대왕)이 宮中(궁중)에 계실 적은 배고픈 줄을 모르시며 옷이 허는 줄 모르시더니, 大王(대왕)이시여, 往生偈(왕생게)를 잊지 말아서 외워 다니소서. 이 偈(게)를 외우시면 고픈 배도 부르며 헌 옷도 고쳐지겠습니다.”하고, 往生偈(왕생게)를 사뢰되 “願往生(원왕생) 願往生(원왕생) 願在彌陀會中坐(원재미타회중좌) 手執香花常供養(수집향화상공양) 願往生(원왕생) 願往生(원왕생) 願生極樂(원생극락) 見彌陀獲蒙摩頂受記莂(견미타획몽마정수기별) 願往生(원왕생) 願往生(원왕생) 往生極樂(왕생극락)

녀나몬[19] 쁘디 아니라[20] 利링益혁두빈[21] 이를 各각各각 受쓩홀 쑨루미니[22] 大땡王왕이 宮궁中듕에 겨싫 저긔 빈골픈[23] 둘[24] 모루시며 옷 허눈[25] 둘 모루더시니 大땡王왕하 往왕生싱偈꼥[26]를 닛디 마라[27] 외와[28] 둔니쇼셔[29] 이 偈꼥를 외오시면 골픈[30] 빈도 브르며[31] 헌 옷도 암굴리이다[32] ᄒ고 往왕生싱偈꼥를 슬보딕 願원住왕生싱 願원往왕生싱 願원在찡彌밍陀땅會휑中듕坐쫭 手슣執집香향花황常쌍供공養양 願원往왕生싱 願원往왕生싱 願원生싱極끅樂락 見견彌밍陀땅獲횤蒙몽摩망頂뎡受쓩記긩莂볋 願원往왕生싱 願원往왕生싱 往왕生싱極끅樂락

---

19) 녀나몬: [다른, 他(관사): 녀(←녀느: 다른, 他, 관사) + 남(남다, 餘: 동사)- + -은(관전▷관접)]

20) 아니라: 아니(아니다, 非: 형사)- + -라(←-아: 연어)

21) 利益두빈: 利益두빈[이익이 되다: 利益(이익: 명사) + -두빈(-되-: 동접)-]- + -Ø(과시)- + -ㄴ(관전)

22) 쑨루미니: 쑨룸(따름: 의명, 한정) + -이(서조)- + -니(연어, 설명 계속, 이유)

23) 빈골픈: 빈골프[배고프다, 餓: 빈(배, 腹: 명사) + 곯(곯다, 餓: 동사)- + -ᄇ(형접)-]- + -Ø(현시)- + -ㄴ(관전)

24) 둘: 둗(줄, 것, 者: 의명) + -ㄹ(←-를: 목조)

25) 허눈: 허(← 헐다: 헐다, 毁)- + -ᄂ(현시)- + -ㄴ(관전)

26) 往生偈: 왕생게. 정토(淨土)에 날 것을 기원하는 게송(偈頌). 곧 극락 왕생을 비는 게이다.

27) 마라: 말(말다, 勿)- + -아(연어)

28) 외와: 외오(외우다, 誦)- + -아(연어)

29) 둔니쇼셔: 둔니[다니다, 行: 둗(닫다, 달리다, 走)- + 니(가다, 行)-]- + -쇼셔(-소서: 명종, 아주 높임)

30) 골픈: 골프[고프다, 餓: 곯(곯다, 餓: 동사)- + -ᄇ(형접)-]- + -Ø(현시)- + -ㄴ(관전)

31) 브르며: 브르(부르다, 飽)- + -며(연어, 나열)

32) 암굴리이다: 암굴(아물다, 고쳐지다)- + -리(미시)- + -이(상높, 아주 높임)- + -다(평종)

蓮花生(연화생) 自他一時成佛道(자타일시성불도)

願(원)하니 (내가) 가서 나고 싶습니다. 願(원)하니 가서 나고 싶습니다. 願(원)하니, 彌陀(미타)가 會中(회중)하는 座(좌)에 있어서, 손에 香花(향화)를 잡아 늘 供養(공양)하고 싶습니다. 願(원)하니 가서 나고 싶습니다. 願(원)하니 가서 나고 싶습니다. 願(원)하니, 極樂(극락)에 나서 彌陀(미타)를 보아서 (미타께서) 머리를 만지시는 것을 입어서, 記莂(기별)을 受(수)하고 싶습니다.

　　[記莂(기별)은 分簡(분간)하는 것이니, 簡(간)은 대(竹)의 짜개이니, 옛날
　　　에는 종이가 없어서 대(竹)를

蓮련花황生싱 自쫑他탕一힗時씽成썽佛뿛道뚤

願원ᄒᆞ노니[33] 가 나가 지이다[34] 願원ᄒᆞ노니 가 나가 지이다 願원ᄒᆞ노니 彌

밍陁땅[35] 會휑中듕[36] 坐쫭애 이셔 소내 香향花황[37] 자바 샹녜 供공養양ᄒᆞᅀᆞ

바[38] 지이다 願원ᄒᆞ노니 가 나가 지이다 願원ᄒᆞ노니 가 나가 지이다 願원ᄒᆞ

노니 極끅樂락애 나 彌밍陁땅ᄅᆞᆯ 보ᅀᆞ바[39] 머리 ᄆᆞᆫ지샤ᄆᆞᆯ[40] 닙ᅀᆞ바[41] 記긩莂

뿷[42]을 受쓩ᄒᆞᅀᆞ바[43] 지이다

　　[記긩莂뿷은 分분簡간홀[44] 씨니 簡간은 대[45] ᄧᅡ개니[46] 녜ᄂᆞᆫ[47] 죠ᄒᆡ[48] 업

　　셔[49] 대ᄅᆞᆯ[50]

---

33) 願ᄒᆞ노니: 願ᄒᆞ[원하다: 願(원: 명사) + -ᄒᆞ(동접)-]- + -ㄴ(←-ᄂᆞ-: 현시)- + -오(화자)- + -니(연어, 설명 계속)

34) 나가 지이다: 나(나다, 生) + -가(←-거-: 확인)- + -Ø(←-오-: 화자)- + -Ø(←-아: 연어) # 지(싶다: 보용, 희망)- + -Ø(현시)- + -이(상높, 아주 높임)- + -다(평종)

35) 彌陁: 미타. 아미타불(阿彌陁佛)이다.

36) 會中: 회중. 설법을 하는 도중이다.

37) 香花: 향화. 향기로운 꽃이다.

38) 供養ᄒᆞᅀᆞ바: 供養ᄒᆞ[공양하다: 供養(공야: 명사) + -ᄒᆞ(동접)-]- + -ᅀᆞ(←-ᅀᆞᆸ-: 객높)- + -아(연어)

39) 보ᅀᆞ바: 보(보다, 見)- + -ᅀᆞ(←-ᅀᆞᆸ-: 객높)- + -아(연어)

40) ᄆᆞᆫ지샤ᄆᆞᆯ: ᄆᆞᆫ지(만지다, 觸)- + -샤(←-시-: 주높)- + -ㅁ(←-옴: 명전)- + -ᄋᆞᆯ(목조)

41) 닙ᅀᆞ바: 닙(입다, 당하다, 被)- + -ᅀᆞ(←-ᅀᆞᆸ-: 객높)- + -아(연어)

42) 記莂: 기별. 부처님이 수행하는 사람에 대하여 미래에 성불할 것을 낱낱이 구별하여 예언하는 것이다.

43) 受ᄒᆞᅀᆞ바: 受ᄒᆞ[수하다, 받다: 受(수: 불어) + -ᄒᆞ(동접)-]- + -ᅀᆞ(←-ᅀᆞᆸ-: 객높)- + -아(연어)

44) 分簡홀: 分簡ᄒᆞ[분간하다: 分簡(분간: 명사) + -ᄒᆞ(동접)-]- + -ㄹ(관전) ※ '分簡(분간)'은 대(竹)를 두 쪽으로 쪼개는 것이다.

45) 대: 대, 대나무, 竹.

46) ᄧᅡ개니: ᄧᅡ개[짜개, 둘로 쪼갠 것의 한쪽, 片: ᄧᅡᆨ(짝, 片: 명사) + -애(명접)] + -Ø(←-이-: 서조)- + -니(연어, 설명 계속)

47) 녜ᄂᆞᆫ: 녜(옛날, 昔) + -ᄂᆞᆫ(보조사, 주제)

48) 죠ᄒᆡ: 죠ᄒᆡ(종이, 紙) + -Ø(←-이: 주조)

49) 업셔: 없(없다, 無)- + -여(←-어: 연어) ※ '업셔'는 '업서'를 오각한 형태이다.

50) 대ᄅᆞᆯ: 대(대, 竹) + -ᄅᆞᆯ(목조)

엮어 글을 쓰더니라. 부처가 授記(수기)하시는 것이 글을 쓰는 것과 같고, 제각기 다른 것이 대(竹)의 짜개와 같으므로, 簡(간)을 "나누었다." 하였니라.]
　願(원)하니 가서 나고 싶습니다. 願(원)하니 가서 나고 싶습니다. 極樂(극락)에 가 나서 蓮花(연화)에 나가서, 나와 남이 一時(일시)에 佛道(불도)를 이루고 싶습니다.

王(왕)이 (원앙부인의 왕생게를) 들으시고 기뻐하시어 가려 하실 적에, 夫人(부인)이 王(왕)께 다시 사뢰되 "내가 밴 아기가 아들이 나거든 이름을 무엇이라 하고, 딸이 나거든 이름을 무엇이라 하겠습니까? 어버이가 갖추어져 있는 적에 이름을 一定(일정)합시다." 王(왕)이 들으시고 엿거⁵¹⁾ 그를 쓰더니라 부톄 授_쑣記_긩ᄒ샤미⁵²⁾ 글 쑤미⁵³⁾ ᄀᆮ고 제여끔⁵⁴⁾ 달오미⁵⁵⁾ 대 ᄣᅡ개⁵⁶⁾ ᄀᆮ홀씨 簡_간을 ᄂᆞᆫ호다⁵⁷⁾ ᄒᆞ니라]

願_원ᄒ노니 가 나가 지이다 願_원ᄒ노니 가 나가지이다 極_끅樂_락애 가 나 蓮_련花_황애 나아 나와 ᄂᆞᆷ괘⁵⁸⁾ 一_잃時_씽예 佛_뿛道_뚛ᄅᆞᆯ 일워 지이다

王_왕이 드르시고 깃그샤⁵⁹⁾ 가려⁶⁰⁾ ᄒᆞ싫 저긔 夫_붕人_신이 王_왕ᄭᅴ 다시 ᄉᆞᆯᄫᅩ딕 내 ᄇᆡ욘⁶¹⁾ 아기 아ᄃᆞᆯ옷⁶²⁾ 나거든 일후믈 므스기라⁶³⁾ ᄒᆞ고 ᄯᆞᆯ옷⁶⁴⁾ 나거든 일후믈 므스기라 ᄒᆞ리잇고⁶⁵⁾ 어버싀⁶⁶⁾ ᄀᆞ자⁶⁷⁾ 이신 저긔 일후믈 一_잃定_뗭ᄒᆞ사이다⁶⁸⁾ 王_왕이 드르시고

---

51) 엿거: 엮(엮다, 編)- + -어(연어)

52) 授記ᄒᆞ샤미: 授記ᄒᆞ[수기하다: 授記(수기: 명사) + -ᄒᆞ(동접)-]- + -샤(←-시-: 주높) + -ㅁ(←-옴: 명전) + -이(주조) ※ '授記(수기)'는 부처가 그 제자에게 내생에 성불(成佛)하리라는 예언기(豫言記)를 주는 것이다.

53) 쑤미: 쓰(←쓰다: 쓰다, 書)- + -움(명전) + -이(-과: 부조, 비교)

54) 제여끔: 제여끔(↞제여곰: 제각기, 各自, 부사) ※ '제여끔'은 '제여곰'을 오각한 형태이다.

55) 달오미: 달(←다ᄅᆞ다: 다르다, 異)- + -옴(명전) + -이(주조)

56) ᄣᅡ개: ᄣᅡ개(짜개, 둘로 쪼갠 것의 한쪽, 片) + -∅(←-이: -와, 부조, 비교)

57) ᄂᆞᆫ호다: ᄂᆞᆫ호(나누다, 分)- + -∅(과시)- + -다(평종)

58) ᄂᆞᆷ괘: ᄂᆞᆷ(남, 他) + -과(접조) + -ㅣ(←-이: 주조)

59) 깃그샤: 깄(기뻐하다, 歡)- + -으샤(←-시-: 주높)- + -∅(←-아: 연어)

60) 가려: 가(가다, 行)- + -려(←-오려: 연어, 의도)

61) ᄇᆡ욘: ᄇᆡ[배다, 孕: ᄇᆡ(배, 腹: 명사) + -∅(동접)-]- + -∅(과시)- + -요(←-오-: 대상)- + -ㄴ(관전)

62) 아ᄃᆞᆯ옷: 아ᄃᆞᆯ(아들, 子) + -옷(←-곳: -만, 한정 강조)

63) 므스기라: 므슥(무엇, 何: 지대, 미지칭) + -이(서조)- + -∅(현시)- + -라(←-다: 평종)

64) ᄯᆞᆯ옷: ᄯᆞᆯ(딸, 女) + -옷(←-곳: -만, 한정 강조)

65) ᄒᆞ리잇고: ᄒᆞ(하다, 謂)- + -리(미시)- + -잇(←-이-: 상높, 아주 높임)- + -고(-까: 의종, 설명) ※ 'ᄒᆞ리잇고'는 문맥을 고려하여 '하면 좋겠습니까'로 옮긴다.

66) 어버싀: 어버싀[어버이, 父母: 어버(←어비: 아버지, 父) + 싀(←어싀: 어머니, 母)] + -∅(←-이: 주조)

67) ᄀᆞ자: ᄀᆞᆽ(갖추어져 있다, 具)- + -아(연어)

68) 一定ᄒᆞ사이다: 一定ᄒᆞ[일정하다, 하나로 정하다: 一定(일정: 명사) + -ᄒᆞ(동접)-]- + -사이다(청종, 아주 높임)

눈물을 흘리며 이르시되 "나는 들으니, '어버이가 못 갖추어져 있는 子息(자식)은 어진 일을 배우지 못하므로, 어버이의 이름을 더럽힌다.' 하나니, (자식이) 나거든 묻어 버리게 하겠습니다." 夫人(부인)이 사뢰되 "大王(대왕)의 말씀이야 옳으시건마는, 내 뜻에 못 맞습니다. 아들이거든 이름을 孝子(효자)라 하고 딸이거든 이름을 孝養(효양)이라 하되, (이것이) 어떠합니까?" 王(왕)이 夫人(부인)의 뜻을 불쌍히 여기시어 이르시되 "아들이 나거든 安樂國(안락국)이라 하고, 딸이 나거든 孝養(효양)이라 하소서." 말을 다하시고 슬퍼하여 쓰러져 울고 떠나시니, 王(왕)이 比丘(비구)와 (함께) 하시어 任淨寺(임정사)에

눖므를 흘리며 니ᄅ샤ᄃᆡ 나ᄂᆞᆫ 드로니[69] 어버ᅀᅵ 몯 ᄀᆞ존 子ᄌᆞᆼ息식은 어딘 이ᄅᆞᆯ 비호

ᄃᆡ[70] 몯ᄒᆞᆯᄊᆡ 어버ᅀᅴ[71] 일후믈 더러비ᄂᆞ다[72] ᄒᆞᄂᆞ니 나거든 ᄯᅡ해 무더 ᄇᆞ료ᄃᆡ[73] ᄒᆞ

리이다[74] 夫붕人ᅀᅵᆫ이 슬ᄫᅩᄃᆡ 大땡王왕ㅅ 말ᄊᆞ미ᅀᅡ[75] 올커신마ᄅᆞᆫ[76] 내 ᄠᅳ데[77] 몯 마

재이다[78] 아ᄃᆞ리어든[79] 일후믈 孝횯子ᄌᆞᆼㅣ라 ᄒᆞ고 ᄯᆞ리어든 일후믈 孝횯養양[80]이

라 호ᄃᆡ 엇더ᄒᆞ니잇고[81] 王왕이 夫붕人ᅀᅵᆫㅅ ᄠᅳ들 어엿비[82] 너기샤 니ᄅᆞ샤ᄃᆡ 아ᄃᆞ리

나거든 安한樂락國귁이라 ᄒᆞ고 ᄯᆞᆯ옷[83] 나거든 孝횯養양이라 ᄒᆞ쇼셔 말 다ᄒᆞ시고[84]

슬하디여[85] 우러 여희시니 王왕이 比삥丘쿨와 ᄒᆞ샤 林림淨쪙寺ᄊᆞ애

---

69) 드로니: 들(← 듣다, ㄷ불: 듣다, 聞)- + -오(화자)- + -니(연어, 설명 계속)

70) 비호ᄃᆡ[배우다, 學: 빛(버릇이 되다, 길들다, 習: 자동)- + -오(사접)-]- + -ᄃᆡ(-지: 연어, 부정)

71) 어버ᅀᅴ: 어벗[← 어버ᅀᅵ(어버이, 父母): 어버(← 어비: 아버지, 父) + ᅀᅵ(← 어ᅀᅵ: 어머니, 母)] + -의(관조)

72) 더러비ᄂᆞ다: 더러비[더럽히다, 汚: 더럽(← 더럽다, ㅂ불: 더럽다, 汚, 형사)- + -이(사접)-]- + -ᄂᆞ(현시)- + -다(평종)

73) ᄇᆞ료ᄃᆡ: ᄇᆞ리(버리다: 보용, 완료)- + -오ᄃᆡ(←-긔?) ※ 'ᄇᆞ료ᄃᆡ'의 형태와 의미를 알 수 없다. 문맥을 감안하여 'ᄇᆞ료ᄃᆡ'를 'ᄇᆞ리긔(= 버리게)'를 오각한 형태로 추정한다.

74) ᄒᆞ리이다: ᄒᆞ(하다: 보용, 사동)- + -리(미시)- + -이(상높, 아주 높임)- + -다(평종)

75) 말ᄊᆞ미ᅀᅡ: 말씀[말씀, 言: 말(말, 言) + -쏨(-씀: 접미)] + -이(주조) + -ᅀᅡ(-야: 보조사, 한정 강조)

76) 올커신마ᄅᆞᆫ: 옳(옳다, 是)- + -시(주높)- + -건…마ᄅᆞᆫ(-건마ᄂᆞᆫ: 연어, 인정 대조) ※ '-건마ᄅᆞᆫ'은 앞 절의 사실을 인정하고 뒤 절에 새로운 사실을 제시하는 연결 어미이다.

77) ᄠᅳ데: ᄠᅳᆮ(뜻, 意) + -에(부조, 위치)

78) 마재이다: 맞(맞다, 當)- + -애(감동)- + -이(상높, 아주 높임)- + -다(평종)

79) 아ᄃᆞ리어든: 아ᄃᆞᆯ(아들, 子) + -이(서조)- + -어든(←-거든: 연어, 조건)

80) 孝養: 효양. 어버이를 효성으로 봉양하는 것이다.

81) 엇더ᄒᆞ니잇고: 엇더ᄒᆞ[어떠하다, 何: 엇더(어떠: 불어) + -ᄒᆞ(형접)-]- + -Ø(현시)- + -잇(←-이-: 상높, 아주 높임)- + -니…고(-까: 의종, 설명)

82) 어엿비: [불쌍히, 憐(부사): 어엿ㅂ(← 어엿브다: 불쌍하다, 憐, 형사)- + -이(부접)]

83) ᄯᆞᆯ옷: ᄯᆞᆯ(딸, 女) + -옷(←-곳: 보조사, 한정 강조)

84) 다ᄒᆞ시고: 다ᄒᆞ[다하다, 盡: 다(다, 悉: 부사) + -ᄒᆞ(동접)-]- + -시(주높)- + -고(연어, 계기)

85) 슬하디여: 슬하디[슬퍼하여 넘어지다: *슳(← 슳다: 슬퍼하다)- + -아(연어) + 디(지다, 落)-]- + -여(←-어: 연어) ※ '슳다'의 어형이 발견되지 않으나, 의미나 형태적으로 '슳다'를 '슳다(슬퍼하다)'와 관련지을 수 있다.

淨쪙寺씽애 가신대 光광有융聖셩人신이 보시고 깃거 장깃그샤 즉자히 金금鑵관子중 둘흘 받자방 차믈 길이솝더시니 王왕이 金금鑵관子중룰 나모 못 두 그왼 소내 往왕生싱偈꼥룰 자바 실쩌 티 아니ᄒᆞ야 외오더시다 鴛훤鴦향夫붕人신이 長댱者쟝ㅣ 지비 이셔 아ᄃᆞᄅᆞᆯ 나ᄒᆞ니 양ᄌᆡ 端단正졍ᄒᆞ더니 長댱者쟝ㅣ 보고 닐오더 네 아ᄃᆞ리 나히 아홉만 ᄒᆞ면 내 지븨 아니 이실 相샹이로다 ᄒᆞ더라 닐굽 ᄒᆡ어늘 그 아기 어마니ᇝ긔 ᄉᆞ로더 내 어마니ᇝ 배예 이실쩌긔 아바니미 어듸 가시니잇고 夫붕人신이

가시니, 光有聖人(광유성인)이 보시고 매우 기쁘시어 즉시 金鑵子(금관자) 둘을 바쳐서 찻물을 긷게 하시더니, 王(왕)이 金鑵子(금관자)를 나무의 두 끝에 달아 메시고 물을 길으며 다니실 적에, 왼손에 往生偈(왕생게)를 잡으시어 놓지 아니하여 외우시더라. 鴛鴦夫人(원앙부인)이 長子(장자)의 집에 있어 아들을 낳으니 모습이 端正(단정)하더니, 長者(장자)가 보고 이르되 "네 아들의 나이가 열아홉 만 되면 내 집에 아니 있을 相(상)이구나." 하더라. (나이가) 일곱 해이거늘 그 아기가 어머님께 사뢰되 "내가 어머님의 배에 있을 적에 아버님이 어디 가셨습니까?" 夫人(부인)이

가신대 光_광有_율聖_셩人_신이 보시고 ᄀ장 깃그샤⁸⁶⁾ 즉자히 金_금鑵_관子_ᄌ 둘흘⁸⁸⁾

받ᄌᆞ바⁸⁹⁾ 찻믈 길이ᅀᆞᆸ더시니⁹⁰⁾ 王_왕이 金_금鑵_관子_ᄌ를 나못 두 그테⁹¹⁾ ᄃᆞ라⁹²⁾ 메

시고⁹³⁾ 믈 기르며 ᄃᆞ니실 ᄶᅴ긔 왼소내⁹⁴⁾ 往_왕生_{ᄉᆡᆼ}偈_꼥⁹⁵⁾를 자ᄇᆞ샤 노티⁹⁶⁾ 아니ᄒᆞ

야 외오더시다⁹⁷⁾ 鴛_원鴦_향夫_붕人_{ᅀᅵᆫ}이 長_댱者_쟝ㅣ 지븨 이셔 아ᄃᆞᆯ를 나ᄒᆞ니 양

지⁹⁸⁾ 端_돤正_졍ᄒᆞ더니 長_댱者_쟝ㅣ 보고 닐오ᄃᆡ 네 아ᄃᆞ리 나히⁹⁹⁾ 열아홉 만¹⁰⁰⁾ ᄒᆞ

면 내 지븨 아니 이싫 相_샹이로다¹⁾ ᄒᆞ더라 닐굽 ᄒᆡ어늘²⁾ 그 아기 어마닚긔³⁾ 슬

보ᄃᆡ 내 어마님 ᄇᆡ예⁴⁾ 이실 ᄶᅴ긔 아바니미⁵⁾ 어듸⁶⁾ 가시니잇고⁷⁾ 夫_붕人_{ᅀᅵᆫ}이

---

86) 깃그샤: 깄(기뻐하다, 歡)- + -으샤(← --으시-: 주높)- + -Ø(← -아: 연어)

87) 金鑵子: 금관자. 금(金)으로 만든 두레박이다.

88) 둘흘: 둘ㅎ(둘, 二: 수사, 양수) + -을(목조)

89) 받ᄌᆞ바: 받(바치다, 獻)- + -ᄌᆞ(← -ᄌᆞᆸ-: 객높)- + -아(연어)

90) 길이ᅀᆞᆸ더시니: 길이[긷게 하다: 길(← 긷다, ᄃ불: 긷다, 汲)- + -이(사접)-]- + -ᅀᆞᆸ(객높)- + -더(회상)- + -시(주높)- + -니(연어, 설명 계속)

91) 그테: 귿(끝, 末) + -에(부조, 위치)

92) ᄃᆞ라: 둘(달다, 縣)- + -아(연어)

93) 메시고: 메(메다, 擔)- + -시(주높)- + -고(연어, 계기)

94) 왼소내: 왼손[왼손, 左手: 외(왼쪽이다, 그르다, 左, 誤)- + -ㄴ(관전) + 손(손, 手)] + -애(-에: 부조, 위치)

95) 往生偈: 왕생게. 서방정토(西方淨土)에 날 것을 기원하는 게송이다. 곧 왕생을 비는 게이다.

96) 노티: 놓(놓다, 放)- + -디(-지: 연어, 부정)

97) 외오더시다: 외오(외우다, 誦)- + -더(회상)- + -시(주높)- + -다(평종)

98) 양지: 양ᄌᆞ(모습, 樣) + -ㅣ(← -이: 주조)

99) 나히: 나ᄒᆞ(나이, 齡) + -이(주조)

100) 열아홉만: [열아홉, 八、九, 수사, 양수: 열(← 여듧, 八) + 아홉(아홉, 九)] # 만(만큼: 의명)

1) 相이로다: 相(상) + -이(서조)- + -Ø(현시)- + -로(← -도-: 감동)- + -다(평종)

2) ᄒᆡ어늘: ᄒᆡ(해, 歲) + -Ø(← -이-: 서조)- + -어늘(← -거늘: 연어, 상황)

3) 어마닚긔: 어마님[어머님, 母親: 어마(← 어미: 어머니, 母) + -님(높접)]- + -ᄭᅴ(-께: 부조, 위치, 위치) ※ '-ᄭᅴ'는 [-ㅅ(관조) + 긔(거기에: 의명)]의 방식으로 형성된 파생 조사이다.

4) ᄇᆡ예: ᄇᆡ(배, 腹) + -예(← -에: 부조, 위치)

5) 아바니미: 아바님[아버님, 父親: 아바(← 아비: 아버지, 父) + -님(높접)] + -이(주조)

6) 어듸: 어디, 何處(지대, 미지칭)

7) 가시니잇고: 가(가다, 去)- + -시(주높)- + -Ø(과시)- + -잇(← -이-: 상높, 아주 높임)- + -니…고(-까: 의종, 설명)

이르되 "長者(장자)가 네 아버지이다." 그 아기가 이르되 "長者(장자)가 내 아버지가 아니니, 아버님이 어디 가셨습니까?" 夫人(부인)이 큰물이 지듯 울며 목이 메어 이르되 "네 아버님이 婆羅門(바라문) 스님과 (함께) 하시어, 梵摩羅國(범마라국)의 林淨寺(임정사)에 光有聖人(광유성인)이 계신 데에 가시어 좋은 일을 닦으시느니라." 그때에 安樂國(안락국)이 어머님께 사뢰되 "나를 이제 놓으소서. 아버님께 가서 보고 싶습니다." 夫人(부인)이 이르되 "네가 처음 나거늘 長者(장자)가 이르되 '나이가 일곱 여덟 만하면, 내 집에 아니 있을 아이이다.' 하더니, 이제 너를 놓아 보내면 내 몸이 長者(장자)의 怒(노)여움을 닐오딕 長_땽者_쟝ㅣ 네 아비라⁸⁾ 그 아기 닐오딕 長_땽者_쟝ㅣ 내 아비 아니니 아바

니미 어듸 가시니잇고 夫_붕人_싄이 므디딋⁹⁾ 울며 모글¹⁰⁾ 몌여¹¹⁾ 닐오딕 네 아바니

미 婆_빵羅_랑門_몬¹²⁾ 즁님과¹³⁾ ᄒ샤 梵_뼘摩_망羅_랑國_귁 林_림淨_쪙寺_쑹애 光_광有_울聖_셩

人_싄 겨신 딕¹⁴⁾ 가샤 됴ᄒᆫ 일 닷ᄀ시ᄂ니라¹⁵⁾ 그 저긔 安_한樂_락國_귁이 어마닚긔¹⁶⁾

슬ᄫᅩ딕 나ᄅᆞᆯ 이제 노ᄒ쇼셔¹⁷⁾ 아바니믈¹⁸⁾ 가 보ᅀᆞᄫᅡ 지이다¹⁹⁾ 夫_붕人_싄이 닐오딕

네 처섬²⁰⁾ 나거늘 長_땽者_쟝ㅣ 닐오딕 나히 닐굽 여듧 만 ᄒ면²¹⁾ 내 지븨 아니 이

실 아히라²²⁾ ᄒ더니 이제 너를 노하 보내면 내 모미 長_땽者_쟝ㅣ 怒_농ᄅᆞᆯ²³⁾

---

8) 아비라: 아비(아버지, 父) + -∅(←-이-: 서조) + -∅(현시) + -라(←-다: 평종)
9) 므디딋: 므디[큰 물이 지다: 므(←-물: 물, 水) + 디(지다: 보용, 피동)-]- + -딋(-듯: 연어, 흡사)
10) 모글: 목(목, 喉) + -올(목조)
11) 몌여: 몌(몌다, 미어지다, 塡)- + -여(←-어: 연어) ※ '모글 몌여'는 '목이 메어'로 의역하여 옮긴다.
12) 婆羅門: 바라문. 인도 카스트 제도에서 가장 높은 지위인 승려 계급이다.
13) 즁님과: 즁님[즁님, 스님, 僧: 즁(즁, 僧) + -님(높접)] + -과(접조)
14) 딕: 딕(데, 곳, 處: 의명) + -이(-에: 부조, 위치)
15) 닷ᄀ시ᄂ니라: 닭(닦다, 修)- + -ᄋ시(주높)- + -ᄂ(현시)- + -니(원칙)- + -라(←-다: 평종)
16) 어마닚긔: 어마님[어머님, 母親: 어마(←-어미: 어머니, 母) + -님(높접)] + -긔(-께: 부조, 상대, 높임)
17) 노ᄒ쇼셔: 놓(놓다, 放)- + -ᄋ쇼셔(-으소서: 명종, 아주 높임)
18) 아바니믈: 아바님[아버님, 父親: 아바(←-아비: 아버지, 父) + -님(높접)] + -을(-에게: 목조, 보조사적 용법, 의미상 부사격)
19) 보ᅀᆞᄫᅡ 지이다: 보(보다, 見)- + -ᅀᆞᇦ(←-ᅀᆞᆸ-: 객높)- + -아(연어) # 지(싶다: 보용, 희망)- + -∅(현시)- + -이(상높, 아주 높임)- + -다(평종)
20) 처섬: [처음, 初: 첫(←-첫: 첫, 初, 관사) + -엄(명접)]
21) 닐굽 여듧 만 ᄒ면: '일곱 여덟만큼 되면'의 뜻으로 쓰였다.
22) 아히라: 아히(아이, 童) + -∅(←-이-: 서조) + -∅(현시) + -라(←-다: 평종)
23) 怒: 노, 노여움, 화를 내는 것이다.

룰 맛나리라 安한樂락國귁이 닐오ᄃᆡ ᄀᆞ마니 逃뚱亡망ᄒᆞ야 ᄲᆞᆯ리 ᄃᆞ녀 오리다 그 저긔 夫붕人ᅀᅵᆫ이 어엿븐 ᄠᅳ들 몯 이긔여 門몬 밧긔 내야 보내야ᄂᆞᆯ 安한樂락國귁이 바ᄆᆡ 逃뚱亡망ᄒᆞ야 ᄃᆞ라가 그 짓 ᄭᅩᆯ 뷰ᇰ 죠ᄋᆞᆯ 맛나니 자바 구지조ᄃᆡ 네 엇뎨 上싸ᇰ典던을 背ᄇᆡᆼ叛빤ᄒᆞ야 가ᄂᆞᆫ다 ᄒᆞ고 노ᄒᆞ로 두 소ᄂᆞᆯ ᄆᆡ야 와 長댱者쟝ᅵ긔 닐어ᄂᆞᆯ 長댱者쟝ᅵ 怒농ᄒᆞ야 손소 安한樂락國귁의 ᄂᆞᄎᆞᆯ 刺충字ᄍᆞ ᄒᆞ고 쏫돐 므를 ᄇᆞᄅᆞ니라 後ᅘᅮᇢ에 安한樂락國귁이 어마님ᄭᅴ 다시 ᄉᆞ뢰ᅀᆞᆸ고 사긴 ᄂᆞ추란 ᄡᅳ리고 逃뚱亡망ᄒᆞ야 梵뻠摩망羅랑國귁으로 가더니 竹듁林림國귁과

만나리라. 安樂國(안락국)이 이르되 "가만히 逃亡(도망)하여 빨리 다녀 오겠습니다." 그때에 夫人(부인)이 불쌍한 뜻을 못 이기어 (안락국을) 門(문) 밖에 내어 보내거늘, 安樂國(안락국)이 밤에 逃亡(도망)하여 달리다가 그 집의 꼴을 베는 종을 만나니, (그 종이 안락국을) 잡아 꾸짖되 "네 어찌 상전(上典)을 背叛(배반)하여 가는가?" 하고, 새끼줄로 두 손을 매어서 와서 長者(장자)에게 이르거늘, 長者(장자)가 怒(노)하여 손수 安樂國(안락국)의 낯(얼굴)을 자자(刺字)하고 숯돌의 물을 발랐니라. 後(후)에 安樂國(안락국)이 어머님께 다시 사뢰고, 새긴 낯(얼굴)은 숨기고 逃亡(도망)하여 梵摩羅國(범마라국)으로 가더니, 竹林國(죽림국)과

맛나리라 安한樂락國귁이 닐오디 ᄀᄆᆞ니[24] 逃똘亡망ᄒᆞ야 샐리[25] 녀려[26] 오리이다 그 저긔 夫붕人신이 어엿븐 ᄠ들 몯 이긔여[27] 門몬 밧긔 내야 보내야ᄂᆞᆯ[28] 安한樂락國귁이 바ᄆᆡ 逃똘亡망ᄒᆞ야 ᄃᆞᆮ다가[29] 그 짓[30] 쇌[31] 뷣[32] 죠ᅌᆞᆯ[33] 맛나니 자바 구지조ᄃᆞ[34] 네 엇뎨[35] 항것 背빙叛뻔ᄒᆞ야 가ᄂᆞᆫ다[36] ᄒᆞ고 슻츠로[37] 두 소ᄂᆞᆯ 미야[38] 와 長댱者쟝ㅣ 손ᄃᆡ[39] 닐어늘 長댱者쟝ㅣ 怒농ᄒᆞ야 손소[40] 安한樂락國귁의 ᄂᆞᆾᆯ[41] 피좃고[42] 붓돐[43] 므를 ᄇᆞᄅᆞ니라[44] 後흫에 安한樂락國귁이 어마닚긔 다시 숢고 사긴 ᄂᆞᆾ란[45] ᄢ리고[46] 逃똘亡망ᄒᆞ야 梵뻠摩망羅랑國귁으로 가더니 竹듁林림國귁과

---

24) ᄀᄆᆞ니: [가만히, 靜(부사): ᄀᆞ문(가만: 불어) + -Ø(←-ᄒᆞ-: 형접) + -이(부접)]

25) 샐리: [빨리, 速(부사): 샐르(←ᄲᆞᄅᆞ다: 빠르다, 速, 형사)- + -이(부접)]

26) 녀려: 녈(←녀다: 가다, 다니다, 行)- + -어(연어)

27) 이긔여: 이긔(이기다, 勝)- + -여(←-어: 연어)

28) 보내야ᄂᆞᆯ: 보내(보내다, 遣)- + -야ᄂᆞᆯ(←-아ᄂᆞᆯ: -거늘: 연어, 상황)

29) ᄃᆞᆮ다가: ᄃᆞᆮ(달리다, 走)- + -다가(연어, 전환)

30) 짓: 지(← 집: 집, 家) + -ㅅ(-의: 관조)

31) 쇌: 꼴, 목초, 木草.

32) 뷣: 뷔(베다, 伐)- + -ㅭ(관전)

33) 죠ᅌᆞᆯ: 죵(종, 僕) + -ᄋᆞᆯ(목조)

34) 구지조ᄃᆞ: 구짖(꾸짖다, 叱)- + -오ᄃᆞ(-되: 연어, 설명 계속)

35) 엇뎨: 어찌, 何(부사)

36) 가ᄂᆞᆫ다: 가(가다, 去)- + -ᄂᆞ(현시)- + -ㄴ다(-ㄴ가: 의종, 2인칭)

37) 슻츠로: 슻(새끼, 새끼줄, 紐) + -ᄋᆞ로(부조, 방편)

38) 미야: 미(매다, 結)- + -야(←-아: 연어)

39) 長者ㅣ 손ᄃᆡ: 長者(장자) + -ㅣ(←-의: 관조) # 손ᄃᆡ(거기에: 의명) ※ '長者ㅣ 손ᄃᆡ'는 '長者에게'로 의역하여 옮긴다.

40) 손소: [손수, 스스로, 自(부사): 손(손, 手: 명사) + -소(부접)]

41) ᄂᆞᆾᆯ: ᄂᆞᆾ(낯, 얼굴, 面) + -ᄋᆞᆯ(목조)

42) 피좃고: 피좃(자자하다, 刺字)- + -고(연어, 계기) ※ '刺字(자자)'는 옛날 중국(中國)에서 얼굴이나 팔뚝에 흠을 내어 죄명(罪名)을 먹칠하여 넣던 일이다.

43) 붓돐: 붓돌[숫돌, 礪: 붓(← 붗다: 스치다, 갈다, 硏)- + 돌(돌, 石)] + -ㅅ(-의: 관조)

44) ᄇᆞᄅᆞ니라: ᄇᆞᄅᆞ(바르다, 搽)- + -Ø(과시)- + -니(원칙)- + -라(←-다: 평종)

45) ᄂᆞᆾ란: ᄂᆞᆾ(낯, 얼굴, 面) + -ᄋᆞ란(-은: 보조사, 주제)

46) ᄢ리고: ᄢ리(꾸리다, 싸다, 숨기다, 擁)- + -고(연어, 계기)

梵摩羅國(범마라국)과 두 나라의 사이에 큰 강이 있되 배가 없거늘, 가(邊)를 쫓아 바장이다가, 忽然(홀연)히 생각하여 짚둥 세 묶음을 얻어 떠로 합쳐서 매어 물에 띄우고, 그 위에 올라 앉아 하늘께 빌되 "내가 眞實(진실)의 마음으로 아버님을 보고자 하는데 바람이 불어 저 가에 건너게 하소서." 하고 合掌(합장)하야 往生偈(왕생게)를 외우니, 自然(자연)히 바람이 불어 물가에 건너게 하여 부치니 그것이 梵摩羅國(범마라국)의 땅이더라. 그 짚둥은 (물)가에 기대어서 매고 林淨寺(임정사)로 가는 때에 대숲(竹林)이 있되, 東風(동풍)이 불면 그 소리가 "南無阿彌陀佛(나무아미타불)" 하고,

梵뻠摩망羅량國귁과 두 나랏 스싀예 큰 ᄀᆞ르미[47] 이쇼ᄃᆡ[48] ᄇᆡ[49] 업거늘 ᄀᆞᅀᆞᆯ[50] 조차 바니다가[51] 忽ᇂ然셕히 싱각ᄒᆞ야 딥동[52] 세 무슬[53] 어더 ᄯᅴ로[54] 어울워[55] ᄆᆡ야[56] 므레 ᄯᅴ오고[57] 그 우희 올아[58] 안자 하ᄂᆞᆯ긔 비ᅀᆞᆸ보ᄃᆡ[59] 내 眞진實씷ㅅ ᄆᆞᅀᆞ므로 아바님 보ᅀᆞᆸ고져 ᄒᆞ거든 ᄇᆞ르미 부러 녀 ᄀᆞᅀᅢ 건내쇼셔[60] ᄒᆞ고 合ᅘᆞᆸ掌쟝ᄒᆞ야 往왕生ᄉᆡᆼ偈꼥를 외온대 自쫑然셕히 ᄇᆞ르미 부러 믌ᄀᆞᅀᅢ[61] 건내 부치니[62] 긔[63] 梵뻠摩망羅량國귁 ᄯᅡ히러라[64] 그 딥도ᄋᆞ란[65] ᄀᆞᅀᅢ 지혀[66] ᄆᆡ오 林림淨쪙寺ᄊᆞᆼ로 가ᄂᆞᆫ ᄆᆞ디예[67] 대수히[68] 이쇼ᄃᆡ 東동風봉이 불면 그 소리 南남無뭉阿ᄒᆞᆼ彌밍陁땅佛뿛[69] ᄒᆞ고

---

47) ᄀᆞ르미: ᄀᆞ름(강, 江) + -이(주조)

48) 이쇼ᄃᆡ: 이시(있다, 有)- + -오ᄃᆡ(-되: 연어, 설명 계속)

49) ᄇᆡ: ᄇᆡ(배, 舟) + -∅(← -이: 주조)

50) ᄀᆞᅀᆞᆯ: ᄀᆞᆽ(← ᄀᆞᆺ: 가, 邊) + -ᄋᆞᆯ(목조)

51) 바니다가: 바니(바장이다)- + -다가(연어, 전환) ※ ‘바니다’는 부질없이 짧은 거리를 오락가락 거니는 것이다.

52) 딥동: 딥동[← 짚동, 草束: 딥(← 딮: 짚, 草) + 동(둥: 束)]

53) 무슬: 뭇(묶음, 束) + -을(목조)

54) ᄯᅴ로: ᄯᅴ(띠, 帶) + -로(부조, 방편)

55) 어울워: 어울우[합치다, 合: 어울(어울리다, 합쳐지다, 合: 자동)- + -우(사접)-] + -어(연어)

56) ᄆᆡ야: ᄆᆡ(매다, 繫)- + -야(← -아: 연어)

57) ᄯᅴ오고: ᄯᅴ오[띠우다, 浮: ᄯᅳ(뜨다, 浮: 자동)- + -ㅣ(← -이-: 사접) + -오(사접)-] + -고(연어, 계기)

58) 올아: 올(← 오ᄅᆞ다: 오르다, 登)- + -아(연어)

59) 비ᅀᆞᆸ보ᄃᆡ: 비(← 빌다: 빌다, 祈)- + -ᅀᆞᆸ(← -ᅀᆞᆸ-: 객높)- + -오ᄃᆡ(-되: 연어, 설명 계속)

60) 건내쇼셔: 건내[건너게 하다, 渡: 건나(← 걷나다: 건너다, 渡)- + -ㅣ(← -이-: 사접)-] + -쇼셔(-소서: 명종, 아주 높임)

61) 믌ᄀᆞᅀᅢ: 믌ᄀᆞᆽ[물가, 水邊: 믈(물, 水) + -ㅅ(관조, 사잇) + ᄀᆞᆽ(← ᄀᆞᆺ: 가, 邊)] + -애(-에: 부조, 위치)

62) 부치니: 부치(부치다, 送)- + -니(연어, 설명 계속)

63) 긔: 그(그것, 彼: 지대, 정칭) + -ㅣ(← -이: 주조)

64) ᄯᅡ히러라: ᄯᅡㅎ(땅, 地) + -이(서조)- + -러(← -더-: 회상)- + -라(← -다: 평종)

65) 딥도ᄋᆞ란: 딥동[짚동, 草束: 딥(← 딮: 짚, 草) + 동(둥: 束)] + -ᄋᆞ란(-는: 보조사, 주제)

66) 지혀: 지혀(기대다, 憑)- + -어(연어)

67) ᄆᆞ디예: ᄆᆞ디(마디, 때, 時) + -예(← -에: 부조, 위치)

68) 대수히: 대숳[대숲, 竹林: 대(대, 竹) + 숳(숲, 林)] + -이(주조)

69) 南無阿彌陀佛: 나무아미타불. ‘아미타불에 귀의한다는 뜻’의 염불이다.

南남風ᄇᆞᆷ이 불면 攝섭化황衆즁生ᅀᅵᆼ
阿ᅙᅡᆼ彌밍陁땅佛뿛ᄒᆞ고 西셰ᇰ風봉이
불면 渡똥盡찐稱칭念념衆즁生ᅀᅵᆼ 阿
阿ᅙᅡᆼ彌밍陁땅佛뿛ᄒᆞ고 北븍風봉이 불
ᄒᆞ면 隨쒸意ᅙᅴᆼ徃ᅌᅪᆼ生ᅀᅵᆼᄒᆞ더니

攝섭化황ᄂᆞᆫ 거두자바 教ᄀᆢᆯ化황ᄒᆞᆯ씨라 渡똥盡찐稱칭念념衆즁生ᅀᅵᆼ은 일콛즈방念념ᄒᆞᅀᆞᆸ논衆즁生ᅀᅵᆼ을 다 濟곙渡똥ᄒᆞᇙ씨라

安한樂락國귁이 듣고 ᄀᆞ자ᇰ깃거ᄒᆞ더
라 그 대숩ᄉᆞᅀᅵ예 林림淨ᅑᅥᇰ寺씅이 잇더
니 安한樂락國귁이 뎌긔ᄅᆞᆯ 向ᅘᅣᆼᄒᆞ야
가ᄂᆞᆫ 저긔 길헤 八밣婇ᄎᆡᆼ女녕를 맛
나니

南風(남풍)이 불면 "攝化衆生(섭화중생) 阿彌陀佛(아미타불)" 하고, 西風(서풍)이 불면 "渡盡稱念衆生(도진칭념중생) 阿彌陁佛(아미타불)" 하고, 北風(북풍)이 불면 "隨意往生(수의왕생) 阿彌陁佛(아미타불)" 하더니

[攝化(섭화)는 거두어잡아 教化(교화)하는 것이다. 渡盡稱念衆生(도진칭념중생)은 일컬어서 念(염)하는 衆生(중생)을 다 濟渡(제도)하시는 것이다.]

安樂國(안락국)이 듣고 매우 기뻐하더라. 그 대숲 사이에 林淨寺(임정사)가 있더니, 安樂國(안락국)이 거기를 향하여 가는 적에 길에서 八婇女(팔채녀)를 만나니,

南_남風_봉이 불면 攝_셥化_황衆_즁生_싱 阿_항彌_밍陁_따佛_뿛⁷⁰⁾ ᄒ고 西_셰風_봉이 불면 渡_똥盡_찐稱_칭念_념衆_즁生_싱 阿_항彌_밍陁_따佛_뿛⁷¹⁾ ᄒ고 北_븍風_봉이 불면 隨_쒕意_힁往_왕生_싱 阿_항彌_밍陁_따佛_뿛⁷²⁾ ᄒ더니

[攝_셥化_황⁷³⁾ᄂᆞᆫ 거두자바⁷⁴⁾ 敎_곻化_황ᄒ실 씨라 渡_똥盡_찐稱_칭念_념衆_즁生_싱⁷⁵⁾은 일ᄏᆞᆮ자바⁷⁶⁾ 念_념ᄒᆞᅀᆞᆸᄂᆞᆫ⁷⁷⁾ 衆_즁生_싱을 다 濟_졩渡_똥ᄒ실 씨라]

安_한樂_락國_귁이 듣고 ᄀ장 깃거ᄒ더라⁷⁸⁾ 그 대숩⁷⁹⁾ ᄉᆞᅀᅵ예 林_림淨_쪙寺_쏭ㅣ 잇더니 安_한樂_락國_귁이 뎌를⁸⁰⁾ 向_향ᄒᆞ야 가ᄂᆞᆫ 저긔 길헤⁸¹⁾ 八_밣婇_{ᄎᆡᆼ}女_녕를 맛나니

---

70) 攝化衆生 阿彌陁佛: 섭화중생 아미타불. 중생(衆生)을 거두고 보호(保護)하여 가르쳐 인도(引導)하는 아미타불이다.

71) 渡盡稱念衆生 阿彌陁佛: 도진칭념중생 아미타불. 나무아미타불(南無阿彌陁佛)을 칭송하여 염(念)하는 중생을 다 제도(濟度)하는 아미타불이다.

72) 隨意往生 阿彌陁佛: 수의왕생 아미타불. 윤회의 사슬을 끊어서 자신의 뜻대로 세상에 태어나는 아미타불이다.

73) 攝化: 섭화. 부처가 중생을 가르쳐 깨달음으로 인도하는 것이다.

74) 거두자바: 거두잡[거두어서 잡다: 걷(걷다, 收: 타동)- + -우(사접)- + 잡(잡다, 執)-]- + -아(연어)

75) 渡盡稱念衆生: 도진칭념중생. 나무아미타불(南無阿彌陁佛)을 칭송하여 염(念)하는 중생을 다 제도(濟度)하는 것이다.

76) 일ᄏᆞᆮ자바: 일ᄏᆞᆮ(일컫다, 칭송하다, 稱頌)- + -자ᇦ(←-잡-: 객높)- + -아(연어)

77) 念ᄒᆞᅀᆞᆸᄂᆞᆫ: 念ᄒ(염하다: 念(염: 불어) + -ᄒ(동접)-]- + -ᅀᆞᆸ(객높)- + -ᄂᆞ(현시)- + -ㄴ(관전)

78) 깃거ᄒ더라: 깃거ᄒ[기뻐하다, 歡: 깄(기뻐하다, 歡)- + -어(연어) + ᄒ(하다: 보용)-]- + -더(회상)- + -라(←-다: 평종)

79) 대숩: 대숩[← 대숲(대숲, 竹林): 대(대, 竹) + 숲(숲, 林)]

80) 뎌를: 뎌(저, 저것, 彼: 지대, 정칭) + -를(목조) ※ '뎌'는 '임정사(林淨寺)'를 가리킨다. 여기서는 문맥을 감안하여 '거기'로 의역하여 옮긴다.

81) 길헤: 길ㅎ(길, 道) + -에(부조, 위치)

니往왕生싱偈꼥롤브르며摩망訶항
梅ᅙᅵᆼ전檀딴우믈믈기러가거늘安한
樂락國귁이무로ᄃᆞᆫ너희브르논偈꼥
ᄂᆞᆫ어듸로셔나뇨妹ᄆᆡᆼ女녕ᅵ對됭答답
大땡答답ᄒᆞᄃᆡ西솅天텬國귁沙샹羅랑
夫붕人ᅀᅵᆫ돌히라니뎌樹쑹大땡王왕과鴛
羅랑門몬比뻥丘큐ᅵ우리王왕宮궁
시가샤沙샹羅랑樹쑹大땡王왕과鴛
횐鴛향夫붕人ᅀᅵᆫ올ᄆᆡ셔오시다가夫
씽王왕人ᅀᅵᆫ과比뻥丘큐ᅙᅡᆯ하竹듁林림國귁이실

往生偈(왕생게)를 부르며 摩訶梅檀(마하전단)으로 만든 우물물을 길어 가거늘, 安樂國(안락국)이 묻되 "너희가 부르는 偈(게)는 어디로부터서 났느냐?" 姝女(채녀)가 對答(대답)하되 "西天國(서천국) 沙羅樹大王(사라수대왕)의 鴛鴦夫人(원앙부인)의 偈(게)이니, 우리도 沙羅樹大王(사라수대왕)의 夫人(부인)들이더니, 옛날에 勝熱婆羅門(승렬바라문) 比丘(비구)가 우리 王宮(왕궁)에 가시어 우리를 데려오시고, 後(후)에 다시 가시어 沙羅樹大王(사라수대왕)의 鴛鴦夫人(원앙부인)을 모셔서 오시다가, 夫人(부인)이 종아리를 앓아서 걸음을 못 걸으시므로, 王(왕)과 比丘(비구)가 竹林國(죽림국)의 子賢長者(자현장자)의

往_왕生_싱偈_꼥를 브르며⁸²⁾ 摩_망訶_항栴_젼檀_딴⁸³⁾ 우믌므를⁸⁴⁾ 기러 가거늘 安_한樂_락 國_귁이 무로디 너희⁸⁵⁾ 브르논⁸⁶⁾ 偈_꼥는 어드러셔⁸⁷⁾ 나뇨⁸⁸⁾ 媒_칙女_녕ㅣ 對_됭答_답 호디 西_솅天_텬國_귁 沙_상羅_랑樹_쓩大_땡王_왕 鴛_훤鴦_향夫_붕人_신ㅅ 偈_꼥니 우리도 沙_상 羅_랑樹_쓩大_땡王_왕ㅅ 夫_붕人_신둘히라니⁸⁹⁾ 네 勝_싱熱_셟婆_뼁羅_랑門_몬 比_뼁丘_쿨ㅣ 우 리 王_왕宮_궁의 가샤 우리를 드려오시고⁹⁰⁾ 後_쁳에 다시 가샤 沙_상羅_랑樹_쓩大_땡王_왕과 鴛_훤鴦_향夫_붕人_신을 뫼셔⁹¹⁾ 오시다가 夫_붕人_신이 허튀⁹²⁾ 알하⁹³⁾ 거르믈⁹⁴⁾ 몯 거르실씨⁹⁵⁾ 王_왕과 比_뼁丘_쿨왜 竹_듁林_림國_귁 子_징賢_현長_댱者_쟝ㅣ

---

82) 브르며: 브르(부르다, 歌)- + -며(연어, 나열)

83) 摩訶栴檀: 마하전단. '전단(栴檀)'은 산스크리트어 candana의 음사이다. 남인도의 서해안에 뻗어 있는 서(西)고츠 산맥에서 많이 자라는 상록 교목으로, 끝이 뾰족한 타원형의 잎이 마주나고 꽃은 주머니 모양이다. 나무에서 향기가 나고 조각물의 재료로 쓰인다. ※ 여기서 '摩訶栴檀'은 '마하전단으로 만든'으로 의역하여 옮긴다.

84) 우믌므를: 우믈믈[우물물, 井水: 움(움, 穴) + 믈(물, 水) + -ㅅ(관조, 사잇) + 믈(물, 水)] + -을 (목조)

85) 너희: 너희[너희, 汝等: 너(너, 汝: 인대, 2인칭) + -희(복접)] + -∅(←-이: 주조)

86) 브르논: 브르(부르다, 歌)- + -ㄴ(←-ㄴ-: 현시)- + -오(대상)- + -ㄴ(관전)

87) 어드러셔: 어드러(어디로, 何處: 부사) + -셔(-서: 보조사, 위치 강조) ※ '어드러셔'는 '어디로부터서'로 옮긴다.

88) 나뇨: 나(나다, 生)- + -∅(과시)- + -뇨(-냐: 의종, 설명)

89) 夫人둘히라니: 夫人둘히[부인들, 諸夫人: 夫人(부인) + -둘ㅎ(-들: 복접)] + -이(서조)- + -라 (←-다 ← -더-: 회상)- + -∅(←-오-: 화자)- + -니(연어, 설명 계속)

90) 드려오시고: 드려오[데려오다, 同伴: 드리(데리다, 同伴)- + -어(연어) + 오(오다, 來)-] + -시(주높)- + -고(연어, 계기)

91) 뫼셔: 뫼시(모시다, 侍)- + -어(연어)

92) 허튀: 종아리, 다리의 아래동강이다.

93) 알하: 앓(앓다, 痛)- + -아(연어)

94) 거르믈: 거름[걸음, 步: 걸(← 걷다, ㄷ불: 걷다, 步)- + -음(명접)] + -을(목조)

95) 거르실씨: 걸(← 걷다, ㅂ불: 걷다, 步)- + -으시(주높)- + -ㄹ씨(-므로: 연어, 이유)

子죵賢현長댱者쟝ㅣ지비ᄆᆞ여뎌다싫가
죵사마ᄑᆞ라셔놀夫붕人ᅀᅵᆫ이여희싫가
저긔大땡王왕ᄭᅴ슬ᄫᅡ디往왕生ᄉᆡᇰ
偈꼥ᄅᆞᆯ외오시면골ᄑᆞᆫ빅도브르며헌
옷도ᄉᆡ끈ᄒᆞ야리니淨쪙土통애ᄒᆞᆫ가
나사이다ᄒᆞ야시ᄂᆞᆯ王왕이ᄇᆡᄒᆞ샤디손가
진그치디아니ᄒᆞ야외오시ᄂᆞᆯ우리
도이偈꼥ᄅᆞᆯ좃ᄌᆞᄫᅡ외오노소라安한리
樂락國귁이어디겨시ᄂᆞ뇨상羅랑樹쓩大
땡王왕이對됭答답호ᄃᆡ
길헤믈기러오시ᄂᆞ니라向ᅘᅣᆼ호야가다
가아바ᄂᆞᆷ王왕ᄋᆞᆯ맛나두허튀롤안
우더니王왕이무르샤ᄃᆡ이아기엇던

집에 모셔다가 종으로 삼아 파시거늘, 夫人(부인)이 이별하실 적에 大王(대왕)께 사뢰되 "往生偈(왕생게)를 외우시면 고픈 배가 부르며 헌 옷도 새것과 같겠으니, 淨土(정토)에 함께 가 나십시다." 하시거늘, 王(왕)이 배우시어 오히려 그치지 아니하여 외우시나니, 우리도 이 偈(게)를 좇아 외웁니다. 安樂國(안락국)이 묻되 "沙羅樹大王(사라수대왕)이 어디 계시느냐?" (팔채녀가) 對答(대답)하되 "길에서 물을 길어 오시느니라." 安樂國(안락국)이 그 말을 듣고 길으로 向(향)하여 가다가 아버님을 만나 두 다리를 안고 울더니, 王(왕)이 물으시되 "이 아기가 어떤 이기에 지븨 뫼셔다가⁹⁶⁾ 종 사마 ᄑᆞ라시ᄂᆞᆯ⁹⁷⁾ 夫_붕人_{ᅀᅵᆫ}이 여희싫⁹⁸⁾ 저긔 大_땡王_왕ᄭᅴ 슬ᄫᅥ 샤ᄃᆡ⁹⁹⁾ 往_왕生_{ᄉᆡᆼ}偈_꼥ᄅᆞᆯ 외오시면 골픈¹⁰⁰⁾ ᄇᆡ도 브르며¹⁾ 헌 옷도 새²⁾ ᄀᆞᆮᄒᆞ리니³⁾ 淨_쪙土_통⁴⁾애 ᄒᆞᆫᄃᆡ⁵⁾ 가 나사이다⁶⁾ ᄒᆞ야시ᄂᆞᆯ⁷⁾ 王_왕이 빅호샤⁸⁾ ᄉᆞᆫ지⁹⁾ 그치디¹⁰⁾ 아니ᄒᆞ야 외오시ᄂᆞ니 우리도 이 偈_꼥ᄅᆞᆯ 좃ᄌᆞᄫᅡ¹¹⁾ 외오노소라¹²⁾ 安_한樂_락國_귁이 무르ᄃᆡ 沙_상羅_랑樹_쓩大_땡王_왕이 어듸 겨시뇨¹³⁾ 對_됭答_답호ᄃᆡ 길헤 믈 기러 오시ᄂᆞ니라 安_한樂_락國_귁이 그 말 듣고 길ᄒᆞ로 向_향ᄒᆞ야 가다가 아바니ᄆᆞᆯ 맛나ᅀᆞᄫᅡ¹⁴⁾ 두 허튀를 안고 우더니 王_왕이 무르샤ᄃᆡ 이 아기 엇더니완ᄃᆡ¹⁵⁾

---

96) 뫼셔다가: 뫼시(모시다, 侍)-＋-어(연어)＋-다가(보조사, 동작 유지, 강조)

97) ᄑᆞ라시ᄂᆞᆯ: ᄑᆞᆯ(팔다, 賣)-＋-시(주높)-＋-아…ᄂᆞᆯ(-거늘: 연어, 상황)

98) 여희싫: 여희(떠나다, 이별하다, 別)-＋-시(주높)-＋-ᇙ(관전)

99) 슬ᄫᅥ 샤ᄃᆡ: 슳(← 슶다, ㅂ불: 사뢰다, 奏)-＋-ᄋᆞ샤(←-ᄋᆞ시-: 주높)-＋-ᄃᆡ(←-오ᄃᆡ: -되, 연어, 설명 계속)

100) 골픈: 골프[고프다, 餓: 곯(곯다, 饑: 동사)-＋-ᄇ(형접)-]-＋-Ø(현시)-＋-ㄴ(관전)

1) 브르며: 브르(부르다, 飽)-＋-며(연어, 나열)

2) 새: 새(새것, 新: 명사)＋-ㅣ(←-이: 부조, 비교)

3) ᄀᆞᆮᄒᆞ리니: ᄀᆞᆮᄒᆞ(같다, 如)-＋-리(미시)-＋-니(연어, 설명 계속)

4) 淨土: 정토. 부처나 보살이 사는, 번뇌의 굴레를 벗어난 아주 깨끗한 세상이다.(=서방정토)

5) ᄒᆞᆫᄃᆡ: [한데, 함께, 同(부사): ᄒᆞᆫ(한, 一: 관사, 양수)＋ᄃᆡ(데, 處: 의명)]

6) 나사이다: 나(나다, 生)-＋-사이다(-십시다: 청종, 아주 높임)

7) ᄒᆞ야시ᄂᆞᆯ: ᄒᆞ(하다, 謂)-＋-시(주높)-＋-야…ᄂᆞᆯ(←-아ᄂᆞᆯ: -거늘, 연어, 상황)

8) 빅호샤: 빅호[배우다, 學: 빛(버릇이 되다, 習: 자동)-＋-오(사동)-]-＋-샤(←-시-: 주높)-＋-Ø(←-아: 연어)

9) ᄉᆞᆫ지: 오히려, 猶(부사)

10) 그치디: 그치[그치다, 止: 긏(끊다, 切: 타동)-＋-이(피접)-]-＋-디(-지: 연어, 부정)

11) 좃ᄌᆞᄫᅡ: 좃(← 좇다: 좇다, 따르다, 從)-＋-ᄌᆞᄫ(←-ᄌᆞᆸ-: 객높)-＋-아(연어)

12) 외오노소라: 외오(외우다, 誦)-＋-ㄴ(←-ᄂᆞ-: 현시)-＋-옷(느낌)-＋-오(화자)-＋-라(←-다: 평종)

13) 겨시뇨: 겨시(계시다, 在)-＋-뇨(-냐: 의종, 설명)

14) 맛나ᅀᆞᄫᅡ: 맛나[만나다, 遇: 맛(← 맞다: 맞다, 迎)-＋나(나다, 出)-]-＋-ᅀᆞ(←-ᅀᆞᆸ-: 객높)-＋-아(연어)

15) 엇더니완ᄃᆡ: 엇던[어떤(관사): 엇더(어떠, 何: 불어)＋-Ø(←-ᄒᆞ-: 형접)-＋-ㄴ(관전▷관접)] ＃ 이(이, 사람, 者: 의명)＋-Ø(←-이-: 서조)-＋-완ᄃᆡ(-기에: 연어, 이유)

니 완딘 늘그니 ᄂᆞᆯ 안고 이리ᄃᆞ록 우ᄂᆞᆫ다 ᄒᆞ시ᄂᆞᆯ 그 아기 安（ᅙᅡᆫ）樂（락）國（귁）이 온 ᄠᅳᆮ을 ᄉᆞᆯ오고 往（왕） 生（ᄉᆡᇰ）偈（꼥）ᄅᆞᆯ 외온대 王（왕）이 그제ᅀᅡ 太（탱）子（ᄌᆞ）ㄴ ᄭᅵᆯ 아ᄅᆞ시고 길ᄀᆞᆺ애 안자 겨샤 太（탱） 子（ᄌᆞ）ᄅᆞᆯ 안ᄉᆞᄫᅡ 오ᄉᆡ ᄌᆞᄆᆞ게 우르시고 니ᄅᆞ샤ᄃᆡ 네 어마님이 날 여희ᄋᆞ오시고 시ᄅᆞ므로 사ᄅᆞ샤 이제 ᄯᅩ 너ᄅᆞᆯ 여희오 더욱 우러 녀ᄂᆞ니 어셔 도라가라 王（왕）과 太（탱）子（ᄌᆞ）왜 슬픈 ᄠᅳᆮᄃᆞᆯ 몯 이긔샤 오래 겨시다가 여희실 제 王（왕）이 놀애 브르샤ᄃᆡ 아롤 이 그쳐 이런 ᄀᆞ본 길헤 눌 보리라 ᄒᆞ야 우러 왜ᄂᆞ니 아가 大（땡）慈（ᄍᆞ） 悲（빙） ᄒᆞ며 녀ᄂᆞᆫ 이 鴛（훤）鴦（ᅙᅣᆼ）鳥（ᄃᆈᇢ）와 功（공）德（득）을 修（슈）行（ᅙᆡᆼ）ᄒᆞᄂᆞᆫ 이 내 몸과 成（ᄊᆡᇰ）等（등）

늙은이의 종아리를 안고 이토록 우는가?” 安樂國(안락국)이 온 뜻을 사뢰고 往生偈 (왕생게)를 외우니, 王(왕)이 그제야 (그 아기가) 太子(태자)인 것을 아시고, 길가에 서 (태자를) 안고 앉으시어 옷이 잠기게 우시고, 이르시되 “네 어머님이 나와 이별하고 시름으로 지내다가, 이제 또 너와 이별하고 더욱 울며 지내나니, 어서 (어머니에 게) 돌아가거라.” 王(왕)과 太子(태자)가 슬픈 뜻을 못 이기시어 오래 계시다가, 이별 하실 적에 王(왕)이 노래를 부르시되 “알고 지내는 이가 그친 이런 고달픈 길에, (너는) ‘누구를 보리라.’ 하여 울면서 왔는가? 악아, ‘大慈悲(대자비)’(하고) 울며 지내는 鴛鴦鳥(원앙조)와 功德(공덕)을 修行(수행)하는 이내 몸이, 成等正覺(성등정 각)의

늘그늬[16] 허튈 안고 이리두록[17] 우는다[18] 安한樂락國귁이 온 뜯 숨고 往왕生싱偈꼥
를 외온대[19] 王왕이 그제사[20] 太탱子중ㄴ[21] 고둘[22] 아르시고 긼ᄀᆞ새[23] 아나 안ᄌᆞ샤
오시 ᄌᆞᄆᆞ기[24] 우르시고 니ᄅᆞ샤ᄃᆡ 네 어마니미 날 여희오 시르므로 사니다가[25]
이제 쏘 너를 여희오 더욱 우니ᄂᆞ니[26] 어셔 도라니거라[27] 王왕과 太탱子중왜 슬픈
ᄠᅳ들 몯 이긔샤 오래 겨시다가 여희싫 저긔 王왕이 놀애를[28] ᄇᆞ르샤ᄃᆡ 아라 녀
리[29] 그츤[30] 이런 이본[31] 길헤 눌[32] 보리라 ᄒᆞ야 우러곰[33] 온다[34] 아가[35] 大땡慈쭝
悲빙 우니ᄂᆞᆫ 鴛훤鴦향鳥둏ᄃᆞᆯ와 功공德득 修슗行행ᄒᆞᄂᆞᆫ 이 내 몸과 成쎵等등正졍覺각[36]

---

16) 늘그늬: 늙(늙다, 老)- + -Ø(과시)- + -은(관전) # Ø(←-이: 이, 사람, 者, 의명) + -의(관조)

17) 이리두록: [이토록, 如此(부사): 이리(불어) + -Ø(←-ᄒᆞ-: 동접)- + -두록(-도록: 연어▷부접)]

18) 우는다: 우(← 울다: 울다, 泣)- + -ᄂᆞ(현시)- + -ㄴ다(-ㄴ가: 의종, 2인칭)

19) 외온대: 외오(외우다, 誦)- + -ㄴ대(-는데, -니: 연어, 반응)

20) 그제사: [그제, 彼時(부사): 그(그, 彼: 관사, 정칭) + 제(적, 때, 時: 의명)] + -사(-야: 보조사, 한정 강조)

21) 太子ㄴ: 太子(태자) + -ㅣ(←-이-: 서조)- + -Ø(현시)- + -ㄴ(관전)

22) 고둘: 곧(줄, 것, 者: 의명) + -ᄋᆞᆯ(목조)

23) 긼ᄀᆞ새: 긼ᄀᆞ[길가: 길(길, 路) + -ㅅ(관조, 사잇) + ᄀᆞ(← ᄀᆞᇫ: 가, 邊)] + -애(-에: 부조, 위치)

24) ᄌᆞᄆᆞ기: ᄌᆞᄆᆞ(잠기다, 浸)- + -기(-게: 연어, 도달)

25) 사니다가: 사니[지내다, 生活: 사(← 살다: 살다, 活)- + 니(가다, 行)-]- + -다가(연어, 전환)

26) 우니ᄂᆞ니: 우니[울며 지내다: 우(← 울다: 울다, 泣)- + 니(가다, 行)-]- + -ᄂᆞ(현시)- + -니(연어, 설명 계속)

27) 도라니거라: 도라니[돌아가다, 歸: 돌(돌다, 回)- + -아(연어) + 니(가다, 行)-]- + -거(확인)- + -라(명종)

28) 놀애를: 놀애[노래, 歌: 놀(놀다, 遊)- + -애(명접)] + -를(목조)

29) 아라 녀리: 알(알다, 智)- + -아(연어) + 녀(지내다, 行)- + -ㄹ(관전) # 이(이, 사람, 者: 의명) + -Ø(←-이: 주조) ※ '아라 녀리'는 '알고 지내는 이가'로 의역하여 옮긴다.

30) 그츤: 긏(끊어지다, 切)- + -Ø(과시)- + -은(관전)

31) 이본: 잃(← 입다, ㅂ불: 괴롭다, 고달프다, 苦)- + -Ø(현시)- + -은(관전)

32) 눌: 누(누구, 誰: 인대, 미지칭) + -ㄹ(←-를: 목조)

33) 우러곰: 울(울다, 泣)- + -어(연어) + -곰(보조사, 강조, 여운감)

34) 온다: 오(오다, 來)- + -Ø(과시)- + -ㄴ다(-ㄴ가: 의종, 2인칭)

35) 아가: 악(← 아기: 아기, 孩) + -아(호조, 아주 낮춤)

36) 成等正覺: 성등정각. 보살행이 원만하여 평등하고 바른 진리의 깨달음을 이루는 일이다.

다ᄀᆞ 正졍覺각 사래 太탱子ᄌᆞᆼ ᆞᆯ 울며 저 ᄉᆞᆸ 바리여
왕 生ᄉᆡᆼ偈꼥 롤 브르니 새와 딥 마 브르 마 브르러 마 브티 롤 올 ᄃᆞ아 竹 往
林림國귁으로 ᄃᆞ라 불여늘 ᄆᆞᄐᆡ 올아오시 ᄆᆡ 비를 긷거라 다 ᄒᆞ니
어미도 몯 보아 미 더욱 깁거라 ᄒᆞ니 安
한 樂락國귁 對됭答답 호ᄃᆡ 子ᄌᆞᆼ
습 야 놀 애 브르ᄂᆞᆫ다 樂락國귁
賢현長ᄕᅣᆼ者쟝ㅣ 지븨 鴛ᅙᅯᆫ鴦ᅙᅣᆼ이 ᄒᆞᆯ 죠ᇰ이 ᄒᆞᆫ 아ᄃᆞᆯ 나하 놀 긔 아기 날 굽
ᄉᆞᆯ 머거 아비 보라 니거지라 ᄒᆞ거늘 그 어미 어엿비 너겨 보내여라 ᄒᆞ그대 그 長ᄕᅣᆼ

날에야 반드시 마주 보리라." 그때에 太子(태자)가 울며 절하여 (사라수대왕과) 이별하고 도로 강가에 와 짚의 배를 타고 往生偈(왕생게)를 부르니, 바람이 불어 (짚배를) 竹林國(죽림국)으로 들까불리거늘, (안락국이) 뭍에 올라오는 때에 소를 치는 아이가 노래를 부르되 "安樂國(안락국)이는 아버지를 보라 가니, 어머니도 못 보아서 시름이 더욱 깊다." 하거늘, 安樂國(안락국)이 듣고 묻되 "(너희들이) 무슨 노래를 부르는가?" (소를 치는 아이가) 對答(대답)하되 "子賢長者(자현장자)의 집에 鴛鴦(원앙)이라 하는 종이 한 아들을 낳거늘, 그 아기가 일곱 살 먹어 '아버지를 보러 가고 싶다.' 하니, 그 어머니가 불쌍히 여겨 (아들을) 놓아 보내거늘, 그 長者(장자)가

나래ᅀᅡ[37] 반ᄃᆞ기[38] 마조[39] 보리여다[40] 그 저긔 太탱子ᄌᆞᆼ ㅣ 울며 저ᅀᆞᄫᅡ[41] 여희ᅀᆞᆸ고 도로 ᄀᆞᄅᆞᇝᄀᆞᅀᅢ 와 딥 ᄇᆡ[42] ᄐᆞ고 往왕生ᄉᆡᆼ偈껭를 브르니 ᄇᆞᄅᆞ미 부러 竹듁林림國귁으로 지불여늘[43] 무틔[44] 올아오ᄂᆞᆫ ᄆᆞᄃᆡ예[45] 쇼[46] 칠 아ᄒᆡ[47] 놀애를 블로ᄃᆡ[48] 安한樂락國귁이ᄂᆞᆫ[49] 아비를 보라 가니 어미도 몯 보아 시르미 더욱 깁거다[50] ᄒᆞ야ᄂᆞᆯ 安한樂락國귁이 듣고 무로ᄃᆡ 므슴[51] 놀애 브르ᄂᆞᆫ다[52] 對됭答답호ᄃᆡ 子ᄌᆞᆼ賢현長댱者쟝ㅣ 지ᄇᆡ 鴛원鴦향이라 홇 죠이 ᄒᆞᆫ 아ᄃᆞᄅᆞᆯ 나하ᄂᆞᆯ[53] 그 아기 닐굽 설[54] 머거 아비 보라 니거[55] 지라[56] ᄒᆞᆫ대[57] 그 어미 어엿비[58] 너겨 노하 보내여늘[59] 그 長댱者쟝ㅣ

---

37) 나래ᅀᅡ: 날(날, 日) + -애(-에: 부조, 위치) + -ᅀᅡ(-야: 보조사, 한정 강조)
38) 반ᄃᆞ기: [반드시, 必(부사): 반ᄃᆞᆨ(반듯, 直: 불어)- + -Ø(← -ᄒᆞ-: 형접)- + -이(부접)]
39) 마조: [마주, 對(부사): 맞(맞다, 迎: 동사)- + -오(부접)]
40) 보리여다: 보(보다, 見)- + -리(미시)- + -여(← -어-: 확인)- + -다(평종)
41) 저ᅀᆞᄫᅡ: 저ᅀᆞᇦ[← 저ᅀᆞᆸ다(절하다): 저(← 절: 절, 拜, 명사) + -Ø(← -ᄒᆞ-: 동접)- + -ᅀᆞᆸ(객높)-]- + -아(연어) ※ '저ᅀᆞᆸ다'는 '절하다'의 객체 높임말로서 주로 신이나 부처에게 절하는 것이다.
42) 딥 ᄇᆡ: 딥(← 딮: 짚, 草) # ᄇᆡ(배, 舟) ※ '딥 ᄇᆡ'는 짚으로 만든 배이다.
43) 지불여늘: 지불이(들까불리다)- + -어늘(-거늘: 연어, 상황) ※ '지불이다'는 위아래로 심하게 흔드는 것이다.
44) 무틔: 뭍(뭍, 陸) + -의(-에: 부조, 위치)
45) ᄆᆞᄃᆡ예: ᄆᆞᄃᆡ(마디, 때, 경우, 時: 의명) + -예(← -에: 부조, 위치)
46) 쇼: 소, 牛.
47) 아ᄒᆡ: 아ᄒᆡ(아이, 童) + -Ø(← -이: 주조)
48) 블로ᄃᆡ: 블ᄅᆞ(← 브르다: 부르다, 歌)- + -오ᄃᆡ(-되: 연어, 설명 계속)
49) 安樂國이ᄂᆞᆫ: 安樂國이[안락국이: 安樂國(인명) + -이(접미, 어조 고름)] + -ᄂᆞᆫ(보조사, 주제)
50) 깁거다: 깁(← 깊다: 깊다, 深)- + -Ø(현시)- + -거(확인)- + -다(평종)
51) 므슴: 무슨, 何(관사, 지시, 미지칭)
52) 브르ᄂᆞᆫ다: 브르(부르다, 歌)- + -ᄂᆞ(현시)- + -ㄴ다(-ㄴ가: 의종, 2인칭)
53) 나하ᄂᆞᆯ: 낳(낳다, 産)- + -아ᄂᆞᆯ(-거늘: 연어, 상황)
54) 설: 살, 歲(의명)
55) 니거: 니(가다, 行)- + -거(확인)- + -어(연어)
56) 지라: 지(싶다: 보용, 희망)- + -Ø(현시)- + -라(← -다: 평종)
57) ᄒᆞᆫ대: ᄒᆞ(하다, 曰)- + -ㄴ대(-는데, -니: 연어, 설명 계속, 반응)
58) 어엿비: [불쌍히, 憫(부사) : 어엿ㅂ(← 어엿브다: 불쌍하다, 憫, 형사)- + -이(부접)]
59) 보내여늘: 보내(보내다, 遣)- + -여늘(← -어늘: 연어, 상황)

者쟝ㅣ 鴛원鴦향이ᄅᆞᆯ 자바 네 아ᄃᆞᆯ어
듸 가뇨 ᄒᆞ고 環환刀도ᄅᆞᆯ 메여 ᄣᅵᇙ 時씽
卽졩에 鴛원鴦향이 놀애ᄅᆞᆯ 블로ᄃᆡ
보니 몯 보아 손ᅀᆞ우니다니 님하 오ᄂᆞᆯ
나래 시라마로리어다 ᄒᆞ야ᄂᆞᆯ 長땽
者쟝ㅣ 菩뽕提똉樹쓩 미틔 가
者쟝ㅣ 菩뽕提똉樹쓩ㅅ 미틔 가 보니 安한樂락國귁
삼동내 버혀 더뎻거늘 주ᅀᅥ다가 次충
삼동내 버혀 노코 싸해 업데여 그울며
第똉로 니ᅀᅥ 노코 싸해 업데여 치더니 向향ᄒᆞ야 合합
라거늘 니러 西셰ㅅ녁
손 ᄒᆞ디여 우니 天텬 動동ᄒᆞ더니 오
掌쟝ᄒᆞ야 눈믈 ᄲᅳ리고 我앙臨림 欲욕 偈꼥

鴛鴦(원앙)이를 잡아 "네 아들이 어디 갔느냐?" 하고, 環刀(환도)를 메어칠 때에 鴛鴦(원앙)이 노래를 부르되 "(내가) 고운 사람을 못 보아서 (마음을) 사르고 끊듯이 울고 다니더니, 넘이시여 '(나를) 오늘날에 (살아 있는) 넋이라.' (하지) 말 것이다." 하거늘, 長者(장자)가 (원앙부인을) 菩提樹(보리수)의 밑에 데려다가 세 동강 나게 베어서 던졌느니라. 安樂國(안락국)이 (그 소식을) 듣고 菩提樹(보리수) 밑에 가서 보니, (장자가 부인의 몸을) 세 동강 내어 베어 던지어 있거늘, (시체를) 주워다가 次第(차제)로 이어 놓고, 땅에 엎드리어 구르며 슬퍼하여 넘어져서 우니 하늘이 진동하더니, (시간이) 오래 지나거늘 (안락국이) 일어나 西(서)쪽을 向(향)하여 合掌(합장)하여 눈물을 뿌리고, 하늘을 부르며 偈(게)를 지어 부르되 "願我臨欲

鴛_훤鴦_향이를 자바 네 아들 어듸 가뇨⁶⁰⁾ ᄒ고 環_훤刀_돌⁶¹⁾를 메여티⁶²⁾ 時_씽節_겷에 鴛_훤鴦_향이 놀애를 블로듸 고ᄫᆞ니⁶³⁾ 몯 보아 슬읏⁶⁴⁾ 우니다니⁶⁵⁾ 님하⁶⁶⁾ 오ᄂᆞᆳ나래 넉시라⁶⁷⁾ 마로리어다⁶⁸⁾ ᄒ야늘 長_댱者_쟝ㅣ 菩_뽕提_똉樹_쓩 미틔 ᄃ려다가 삼 동⁶⁹⁾ 내⁷⁰⁾ 버혀⁷¹⁾ 더뎃ᄂᆞ니라⁷²⁾ 安_한樂_락國_귁이 듣고 菩_뽕提_똉樹_쓩 미틔 가 보니 삼 동 내 버혀 더뎃거늘 주서다가⁷³⁾ 次_충第_똉로 니서 노코⁷⁴⁾ ᄯᅡ해 업데여⁷⁵⁾ 그울며⁷⁶⁾ 슬 하디여⁷⁷⁾ 우니 하ᄂᆞᆯ히 드러치더니⁷⁸⁾ 오라거늘⁷⁹⁾ 니러 西_솅ㅅ 녁 向_향ᄒ야 合_합掌_쟝 ᄒ야 눉믈 쓰리고⁸⁰⁾ 하ᄂᆞᆯ 브르며 偈_꼥를 지서 블로듸 願_원我_앙臨_림欲_욕

---

60) 가뇨: 가(가다, 去)- + -Ø(과시)- + -뇨(-냐: 의종, 설명)

61) 環刀: 환도. 예전에, 군복에 갖추어 차던 군도(軍刀)이다.

62) 메여티ᇙ: 메여티[메어치다, 伐: 메(메다)- + -여(←-어: 연어) + 티(치다, 擊)-]- + -ᇙ(관전)

63) 고ᄫᆞ니: 곱(← 곱다, ㅂ불: 곱다, 麗)- + -Ø(현시)- + -ᄋᆞᆫ # 이(이, 사람, 者: 의명)

64) 슬읏: 사르고 끊듯이, 哀切(부사)

65) 우니다니: 우니[울면서 다니다: 우(← 울다: 울다, 泣)- + 니(가다, 行)-]- + -다(←-더-: 회상)- + -Ø(←-오-: 화자)- + -니(연어, 설명 계속)

66) 님하: 님(임, 主) + -하(-이시여: 명종, 아주 높임)

67) 넉시라: 넋(넋, 魂)- + -이(서조)- + -Ø(현시)- + -라(←-다: 평종)

68) 마로리어다: 말(말다, 勿)- + -오(대상)- + -ㄹ(관전) # 이(것, 者: 의명)- + -Ø(←-이-: 서조)- + -Ø(현시)- + -어(←-거-: 확인)- + -다(평종)

69) 삼 동: 삼(삼, 三: 관사, 양수) # 동(동강: 의명)

70) 내: 내[나게, 나도록(부사): 나(나다, 現)- + -ㅣ(←-이: 부접)]

71) 버혀: 버히[베다, 斬: 벟(베어지다: 자동)- + -이(사접)-]- + -어(연어)

72) 더뎃ᄂᆞ니라: 더디(던지다, 投)- + -어(연어) # 잇(보용, 완료 지속)- + -ᄂᆞ(현시)- + -니(원칙)- + -라(←-다: 평종) ※ '더뎃ᄂᆞ니라'는 '더뎌 잇ᄂᆞ니라'가 축약된 형태이다.

73) 주서다가: 줏(← 줏다, ㅅ불: 줍다, 拾)- + -어(연어) + -다가(연어, 강조, 동작의 유지)

74) 니서 노코: 닛(← 닛다, ㅅ불: 잇다, 連)- + -어 # 놓(놓다: 보용, 완료 지속)- + -고(연어, 계기)

75) 업데여: 업데(엎드리다, 伏)- + -여(←-어: 연어)

76) 그울며: 그울(구르다, 轉)- + -며(연어, 나열)

77) 슬하디여: 슬하디[슬퍼하여 넘어지다: *슳(← 슳다: 슬퍼하다)- + -아(연어) + 디(지다, 落)-]- + -여(←-어: 연어)

78) 드러치더니: 드러치(진동하다, 振動)- + -더(회상)- + -니(연어, 설명 계속)

79) 오라거늘: 오라(오래다, 久)- + -거늘(연어, 상황)

80) 쓰리고: 쓰리(뿌리다, 散)- + -고(연어, 계기)

命命終쥬時씽盡찐除뗭一ᅙퟢᆶ切촁諸졍
障쟝障쟝碍ᅌᅢᆼ面면見견彼빙佛뿌ᇙ阿ᅙᅡᆼ
彌밍陁땅即즉得득往왕生싱安한樂락刹챓
왕生싱安한樂락찷
願웑ᄒᆞᆫ든내ᄒᆡ마命명終쥬ᇙ홇時씽
即즈긣에ᅙᅵᇙ切촁ᄒᆞᆫ거슬다더러
ᄇᆞ리고뎌阿ᅙᅡᆼ彌밍陁땅佛뿌ᇙ을보
ᅀᅡᆼ即즉자히安한樂락刹챓애가나
이가다지
즉자히極끅樂락世솅界갱로서四ᄉᆞ
十씹八밣龍룡船쓘이真진如ᅀᅧ大땡
海ᄒᆡᆼ에ᄢᅥ大땡子ᄌᆞᆼ알ᄑᆡ오니그龍룡
船쓘ᄶᅥᆫ가온ᄃᆡᆺ굮근菩뽕薩삾ᄃᆞᆯ히太

(원아임욕명종시) 盡除一切諸障碍(진제일체제장애) 面見彼佛阿彌陁(면견피불아미타) 卽得往生安樂利(즉득왕생안락찰)

願(원)하컨대 내가 장차 命終(명종)할 때에, 一切(일체)의 가린 것을 다 덜어 버리고, 저 阿彌陀佛(아미타불)을 보아, 즉시 安樂利(안락찰)에 가 나고 싶습니다.

즉시 極樂世界(극락세계)로부터서 四十八(사십팔) 龍船(용선)이 眞如大海(진여대해)에 떠서 太子(태자)의 앞에 오니, 그 龍船(용선)의 가운데에 있는 큰 菩薩(보살)들이

命_명終_즁時_씽 盡_찐除_뗭一_힗切_쳉諸_졍障_쟝碍_앵 面_면見_견彼_빙佛_뿛阿_항彌_밍陁_땅 即_즉
得_득往_왕生_싱安_한樂_락刹_찷

願_원흔든⁸¹⁾ 내 ᄒᆞ마⁸²⁾ 命_명終_즁흟⁸³⁾ 時_씽節_졇에 一_힗切_쳉 ᄀᆞ린⁸⁴⁾ 거슬 다 더
러⁸⁵⁾ ᄇᆞ리고⁸⁶⁾ 뎌 阿_항彌_밍陁_땅佛_뿛을 보ᅀᆞᄫᅡ 즉자히 安_한樂_락刹_찷⁸⁷⁾애 가 나
가 지이다⁸⁸⁾

즉자히 極_끅樂_락世_솅界_갱로셔⁸⁹⁾ 四_{ᄉᆞ}十_씹八_밢 龍_룡船_쎤⁹⁰⁾이 眞_진如_셩大_땡海_힝⁹¹⁾에
ᄠᅴ⁹²⁾ 太_탱子_{ᄌᆞ} 알ᄑᆡ⁹³⁾ 오니 그 龍_룡船_쎤 가온딧⁹⁴⁾ 굴근⁹⁵⁾ 菩_뽕薩_삻들히⁹⁶⁾

---

81) 願흔든: 願ᄒᆞ[원하다: 願(원: 명사) - ᄒᆞ(동접)-]- + -ㄴ든(-건대: 연어, 주제 제시) ※ '-ㄴ든'
은 [-ㄴ(관전) + ᄃᆞ(것, 者: 의명) + -ㄴ(←-ᄂᆞᆫ: 보조사, 주제)]으로 형성된 연결 어미이다. 뒤
절의 내용이 화자가 보거나 듣거나 바라거나 생각하는 따위의 내용임을 미리 밝히는 연결 어
미이다.

82) ᄒᆞ마: 장차, 將(부사)

83) 命終흟: 命終ᄒᆞ[명종하다, 죽다: 命終(명종, 죽음: 명사) + -ᄒᆞ(동접)-]- + -ᇙ(관전)

84) ᄀᆞ린: ᄀᆞ리(가리다, 障碍)- + -Ø(과시)- + -ㄴ(관전)

85) 더러: 덜(덜다, 除)- + -어(연어)

86) ᄇᆞ리고: ᄇᆞ리(버리다: 보용, 완료)- + -고(연어, 계기)

87) 安樂刹: 안락찰. 서방 극락세계의 불국토이다.

88) 나가 지이다: 나(나다, 生)- + -가(←-거-: 확인)- + -Ø(←-오-: 화자)- + -아(연어) # 지(싶
다: 보용, 희망)- + -Ø(현시)- + -이(상높, 아주 높임)- + -다(평종)

89) 極樂世界로셔: 極樂世界(극락세계) + -로(부조, 방향) + -셔(-서: 보조사, 위치 강조)

90) 龍船: 용선. 사바세계에서 깨달음의 세계인 피안(彼岸)의 극락정토로 중생들을 건네 주는 반야
바라밀의 배(船)를 말한다. 불교에서는 참된 지혜와 깨달음을 얻은 중생이 극락정토로 가기 위
해서는 반야용선(般若龍船)을 타고 건너가야 한다. 불교미술에서는 반야용선을 타고 열반의
세계로 향하는 모습이 자주 표현된다.

91) 眞如大海: 진여대해. 진여(眞如)의 바다이다. ※ '眞如(진여)'는 우주(宇宙) 만유(萬有)의 실체
로서, 현실적이며 평등하고 무차별한 절대의 진리(眞理)이다.

92) ᄠᅴ: ᄠᅳ(←ᄠᅳ다: 뜨다, 浮)- + -ㅣ(←-어: 연어) ※ 'ᄠᅴ'는 'ᄠᅥ'를 오기한 형태이다.

93) 알ᄑᆡ: 앒(앞, 前) + -ᄋᆡ(-에: 부조, 위치)

94) 가온딧: 가온딕(가운데, 中) + -ㅅ(-의: 관조)

95) 굴근: 굵(굵다, 크다, 大)- + -Ø(현시)- + -ㄴ(관전)

96) 菩薩들히: 菩薩들ㅎ[보살들, 諸菩薩: 菩薩(보살) + -들ㅎ(-들: 복접)] + -이(주조)

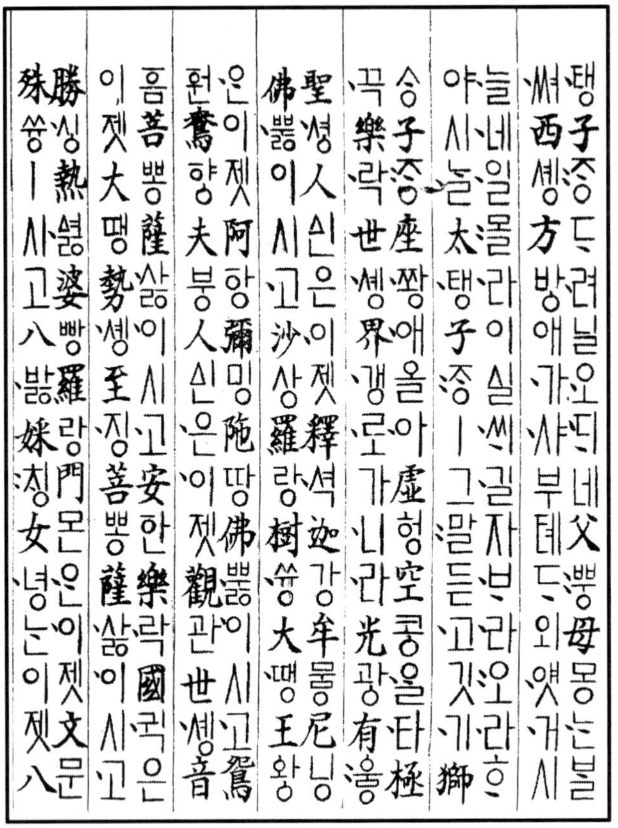

탱子ᄌᆞᆼᄃᆞ려닐오ᄃᆡ네父뿡母몽ᄂᆞᆫ벌
써西솅方방애가샤부텨ᄃᆞ외얫거시
ᄂᆞᆯ네일몰라이실ᄊᆡ길자ᄇᆞ라오라ᄒᆞ
야시ᄂᆞᆯ太탱子ᄌᆞᆼㅣ그말듣고깃거獅
ᄉᆞᆼ子ᄌᆞᆼ座쫭애올아虛헝空콩ᄋᆞᆯ타極
끅樂락世솅界갱로가니라光광有ᅌᅮᇢ
聖셩人신ᄋᆞᆫ이젯釋셕迦강牟뭉尼닝
佛뿛이시고沙상羅랑樹쓩大땡王왕
ᄋᆞᆫ이젯阿항彌밍陁땅佛뿛이시고鴛
훤鴦향夫붕人신ᄋᆞᆫ이젯觀관世솅音
ᅙᆞᆷ菩뽕薩삻이시고安한樂락國귁ᄋᆞᆫ
이젯大땡勢솅至징菩뽕薩삻이시고
勝싱熱ᅀᅧᇙ婆빵羅랑門몬ᄋᆞᆫ이젯文문
殊쓩ㅣ시고八밣婇칭女녕ᄂᆞᆫ이젯八

太子(태자)에게 이르되 "너의 父母(부모)는 벌써 西方(서방)에 가시어 부처가 되어 있으시거늘, 네가 이를 모르고 있으므로 (내가 너에게) 길을 잡으러 왔다." 하시거늘, 太子(태자)가 그 말을 듣고 기뻐하여 獅子座(사자좌)에 올라 虛空(허공)을 타서 極樂世界(극락세계)로 갔니라. 光有聖人(광유성인)은 이제의 釋迦牟尼佛(석가모니불)이시고, 沙羅樹大王(사라수대왕)은 이제의 阿彌陀佛(아미타불)이시고, 鴛鴦夫人(원앙부인)은 이제의 觀世音菩薩(관세음보살)이시고, 安樂國(안락국)은 이제의 大勢至菩薩(대세지보살)이시고, 勝熱婆羅門(승렬바라문)은 이제의 文殊(문수)이시고, 八婇女(팔채녀)는 이제의 八大菩薩(팔대보살)이시고

太탱子중ᄃ려 닐오ᄃᆡ 네 父뽕母몽ᄂᆞᆫ 불쎠[97] 西솅方방애 가샤 부톄[98] ᄃᆞ외얫거시늘[99] 네 일[100] 몰라[1] 이실ᄊᆡ 길 자ᄇᆞ라[2] 오라[3] ᄒᆞ야시늘 太탱子중ㅣ 그 말 듣고 깃기[4] 獅ᄉᆞ子중座쫭[5]애 올아 虛헝空콩ᄋᆞᆯ 타[6] 極끅樂락世솅界갱로 가니라 光꽝有ᄋᆞᆯ聖셩人ᅀᅵᆫ은 이젯[7] 釋셕迦강牟뭏尼닝佛뿛이시고 沙상羅랑樹쓩大땡王왕은 이젯 阿항彌밍陁땅佛뿛 이시고 鴛훤鴦ᅙᅣᆼ夫붕人ᅀᅵᆫ은 이젯 觀관世솅音흠菩뽕薩삻이시고 安한樂락國귁은 이젯 大땡勢솅至징菩뽕薩삻이시고 勝싱熱ᅀᅥᇙ婆빵羅랑門몬은 이젯 文문殊쓩ㅣ시고 八밦婇ᄎᆡᆼ女녕ᄂᆞᆫ 이젯 八밦大땡菩뽕薩삻[9]이시고

---

97) 불쎠: 벌써, 이미, 旣(부사)
98) 부톄: 부텨(부처, 佛) + -ㅣ(←-이: 보조)
99) ᄃᆞ외얫거시늘: ᄃᆞ외(되다, 爲)- + -야(←-아: 연어) + 잇(←이시다: 보용, 완료 지속)- + -시(주높)- + -거…늘(-거늘: 연어, 상황) ※ 'ᄃᆞ외얫거시늘'은 'ᄃᆞ외야 잇거시늘'이 축약된 형태이다.
100) 일: 이(이, 이것, 此: 지대, 정칭) + -ㄹ(←-를: 목조)
1) 몰라: 몰ᄅ(←모ᄅᆞ다: 모르다, 不知)- + -아(연어)
2) 자ᄇᆞ라: 잡(잡다, 인도하다)- + -ᄋᆞ라(연어, 목적)
3) 오라: 오(오다, 來)- + -Ø(과시)- + -Ø(←-오-: 화자)- + -라(←-다: 평종) ※ '길 자ᄇᆞ라 오라'는 '길을 안내하러 왔다'의 뜻으로 쓰였다. ※ 서술어의 행위의 주체가 화자 자신인 '나(我)'이므로 화자 표현의 선어말 어미인 '-오-'가 실현되어야 하는데, '오라'의 어간 '오-' 뒤에 선어말 어미 '-오-'가 탈락한 형태이다.
4) 깃기: 깄(기뻐하다, 歡)- + -이(←-어: 연어) ※ '깃기'는 '깃거'를 오각한 형태이다.
5) 獅子座: 사자좌. 부처가 앉는 자리이다. 부처는 인간 세계에서 존귀한 자리에 있으므로, 모든 짐승의 왕인 사자에 비유하였다.
6) 타: ᄐ(←ᄐᆞ다: 타다, 乘)- + -아(연어)
7) 이젯: 이제[이제, 此時: 이(이, 此: 관사, 지시, 정칭) + 제(때, 時: 의명)] + -ㅅ(-의: 관전)
8) 文殊: 문수. 문수보살(文殊菩薩).
9) 八大菩薩: 팔대보살. 정법(正法)을 지키고 중생을 옹호하는 여덟 보살이다. 경(經)에 따라 다르다. 『藥師經』(약사경)에서는 문수사리보살, 관세음보살, 득대세지보살, 무진의보살, 보단화보살, 약왕보살, 약상보살, 미륵보살을 이르며, 『慢茶羅經』(만다라경)에서는 관세음보살, 미륵보살, 허공장보살, 보현보살, 금강수보살, 문수보살, 제개장보살, 지장보살을 이른다.

밝大땡菩뽕薩삻이시고五ᅌᅩᆼ百빅第
똉子ᄌᆞᆼᄂᆞᆫ이젯五ᅌᅩᆼ百빅羅랑漢한이
시니라子ᄌᆞᆼ賢ᅘᅧᆫ長땽者쟝ᄂᆞᆫ無뭉
間간地띵獄옥애ᄃᆞ리잇ᄂᆞ니라○
方방等ᄃᆡᆼ을여듧히니르시고버거ᄉᆞᆯ
두힛ᄉᆞᆯ예般반若샹ᄋᆞᆯ니르시니라
般반若샹ᄋᆞᆯ처ᅀᅥᆷ니르샤미부텻나히쉬믄대찻히癸
卯묳ㅣ라般반若샹ᄂᆞᆫ뷘理링ᄅᆞᆯ니ᄅᆞ샤相샹이잇ᄂᆞᆫ거슬허르시니五ᅌᅩᆼ蘊훈
이清쳥淨쪙ᄒᆞ며四승諦뎡十씹二ᅀᅵᆼ緣원六륙度똥法법이며諸졍佛뿛人

五百(오백) 弟子(제자)는 이제의 五百(오백) 羅漢(나한)이시니라. 子賢長者(자현 장자)는 無間地獄(무간지옥)에 들어 있느니라.】○ (세존께서) 方等(방등)을 여덟 해 이르시고, 다음으로 스물두 해의 사이에 般若(반야)를 이르셨니라.【般若(반야)를 처음 이른신 것이 부처의 나이가 쉰이시더니, 穆王(목왕)의 스물넷째의 해인 癸卯(계묘)이다. 般若(반야)는 빈 理(이)를 이르시어 相(상)이 있는 것을 허무시니, 五蘊(오온)이 清淨(청정)하며, 四諦(사체)·十二緣(십이연)·六度法(육도법)이며 諸佛(제불)의

五_웅百_빅 弟_똉子_중는 이젯 五_웅百_빅 羅_랑漢_한이시니라¹⁰⁾ 子_중賢_현長_댱者_쟝는 無_뭉間_간地_띵獄_옥¹¹⁾애 드리¹²⁾ 잇ᄂ니라 】 ○ 方_방等_등¹³⁾ 여듧 히 니르시고 버거¹⁴⁾ 스믈두 힛¹⁵⁾ 싀예 般_반若_샹¹⁶⁾를 니르시니라¹⁷⁾【 般_반若_샹 처섬 니ᄅ샤미 부텻 나히¹⁸⁾ 쉬니리시니¹⁹⁾ 穆_목王_왕ㅅ²⁰⁾ 스믈네찻²¹⁾ 히 癸_귕卯_묠ㅣ라 般_반若_샹ᄂ 뷘 理_링를 니ᄅ샤 相_샹 이쇼믈 허르시니²²⁾ 五_웅蘊_훈²³⁾이 淸_쳥淨_쪙ᄒ며 四_ᄉ諦_뎅²⁴⁾ 十_씹二_싱緣_원²⁵⁾ 六_륙度_똥法_법²⁶⁾이며 諸_졍佛_뿛ㅅ

---

10) 羅漢이시니라: 羅漢(나한) + -이(서조)- + -시(주높)- + -Ø(현시)- + -니(원칙)- + -라(←-다: 평종) ※ '羅漢(나한)'은 생사를 이미 초월하여 배울 만한 법도가 없게 된 경지의 부처이다.(= 阿羅漢)

11) 無間地獄: 무간지옥. 팔열 지옥(八熱地獄)의 하나이다. 오역죄를 짓거나, 절이나 탑을 헐거나, 시주한 재물을 축내거나 한 사람이 가는데, 한 겁(劫) 동안 끊임없이 고통을 받는다는 지옥이다.

12) 드리: 들(들다, 入: 자동)- + -이(←-어: 연어) ※ '드리'는 '드러'를 오각한 형태이다.

13) 方等: 방등. 이치가 보편적이며 평등하다는 뜻으로, 대승경전(大乘經典)을 통틀어 이르는 말이다.

14) 버거: [다음으로, 次(부사): 벅(다음가다: 동사)- + -어(연어 ▷ 부접)]

15) 힛: 히(해, 歲) + -ㅅ(-의: 관조)

16) 般若: 반야. 대승 불교에서, 만물의 참다운 실상을 깨닫고 불법을 꿰뚫는 지혜. 온갖 분별과 망상에서 벗어나 존재의 참모습을 앎으로써 성불에 이르게 되는 마음의 작용을 이른다.

17) 니르시니라: 니르(이르다, 說)- + -시(주높)- + -Ø(과시)- + -니(원칙)- + -라(←-다: 평종)

18) 나히: 나ᄒ(나이, 齡) + -이(주조)

19) 쉬니리시니: 쉰(쉰, 五十: 수사, 양수) + -이(서조)- + -리(←-러- ←-더-: 회상)- + -니(연어, 설명 계속) ※ '쉬니리시니'는 '쉰니러시니'를 오각한 형태이다.

20) 穆王ㅅ: 穆王(목왕) + -ㅅ(←-ㄱ: -의, 관조) ※ '穆王ㅅ'은 '穆王ㄱ'을 오각한 형태이다. ※ '穆王(목왕)'은 주(周)나라의 제5대 왕이다. 이름은 희만(姬滿)이고 소왕(昭王)의 아들이다.

21) 스믈네찻: [스믈네째, 第二十四(수사, 서수): 스믈(스믈, 二十) + 네(네, 四) + 차(-째: 접미, 서수)] + -ㅅ(-의: 관조)

22) 허르시니: 헐(헐다, 毁)- + -으시(주높)- + -니(연어, 설명 계속)

23) 五蘊: 오온. 생멸·변화하는 모든 것을 구성하는 다섯 요소이다. 곧, 물질인 색온(色蘊), 감각 인상인 수온(受蘊), 지각 또는 표상인 상온(想蘊), 마음의 작용인 행온(行蘊), 마음인 식온(識蘊)을 이른다.

24) 四諦: 사체(사제). 영원히 변하지 않는 네 가지 성스러운 진리이다. '고제(苦諦), 집제(集諦), 멸제(滅諦), 도제(道諦)'를 이른다.

25) 十二緣: 십이연. 과거·현재·미래에 대한 미(迷)한 인과를 12가지로 나눈 것이다.

26) 六度法: 육도법. 보살이 열반에 이르기 위해 실천해야 할 여섯 가지 덕목이다. 보시, 인욕, 지계, 정진, 선정, 지혜를 이른다.(= 六波羅蜜)

十씹力륵菩뽕提똉다 淸쳥淨쪙타ᄒᆞ시며 빗과 소리로 나ᄅᆞᆯ 求끃ᄒᆞ면 邪썅曲콕ᄒᆞᆫ 道똘理링라 如ᅀᅻ來ᄅᆡᆼ 몯 보리라 ᄒᆞ시며 一힗切쳥 諸졍相샹ᄋᆞᆯ 여희면 일후미 諸졍佛뿛이라 ᄒᆞ시며 내 一힗切쳥 衆즁生ᄉᆡᆼ도 滅멿度똥ᄒᆞ디 ᄒᆞᆫ 衆즁生ᄉᆡᆼ도 滅멿度똥ᄅᆞᆯ 得득ᄒᆞ니 업다 ᄒᆞ샤 이런 ᄠᅳᆮ들 니ᄅᆞ시고 ᄯᅩ 須슝菩뽕提똉와 舍샹利링弗붏을 시기니 菩뽕薩ᇙ ᄀᆞᄅᆞ치라 ᄒᆞ시니 菩뽕薩ᇙ이 밤낫 精졍進진ᄒᆞ야 無뭉上썅道똘ᄅᆞᆯ 일우게 ᄃᆞ외니라

'十力(십력)과 菩提(보리)가 다 淸淨(청정)하다.' 하시며, 빛과 소리로 나를 求(구)하면 (그것이) '邪曲(사곡)한 道理(도리)라서 如來(여래)를 못 보리라.' 하시며, 一切(일체)의 諸相(제상)을 떠나면 '(그) 이름이 諸佛(제불)이다.' 하시며, 내가 一切(일체)의 衆生(중생)을 滅度(멸도)하되, '한 衆生(중생)도 滅度(멸도)를 得(득)한 이가 없다.' 하시어 이런 뜻을 이르시고, 또 須菩提(수보리)와 舍利弗(사리불)을 시키어 '菩薩(보살)을 가르치라.' 하시니, 菩薩(보살)이 밤낮 精進(정진)하여 無上道(무상도)를 이루게 되었니라. 】

十_씹力_륵²⁷⁾ 菩_뽕提_똉²⁸⁾ 다 淸_쳥淨_쪙타²⁹⁾ ᄒ시며 빗괴³⁰⁾ 소리로 나를 求_꿓ᄒ면 邪_썅曲_콕³¹⁾ ᄒᆫ 道_똘理_링라³²⁾ 如_셩來_링 몯 보리라 ᄒ시며 一_잃切_촁 諸_졍相_샹을 여희면 일후미 諸_졍佛_뿛이라 ᄒ시며 내 一_잃切_촁 衆_즁生_{ᄉᆡᆼ}을 滅_몛度_똥³³⁾호ᄃᆡ ᄒᆫ 衆_즁生_{ᄉᆡᆼ}도 滅_몛度_똥 得_득ᄒ니³⁴⁾ 업다 ᄒ샤 이런 ᄠᅳ들 니르시고 ᄯᅩ 須_슝菩_뽕提_똉³⁵⁾ 舍_샹利_링弗_붏³⁶⁾ ᄒ야³⁷⁾ 菩_뽕薩_삻 ᄀᄅ치라 ᄒ시니 菩_뽕薩_삻이 밤낫 精_졍進_진ᄒ야 無_뭉上_썅道_똘³⁸⁾를 일우게 ᄃᆞ외니라³⁹⁾ 】

---

27) 十力: 십력. 부처만이 지니고 있다는 열 가지 지혜의 힘이다. 석가가 전지자(全知者)임을 나타내는 10종의 힘을 말한다. 처비처지력(處非處智力), 업이숙지력(業異熟智力), 정려해탈등지등지지력(靜慮解脫等持等至智力), 근상하지력(根上下智力), 중생의 능력이나 소질의 우열을 아는 능력, 종종승해지력(種種勝解智力), 종종계지력(種種界智力), 변취행지력(遍趣行智力), 숙주수념지력(宿住隨念智力), 사생지력(死生智力), 누진지력(漏盡智力) 등이다.

28) 菩提: 보리. 불교(佛敎)에서 최상의 이상인 불타(佛陀) 정각(正覺)의 지혜(智慧)이다. 혹은 불타(佛陀) 정각의 지혜(智慧)를 얻기 위해 수행해야 할 길이다.

29) 淸淨타: 淸淨ᄒ[← 淸淨ᄒ다(청정하다): 淸淨(청정: 명사) + -ᄒ(형접)-] + -Ø(현시) + -다(평종)

30) 빗괴: 빗(← 빛: 빛, 光) + -괴(← -과: 접조) ※ '빗괴'는 '빗과'를 오각한 형태이다.

31) 邪曲: 사곡. 요사스럽고 교활한 것이다.

32) 道理라: 道理(도리) + -Ø(← -이-: 서조) + -Ø(현시) + -라(← -아: 연어)

33) 滅度: 멸도. 모든 번뇌(煩惱)의 속박에서 벗어나고, 진리를 깨달아 불생(不生) 불멸(不滅)의 법을 체득한 경지이다. 불교의 최고 이상이다.

34) 得ᄒ니: 得ᄒ[득하다: 得(득: 불어) + -ᄒ(동접)-] + -Ø(과시) + -ㄴ(관전) # 이(이, 사람, 者: 의명) + -Ø(← -이: 주조)

35) 須菩提: 수보리. '수부티(Subhūti)'이다. 석가모니의 십대 제자 가운데 한 사람이다. 온갖 법이 공(空)하다는 이치를 처음 깨달은 사람이다.

36) 舍利弗: 사리불. 석가모니의 십대 제자 가운데 한 사람(?~B.C.486)이다. 십육 나한의 하나로 석가모니의 아들 라훌라의 수계사(授戒師)로 유명하다.

37) ᄒ야: ᄒ이[하게 하다, 시키다, 使: ᄒ(하다, 爲: 타동)- + -이(사접)-] + -아(연어)

38) 無上道: 무상도. 그 위가 없는 보리(菩提)란 뜻으로 불과(佛果)를 말한다. 부처님께서 얻은 보리는 최상(最上)인 것이므로 이같이 이ᄅᆞ다. 무상의 지혜. 무상지도(無上之道).

39) ᄃᆞ외니라: ᄃᆞ외(되다: 보용, 피동)- + -Ø(과시)- + -니(원칙)- + -라(← -다: 평종)

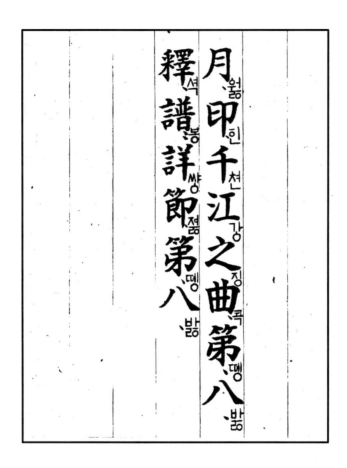

月印千江之曲(월인천강지곡) 第八(제팔)

釋譜詳節(석보상절) 第八(제팔)

月_윓印_힌千_천江_강之_징曲_콕　第_똉八_밣

釋_셕譜_봉詳_썅節_졇　第_똉八_밣

부록

'원문과 번역문의 벼리' 및 '문법 용어의 풀이'

부록 1. 원문과 번역문의 벼리

『월인석보 제팔』 원문의 벼리

『월인석보 제팔』 번역문의 벼리

부록 2. 문법 용어의 풀이

1. 품사
2. 불규칙 활용
3. 어근
4. 파생 접사
5. 조사
6. 어말 어미
7. 선어말 어미

[부록 1] 원문과 번역문의 벼리

『월인석보 제팔』 원문의 벼리

^[1앞]月_윓印_힌千_천江_강之_징曲_콕 第_똉八_밠

釋_셕譜_봉詳_썅節_졇 第_똉八_밠

其_끵二_싱百_빅十_씹二_싱

韋_윙提_똉希_흿 請_청ᄒᆞᄫᅡ 淨_쪙土_통애 니거 지이다 十_씹方_방 諸_졍國_귁을 보긔 ᄒᆞ시니
韋_윙提_똉希_흿 願_원ᄒᆞᄫᅡ 西_솅方_방애 ^[1뒤] 니거 지이다 十_씹六_륙觀_관經_겅을 듣ᄌᆞᆸ긔 ᄒᆞ시니

其_끵二_싱百_빅十_씹三_삼

보샤미 멀리잇가 善_쎤心_심이 오ᄋᆞᆯ면 안존 고대셔 말가히 보리니
가샤미 멀리잇가 善_쎤根_군이 기프면 彈_딴指_징ㅅ ᄉᆞᅀᅵ예 반ᄃᆞ기 가리니 ^[2앞]

其_끵二_싱百_빅十_씹四_{ᄉᆞᆼ}

初_총觀_관과 二_싱觀_관은 日_{ᅀᅵᇙ}想_샹 水_슁想_샹이시며 三_삼觀_관은 地_띵想_샹이시니
四_{ᄉᆞᆼ}觀_관과 五_옹觀_관은 樹_쑹想_샹 八_밠功_공德_득水_슁想_샹 六_륙觀_관은 ^[2뒤]總_종觀_관想_샹이시니

其二百十五

七觀은 花坐想 八觀은 像想이시며 九觀은 色身相이시니 觀世音 大勢至 十觀 十一觀이시며 普觀想이 韋提希 願ᄒᆞᅀᆞ바 西方애 [3앞] 十二觀이시니

其二百十六

雜想이 十三觀이며 上 中 下 三輩想이 遲速間애 快樂이 ᄀᆞᆮᄒᆞ리

功德이 기프니ᄂᆞᆫ 上品三生애 나디 一日 後에 [3뒤] 蓮ㅅ고지 프리니

其二百十七

功德이 버그니ᄂᆞᆫ 中品三生애 나디 七日 後에 蓮ㅅ고지 프리니

功德이 ᄯᅩ 버그니ᄂᆞᆫ 下品三生애 나디 七七日 後에 [4앞] 蓮ㅅ고지 프리니

其二百十八

世尊 神通力에 이 말 니ᄅᆞ싫 제 無量壽佛이 虛空애 뵈시니

韋提希 恭敬心에 이 말 듣ᄌᆞᇦ 제 西方世界ᄅᆞᆯ [4뒤] ᄉᆞᄆᆞᆺ 보니

其二百十九

莊_장嚴_엄이 뎌러ᄒ실ᄊᆡ 快_쾡樂_락이 뎌러ᄒ실ᄊᆡ 極_끅樂_락世_솅界_갱를 ᄇᆞ라ᅀᆞᆸ노이다 輪_륜廻_{ᅘ�‍ᅬᆼ}도 이러ᄒᆯᄊᆡ 受_{ᄊᆛᇢ}苦_콩도 이러ᄒᆯᄊᆡ 娑_상婆_{빵}世_솅界_갱를 여희ᅇᅡ 지이다 ^[5앞]

韋_윙提_똉希_힁夫_붕人_{ᅀᅵᆫ}이 世_솅尊_존ᄭᅴ ᄉᆞᆯᄫᅩᄃᆡ 淨_쪙土_통애 가아 나고져 ᄒ노이다 世_솅尊_존이 즉자히 眉_밍間_간 金_금色_{ᄉᆡᆨ}光_광ᄋᆞᆯ 펴샤 十_씹方_방 無_뭉量_량 世_솅界_갱를 차 비취시니 ^[5뒤] 諸_졍佛_{뿌ᇙ} 淨_쪙土_통ㅣ 다 그어긔 現_{ᅘᅧᆫ}커늘 제 골히라 ᄒ신대 韋_윙提_똉希_힁夫_붕人_{ᅀᅵᆫ}이 阿_{ᅙᅡᆼ}彌_밍陁_땅佛_{뿌ᇙ}國_귁에 나가 지이다 ᄒᆞ야ᄂᆞᆯ 부톄 韋_윙提_똉希_힁ᄃᆞ려 니ᄅᆞ샤ᄃᆡ 네며 衆_즁生_{ᄉᆡᇰ}ᄃᆞᆯ히 ᄆᆞᅀᆞᄆᆞᆯ 오ᄋᆞᆯ와 ᄒᆞᆫ 고대 고ᄌᆞ기 머거 西_솅方_방ᄋᆞᆯ 想_샹ᄒᆞ라 ^[6앞]

엇뎨ᄒᆞ몰 想_샹이라 ᄒᆞ거뇨 想_샹ᄋᆞᆯ 홇 딘댄 一_{ᅙᅵᇙ}切_촁 衆_즁生_{ᄉᆡᇰ}이 想_샹念_념을 니르와다 西_솅ㅅ녁 向_향ᄒᆞ야 正_졍히 안자 디ᄂᆞᆫ ᄒᆡ를 ᄉᆞ외 보아 ᄆᆞᅀᆞᄆᆞᆯ 구디 머거 想_샹ᄋᆞᆯ 오ᄋᆞᆯ와 옮기디 아니ᄒᆞ야 ᄒᆡ 디ᄂᆞᆫ 야ᅌᅵ ᄃᆞ론 붑 ᄀᆞᆮ거든 눈 ᄀᆞ므며 ᄠᅮ메 다 ᄇᆞᆰ게 호미 이 日_{ᅀᅵᇙ}想_샹이니 ^[6뒤] 일후미 初_총觀_관이라

버거 水_{ᄉᆔᆼ}想_샹ᄋᆞᆯ ᄒᆞ야 므릐 ᄆᆞᆯ군 주를 보아 ᄯᅩ ᄇᆞᆰ게 ᄒᆞ야 흐튼 ᄠᅳᆮ 업게 ᄒᆞ고 冰_빙想_샹ᄋᆞᆯ ᄒᆞ야 어르믜 ᄉᆞᄆᆞᆺ 비취ᄂᆞᆫ 고ᄃᆞᆯ 보고 瑠_륲璃_링想_샹ᄋᆞᆯ ᄒᆞ야 이 想_샹이 일면 瑠_륲璃_링ᄯᅡ히 안팟기 ᄉᆞᄆᆞᆺ 비취어든 그 아래 金_금剛_강 七_칧寶_볼 ^[7앞] 金_금幢_{따ᇰ}이 瑠_륲璃_링ᄯᅡᄒᆞᆯ 바다 이시니 그 幢_{따ᇰ} 여듧 모해 百_{ᄇᆡᆨ}寶_볼로 일우고 寶_볼珠_즁마다 一_{ᅙᅵᇙ}千_쳔 光_광明_명이오 光_광明_명마다 八_밣萬_먼四_{ᄉᆞᆼ}千_쳔 비치니 瑠_륲璃_링ᄯᅡᄒᆞᆯ 비취요ᄃᆡ 億_흑千_쳔 日_{ᅀᅵᇙ}이 ᄀᆞᆮᄒᆞ야 ᄀᆞ초 보ᄆᆞᆯ 몯ᄒᆞ리며 ^[7뒤] 瑠_륲璃_링 ᄯᅡ 우희 黃_{ᅘᅪᇰ}金_금 노ᄒᆞ로 섯느리고 七_칧寶_볼 ᄀᆞᆯᄫᅵ 分_분明_명ᄒᆞ고 ᄒᆞᆫ 보ᄇᆡ마다 五_옹百_{ᄇᆡᆨ} 비쳇 光_광이니 그 光_광이 곳 ᄀᆞᆮᄒᆞ며 벼ᄃᆞ리 虛_헝空_콩애 ᄃᆞᆯ인 ᄃᆞᆺ ᄒᆞ야 光_광明_명臺_{ᄄᆡᆼ} ᄃᆞ외

오 樓_룽閣_각 千_천萬_먼이 百_빅寶_볼ㅣ 모다 이렛고 臺_띵ㅅ 두 겨틔 各_각各_각 百_빅億_흑 華_嘋幢_땅과 ^[8앞] 그지업슨 풍륫가스로 莊_장嚴_엄ᄒᆞ얫거든 여듧 가짓 淸_청風_봉이 光_광明_명으로셔 나아 풍륫가슬 부러 苦_콩空_콩 無_뭉常_쌍 無_뭉我_앙ㅅ 소리를 너펴 니르ᄂᆞ니 이 水_{슈ᇰ}想_샹이니 일후미 第_똉二_{ᅀᅵᆼ}觀_관이라 이 想_샹이 일 쩌긔 낫나치 ^[8뒤] 보믈 ᄀᆞ장 물ᄀᆞᆺ몰ᄀᆞ시 ᄒᆞ야 누늘 뜨거나 ᄀᆞᆷ거나 ᄒᆞ야도 일틀 마라 밥 머긂 덛만 뎌ᇰ 長_땅常_쌍 이 이를 싱각ᄒᆞ라

이리 想_샹호미 極_끅樂_락國_귁 싸ᄒᆞᆯ 어둘 보논 디니 ᄒᆞ다가 三_삼昧_밍옷 得_득ᄒᆞ면 뎌 나랏 싸ᄒᆞᆯ 물ᄀᆞᆺ몰ᄀᆞ시 分_분明_명히 보아 몯내 니르리니 이 地_띵想_샹이니 ^[9앞] 일후미 第_똉三_삼觀_관이라 부톄 阿_항難_난이ᄃᆞ려 니르샤ᄃᆡ 네 부텻 마ᄅᆞᆯ 디녀 未_밍來_링世_셍옛 一_{ᅵᆶ}切_촁 大_땡衆_즁이 受_쓜苦_콩 벗고져 ᄒᆞ리 爲_윙ᄒᆞ야 이 싸 보논 法_법을 니르라 이 싸ᄒᆞᆯ 본 사ᄅᆞ믄 八_밣十_씹億_흑 劫_겁 生_싱死_{ᄉᆞᆼ}ㅅ 罪_쬥를 免_면ᄒᆞ야 다ᄅᆞᆫ 뉘예 淨_쪙國_귁에 ^[9뒤] 一_{ᅵᆶ}定_떙히 나리니 이 보미 正_졍觀_관이오 다ᄅᆞᆫ 보믄 邪_쌍觀_관이라

부톄 阿_항難_난이와 韋_윙提_똉希_힁ᄃᆞ려 니르샤ᄃᆡ 地_띵想_샹이 일어든 버거 寶_볼樹_쓜를 봃 디니 낫나치 보아 七_칧重_뜡行_{ᅘᅢᆼ}樹_쓜想_샹을 ᄒᆞ야 즘게마다 노피 八_밣千_천由_율旬_쓘이오 ^[10앞] 七_칧寶_볼 花_황葉_엽이 ᄀᆞ자 花_황葉_엽마다 다ᄅᆞᆫ 寶_볼色_{ᄉᆡᆨ}이 지서 瑠_륳璃_링色_{ᄉᆡᆨ} 中_{듀ᇰ}에 金_금色_{ᄉᆡᆨ}光_광이 나며 玻_팡瓈_롕色_{ᄉᆡᆨ} 中_{듀ᇰ}에 紅_{ᅘᅩᆼ}色_{ᄉᆡᆨ}光_광이 나며 瑪_망瑙_놀色_{ᄉᆡᆨ} 中_{듀ᇰ}에 硨_챵磲_껑光_광이 나며 硨_챵磲_껑色_{ᄉᆡᆨ} 中_{듀ᇰ}에 綠_록眞_진珠_즁光_광이 ^[10뒤] 나며 珊_산瑚_{ᅘᅩᆼ} 琥_훙珀_픽 一_{ᅵᆶ}切_촁 衆_즁寶_볼로 빗ᄉᆞ와미에 ᄭᅮ미고 眞_진珠_즁 그므리 즘게 우마다 닐굽 볼 두프니 그믌 ᄉᆞᅀᅵ마다 五_옹百_빅億_흑 ^[11앞] 妙_묠華_황宮_궁殿_면이 梵_뻠王_왕宮_궁이 ᄀᆞᆮᄒᆞ야 하ᄂᆞᆳ 童_똥子_중ㅣ 自_쫑然_션히 그 소배 이셔 童_똥子_중마다 五_옹百_빅億_흑 釋_셕迦_강毗_뼁楞_릉伽_깡 摩_망尼_닝로 瓔_{ᅙᅧᆼ}珞_락ᄋᆞᆯ ᄒᆞ니 ^[11뒤] 그

摩망尼닝ㅅ 光광이 百빅 由율旬쓘을 비취여 百빅億흑 日싏月윓 모든 둣 ㅎ야 몯내 니르리라 이 寶볼樹쓩둘히 行헝列럻行헝列럻히 서르 [12앞] 마초 셔며 닙니피 서르 次충第똉로 나고 닙 스싀예 고븐 곳둘히 프고 곳 우희 七칧寶볼 여르미 여느니 닙마다 너븨와 길왜 다 스믈다슷 由율旬쓘이오 그 니피 즈믄 비치오 온 가짓 그리미 이쇼딕 하눐 瓔형珞락이 ᄀᆞᆺ고 한 고븐 고지 閻염浮뿔檀딴金금ㅅ 비치오 여르미 [12뒤] 소사나딕 帝뎽釋셕甁뼝이 ᄀᆞᆺ호야 큰 光광明명이 幢똥幡펀과 無뭉量량 寶볼蓋갱 ᄃᆞ외오 三삼千천大땡千천世솅界갱옛 一힔切쳉 佛뿛事쏭와 十씹方방 佛뿛國귁이 다 寶볼蓋갱 中듕에 비취여 뵈ᄂᆞ니 이 즐게 보고 ᄯᅩ 次충第똉로 즐겟 줄기와 가지와 [13앞] 닙과 곳과 果광實씷와 낫나치 보아 다 分분明명케 홇 디니 이 樹쓩想샹이니 일후미 第똉四ᄉᆞ觀관이라

버거 므를 想샹호리니 極끅樂락 國귁土통애 여듧 모시 이쇼딕 못 믈마다 七칧寶볼로 일워 잇ᄂᆞ니 그 보비 믈어 보ᄃᆞ라바 如셩意힁珠즁王왕을 브터셔 갈아 나딕 [13뒤] 열네 가른리니 가른마다 七칧寶볼 비치오 黃ᅘᅪᆼ金금 돌히니 돐 미틔 다 雜짭色식 金금剛강ᄋᆞ로 몰애 ᄃᆞ외오 믈마다 六륙十씹億흑 七칧寶볼 蓮련花황ㅣ 잇ᄂᆞ니 蓮련花황마다 둘에 열두 由율旬쓘이오 그 摩망尼닝水쉉 곳 서리예 흘러 즐게를 조차 오른ᄂᆞ리니 그 [14앞] 소리 微밍妙묳ㅎ야 苦콩空콩 無뭉常썅 無뭉我앙와 여러 波방羅랑蜜밇을 너펴 니르며 ᄯᅩ 諸졍佛뿛ㅅ 相샹好홀ᄅᆞᆯ 讚잔嘆탄ㅎᄉᆞᄫᅵ며 如셩意힁珠즁王왕이 金금色식 微밍妙묳 光광明명을 내니 그 光광이 百빅寶볼 色식鳥둏ㅣ ᄃᆞ외야 이든 우루믈 우러 念념佛뿛 [14뒤] 念념法법 念념僧승을 샹녜 讚잔嘆탄ㅎᄂᆞ니 이 八밣功공德득水쉉想샹이니 일후미 第똉五옹觀관이라

衆즁寶볼 國귁土통애 나라마다 五옹百빅億흑 寶볼樓룽ㅣ 잇고 그 樓룽閣각애

그지업슨 諸졍天텬이 하ᄂᆞᆶ 풍류 ᄒᆞ고 ᄯᅩ 풍륫가시 虛헝空콩애 들여 [15앞] 이셔 절
로 우니 이 소릿 中듕에셔 다 念념佛뿛 念념法법 念념僧승을 니르ᄂᆞ니 이 想샹이
일면 極끅樂락世셍界갱엣 보ᄇᆡ 즘게와 보ᄇᆡ 짜콰 보ᄇᆡ 모ᄉᆞᆯ 어둘 보논 디니 이 總
종觀관想샹이니 일후미 第똉六륙觀관이라 이를 보면 無뭉量량億흑 劫겁엣 [15뒤] ᄀᆞ
장 重뜡ᄒᆞᆫ 惡학業업을 더러 주근 後ᅘᅮᇢ에 뎌 나라해 一ᅙᅵᆮ定똉ᄒᆞ야 나리니 이 正졍
觀관이오 다ᄅᆞ니는 邪썅觀관이라

  부톄 阿ᅙᅡᆼ難난이와 韋윙提똉希휭ᄃᆞ려 니ᄅᆞ샤ᄃᆡ 술펴 드러 이대 思ᄉᆞᆼ念념ᄒᆞ라
내 너희 爲윙ᄒᆞ야 受ᄊᆕᆼ苦콩 더룷 法법을 [16앞] ᄀᆞᆯ히야 닐오리니 너희 大땡衆즁ᄃᆞ려
ᄀᆞᆯ히야 니르라 이 말 니르싫 저긔 無뭉量량壽ᄊᆕᇢ佛뿛이 虛헝空콩애 셔시고 觀관世
솅音흠 大땡勢솅至징 두 大땡士ᄊᆞᆼᆼ | 두 녀긔 뫼ᅀᆞᄫᅡ 셔시니 [17앞] 光광明명이 하 盛
쎵ᄒᆞ야 몬 다 보ᅀᆞᄫᆞ리러니 百ᄇᆡᆨ千쳔 閻염浮뿔檀딴金금ㅅ 비치 몯 가ᄌᆞᆯ비ᅀᆞᄫᆞ리러
라 그 ᄢᅴ 韋윙提똉希휭 無뭉量량壽ᄊᆕᇢ佛뿛을 보ᅀᆞᆸ고 禮롕數숭ᄒᆞᅀᆞᆸ고 부텨씌 ᄉᆞᆯᄫᅩᄃᆡ
世솅尊존하 나는 부텻 히므로 無뭉量량壽ᄊᆕᇢ佛뿛와 [17뒤] 두 菩뽕薩삻ᄋᆞᆯ 보ᅀᆞᄫᅡ니와
未밍來링옛 衆즁生ᄉᆡᆼ이 엇뎨ᄒᆞ야ᅀᅡ 無뭉量량壽ᄊᆕᇢ佛뿛와 두 菩뽕薩삻ᄋᆞᆯ 보ᅀᆞᄫᆞ려뇨
부톄 니르샤ᄃᆡ 뎌 부텨를 보ᅀᆞᆸ고져 훓 사ᄅᆞᄆᆞᆫ 想샹念념을 니르와다 七칧寶ᄫᅩᆯ 짜
우희 蓮련花황想샹ᄋᆞᆯ 지ᅀᅥ 그 蓮련花황 | 닙마다 [18앞] 百ᄇᆡᆨ寶ᄫᅩᆯ 色ᄉᆡᆨ이오 八밣萬
면四ᄉᆞᆼ千쳔 脈ᄆᆡᆨ애 脈ᄆᆡᆨ마다 八밣萬면四ᄉᆞᆼ千쳔 光광이 이셔 分분明명ᄒᆞ야 다 보게 ᄒᆞ
며 곳니피 져ᄀᆞ니ᅀᅡ 길와 너븨왜 二ᅀᅵᆼ百ᄇᆡᆨ원 由율旬쓘이라 이런 蓮련花황 | 八밣
萬면四ᄉᆞᆼ千쳔 니피오 ᄒᆞᆫ 닙 ᄉᆞᅀᅵ마다 百ᄇᆡᆨ億흑 摩망尼닝珠즁로 [18뒤] 보ᅀᆞ와미ᄅᆡ ᄭᅮ
미고 摩망尼닝마다 즈믄 光광明명을 펴아 그 光광明명이 蓋갱 ᄀᆞᆮᄒᆞ야 七칧寶ᄫᅩᆯ |
이러 짜 우희 차 두피고 釋셕迦강毗뼁楞릉伽꺙寶ᄫᅩᆯ로 臺띵를 밍ᄀᆞ니 이 蓮련花황

臺띵예 八밣萬먼 金금剛강과 甄건叔슉伽강寶봉와 [19앞 梵뻠摩망尼닝寶봉와 眞진珠즁 그믈로 ᄭᅮ미고 臺띵 우희 네 긴 寶봉幢뙁이 잇고 寶봉幢뙁마다 百빅千쳔萬먼億흑 須슝彌밍山산 ᄀᆞᆮ고 幢뙁 우흿 寶봉幔만이 夜양摩망天텬宮궁이 ᄀᆞᆮ고 ᄯᅩ 五옹百빅億흑 [19뒤 寶봉珠즁로 ᄇᆞᅀᆞ와ᄆᆡ의 ᄭᅮ미니 寶봉珠즁마다 八밣萬먼四ᄉᆞᆼ千쳔 光광이오 光광마다 八밣萬먼四ᄉᆞᆼ千쳔 가짓 金금色ᄉᆡᆨ이오 金금色ᄉᆡᆨ마다 寶봉土통애 차 펴디여 곧곧마다 變변化황ᄒᆞ야 各각各각 제여곰 양ᄌᆞᄅᆞᆯ 지ᅀᅩᄃᆡ 金금剛강臺띵도 ᄃᆞ외며 眞진珠즁 [20앞 그믈도 ᄃᆞ외며 雜짭花황 구룸도 ᄃᆞ외야 十씹方방애 ᄆᆞᅀᆞᆷ조초 變변化황ᄅᆞᆯ 뵈야 佛뿛事ᄊᆞᆼᄅᆞᆯ ᄒᆞᄂᆞ니 이 華ᅘᅪᆼ座쫭想샹이니 일후미 第똉七칧觀관이라 부텨 阿항難난이ᄃᆞ려 니ᄅᆞ샤ᄃᆡ 이 ᄀᆞᄐᆞᆫ 微밍妙묳ᄒᆞᆫ 고ᄌᆞᆫ 本본來ᄅᆡᆼ 法법藏짱比삥丘쿻ㅅ [20뒤 願원力륵의 이론 거시니 뎌 부텨를 念념코져 ᄒᆞᇙ 사ᄅᆞᄆᆞᆫ 몬져 이 華ᅘᅪᆼ座쫭想샹ᄋᆞᆯ 지ᅀᅮᇙ 디니 이 想샹 ᄒᆞᇙ 제 雜짭 보ᄇᆡ 말오 닙마다 구슬마다 光광明명마다 臺띵마다 幢뙁마다 다 낫나치 보아 分분明명킈 ᄒᆞ야 거우루에 ᄂᆞᆺ 보ᄃᆞ시 ᄒᆞᇙ 디니 이 想샹이 일면 五옹萬먼 劫겁 [21앞 生ᄉᆡᆼ死ᄉᆞᆼㅅ 罪쬥ᄅᆞᆯ 더러 極끅樂락世솅界갱예 一ᅙᅵᇙ定뗭ᄒᆞ야 나리니 이 正졍觀관이오 다ᄅᆞ니ᄂᆞᆫ 邪썅觀관이라

부텨 阿항難난이와 韋윙提똉希ᅙᅴᆼᄃᆞ려 니ᄅᆞ샤ᄃᆡ 이 일 보고 버거 부텨를 想샹ᄒᆞᇙ 디니 엇뎨어뇨 ᄒᆞ란ᄃᆡ 諸졍佛뿛如셩來ᄅᆡᆼᄂᆞᆫ 이 法법界갱옛 모미라 [21뒤 一ᅙᅵᇙ切쳉 衆즁生ᄉᆡᆼ의 ᄆᆞᅀᆞᆷ 소배 드ᄂᆞ니 이럴ᄊᆡ 너희 ᄆᆞᅀᆞ매 부텨를 想샹ᄒᆞᇙ 쩌긘 이 ᄆᆞᅀᆞ미 곧 三삼十씹二ᅀᅵᆼ相샹 八밣十씹隨쒱形ᅘᅧᆼ好ᅘᅩᇢㅣ라 이 ᄆᆞᅀᆞ미 부텨 ᄃᆞ외며 이 ᄆᆞᅀᆞ미 긔 부텨라 諸졍佛뿛이 心심想샹ᄋᆞ로셔 [22앞 나ᄂᆞ니 그럴ᄊᆡ ᄒᆞᆫ ᄆᆞᅀᆞ므로 뎌 부텨를 ᄉᆞ외 보ᅀᆞᄫᆞ라 뎌 부텨 想샹ᄒᆞᅀᆞᄫᆞᇙ 사ᄅᆞᄆᆞᆫ 몬져 양ᄌᆞᄅᆞᆯ 想샹ᄒᆞ야 누늘 ᄀᆞᆷ거나 ᄠᅳ거나 閻염浮뿧檀딴金금 色ᄉᆡᆨ앳 寶봉像썅이 곳 우희 안자 겨시거든 보ᅀᆞᆸ고 ᄆᆞᅀᆞᆷ과

눈괘 여러 믈곳믈ㄱ시 分분明명ᄒ야 極끅樂락國귁을 ^[22뒤] 보ᄃᆡ 七칧寶ᄫᅩᆯ로 莊장嚴엄ᄒ욘 보ᄇᆡ옛 싸콰 보ᄇᆡ옛 못과 보ᄇᆡ옛 즘게남기 行ᅘᅢᆼ列렳 잇게 셔며 諸졍天텬寶ᄫᅩᆯ幔만이 그 우희 차 두펴 이시며 여러 보ᄇᆡ옛 그므리 虛헝空콩애 ᄀᆞ득ᄒ리니 이 일 보ᄃᆡ ᄀᆞ장 ᄇᆞᆰ게 ᄒ고 ᄯᅩ 지소ᄃᆡ 큰 蓮련花황 ᄒ나히 부텻 ^[23앞] 왼 겨틔 이셔 알ᄑᆡᆺ 蓮련花황와 다ᄅ디 아니ᄒ며 ᄯᅩ 지소ᄃᆡ 큰 蓮련花황 ᄒ나히 부텻 올ᄒ 겨틔 잇거든 想샹호ᄃᆡ 觀관世솅音음菩뽕薩삻 像썅ᄋᆞᆫ 왼녁 華ᅘᅪ座쩡애 안자 金금色ᄉᆡᆨ이 다ᄅ디 아니코 大땡勢솅至징菩뽕薩삻 像썅ᄋᆞᆫ 올ᄒ녁 華ᅘᅪ座쩡애 안자 이 想샹ᄋᆞᆯ ^[23뒤] 저긔 부텨와 菩뽕薩삻왓 像썅이 다 金금色ᄉᆡᆨ光광을 펴샤 寶ᄫᅩᆯ樹쓩를 비취시니 즘게 밑마다 ᄯᅩ 세 蓮련華ᅘᅪᆼㅣ 잇고 蓮련華ᅘᅪᆼ 우희 各각各각 ᄒᆞᆫ 부텨 두 菩뽕薩삻 像썅이 겨샤 뎌 나라해 ᄀᆞ득ᄒ니 이 想샹ᄋᆞᆯ 저긔 흐르는 믈와 光광明명과 寶ᄫᅩᆯ樹쓩와 鳧뽕雁안 鴛ᅙᅯᆫ鴦ᅙᅣᆼ의 ^[24앞] 다 妙묳法법 니를 쏘리를 行ᅘᅢᆼ者쟝ㅣ 당다이 드르리니 出츓定뗭 入ᅀᅵᆸ定뗭에 샹녜 妙묳法법을 드러 出츓定뗭ᄒᆞᆫ 저긔 디녀 ᄇᆞ리디 아니ᄒ야 脩슣多당羅랑와 마ᄌᆞ면 ^[25뒤] 極끅樂락世솅界갱를 어둘 보논 디니 이 像썅想샹이니 일후미 第똉八밣觀관이라 이 觀관을 지ᅀᆞ면 無뭉量량億흑 劫겁 生ᄉᆡᆼ死ᄉᆞᆼㅅ 罪쬉를 더러 現ᅘᅧᆫᄒᆞᆫ 모매 念념佛ᄤᅳᆯ三삼昧밍를 ^[26앞] 得득ᄒ리라

부톄 阿ᅙᅡᆼ難난이ᄃᆞ려 니ᄅᆞ샤ᄃᆡ 이 想샹 일어든 버거 無뭉量량壽쓩佛ᄤ ㅅ 身신相샹 光광明명을 다시 보ᅀᆞᄫᅡ사 ᄒᆞ리니 無뭉量량壽쓩佛ᄤ ㅅ 閻염浮ᄤ檀딴金금 色ᄉᆡᆨ 모미 노ᄑᆡ 六륙十씹萬먼億흑 那낭由율他탕 恒ᅘᅳᆼ河ᅘᅡᆼ沙상 由율旬쓘이오 眉밍間간앳 ^[26뒤] 白삑毫ᅘᅩᆯㅣ 올ᄒ녀그로 도라 다ᄉᆞᆺ 須슝彌밍山산 ᄀᆞᄐᆞ시고 누니 바ᄅᆞᆳ믈 ᄀᆞᄐᆞ샤ᄃᆡ 靑쳥白삑이 分분明명ᄒ시며 터럭 구무들해 光광明명을 펴 내샤미 須슝彌밍山산 ᄀᆞᄐᆞ시니 뎌 부텻 圓ᅙᅯᆫ光광이 百ᄇᆡᆨ億흑 三삼千쳔大땡千쳔世솅界갱 ᄀᆞᆮᄒ며 ^{[27}

앞圓_원光_광 中_듕에 百_빅萬_먼億_흑 那_낭由_율他_탕 恒_흥河_행沙_상 化_황佛_뿛이 겨샤되 化_황佛_뿛마다 無_뭉數_숭 化_황菩_뽕薩_삻을 드려 겨시니 無_뭉量_량壽_쓩佛_뿛이 八_밣萬_먼四_승千_천 相_샹이시고 相_샹마다 八_밣萬_먼四_승千_천 隨_쒕形_행好_훃ㅣ시고 好_훃마다 八_밣萬_먼四_승千_천 光_광明_명이시고 ^[27뒤]光_광明_명마다 十_씹方_방世_솅界_갱옛 念_념佛_뿛ᄒᆞᄂᆞᆫ 衆_즁生_{ᄉᆡᆼ}을 다 비취샤 거두자바 ᄇᆞ리디 아니ᄒᆞ시ᄂᆞ니 그 光_광相_샹好_훃와 化_황佛_뿛와ᄅᆞᆯ 몯 다 니르리라 오직 憶_흑想_샹을 ᄒᆞ야 心_심眼_안ᄋᆞ로 보ᅀᆞᆸ게 ᄒᆞ야 이 ^[28앞]이ᄅᆞᆯ 보ᅀᆞᄫᆞᆯ 사ᄅᆞᄆᆞᆫ 十_씹方_방 一_힗切_촁 諸_졍佛_뿛을 보ᅀᆞᄫᆞᆯ디니 諸_졍佛_뿛을 보ᅀᆞᆸ논 젼ᄎᆞ로 念_념佛_뿛三_삼昧_밍라 ᄒᆞᄂᆞ니 이 보ᄆᆞᆯ 지ᅀᆞᆫ 사ᄅᆞᄆᆞᆫ 일후미 一_힗切_촁 부텻 모ᄆᆞᆯ 보ᅀᆞᆸ다 ᄒᆞᄂᆞ니 부텻 모ᄆᆞᆯ 보ᅀᆞᄫᆞᆯᄊᆡ 부텻 ᄆᆞᅀᆞᄆᆞᆯ ᄯᅩ 보ᅀᆞᄂᆞ니 부텻 ᄆᆞᅀᆞᄆᆞᆫ 大_땡慈_{ᄍᆞ}悲_빙 그니 ^[28뒤]緣_원 업슨 慈_{ᄍᆞ}로 衆_즁生_{ᄉᆡᆼ}을 거두자ᄇᆞ시ᄂᆞ니 ^[32앞]이 觀_관 지ᅀᆞᆫ 사ᄅᆞᄆᆞᆫ 다른 뉘예 諸_졍佛_뿛ㅅ 알ᄑᆡ 나아 無_뭉生_{ᄉᆡᆼ}忍_신을 得_득ᄒᆞ리니 이럴ᄊᆡ 智_딩慧_휑 잇ᄂᆞᆫ 사ᄅᆞᄆᆞᆫ ᄆᆞᅀᆞᄆᆞᆯ 고ᄌᆞ기 無_뭉量_량壽_쓩佛_뿛을 ^[32뒤]ᄉᆞ외 보ᅀᆞᄫᅩᆯ디니 無_뭉量_량壽_쓩佛_뿛을 보ᅀᆞᆸᄂᆞᆫ 사ᄅᆞᄆᆞᆫ ᄒᆞᆫ 相_샹好_훃ᄅᆞᆯ브터 드러 오직 眉_밍間_간 白_삑毫_{ᅘᅭᇢ}ᄅᆞᆯ 보ᅀᆞᄫᅩᄃᆡ ᄀᆞ장 ᄇᆞᆰ게 호리니 眉_밍間_간 白_삑毫_{ᅘᅭᇢ}ᄅᆞᆯ 보ᅀᆞᄫᆞ면 八_밣萬_먼四_승千_천 相_샹好_훃ㅣ 自_{ᄍᆞ}然_션히 現_현ᄒᆞ시리니 無_뭉量_량壽_쓩佛_뿛 보ᅀᆞᄫᆞᆫ ^[33앞]사ᄅᆞᄆᆞᆫ 十_씹方_방 無_뭉量_량 諸_졍佛_뿛을 보ᅀᆞᄫᆞᆯ디니 無_뭉量_량 諸_졍佛_뿛을 보ᅀᆞᄫᆞᆫ 젼ᄎᆞ로 諸_졍佛_뿛이 알ᄑᆡ 現_현ᄒᆞ샤 授_쓩記_긩ᄒᆞ시리니 이 徧_변觀_관 一_힗切_촁 色_식身_신相_샹이니 일후미 第_똉九_굴觀_관이라 이 正_졍觀_관이오 다ᄅᆞ니ᄂᆞᆫ 邪_썅觀_관이라 ^[33뒤]

부톄 阿_항難_난이와 韋_윙提_똉希_흿ᄃᆞ려 니ᄅᆞ샤ᄃᆡ 無_뭉量_량壽_쓩佛_뿛을 分_분明_명히 보ᅀᆞᆸ고 버거는 觀_관世_솅音_흠菩_뽕薩_삻을 볼 디니 이 菩_뽕薩_삻ㅅ 킈 八_밣十_씹萬_먼億_흑 那_낭由_율他_탕 由_율旬_쓘이오 모미 紫_{ᄌᆞᆼ}金_금色_식이오 머리예 肉_육髻_곙 잇고 ^[34앞]

모기 圓원光광이 이쇼딕 面면마다 各각各각 百빅千쳔 由율旬쓘이오 그 圓원光광 中듕에 釋셕迦강牟물尼닝 マ튼 五옹百빅 化황佛뿛이 잇고 化황佛뿛마다 五옹百빅 化황菩뽕薩삻와 無뭉量량 諸졍天텬을 드려 잇고 대도ᄒᆞᆫ [34뒤]身신光광 中듕에 五옹 道뚤 衆즁生ᄉᆡᆼ이 一힗切쳉 色ᄉᆡᆨ相샹이 다 現현ᄒᆞ고 머리 우희 毗삥楞릉伽꺙摩망尼 닝寶ᄇᆞᆯ로 天텬冠관을 밍マ니 天텬冠관 中듕에 셔 겨신 化황佛뿛 ᄒᆞ나히 겨샤ᄃᆡ 노피 스믈다숫 由율旬쓘이오 觀관世솅音ᅙᅳᆷ菩뽕薩삻ㅅ [35앞]ᄂᆞᄎᆞᆫ 閻염浮쁗檀딴金금 色ᄉᆡᆨ이오 眉밍間간 毫ᅘᅭᆯ相샹이 七칧寶ᄇᆞᆯ 色ᄉᆡᆨ이 ᄀᆞᆺ고 八밣萬먼四ᄉᆞᆼ千쳔 가짓 光광明명을 내야 光광明명마다 無뭉量량無뭉數숭 百빅千쳔 化황佛뿛이 겨시고 化황佛뿛마다 無뭉數숭 化황菩뽕薩삻을 드려 겨시니 變변化황 [35뒤]뵈요미 自ᄍᆞ在찡ᄒᆞ야 十씹 方방世솅界갱예 ᄀᆞᄃᆞᆨᄒᆞ니라 블흔 紅뽕蓮련花황 色ᄉᆡᆨ이오 八밣十씹億흑 光광明명으 로 瓔ᅙᅧᆼ珞락을 ᄒᆞ며 그 瓔ᅙᅧᆼ珞락 中듕에 一힗切쳉 莊장嚴엄엣 이리 다 現현ᄒᆞ며 솑 바다이 五옹百빅億흑 雜짭蓮련花황 色ᄉᆡᆨ이오 솑가락 긑마다 [36앞]八밣萬먼四ᄉᆞᆼ千쳔 그미오 긂마다 八밣萬먼四ᄉᆞᆼ千쳔 비치오 빗마다 八밣萬먼四ᄉᆞᆼ千쳔 光광이니 그 光 광이 보ᄃᆞ라바 一힗切쳉를 너비 비취ᄂᆞ니 이 보ᄇᆡᆺ 소ᄂᆞ로 衆즁生ᄉᆡᆼ 接졉引인ᄒᆞ 며 바를 듥 저긔 발 아랫 千쳔輻복輪륜相샹이 自ᄍᆞ然쎤히 五옹百빅億흑 光광明명 臺띵 [36뒤]일오 발 드듸ᇙ 저긔 金금剛강摩망尼닝花황ㅣ 一힗切쳉예 ᄀᆞᄃᆞ기 실이ᄂᆞ니 녀나ᄆᆞᆫ 됴ᄒᆞᆫ 相샹이 ᄀᆞ자 부텨와 다ᄅᆞ디 아니ᄒᆞ고 오직 頂뎡上쌍肉ᅀᅲᆨ髻곙와 無뭉 見견頂뎡相샹곳 世솅尊존을 몯 밋ᄂᆞ니 [37앞]이 觀관世솅音ᅙᅳᆷ菩뽕薩삻ㅅ 眞진實씷 色ᄉᆡᆨ身신相샹 보미니 일후미 第똉十씹觀관이라 부톄 阿ᇰ難난이ᄃᆞ려 니ᄅᆞ샤ᄃᆡ 觀 관世솅音ᅙᅳᆷ菩뽕薩삻 보고져 ᄒᆞᇙ 사ᄅᆞ몬 이 觀관을 지ᅀᅮᇙ 디니 이 觀관을 지ᅀᅳᆫ 사ᄅᆞ ᄆᆞᆫ 災징禍뽛ᄃᆞᆯᄒᆞᆯ 맛나디 아니ᄒᆞ야 業업障쟝을 [37뒤]조히 더러 無뭉數숭 劫겁엣 죽사릿 罪쬥ᄅᆞᆯ 덜리니 이런 菩뽕薩삻ᄋᆞᆫ 일후믈 드러도 그지업슨 福복ᄋᆞᆯ 어드리어니 ᄒᆞ믈며 ᄉᆞ외 보미ᄯᆞ녀 觀관世솅音흠菩뽕薩삻 보고져 ᄒᆞᇙ 사ᄅᆞᄆᆞᆫ 몬져 頂뎡上썅肉슉髻곙ᄅᆞᆯ 보고 버거 天텬冠관ᄋᆞᆯ 보고 녀느 相샹ᄋᆞᆯ 次ᄎᆞᆼ第뗑로 보ᄃᆡ [38앞 ᄯᅩ ᄇᆞᆰ게 호리니 이 正졍觀관이오 다ᄅᆞ니ᄂᆞᆫ 邪썅觀관이라

버거 大땡勢솅至징菩뽕薩삻ᄋᆞᆯ 볼 띠니 이 菩뽕薩삻ㅅ 모ᄆᆡ 大땡小숗ㅣ 觀관世솅音흠과 ᄀᆞᆮ고 圓원光광이 面면마다 各각各각 一ᅙᅵᇙ百ᄇᆡᆨ 스믈다ᄉᆞᆺ 由윻旬쓘이오 二ᅀᅵᆼ百ᄇᆡᆨ 쉰 由윻旬쓘을 비취며 대도ᄒᆞᆫ [38뒤 身신 光광明명이 十씹方방 나라ᄒᆞᆯ 비취여 紫ᄌᆞᆼ金금ㅅ 비치어든 因인緣원 뒷ᄂᆞᆫ 衆즁生ᄉᆡᆼ이 다 보ᄂᆞ니 이 菩뽕薩삻ㅅ ᄒᆞᆫ 터럭 굼긧 光광ᄋᆞᆯ 보면 十씹方방 無뭉量량 諸졍佛뿛ㅅ 조코 微밍妙묳ᄒᆞᆫ 光광明명을 보논 디ᄊᆡ 이 菩뽕薩삻ㅅ 일후믈 無뭉邊변光광이라 ᄒᆞ고 [39앞 智딩慧휑ㅅ 光광明명으로 一ᅙᅵᇙ切쳉ᄅᆞᆯ 다 비취여 三삼塗똥ᄅᆞᆯ 여희여 우 업슨 히믈 得득게 ᄒᆞᆯᄊᆡ 이 菩뽕薩삻ㅅ 일후믈 大땡勢솅至징라 ᄒᆞᄂᆞ니 이 菩뽕薩삻ㅅ 天텬冠관애 五옹百ᄇᆡᆨ 寶볼華ᅘᅪᆼㅣ 잇고 寶볼華ᅘᅪᆼ마다 五옹百ᄇᆡᆨ 寶볼臺ᄄᆡᆼ 잇고 臺ᄄᆡᆼ마다 十씹方방 諸졍佛뿛ㅅ [39뒤 조ᄒᆞᆫ 微밍妙묳ᄒᆞᆫ 國귁土통와 廣광長땽相샹괘 다 그 中듕에 現현ᄒᆞ며 頂뎡上썅肉슉髻곙ᄂᆞᆫ 鉢밣頭뚷摩망華ᅘᅪᆼㅣ ᄀᆞᆮ고 肉슉髻곙 우희 ᄒᆞᆫ 寶볼甁뼝이 이쇼ᄃᆡ 여러 光광明명을 다마 너비 佛뿛事쑹ᄅᆞᆯ 뵈ᄂᆞ니 녀느 모맷 相샹ᄋᆞᆫ 觀관世솅音흠과 ᄒᆞᆫ가지라 [40앞 菩뽕薩삻 ᄒᆞ닐 쩌긘 十씹方방世솅界갱 다 震진動똥호ᄃᆡ 地띵動똥ᄒᆞᄂᆞᆫ 싸해 五옹百ᄇᆡᆨ億ᅙᅳᆨ 寶볼華ᅘᅪᆼㅣ 잇고 寶볼華ᅘᅪᆼ마다 莊장嚴엄이 極끅樂락世솅界갱 ᄀᆞᄐᆞ며 이 菩뽕薩삻이 안ᄌᆞᇙ 저긔 七칧寶볼 國귁土통ㅣ ᄒᆞᆫᄢᅴ 뮈오 아래로 金금光광佛뿛刹찷브터 [40뒤 우흐로 光광明명王왕佛뿛刹찷애 니르리 그 ᄉᆞᅀᅵ예 無뭉量량塵띤數숭엣 分분身신 無뭉量량壽쓯佛뿛와 分분身신 觀관世솅音흠 大땡勢솅至징 다 極끅樂락國귁土통

애 구룸 지픠둧 ᄒᆞ야 空콩中듕에 직지기 蓮련花황座쫭애 안자 妙묠法법을 ^[41앞] 너

펴 닐어 受쓩苦콩ᄒᆞᄂᆞᆫ 衆즁生ᅀᅵᆼ을 濟졩渡똥ᄒᆞᄂᆞ니 이 봄 지ᅀᅳᆫ 사ᄅᆞᆫ 일후미 大땡

勢솅至징菩뽕薩ᅀᅡᇙ을 보다 ᄒᆞᄂᆞ니 이 大땡勢솅至징 色ᅀᅵᆨ身신相샹 보미니 일후미 第

똉十씹一ᅙᅵᇙ觀관이니 無뭉數숭 劫겁 阿항僧승祇낑옛 生ᅀᅵᆼ死ᄉᆞᆼㅅ 罪쬥를 덜리라 이

봄 지ᅀᅳᆫ ^[41뒤] 사ᄅᆞᆫ 胎팅예 드디 아니ᄒᆞ야 샹녜 諸정佛뿛ㅅ 조코 微밍妙묠ᄒᆞᆫ 國귁

土통애 노니리니 이 보미 일면 일후미 觀관世솅音ᅙᅳᆷ 大땡勢솅至징를 ᄀᆞ초 보다 ᄒᆞ

ᄂᆞ니라 이 일 봄 저긔 ᄆᆞᅀᆞ믈 머구듸 西솅方방極끅樂락世솅界갱예 나아 蓮련花황

中듕에 結겷加강趺붕坐쫭 ^[42앞] ᄒᆞ야 蓮련花황ㅣ 合합ᄒᆞ얫ᄂᆞᆫ 想샹도 지ᅀᅳ며 蓮련花

황ㅣ 開캥ᄒᆞᄂᆞᆫ 想샹도 지ᅀᅳ며 蓮련花황ㅣ 開캥ᄒᆞᇙ 時씽節졇에 五옹百빅 色ᅀᅵᆨ光광이

모매 와 비취ᄂᆞᆫ 想샹과 누니 開캥ᄒᆞᆫ 想샹을 지어 부텨와 菩뽕薩ᅀᅡᇙ왜 虛헝空콩애

ᄀᆞ득ᄒᆞ시며 믈와 새와 즘게와 ^[42뒤] 수플와 諸정佛뿛ㅅ 내시논 소리 다 妙묠法법을

너피샤 十씹二ᅀᅵᆼ部뿡經겅과 마즌 들 보아 ^[43뒤] 出츓定뗭ᄒᆞ야도 디녀 일티 아니ᄒᆞ면

일후미 無뭉量량壽쓩佛뿛 極끅樂락世솅界갱를 ^[44앞] 보미니 이 普퐁觀관想샹이니 일

후미 第똉十씹二ᅀᅵᆼ觀관이니 無뭉量량壽쓩佛뿛ㅅ 無뭉數숭 化황身신이 觀관世솅音ᅙᅳᆷ

大땡勢솅至징와 샹녜 行ᅘᆡᆼ人ᅀᅵᆫ의 게 오시리라

부톄 阿항難난이와 韋윙提똉希힁ᄃᆞ려 니ᄅᆞ샤ᄃᆡ 至징極끅ᄒᆞᆫ ^[44뒤] ᄆᆞᅀᆞ므로 西솅

方방애 나고져 ᄒᆞᇙ 사ᄅᆞᆫ 몬져 丈땽六륙像쌍이 못 우희 겨샤믈 보ᅀᆞᄫᅩᇙ 디니 無뭉

量량壽쓩佛뿛ㅅ 모미 ᄀᆞᆽ 업스샤 凡뻠夫붕의 心심力륵이 몯 미츠련마른 뎌 如셩來

링ㅅ 本본來링ㅅ 願원力륵으로 憶흑想샹ᄒᆞ리 이시면 모디 일우ᄂᆞ니 다민 부텻 ^[45앞]

像쌍을 想샹ᄒᆞᆯ 만 ᄒᆞ야도 無뭉量량福복을 어드리어니 ᄒᆞᄆᆞᆯ며 부텻 ᄀᆞᄌᆞ신 身신相

샹을 보ᅀᆞᄫᅩ미ᄯᆞ녀 阿항彌밍陁땅佛뿛이 神씬通통이 如셩意ᅙᅵᆼᄒᆞ샤 十씹方방 나라해

變변化황 뵈샤미 自쭝在찡ᄒᆞ야 시혹 큰 모ᄆᆞᆯ 뵈시면 虛헝空콩애 ᄀᆞ득ᄒᆞ시고 [45뒤] 져근 모ᄆᆞᆯ 뵈시면 丈땽六륙 八밠尺쳑이샤 뵈시논 形혱體톙 다 眞진金금色식이시고 圓원光광이며 化황佛뿛이며 寶봉蓮련花황ᄂᆞᆫ 우희 니르ᄃᆞᆺ ᄒᆞ니라 觀관世솅音흠菩뽕薩삻와 大땡勢솅至징왜 一힔切쳉 고대 모미 衆즁生ᄉᆡᆼ ᄀᆞᆮᄒᆞ니 오직 首슐相샹을 보면 [46앞] 觀관世솅音흠인 ᄃᆞᆯ 알며 大땡勢솅至징ㄴ ᄃᆞᆯ 알리니 이 두 菩뽕薩삻이 阿항彌밍陁땅佛뿛을 돕ᄉᆞᄫᅡ 一힔切쳉를 너비 敎ᄀᆢ化황ᄒᆞᄂᆞ니 이 雜짭想샹觀관이니 일후미 第똉十씹三삼觀관이라

부톄 阿항難난이와 韋윙提똉希힁ᄃᆞ려 니ᄅᆞ샤ᄃᆡ 上썅品픔上썅生ᄉᆡᆼ은 [46뒤] 衆즁生ᄉᆡᆼ이 뎌 나라해 나고져 願원ᄒᆞᆯ 사ᄅᆞ믄 세 가짓 ᄆᆞᅀᆞᄆᆞᆯ 發벓ᄒᆞ면 곧 가아 나리니 ᄒᆞ나ᄒᆞᆫ 至징極끅ᄒᆞᆫ 精졍誠쎵엣 ᄆᆞᅀᆞ미오 둘흔 기픈 ᄆᆞᅀᆞ미오 세ᄒᆞᆫ 廻ᅙᅱᆼ向향 發벓願원 ᄆᆞᅀᆞ미라 이 세 ᄆᆞᅀᆞ미 ᄀᆞᄌᆞ면 一힔定뗭히 뎌 나라해 나리라 ᄯᅩ 세 가짓 衆즁生ᄉᆡᆼ이사 [47앞] 당다이 가아 나리니 ᄒᆞᄂᆞᆫ 慈쫑心심ᄋᆞ로 殺삻生ᄉᆡᆼ 아니 ᄒᆞ야 여러 가짓 戒갱行혱 ᄀᆞᄌᆞ니오 둘흔 大땡乘씽方방等등經경典뎐을 讀똑誦쑝ᄒᆞᄂᆞ니오 세ᄒᆞᆫ 여슷 가짓 念념을 修슣行혱ᄒᆞ야 [47뒤] 廻ᅙᅱᆼ向향 發벓願원ᄒᆞ야 뎌 나라해 나고져 願원ᄒᆞᄂᆞᆫ 사ᄅᆞ미니 이 功공德득이 ᄀᆞ조ᄆᆞᆯ ᄒᆞ리어나 닐웨예 니를어나 ᄒᆞ면 즉자히 가아 나리니 뎌 나라해 낧 時씽節졇에 이 사ᄅᆞ미 精졍進진이 勇용猛밍혼 다ᄉᆞ로 阿항彌밍陁땅如셩來링 觀관世솅音흠 大땡勢솅至징와 [48앞] 無뭉數숭 化황佛뿛와 百빅千쳔 比삉丘쿨 聲셩聞문 大땡衆즁 無뭉量량 諸졍天텬 七칧寶봄 宮궁殿뗜과 觀관世솅音흠菩뽕薩삻은 金금剛강臺땡 잡고 大땡勢솅至징菩뽕薩삻와 行혱者쟝ㅅ 알ᄑᆡ 오샤 阿항彌밍陁땅佛뿛이 큰 光광明명을 펴샤 [48뒤] 行혱者쟝이 모ᄆᆞᆯ 비취시고 諸졍菩뽕薩삻ᄃᆞᆯ콰로 소ᄂᆞᆯ 심겨 迎영接졉ᄒᆞ시거든 觀관世솅音흠 大땡勢솅至징 無뭉數숭

菩뽕薩삻와로 行ᅘᆡᆼ者쟝ᄅᆞᆯ 讚잔嘆탄ᄒᆞ야 ᄆᆞᅀᆞᄆᆞᆯ 勸퀀ᄒᆞ야 나소리니 行ᅘᆡᆼ者쟝ㅣ 보고 歡환喜힁踊용躍약ᄒᆞ야 [49앞 제 모ᄆᆞᆯ 보ᄃᆡ 金금剛강臺ᄄᆡᆼ 타 부텻 뒤헤 미좃ᄌᆞ바 彈딴指징ᄒᆞᇙ ᄉᆞᅀᅵ예 뎌 나라해 가 나아 부텻 色ᄉᆡᆨ身신과 諸졍菩뽕薩삻ㅅ 色ᄉᆡᆨ相샹ᄋᆞᆯ 보며 光광明명과 보ᄇᆡ옛 수플왜 妙묘ᇢ法법을 너펴 니르거든 듣고 즉자히 無뭉生ᄉᆡᆼ法법忍ᅀᅵᆫᄋᆞᆯ 알오 아니한 [49뒤 ᄉᆞᅀᅵ예 諸졍佛뿛을 다 셤기ᅀᆞ바 十씹方방界갱예 다가 諸졍佛뿛ㅅ 알ᄑᆡ 次ᄎᆞᆼ第뗑로 受쓯記긩ᄒᆞᅀᆞᆸ고 도로 믿나라해 와 無뭉量량 百ᄇᆡᆨ千쳔 陁땅羅랑尼닝門몬ᄋᆞᆯ 得득ᄒᆞ리니 [50앞 이 일후미 上썅品픔上썅生ᄉᆡᆼ이라

上썅品픔中듕生ᄉᆡᆼᄋᆞᆫ 方방等등經경典뎐을 구틔여 受쓯持띵讀똑誦쑝 아니 ᄒᆞ야도 ᄠᅳ들 이대 아라 第뗑一ᅙᅵᇙ義읭예 ᄆᆞᅀᆞᄆᆞᆯ 놀라 뮈우디 아니ᄒᆞ야 因인果광ᄅᆞᆯ 기피 信신ᄒᆞ며 大땡乘씽ᄋᆞᆯ 비웃디 아니ᄒᆞ야 [50뒤 功공德득으로 廻ᅘᅬᆼ向향ᄒᆞ야 極끅樂락國귁에 나고져 ᄒᆞᇙ 사ᄅᆞᄆᆞᆫ 命명終즁ᄒᆞᇙ 쩌긔 阿ᅙᅡᆼ彌밍陁땅佛뿛이 觀관世솅音ᅙᅳᆷ 大땡勢솅至징와 無뭉量량 大땡衆즁 眷권屬쑉이 圍윙繞ᅀᅳᇢᄒᆞᅀᆞ바 紫ᄌᆞᆼ金금臺ᄄᆡᆼ 가져 行ᅘᆡᆼ者쟝 알ᄑᆡ 오샤 讚잔歎탄ᄒᆞ야 니ᄅᆞ샤ᄃᆡ 法법子ᄌᆞᆼ아 [51앞 네 大땡乘씽을 行ᅘᆡᆼᄒᆞ야 第뗑一ᅙᅵᇙ義읭ᄅᆞᆯ 알ᄊᆡ 내 와 迎ᅌᅧᆼ接졉ᄒᆞ노라 ᄒᆞ시고 즈믄 化황佛뿛와로 ᄒᆞᆫᄢᅴ 소ᄂᆞᆯ 심기시리니 行ᅘᆡᆼ者쟝ㅣ 제 보ᄃᆡ 紫ᄌᆞᆼ金금臺ᄄᆡᆼ예 안자 合ᅘᅡᆸ掌쟝 叉창手슣ᄒᆞ야 諸졍佛뿛을 讚잔嘆탄ᄒᆞᅀᆞ바 一ᅙᅵᇙ念념 ᄊᆞᅀᅵ예 [51뒤 뎌 나라해 七칧寶볼 못 가온ᄃᆡ 가 나리니 이 紫ᄌᆞᆼ金금臺ᄄᆡᆼ 큰 보ᄇᆡ옛 고지 ᄀᆞᆮᄒᆞ야 ᄒᆞᄅᆞᆺ밤 자고 프거든 行ᅘᆡᆼ者쟝ᄋᆡ 모미 紫ᄌᆞᆼ磨망金금色ᄉᆡᆨ이 ᄃᆞ외오 발 아래 ᄯᅩ 七칧寶볼 蓮련花황ㅣ 잇거든 부텨와 菩뽕薩삻와 ᄒᆞᆫᄢᅴ 放방光광ᄒᆞ샤 行ᅘᆡᆼ者쟝ᄋᆡ 모ᄆᆞᆯ 비취시면 누니 즉자히 [52앞 여러 ᄇᆞᆯᄀᆞ리니 아릿 ᄇᆡᄒᆞ술 因인ᄒᆞ야 한 소리ᄅᆞᆯ 너비 드로ᄃᆡ 甚씸히 기픈 第뗑一ᅙᅵᇙ義읭諦뎽ᄅᆞᆯ 젼혀 니ᄅᆞ리니 즉자히 金금臺ᄄᆡᆼ예 ᄂᆞ려 부텨ᄭᅴ 禮롕數숭ᄒᆞᅀᆞᆸ고 合ᅘᅡᆸ掌쟝ᄒᆞ야 世솅尊존ᄋᆞᆯ

讚잔嘆탄ᄒᆞᅀᆞᄫᆞ리니 닐웨 디내면 즉자히 阿항耨녹多당羅랑三삼藐막三삼菩뽕提똉예 [52뒤] 므르디 아니호ᄆᆞᆯ 得득ᄒᆞ고 즉자히 ᄂᆞ라ᄃᆞ녀 十씹方방애 다 가 諸졍佛뿛을 다 셤기ᅀᆞᄫᅡ 諸졍佛뿛씌 三삼昧밍ᄃᆞᆯᄒᆞᆯ 닷가 ᄒᆞᆫ 小숄劫겁 디내면 無뭉生ᄉᆡᆼ忍ᅀᅵᆫ을 得득ᄒᆞ야 現현ᄒᆞᆫ 알ᄑᆡ 授쓩記킝ᄒᆞ시리니 이 일후미 上쌍品픔中듕生ᄉᆡᆼ이라

上쌍品픔下향生ᄉᆡᆼ은 [53앞] ᄯᅩ 因힌果광를 信신ᄒᆞ며 大땡乘씽을 비웃디 아니ᄒᆞ고 오직 우 업슨 道똘理링ㅅ ᄆᆞᅀᆞᄆᆞᆯ 發벓ᄒᆞ야 이 功공德득으로 廻횡向향ᄒᆞ야 極끅樂락 國귁에 나고져 ᄒᆞᇙ 사ᄅᆞᄆᆞᆫ 命명終즁ᄒᆞᇙ 저긔 阿항彌밍陁땅佛뿛와 觀관世솅音흠 大땡 勢솅至징 眷권屬쑉ᄃᆞᆯ콰로 [53뒤] 金금蓮련華ᅘᅪᆼ 가지시고 五옹百ᄇᆡᆨ 부텨를 지ᅀᅥ 와 마ᄌᆞ샤 五옹百ᄇᆡᆨ 化황佛뿛이 ᄒᆞᆫᄢᅴ 소ᄂᆞᆯ 심기시고 讚잔嘆탄ᄒᆞ야 니ᄅᆞ샤ᄃᆡ 法법子ᄌᆞ아 네 淸청淨쪙ᄒᆞ야 우 업슨 道똘理링ㅅ ᄆᆞᅀᆞᄆᆞᆯ 發벓ᄒᆞᆯᄊᆡ 내 와 너를 맛노라 ᄒᆞ시리니 이 일 봃 저긔 제 모ᄆᆞᆯ 보ᄃᆡ 金금蓮련華ᅘᅪᆼ애 [54앞] 안자 고지 어우러 世솅尊존ㅅ 뒤흘 좃ᄌᆞᄫᅡ 즉자히 七칧寶볼 못 가온ᄃᆡ 가 나아 ᄒᆞᆫ 날 ᄒᆞᆫ 바ᄆᆡ 蓮련華ᅘᅪᆼㅣ 프거든 닐웻 內뇡예 부텨를 보ᅀᆞᆸ보ᄃᆡ 한 相샹好ᄒᆞᇢ를 明명白ᄈᆡᆨ히 몰랫다가 세 닐웨 後ᅘᅮᇢ에ᅀᅡ 다 보ᅀᆞᄫᆞ며 한 소리 다 妙묳法법 너피거든 듣고 十씹方방애 녀 [54뒤] 諸졍佛뿛 供공養양ᄒᆞᅀᆞᆸ고 諸졍佛뿛ㅅ 알ᄑᆡ 甚씸히 기픈 法법을 듣ᄌᆞᄫᅡ 세 小숄劫겁 디내오 百ᄇᆡᆨ法법明명門몬을 得득ᄒᆞ야 歡환喜힁地띵예 住뜡ᄒᆞ리니 이 일후미 上쌍品픔下향生ᄉᆡᆼ이니 이 일후미 上쌍輩빙生ᄉᆡᆼ想샹이니 일후미 [55앞] 第똉十씹四ᄉᆞᆼ觀관이라

부톄 阿항難난이와 韋윙提똉希힁ᄃᆞ려 니ᄅᆞ샤ᄃᆡ 中듕品픔上쌍生ᄉᆡᆼ은 衆즁生ᄉᆡᆼ이 五옹戒갱를 디니며 八밣戒갱齋쟁를 디녀 여러 戒갱를 修슣行ᅘᆡᇰᄒᆞ고 五옹逆역을 짓디 아니ᄒᆞ며 여러 가짓 허므리 업서 이 善쎤根ᄀᆞᆫ으로 [55뒤] 廻횡向향ᄒᆞ야 極끅樂락 世솅界갱예 나고져 ᄒᆞᇙ 사ᄅᆞᄆᆞᆫ 命명終즁ᄒᆞᇙ 저긔 阿항彌밍陁땅佛뿛이 比삥丘쿻ᄃᆞᆯ콰

眷권屬쏙이 圍윙繞숗ᄒᆞᆸ바 金금色식光광을 펴샤 그 사ᄅᆞ미 손ᄃᆡ 오샤 苦콩空콩無뭉常썅無뭉我앙를 너펴 니르시고 出츓家강ᄒᆞ야 受쓩苦콩 여희논 [56앞]주를 讚잔嘆탄ᄒᆞ시리니 行ᄒᆡᆼ者쟝ᅵ ᄀᆞ장 歡환喜휭ᄒᆞ야 제 모믈 보ᄃᆡ 蓮련華ᅘᅪᆼ臺띵예 안자 ᄭᅮ러 合ᄒᆞᆸ掌쟝ᄒᆞ야 부텨ᄭᅴ 禮롕數숭ᄒᆞᆸ고 머리 몯 든 ᄉᆞᅀᅵ예 極끅樂락世솅界갱예 가 나거든 蓮련華ᅘᅪᆼᅵ 미조차 프리니 곳 플 時씽節졇에 한 소리 四ᄉᆞᆼ諦뎅 讚잔嘆탄커든 [56뒤]듣고 즉자히 阿항羅랑漢한道똘를 得득ᄒᆞ야 三삼明명六륙通통과 八밣解갱脫퇋이 ᄀᆞᄌᆞ리니 이 일후미 中듕品픔上쌍生ᄉᆡᆼ이라

中듕品픔中듕生ᄉᆡᆼ은 衆즁生ᄉᆡᆼ이 ᄒᆞᆫ 날 ᄒᆞᆫ 바믈 八밣戒갱齋쟁를 디니거나 ᄒᆞᆫ 날 ᄒᆞᆫ 바믈 沙상彌밍戒갱를 디니거나 [57앞]ᄒᆞᆫ 날 ᄒᆞᆫ 바믈 具꿍足죡戒갱를 디니거나 ᄒᆞ야 威윙儀읭 이즌 ᄃᆡ 업서 이 功공德득으로 廻ᅘᅬᆼ向향ᄒᆞ야 極끅樂락國귁에 나고져 ᄒᆞ야 戒갱香향을 퓌워 닷ᄂᆞᆫ 사ᄅᆞᄆᆞᆫ 命명終즁홇 저긔 [57뒤]阿항彌밍陁땅佛뿛이 眷권屬쏙과로 金금色식光광을 펴시고 七칧寶봏蓮련華ᅘᅪᆼ 가지샤 行ᄒᆡᆼ者쟝이 알ᄑᆡ 오나시든 行ᄒᆡᆼ者쟝ᅵ 드로ᄃᆡ 空콩中듕에서 讚잔嘆탄ᄒᆞ야 니르샤ᄃᆡ 善쎤男남子중아 네 三삼世솅 諸졍佛뿛ㅅ 敎굘法법을 조차 順쓘ᄒᆞᆯᄊᆡ 내 와 너를 맛노라 [58앞]ᄒᆞ시리니 行ᄒᆡᆼ者쟝ᅵ 제 보ᄃᆡ 蓮련華ᅘᅪᆼㅅ 우희 안자 蓮련華ᅘᅪᆼᅵ 즉자히 어우러 極끅樂락世솅界갱예 나아 보ᄇᆡ 못 가온ᄃᆡ 이셔 닐웨 디내오 蓮련華ᅘᅪᆼᅵ 프거든 눈떠 合ᄒᆞᆸ掌쟝ᄒᆞ야 世솅尊존을 讚잔嘆탄ᄒᆞᆸ고 法법 듣ᄌᆞᆸ고 깃거 須슝陁땅洹ᅘᅪᆫ을 得득ᄒᆞ야 半반劫겁 [58뒤]디내오ᅀᅡ 阿항羅랑漢한을 일우리니 이 일후미 中듕品픔中듕生ᄉᆡᆼ이라

中듕品픔下행生ᄉᆡᆼ은 善쎤男남子중 善쎤女녕人ᅀᅵᆫ이 어버ᅀᅵ 孝ᅘᅭᆞ養양ᄒᆞ며 世솅間간애 ᄃᆞ뇨ᄃᆡ 仁ᅀᅵᆫ慈쭝ᄒᆞᆫ ᄆᆞᅀᆞ믈 ᄒᆞ면 命명終즁홇 저긔 善쎤知딩識식을 맛나아 阿항彌밍陁땅佛뿛國귁엣 [59앞]즐거븐 이를 너비 니르며 法법藏짱比삥丘쿻의 마ᄉᆞᆫ여듧 願

원을 또 니르거든 [68뒤] 이 일 듣고 [69앞] 아니 오라아 命_명終_즁ᄒ야 즉자히 極_끅樂_락 世_솅界_갱예 나아 닐웨 디내오 觀_관世_솅音_흠 大_땡勢_솅至_징를 맛나아 法_법 듣고 깃거 ᄒᆞᆫ 小_숗劫_겁 디내야 阿_{ᅙᅡᆼ}羅_랑漢_한을 일우리니 이 일후미 中_듕品_픔下_행生_{ᄉᆡᆼ}이니 이 일후미 中_듕輩_빙生_{ᄉᆡᆼ}想_샹이니 일후미 第_똉十_씹五_옹觀_관이라 [69뒤]

부톄 阿_{ᅙᅡᆼ}難_난이와 韋_윙提_똉希_힁ᄃᆞ려 니ᄅᆞ샤ᄃᆡ 下_행品_픔上_썅生_{ᄉᆡᆼ}은 시혹 衆_즁生_{ᄉᆡᆼ}이 여러 가짓 모딘 業_업을 지서 비록 方_방等_등經_경典_뎐을 비웃디 아니ᄒᆞ야도 이런 어린 사ᄅᆞ미 모딘 法_법을 하 지서 붓그륨 업다가도 命_명終_즁ᄒᆞᆯ 저긔 善_쎤知_딩識_식을 [70앞] 맛나 大_땡乘_씽 十_씹二_{ᅀᅵᆼ}部_뽕經_경ㅅ 일후믈 니르면 經_경ㅅ 일후믈 드론 젼ᄎᆞ로 즈믄 劫_겁엣 至_징極_끅 重_뜡ᄒᆞᆫ 모딘 業_업을 덜리라 智_딩慧_휑ᄅᆞ빈 사ᄅᆞ미 ᄯᅩ ᄀᆞᄅᆞ쳐 合_{ᅘᅡᆸ}掌_쟝 叉_창手_슣ᄒᆞ야 南_남無_뭉阿_{ᅙᅡᆼ}彌_밍陁_땅佛_뿛 ᄒᆞ야 일ᄏᆞᄌᆞᄫᆞ면 부텻 일후믈 일ᄏᆞ론 [70뒤] 젼ᄎᆞ로 五_옹十_씹億_흑 劫_겁엣 죽사릿 罪_쬉를 덜리라 그 저긔 뎌 부톄 즉자히 化_황佛_뿛와 化_황觀_관世_솅音_흠과 化_황大_땡勢_솅至_징를 보내샤 行_{ᅘᆡᆼ}者_쟝ㅅ 알ᄑᆡ 다ᄃᆞ라 讚_잔嘆_탄ᄒᆞ야 니ᄅᆞ샤ᄃᆡ 善_쎤男_남子_중아 부텻 일후믈 네 일ᄏᆞ론 젼ᄎᆞ로 罪_쬉 스러딜ᄊᆡ 와 맛노라 [71앞] ᄒᆞ야시ᄃᆞᆫ 行_{ᅘᆡᆼ}者_쟝ㅣ 즉자히 化_황佛_뿛ㅅ 光_광明_명이 제 지븨 ᄀᆞᄃᆞᆨ거든 보고 깃거 즉자히 命_명終_즁ᄒᆞ야 寶_봏蓮_련花_황를 타 化_황佛_뿛ㅅ 뒤흘 미좃ᄌᆞᄫᅡ 보ᄇᆡ 못 가온ᄃᆡ 나아 닐굽 닐웨 디내야 蓮_련花_황ㅣ 프리니 곳 플 저긔 大_땡悲_빙 觀_관世_솅音_흠菩_뽕薩_삻이 큰 [71뒤] 光_광明_명을 펴아 그 사ᄅᆞ미 알ᄑᆡ셔 甚_씸히 기픈 十_씹二_{ᅀᅵᆼ}部_뽕經_경을 니르리니 듣고 信_신ᄒᆞ야 아라 우업슨 道_똘理_링ㅅ ᄆᆞᅀᆞ믈 發_벓ᄒᆞ야 열 小_숗劫_겁 디내오 百_빅法_법明_명門_몬이 ᄀᆞ자 初_총地_띵예 들리니 이 일후미 下_행品_픔上_썅生_{ᄉᆡᆼ}이라

부톄 [72앞] 阿_{ᅙᅡᆼ}難_난이와 韋_윙提_똉希_힁ᄃᆞ려 니ᄅᆞ샤ᄃᆡ 下_행品_픔中_듕生_{ᄉᆡᆼ}은 시혹

衆ᅙᆼ生ᅀᅵᆼ이 五ᅌᅩ戒갱 八밣戒갱 具꿍足죡戒갱를 허러 이 ᄀᆞᆮᄒᆞᆫ 어린 사ᄅᆞ미 僧ᄉᆡᆼ祇낑옛 것과 現ᅘᅧᆫ前쪈僧ᄉᆡᆼ의 거슬 도죽ᄒᆞ며 더러ᄫᅳᆫ 말ᄊᆞ믈 호ᄃᆡ 붓그류미 ^[72뒤]업서 여러 가짓 惡ᅙᅡᆨ業ᅌᅥᆸ으로 제 莊쟝嚴엄ᄒᆞ야 地띵獄옥애 ᄠᅥ러디릴ᄊᆡ 命명終즁ᄒᆞᆶ 저긔 地띵獄옥앳 한 브리 ᄒᆞᆫᄢᅴ 다와다 잇거든 善쎤知딩識식을 맛나 大땡慈쭝悲빙로 阿ᅙᅡᆼ彌밍陁땅佛뿛ㅅ 十씹力륵 威ᅙᅱᆼ德득을 니르고 뎌 부텻 光광明명 神씬力륵을 너비 ^[73앞]讚잔嘆탄ᄒᆞ며 戒갱와 定뗭과 慧ᅘᆒ와 解갱脫뢇와 解갱脫뢇知딩見견을 ᄯᅩ 讚잔嘆탄ᄒᆞ면 이 사ᄅᆞ미 듣고 八밣十씹億ᅙᅳᆨ 劫겁엣 죽사릿 罪쬉를 더러 地띵獄옥앳 모딘 브리 간다ᄫᆞᆯ 브ᄅᆞ미 두ᅌᅱ야 하ᄂᆞᆯ 고ᄌᆞᆯ 부러든 곳 우희 化황佛뿛와 化황菩뽕薩삻이 다 겨샤 이 사ᄅᆞᄆᆞᆯ ^[73뒤]迎ᅌᅧᆼ接겹ᄒᆞ샤 一힗念념 ᄉᅀᅵ예 七칧寶봏 못 가온ᄃᆡ 가 나아 蓮련華ᅘᅪㅅ 소배셔 여슷 劫겁을 디내오 蓮련花황ㅣ 프거든 觀관世솅音ᅙᅳᆷ 大땡勢솅至징 淸쳥淨쪙ᄒᆞᆫ 목소리로 뎌 사ᄅᆞᆷ 慰ᅙᆔᆼ勞롷ᄒᆞ고 大땡乘씽엣 甚씸히 기픈 經경典뎐을 니르면 이 法법 듣고 즉자히 ^[74앞]우 업슨 道똫理링ㅅ ᄆᆞᅀᆞ믈 發벓ᄒᆞ리니 이 일후미 下行品픔中듕生ᅀᅵᆼ이라

부톄 阿ᅙᅡᆼ難난이와 韋ᅌᅱᆼ提똉希힁ᄃᆞ려 니ᄅᆞ샤ᄃᆡ 下행品픔下행生ᅀᅵᆼ은 시혹 衆즁生ᅀᅵᆼ이 五ᅌᅩ逆역 十씹惡ᅙᅡᆨ이며 ^[74뒤]됴티 몯ᄒᆞᆫ 業ᅌᅥᆸ을 ᄀᆞ초 지서 이 ᄀᆞᆮᄒᆞᆫ 어린 사ᄅᆞ미 구즌 길헤 ᄠᅥ디여 한 劫겁에 그지업슨 受쓩苦콩를 ᄒᆞ리어늘 命명終즁ᄒᆞᆶ 저긔 善쎤知딩識식을 맛나 種죵種죵ᄋᆞ로 慰ᅙᆔᆼ勞롷ᄒᆞ야 妙묳法법을 爲ᅌᅱᆼᄒᆞ야 니르고 ᄀᆞᄅᆞ쳐 念념佛뿛ᄒᆞ라 ᄒᆞ거든 이 사ᄅᆞ미 ^[75앞]受쓩苦콩ㅣ 다와들ᄊᆡ 念념佛뿛홇 겨르를 몯 ᄒᆞ야 ᄒᆞ거든 善쎤友ᅌᅮᆯㅣ 닐오ᄃᆡ 네 念념佛뿛을 몯 ᄒᆞ거든 無뭉量량壽쓩佛뿛을 일ᄏᆞᆮᄌᆞᄫᆞ라 ᄒᆞ야ᄃᆞᆫ 南남無뭉阿ᅙᅡᆼ彌밍陁땅佛뿛 ᄒᆞ야 至징極끅ᄒᆞᆫ ᄆᆞᅀᆞ모로 닛위여 열 버늘 念념ᄒᆞ면 부텻 일훔 일ᄏᆞ론 젼ᄎᆞ로 ^[75뒤]八밣十씹億ᅙᅳᆨ 劫겁엣 죽사릿 罪쬉

룰 더러 命_명終_즁홇 저긔 金_금蓮_련花_황ㅣ 힛 바회 ᄀᆞᆮ니 알ᄑᆡ 왯거든 보아 一_힗念_념 ᄊᆞᅀᅵ예 즉자히 極_끅樂_락世_솅界_갱예 가 나아 蓮_련花_황ㅅ 가온ᄃᆡ 열두 大_땡劫_겁이 ᄎᆞ거ᅀᅡ 蓮_련花_황ㅣ 프거든 觀_관世_솅音_흠 大_땡勢_솅至_징 大_땡悲_빙 音_흠聲_셩으로 爲_윙ᄒᆞ여 諸_졍法_법實_씷相_샹ᄋᆞᆯ 너비 니르리니 듣고 깃거 즉자히 菩_뽕提_똉心_심ᄋᆞᆯ 發_벓ᄒᆞ리니 이 일후미 下_행品_픔下_행生_싱이니 이 일후미 下_행輩_빙生_싱想_샹이니 일후미 第_똉十_씹六_륙觀_관이라

이 말 니르실 쩌긔 韋_윙提_똉希_힁 五_옹百_빅 侍_씽女_녕와로 부텻 말 듣ᄌᆞᆸ고 즉자히 極_끅樂_락世_솅界_갱 廣_광長_땽相_샹ᄋᆞᆯ 보ᅀᆞᆸ고 부텻 몸과 두 菩_뽕薩_삻ᄋᆞᆯ 보ᅀᆞᆸ고 ᄆᆞᅀᆞ매 깃거 훤히 ᄀᆞ장 아라 無_뭉生_싱忍_신ᄋᆞᆯ 미츠며 五_옹百_빅 侍_씽女_녕도 阿_항耨_녹多_당羅_랑三_삼藐_막三_삼菩_뽕提_똉心_심ᄋᆞᆯ 發_벓ᄒᆞ야 뎌 나라해 나고져 願_원ᄒᆞ더니 世_솅尊_존이 記_긩ᄒᆞ샤ᄃᆡ 다 뎌 나라해 나리라 ᄒᆞ시니라

其_끵二_{ᅀᅵᆼ}百_빅二_{ᅀᅵᆼ}十_씹

梵_뻠摩_망羅_랑國_귁에 光_광有_{ᅌᅮᇢ}聖_셩人_{ᅀᅵᆫ}이 林_림淨_쪙寺_{ᄊᆞᆼ}애 敎_굘化_황터시니 西_솅天_텬國_귁에 沙_상羅_랑樹_쓩王_왕이 四_{ᄉᆞᆼ}百_빅 國_귁ᄋᆞᆯ 거느롓더시니

其_끵二_{ᅀᅵᆼ}百_빅二_{ᅀᅵᆼ}十_씹一_힗

勝_싱熱_{ᅀᅥᇙ}婆_뻐羅_랑門_몬ᄋᆞᆯ 王_왕宮_궁에 브리샤 錫_셕杖_땽ᄋᆞᆯ 후ᄂᆞ더시니 鴛_훤鴦_향夫_붕人_{ᅀᅵᆫ}이 王_왕 말로 나샤 齋_쟁米_몡ᄅᆞᆯ 받ᄌᆞᆸ더시니

其_끵二_{ᅀᅵᆼ}百_빅二_{ᅀᅵᆼ}十_씹二_{ᅀᅵᆼ}

齋_쟁米_몡를 마다 커시늘 王_왕이 親_친히 나샤 婆_빵羅_랑門_몬을 마자 드르시니

婇_칭女_녕를 請_청커시늘 王_왕이 깃그샤 ^[78뒤] 八_밦婇_칭女_녕를 보내ᅀᆞᄫᆞ시니

其_끵二_싱百_빅二_싱十_씹三_삼

婇_칭女_녕ㅣ 金_금罐_관子_중 메샤 ᄒᆞᄅ 五_옹百_빅 디위를 旃_젼檀_딴井_정에 믈 긷더시니

婇_칭女_녕ㅣ 功_공德_득 닷ᄀᆞ샤 三_삼年_년을 ^[79앞] 치오시니 無_뭉上_썅道_똫애 갓갑더시니

其_끵二_싱百_빅二_싱十_씹四_{ᄉᆞᆼ}

勝_싱熱_{ᅀᅥᆶ}婆_빵羅_랑門_몬이 王_왕宮_궁에 ᄯᅩ 오샤 錫_셕杖_땽을 후느더시니

鴛_훤鴦_향夫_붕人_{ᅀᅵᆫ}이 王_왕 말로 ᄯᅩ ^[79뒤] 나샤 齋_쟁米_몡를 받ᄌᆞᆸ더시니

其_끵二_싱百_빅二_싱十_씹五_옹

齋_쟁米_몡를 마다 커시늘 王_왕이 親_친히 나샤 婆_빵羅_랑門_몬을 마자 드르시니

維_윙那_낭를 삼ᅀᆞᄫᅩ리라 王_왕을 請_청ᄒᆞᅀᆸ노이다 님금이 ᄀᆞ장 깃그시니 ^[80앞]

其_끵二_싱百_빅二_싱十_씹六_륙

四_{ᄉᆞᆼ}百_빅 夫_붕人_{ᅀᅵᆫ}을 여희오 가노라 ᄒᆞ샤 눖믈을 흘리시니

鴛_훤鴦_향夫_붕人_{ᅀᅵᆫ}이 여희ᅀᆞ봄 슬ᄒᆞ샤 뫼ᅀᆞ보믈 請_청ᄒᆞ시니

其_끵二_싱百_빅二_싱十_씹七_칣 ^[80뒤]

세 分_뿐이 길 녀샤 竹_듁林_림國_귁 디나싫 제 夫_붕人_{ᅀᅵᆫ}이 몯 뮈더시니

兩_량分_뿐ㅅ긔 슬탕샤ᄃᆡ 사ᄅᆞ미 지블 어다 내 몸을 ᄑᆞ라 지이다

　　　其_끵二_{ᅀᅵᆼ}百_빅二_{ᅀᅵᆼ}十_씹八_밣

비들 바ᄃᆞ샤 내 일훔 조쳐 聖_셩人_{ᅀᅵᆫ}ㅅ긔 받ᄌᆞᄫᆞ쇼셔 ^{[81앞}

ᄑᆞ롬도 셜ᄫᆞ시며 뎌 말도 슬프실ᄊᆡ 兩_량分_뿐이 ᄀᆞ장 우르시니

　　　其_끵二_{ᅀᅵᆼ}百_빅二_{ᅀᅵᆼ}十_씹九_굴

子_즁賢_현長_댱者_쟝ㅣ 지븨 세 分_뿐이 나ᅀᅡ가샤 겨집죵을 ᄑᆞ라 지이다

子_즁賢_현長_댱者_쟝ㅣ 듣고 세 分_뿐을 뫼셔 드라 겨집죵이 비디 언메잇가 ^{[81뒤}

　　　其_끵二_{ᅀᅵᆼ}百_빅三_삼十_씹

夫_붕人_{ᅀᅵᆫ}이 니ᄅᆞ샤ᄃᆡ 내 몸앳 비디 二_{ᅀᅵᆫ}千_쳔 斤_근ㅅ 金_금이니이다

夫_붕人_{ᅀᅵᆫ}이 ᄯᅩ 니ᄅᆞ샤ᄃᆡ 비욘 아기 비디 ᄯᅩ 二_{ᅀᅵᆫ}千_쳔 斤_근ㅅ 金_금이니이다 ^{[82앞}

　　　其_끵二_{ᅀᅵᆼ}百_빅三_삼十_씹一_{ᅙᅵᆯ}

四_{ᄉᆞᆼ}千_쳔 斤_근ㅅ 金_금을 비드로 내야 兩_량分_뿐ㅅ긔 받ᄌᆞᄫᆞ니

ᄒᆞᄅᆞᆺ밤 자시고 門_몬 밧긔 나샤 三_삼分_뿐이 슬터시니

　　　其_끵二_{ᅀᅵᆼ}百_빅三_삼十_씹二_{ᅀᅵᆼ}

夫_붕人_{ᅀᅵᆫ}이 슬ᄫᅡ샤ᄃᆡ ᄭᅮ미 ᄇᆞᆺ 아니면 ^{[82뒤}어느 길헤 다시 보ᅀᆞᄫᆞ리

사ᄅᆞ미 善_쎤을 닷ᄀᆞ면 利_링益_혁을 受_쓩ᄒᆞᄂᆞ니 往_왕生_{ᅀᅵᆼ}偈_꼥를 ᄀᆞᄅᆞ치ᅀᆞᆸ노니

其껭二싱百빅三삼十씹三삼

宮궁中듕에 겨싫 제 옷 허룸 모르시며 비 골폼도 업더시니이다 ^[83앞]

往왕生싱偈껭ㄹ 외오시면 헌 오시 암글며 골픈 비도 브르리이다

其껭二싱百빅三삼十씹四숭

아기 일훔을 아드리 나거나 ᄯᆞ리 나거나 엇뎨 ᄒᆞ리잇가

子즁息식의 일훔을 아비 이시며 어미 이샤 一힔定뗭ᄒᆞ사이다 ^[83뒤]

其껭二싱百빅三삼十씹五웅

王왕이 드르샤 눖믈을 흘리시고 夫붕人ᅀᅵᆫㅅ ᄠᅳ들 어엿비 너기샤

아드리옷 나거든 安한樂락國귁이라 ᄒᆞ고 ᄯᆞ리어든 孝흉養양이라 ᄒᆞ라

其껭二싱百빅三삼十씹六륙

몬門 밧긔 셔어 겨샤 兩량分뿐이 여희싫 ^[84앞] 제 슬하디여 우러 녀시니

林림淨쪙寺쏭애 가샤 聖셩人ᅀᅵᆫ 뵈ᅀᆞᆸ바시ᄂᆞᆯ ᄀᆞ장 깃거 믈을 긷이시니

其껭二싱百빅三삼十씹七칦

엇게 우희 金금鑵관子즁 메샤 우믈에 믈 긷더시니

왼녁 손ᄋᆞ로 往왕生싱偈껭 자ᄇᆞ샤 ^[84뒤] 길 우희 외오더시니

其껭二싱百빅三삼十씹八밣

아들님이 나샤 나히 닐구비어늘 아바님을 무르시니

어마님이 드르샤 목몌여 우르샤 아바님을 니르시니

其_끵二_{ᅀᅵᆼ}百_빅三_삼十_씹九_굴 ^{[85앞}

아기 逃_똘亡_망ᄒ샤 아바님 보ᅀᄫᅩ리라 林_림淨_쪙寺_쏭를 向_향ᄒ더시니

큰 믈에 다ᄃ라 딮동을 ᄐ샤 梵_뻼摩_망羅_랑國_귁에 니르르시니

其_끵二_{ᅀᅵᆼ}百_빅四_{ᄉᆞᆼ}十_씹

나ᅀᅡ가시다가 八_밣婇_ᄎ女_녕 보시니 ^{[85뒤}沙_상羅_랑樹_쓩王_왕이 오시ᄂ다 ᄒ시니

ᄯ 나ᅀᅡ가시다가 아바님 맞나시니 두 허튀를 안아 우르시니

其_끵二_{ᅀᅵᆼ}百_빅四_{ᄉᆞᆼ}十_씹一_힗

王_왕이 무르샤디 네 엇던 아히완디 허튀를 안아 우는다 ^{[86앞}

아기 말 슯고 往_{ᄫᅡᆼ}生_{ᄉᆡᆼ}偈_꼥를 외오신대 아바님이 안ᅌᆞ시니이다

其_끵二_{ᅀᅵᆼ}百_빅四_{ᄉᆞᆼ}十_씹二_{ᅀᅵᆼ}

아래 네 어미 나를 여희여 시름으로 사니거늘ᅀ

오늘 네 어미 너를 여희여 눖믈로 사니ᄂ니라 ^{[86뒤}

其_끵二_{ᅀᅵᆼ}百_빅四_{ᄉᆞᆼ}十_씹三_삼

아기 하딕ᄒ샤 아바님 여희ᅀᆞᆯ 제 눖믈을 흘리시니

아바님 슬ᄒ샤 아기 보내ᅀᆞᆯ 제 놀애를 브르시니

其_끵二_싱百_빅四_숭十_씹四_숭

아라 녀리 그츤 이런 이븐 길헤 눌 보리라 ^[87앞]우러곰 온다

大_땡慈_쫑悲_빙 鴛_훤鴦_향鳥_됼와 功_공德_득 닷논 내 몸이 正_졍覺_각 나래 마조 보리어다

其_끵二_싱百_빅四_숭十_씹五_옹

도라옰 길헤 쇼 칠 아힐 보시니 놀애를 브르더니 ^[87뒤]

安_한樂_락國_귁이는 아비를 보라 가니 어미 몯 보아 시름 깊거다

其_끵二_싱百_빅四_숭十_씹六_륙

長_댱者_쟝ㅣ 怒_농ㅎ야 夫_붕人_신을 주기ᅀᆞᆸ더니 놀애를 브르시니이다

고븐 님 몯 보ᅀᆞ바 슬웃 우니다니 오ᄂᆞᆳ날애 넉시라 마로렛다 ^[88앞]

其_끵二_싱百_빅四_숭十_씹七_칧

夫_붕人_신이 업스샤 三_삼 동이 ᄃᆞ외샤 즘게 아래 더뎃더시니

아기 우르샤 三_삼동을 뫼호시고 西_솅方_방애 合_{ᅘᅡᆸ}掌_쟝ㅎ시니

其_끵二_싱百_빅四_숭十_씹八_밢

極_끅樂_락世_솅界_갱옛 四_숭十_씹八_밢 龍_룡船_쒼이 ^[88뒤]空_콩中_듕에 ᄂᆞ라오시니

接_졉引_인衆_즁生_싱ㅎ시는 諸_졍大_땡菩_뽕薩_삻들히 獅_숭子_중座_쫭로 마자 가시니

其_끵二_싱百_빅四_숭十_씹九_굴

光광有융聖셩人신은 釋셕迦강牟뭏尼닝시고 [89앞] 婆뼝羅랑門몬은 文문殊쓩師ᄉᆞᆼ利링시니 沙상羅랑樹쓩王왕은 阿항彌밍陁땅如셩來링시고 夫붕人신은 觀관世솅音흠이시니

　　　其끵二ᅀᅵᆼ百빅五ᅌᅩᆼ十씹

여듧 婇ᄎᆡᆼ女녕는 八밢大땡菩뽕薩삻이시고 [89뒤] 安한樂락國귁은 大땡勢솅至징시니 五ᅌᅩᆼ百빅 弟똉子중는 五ᅌᅩᆼ百빅 羅랑漢한이시고 子중賢현長땅者쟝는 無뭉間간地띵獄옥애 드니

【 네 梵뻠摩망羅랑國귁 林림淨쪙寺쑹애 光광有융聖셩人신이 五ᅌᅩᆼ百빅 弟똉子중 ᄃᆞ려 겨샤 大땡乘씽 小숑乘씽法법을 니ᄅᆞ샤 衆즁生ᄉᆡᆼ을 敎ᄀᆞᆯ化황ᄒᆞ더시니 [90앞] 그 數숭ㅣ 몯내 혜리러라

　　그 ᄢᅴ 西솅天텬國귁 沙상羅랑樹쓩大땡王왕이 四ᄉᆞᆼ百빅 小숄國귁 거느려 겨샤 正졍ᄒᆞᆫ 法법으로 다ᄉᆞ리더시니 王왕位윙를 맛드디 아니ᄒᆞ샤 妻쳉眷권이며 子중息식이며 보ᄇᆡ를 貪탐티 아니ᄒᆞ시고 샹녜 됴ᄒᆞᆫ 根근源원을 닷ᄀᆞ샤 無뭉上쌍道뚱를 求꿀ᄒᆞ더시니 光광有융聖셩人신이 沙상羅랑樹쓩大땡王왕의 善쎤心심을 드르시고 弟똉子중 勝싱熱ᅀᅥᇙ婆뼝羅랑門몬 比삥丘쿻를 보내샤 찻믈 기릃 婇ᄎᆡᆼ女녕를 비러 오라 ᄒᆞ야시늘 比삥丘쿻ㅣ 王왕宮궁의 와 ᄠᅳᆯ헤 드러 錫셕杖땽을 후는대 [90뒤] 王왕이 드르시고 四ᄉᆞᆼ百빅八밢 夫붕人신ㅅ 中듕에 第똉一ᅙᅵᇙ 鴛훤鴦ᅙᅡᆼ夫붕人신을 브리샤 齋ᄌᆡᆼ米몡 받ᄌᆞᄫᆞ라 ᄒᆞ야시늘 鴛훤鴦ᅙᅡᆼ夫붕人신이 말 듧 金금 바리예 ᄒᆡᆫᄡᆞᆯ ᄀᆞᄃᆞ기 다마 比삥丘쿻ㅅ 알ᄑᆡ 나ᅀᅡ 니거늘 比삥丘쿻ㅣ 술보ᄃᆡ 나는 齋ᄌᆡᆼ米몡를 求꿀ᄒᆞ야 온 디 아니라 大땡王왕을 보ᅀᆞᄫᆞ라 오이다 그 저긔 鴛훤鴦ᅙᅡᆼ夫붕人신이

도라 드러 王왕끠 슬ᄫᅡᆫ대 王왕이 드르시고 즉자히 禮롕服뽁 니브시고 ᄃᆞ라나샤 比삥丘쿨ㅅ 알ᄑᆡ 나ᅀᅡ가샤 세 번 절ᄒᆞ시고 請쳥ᄒᆞ야 宮궁中듕에 드르샤 比삥丘쿨란 노피 안치시고 王왕ᄋᆞᆫ ᄂᆞᆺ가비 ^[91앞] 안ᄌᆞ샤 무르샤ᄃᆡ 어드러셔 오시니잇고 比삥丘쿨ㅣ 對됭答답호ᄃᆡ 梵뻠摩망羅랑國귁 林림淨쪙寺ᄊᆞᆼ애 겨신 光광有ᅌᅮᇢ聖셩人ᅀᅵᆫㅅ 弟똉子ᄌᆞㅣ로니 光광有ᅌᅮᇢ聖셩人ᅀᅵᆫ이 五옹百ᄇᆡᆨ 弟똉子ᄌᆞ 거느려 겨샤 衆즁生ᅀᆡᆼ 敎굘化황ᄒᆞ시ᄂᆞ니 大땡王왕ㅅ 善쎤心심을 드르시고 찻믈 기를 媄칭女녕를 비ᅀᅱ보라 ᄒᆞ실ᄊᆡ 오ᅀᅳᄫᅵ이다 王왕이 깃그샤 四ᄉᆞᆼ百ᄇᆡᆨ八밣 夫붕人ᅀᅵᆫ을 다 브르샤 졈고 고ᄫᆞ니로 여듧 각시를 ᄀᆞᆯ히샤 比삥丘쿨를 주어시ᄂᆞᆯ 比삥丘쿨ㅣ 바다 도라가니 光광有ᅌᅮᇢ聖셩人ᅀᅵᆫ이 깃그샤 各각各각 金금鑵관子ᄌᆞ를 맛디샤 ^[91뒤] 摩망訶항栴젼檀딴 우믌 므를 흐러 五옹百ᄇᆡᆨ 디위옴 길이더시니 三삼年년이 ᄎᆞ니 八밣媄칭女녕ㅣ 됴ᄒᆞᆫ 根ᄀᆞᆫ源원을 닷가 無뭉上썅道똫理링를 일우미 머디 아니ᄒᆞ더라

그 저긔 光광有ᅌᅮᇢ聖셩人ᅀᅵᆫ이 勝싱熱ᅀᅧᇙ婆빵羅랑門몬 比삥丘쿨ᄃᆞ려 무르샤ᄃᆡ 沙상羅랑樹쓩王왕이 八밣媄칭女녕 보낼 나래 앗가ᄫᆞᆫ ᄠᅳ디 업더녀 對됭答답ᄒᆞᅀᆞᄫᅩᄃᆡ 大땡王왕이 앗가ᄫᆞᆫ ᄠᅳ디 곧 업더시이다 聖셩人ᅀᅵᆫ이 니르샤ᄃᆡ 그러커든 다시 가 大땡王왕ㅅ 모믈 請쳥ᄒᆞ야 오라 찻믈 기를 維윙那낭를 사모리라 ᄒᆞ야시ᄂᆞᆯ ^[92앞] 比삥丘쿨ㅣ 누비 닙고 錫셕杖땨ᇰ 디퍼 竹듁林림國귁 디나아 沙상羅랑樹쓩王왕 宮궁의 가 錫셕杖땨ᇰ을 후는대 王왕이 드르시고 즉자히 鴛원鴦ᅙᅣᇰ夫붕人ᅀᅵᆫ을 브르샤 齋쟁米몡 받ᄌᆞᄫᆞ라 ᄒᆞ야시ᄂᆞᆯ 鴛원鴦ᅙᅣᇰ夫붕人ᅀᅵᆫ이 말 듧 金금 바리예 ᄒᆡᆫᄡᆞᆯ ᄀᆞᄃᆞ기 다마 比삥丘쿨끠 나ᅀᅡ가니 比삥丘쿨ㅣ 슬ᄫᅩᄃᆡ 나는 齋쟁米몡를 어드라 온 디 아니라 大땡王왕을 보ᅀᆞᄫᆞ라 오이다 夫붕人ᅀᅵᆫ이 도라 드러 슬ᄫᅡᆫ대 王왕이 드르시고 깃그샤 ᄠᅳᆯ헤 나샤 比삥丘쿨ㅅ 알ᄑᆡ 세 번 ^[92뒤] 절ᄒᆞ시고 請쳥ᄒᆞ야 宮궁中듕에

드르샤 比_뼁丘_쿻란 노피 안치시고 王_왕은 놋가비 안즈샤 무르샤딕 어드러셔 므

슷 일로 오시니잇고 比_뼁丘_쿻ㅣ 對_됭答_답ᄒᆞᅀᆞ보딕 大_땡王_왕하 엇뎌 나ᄅᆞᆯ 모ᄅᆞ시

ᄂᆞ니잇고 아래 八_밣婇_칭女_녕 맏ᄌᆞ바 梵_뻠摩_망羅_랑國_귁 林_림淨_쪙寺_쏭로 가ᅀᆞᆸ본 내

로니 八_밣婇_칭女_녕의 기론 찻므리 모ᄌᆞ랄씨 聖_셩人_{ᅀᅵᆫ}이 ᄯᅩ 나ᄅᆞᆯ 브리샤 大_땡王_왕

모믈 請_쳥ᄒᆞᅀᆞᄫᅡ 오나든 찻믈 기를 維_윙那_낭ᄅᆞᆯ 삼ᅀᆞ보리라 ᄒᆞ실씨 다시 오ᅀᆞ보

이다 王_왕이 드르시고 깃거ᄒᆞ시며 忽_훓然_{ᅀᅧᆫ}히 눉므를 비 디ᄃᆞᆺ 흘리거시ᄂᆞᆯ 鴛_훤

鴦_{ᅙᅣᆼ}夫_붕人_{ᅀᅵᆫ}이 ^[93앞]王_왕ᄭᅴ 슬ᄫᅩ딕 엇던 젼ᄎᆞ로 우르시ᄂᆞ니잇고 王_왕이 니ᄅᆞ샤

딕 이 比_뼁丘_쿻ㅣ 아래 오샤 찻믈 기를 婇_칭女_녕 드려 林_림淨_쪙寺_쏭애 가신 줄 니

ᄅᆞ시니 이제 ᄯᅩ 내 모믈 드려다가 維_윙那_낭ᄅᆞᆯ 사모려 ᄒᆞ실씨 듣ᄌᆞᆸ고 깃거ᄒᆞ가니

와 그러나ᄒᆞᆫ디 ᄒᆞ녀고로 혜여 혼딕 내 四_{ᄉᆞᆼ}百_{ᄇᆡᆨ} 夫_붕人_{ᅀᅵᆫ}이 前_쪈世_셍옛 因_{ᅙᅵᆫ}緣_원

으로 나ᄅᆞᆯ 조차 살어든 오ᄂᆞᆯ 브리고 가릴씨 ᄆᆞᅀᆞ믈 슬허 우노이다 鴛_훤鴦_{ᅙᅣᆼ}夫_붕

人_{ᅀᅵᆫ}이 듣ᄌᆞᆸ고 比_뼁丘_쿻ᄭᅴ 닐오딕 내 몸도 좃ᄌᆞ바 갏 ᄯᅡ힌가 몯 갏 ᄯᅡ힌가 比_뼁

丘_쿻ㅣ 닐오딕 아래 가신 八_밣婇_칭女_녕도 니거시니 ^[93뒤]므스기 썰ᄫᅳ리잇고 夫_붕

人_{ᅀᅵᆫ}이 닐오딕 그러커든 나도 大_땡王_왕 뫼ᅀᆞᄫᅡ 比_뼁丘_쿻 좃ᄌᆞ바 가리이다

　王_왕이 夫_붕人_{ᅀᅵᆫ}ㅅ 말 드르시고 깃거 ᄂᆞ소사 나라ᄒᆞᆯ 아ᅀᆞ 맛디시고 夫_붕人_{ᅀᅵᆫ}

과 ᄒᆞ샤 比_뼁丘_쿻 조ᄎᆞ샤 西_솅天_텬國_귁을 여희여 竹_듁林_림國_귁애 가샤 ᄒᆞᆫ 너븐

드르헤 드르시니 나리 져므러 ᄒᆡ 디거늘 세 분이 프ᅀᅥ리예셔 자시고 이틄날 아

ᄎᆞ민 길 나아가싫 時_씽節_겷에 鴛_훤鴦_{ᅙᅣᆼ}夫_붕人_{ᅀᅵᆫ}이 울며 比_뼁丘_쿻ᄭᅴ 닐오딕 王_왕

과 즁님과ᄂᆞᆫ 남진 氣_킝韻_운 이실씨 길흘 ᄀᆞᆺ디 아니커시니와 나ᄂᆞᆫ 宮_궁中_{듀ᇰ}에 이

싫 제 두어 거르메셔 너무 ^[94앞]아니 걷다니 오ᄂᆞᆳ날 두 나랏 ᄉᆞᅀᅵ예 허튀ᄠᅩᆼ 긷

ᄀᆞ티 븟고 바리 알ᄑᆞᆯ씨 길흘 몯 녀리로소이다 이 ᄯᅡ히 어드메잇고 比_뼁丘_쿻ㅣ

닐오딕 이 ᄯᅡ히 竹_듁林_림國_귁이라 혼 나라히이다 夫_붕人_{ᅀᅵᆫ}이 ᄯᅩ 무로딕 이어긔

갓가빙 사르미 지비 잇느니잇가 比뼁丘쿨ㅣ 닐오디 오직 이 브래 子중賢현 長댱者쟝ㅣ 지비 잇다 듣노이다 夫붕人신이 王왕끠 술보디 내 모물 죵 사모샤 長댱者쟝ㅣ 지븨 드려가샤 내 모몰 프르샤 내 값과 내 일훔과 가져다가 聖셩人신끠 받즈팅쇼셔 ᄒ야ᄂᆞᆯ 王왕과 比뼁丘쿨왜 夫붕人신ㅅ 말 드르시고 ᄆᆞᅀᆞ믈 더욱 셜비 너기샤 [94뒤]눉므를 비 오ᄃᆞᆺ 흘리시고 比뼁丘쿨와 王왕괘 夫붕人신을 뫼샤 長댱者쟝ㅣ 지븨 가샤 겨집죵 사쇼셔 ᄒ야 브르신대 長댱者쟝ㅣ 듣고 사름 브려 보라 ᄒ니 닐오디 門몬 알픽 ᄒᆞᆫ 즁과 ᄒᆞᆫ 쇼쾌 고ᄫᆞᆫ 겨지블 드려왜셔 ᄑᆞ느이다 長댱者쟝ㅣ 듣고 세흘 드려 드러오라 ᄒ야 ᄠᅳᆯ헤 안치ᅀᆞᆸ고 묻ᄌᆞᄫᅩ디 이 ᄯᆞ리 너희 죵가 王왕과 比뼁丘쿨왜 對됭答답ᄒ샤디 眞진實씷로 우리 죵이니이다 長댱者 쟝ㅣ 鴛훤鴦향夫붕人신을 다시 보니 샹녯 사르미 양ᄌᆡ 아닐씨 夫붕人신끠 무로디 이 두 사르미 眞진實씷로 네 항것가 對됭答답호디 眞진實씷로 [95앞]올ᄒ니이다 長댱 者쟝ㅣ 무로디 그러면 비디 언매나 ᄒᄂᆈ 夫붕人신이 對됭答답호디 우리 항것 둘히 내 비들 모르시리니 내 모맷 비든 金금 二ᅀᅵᆼ千쳔 斤근이오 내 빈욘 아기 빋도 ᄒᆞᆫ가지니이다 長댱者쟝ㅣ 그 마를 從쭁ᄒ야 金금 四ᄉᆞᆼ千쳔 斤근을 내야 王 왕끠와 比뼁丘쿨끠와 받즈ᄫᅵ니라

王왕과 比뼁丘쿨왜 그 지븨 자시고 이틄날 아ᄎᆞ미 세 분이 門몬 밧긔 나샤 여희실 씨기 몯내 슬허 우러 오래 머므더시니 夫붕人신이 王왕끠 술보디 오늘 여희ᅀᆞᄫᆞᆫ 後ᅘᅮᇢ에 숨ᄫᆞᆺ 아니면 서르 보ᅀᆞᄫᆞᆯ 길히 업건마른 그러나 사르미 善쎤을 닷고ᄆᆞᆫ [95뒤]녀나ᄆᆞᆫ ᄠᅳ디 아니라 利링益혁 두ᄫᆡᆫ 이를 各각各각 受쓩ᄒᆕᇰ ᄯᆞᄅᆞ미니 大땡王왕이 宮궁中듀ᇰ에 겨싫 저근 빗골폰 ᄃᆞᆯ 모ᄅᆞ시며 옷 허ᄂᆞᆫ ᄃᆞᆯ 모ᄅᆞ더시니 大땡王왕하 往왕生ᄉᆡᆼ偈꼥를 닛디 마라 외와 듀니쇼셔 이 偈꼥를 외오시면 골폰

460 월인석보 제팔

빙도 브르며 헌 옷도 암굴리이다 ᄒᆞ고 往왕生ᄉᆡᆼ偈꼥를 ᄉᆞᆲ보ᄃᆡ 願원往왕生ᄉᆡᆼ 願원
往왕生ᄉᆡᆼ 願원在찡彌밍陁땅會휗中듕坐쫭 手ᄉᆛ執집香향花황常쌍供공養양 願원往왕
生ᄉᆡᆼ 願원往왕生ᄉᆡᆼ 願원生ᄉᆡᆼ極끅樂락 見견彌밍陁땅獲휙蒙몽摩망頂뎡受ᅌᅮᇢ記긩莂뵳
願원往왕生ᄉᆡᆼ 願원往왕生ᄉᆡᆼ 往왕生ᄉᆡᆼ極끅樂락 [96앞 蓮련花황生ᄉᆡᆼ 自쫑他탕一ᅙᅵᇙ時씽
成쎵佛뿛道똥 [願원ᄒᆞ노니 가 나가 지이다 願원ᄒᆞ노니 가 나가 지이다 願원ᄒᆞ노
니 彌밍陁땅 會휗中듕 坐쫭애 이셔 소내 香향花황 자바 샹녜 供공養양ᄒᆞᅀᆞᄫᅡ 지이
다 願원ᄒᆞ노니 가 나가 지이다 願원ᄒᆞ노니 가 나가 지이다 願원ᄒᆞ노니 極끅樂
락애 나 彌밍陁땅를 보ᅀᆞᄫᅡ 머리 ᄆᆞ지샤ᄆᆞᆯ 닙ᅀᆞᄫᅡ 記긩莂뵳을 受ᅀᅮᇢᄒᆞᅀᆞᄫᅡ 지이
다 願원ᄒᆞ노니 가 나가 지이다 願원ᄒᆞ노니 가 나가지이다 極끅樂락애 가 나 蓮
련花황애 나아 나와 ᄂᆞᆷ괘 一ᅙᅵᇙ時씽예 佛뿛道똥를 일워 지이다]

王왕이 드르시고 깃그샤 가려 ᄒᆞ싫 저긔 夫붕人ᅀᅵᆫ이 王왕ᄭᅴ 다시 ᄉᆞᆲ보ᄃᆡ 내
비욘 아기 아ᄃᆞᆯ옷 나거든 일후믈 므스기라 ᄒᆞ고 ᄯᆞᆯ옷 나거든 일후믈 므스기라
ᄒᆞ리잇고 어버ᅀᅵ ᄀᆞ자 이신 저긔 일후믈 一ᅙᅵᇙ定뗭ᄒᆞ사이다 王왕이 드르시고 [97
앞 눖므를 흘리며 니ᄅᆞ샤ᄃᆡ 나ᄂᆞᆫ 드로니 어버ᅀᅵ 몯 ᄀᆞ존 子ᄌᆞ息식은 어딘 이ᄅᆞᆯ
비호ᄃᆡ 몯홀ᄊᆡ 어버ᅀᅴ 일후믈 더러비ᄂᆞ다 ᄒᆞᄂᆞ니 나거든 ᄣᅡ해 무더 ᄇᆞ료ᄃᆡ ᄒᆞ
리이다 夫붕人ᅀᅵᆫ이 ᄉᆞᆲ보ᄃᆡ 大땡王왕ㅅ 말ᄊᆞ미ᅀᅡ 올커신마ᄅᆞᆫ 내 ᄠᅳ데 몯 마재이
다 아ᄃᆞ리어든 일후믈 孝ᅘᅭᇢ子ᄌᆞㅣ라 ᄒᆞ고 ᄯᆞ리어든 일후믈 孝ᅘᅭᇢ養양이라 호ᄃᆡ
엇더ᄒᆞ니잇고 王왕이 夫붕人ᅀᅵᆫㅅ ᄠᅳ들 어엿비 너기샤 니ᄅᆞ샤ᄃᆡ 아ᄃᆞ리 나거든
安ᅙᅡᆫ樂락國귁이라 ᄒᆞ고 ᄯᆞᆯ옷 나거든 孝ᅘᅭᇢ養양이라 ᄒᆞ쇼셔 ᄆᆞᆯ 다ᄒᆞ시고 슬하디여
우러 여희시니 王왕이 比삥丘쿨와 ᄒᆞ샤 林림淨쪙寺ᄊᆞ애 [97뒤 가신대 光광有ᅌᅮᇢ聖셩
人ᅀᅵᆫ이 보시고 ᄀᆞ장 깃그샤 즉자히 金금罐관子ᄌᆞ 둘흘 받ᄌᆞᄫᅡ 찻믈 길이ᅀᆞᆸ더시
니 王왕이 金금罐관子ᄌᆞ를 나못 두 그테 ᄃᆞ라 메시고 믈 기르며 ᄃᆞ니싫 쩌긔 왼

소내 往_왕生_싱偈_꼥를 자부샤 노티 아니ᄒᆞ야 외오더시다

鴛_{ᅙᆑᆫ}鴦_{ᅘᅡᆼ}夫_붕人_{ᅀᅵᆫ}이 長_댱者_쟝ㅣ 지븨 이셔 아ᄃᆞᄅᆞᆯ 나ᄒᆞ니 양ᄌᆡ 端_돤正_정ᄒᆞ더니 長_댱者_쟝ㅣ 보고 닐오ᄃᆡ 네 아ᄃᆞ리 나히 열아홉 만 ᄒᆞ면 내 지븨 아니 이싫 相_샹이로다 ᄒᆞ더라 닐굽 ᄒᆡ어늘 그 아기 어마니ᇚ긔 슬ᄫᅩᄃᆡ 내 어마니ᇚ 빈예 이실 ᄢᅴ 아바니미 어듸 가시니잇고 夫_붕人_{ᅀᅵᆫ}이 ^[98앞] 닐오ᄃᆡ 長_댱者_쟝ㅣ 네 아비라 그 아기 닐오ᄃᆡ 長_댱者_쟝ㅣ 내 아비 아니니 아바니미 어듸 가시니잇고 夫_붕人_{ᅀᅵᆫ}이 므디듯 울며 모ᄀᆞᆯ 몌여 닐오ᄃᆡ 네 아바니미 婆_{빠}羅_랑門_몬 즁님과 ᄒᆞ샤 梵_뻠摩_망羅_랑國_귁 林_림淨_쪙寺_{ᄊᆞᆼ}애 光_광有_{ᅌᅮᇢ}聖_셩人_{ᅀᅵᆫ} 겨신 ᄃᆡ 가샤 됴ᄒᆞᆫ 일 닷ᄀᆞ시ᄂᆞ니라 그 저긔 安_{ᅙᅡᆫ}樂_락國_귁이 어마니ᇚ긔 슬ᄫᅩᄃᆡ 나ᄅᆞᆯ 이제 노ᄒᆞ쇼셔 아바니ᄆᆞᆯ 가 보ᅀᆞᄫᅡ 지이다 夫_붕人_{ᅀᅵᆫ}이 닐오ᄃᆡ 네 처ᅀᅥᆷ 나거늘 長_댱者_쟝ㅣ 닐오ᄃᆡ 나히 닐굽 여듧 만 ᄒᆞ면 내 지븨 아니 이실 아히라 ᄒᆞ더니 이제 너를 노하 보내면 내 모미 長_댱者_쟝ㅣ 怒_농를 ^[98뒤] 맛나리라 安_{ᅙᅡᆫ}樂_락國_귁이 닐오ᄃᆡ ᄀᆞ만이 逃_똫亡_망ᄒᆞ야 ᄲᆞᆯ리 녀러 오리이다

그 저긔 夫_붕人_{ᅀᅵᆫ}이 어엿븐 ᄠᅳ들 몯 이긔여 門_몬 밧긔 내야 보내야ᄂᆞᆯ 安_{ᅙᅡᆫ}樂_락國_귁이 바ᄆᆡ 逃_똫亡_망ᄒᆞ야 ᄃᆞᆮ다가 그 짓 ᄭᅩᆯ 뷣 죠ᄋᆞᆯ 맛나니 자바 구지조ᄃᆡ 네 엇뎨 항것 背_{ᄇᆡᆼ}叛_{빤}ᄒᆞ야 가는다 ᄒᆞ고 ᄉᆞ츠로 두 소ᄂᆞᆯ 미야 와 長_댱者_쟝ㅣ 손ᄃᆡ 닐어ᄂᆞᆯ 長_댱者_쟝ㅣ 怒_농ᄒᆞ야 손소 安_{ᅙᅡᆫ}樂_락國_귁의 ᄂᆞᄎᆞᆯ 피좃고 붓둏 므를 ᄇᆞᄅᆞ니라

後_{ᅘᅮᇢ}에 安_{ᅙᅡᆫ}樂_락國_귁이 어마니ᇚ긔 다시 숩고 사긴 ᄂᆞᄎᆞ란 ᄢᅴ리고 逃_똫亡_망ᄒᆞ야 梵_뻠摩_망羅_랑國_귁으로 가더니 竹_듁林_림國_귁과 ^[99앞] 梵_뻠摩_망羅_랑國_귁과 두 나랏 ᄉᆞᅀᅵ예 큰 ᄀᆞᄅᆞ미 이쇼ᄃᆡ ᄇᆡ 업거늘 ᄀᆞᇫ 조차 ᄇᆞ니다가 忽_{ᅘᆞᆳ}然_{ᅀᅧᆫ}히 싱각ᄒᆞ야 딥동 세 무슬 어더 ᄭᅵ로 어울워 ᄆᆡ야 믈에 ᄯᅴ오고 그 우희 올아 안자 하ᄂᆞᆯᄀᆡ 비ᅀᆞᆸ오ᄃᆡ 내 眞_진實_씷ㅅ ᄆᆞᅀᆞ모로 아바님 보ᅀᆞᆸ고져 ᄒᆞ거든 ᄇᆞᄅᆞ미 부러 뎌 ᄀᆞ새

건내쇼셔 ᄒᆞ고 合합掌쟝ᄒᆞ야 往왕生싱偈껭ᄅᆞᆯ 외온대 自쫑然션히 ᄇᆞᄅᆞ미 부러 믌
ᄀᆞᅀᆡ 건내 부치니 긔 梵뻠摩망羅랑國귁 ᄡᅡ히러라 그 딥도ᄋᆞ란 ᄀᆞᅀᅦ 지혀 ᄆᆡ오
林림淨쪙寺ᄉᆞᆼ로 가ᄂᆞᆫ ᄆᆞᄃᆡ에 대수히 이쇼ᄃᆡ 東동風봉이 불면 그 소리 南남無뭉阿
항彌밍陁땅佛뿛ᄒᆞ고 [99뒤 南남風봉이 불면 攝셥化황衆즁生싱 阿항彌밍陁땅佛뿛 ᄒᆞ
고 西솅風봉이 불면 渡똥盡찐稱칭念념衆즁生싱 阿항彌밍陁땅佛뿛 ᄒᆞ고 北븍風봉
이 불면 隨쓍意힁往왕生싱 阿항彌밍陁땅佛뿛 ᄒᆞ더니 安한樂락國귁이 듣고 ᄀᆞ장
깃거ᄒᆞ더라

그 대숩 ᄉᆞᅀᅵ예 林림淨쪙寺ᄉᆞᆼㅣ 잇더니 安한樂락國귁이 뎌를 向향ᄒᆞ야 가ᄂᆞᆫ
저긔 길헤 八밣婇칭女녕를 맛나니 [100앞 往왕生싱偈껭ᄅᆞᆯ 브르며 摩망訶항栴젼檀딴
우믌 므를 기러 가거늘 安한樂락國귁이 무로ᄃᆡ 너희 브르논 偈껭ᄂᆞᆫ 어드러셔 나
뇨 婇칙女녕ㅣ 對됭答답호ᄃᆡ 西솅天텬國귁 沙상羅랑樹쓩大땡王왕 鴛훤鴦향夫붕人신
ㅅ 偈껭니 우리도 沙상羅랑樹쓩大땡王왕ㅅ 夫붕人신ᄃᆞᆯ히라니 녜 勝싱熱ᅀᅧᇙ婆빵羅랑
門몬 比삥丘쿻ㅣ 우리 王왕宮궁의 가샤 우리를 ᄃᆞ려오시고 後ᅘᅮᇢ에 다시 가샤 沙
상羅랑樹쓩大땡王왕과 鴛훤鴦향夫붕人신ᄋᆞᆯ 뫼셔 오시다가 夫붕人신이 허튀 알하
거르믈 몯 거르실ᄊᆡ 王왕과 比삥丘쿻왜 竹듁林림國귁 子ᄌᆞᆼ賢현長댱者쟝ㅣ [100뒤
지븨 뫼셔다가 죵 사마 ᄑᆞ라시ᄂᆞᆯ 夫붕人신이 여희ᅀᆶ 저긔 大땡王왕ᄭᅴ ᄉᆞᆯᄫᆞ샤ᄃᆡ
往왕生싱偈껭ᄅᆞᆯ 외오시면 골ᄑᆞᆫ ᄇᆡ도 브르며 헌 옷도 새 ᄀᆞᆮᄒᆞ리니 淨쪙土통애 ᄒᆞᆫ
ᄃᆡ 가 나사이다 ᄒᆞ야시ᄂᆞᆯ 王왕이 ᄇᆡ호샤 ᄉᆞᆫ직 그치디 아니ᄒᆞ야 외오시ᄂᆞ니 우
리도 이 偈껭ᄅᆞᆯ 좃ᄌᆞ바 외오노소라 安한樂락國귁이 무르ᄃᆡ 沙상羅랑樹쓩大땡王왕
이 어듸 겨시뇨 對됭答답호ᄃᆡ 길헤 믈 기러 오시ᄂᆞ니라

安한樂락國귁이 그 말 듣고 길흐로 向향ᄒᆞ야 가다가 아바니믈 맛나ᅀᆞ바 두

허튀를 안고 우더니 王왕이 무르샤디 이 아기 엇더니완디 ^[101앞] 늘그늬 허튀를 안고 이리드록 우는다 安한樂락國귁이 온 뜯 솗고 往왕生싱偈꼥를 외온대 王왕이 그제사 太탱子중ㄴ 고둘 아르시고 긼 ᄀ새 아나 안ᄌᆞ샤 오시 ᄌᆞᄆᆞ기 우르시고 니르샤디 네 어마니미 날 여희오 시르므로 사니다가 이제 쏘 너를 여희오 더욱 우니ᄂᆞ니 어셔 도라니거라 王왕과 太탱子중왜 슬픈 ᄠᅳᆮ들 몯 이긔샤 오래 겨시다가 여희싫 저긔 王왕이 놀애를 브르샤디 아라 녀리 그츤 이런 이븐 길헤 눌 보리라 ᄒᆞ야 우러곰 온다 아가 大땡慈쫑悲빙 우니는 鴛훤鴦향鳥둏와 功공德득 修슣行행ᄒᆞᄂᆞ 이 내 몸과 成쎵等등正졍覺각 ^[101뒤] 나래사 반ᄃᆞ기 마조 보리여다

그 저긔 太탱子중ㅣ 울며 저ᅀᆞᆸ바 여희ᅀᆞᆸ고 도로 ᄀᆞ롨 ᄀ새 와 딥 비 ᄐᆞ고 往왕生싱偈꼥를 브르니 ᄇᆞᄅᆞ미 부러 竹듁林림國귁으로 지불여늘 무틔 올아오ᄂᆞ 무디예 쇼 칠 아히 놀애를 블로디 安한樂락國귁이ᄂᆞ 아비를 보라 가니 어미도 몯 보아 시르미 더욱 깁거다 ᄒᆞ야늘 安한樂락國귁이 듣고 무로디 므슴 놀애 브르는다 對됭答답호디 子중賢현長댱者쟝ㅣ 지븨 鴛훤鴦향이라 홇 죠이 ᄒᆞᆫ 아ᄃᆞᆯ를 나ᄒᆞ늘 그 아기 닐굽 설 머거 아비 보라 니거 지라 ᄒᆞᆫ대 그 어미 어엿비 너겨 노하 보내여늘 그 長댱者쟝ㅣ ^[102앞] 鴛훤鴦향이를 자바 네 아들 어듸 가뇨 ᄒᆞ고 環환刀돌를 메여 팅時씽節졇에 鴛훤鴦향이 놀애를 블로디 고ᄫᆞ니 몯 보아 슬웃 우니다니 님하 오ᄂᆞᆳ나래 넉시라 마로리어다 ᄒᆞ야늘 長댱者쟝ㅣ 菩뽕提똉樹쓩 미틔 ᄃᆞ려다가 삼 동 내 버혀 더뎃ᄂᆞ니라

安한樂락國귁이 듣고 菩뽕提똉樹쓩 미틔 가 보니 삼 동 내 버혀 더뎃거늘 주서다가 次중第똉로 니서 노코 짜해 업데여 그울며 슬하디여 우니 하늘히 드러치더니 오라거늘 니러 西셰ㅅ녁 向향ᄒᆞ야 合합掌쟝ᄒᆞ야 ᄂᆞᆫ믈 쓰리고 하ᄂᆞᆯ 브르며 偈꼥를 지서 블로디 願원我앙臨림欲욕 ^[102뒤] 命명終즁時씽 盡찐除뗭一힗切쳉諸졍

障쟝礙앵 面면見견彼빙佛뿛阿항彌밍陁땅 卽즉得득往왕生싱安한樂락刹찷 [願원ᄒᆞᆫ ᄃᆞᆫ 내 ᄒᆞ마 命명終즁ᄒᆞᇙ 時씽節졇에 一힗切쳉 ᄀᆞ린 거슬 다 더러 ᄇᆞ리고 뎌 阿항彌밍陁땅佛뿛을 보ᅀᆞ바 즉자히 安한樂락刹찷애 가 나가 지이다]

즉자히 極끅樂락世솅界갱로셔 四ᄉᆞᆼ十씹八밣 龍룡船쒄이 眞진如셩大땡海ᄒᆡᆼ에 ᄠᅵ 太탱子ᄌᆞᆼ 알ᄑᆡ 오니 그 龍룡船쒄 가온ᄃᆡᆺ 굴근 菩뽕薩삻ᄃᆞᆯ히 太탱子ᄌᆞᆼ ᄃᆞ려 [103앞 닐오ᄃᆡ 네 父뿡母몽ᄂᆞᆫ ᄇᆞᆯ셔 西솅方방애 가샤 부텨 ᄃᆞ외얫거시ᄂᆞᆯ 네 일 몰라 이실ᄊᆡ 길 자ᄇᆞ라 오라 ᄒᆞ야시ᄂᆞᆯ 太탱子ᄌᆞᆼ ㅣ 그 말 듣고 깃기 獅ᄉᆞᆼ子ᄌᆞᆼ座쫭애 올아 虛헝空콩ᄋᆞᆯ 타 極끅樂락世솅界갱로 가니라

光광有웋聖셩人신ᄋᆞᆫ 이젯 釋셕迦강牟뭏尼닝佛뿛이시고 沙상羅랑樹쓩大땡王왕ᄋᆞᆫ 이젯 阿항彌밍陁땅佛뿛 이시고 鴛훤鴦향夫붕人신ᄋᆞᆫ 이젯 觀관世솅音흠菩뽕薩삻이시고 安한樂락國귁ᄋᆞᆫ 이젯 大땡勢솅至징菩뽕薩삻이시고 勝싱熱ᅀᅧᇙ婆빵羅랑門몬ᄋᆞᆫ 이젯 文문殊쓩ㅣ시고 八밣婇ᄎᆡᆼ女녕ᄂᆞᆫ 이젯 八밣大땡菩뽕薩삻이시고 [103뒤 五옹百ᄇᆡᆨ 弟똉子ᄌᆞᆼᄂᆞᆫ 이젯 五옹百ᄇᆡᆨ 羅랑漢한이시니라 子ᄌᆞᆼ賢현長댱者쟝ᄂᆞᆫ 無뭉間간地띵獄옥애 드리 잇ᄂᆞ니라】

○ 方방等등 여듧 ᄒᆡ 니ᄅᆞ시고 버거 스믈두 ᄒᆡᆺ ᄉᆞᅀᅵ예 般반若샹ᄅᆞᆯ 니ᄅᆞ시니라 [104뒤

月월印인千쳔江강之징曲콕 第똉八밣

釋셕譜봉詳썅節졇 第똉八밣

[1앞]월인천강지곡(月印千江之曲) 제팔(第八)

　석보상절(釋譜詳節) 제팔(第八)

　　기이백십이(其二百十二)

　위제희(韋提希)가 (세존을) 청(請)하여, "정토(淨土)에 가고 싶습니다." 하니, (세존이 위제희에게) 시방(十方) 제국(諸國)을 보게 하셨으니.

　위제희(韋提希)가 (세존께) 원(願)하여, "서방(西方)에 [1뒤]가고 싶습니다." 하니, (세존이 위제희에게) 십육관경(十六觀經)을 듣게 하셨으니.

　　기이백십삼(其二百十三)

　(서방세계를) 보시는 것이 멀겠습니까? (위제희가) 선심(善心)이 온전하면 앉은 곳에서 (서방세계를) 말갛게 보리니.

　(서방세계에) 가시는 것이 멀겠습니까? (위제희가) 선근(善根)이 깊으면 탄지(彈指)의 사이에 반드시 (서방세계에) 가리니. [2앞]

　　기이백사십(其二百十四)

　초관(初觀)과 이관(二觀)은 (각각) 일상(日想)과 수상(水想)이시며, 삼관(三觀)은 지상(地想)이시니.

　사관(四觀)과 오관(五觀)은 (각각) 수상(樹想)과 팔공덕수상(八功德水想), 육관(六觀)은 [2뒤]총관상(總觀想)이시니.

　　기이백십오(其二百十五)

　칠관(七觀)은 화좌상(花坐想), 팔관(八觀)은 상상(像想)이시며, 구관(九觀)은 색신상

(色身相)이시니.

관세음(觀世音)과 대세지(大勢至)가 (각각) 십관(十觀)과 십일관(十一觀)이시며, 보관상(普觀想)이 [3앞 십이관(十二觀)이시니.

기이백육십(其二百十六)

잡상(雜想)이 십삼관(十三觀)이며, 상(上)·중(中)·하(下) 삼배상(三輩想)이 지속간(遲速間)에 쾌락(快樂)이 같으리.

공덕(功德)이 깊은 이는 상품삼생(上品三生)에 나되, 일일(一日) 후(後)에 [3뒤 연(蓮)꽃이 피겠으니.

기이백십칠(其二百十七)

공덕(功德)이 (그) 다음가는 사람은 중품삼생(中品三生)에 나되, 칠일(七日) 후(後)에 연(蓮)꽃이 피겠으니.

공덕(功德)이 또 (그) 다음가는 사람은 하품삼생(下品三生)에 나되, 칠칠일(七七日) 후(後)에 [4앞 연(蓮)꽃이 피겠으니.

기이백십팔(其二百十八)

세존(世尊)이 신통력(神通力)으로 이 말을 이르실 제, 무량수불(無量壽佛)이 허공(虛空)에 보이셨으니.

위제희(韋提希)가 공경심(恭敬心)으로 이 말을 들을 제, 서방세계(西方世界)를 [4뒤 꿰뚫어서 보았으니.

기이백십구(其二百十九)

장엄(莊嚴)이 저러하시구나. 쾌락(快樂)이 저러하시구나. (내가) 극락세계(極樂世界)를 바랍니다.

윤회(輪廻)도 이러하구나. 수고(受苦)도 이러하구나. (내가) 사바세계(娑婆世界)

를 떠나고 싶습니다. [5앞

　위제희부인(韋提希夫人)이 세존(世尊)께 사뢰되, "정토(淨土)에 가 나고자 합니다." 세존(世尊)이 즉시 미간(眉間)의 금색광(金色光)을 펴시어 시방(十方)의 무량(無量) 세계(世界)를 (가득) 차서 비추니 [5뒤 제불(諸佛)의 정토(淨土)가 다 거기에 현(現)하거늘, "자기가 (스스로) (제불의 정토를) 선택하라." 하시니, 위제희부인(韋提希夫人)이 "아미타불국(阿彌陀佛國)에 나고 싶습니다." 하거늘, 부처가 위제희(韋提希)더러 이르시되 "너이며 중생(衆生)들이 마음을 온전하게 하여, 한 곳에 골똘히 (마음을) 먹어서 서방(西方)을 상(想)하라.
[6앞 어찌하는 것을 상(想)이라 하였느냐? 상(想)을 할 것이면, 일체(一切)의 중생(衆生)이 상념(想念)을 일으켜서, 서(西)쪽을 향(向)하여 정(正)히 앉아서 지는 해를 골똘히 보아서, 마음을 굳이 먹어 상(想)을 온전히 하여 옮기지 아니하여, 해가 지는 모습이 매달린 북(鼓)과 같은데, 눈을 감으며 (눈을) 뜸에 다 밝게 하는 것이 (이것이) 일상(日想)이니 [6뒤 이름이 초관(初觀)이다.
　다음으로 수상(水想)을 하여, 물이 맑은 것을 보아서 또 밝게 하여 흐튼 뜻이 없게 하고, 빙상(冰想)을 하여 얼음이 꿰뚫어 비치는 것을 보고, 유리상(瑠璃想)을 하여 이 상(想)이 이루어지면 유리(瑠璃)의 땅이 안팎이 꿰뚫어 비치는데, 그 아래에 금강(金剛)과 칠보(七寶)와 [7앞 금당(金幢)이 유리(琉璃) 땅을 받쳐 있으니, 그 당(幢)의 여덟 모퉁이에 백보(百寶)로 이루고, 보주(寶珠)마다 일천(一千) 광명(光明)이요 광명(光明)마다 팔만사천(八萬四千) 빛이니, 유리(瑠璃) 땅을 비추되 억천(億千)의 해(太陽)와 같아서 갖추 보는 것을 못하겠으며 [7뒤 유리(瑠璃)로 된 땅 위에 황금(黃金)의 끈으로 섞어 늘어뜨리고, 칠보(七寶)의 경계(境界)가 분명(分明)하고, 한 보배마다 오백(五百) (가지의) 빛이 나는 광(光)이니, 그 광(光)이 꽃과 같으며 (그 광이 마치) 별과 달이 허공(虛空)에 달린 듯하여 광명대(光明臺)가 되고, 누각(樓閣) 천만(千萬)이 백보(百寶)가 모여서 이루어져 있고, 대(臺)의 두 곁에 각각(各各) 백억(百億) 화당(華幢)과 [8앞 그지없는 악기로 장엄(莊嚴)하여 있는데, 여덟 가지의 청풍(淸風)이 광명(光明)으로부터서 나서 악기를 불어 고공(苦空), 무상(無常), 무아(無我)의 소리를 넓혀 이르나니, 이것이 수상(水想)이니 이름이 제이관(第

二觀)이다. 이 상(想)이 이루어질 적에 낱낱이 ^[8뒤] 보는 것을 매우 맑고 맑게 하여, 눈을 뜨거나 감거나 하여도 (想을) 잃지 말아서, 밥을 먹을 때일망정 장상(長常, 항상) 이 일을 생각하라.

이리 상(想)하는 것이 극락국(極樂國)의 땅을 대강 보는 것이니, 만일 삼매(三昧)야말로 득(得)하면, 저 나라의 땅을 맑고 맑게 분명(分明)히 보아서, 끝내 (극락국의 모습을) 끝내 다 (말로써) 이르지는 못할 것이니, 이것이 지상(地想)이니 ^[9앞] 이름이 제삼관(第三觀)이다.

부처가 아난(阿難)이더러 이르시되, 네가 부처의 말을 지녀 미래세(未來世)에 있을 일체(一切)의 대중(大衆) 중에서 수고(受苦)를 벗고자 할 이를 위(爲)하여 이 땅을 보는 법(法)을 이르라. 이 땅을 본 사람은 팔십억(八十億) 겁(劫)의 생사(生死)의 죄(罪)를 면(免)하여 다른 세상에서 정국(淨國)에 ^[9뒤] 반드시 나겠으니, 이렇게 보는 것이 정관(正觀)이요 (이와) 다르게 보는 것은 사관(邪觀)이다.

부처가 아난(阿難)이와 위제희(韋提希)더러 이르시되 "지상(地想)이 이루어지거든 다음으로 보수(寶樹)를 보는 것이니, 낱낱이 보아서 칠중행수상(七重行樹想)을 하여, 큰 나무마다 높이가 팔천(八千) 유순(由旬)이요 ^[10앞] 칠보(七寶) 화엽(花葉)이 갖추어져 있어 화엽(花葉)마다 다른 보색(寶色)을 지어, 유리색(瑠璃色) (중)에서 금색광(金色光)이 나며, 파리색(玻瓈色) 중에서 홍색광(紅色光)이 나며, 마노색(瑪瑙色) 중(中)에서 차거광(硨磲光)이 나며, 차거색(硨磲色) 중(中)에서 녹진주광(綠眞珠光)이 ^[10뒤] 나며 산호(珊瑚), 호박(琥珀) 등 일체(一切)의 중보(衆寶)로 (눈)부시게 꾸미고, 진주(眞珠) 그물이 큰 나무 위마다 일곱 겹을 덮으니, 그물의 사이마다 오백억(五百億) ^[11앞] 묘화(妙華)의 궁전(宮殿)이 범왕궁(梵王宮)과 같아서, 하늘의 동자(童子)가 자연(自然)히 그 속에 있어, 동자(童子)마다 오백억(五百億) 석가비릉가(釋迦毗棱伽)와 마니(摩尼)로 영락(瓔珞)을 하니, 그 마니(摩尼)의 광(光)이 백(百) 유순(由旬)을 비춰어 백억(百億)의 일월(日月)이 모인 듯하여, (그 형상을) 끝내 (말로써는 다) 못 이르리라. 이 보수(寶樹)들이 행렬행렬(行列行列)히 서로 ^[12앞] 맞추어 서며, 잎잎이 서로 차제(次第, 차례)로 나고, 잎 사이에 고운 꽃들이 피고, 꽃 위에 칠보(七寶)의 열매가 여나니, 잎마다 넓이와 길이가 다 수물다섯 유순(由旬)이요, 그 잎이 천(千)의 빛이요, 백(百) 가지의 그림이 있되 하늘의 영락(瓔珞)과 같고, 많은 고운 꽃이 염부단금(閻浮檀金)의 빛이요, 열매가 ^[12뒤]솟아나되 제석병(帝釋甁)과 같아서, 큰 광명(光明)이 당번(幢幡)과 무량(無量)의 보개(寶蓋)가 되고, 삼천대천세계(三千大千世界)에 있는 일체(一切)의 불사(佛事)와 시방(十方)의 불국(佛國)이 다 보개(寶蓋)의 중(中)에 비치어 보이나니, 이 나무를 보고 또 차제(次第, 차례)로 나무의 줄기와 가지와 ^[13앞]잎과 꽃과 과실(果實)을 낱낱이 보아서 다 분명(分明)하게 할 것이니, 이것이 수상(樹想)이니 이름이 제사관(第四觀)이다.

다음으로 물을 상(想)할 것이니 극락(極樂) 국토(國土)에 여덟 못이 있되, 못의 물마다 칠보(七寶)로 이루어져 있나니, 그 보배가 물러서 보드라워 여의주왕(如意珠王)을 따라서 갈라서 나되 ^[13뒤]열네 갈래이니, 갈래마다 칠보(七寶) 빛이요 황금(黃金) 돌이니, 돌의 밑에 다 잡색(雜色) 금강(金剛)으로 모래가 되고, 물마다 육십억(六十億)의 칠보(七寶) 연화(蓮花)가 있나니, 연화(蓮花)마다 둘레가 열두 유순(由旬)이요, 그 마니수(摩尼水)가 꽃 사이에 흘러 나무를 쫓아 오르내리니, 그 ^[14앞]소리가 미묘(微妙)하여 고공(苦空)·무상(無常)·무아(無我)와 여러 바라밀(波羅蜜)을 넓혀 이르며, 또 제불(諸佛)의 상호(相好)를 찬탄(讚嘆)하며, 여의주왕(如意珠王)이 금색(金色)의 미묘(微妙)한 광명(光明)을 내니, 그 광(光)이 백보(百寶)의 색조(色鳥)가 되어 좋은 울음을 울어 염불(念佛)·^[14뒤]염법(念法)·염승(念僧)을 늘 찬탄(讚嘆)하나니, 이것이 팔공덕수상(八功德水想)이니 이름이 제오관(第五觀)이다.

중보(衆寶)의 국토(國土)에 나라마다 오백억(五百億) 보루(寶樓)가 있고, 그 누각(樓閣)에 그지없는 제천(諸天)이 하늘의 풍류를 하고, 또 악기가 허공(虛空)에 ^[15앞]달리어 있어 절로 우니, 이 소리의 중(中)에서 다 염불(念佛)·염법(念法)·염승(念僧)을 이르나니, 이 상(想)이 이루어지면 극락세계(極樂世界)에 있는 보배의 나무와 보배의 땅과 보배의 못(池)을 대략 보는 것이니, 이것이 총관상(總觀想)이니, 이름이 제육관(第六觀)이다. 이를 보면 무량억(無量億) 겁(劫) 동안의 ^[15뒤]매우 중(重)한 악업(惡業)을 덜어 죽은 후(後)에 저 나라에 반드시 나겠으니, 이것이 정관(正觀)이요 다른 것은 사관(邪觀)이다.

부처가 아난(阿難)이와 위제희(韋提希)더러 이르시되, (내 말을) 살펴 들어 잘 사념(思念)하라. 내가 너희를 위(爲)하여 수고(受苦)를 덜 법(法)을 ^[16앞]가리어서 이르겠으니, 너희가 대중(大衆)에게 (수고를 덜 법을) 가리어 이르라. 이 말을 이르실 적에 무량수불(無量壽佛)이 허공(虛空)에 서시고, 관세음(觀世音)과 대세지(大勢至) 두 대사(大士)가 두 쪽에 모시어 서시니 [17앞] 광명(光明)이 하도 성(盛)하여 다 보지 못하겠더니, 백천(百千) 염부단금(閻浮檀金)의 빛과 비교하지 못하겠더라. 그때에 위제희(韋提希)가 무량수불(無量壽佛)을 보고 예수(禮數)하고 부처께 사뢰되 "세존(世尊)이시여. 나는 부처의 힘으로 무량수불(無量壽佛)과 [17뒤] 두 보살(菩薩)을 보았거니와, 미래(未來)에 있을 중생(衆生)이 어찌하여야 무량수불(無量壽佛)과 두 보살(菩薩)을 보리오?" 부처가 이르시되 "저 부처를 보고자 할 사람은 상념(想念)을 일으켜서 칠보(七寶)의 땅 위에 연화상(蓮花想)을 지어, 그 연화(蓮花)가 잎마다 [18앞] 백보(百寶)의 색(色)이요, 팔만사천(八萬四千)의 맥(脉)에 맥(脉)마다 팔만사천(八萬四千)의 광(光)이 있어 분명(分明)하여 다 보게 하며, 꽃잎이 적은 것이야말로 길이와 넓이가 이백(二百) 쉰 유순(由旬)이다. 이런 연화(蓮花)가 팔만사천(八萬四千)의 잎이요, 한 잎 사이마다 백억(百億) 마니주(摩尼珠)로 [18뒤] 눈부시게 꾸미고, 마니(摩尼)마다 千(천)의 광명(光明)을 펴서, 그 광명(光明)이 개(蓋)와 같아서 칠보(七寶)가 이루어져 땅의 위에 차서 덮이고, 석가비릉가보(釋迦毗楞伽寶)로 대(臺)를 만드니, 이 연화대(蓮花臺)에 팔만(八萬)의 금강(金剛)과 견숙가보(甄叔伽寶)와 [19뒤] 범마니보(梵摩尼寶)와 진주(眞珠) 그물로 꾸미고, 대(臺) 위에 네 기둥의 보당(寶幢)이 있고, 보당(寶幢)마다 백천만억(百千萬億)의 수미산(須彌山)과 같고, 당(幢) 위에 있는 보만(寶幔)이 야마천궁(夜摩天宮)과 같고, 또 오백억(五百億) [19뒤] 보주(寶珠)로 눈부시게 꾸미니, 보주(寶珠)마다 팔만사천(八萬四千) 광(光)이요, 광(光)마다 팔만사천(八萬四千) 가지의 금색(金色)이요, 금색(金色)마다 보토(寶土)에 차 퍼지어 곳곳마다 변화(變化)하여 각각(各各) 모습을 짓되, 금강대(金剛臺)도 되며 진주(眞珠) [20앞] 그물도 되며 잡화(雜華) 구름도 되어, 시방(十方)에 마음대로 변화(變化)를 보여 불사(佛事)를 하나니, 이것이 화자상(華座想)이니 이름이 제칠관(第七觀)이다. 부처가 아난(阿難)이더러 이르시되, 이와 같은 미묘(微妙)한 꽃은 본래(本來) 법장비구(法藏比丘)의 [20뒤] 원력(願力)이 이룬 것이니, 저 부처를 염(念)하고자 할 사람은 먼저 이 화좌상(華座想)을 지을 것이니, 이 상(想)을 할 때에 잡(雜)을 보는 것을 말고, 잎마다 구슬마다 광명(光明)마다 대(臺)마다 당(幢)마다 다 낱낱이 보아서, 분명(分明)하게 하여 거울에 낯을 보듯이 할 것이니, 이 상(想)이 이루어지면 오만

(五萬) 겁(劫)의 [21앞] 생사(生死)의 죄(罪)를 덜어 극락세계(極樂世界)에 반드시 나겠으니, 이것이 정관(正觀)이요 다른 것은 사관(邪觀)이다.

부처가 아난(阿難)이와 위제희(韋提希)더러 이르시되, 이 일을 보고 다음으로 부처를 상(想)할 것이니, '(그것이) 어째서인가?' 한다면, 제불여래(諸佛如來)는 바로 법계(法界)에 있는 몸이라서 [21뒤] 일체(一切)의 중생(衆生)의 마음속에 드나니, 이러므로 너희가 마음에 부처를 상(想)할 적에는 이 마음이 곧 삼십이상(三十二相)과 팔십수형호(八十隨形好)이다. 이 마음이 부처가 되며 이 마음이 바로 부처이다. 제불(諸佛)이 심상(心想)으로부터서 [22앞] 나나니, 그러므로 한 마음으로 저 부처를 골똘히 보아라. 저 부처를 상(想)하는 사람은 먼저 (부처의) 모습을 상(想)하여, 눈을 감거나 뜨거나 염부단금(閻浮檀金)의 색(色)을 띤 보상(寶像)이 꽃 위에 앉아 계시거든 보고, 마음과 눈이 열리어 맑고 맑게 분명(分明)하여 극락국(極樂國)을 [22뒤] 보되, 칠보(七寶)로 장엄(莊嚴)한 보배로 된 땅과 보배로 된 못과 보배로 된 큰 나무가 행렬(行列)이 있게 서며, 제천(諸天)의 보만(寶幔)이 그 위에 차 덮혀 있으며, 여러 보배로 된 그물이 허공(虛空)에 가득하겠으니, 이 일을 보되 가장 밝게 하고, 또 짓되 큰 연화(蓮花) 하나가 부처의 [23앞] 왼쪽의 곁에 있어 앞에 있는 연화(蓮花)와 다르지 아니하며, 또 (想을) 짓되 큰 연화(蓮花) 하나가 부처의 오른쪽의 곁에 있거든 상(想)하되, 관세음보살(觀世音菩薩) 상(像)은 왼쪽 화자(華座)에 앉아 금색(金色)과 다르지 아니하고, 대세지보살(大勢至菩薩) 상(像)은 오른쪽 화자(華座)에 앉아, 이 상(想)이 이루어질 [23뒤] 적에 부처와 보살(菩薩)의 상(像)이 다 금색광(金色光)을 펴시어 보수(寶樹)를 비추시니, 큰 나무 밑마다 또 세 연화(蓮華)가 있고, 연화(蓮華) 위에 각각(各各) 한 부처와 두 보살(菩薩) 상(像)이 계시어 저 나라에 가득하니, 이 상(想)이 이루어질 적에 흐르는 물과 광명(光明)과 보수(寶樹)와 鳧雁(부안)과 원앙(鴛鴦)이 [24앞] 다 묘법(妙法)을 이르는 소리를 행자(行者)가 마땅히 들겠으니, 출정(出定)과 입정(入定)에 늘 묘법(妙法)을 들어서, 출정(出定)한 적에 (묘법을) 지녀서 버리지 아니하여, 수다라(修多羅)와 맞으면 [25뒤] 극락세계(極樂世界)를 대강 보는 것이니, 이것이 상상(像想)이니 이름이 제팔관(第八觀)이다. 이 관(觀)을 지으면 무량억(無量億) 겁(劫)의 생사(生死)의 죄(罪)를 덜어 현(現)한 몸에 염불삼매(念佛三昧)를 [26앞] 득(得)하리라.

부처가 아난(阿難)이더러 이르시되, 이 상(想)이 이루어지거든 다음으로 무량수불(無量壽佛)의 신상(身相)의 광명(光明)을 다시 보아야 하겠으니, 무량수불(無量壽佛)의 염부단금(閻浮檀金) 색(色)의 몸이 높이가 육십만억(六十萬億) 나유타(那由他) 항하사(恒河沙) 유순(由旬)이요, 미간(眉間)에 있는 [26뒤] 백호(白毫)가 오른쪽으로 돌아 다섯 수미산(須彌山)과 같으시고, 눈이 바닷물과 같으시되 청백(淸白)이 분명(分明)하시며, 털 구멍들에 광명(光明)을 펴 내시는 것이 수미산(須彌山)과 같으시니, 저 부처의 원광(圓光)이 백억(百億) 삼천대천세계(三千大千世界)와 같으며 [27앞] 원광(圓光) 중(中)에 백만억(百萬億) 나유타(那由他) 항하사(恒河沙) 화불(化佛)이 계시되, 화불(化佛)마다 무수(無數)의 화보살(化菩薩)을 데리고 계시니, 무량수불(無量壽佛)이 팔만사천(八萬四千)의 상(相)이시고, 상(相)마다 팔만사천(八萬四千)의 수형호(隨形好)이시고, 호(好)마다 팔만사천(八萬四千) 광명(光明)이시고, [27뒤] 광명(光明)마다 시방세계(十方世界)에 있는 염불(念佛)하는 중생(衆生)을 다 비추시어, (그 중생을) 걷어잡아서 버리지 아니하시나니, 그 광상호(光相好)와 화불(化佛)을 못 다 이르리라. 오직 (광상호와 화불을) 억상(億想)을 하여 심안(心眼)으로 보게 하여 이 [28앞] 이를 본 사람은 시방(十方)의 일체(一切) 제불(諸佛)을 본 것이니, 제불(諸佛)을 보는 까닭으로 염불삼매(念佛三昧)라 하나니, 이렇게 보는 것을 이룬 사람은 이름이 '일체(一切)의 부처의 몸을 보았다.' 하나니, 부처의 몸을 보므로 부처의 마음을 또 보나니, 부처의 마음은 대자비(大慈悲)가 그것이니 [28뒤] 연(緣)이 없는 자(慈)로 중생(衆生)을 걷어잡으시나니 [32앞] 이 관(觀)을 지은 사람은 다른 세상에 제불(諸佛)의 앞에 나아가 무생인(無生忍)을 득(得)하리니, 이러므로 지혜(智慧)가 있는 사람은 마음을 반드시 무량수불(無量壽佛)을 [32뒤] 골똘히 볼 것이니, 무량수불(無量壽佛)을 보는 사람은 한 가지 상호(相好)로부터 들어가서, 오직 미간(眉間)의 백호(白毫)를 보되 가장 밝게 할 것이니, 미간(眉間)의 백호(白毫)를 보면 팔만사천(八萬四千)의 상호(相好)가 자연(自然)히 현(現)하시겠으니, 무량수불(無量壽佛)을 본 [33앞] 사람은 시방(十方)의 무량(無量) 제불(諸佛)을 본 것이니, 무량(無量) 제불(諸佛)을 본 까닭으로 제불(諸佛)이 앞에 현(現)하시어 수기(授記)하시겠으니, 이것이 '편관(徧觀) 일체(一切) 색신상(色身相)'이니 이름이 제구관(第九觀)이다. 이것이 정관(正觀)이요 다른 것은 사관(邪觀)이다. [33뒤]

부처가 아난(阿難)이와 위제희(韋提希)더러 이르시되, 무량수불(無量壽佛)을 분명(分明)히 보고, 다음으로는 관세음보살(觀世音菩薩)을 볼 것이니, 이 보살(菩薩)의 키가 팔십만억(八十萬億) 나유타(那由他)의 유순(由旬)이요, 몸이 자금색(紫金色)이요 머리에 육계(肉髻)가 있고, ^[34뒤] 목에 원광(圓光)이 있되 면(面)마다 각각(各各) 백천(百千) 유순(由旬)이요, 그 원광(圓光) 중(中)에 석가모니(釋迦牟尼)와 같은 오백(五百) 화불(化佛)이 있고, 화불(化佛)마다 오백(五百) 화보살(化菩薩)과 무량(無量)한 제천(諸天)을 데리고 있고, 전체의 ^[34뒤] 신광(身光) 중(中)에 오도(五道) 중생(衆生)의 일체(一切)의 색상(色相)이 다 현(現)하고, 머리 위에 비릉가마니보(毗楞伽摩尼寶)로 천관(天冠)을 만드니, 천관(天官) 중(中)에 서 계신 화불(化佛) 하나가 계시되, 높이가 스물다섯 유순(由旬)이요, 관세음보살(觀世音菩薩)의 ^[35앞] 낯은 염부단금ㅅ(閻浮檀金)의 색(色)이요, 미간(眉間)의 호상(毫相)이 칠보(七寶)의 색(色)이 갖추어져 있고, 팔만사천(八萬四千) 가지의 광명(光明)을 내어, 광명(光明)마다 무량무수(無量無數)한 백천(百千)의 화불(化佛)이 계시고, 화불(化佛)마다 무수(無數)한 화보살(化菩薩)을 데려 계시니, 변화(變化)를 ^[35뒤] 보이는 것이 자재(自在)하여 시방세계(十方世界)에 가득하니라. 팔은 홍련화(紅蓮花)의 색(色)이요, 팔십억(八十億) 광명(光明)으로 영락(瓔珞)을 하며, 그 영락(瓔珞) 중(中)에 일체(一切)의 장엄(莊嚴)하는 일이 다 현(現)하며, 손바닥이 오백억(五百億)의 잡연화(雜蓮花) 색(色)이요, 손가락 끝마다 ^[36앞] 팔만사천(八萬四千)의 금(紋)이요, 금(紋)마다 팔만사천(八萬四千)의 빛이요, 빛마다 팔만사천(八萬四千)의 광(光)이니, 그 광(光)이 보드라워 일체(一切)를 널리 비추나니, 이 보배의 손으로 중생(衆生)을 접인(接引)하며, 발을 들 적에 발 아래의 천복륜상(千輻輪相)이 자연(自然)히 오백억(五百億) 광명대(光明臺) ^[36뒤] 이루어지고 발을 디딜 적에 금강마니화(金剛摩尼花)가 일체(一切)에 가득히 깔리나니, 다른 좋은 상(相)이 갖추어져 있어 부처와 다르지 아니하고, 오직 정상육계(頂上肉髻)와 무견정상(無見頂相)만 세존(世尊)을 못 미치나니 ^[37앞] 이것이 관세음보살(觀世音菩薩)의 진실(眞實)한 색신상(色身相)을 보는 것이니, (그) 이름이 제십관(第十觀)이다. 부처가 아난(阿難)이더러 이르시되, "관세음보살(觀世音菩薩)을 보고자 하는 사람은 이 관(觀)을 지을 것이니, 이 관(觀)을 지은 사람은 재화(災禍)들을 만나지 아니하여 업장(業障)을 ^[37뒤] 깨끗이 덜어 무수(無數)한 겁(劫)에 쌓인 죽살이의 죄(罪)를 덜겠으니, 이런 보살(菩薩)은 이름을 들어도 그지없는 복(福)을 얻겠으니, 하물며 (관세음보살을) 골똘히 보는 것이야! 관세음보살(觀世音菩薩)을 보고자 하는 사람은 먼저 정상육계(頂上肉髻)를 보고 다음으로 천관(天冠)을 보고 다른 상(相)을 차제(次第, 차례)로 보되 [38앞] 또 밝게 할 것이니, 이것이 정관(正觀)이요 다른 것은 사관(邪觀)이다.

다음으로 대세지보살(大勢至菩薩)을 볼 것이니, 이 보살(菩薩)의 몸의 대소(大小)가 관세음(觀世音)과 같고, 원광(圓光)이 면(面)마다 각각(各各) 일백(一百) 스물다섯 유순(由旬)이요, (원광이) 이백(二百) 쉰 유순(由旬)을 비추며 전체 [38뒤] 신(身)의 광명(光明)이 시방(十方)의 나라를 비추어서 (그 나라가) 자금(紫金)의 빛이거든, 인연(因緣)을 두어 있는 중생(衆生)이 다 (그 나라를) 보나니, 이 보살(菩薩)의 한 털 구멍에 있는 광(光)을 보면, 시방(十方)의 무량(無量)한 제불(諸佛)의 깨끗하고 미묘(微妙)한 광명(光明)을 보는 것이므로, 이 보살(菩薩)의 이름을 무변광(無邊光)이라 하고 [39앞] 지혜(智慧)의 광명(光明)으로 일체(一切)를 다 비추어 삼도(三塗)를 떨쳐서 위가 없는 힘을 득(得)하게 하므로, 이 보살(菩薩)의 이름을 대세지(大勢至)라 하나니, 이 보살(菩薩)의 천관(天冠)에 오백(五百) 보화(寶華)가 있고, 보화(寶華)마다 오백(五百) 보대(寶臺)가 있고, 대(臺)마다 시방(十方) 제불(諸佛)의 [39뒤] 깨끗하고 미묘(微妙)한 국토(國土)와 광장상(廣長相)이 다 그 중에 現(현)하며, 정상육계(頂上肉髻)는 발두마화(鉢頭摩華)와 같고, 육계(肉髻) 위에 한 보병(寶瓶)이 있되 여러 광명(光明)을 담아 널리 불사(佛事)를 보이나니, 몸에 있는 그밖의 상(相)은 관세음(觀世音)과 한가지이다. [40앞] 보살(菩薩)이 움직일 적에는 시방세계(十方世界)가 다 진동하되, 지동(地動)하는 곳에 오백억(五百億) 보화(寶華)가 있고, 보화(寶華)마다 장엄(莊嚴)이 극락세계(極樂世界)와 같으며, 이 보살(菩薩)이 앉을 적에 칠보(七寶) 국토(國土)가 함께 움직이고, 아래로 금강불찰(金光佛利)부터 [40뒤] 위로 광명왕불찰(光明王佛利)에 이르도록, 그 사이에 무량진수(無量塵數)의 분신(分身)인 무량수불(無量壽佛)과 분신(分身)인 관세음(觀世音)과 대세지(大勢至)가 다 극락국토(極樂國土)에 구름이 지피듯 하여, 공중(空中)에 빽빽이 연화좌(蓮花座)에 앉아 묘법(妙法)을 [41앞] 넓혀 일러서 수고(受苦)하는 중생(衆生)을 제도(濟渡)하나니, 이렇게 보는 것을 지은 사람은 이름이 '대세지보살(大勢至菩薩)을 보았다.'하나니,

이것이 대세지(大勢至)의 색신상(色身相)을 보는 것이니, 이름이 제십일관(第十一觀)이니, 무수(無數)한 겁(劫)의 아승기(阿僧祇) 동안의 생사(生死)의 죄(罪)를 덜리라. 이렇게 보는 것을 지은 [41뒤] 사람은 태(胎)에 들지 아니하여, 늘 제불(諸佛)의 깨끗하고 미묘(微妙)한 국토(國土)에 노닐겠으니, 이렇게 보는 것이 이루어지면 이름이 "관세음(觀世音)과 (大勢至)를 모두 보았다.(= 具足觀觀世音及大勢至)" 하느니라. 이 일을 볼 적에 마음을 먹되, 서방극락세계(西方極樂世界)에 나서 연화(蓮花) 중(中)에 결가부좌(結跏趺坐) [42앞] 하여 연화(蓮花)가 합(合)하여 있는 상(想)을 지으며, 연화(蓮花)가 개(開)하는 상(想)도 지으며, 연화(蓮花)가 개(開)할 시절(時節)에 오백(五百) 색광(色光)이 몸에 와 비치는 상(想)과 눈이 개(開)한 상(想)을 지어, 부처와 보살(菩薩)이 허공(虛空)에 가득하시며, 물과 새와 나무와 [42뒤] 수풀과 제불(諸佛)이 내시는 소리가 다 묘법(妙法)을 넓히시어, 십이부경(十二部經)과 맞은 것을 보아 [43뒤] 출정(出定)하여도 지녀서 잃지 아니하면, 이름이 무량수불(無量壽佛)의 극락세계(極樂世界)를 [44앞] 보는 것이니, 이 보관상(普觀想)이니, 이름이 제십이관(第十二觀)이니, 무량수불(無量壽佛)의 무수(無數)한 화신(化身)이 관세음(觀世音)과 대세지(大勢至)와 항상 행인(行人)에게 오시리라.

부처가 아난(阿難)이와 위제희(韋提希)더러 이르시되, 지극(至極)한 [44뒤] 마음으로 서방(西方)에 나고자 할 사람은 먼저 장륙상(丈六像)이 못(淵) 위에 계신 것을 볼 것이니, 무량수불(無量壽佛)의 몸이 가(邊)가 없으시어 범부(凡夫)의 심력(心力)이 못 미치겠건마는, 저 여래(如來)의 본래(本來)의 원력(願力)으로 억상(憶想)할 이가 있으면 (무량수불의 몸을 보는 것을) 반드시 이루나니, 다만 부처의 [45앞] 상(像)을 想(상)하기만 하여도 무량복(無量福)을 얻겠으니, 하물며 부처가 모든 것을 갖추고 있는 신상(身相)을 보는 것이야? 아미타불(阿彌陀佛)이 신통(新通)이 여의(如意)하시어, 시방(十方)의 나라에 변화(變化)를 보이시는 것이 자재(自在)하여, 혹시 큰 몸을 보이시면 허공(虛空)에 가득하시고, [45뒤] 작은 몸을 보이시면 장륙(丈六) 팔척(八尺)이시어, 보이시는 형체(形體)가 다 진금색(眞金色)이시고, 원광(圓光)이며 화불(化佛)이며 보연화(寶蓮花)는 위에서 말하듯 하였니라. 관세음보살(觀世音菩薩)과 대세지(大勢至)가 일체(一切)의 곳에 몸이 중생(衆生)과 같으니, 오직 수상(首相)을 보면 [46앞] 관세음(觀世音)인 것을 알며 대세지(大勢至)인 것을 알겠으니,

이 두 보살(菩薩)이 아미타불(阿彌陀佛)을 도와 일체(一切)를 널리 교화(教化)하나니, 이것이 잡상관(雜想觀)이니 이름이 제십삼관(第十三觀)이다.

부처가 아난(阿難)이와 위제희(韋提希)더러 이르시되, 상품상생(上品上生)은 [46뒤] 중생(衆生)이 저 나라(아미타불의 정토)에 나고자 원(願)하는 사람은 세 가지의 마음을 발(發)하면 곧 가서 나리니, 하나는 지극(至極)한 정성(精誠)이 있는 마음이요, 둘은 깊은 마음이요, 셋은 회향(廻向) 발원(發願)의 마음이다. 이 세 마음이 갖추어져 있으면 반드시 저 나라에 나리라. 또 세 가지의 중생(衆生)이야말로 [47앞] 마땅히 (저 나라에) 가서 나겠으니, 하나는 자심(慈心)으로 살생(殺生)을 아니 하여 여러 가짓의 계행(戒行)을 갖추고 있는 이요, 둘은 대승방등경전(大乘方等經典)을 독송(讀誦)하는 이요, 셋은 여섯 가지의 염(念)을 수행(修行)하여 [47뒤] 회향(廻向) 발원(發源)하여 저 나라에 나고자 원(願)하는 사람이니, 이 공덕(功德)이 갖추어져 있음을 하루이거나 이레에 이르거나 하면 즉시 (저 나라에) 가서 나겠으니, 저 나라에 날 시절(時節)에 이 사람의 정진(精進)이 용맹(勇猛)한 탓으로, 아미타여래(阿彌陀如來)가 관세음(觀世音)·대세지(大勢至)와 [48앞] 무수(無數)한 화불(化佛)과 백천(百千)의 비구(比丘)·성문대중(聲聞大衆), 무량(無量)한 제천(諸天)과 (함께하여), 칠보(七寶) 궁전(宮殿)에서 관세음보살(觀世音菩薩)은 금강대(金剛臺)를 잡고 대세지보살(大勢至菩薩)과 (함께) 행자(行者)의 앞에 오시어, 아미타불(阿彌陀佛)이 큰 광명(光明)을 펴시어 [48뒤] 행자(行者)의 몸을 비추시고, 제보살(諸菩薩)들과 (함께) 손을 건네어 (행자를) 영접(迎接)하시는데, 관세음(觀世音)과 대세지(大勢至)가 무수(無數)한 보살(菩薩)과 (함께) 행자(行者)를 찬탄(讚嘆)하여, (행자의) 마음을 권(勸)하여 (불도에) 나아가게 하겠으니, 행자(行者)가 보고 환희용약(歡喜勇躍)하여 [49앞] 제 몸을 보되, (자기가) 금강대(金剛臺)를 타서 부처의 뒤에서 뒤쫓아, 탄지(彈指)할 사이에 저 나라에 가서 나서 부처의 색신(色神)과 제보살(諸菩薩)의 색상(色相)을 보며, 광명(光明)과 보배로 된 수풀이 묘법(妙法)을 넓혀 이르거든 (묘법을) 듣고 즉시 무생법인(無生法忍)을 알고, 길지 않은 [49뒤] 사이에 제불(諸佛)을 다 섬겨서 시방계(十方界)에 다 가서 제불(諸佛)의 앞에 차제(次第, 차례)로 수기(受記)하고, 도로 본국(本國)에 와서 무량(無量)한 백천(百千)의 다라니문(陀羅尼門)을 득(得)하겠으니, [50앞] 이 이름이 상품상생(上品上生)이다.

상품중생(上品中生)은 방등경전(方等經典)을 구태여 수지독송(受持讀誦)을 아니하여도 (방등경전의) 뜻을 잘 알아서, 제일의(第一義)에 마음을 놀라 움직이지 아니하여, 인과(因果)를 깊이 신(信)하며 대승(大乘)을 비웃지 아니하여, [50뒤] 공덕(功德)으로 회향(廻向)하여 극락국(極樂國)에 나고자 할 사람은 명종(命終)할 적에, 아미타불(阿彌陀佛)이 { 관세음(觀世音)·대세지(大勢至)와 무량(無量)한 대중(大衆)과 권속(眷屬)이 (아미타불을) 위요(圍繞)하고 } 자금대(紫金臺)를 가지어 행자(行者)의 앞에 오시어 찬탄(讚歎)하여 이르시되 "법자(法子)야, [51앞] 네가 대승(大乘)을 행(行)하여 제일의(第一義)를 알므로, 내가 와서 (너를) 영접(迎接)한다." 하시고, 천(千)의 화불(化佛)과 함께 손을 내밀겠으니, 행자(行者)가 스스로 보되, (자기가) 자금대(紫金臺)에 앉아 합장(合掌)·차수(叉手)하야 제불(諸佛)을 찬탄(讚嘆)하여, 일념(一念) 사이에 [51뒤] 저 나라에 있는 칠보(七寶)의 못(池) 가운데에 가서 나겠으니, 이 자금대(紫金臺)가 큰 보배로 된 꽃과 같아서, (자금대가) 하룻밤 자고 피거든 행자(行者)의 몸이 자마금(紫磨金)의 색(色)이 되고, 발 아래에 또 칠보(七寶)의 연화(蓮花)가 있는데, 부처와 보살(菩薩)과 함께 방광(放光)하시어 행자(行者)의 몸을 비추시면 눈이 즉시 [52앞] 열어 밝아지겠으니, 예전의 버릇을 인(因)하여 많은 소리를 널리 듣되 심(甚)히 깊은 제일의제(第一義諦)를 오로지 이르겠으니, 즉시 금대(金臺)에 내려 부처께 예수(禮數)하고 합장(合掌)하여 세존(世尊)을 찬탄(讚嘆)하겠으니, 이레를 지내면 즉시 아뇩다라삼먁삼보리(阿耨多羅三藐三菩提)에 [52뒤] 물러나지 아니하는 것을 득(得)하고, 즉시 날아다녀 시방(十方)에 다 가서, 제불(諸佛)을 다 섬기어서 제불(諸佛)께 삼매(三昧)들을 닦아, 한 소겁(小劫)을 지내면 무생인(無生忍)을 득(得)하여 현(現)한 앞에 수기(授記)하시겠으니, 이것의 이름이 상품중생(上品中生)이다.

상품하생(上品下生)은 [53앞] 또 인과(因果)를 신(信)하며, 대승(大乘)을 비웃지 아니하고, 오직 위가 없는 도리(道理)의 마음을 발(發)하여, 이 공덕(功德)으로 회향(廻向)하여 극락국(極樂國)에 나고자 할 사람은 명종(命終)할 적에 아미타불(阿彌陀佛)과 관세음(觀世音)·대세지(大勢至)가 권속(眷屬)들과 [53뒤] 금련화(金蓮華)를 가지시고 오백(五百) 부처를 지어 와서 맞이하시어, 오백(五百) 화불(化佛)이 함께 손을 내미시고 찬탄(讚嘆)하여 이르시되, "법자(法子)야 네가 청정(淸淨)하여 위가 없는 도리(道理)의 마음을 발(發)하므로, 내가 와서 너를 맞이한다." 하시겠으니, (상품하생이) 이 일을 볼 적에 자기의 몸을 보되, (상품하생이) 금련화(金蓮華)에 [54앞] 앉아 꽃이 합쳐져서, 세존(世尊)의 뒤를 쫓아서 즉시 칠보(七寶)의 못 가운데 가서 나서, 한 날 한 밤에 연화(蓮華)가 피는데 이레의 내(內)에 부처를 보되, 많은 상호(相好)를 명백(明白)히 모르고 있다가 세 이레의 후(後)에야 다 보며, 많은 소리가 다 묘법(妙法)을 넓히거든 듣고 시방(十方)에 (두루) 다녀서 [54뒤] 제불(諸佛)을 공양(供養)하고, 제불(諸佛)의 앞에 심(甚)히 깊은 법(法)을 들어, 세 소겁(小劫)을 지내고 백법명문(百法明門)을 득(得)하여 환희지(歡喜地)에 주(住)하리니, 이것이 사람이 이름이 상품하생(上品下生)이다. 이것이 이름이 상배생상(上輩生想)이니 이름이 [55앞] 제십사관(第十四觀)이다.

부처가 아난(阿難)이와 위제희(韋提希)더러 이르시되, 중품상생(中品上生)은 중생(衆生)이 오계(五戒)를 지니며 팔계재(八戒齋)를 지녀, 여러 계(戒)를 수행(修行)하고 오역(五逆)을 짓지 아니하며, 여러 가지의 허물이 없어 이 선근(善根)으로 [55뒤] 회향(廻向)하여 극락세계(極樂世界)에 나고자 할 사람은, 명종(命終)할 적에, 아미타불(阿彌陀佛)이, 비구(比丘)들과 권속(眷屬)이 (아미타불을) 위요(圍繞)하여, (아미타불이) 금색광(金色光)을 펴시어 그 사람에게 오시어, 고(苦)·공(空)·무상(無常)·무아(無我)를 널펴서 이르시고, 출가(出家)하여 수고(受苦)를 떨치는 [56앞] 것을 찬탄(讚嘆)하시겠으니, 행자(行者)가 매우 환희(歡喜)하여 제 몸을 보되, (행자 자신이) 연화대(蓮華臺)에 앉아 꿇어 합장(合掌)하여 부처께 예수(禮數)하고, (미처) 머리를 못 든 사이에 (행자가) 극락세계(極樂世界)에 가서 나는데, 연화(蓮華)가 뒤쫓아 피겠으니, 꽃이 필 시절(時節)에 많은 소리가 사제(四諦)를 찬탄(讚嘆)하거든 [56뒤] 듣고, 즉시 아라한도(阿羅漢道)를 득(得)하여 삼명육통(三明六通)과 팔해탈(八解脫)이 갖추어져 있겠으니, 이것이 이름이 중품상생(中品上生)이다.

중품중생(中品中生)은 중생(衆生)이 한 날 한 밤에 팔계재(八戒齋)를 지니거나, 한 날 한 밤에 사미계(沙彌戒)를 지니거나, [57앞] 한 날 한 밤에 구족계(具足戒)를 지니거나 하여, 위의(威儀)가 이지러진 데가 없어, 이 공덕(功德)으로 회향(廻向)하여 극락국(極樂國)에 나고자 하여, 계향(戒香)을 피워 닦는 사람은, 명종(命終)할 적에, [57뒤] 아미타불(阿彌陀佛)이 권속(眷屬)과 (함께) 금색광(金色光)을 펴시고, 칠보련(七寶蓮)을 가지시어 행자(行者)의 앞에 오시거든, 행자(行者)가 (아미타불의 말을) 듣되 공중(空中)에서 찬탄(讚嘆)하여 이르시되, "선남자(善男子)야, 네 삼세(三世) 제불(諸佛)의 교법(敎法)을 좇아 순(順)하므로, 내가 와서 너를 맞는다." [58앞] 하겠으니, 행자(行者)가 자기가 보되, (자기가) 연화(蓮華)의 위에 앉아 연화(蓮華)가 즉시 합쳐져서, 극락세계(極樂世界)에 나서 보배의 못 가운데에 있어 이레를 지내고, 연화(蓮華)가 피거든 눈떠 합장(合掌)하여 세존(世尊)을 찬탄(讚嘆)하고, 법(法)을 듣고 기뻐하여 수타환(須陀洹)을 득(得)하여, 반겁(半劫) [58뒤] 지내고야 아라한(阿羅漢)을 이루겠으니, 이것이 이름이 중품중생(中品中生)이다.

중품하생(中品下生)은 선남자(善男子)와 선여인(善女人)이 어버이를 효양(孝養)하며, 세간(世間)에 다니되 인자(仁慈)한 마음을 하면, 명종(命終)할 적에 선지식(善知識)을 만나 [59앞] 阿彌陀佛(아미타불국)에 있는 즐거운 일을 널리 이르며, 즐거운 일을 널리 이르며, 법장비구(法藏比丘)의 마흔여덟 원(願)을 또 이르거든, [68뒤] 이 일을 듣고 [69앞] 아니 오래어 명종(命終)하여, 즉시 극락세계(極樂世界)에 나서 이레를 지내고, 관세음(觀世音)과 대세지(大勢至)를 만나 법(法)을 듣고 기뻐하여, 한 소겁(小劫)을 지내어 아라한(阿羅漢)을 이루겠으니, 이것이 이름이 중품하생(中品下生)이니, 이것이 이름이 중배생상(中輩生想)이니, 이름이 제십오관(第十五觀)이다. [69뒤]

부처가 아난(阿難)이와 위제희(韋提希)더러 이르시되, 하품상생(下品上生)은 혹시 중생(衆生)이 여러 가지의 모진 업(業)을 지어, 비록 방등경전(方等經典)을 비웃지 아니하여도 이런 어리석은 사람이 모진 법(法)을 많이 지어 부끄러움이 없다가도, 명종(命終)할 적에 선지식(善知識)을 [70앞] 만나 대승(大乘) 십이부경(十二部經)의 이름을 이르면, 경(經)의 이름을 들은 까닭으로 천(千) 겁(劫) 동안에 지은 지극(至極)히 중(重)한 모진 業(업)을 덜리라. 지혜(智慧)로운 사람이 또 가르쳐서 합장(合掌), 차수(叉手)하여 "나무아미타불(南無阿彌陀佛)!"하여 일컬으면, 부처의 이름을 일컬은 [70뒤] 까닭으로 오십억(五十億) 겁(劫) 동안에 있는 죽살이의 죄(罪)를 덜리라. 그 때에 저 부처가 즉시 화불(化佛)과 화관세음(化觀世音)과 화대세지(化大勢至)를 보내시어, 행자(行者)의 앞에 다다라 찬탄(讚嘆)하여 이르시되 "선남자(善男子)야, 부처의 이름을 네가 일컬은 까닭으로 죄(罪)가 스러지므로 (내가) 와서 (너를) 맞는다." [71앞] 하시는데, 행자(行者)가 즉시 화불(化佛)의 광명(光明)이 제 집에 가득하거든 (그것을) 보고 기뻐하여 즉시 명종(命終)하여, 보배의 연화(蓮華)를 타고 화불(化佛)의 뒤를 뒤미쳐 쫓아서 보배의 못 가운데에 나아가 49일을 지내어 연화(蓮花)가 피겠으니, 꽃이 필 적에 대비(大悲)하신 관세음보살(觀世音菩薩)이 큰 [71뒤] 광명(光明)을 펴어 그 사람의 앞에서 심(甚)히 깊은 십이부경(十二部經)을 이르겠으니, 듣고 신(信)하여 알아 위가 없는 도리(道理)의 마음을 발(發)하여, 열 소겁(小劫)을 디내고 백법명문(百法明門)이 갖추어져 있어 초지(初地)에 들겠으니, 이 이름이 하품상생(下品上生)이다.

부처가 [72앞] (아난)이와 위제희(韋提希)더러 이르시되, 하품중생(下品中生)은 혹시 중생(衆生)이 오계(五戒)·팔계(八戒)·구족계(具足戒)를 헐어, 이와 같은 어리석은 사람이 승기(僧祇)에 속하는 것과 현전승(現前僧)의 것을 도적질하며, 더러운 말씀을 하되 [72뒤] 부끄러움이 없어 여러 가지의 악업(惡業)으로 스스로 장엄(莊嚴)하여 지옥(地獄)에 떨어지겠으므로, 명종(命終)할 적에 지옥(地獄)에 있는 많은 불(火)이 함께 몰려들어 있는데, 선지식(善知識)을 만나 대자비(大慈悲)로 아미타불(阿彌陀佛)의 십력(十力)과 위덕(威德)을 이르고, 저 부처의 광명(光明)의 신력(神力)을 널리 [73앞] 찬탄(讚嘆)하며, 계(戒)와 정(定)과 혜(慧)와 해탈(解脫)과 해탈지견(解脫智見)을 또 찬탄(讚嘆)하면, 이 사람이 듣고 팔십억(八十億) 겁(劫) 동안에 지은 죽살이의 죄(罪)를 덜어, 지옥(地獄)에 있는 모진 불이 시원한 바람이 되어 하늘의 꽃을 부는데, 꽃 위에 화불(化佛)과 화보살(化菩薩)이 다 계시어 이 사람을 [73뒤] 영접(迎接)하시어, 일념(一念)의 사이에 칠보(七寶)의 못(池) 가운데 가서 나서, 연화(蓮華)의 속에서 여섯 겁(劫)을 지내고, 연화(蓮花)가 피거든 관세음(觀世音)과 대세지(大勢至)가 청정(淸淨)한 목소리로 저 사람을 위로(慰勞)하고 대승(大乘)에 속한 심(甚)히 깊은 경전(經典)을 이르면, (이 사람이) 이 법(法)을 듣고 즉시 [74앞] 위가 없는 도리(道理)의 마음을 발(發)하겠으니, 이 이름이 하품중생(下品中生)이다.

부처가 아난(阿難)이와 위제희(韋提希)더러 이르시되, 하품하생(下品下生)은 혹시 중생(衆生)이 오역(五逆)과 십악(十惡)이며 [74뒤] 좋지 못한 업(業)을 갖추 지어서, 이와 같은 어리석은 사람이 궂은 길에 떨어져서 수많은 겁(劫)에 그지없는 수고(受苦)를 하겠거늘, 명종(命終)할 적에 선지식(善知識)을 만나, (선지식이 어리석은 사람을) 종종(種種)으로 위로(慰勞)하여, 묘법(妙法)을 (어리석은 사람을) 위(為)하여 이르고 가르쳐서 "염불(念佛)하라." 하거든, 이 사람이 [75앞] 수고(受苦)가 닥쳐들므로 염불(念佛)할 겨를을 못 하여 하거든, 선우(善友)가 이르되 "네가 염불(念佛)을 못하거든 무량수불(無量壽佛)을 일컬어라." 하거든, "나무아미타불(南無阿彌陀佛)." 하여 지극(至極)한 마음으로 잇달아서 열 번을 염(念)하면, 부처의 이름을 일컬은 까닭으로 [75뒤] 팔십억(八十億) 겁(劫) 동안에 지은 죽살이의 죄(罪)를 덜어, 명종(命終)할 적에 금련화(金蓮華)가 해(日)의 바퀴와 같은 것이 앞에 와 있거든 (그것을) 보아서, 일념(一念) 사이에 즉시 극락세계(極樂世界)에 가서 나서, 연화(蓮花)의 가운데에서 열두 대겁(大劫)이 차야만 연화(蓮花)가 피는데, 관세음(觀世音)과 대세지(大勢至)가 [76앞] 대비(大悲)의 음성(音聲)으로 (명종하는 사람을) 위(為)하여 제법실상(諸法實相)을 널리 이르겠으니, (명종하는 사람들이) 듣고 기뻐하여 즉시 보리심(菩提心)을 발(發)하겠으니, 이것이 이름이 하품하생(下品下生)이니, 이것이 이름이 하배생상(下輩生想)이니, 이름이 제십육관(第十六觀)이다."

(세존께서) 이 말을 이르실 [76뒤] 적에 위제희(韋提希)가 오백(五百) 시녀(侍女)와 (더불어) 부처의 말을 듣고, 즉시 극락세계(極樂世界)의 광장상(廣長相)을 보고, 부처의 몸과 두 보살(菩薩)을 보고, 마음에 기뻐하여 훤히 크게 깨달아 무생인(無生忍)을 얻으며, 오백(五百) 시녀(侍女)도 아뇩다라삼먁삼보리심(阿耨多羅三藐三菩提心)을 [77앞] 발(發)하여 저 나라에 나고자 원(願)하더니, 세존(世尊)이 기(記)하시되, "다 저 나라에 나리라." 하셨니라.

기이백이십(其二百二十)

범마라국(梵摩羅國)에 (있는) 광유성인(光有聖人)이 임정사(林淨寺)에서 (중생을) 교화(教化)하시더니. [77뒤]

서천국(西天國)에 (있는) 사라수왕(沙羅樹王)이 사백(四百) 국(國)을 거느리어 있으시더니.

기이백이십일(其二百二十一)

(유광성인이) 승렬바라문(勝熱婆羅門)을 왕궁(王宮)에 부리시어, (승렬바라문이 왕궁에 와서) 석장(錫杖)을 흔드시더니. [78앞

원앙부인(鴛鴦夫人)이 왕(王)의 말로 (밖으로) 나시어, (승렬바라문에게) 재미(齋米)를 바치시더니.

기이백이십이(其二百二十二)

(승렬바라문이) 재미(齋米)를 "싫다." 하시거늘, 왕(王)이 친(親)히 (밖에) 나시어 바라문(婆羅門)을 맞아 (안으로) 드셨으니.

(승렬바라문이 왕에게) 채녀(婇女)를 청(請)하시거늘, 왕(王)이 기뻐하시어 [78뒤 팔채녀(八婇女)를 (범마라국의 임정사에) 보내셨으니.

기이백이십삼(其二百二十三)

채녀(婇女)가 (임정사에 가셔서) 금관자(金罐子)를 메시어, 하루에 오백(五百) 번을 전단정(栴檀井)에 물을 길으시더니.

채녀(婇女)가 공덕(功德)을 닦으시어 삼년(三年)을 [79앞 채우시니, 무상도(無上道)에 가까우시더니.

기이백이십사(其二百二十四)

승렬바라문(勝熱婆羅門)이 (사라수대왕의) 왕궁(王宮)에 또 오시어, 석장(錫杖)을 흔드시더니.

원앙부인(鴛鴦夫人)이 왕(王)의 말로 또 [79뒤 나시어, (승렬바라문께) 재미(齋米)를 바치시더니.

기이백이십오(其二百二十五)

(승렬바라문이) 재미(齋米)를 "싫다." 하시거늘, 왕(王)이 친(親)히 (밖으로) 나시어 바라문(婆羅門)을 맞아 (안으로) 드시었으니.

(승렬바라문이) "(유광성인께서 사라수대왕을) '유나(維那)로 삼으리라.' 왕(王)

을 청(請)합니다." (하니), (사라수) 임금이 (그 말을 듣고) 매우 기뻐하셨으니. ^[80앞]

기이백이십육(其二百二十六)

(사라수대왕이) 사백(四百) 부인(夫人)을 이별하고, "(나는) 간다." 하시어 눈물을 흘리셨으니.

원앙부인(鴛鴦夫人)이 (사라수대왕과) 이별하는 것을 슬퍼하시어, (자기도 사라수대왕과 함께 가서) 모시는 것을 청(請)하셨으니.

기이백이십칠(其二百二十七) ^[80뒤]

(승렬 바라문과 사라수대왕과 원앙부인의) 세 분(分)이 길을 가시어, 죽림국(竹林國)을 지나실 적에 부인(夫人)이 (다리가 아파서) 못 움직이시더니.

(원앙부인이 승렬바라문과 사라수대왕의) 양분(兩分)께 사뢰시되, "사람의 집을 얻어 내 몸을 팔고 싶습니다."

이백이십팔(其二百二十八)

(원앙부인이 이르되) "(내 몸을 팔고) 값을 받으시어 내 이름을 아울러 성인(聖人)께 바치소서." ^[81앞]

(사라수대왕이 원앙부인을) 파는 것도 서러우시며 저 말도 슬프시므로, (사라수대왕과 원앙부인의) 양분(兩分)이 매우 우셨으니.

기이백이십구(其二百二十九)

자현장자(子賢長者)의 집에 세 분(分)이 나아가시어, "계집종을 팔고 싶습니다."

자현장자(子賢長者)가 듣고 세 분(分)을 모시어 (집에) 들어서 (이르되), "계집종의 값이 얼마입니까?" ^[81뒤]

기이백삼십(其二百三十)

부인(夫人)이 (자현장자에게) 이르시되, "내 몸의 값이 이천(二千) 근(斤)의 금(金)입니다.”

부인(夫人)이 또 이르시되, “밴 아기의 값이 또 이천(二千) 근(斤)의 금(金)입니다.” [82앞

지이백삼십일(其二百三十一)

(자현장자가) 사천(四千) 근(斤)의 금(金)을 값으로 내어, 양분(兩分, 두 분)께 바쳤으니.

하룻밤 주무시고 문(門) 밖에 나시어 삼분(三分, 세 분)이 슬퍼하시더니.

지이백삼십이(其二百三十二)

부인(夫人)이 사뢰시도, 꿈만 아니면 [82뒤 어느 길에 다시 보리?

(원앙부인이 사라수대왕께 이르되) 사람이 선(善)을 닦으면 이익(利益)을 수(受)하나니, (내가 사라수대왕께) 왕생게(往生偈)를 가르치나니.

지이백삼십삼(其二百三十三)

(사라수대왕이) 궁중(宮中)에 계실 적에, 옷이 헐어진 것을 모르시며 배가 고픈 것도 없으셨습니다. [83앞

(사라수대왕께서) 왕생게(往生偈)를 외우시면, 헌 옷이 고쳐지며 고픈 배도 부르겠습니다.

지이백삼십사(其二百三十四)

(원앙부인이 사라수대왕께 사뢰되), “아기의 이름을 아들이 나거나 딸이 나거나, 어찌 하겠습니까?”

“자식(子息)의 이름을 아버지가 있으며 어머니가 있어서, 일정(一定)합시다.” [83뒤

지이백삼십오(其二百三十五)

왕(王)이 (부인의 말을) 들으시어 눈물을 흘리시고, 부인(夫人)의 뜻을 불쌍히 여기시어

"아들이 나거든 안락국(安樂國)이라 하고, 딸이거든 효양(孝養)이라 하라."(고 이르셨으니.)

　　기이백삼십육(其二百三十六)

믄(門) 밖에 서 계시어 양분(兩分)이 이별하실 [84앞] 적에, (사라수대왕이) 슬퍼하여 넘어져서 울면서 가셨으니.
(사라수대왕이) 임정사(林淨寺)에 가시어 (光有)성인(聖人)을 뵈시거늘, (성인께서) 매우 기뻐하여 물을 긷게 하셨으니.

　　기이백삼십칠(其二百三十七)

(사라수대왕이) 어깨 위에 금관자(金鑵子)를 메시어 우물에 물을 길으시더니.
(사라수대왕이) 왼쪽 손으로 왕생게(往生偈)를 잡으시어 [84뒤] 길 위에서 외우시더니

　　기이백삼십팔(其二百三十八)

(원앙부인의) 아드님이 나시어 나이가 일곱이거늘, 아버님을 물으셨니.
어머님이 들으시어 목이 메어 우시어, (아드님에게) 아버님을 이르셨으니.

　　기이백삼십구(其二百三十九) [85앞]

아기가 (자현장자의 집에서) 도망(逃亡)하시어, "아버님을 보리라." 임정사(林淨寺)를 향(向)하시더니.
(아기가) 큰 물에 다달라 짚둥을 타시어, 범마라국(梵摩羅國)에 이르셨으니.

　　기이백사십(其二百四十)

(아기가 임정사로) 나아가시다가 팔채녀(八婇女)를 보시니, [85뒤] (팔채녀가) "사라수대왕(沙羅樹王)이 오신다." 하셨으니.
또 (아기가) 나아가시다가 아버님을 만나시니, (사라수대왕의) 두 종아리를 안아

486　월인석보 제팔

우셨으니.

기이백사십일(其二百四十一)

왕(王)이 물으시되 "네가 어떤 아이기에 종아리를 안아 우는가?" [86앞]

아기가 (아버님께) 말을 사뢰고 왕생게(往生偈)를 외우시니, 아버님이 (아기를) 안으셨습니다.

기이백사십이(其二百四十二)

예전에 너의 어머니가 나를 이별하여, 시름으로 살아가거늘

오늘 너의 어머니가 너를 이별하여, 눈물로 살아가느니라. [86뒤]

기이백사십삼(其二百四十三)

아기가 하직(下直)하시어, 아버님과 이별하실 적에 눈물을 흘리셨으니.

아버님이 슬퍼하시어, 아기를 보내실 적에 노래를 부르셨으니.

기이백사십사(其二百四十四)

알고 지내는 이가 그친 이런 괴로운 길에, 누구를 보리라 [87앞] 울면서 왔는가?

대자비(大慈悲) 원앙조(鴛鴦鳥)와 공덕(功德)을 닦는 내 몸이 정각(正覺)의 날에 마주 보리라.

기이백사십오(其二百四十五)

(아기가) 도라오는 길에 소를 칠 아이를 보시니, (그 아이가) 노래를 부르더니 [87뒤]

안락국(安樂國)이는 아버지를 보러 가니, 어머니도 못 보아서 시름이 깊다.

기이백사십육(其二百四十六)

(자현)장자(長者)가 노(怒)하여 부인(夫人)을 죽이더니, (원앙부인이) 노래를 부르셨습니다.

"(내가) 고운 임을 못 보아 사무치게 울며 다니더니, '오늘날에 (살아 있는) 넋이다.' (말하지) 말 것이구나." [88앞]

기이백사십칠(其二百四十七)

부인(夫人)이 돌아가시어, 세(三) 동강이 되어 나무 아래 던져 있으시더니.
아기가 우시어 세(三) 동강을 모시고, 서방(西方)에 합장(合掌)하셨으니.

기이백사십팔(其二百四十八)

극락세계(極樂世界)에 있는 사십팔(四十八) 용선(龍船)이 [88뒤] 공중(空中)에 날아오셨으니.
접인중생(接引衆生)하시는 제대보살(諸大菩薩)들이 (아기가 앉은) 사자좌(獅子座)를 맞아서 (아기와 함께 극락세계로) 가셨으니.

기이백사십구(其二百四十九)

광유성인(光有聖人)은 석가모니(釋迦牟尼)이시고, [89앞] 바라문(婆羅門)은 문수사리(文殊師利)이시니.
사라수왕(沙羅樹王)은 아미타여래(阿彌陀如來)이시고, 부인(夫人)은 관세음(觀世音)이시니.

기이백오십(其二百五十)

여덟 채녀(婇女)는 팔대보살(八大菩薩)이시고, [89뒤] 안락국(安樂國)은 대세지(大勢至)이시니.
오백(五百) 제자(弟子)는 오백(五百) 나한(羅漢)이시고, 자현장자(子賢長者)는 (죽어서) 무간지옥(無間地獄)에 들었으니.

【 옛날 범마라국(梵摩羅國) 임정사(林淨寺)에 광유성인(光有聖人)이 오백(五百) 제자(弟子)를 데리고 계시어, 대승(大乘)과 소승법(小乘法)을 이르시어 중생(衆生)을 교화(敎化)하시더니, [90앞] 그 수(數)가 끝내 못 헤아리겠더라.

그때에 서천국(西天國)의 사라수대왕(沙羅樹大王)이 사백(四百) 소국(小國)을 거느리고 계시어 정(正)한 법(法)으로 다스리시더니, 왕위(王位)를 좋아하지 아니하시어 처권(妻眷)이며 자식(子息)이며 보배를 탐(貪)하지 아니하시고, 늘 좋은 근원(根源)을 닦으시어 무상도(無上道)를 구(求)하시더니, 광유성인(光有聖人)이 사라수대왕(沙羅樹大王)의 선심(善心)을 들으시고, 제자(弟子)인 승렬바라문(勝劣婆羅門) 비구(比丘)를 보내시어 "찻물을 길을 채녀(婇女)를 빌어 오라." 하시거늘, 비구(比丘)가 왕궁(王宮)에 와 뜰에 들어서 석장(錫杖)을 흔드니, [90뒤] 왕(王)이 들으시고 사백팔(四百八) 부인(夫人)의 중(中)에 제일(第一)인 원앙부인(鴛鴦夫人)을 시키시어 "재미(齋米)를 바쳐라." 하시거늘, 원앙부인(鴛鴦夫人)이 (한) 말이 들어가는 바리에 흰쌀을 가득이 담아 비구(比丘)의 앞에 나아가거늘, 비구(比丘)가 사뢰되 "나는 재미(齋米)를 구(求)하여 온 것이 아니라, 대왕(大王)을 보러 왔습니다." 그때에 원앙부인(鴛鴦夫人)이 돌아서 들어와 왕(王)께 (비구의 말을) 사뢰니, 왕(王)이 (원앙부인의 말을) 들으시고 즉시 예복(禮服)을 입으시고 달려 나가시어, 비구(比丘)의 앞에 나아가시어 세 번 절하시고 청(請)하여 궁중(宮中)에 드시어, 비구(比丘)는 높이 앉히시고 왕(王)은 낮게 [91앞] 앉으시어 물으시되 "어디로부터서 오셨습니까?" 비구(比丘)가 대답(對答)하되 "(나는) 범마라국(梵摩羅國) 임정사(林淨寺)에 계신 광유성인(光有聖人)의 제자(弟子)이니, 광유성인(光有聖人)이 오백(五百) 제자(弟子)를 거느리고 계시어 중생(衆生)을 교화(敎化)하시나니, 대왕(大王)의 선심(善心)을 들으시고 '찻물을 길을 채녀(婇女)를 빌어 오라.' 하시므로 (여기에) 왔습니다." 왕(王)이 기뻐하시어 사백팔(四百八) 부인(夫人)을 다 부르시어, 젊고 고운 이로 여덟 여자를 가리시어 비구(比丘)를 주시거늘 비구(比丘)가 (여덟 여자를) 받아 돌아가니, 광유성인(光有聖人)이 기뻐하시어 (여덟 여자에게) 각각(各各) 금관자(金罐子)를 맡기시어 [91뒤] 마하전단(摩訶栴檀)으로 만든 우물의 물을 오백(五百) 번씩 긷게 하시더니, 삼년(三年)이 차니 팔채녀(八婇女)가 좋은 근원(根源)을 닦아 무상도리(無上道理)를 이루는 것이 멀지 아니하더라.

그때에 광유성인(光有聖人)이 승열바라문(勝熱婆羅門) 비구(比丘)더러 물으시되 "사라수대왕(沙羅樹大王)이 팔채녀(八婇女)를 보내는 날에 아까운 뜻이 없더냐?" (승렬바라문 비구가) 대답(對答)하되 "대왕(大王)이 아까운 뜻이 곧 없으시더이다." 성인(聖人)이 이르시되 "그렇거든 다시 가서 대왕(大王)의 몸을 청(請)하여 오라. (대왕을) 찻물을 길을 유나(維那)로 삼으리라." 하시거늘, [92앞] 비구(比丘)가 누비를 입고 석장(錫杖)을 짚어서 죽림국(竹林國)를 지나 사라수왕(沙羅樹王)의 궁(宮)에 가서 석장(錫杖)을 흔드니, 왕(王)이 들으시고 즉시 원앙부인(鴛鴦夫人)을 부르시어 "재미(齋米)를 바쳐라." 하시거늘, 원앙부인(鴛鴦夫人)이 (한) 말이 들어가는 금(金) 바리에 흰쌀을 가득이 담아 비구(比丘)께 나아가니, 비구(比丘)가 사뢰되 "나는 재미(齋米)를 얻으러 온 것이 아니라, 대왕(大王)을 보러 왔습니다." 부인(夫人)이 돌아 (집에) 들어서 (비구의 말을) 사뢰니, 왕(王)이 들으시고 기뻐하시어 뜰에 나시어 비구(比丘)의 앞에 세 번 [92뒤] 절하시고, (비구를) 청(請)하여 궁중(宮中)에 드시어, 비구(比丘)는 높이 앉히시고 왕(王)은 낮게 앉으시어 물으시되 "어디로부터서 무슨 일로 오셨습니까?" 비구(比丘)가 대답(對答)하되 "대왕(大王)이시여, 어찌 나를 모르십니까? 예전에 팔채녀(八婇女)를 맡아서 범마라국(梵摩羅國) 임정사(林淨寺)로 간 '나(我)'이니, 팔채녀(八婇女)가 길은 찻물이 모자라므로, 성인(聖人)이 또 나를 부리시어 '대왕(大王)의 몸을 청(請)하여 (대왕이 임정사로) 오거든 찻물을 길을 유나(維那)로 삼으리라.' 하시므로, (내가) 다시 (서천국에) 왔습니다." 왕(王)이 (비구의 말을) 들으시고 기뻐하시며, 홀연(忽然)히 눈물을 비가 떨어지듯이 흘리시거늘, 원앙부인(鴛鴦夫人)이 [93앞] 왕(王)께 사뢰되 "어떤 까닭으로 우십니까?" 왕(王)이 이르시되 "이 비구(比丘)가 예전에 오시어, 찻물을 길를 채녀(婇女)를 데리고 임정사(林淨寺)에 가신 스님이시니, 이제 또 내 몸을 데려다가 유나(維那)를 삼으려 하시므로 (비구의 말을) 듣고 기뻐하거니와, 그러나 한편으로 헤아리면 나의 사백(四百) 부인(夫人)이 전세(前世)에 있은 옛 인연(因緣)으로 나를 좇아 사는데, 오늘은 (내가 사백 부인을) 버리고 가겠으므로 마음을 슬퍼하여 웁니다." 원앙부인(鴛鴦夫人)이 (사라수대왕의 말을) 듣고 비구(比丘)께 이르되 "(대왕이 가는 곳이) 내 몸도 좇아서 갈 곳인가, 못 갈 곳인가?" 비구(比丘)가 이르되 "예날에 가신 팔채녀(八婇女)도 (그곳에) 갔으니 [93뒤] 무엇이 어렵겠습니까?" 부인

(夫人)이 이르되 "그렇거든 나도 대왕(大王)을 모셔 비구(比丘)를 쫓아서 가겠습니다."

　왕(王)이 부인(夫人)의 말을 들으시고 기뻐서 솟아 날아서, 나라를 아우에게 맡기시고 부인(夫人)과 (함께) 하시어 비구(比丘)를 쫓으시어, 서천국(西天國)을 떠나서 죽림국(竹林國)에 가시어 한 넓은 들에 드시니, 날이 저물어 해가 지거늘 세 분이 푸서리에서 자시고, 이튿날 아침에 길을 나아가실 시절(時節)에, 원앙부인(鴛鴦夫人)이 울며 비구(比丘)께 이르되 "왕(王)과 스님과는 남자(男子)의 기운(氣韻)이 있으므로 힘겨워하지 아니하시거니와, 나는 궁중(宮中)에 있을 때에 두어 걸음에서 (그 이상) 너무 [94앞] 아니 걸었더니, 오늘날에 두 나라의 사이에서 종아리가 기둥같이 붓고 발이 아프므로 길을 못 가겠습니다. 이 곳이 어디입니까?" 비구(比丘)가 이르되 "이 곳이 죽림국(竹林國)이라 한 나라입니다." 부인(夫人)이 또 묻되 "여기에 가까이 사람의 집이 있습니까?" 비구(比丘)가 이르되 "오직 이 벌판에 '자현장자(子賢長者)의 집이 있다.'고 듣습니다." 부인(夫人)이 왕(王)께 사뢰되 "내 몸을 종으로 삼으시어, 장자(長者)의 집에 데려가시어 내 몸을 파시어, 내 값과 내 이름을 가져다가 성인(聖人)께 바치소서." 하거늘, 왕(王)과 비구(比丘)가 부인(夫人)의 말을 들으시고, 마음을 더욱 서러이 여기시어 [94뒤] 눈물을 비가 오듯 흘리시고, 비구(比丘)와 왕(王)이 부인(夫人)을 모시어 장자(長者)의 집에 가시어, "계집종을 사소서." 하여 부르시니, 장자(長者)가 듣고 사람을 부려서 "보라." 하니, (그 사람)이 이르되 "문(門) 앞에 한 중과 한 속인(俗人)이 고운 여자를 데려와서 팝니다." 장자(長者)가 듣고 "셋을 데려고 들어오라." 하여, 뜰에 앉히고 묻되 "이 딸이 너희의 종(婢)인가?" 왕(王)과 비구(比丘)가 대답(對答)하시되 "진실(眞實)로 우리의 종입니다." 장자(長者)가 원앙부인(鴛鴦夫人)을 다시 보니 보통의 사람의 모습이 아니므로, 부인(夫人)께 묻되 "이 두 사람이 진실(眞實)로 너의 주인인가?" (부인이) 대답(對答)하되 "진실(眞實)로 [95앞] 옳습니다." 장자(長者)가 묻되 "그러면 값이 얼마나 하느냐?" 부인(夫人)이 대답(對答)하되 "우리 주인 둘이 내 값을 모르시겠으니, 내 몸의 값은 금(金) 이천(二千) 근(斤)이요 내가 밴 아기의 값도 한가지입니다." 장자(長者)가 그 말을 종(從)하여 금(金) 사천(四千) 근(斤)을 내어, 왕(王)께와 비구(比丘)께와 바쳤니라.

왕(王)과 비구(比丘)가 그 집에서 자시고, 이튿날 아침에 세 분이 문(門) 밖에 나가시어 이별하실 적에, 못내 슬퍼하여 울어 오래 머무시더니, 부인(夫人)이 왕(王)께 사뢰되 "오늘 이별하신 후(後)에 꿈만 아니면 서로 볼 길이 없건마는, 그러나 사람이 선(善)을 닦는 것은 ^[95뒤] 다른 뜻이 아니라 이익(利益)된 일을 각각(各各) 수(受)할 따름이니, 대왕(大王)이 궁중(宮中)에 계실 적은 배고픈 줄을 모르시며 옷이 허는 줄 모르시더니, 대왕(大王)이시여, 왕생게(往生偈)를 잊지 말아서 외워 다니소서. 이 게(偈)를 외우시면 고픈 배도 부르며 헌 옷도 고쳐지겠습니다." 하고, 왕생게(往生偈)를 사뢰되 "願往生(원왕생) 願往生(원왕생) 願在彌陀會中坐(원재미타회중좌) 手執香花常供養(수집향화상공양) 願往生(원왕생) 願往生(원왕생) 願生極樂(원생극락) 見彌陁獲蒙摩頂受記莂(견미타획몽마정수기별) 願往生(원왕생) 願往生(원왕생) 往生極樂(왕생극락) ^[96앞] 蓮花生(연화생) 自他一時成佛道(자타일시성불도)

[원(願)하니 (내가) 가서 나고 싶습니다. 원(願)하니 가서 나고 싶습니다. 원(願)하니, 미타(彌陀)가 회중(會中)하는 좌(座)에 있어서, 손에 향화(香花)를 잡아 늘 공양(供養)하고 싶습니다. 원(願)하니 가서 나고 싶습니다. 원(願)하니 가서 나고 싶습니다. 원(願)하니, 극락(極樂)에 나서 미타(彌陀)를 보아서 (미타께서) 머리를 만지시는 것을 입어서, 기별(記莂)을 수(受)하고 싶습니다. ^[96뒤] 원(願)하니 가서 나고 싶습니다. 원(願)하니 가서 나고 싶습니다. 극락(極樂)에 가 나서 연화(蓮花)에 나가서, 나와 남이 일시(一時)에 불도(佛道)를 이루고 싶습니다.]

왕(王)이 (원앙부인의 왕생게를) 들으시고 기뻐하시어 가려 하실 적에, 부인(夫人)이 왕(王)께 다시 사뢰되 "내가 밴 아기가 아들이 나거든 이름을 무엇이라 하고, 딸이 나거든 이름을 무엇이라 하겠습니까? 어버이가 갖추어져 있는 적에 이름을 일정(一定)합시다." 왕(王)이 들으시고 ^[97앞] 눈물을 흘리며 이르시되 "나는 들으니 '어버이가 못 갖추어져 있는 子息(자식)은 어진 일을 배우지 못하므로, 어버이의 이름을 더럽힌다.' 하나니, (자식이) 나거든 묻어 버리게 하겠습니다." 부인(夫人)이 사뢰되 "대왕(大王)의 말씀이야 옳으시건마는, 내 뜻에 못 맞습니다. 아들이거든 이름을 효자(孝子)라 하고 딸이거든 이름을 효양(孝養)이라 하되, (이것이) 어떠합니까?" 왕(王)이 부인(夫人)의 뜻을 불쌍히 여기시어 이르시되 "아들이 나거든 안락국(安樂國)이라 하고, 딸이 나거든 효양(孝養)이라 하소서." 말을 다하시고 슬퍼하여 쓰러져 울고 떠나시니, 왕(王)이 비구(比丘)와 (함께) 하시어 임정사(任淨寺)에 [97뒤] 가시니, 광유성인(光有聖人)이 보시고 매우 기쁘시어 즉시 금관자(金鑵子) 둘을 바쳐서 찻물을 긷게 하시더니, 왕(王)이 금관자(金鑵子)를 나무의 두 끝에 달아 메시고 물을 길으며 다니실 적에, 왼손에 왕생게(往生偈)를 잡으시어 놓지 아니하여 외우시더라.

원앙부인(鴛鴦夫人)이 장자(長子)의 집에 있어 아들을 낳으니 모습이 단정(端正)하더니, 장자(長者)가 보고 이르되 "네 아들의 나이가 열아홉 만 되면 내 집에 아니 있을 상(相)이구나." 하더라. (나이가) 일곱 해이거늘 그 아기가 어머님께 사뢰되 "내가 어머님의 배에 있을 적에 아버님이 어디 가셨습니까?" 부인(夫人)이 [98앞] 이르되 "장자(長者)가 네 아버지이다." 그 아기가 이르되 "장자(長者)가 내 아버지가 아니니, 아버님이 어디 가셨습니까?" 부인(夫人)이 큰 물이 지듯 울며 목이 메어 이르되 "네 아버님이 바라문(婆羅門) 스님과 (함께) 하시어, 범마라국(梵摩羅國)의 임정사(林淨寺)에 광유성인(光有聖人)이 계신 데에 가시어 좋은 일을 닦으시느니라." 그때에 안락국(安樂國)이 어머님께 사뢰되 "나를 이제 놓으소서. 아버님께 가서 보고 싶습니다." 夫人(부인)이 이르되 "네가 처음 나거늘 장자(長者)가 이르되 '나이가 일곱 여덟 만하면, 내 집에 아니 있을 아이이다.' 하더니, 이제 너를 놓아 보내면 내 몸이 장자(長者)의 노(怒)여움을 [98뒤] 만나리라. 안락국(安樂國)이 이르되 "가만히 도망(逃亡)하여 빨리 다녀 오겠습니다."

그때에 부인(夫人)이 불쌍한 뜻을 못 이기어 (안락국을) 문(門) 밖에 내어 보내거늘, 안락국(安樂國)이 밤에 도망(逃亡)하여 달리다가 그 집의 꼴을 베는 종을 만나니, (그 종이 안락국을) 잡아 꾸짖되 "네 어찌 상전(上典)을 배반(背叛)하여 가는가?" 하고, 새끼줄로 두 손을 매어서 와서 장자(長者)에게 이르거늘, 장자(長者)가 노(怒)하여 손수 안락국(安樂國)의 낯(얼굴)을 자자(刺字)하고 숯돌의 물을 발랐니라.

후(後)에 안락국(安樂國)이 어머님께 다시 사뢰고, 새긴 낯(얼굴)은 숨기고 도망(逃亡)하여 범마라국(梵摩羅國)으로 가더니, 죽림국(竹林國)과 [99앞] 범마라국(梵摩羅國)과 두 나라의 사이에 큰 강이 있되 배가 없거늘, 가(邊)를 쫓아 바장이다가, 홀연(忽然)히 생각하여 짚둥 세 묶음을 얻어 떼로 합쳐서 매어 물에 띄우고, 그 위에 올라 앉아 하늘께 빌되 "내가 진실(眞實)의 마음으로 아버님을 보고자 하는 데 바람이 불어 저 가에 건너게 하소서." 하고 합장(合掌)하야 왕생게(往生偈)를 외우니, 자연(自然)히 바람이 불어 물가에 건너게 하여 부치니 그것이 범마라국(梵摩羅國)의 땅이더라. 그 짚동은 (물)가에 기대어서 매고 임정사(林淨寺)로 가는 때에 대숲(竹林)이 있되, 동풍(東風)이 불면 그 소리가 "南無阿彌陀佛(나무아미타불)" 하고, [99뒤] 남풍(南風)이 불면 "攝化衆生(섭화중생) 阿彌陀佛(아미타불)" 하고, 서풍(西風)이 불면 "渡盡稱念衆生(도진칭념중생) 阿彌陁佛(아미타불)" 하고, 북풍(北風)이 불면 "隨意往生(수의왕생) 阿彌陁佛(아미타불)" 하더니 안락국(安樂國)이 듣고 매우 기뻐하더라.

그 대숲 사이에 임정사(林淨寺)가 있더니, 안락국(安樂國)이 거기를 향하여 가는 적에 길에서 팔채녀(八婇女)를 만나니, [100앞] 왕생게(往生偈)를 부르며 마하전단(摩訶栴檀)으로 만든 우물물을 길어 가거늘, 안락국(安樂國)이 묻되 "너희가 부르는 게(偈)는 어디로부터서 났느냐?" 채녀(婇女)가 대답(對答)하되 "서천국(西天國) 사라수대왕(沙羅樹大王)의 원앙부인(鴛鴦夫人)의 게(偈)이니, 우리도 사라수대왕(沙羅樹大王)의 부인(夫人)들이더니, 옛날에 승렬바라문(勝熱婆羅門) 비구(比丘)가 우리 왕궁(王宮)에 가시어 우리를 데려오시고, 후(後)에 다시 가시어 사라수대왕(沙羅樹大王)의 원앙부인(鴛鴦夫人)을 모셔서 오시다가, 부인(夫人)이 종아리를 앓아서 걸음을 못 걸으시므로, 왕(王)과 비구(比丘)가 죽림국(竹林國)의 자현장자(子賢長者)의 [100뒤] 집에 모셔다가 종으로 삼아 파시거늘, 부인(夫人)이 이별하실 적에 대왕(大王)께 사뢰되 "왕생게(往生偈)를 외우시면 고픈 배가 부르며 헌 옷도 새것과 같겠으니, 정토(淨土)에 함께 가 나십시다." 하시거늘, 왕(王)이 배우시어 오히려 그치지 아니하여 외우시나니, 우리도 이 게(偈)를 좇아 외웁니다. 안락국(安樂國)이 묻되 "사라수대왕(沙羅樹大王)이 어디 계시느냐?" (팔채녀가) 대답(對答)하되 "길에서 물을 길어 오시느니라."

안락국(安樂國)이 그 말을 듣고 길로 향(向)하여 가다가 아버님을 만나 두 다리를 안고 울더니, 왕(王)이 물으시되 "이 아기가 어떤 이기에 [101앞] 늙은이의 종아리를 안고 이토록 우는가?" 안락국(安樂國)이 온 뜻을 사뢰고 왕생게(往生偈)를 외우니, 王(왕)이 그제야 (그 아기가) 태자(太子)인 줄을 아시고, 길의 가에서 안고 앉으시어 옷이 잠기게 우시고, 이르시되 "네 어머님이 나와 이별하고 시름으로 지내다가, 이제 또 너와 이별하고 더욱 울며 지내나니, 어서 (어머니에게) 돌아가거라." 왕(王)과 태자(太子)가 슬픈 뜻을 못 이기시어 오래 계시다가, 이별하실 적에 왕(王)이 노래를 부르시되 "알고 지내는 이가 그친 이런 고달픈 길에 '누구를 보리라.' 하여 울면서 왔는가? 악아, '대자비(大慈悲)'(하고) 울며 지내는 원앙조(鴛鴦鳥)와 공덕(功德)을 수행(修行)하는 이내 몸이, 성등정각(成等正覺)의 ^[101뒤] 날에야 반드시 마주 보리라."

그때에 태자(太子)가 울며 절하여 (사라수대왕과) 이별하고 도로 강가에 와 짚의 배를 타고 왕생게(往生偈)를 부르니, 바람이 불어 (짚 배를) 죽림국(竹林國)으로 들까불리거늘, (안락국이) 뭍에 올라오는 때에 소를 치는 아이가 노래를 부르되 "안락국(安樂國)이는 아버지를 보라 가니, 어머니도 못 보아서 시름이 더욱 깊다." 하거늘, 안락국(安樂國)이 듣고 묻되 "(너희들이) 무슨 노래를 부르는가?" (소를 치는 아이가) 대답(對答)하되 "자현장자(子賢長者)의 집에 원앙(鴛鴦)이라 하는 종이 한 아들을 낳거늘, 그 아기가 일곱 살 먹어 '아버지를 보러 가고 싶다.' 하니, 그 어머니가 불쌍히 여겨 (아들을) 놓아 보내거늘, 그 장자(長者)가 ^[102앞] 원앙(鴛鴦)이를 잡아 "네 아들이 어디 갔느냐?" 하고, 환도(環刀)를 메어칠 때에 원앙(鴛鴦)이 노래를 부르되 "(내가) 고운 사람을 못 보아서 사르고 끊듯이 울고 다니더니, 님이시여 '(나를) 오늘날에 (살아 있는) 넋이라.'고 (하지) 말 것이다." 하거늘, 장자(長者)가 (원앙부인을) 보리수(菩提樹)의 밑에 데려다가 세 동강 나게 베어서 던졌느니라.

안락국(安樂國)이 (그 소식을) 듣고 보리수(菩提樹) 밑에 가서 보니, (장자가 부인의 몸을) 세 동강을 내어 베어 던지어 있거늘, (시체를) 주어다가 차제(次第, 차례)로 이어 놓고, 땅에 엎드리어 구르며 슬퍼하여 넘어져서 우니 하늘이 진동하더니, (시간이) 오래 지나거늘 (안락국이) 일어나 서(西)쪽을 向(향)하여 합장(合掌)하여 눈물을 뿌리고, 하늘을 부르며 게(偈)를 지어 부르되 "願我臨欲^[102뒤]命終時(원아임욕명종시) 盡除一切諸障碍(진제일체제장애) 面見彼佛阿彌陁(면견피불아미타) 即得往生安樂利(즉득왕생안락찰)"

[원(願)하컨대 내가 장차 명종(命終)할 때에 일체(一切)의 가린 것을 다 덜어

버리고, 저 아미타불(阿彌陀佛)을 보아 즉시 안락찰(安樂刹)에 가 나고 싶습니다.]

즉시 극락세계(極樂世界)로부터서 사십팔(四十八) 용선(龍船)이 진여대해(眞如大海)에 떠서 태자(太子)의 앞에 오니, 그 용선(龍船)의 가운데에 있는 큰 보살(菩薩)들이 태자(太子)에게 [103앞] 이르되 "너의 부모(父母)는 벌써 서방(西方)에 가시어 부처가 되어 있으시거늘, 네가 이를 모르고 있으므로 (내가 너에게) 길을 잡으러 왔다." 하시거늘, 태자(太子)가 그 말을 듣고 기뻐하여 사자좌(獅子座)에 올라 허공(虛空)을 타서 극락세계(極樂世界)로 갔니라.

광유성인(光有聖人)은 이제의 석가모니불(釋迦牟尼佛)이시고, 사라수대왕(沙羅樹大王)은 이제의 아미타불(阿彌陀佛)이시고, 원앙부인(鴛鴦夫人)은 이제의 관세음보살(觀世音菩薩)이시고, 안락국(安樂國)은 이제의 대세지보살(大勢至菩薩)이시고, 승렬바라문(勝熱婆羅門)은 이제의 문수(文殊)이시고, 팔채녀(八婇女)는 이제의 팔대보살(八大菩薩)이시고 [103뒤] 오백(五百) 제자(弟子)는 이제의 오백(五百) 나한(羅漢)이시니라. 자현장자(子賢長者)는 무간지옥(無間地獄)에 들어 있느니라. 】

○ (세존께서) 방등(方等)을 여덟 해 이르시고, 다음으로 스물두 해의 사이에 반야(般若)를 이르셨니라.

월인천강지곡(月印千江之曲) 제팔(第八)

석보상절(釋譜詳節) 제팔(第八)

[부록 2] 문법 용어의 풀이*

1. 품사

한 언어에 속하는 수많은 단어를 문법적인 특징에 따라서 갈래지어서 그 범주를 설정한 것이다.

가. 체언

'체언(體言, 임자씨)'은 어떠한 대상의 이름이나 수량(순서)을 나타내거나 명사를 대신하는 단어들의 부류들이다. 이러한 체언에는 '명사', '대명사', '수사'가 있다.

① 명사(명사): 어떠한 '대상, 일, 상황' 등의 이름을 나타내는 단어이다.
- 자립 명사: 문장 내에서 관형어의 도움 없이 홀로 쓰일 수 있는 명사이다.

　　(1) ㄱ. 國은 <u>나라히라</u> (<u>나라ㅎ</u> + -이- + -다)　　　　　　　[훈언 2]
　　　　 ㄴ. 國(국)은 나라이다.

- 의존 명사(의명): 홀로 쓰일 수 없어서 반드시 관형어와 함께 쓰이는 명사이다.

　　(2) ㄱ. 어린 百姓이 니르고져 홇 <u>배</u> 이셔도 (<u>바</u> + -이)　　[훈언 2]
　　　　 ㄴ. 어리석은 百姓(백성)이 이르고자 할 바가 있어도…

② 인칭 대명사(인대): 사람을 직시하거나 대용하는 대명사이다.

　　(3) ㄱ. <u>내</u> 太子를 셤기ᅀᆞ보듸 (<u>나</u> + -이)　　　　　　　[석상 6:4]
　　　　 ㄴ. 내가 太子(태자)를 섬기되…

＊ 이 책에서 사용된 문법 용어와 약어에 대하여는 '도서출판 경진'에서 간행한 『학교 문법의 이해 2(2015)』와 '교학연구사'에서 간행한 『중세 국어 문법의 이해: 이론편, 주해편, 강독편 (2015)』의 내용을 참조하기 바란다.

③ 지시 대명사(지대): 명사를 직접 가리키거나 대용하는 말이다.

　　(4) ㄱ. 내 이를 爲ᄒ야 어엿비 너겨 (이 + -를)　　　　　　　[훈언 2]

　　　　ㄴ. 내가 이를 위하여 불쌍히 여겨…

④ 수사(수사): 사람이나 사물의 수량이나 차례를 나타내는 체언이다.

　　(5) ㄱ. 點이 둘히면 上聲이오 (둘ㅎ + -이- + -면)　　　　　　[훈언 14]

　　　　ㄴ. 點(점)이 둘이면 上聲(상성)이고…

나. 용언

'용언(用言, 풀이씨)'은 문장 속에서 서술어로 쓰여서 주어로 표현되는 대상(주체)의 움직임이나 상태, 혹은 존재의 유무(有無)를 풀이한다. 이러한 용언에는 문법적 특징에 따라서 '동사'와 '형용사', '보조 용언' 등으로 분류한다.

① 동사(동사): 주어로 쓰인 대상의 움직임을 표현하는 용언이다. 동사에는 목적어를 취하는 타동사(= 타동)와 목적어를 취하지 않는 자동사(= 자동)가 있다.

　　(6) ㄱ. 衆生이 福이 다ᄋ거다 (다ᄋ- + -거- + -다)　　　　　[석상 23:28]

　　　　ㄴ. 衆生(중생)이 福(복)이 다했다.

　　(7) ㄱ. 어마님이 毘藍園을 보라 가시니 (보- + -라)　　　　　[월천 기17]

　　　　ㄴ. 어머님이 毘藍園(비람원)을 보러 가셨으니.

② 형용사(형사): 주어로 표현되는 대상의 성질이나 상태를 풀이하는 용언이다.

　　(8) ㄱ. 이 東山ᄋᆫ 남기 됴ᄒᆞᆯ씨 (둏- + -ᄋᆯ씨)　　　　　　[석상 6:24]

　　　　ㄴ. 이 東山(동산)은 나무가 좋으므로…

③ 보조 용언(보용): 문장 안에서 홀로 설 수 없어서 반드시 그 앞의 다른 용언에 붙어서 문법적인 뜻을 더해 주는 기능을 하는 용언이다.

　　(9) ㄱ. 勞度差ㅣ 또 ᄒᆞᆫ 쇼를 지서 내니 (내- + -니)　　　　[석상 6:32]

　　　　ㄴ. 勞度差(노도차)가 또 한 소(牛)를 지어 내니…

다. 수식언

'수식언(修飾言, 꾸밈씨)'은 체언이나 용언 등을 수식(修飾)하면서 그 의미를 한정(限定)한다. 이러한 수식언으로는 '관형사'와 '부사'가 있다.

① 관형사(관사): 체언을 수식하면서 체언의 의미를 제한(한정)하는 단어이다.

    (10) ㄱ. 넷 대예 새 竹筍이 나며   [금삼 3:23]

        ㄴ. 옛날의 대(竹)에 새 竹筍(죽순)이 나며…

② 부사(부사): 특정한 용언이나 부사, 관형사, 체언, 절, 문장 등 여러 가지 문법적인 단위를 수식하여, 그들 문법적 단위의 의미를 한정하거나 특정한 말을 다른 말에 이어 준다.

    (11) ㄱ. 이거시 더듸 뻐러딜시   [두언 18:10]

        ㄴ. 이것이 더디게 떨어지므로

    (12) ㄱ. 반ᄃᆞ기 甘雨ㅣ ᄂᆞ리리라   [월석 10:122]

        ㄴ. 반드시 甘雨(감우)가 내리리라.

    (13) ㄱ. ᄒᆞ다가 술옷 몯 먹거든 너덧 번에 ᄂᆞ화 머기라   [구언 1:4]

        ㄴ. 만일 술을 못 먹거든 너덧 번에 나누어 먹이라.

    (14) ㄱ. 道國王과 믿 舒國王은 實로 親ᄒᆞᆫ 兄弟니라   [두언 8:5]

        ㄴ. 道國王(도국왕) 및 舒國王(서국왕)은 實(실로)로 親(친)한 兄弟(형제)이니라.

라. 독립언

감탄사(감탄사): 문장 속의 다른 말과 문법적인 관계를 맺지 않고 독립적으로 쓰인다.

    (15) ㄱ. 의 丈夫ㅣ여 엇뎨 衣食 爲ᄒᆞ야 이 ᄀᆞᆮᄒᆞ매 니르뇨   [법언 4:39]

        ㄴ. 아아, 丈夫여, 어찌 衣食(의식)을 爲(위)하여 이와 같음에 이르렀느냐?

    (16) ㄱ. 舍利佛이 ᄉᆞᆯᄫᅩ듸 엥 올ᄒᆞ시이다   [석상 13:47]

        ㄴ. 舍利佛(사리불)이 사뢰되, "예, 옳으십니다."

2. 불규칙 용언

용언의 활용에는 어간이나 어미가 불규칙적으로 바뀌어서(개별적으로 교체되어) 일반적인 변동 규칙으로는 설명할 수 없는 것이 있다. 이처럼 불규칙하게 활용하는 용언을 '불규칙 용언'이라고 한다. 여기서는 'ㄷ 불규칙 용언, ㅂ 불규칙 용언, ㅅ 불규칙 용언'만 별도로 밝힌다.

① 'ㄷ' 불규칙 용언(ㄷ불): 어간이 /ㄷ/으로 끝나는 용언 중에는, 어간에 모음으로 시작하는 어미가 붙어서 활용할 때에, 어간의 끝 소리 /ㄷ/이 /ㄹ/로 바뀌는 용언이다.

<blockquote>

(1) ㄱ. 甁의 므를 <u>기러</u> 두고사 가리라 (긷- + -어)　　　　　　[월석 7:9]

ㄴ. 甁(병)에 물을 길어 두고야 가겠다.

</blockquote>

② 'ㅂ' 불규칙 용언(ㅂ불): 어간이 /ㅂ/으로 끝나는 용언 중에는, 어간에 모음으로 시작하는 어미가 붙어서 활용할 때에, 어간의 끝 소리 /ㅂ/이 /ㅸ/으로 바뀌는 용언이다.

<blockquote>

(2) ㄱ. 太子ㅣ 性 <u>고ᄫᅡ샤</u> (곱- + -ᄋ시- + -아)　　　　　　[월석 21:211]

ㄴ. 太子(태자)가 性(성)이 고우시어…

(3) ㄱ. 벼개 노피 벼여 <u>누우니</u> (눕- + -으니)　　　　　　[두언 15:11]

ㄴ. 베개를 높이 베어 누우니…

</blockquote>

③ 'ㅅ' 불규칙 용언(ㅅ불): 어간이 /ㅅ/으로 끝나는 용언 중에는, 어간에 모음으로 시작하는 어미가 붙어서 활용할 때에, 어간의 끝 소리인 /ㅅ/이 /ㅿ/으로 바뀌는 용언이다.

<blockquote>

(4) ㄱ. (道士ᄃᆞᆯ히) … 表 <u>지석</u> 엳ᄌᆞᄫᆞ니 (짓- + -어)　　　　　　[월석 2:69]

ㄴ. 道士(도사)들이 … 表(표)를 지어 여쭈니…

</blockquote>

3. 어근

어근은 단어 속에서 중심적이면서 실질적인 의미를 나타내는 실질 형태소이다.

    (1) ㄱ. 굴가마괴 (굴- + ㄱ마괴), 싀어미 (싀- + 어미)

       ㄴ. 무덤 (묻- + -엄), 늘개 (늘- + -개)

    (2) ㄱ. 밤낮 (밤 + 낮), 쏠밥 (쏠 + 밥), 불뭇골 (불무 + -ㅅ + 골)

       ㄴ. 검븕다 (검- + 븕-), 오ㄹㄴ리다 (오ㄴ- + ㄴ리-), 도라오다 (돌- + -아 + 오-)

- 불완전 어근(불어): 품사가 불분명하며 단독으로 쓰이는 일이 없고, 다른 말과의 통합에 제약이 많은 특수한 어근이다(= 특수 어근, 불규칙 어근).

    (3) ㄱ. 功德이 이러 당다이 부톄 ㄷ외리러라 (당당 + -이)   [석상 19:34]

       ㄴ. 功德(공덕)이 이루어져 마땅히 부처가 되겠더라.

    (4) ㄱ. 그 부톄 住ㅎ신 싸히 … 常寂光이라 (住 + -ㅎ- + -시- + -ㄴ) [월석 서:5]

       ㄴ. 그 부처가 住(주)하신 땅이 이름이 常寂光(상적광)이다.

4. 파생 접사

접사 중에서 어근에 새로운 의미를 더하거나 단어의 품사를 바꿈으로써, 새로운 단어를 만들어 주는 것을 '파생 접사'라고 한다.

가. 접두사(접두)

접두사는 어근의 앞에 붙어서 새로운 단어를 형성하는 파생 접사이다.

    (1) ㄱ. 아ᅀᆞ와 아촌아들왜 비록 이시나 (아촌- + 아들)   [두언 11:13]

       ㄴ. 아우와 조카가 비록 있으나 …

나. 접미사(접미)

접미사는 어근의 뒤에 붙어서 새로운 단어를 형성하는 파생 접사이다.

① 명사 파생 접미사(명접): 어근에 뒤에 붙어서 명사를 파생하는 접미사이다.

    (2) ㄱ. ᄇᄅᆞᆷ가비(ᄇᄅᆞᆷ + -가비), 무덤(묻- + -음), 노ᄑᆡ(높- + -ᄋᆡ)

        ㄴ. 바람개비, 무덤, 높이

② 동사 파생 접미사(동접): 어근의 뒤에 붙어서 동사를 파생하는 접미사이다.

    (3) ㄱ. 풍류ᄒ다(풍류 + -ᄒ- + -다), 그르ᄒ다(그르 + -ᄒ- + -다), ᄀᆞᄆᆞᆯ다(ᄀᆞᄆᆞᆯ + -∅- + -다)

        ㄴ. 열치다, 벗기다 ; 넓히다 ; 풍류하다 ; 잘못하다 ; 가물다

③ 형용사 파생 접미사(형접): 어근의 뒤에 붙어서 형용사를 파생하는 접미사이다.

    (4) ㄱ. 녇갑다(녇- + -갑- + -다), 골프다(곯- + -ᄇ- + -다), 受苦룹다(受苦 + -룹- + -다), 외룹다(외 + -룹- + -다), 이러ᄒ다(이러 + -ᄒ- + -다)

        ㄴ. 얕다, 고프다, 수고롭다, 외롭다

④ 사동사 파생 접미사(사접): 어근의 뒤에 붙어서 사동사를 파생하는 접미사이다.

    (5) ㄱ. 밧기다(밧- + -기- + -다), 너피다(넙- + -히- + -다)

        ㄴ. 벗기다, 넓히다

⑤ 피동사 파생 접미사(피접): 어근의 뒤에 붙어서 피동사를 파생하는 접미사이다.

    (6) ㄱ. 두피다(둪- + -이- + -다), 다티다(닫- + -히- + -다), 담기다(담- + -기- + -다), 듬기다(듬- + -기- + -다)

        ㄴ. 덮이다, 닫히다, 담기다, 잠기다

⑥ 관형사 파생 접미사(관접): 어근의 뒤에 붙어서 부사를 파생하는 접미사이다.

    (7) ㄱ. 모ᄃᆞᆫ(몯- + -ᄋᆞᆫ), 오ᄋᆞᆫ(오ᄋᆞᆯ- + -ㄴ), 이런(이러- + -ㄴ)

        ㄴ. 모든, 온, 이런

⑦ 부사 파생 접미사(부접): 어근의 뒤에 붙어서 부사를 파생하는 접미사이다.

(8) ㄱ. 몰내(몰 + -내), 비르서(비릇- + -어), 기리(길- + -이), 그르(그르- + -Ø)

　　ㄴ. 못내, 비로소, 길이, 그릇

⑧ 조사 파생 접미사(조접): 어근의 뒤에 붙어서 조사를 파생하는 접미사이다.

(9) ㄱ. 阿鼻地獄브터 有頂天에 니르시니 (븥- + -어)　　　　　[석상 13:16]

　　ㄴ. 阿鼻地獄(아비지옥)부터 有頂天(유정천)에 이르시니…

⑨ 강조 접미사(강접): 어근의 뒤에 붙어서 강조의 뜻을 더하면서 새로운 단어를 파생하는 접미사이다.

(10) ㄱ. 니르완다(니르- + -완- + -다), 열티다(열- + -티- + -다), 니르혀다(니르- + -혀- + -다)

　　　ㄴ. 받아일으키다, 열치다, 일으키다

⑩ 높임 접미사(높접): 어근의 뒤에 붙어서 높임의 뜻을 더하면서 새로운 단어를 파생하는 접미사이다.

(11) ㄱ. 아바님(아비 + -님), 어마님(어미 + -님), 그듸(그+ -듸), 어마님내(어미 + -님 + -내), 아기씨(아기 + -씨)

　　　ㄴ. 아버님, 어머님, 그대, 어머님들, 아기씨

5. 조사

'조사(助詞, 관계언)'는 주로 체언에 결합하여, 그 체언이 문장 속의 다른 단어와 맺는 관계를 나타내거나 특별한 뜻을 더해 주는 단어이다.

가. 격조사

그 앞에 오는 말이 문장 안에서 일정한 문장 성분으로서의 기능함을 나타내는 조사이다.

① 주격 조사(주조): 주어로서 기능하는 것을 나타내는 격조사이다.

(1) ㄱ. 부텻 모미 여러 가짓 相이 ㄱᄌ샤 (몸 + -이)　　　　　[석상 6:41]

　　ㄴ. 부처의 몸이 여러 가지의 相(상)이 갖추어져 있으시어…

② 서술격 조사(서조): 서술어로서 기능하는 것을 나타내는 격조사이다.

(2) ㄱ. 國은 나라히라 (나라ㅎ + -이- + -다)　　　　　　　[훈언 1]

　　ㄴ. 國(국)은 나라이다.

③ 목적격 조사(목조): 목적어로서 기능하는 것을 나타내는 격조사이다.

(3) ㄱ. 太子ᄅᆞᆯ 하ᄂᆞᆯ히 ᄀᆞᆯᄒᆡ샤 (太子 + -ᄅᆞᆯ)　　　　　[용가 8장]

　　ㄴ. 太子(태자)를 하늘이 가리시어…

④ 보격 조사(보조): 보어로서 기능하는 것을 나타내는 격조사이다.

(4) ㄱ. 色界 諸天도 ᄂᆞ려 仙人이 ᄃᆞ외더라 (仙人 + -이)　　[월석 2:24]

　　ㄴ. 色界(색계) 諸天(제천)도 내려 仙人(선인)이 되더라.

⑤ 관형격 조사(관조): 관형어로서 기능하는 것을 나타내는 격조사이다.

(5) ㄱ. 네 性이 … 죵이 서리예 淸淨ᄒ도다 (죵 + -이)　　　[두언 25:7]

　　ㄴ. 네 性(성: 성품)이 … 종(從僕) 중에서 淸淨(청정)하구나.

(6) ㄱ. 나랏 말ᄊᆞ미 中國에 달아 (나라 + -ㅅ)　　　　　[훈언 1]

　　ㄴ. 나라의 말이 中國과 달라…

⑥ 부사격 조사(부조): 부사어로서 기능하는 것을 나타내는 격조사이다.

(7) ㄱ. 世尊이 象頭山애 가샤 (象頭山 + -애)　　　　　　[석상 6:1]

　　ㄴ. 世尊(세존)이 象頭山(상두산)에 가시어…

⑦ 호격 조사(호조): 독립어로서 기능하는 것을 나타내는 격조사이다.

(8) ㄱ. 彌勒아 아라라 (彌勒 + -아)　　　　　　　　　[석상 13:26]

　　ㄴ. 彌勒(미륵)아 알아라.

나. 접속 조사(접조)

체언과 체언을 이어서 명사구를 형성하는 조사이다.

    (9) ㄱ. 입시울와 혀와 엄과 니왜 다 됴ᄒ며 (혀 + -와)   [석상 19:7]

          ㄴ. 입술과 혀와 어금니와 이가 다 좋으며…

다. 보조사(보조사)

체언에 화용론적인 특별한 뜻을 덧보태는 조사이다.

    (10) ㄱ. 나ᄂ 어버ᅀᅵ 여희오 (나 + -ᄂ)   [석상 6:5]

          ㄴ. 나는 어버이를 여의고…

    (11) ㄱ. 어미도 아ᄃᆞᆯ 모ᄅᆞ며 (어미 + -도)   [석상 6:3]

          ㄴ. 어머니도 아들을 모르며…

6. 어말 어미

'어말 어미(語末語尾, 맺음씨끝)'는 용언의 끝자리에 실현되는 어미인데, 그 기능에 따라서 '종결 어미, 연결 어미, 전성 어미'로 나누어진다.

가. 종결 어미

① 평서형 종결 어미(평종): 말하는 이가 자신의 생각을 듣는 이에게 단순하게 진술하는 평서문에 실현된다.

    (1) ㄱ. 네 아비 ᄒ마 주그니라 (죽- + -∅(과시)- + -으니- + -다) [월석 17:21]

        ㄴ. 너의 아버지가 이미 죽었느니라.

② 의문형 종결 어미(의종): 말하는 이가 듣는 이에게 대답을 요구하는 의문문에 실현된다.

    (2) ㄱ. 엇뎨 겨르리 업스리오 (없- + -으리- + -고)   [월석 서:17]

        ㄴ. 어찌 겨를이 없겠느냐?

③ 명령형 종결 어미(명종): 말하는 이가 듣는 이에게 어떠한 행동을 하도록 요구하는 명령문에 실현된다.

    (3) ㄱ. 너희둘히 ⋯ 부텻 마룰 바다 디니라 (디니- + -라)   [석상 13:62]

        ㄴ. 너희들이 ⋯ 부처의 말을 받아 지녀라.

④ 청유형 종결 어미(청종): 말하는 이가 듣는 이에게 어떠한 행동을 함께 하도록 요구하는 청유문에 실현된다.

    (4) ㄱ. 世世예 妻眷이 두외져 (두외- + -져)   [석상 6:8]

        ㄴ. 世世(세세)에 妻眷(처권)이 되자.

⑤ 감탄형 종결 어미(감종): 말하는 이가 듣는 이를 의식하지 않고 자신의 감정을 표출하는 감탄문에 실현된다.

    (5) ㄱ. 義는 그 큰뎌 (크- + -∅(현시)- + -ㄴ뎌)   [내훈 3:54]

        ㄴ. 義(의)는 그것이 크구나.

나. 전성 어미

용언이 본래의 서술 기능을 유지하면서도 다른 품사처럼 쓰이도록 문법적인 기능을 바꾸는 어미이다.

① 명사형 전성 어미(명전): 특정한 절 속의 서술어에 실현되어서, 그 절을 명사처럼 쓰이게 하는 어미이다.

    (6) ㄱ. 됴흔 法 닷고물 몯ᄒᆞ야 (닭- + -옴 + -ᄋᆞᆯ)   [석상 9:14]

        ㄴ. 좋은 法(법)을 닦는 것을 못하여⋯

② 관형사형 전성 어미(관전): 특정한 절 속의 용언에 실현되어서, 그 절을 관형사처럼 쓰이게 하는 어미이다.

    (7) ㄱ. 어미 주근 後에 부텨씌 와 묻ᄌᆞᄫᅳ면(죽- + -∅- + -ㄴ)   [월석 21:21]

        ㄴ. 어미 죽은 後(후)에 부처께 와 물으면⋯

다. 연결 어미(연어)

이어진 문장의 앞절과 뒷절을 잇거나, 본용언과 보조 용언을 잇는 어미이다. 연결 어미에는 '대등적 연결 어미, 종속적 연결 어미, 보조적 연결 어미'가 있다.

① 대등적 연결 어미: 앞절과 뒷절을 대등한 관계로 잇는 연결 어미이다.

    (8) ㄱ. 子는 아ᄃ리오 孫은 孫子ㅣ니 (아들 + -이- + -고)   [월석 1:7]

        ㄴ. 子(자)는 아들이고 孫(손)은 孫子(손자)이니…

② 종속적 연결 어미: 앞절을 뒷절에 이끌리는 관계로 잇는 연결 어미이다.

    (9) ㄱ. 모딘 길헤 ᄠ러디면 恩愛ᄅᆞᆯ 머리 여희여 (ᄠ러디- + -면) [석상 6:3]

        ㄴ. 모진 길에 떨어지면 恩愛(은애)를 멀리 떠나…

③ 보조적 연결 어미: 본용언과 보조 용언을 잇는 연결 어미이다.

    (10) ㄱ. 赤眞珠ㅣ ᄃ외야 잇ᄂ니라 (ᄃ외야: ᄃ외- + -아)   [월석 1:23]

        ㄴ. 赤眞珠(적진주)가 되어 있느니라.

7. 선어말 어미

'선어말 어미(先語末語尾, 안맺음 씨끝)'는 용언의 끝에 실현되지 못하고, 어간과 어말 어미 사이에 실현되어서 문법적인 기능을 나타내는 어미이다.

① 상대 높임의 선어말 어미(상높): 말을 듣는 '상대(相對)'를 높여서 표현하는 선어말 어미이다.

    (1) ㄱ. 이런 고디 업스이다 (없- + -∅(현시)- + -으이- + -다)   [능언 1:50]

        ㄴ. 이런 곳이 없습니다.

② 주체 높임의 선어말 어미(주높): 문장에서 주어로 실현되는 대상인 '주체(主體)'를 높여서 표현하는 선어말 어미이다.

(2) ㄱ. 王이 그 蓮花를 브리라 ᄒ시다   [석상 11:31]

      (ᄒ- + -시- + -∅(과시)- + -다)

    ㄴ. 王(왕)이 "그 蓮花(연화)를 버리라." 하셨다.

③ 객체 높임의 선어말 어미(객높): 문장에서 목적어나 부사어로 표현되는 대상인 '객체(客體)'를 높여서 표현하는 선어말 어미이다.

    (3) ㄱ. 벼슬 노ᄑ 臣下ㅣ 님그믈 돕ᄉᄫᅡ (돕- + -ᄉᆞᇦ- + -아)   [석상 9:34]

       ㄴ. 벼슬 높은 臣下(신하)가 임금을 도와…

④ 과거 시제의 선어말 어미(과시): 동사에 실현되어서 발화시 이전에 어떠한 일이 일어났음을 무형의 선어말 어미인 '-∅-'이다.

    (4) ㄱ. 이 ᄢᅴ 아ᄃᆞᆯᄃᆞᆯ히 아비 죽다 듣고(죽- + -∅(과시)- + -다) [월석 17:21]

       ㄴ. 이때에 아들들이 "아버지가 죽었다." 듣고…

⑤ 현재 시제의 선어말 어미(현시): 발화시에 어떠한 일이 일어나고 있음을 나타내는 선어말 어미이다. 동사에는 선어말 어미인 '-ᄂᆞ-'가 실현되어서, 형용사에는 무형의 선어말 어미인 '-∅-'가 현재 시제를 나타낸다.

    (5) ㄱ. 네 이제 ᄯᅩ 묻ᄂᆞ다 (묻- + -ᄂᆞ- + -다)   [월석 23:97]

       ㄴ. 네 이제 또 묻는다.

    (6) ㄱ. 이런 고디 업스이다 (없- + -∅(현시)- + -으이- + -다)   [능언 1:50]

       ㄴ. 이런 곳이 없습니다.

⑥ 미래 시제의 선어말 어미(미시): 발화시 이후에 어떠한 일이 일어날 것임을 나타내는 선어말 어미이다.

    (7) ㄱ. 아들ᄯᆞ를 求ᄒ면 아들ᄯᆞ를 得ᄒ리라 (得ᄒ- + -리- + -다) [석상 9:23]

       ㄴ. 아들딸을 求(구)하면 아들딸을 得(득)하리라.

⑦ 회상 표현의 선어말 어미(회상): 말하는 이가 발화시 이전에 직접 경험한 어떤 때(경험시)로 자신의 생각을 돌이켜서, 그때를 기준으로 해서 일이 일어난 시간을 나타내는 선어말 어미이다.

(8) ㄱ. 뜨데 몯 마즌 이리 다 願 ㄱ티 ᄃ외더라   [월석 10:30]

　　　(ᄃ외- + -더- + -다)

　　ㄴ. 뜻에 못 맞은 일이 다 願(원)같이 되더라.

⑧ 확인 표현의 선어말 어미(확인): 심증(心證)과 같은 말하는 이의 주관적인 믿음에 근거하여, 어떤 일을 확정된 것으로 표현하는 선어말 어미이다.

(9) ㄱ. 安樂國이ᄂᆞᆫ 시르미 더욱 깁거다   [월석 8:101]

　　　(깊- + -Ø(현시)- + -거- + -다)

　　ㄴ. 安樂國(안락국)이는… 시름이 더욱 깊다.

⑨ 원칙 표현의 선어말 어미(원칙): 말하는 이가 객관적인 믿음에 근거하여, 어떤 일을 확정된 것으로 표현하는 선어말 어미이다.

(10) ㄱ. 사ᄅᆞ미 살면… 모로매 늙ᄂᆞ니라   [석상 11:36]

　　　(늙- + -ᄂᆞ- + -니- + -다)

　　ㄴ. 사람이 살면… 반드시 늙느니라.

⑩ 감동 표현의 선어말 어미(감동): 말하는 이의 '느낌(감동, 영탄)'의 뜻을 나타내는 태도 표현의 선어말 어미이다.

(11) ㄱ. 그듸내 貪心이 하도다   [석상 23:46]

　　　(하- + -Ø(현시)- + -도- + -다)

　　ㄴ. 그대들이 貪心(탐심)이 크구나.

⑪ 화자 표현의 선어말 어미(화자): 주로 종결형이나 연결형에서 실현되어서, 문장의 주어가 말하는 사람(화자, 話者)임을 나타내는 선어말 어미이다.

(12) ㄱ. ᄒᆞ오ᅀᅡ 내 尊호라 (尊ᄒᆞ- + -Ø(현시)- + -오- + -다)   [월석 2:34]

　　ㄴ. 오직(혼자) 내가 존귀하다.

⑫ 대상 표현의 선어말 어미(대상): 관형절이 수식하는 체언(피한정 체언)이, 관형절에서 서술어로 표현되는 용언에 대하여 의미상으로 객체(목적어나 부사어로 쓰인

대상)일 때에 실현되는 선어말 어미이다.

(13) ㄱ. 須達이 지순 精舍마다 드르시며   [석상 6:38]

      (짓- + -Ø(과시)- + -우- + -ㄴ)

    ㄴ. 須達(수달)이 지은 精舍(정사)마다 드시며…

(14) ㄱ. 王이 … 누븐 자리예 겨샤 (눕- + -Ø(과시)- + -우- + -은) [월석 10:9]

    ㄴ. 王(왕)이 … 누운 자리에 계시어…

〈 인용된 '약어'의 문헌 정보 〉

약어	문헌 이름		발간 연대	
	한자 이름	한글 이름		
용가	龍飛御天歌	용비어천가	1445년	세종
석상	釋譜詳節	석보상절	1447년	세종
월천	月印千江之曲	월인천강지곡	1448년	세종
훈언	訓民正音諺解(世宗御製訓民正音)	훈민정음 언해본(세종 어제 훈민정음)	1450년경	세종
월석	月印釋譜	월인석보	1459년	세조
능언	愣嚴經諺解	능엄경 언해	1462년	세조
법언	妙法蓮華經諺解(法華經諺解)	묘법연화경 언해(법화경 언해)	1463년	세조
구언	救急方諺解	구급방 언해	1466년	세조
내훈	內訓(일본 蓬左文庫 판)	내훈(일본 봉좌문고 판)	1475년	성종
두언	分類杜工部詩諺解 初刊本	분류두공부시 언해 초간본	1481년	성종
금삼	金剛經三家解	금강경 삼가해	1482년	성종

▮참고 문헌

〈 중세 국어의 참고문헌 〉

강성일(1972), 「중세국어 조어론 연구」, 『동아논총』 9, 동아대학교.

강신항(1990), 『훈민정음연구』(증보판), 성균관대학교 출판부.

강인선(1977), 「15세기 국어의 인용구조 연구」, 석사학위 논문, 서울대학교.

고성환(1993), 「중세국어 의문사의 의미와 용법」, 『국어학논집』 1, 태학사.

고영근(1981), 『중세국어의 시상과 서법』, 탑출판사.

고영근(1995), 「중세어의 동사형태부에 나타나는 모음동화」, 『국어사와 차자표기 – 소곡 남
　　　　풍현 선생 화갑 기념 논총』, 태학사.

고영근(2010), 『제3판 표준 중세국어 문법론』, 집문당.

곽용주(1986), 「동사 어간 – 다' 부정법의 역사적 고찰」, 『국어연구』 138, 국어연구회.

교육인적자원부(2010), 『고등학교 교사용 지도서 문법』, (주)두산동아.

교육인적자원부(2010), 『고등학교 문법』, (주)두산동아.

구본관(1996), 「15세기 국어 파생법에 대한 연구」, 박사학위 논문, 서울대학교.

국립국어원, 『표준 국어 대사전』, 인터넷판.

권용경(1990), 「15세기 국어 서법의 선어말어미에 대한 연구」, 『국어연구』 101, 국어연구회.

김문기(1999), 「중세국어 매인풀이씨 연구」, 석사학위 논문, 부산대학교.

김소희(1996), 「16세기 국어의 '거/어'의 교체에 대한 연구」, 『국어연구』 142, 국어연구회.

김송원(1988), 「15세기 중기 국어의 접속월 연구」, 박사학위 논문, 건국대학교.

김영배(2010), 『역주 월인석보 4』, 세종대왕기념사업회.

김영욱(1990), 「중세국어 관형격조사 '이/의, ㅅ'의 기술과 관련된 문제 해결을 위하여」, 『주
　　　　시경학보』 8, 탑출판사.

김영욱(1995), 『문법형태의 역사적 연구』, 박이정.

김정아(1985), 「15세기 국어의 '- ㄴ가' 의문문에 대하여」, 『국어국문학』 94.

김정아(1993), 「15세기 국어의 비교구문 연구」, 박사학위 논문, 서울대학교.

김진형(1995), 「중세국어 보조사에 대한 연구」, 『국어연구』 136, 국어연구회.

김차균(1986), 「월인천강지곡에 나타나는 표기체계와 음운」, 『한글』 182, 한글학회.

김충회(1972), 「15세기 국어의 서법체계 시론」, 『국어학논총』 5, 6, 단국대학교.

나진석(1971), 『우리말 때매김 연구』, 과학사.

나찬연(2011), 『수정판 옛글 읽기』, 도서출판 월인.

나찬연(2013ㄴ), 제2판 『언어·국어·문화』, 도서출판 월인.

나찬연(2013ㄷ), 제2판 『훈민정음의 이해』, 도서출판 월인.

나찬연(2013ㄹ), 『국어 어문 규범의 이해』, 도서출판 월인.

나찬연(2014ㄱ), 제5판 『중세 국어 문법의 이해-주해편』, 교학연구사.

나찬연(2014ㄴ), 제5판 『중세 국어 문법의 이해-강독편』, 교학연구사.

나찬연(2014ㄷ), 제5판 『중세 국어 문법의 이해-서답형 문제편』, 교학연구사.

나찬연(2015ㄱ), 제4판 『현대 국어 문법의 이해』, 도서출판 월인.

나찬연(2018ㄴ), 제2판 『학교 문법의 이해』 1, 도서출판 경진.

나찬연(2018ㄷ), 제2판 『학교 문법의 이해』 2, 도서출판 경진.

남광우(2009), 『교학 고어사전』, (주)교학사.

남윤진(1989), 「15세기 국어의 접속어미에 대한 연구」, 『국어연구』 93. 국어연구회.

노동헌(1993), 「선어말어미 '-오-'의 분포와 기능 연구」, 『국어연구』 114, 국어연구회.

류광식(1990), 「15세기 국어 부정법의 연구」, 박사학위 논문, 건국대학교.

리의도(1989), 「15세기 우리말의 이음씨끝」, 『한글』 206, 한글학회

민현식(1988), 「중세국어 어간형 부사에 대하여」, 『선청어문』 16, 17집, 서울대학교 국어교육과.

박태영(1993), 「15세기 국어의 사동법 연구」, 석사학위 논문, 단국대학교.

박희식(1984), 「중세국어의 부사에 대한 연구」, 『국어연구』 63, 국어연구회

배석범(1994), 「용비어천가의 문제에 대한 일고찰」, 『국어학』 24, 국어학회.

성기철(1979), 「15세기 국어의 화계 문제」, 『논문집』 13, 서울산업대학교.

손세모돌(1992), 「중세국어의 'ᄇᆞ리다'와 '디다'에 대한 연구」, 『주시경학보』 9, 탑출판사.

안병희·이광호(1993), 『중세국어문법론』, 학연사.

양정호(1991), 「중세국어의 파생접미사 연구」, 『국어연구』 105, 국어연구회.

유동석(1987), 「15세기 국어 계사의 형태 교체에 대하여」, 『우해 이병선 박사 회갑 기념 논총』.

이광정(1983), 「15세기 국어의 부사형어미」, 『국어교육』 44, 45.

이광호(1972), 「중세국어 '사이시옷' 문제와 그 해석 방안」, 『국어사 연구와 국어학 연구-안병희 선생 회갑 기념 논총』, 문학과 지성사.

이광호(1972), 「중세국어의 대격 연구」, 『국어연구』 29. 국어연구회.

이광호(1995), 「후음 'ㅇ'과 중세국어 분철표기의 신해석」, 『국어사와 차자표기-남풍현 선

생 회갑기념』, 태학사.

이기문(1963), 『국어표기법의 역사적 연구-신정판』, 한국연구원.

이기문(1998), 『국어사개설 - 신정판』, 태학사.

이숭녕(1981), 『중세국어문법 - 개정 증보판』, 을유문화사.

이승희(1996), 「중세국어 감동법 연구」, 『국어연구』 139, 국어연구회.

이정택(1994), 「15세기 국어의 입음법과 하임법」, 『한글』 223, 한글학회.

이주행(1993), 「후기 중세국어의 사동법」, 『국어학』 23, 국어학회.

이태욱(1995), 「중세국어의 부정법 연구」, 박사학위 논문, 성균관대학교.

이현규(1984), 「명사형어미 '-기'의 변화」, 『목천 유창돈 박사 회갑 기념 논문집』, 계명대학교 출판부.

이홍식(1993), 「'-오-'의 기능 구명을 위한 서설」, 『국어학논집』 1. 태학사.

임동훈(1996), 「어미 '시'의 문법」, 박사학위 논문, 서울대학교.

전정례(995), 「새로운 '-오-' 연구」, 한국문화사.

정 철(1954), 「원본 훈민정음의 보존 경위에 대하여」, 『국어국문학』 제9호, 국어국문학회.

정재영(1996), 「중세국어 의존명사 '᷂'에 대한 연구」, 『국어학총서』 23, 태학사.

최동주(1995), 「국어 시상체계의 통시적 변화에 관한 연구」, 박사학위 논문, 서울대학교.

최현배(1961), 『고친 한글갈』, 정음사.

최현배(1980=1937), 『우리말본』, 정음사.

한글학회(1985), 『訓民正音』, 영인본.

한재영(1984), 「중세국어 피동구문의 특성에 대한 연구」, 『국어연구』 61, 국어연구회.

한재영(1986), 「중세국어 시제체계에 관한 관견」, 『언어』 11-2, 한국언어학회.

한재영(1990), 「선어말어미 '-오/우-'」, 『국어 연구 어디까지 왔나』, 동아출판사.

한재영(1992), 「중세국어의 대우체계 연구」, 『울산어문논집』 8, 울산대학교 국어국문학과.

허웅(1975=1981), 『우리 옛말본』, 샘문화사.

허웅(1981), 『언어학』, 샘문화사.

허웅(1986), 『국어 음운학』, 샘문화사.

허웅(1989), 『16세기 우리 옛말본』, 샘문화사.

허웅(1992), 『15·16세기 우리 옛말본의 역사』, 탑출판사.

허웅(1999), 『20세기 우리말의 통어론』, 샘문화사.

허웅(2000), 『20세기 우리말의 형태론(고침판)』, 샘문화사.

허웅·이강로(1999), 『주해 월인천강지곡』, 신구문화사.

홍윤표(1969), 「15세기 국어의 격연구」, 『국어연구』 21, 국어연구회.

홍윤표(1994), 「중세국어의 수사에 대하여」, 『국문학논집』, 단국대학교 국어국문학과.
홍종선(1983), 「명사화어미의 변천」, 『국어국문학』 89, 국어국문학회.
황선엽(1995), 「15세기 국어의 '-(으)니'의 용법과 기원」, 『국어연구』 135, 국어연구회.

〈불교 용어의 참고문헌〉

곽철환(2003), 『시공불교사전』, 시공사.
국립국어원(2016), 인터넷판 『표준국어대사전』, (http://stdweb2.korean.go.kr/main.jsp)
두산동아(2016), 인터넷판 『두산백과사전』, (http://www.doopedia.co.kr/)
운허·용하(2008), 『불교사전』, 불천.
원광대학교 종교문제연구소((1974), 인터넷판 『원불교사전』, 원광대학교 출판부.
한국불교대사전 편찬위원회(1982), 『한국불교대사전』, 보련각.
한국학중앙연구원(2016), 인터넷판 『한국민족문화대백과』, (http://encykorea.aks.ac.kr/)
홍사성(1993), 『불교상식백과』, 불교시대사.

〈불교 경전〉

『佛說觀佛三昧海經』(불설관불삼매해경) 卷第七
『雜寶藏經』(잡보장경) 卷 第八
『佛說阿彌陁經』(불설아미타경)